大鹽商

绛栋 著

DA YANSHANG

大盐商

山西出版传媒集团
山西经济出版社

序

绛县王伟栋、刘玉栋两位作家，以河东盐池为背景，以一代盐商为原型，创作了长篇小说《大盐商》，为亘古的运城盐湖描绘出一幅波澜壮阔、叱咤风云的历史画卷。小说从清末民初入笔，以时间为经，以事件为纬，以史事为宗，用细腻丰满的笔触，淋漓尽致地再现了河东盐商厚重深远的人文历史和盐湖特有的生产场景，真实客观地塑造了以王凯为代表的一代盐商血肉丰满的人物形象。其故事惊心动魄，其情节跌宕曲折，其语境朴实明快，加之扣人心弦的人物命运、朴华浓郁的风土乡俗，形成了小说鲜明的艺术特色。这部长篇小说的问世，也填补了用文学形式表现运城盐湖厚重历史的空白。

追溯历史，自人类开天辟地至今，围绕着盐池的争夺和占有，这里便开始上演古中国一幕幕壮美的大戏。

黄帝战蚩尤胜利后占领了盐湖，从而繁衍了炎黄子孙，开启了中华五千年文明历史。从尧都平阳、舜都安邑，再到禹都蒲坂，都是围绕盐湖所设。春秋战国时期的晋国称霸同样与控制着盐湖有很大关系。到唐朝，运城盐池被唐代宗李豫封为宝应灵庆池，盐湖之盐被誉为国之大宝，盐池神被封为宝应灵庆公。历史上曾有39个皇帝巡游盐湖，也充分表明了盐湖重要的政治、历史地位。

传说舜帝在盐湖边上弹着五弦琴，吟唱了著名的《南风歌》："南风之熏兮，可以解吾民之愠兮；南风之时兮，可以阜吾民之财兮。"司马迁《史记》云："舜弹五弦之琴，歌《南风》之诗，乐与天地同意，得万国之欢心，故天下制也。"这种为民着想、以民忧为己忧的高风亮节流传了千百年，至今仍然熠熠生辉。在盐池神庙内，池神、风神、太阳神平行供奉于三殿接受人们的祭拜，庇佑着盐湖风调雨顺。这种独特的盐文化思想体系，充分彰显了人与自然和谐相处的传统理念。

盐是社会生活的必需品，更是统治者掌控经济命脉的关键。盐湖所产之盐不但造就了猗顿这样与范蠡齐名的大商人，奠定了晋商的基础，更是历朝历代最重要的经济来源。唐朝时盐税的收入就已经达到了国库收入的八分之一。唐朝后期实行盐铁专营后，宋、元、明、清无一不依靠盐湖提供大量的财政收入。宋代所发明的钞引法是现代期货的雏形，钞引法促进了盐商卖盐、运盐的积极性，不但保障了边境的物资供应，同时开拓了盐路，带动了经济发展。

从盐业制造技术看，运城盐湖所采用的垦畦浇晒制盐法比欧洲早 1000 多年，被英国科学家李斯特称为中国工业文明的活化石。“五步产盐法”（积卤蒸发、过箩调配、储卤、结晶、铲出）这种独特的产盐工艺，大大提高了盐的产量，被列为非物质文化遗产。隋朝时修建的姚暹渠是防洪水利设施的经典之作，千百年来一直为保护盐湖发挥着重要作用。

新中国成立以后，运城盐湖继续发挥着不可替代的作用。20 世纪 80 年代改革开放后，为适应经济发展，运城盐化主动停产食用盐，主要以生产工业用盐——元明粉为主，成为全国最大的无机盐基地，保证了各行各业的需求。90 年代，当大量的外资日化企业开始拥入国内市场时，运城盐化南风化工利用盐湖优质的元明粉，生产奇强洗衣粉及系列日化产品，连续多年成为国内日化产品龙头企业，为民族日化行业的发展撑起了一片天。随着我国经济实力的不断增强，满足人民日益增长的对美好生活的需要成为我们国家新的发展目标。运城盐湖的黑泥、大盐、漂浮水、盐藻等天然康养资源，因其神奇独特的美容健康效果再次被人们关注。随着时间的推移，运城盐湖蕴藏的宝贵财富将不断造福人类。

愿《大盐商》的出版发行，让世人更多地了解和熟悉运城盐湖，为盐湖的创新发展献计献策，为盐化集团洞开一片新的蓝天。

是为序。

山西焦煤运城盐化集团有限责任公司 刘文新

2019.1.1

目　录

第一章　碧血沃京华

光绪二十四年（1898 年）农历八月十三日未时，京城宣武门外大街。

咣、咣、咣——

一阵紧似一阵的铜锣声，惊得天上乱云纷飞，像暴怒的孽龙恣意翻滚，吓得大街两旁的古槐颤抖着躯干向大地抛洒着叶片，震得伫立在街面上的牌楼、房屋像突然发病的患者剧烈地痉挛。

又要杀人了。

穿行在街道上的人流，如惊弓之鸟向两侧躲避。店铺里的掌柜、伙计和顾客奔出店门，往人墙里拥挤。

“受刑人是谁？”人们互相打问。

“三天两头有押死刑犯的经过，不知犯人的血把菜市口地面洗过几遍，天晓得哪个倒了血霉。”

“这些日子闹维新，老佛爷急得像疯狗一样到处咬人，听说前几天从朝里抓捕了几个闹维新的乱党。这回被砍头的，八成是那些人。如今是啥年头？洋毛子都快打到家门了，不去阻挡，却拿闹维新的人开刀。”一位身穿黑缎裘皮马褂的中年人叹了一口气，发泄着心中的不平。

咣、咣、咣—— 锣声越来越近，挤在街道两侧的人心越揪越紧。

人们不忍看到的一幕还是横入眼帘：百十个披着灰皮的清兵鱼贯在街道两侧开路，挥动着手里的毛瑟枪乱嚎：“退后、退后——”所到之处，人墙一阵骚动，潮水般地退在后面的台阶上。四个锣手边走边敲边喊：“处决乱党，众人回避！”锣声、喊声凄厉瘆人，震得街道两侧的人们浑身战栗，脸上的肌肉微微抖动。

后面紧跟着几匹高头大马，上面骑着箍着头盔的武官。个个趾高气扬，显露出一副不可一世的嘴脸。其后是一顶枣红八抬大轿，里面端坐着军机大臣、刑部尚书、协办大学士刚毅。此人满族镶蓝旗人，笔帖式出身，善于投机钻营，得宠于慈禧太后，先后任江西按察使、云南布政使、山西巡抚。在维新变法中充当慈禧太后的爪牙。此刻，他眯着浮肿眼，被络腮黑胡圈着的嘴角下垂，随着轿身的颠簸，时不时地痉挛着。充当监斩官的他做贼心虚，清楚地知道此举有悖民意，弄不好会出大乱子，所以特意调动装备精良的城防兵，虚张声势，以防万一。

接着，传来一阵咣里咣当的响声，这响声虽然不是太大，但它像一把把重锤砸在人们的心田，黑压压的人墙一阵骚乱，潮水般向囚车挤去。

六辆囚车缓缓而来，每辆囚车拉着一个用圆木制成的方形囚笼，囚笼中站立着一个死刑犯，死刑犯上穿白色囚衣，头颅被卡在囚笼上部外面，背后插着亡命牌。

第一辆囚车里站立着的人四十多岁，亡命牌上写着：乱党杨深秀。

第二辆囚车里站立着的人三十多岁，亡命牌上写着：乱党谭嗣同。

第三辆囚车里站立着的人三十多岁，亡命牌上写着：乱党康广仁。

第四辆囚车里站立着的人四十多岁，亡命牌上写着：乱党杨锐。

第五辆囚车里站立着的人三十多岁，亡命牌上写着：乱党刘光第。

第六辆囚车里站立着的人二十来岁，亡命牌上写着：乱党林旭。

此六个犯人均是被光绪皇帝所信任和倚重的饱学之士，杨深秀为刑部山东道监察御史；谭嗣同、林旭、杨锐、刘光第为军机处的军机章京；康广仁是康有为之胞弟，名满京城的学者。

甲午年间，因朝鲜问题，清廷的北洋水师与日本联合舰队在黄海进行海战，惨遭失败，全军覆没。日军趁势攻占营口等地，清军一败涂地。当时，慈禧太后垂帘听政，为了保全摇摇欲坠的皇权，她派北洋大臣李鸿章赴日本马关，被迫与日方签订了丧权辱国的《马关条约》。

戊戌四月十七，由新科进士、工部主事康有为和弟子梁启超发起，千余京官、应试举人在京东会馆成立了以“保国保种保教”为宗旨的“保国会”，宣传变法，得到一批仁人志士的赞同。六月初，康有为和梁启超第五次给光绪帝上疏奏折，终于得到希图中兴的光绪皇帝的认可，颁布了《明定国是诏》，宣告“以变法为号令之宗旨，以西学为臣民之讲求，著为国是，以定众向，然后变法之事乃决，人心乃一，趋向乃定”。

擢升康有为总理衙门章京，谭嗣同、杨锐、林旭、刘光第为军机章京，襄助维新。

可惜好景不长，此举遭到慈禧太后的极力反对，她控制了朝廷的人事任免和京津地区的军政大权，暗派御史杨崇伊多次到天津与直隶总督兼北洋大臣荣禄密谋，对维新变法进行残酷镇压，抓捕了杨深秀、谭嗣同、林旭、杨锐、刘光第、康广仁等维新党骨干成员。此六名志士遭捕后，在短短四天里，均受到残酷的折磨，个个披头散发，面部印满青紫，囚衣上血迹斑斑。此刻，虽然面临血光之灾，但六名志士个个高昂着头颅，面无惧色，傲骨铮铮，气宇轩昂，大义凛然，仰天长啸。

挺立于第一辆囚车里的杨深秀目光炯炯，穿过阴云密布的苍穹，迸发出满腔的惊世抱负：

久拼生死一毛轻，臣罪偏由积毁成。
自晓龙逢非俊物，何尝虎会敢徒行。
圣人岂有胸中气，下士空思身后名。
缧绁到头真不怨，未知谁复请长缨。

挺立于第二辆囚车里的谭嗣同剑眉高挑，释放出浩然正气：

望门投止怜张俭，直谏陈书愧杜根。
我自横刀向天笑，去留肝胆两昆仑。

挺立于第三辆囚车里的康广仁视死如归，面对苍天哈哈大笑：

若死而中国能强，死亦何妨？

挺立于第四辆囚车里的杨锐吼声如雷，抒发着满腔豪情：

锦官城里暂停鞍，红粉楼头独倚阑。
一十二回明月夜，可怜都向客中看。

挺立于第五辆囚车里的刘光第对天高歌，与妻子诀别：

梦中失叫惊妻子，横海楼船战广州。
五色花旗犹照眼，一灯红穗正垂头。
宗臣有说持边衅，寒女何心泣国仇。
自笑书生最迂阔，壮心飞到海南陬。

挺立于第六辆囚车里的林旭，奔放着壮志未酬的浩叹：

报国志难酬，碧血谁收？箧中遗稿自千秋。
肠断招魂魂不到，云暗江头。

绣佛旧妆楼，我已君休，万千遗恨更何尤！

拼得眼中无尽泪，共水长流。

志士们壮烈激昂的怒吼，迸发出撼天动地的响雷，激荡着街道两侧人们的心房。

“好官呀！”

“当朝的，真是毒蝎心肠！”

“维新变法，何罪之有？快放人、快放人——”

街道两侧的人墙，像决堤的洪水，一次又一次地朝囚车涌去，萝卜、白菜、苹果、枣、糖葫芦从人群中飞舞出来，像一把把利剑，投向枣红大轿和骑马的武官们身上。

一个萝卜不偏不倚，击穿枣红大轿的帘布，砸在刚毅身上，吓得刚毅黑红的糙脸涂上一层死灰。他掀起轿帘，气急败坏地朝前面的清兵头目吼叫：“快、快，堵上死囚的嘴，把乱民们压下去！”

清兵头目接到主子的指令，不敢怠慢，从腰间掏出短枪，朝天放了一枪，对手下狂喊：“快，堵上死囚的嘴，放枪镇住乱民！”清兵们纷纷举起毛瑟枪，砰、砰、砰地朝天乱放了一通，这才止住愤怒的人群。几个清兵像疯狗一样跳上囚车，用粗麻绳紧紧勒住志士们的喉咙，杨深秀等人被憋得伤脸紫红，奋力晃动着脑袋，发出呜呜的声音。

行刑队伍刚走出刑部大牢时，就有十几个人尾随其后。这些人都是死囚的亲属或挚友。其中有两个年轻人，一个是杨深秀的长子杨韨田，另一个是杨深秀得意门生王凯。

杨深秀，号漪村，道光二十九年（1849年）生于山西闻喜仪张村一个贫寒的农家。六岁丧母，被伯父杨崇烈收养，自幼异常颖敏，博学强记，读书一目数行，过目不忘，被誉为神童。十二岁参加童试名列一等，考中秀才。同治九年（1870年），在山西庚子乡试中以经魁第三中举。光绪五年（1879年），主编《闻喜县志》。次年参与《山西通志》编纂。光绪九年（1883年），被时任山西巡抚的张之洞聘任为省内最高学府令德堂的协讲。光绪十五年（1889年），乙丑会试高中进士，授刑部员外郎，累迁郎中。光绪二十三年（1897年），授山东道监察御史，官居四品，对世界形势、五洲大事均有深刻而独到的见解。上任次日，即向光绪皇帝上疏《时事艰危，谨贡刍议折》，阐明了时势危迫，不革旧无以图新，不变法无以图存的道理。这是光绪帝听到的最早的变法呼声，此奏折在朝官中引起很大的轰动。继而，他又连续向光绪帝上疏《请议游学日本章程片》《请定国是明赏罚折》《请惩阻挠新政片》《请申谕诸臣力除积习片》《时局艰危拼瓦合以救瓦裂折》等十余封奏折，力陈维新变法的主张，成为维新变法的主将之一。

戊戌四月中旬，保国会组织演说，震惊朝野，引起了守旧势力的恐慌，诽谤保国会是聚众闹事，追查保国会人员。刚毅坐轿来到赶驴市闻喜会馆杨深秀的寓所，装作关切地说："近来保国会活动频繁，犯上作乱，实属叛逆。朝廷将发布文武百官和皇亲国戚不得入保国会的禁令。吾奉命追查保国会，见其中有你令郎杨韨田之名。你我乃同庚诤友，请奉劝令郎赶快脱离保国会，以免误入歧途。"

杨深秀在太原编《山西通志》时，便与刚毅相熟，但道不同不相为谋。甭看刚毅红得发紫，可杨深秀从心底里鄙夷他，知道他肚子里没多少学问，把草菅人命念成草管人命，刚愎自用念成刚复自用，马革裹尸念成马革里尸，在同僚中传为笑柄。他蔑视了对方一眼，坦然作答："犬子入会乃大义之举，属下岂能干涉？"刚毅深知杨深秀骨傲性烈，只得摇摇头，无趣地离开。过了些时日，刚毅查封保国会会场，参会的杨深秀走到刚毅面前，理直气壮地质问："朝中臣工和各地学子参加保国会，商讨大清强国之路，何罪之有？"将得刚毅无话可说，只得率部灰溜溜离开。

八月初六，京城乌云翻滚，慈禧太后突然从颐和园赶回紫禁城，囚禁光绪皇帝，发布训政谕旨。原先反对变法的守旧者额手称庆；过去支持变法的软骨头见风向变了，立刻跪地自罪，以求解脱；正直的臣工们吞声忍气，敢怒不敢言。唯独杨深秀对慈禧太后的倒行逆施深恶痛绝，退朝后彻夜奋笔疾书，援引大义，切陈国难，挥就了质问光绪皇帝被废原因、要求慈禧太后撤帘归政的奏折。第二天早朝，他大义凛然地把奏折递到慈禧太后手里。慈禧太后览后，破口大骂杨深秀大逆不道。

初九，心毒若蝎的老慈禧以突然袭击的手法，下令抓捕杨深秀、谭嗣同等维新党。当日，吃罢早餐，蒙在鼓里的杨深秀偕夫人杨莫氏从闻喜会馆"雪虚声堂"寓所出来，前往同籍老乡赵邦远所开的西庆云烟钱铺看望长子杨韨田。

杨韨田，字米裳，身上流淌着父亲的骨血，幼时聪慧过人，博才多学，光绪十七年（1891 年）辛卯科乡试中举。前些时日，进京参加戊戌会试。因父亲寓所狭窄，只得借宿在西庆云烟钱铺里。杨韨田面见过康有为、梁启超等维新党人，聆听过他们维新变法的主张，深为这些人忧国忧民的情怀和敏锐的思想所感染，主动加入保国会，投入维新的洪流之中。近日来，风云突变，内火攻心，面颊上憋出一个脓疮，杨深秀偕夫人来，就是看望他的病情。

知儿莫若父。杨深秀知道长子杨韨田是保国会成员，非常关注时局的变化，便把慈禧太后抓捕康、梁，囚禁光绪皇帝的不利消息告知长子，并说："眼下维新遭遇挫折，面临命运攸关的非常时期，你陪送你母亲回寓所，我即刻到南苑说服武卫军统领董福祥反正，救出光绪皇帝，重新施政。"

杨韨田感到情势不利，风声太紧，问："爹，几天前，谭叔游说袁世凯发动军事政变铸成大错。眼下，您有把握说服董福祥救皇上吗?"

杨深秀一脸凛然："上已被囚，谭等四位章京皆不得见，惟吾亲往找董福祥一试，晓以忠义，促其反正，推动变法，若不成，大不了董福祥把我缚送给慈禧。"

杨深秀刚走到街上，被急匆匆赶来的闻喜会馆的一个伙计挡住去路，告诉他："杨御史，慈禧下令抓捕维新党，城内全部戒严，谭章京等人已被捕，清兵现在寓所等着抓您。"

杨深秀感叹："南苑是去不成了。"只得返回西庆云烟钱铺。闻讯的杨韨田扑通跪到父亲面前恳求："爹，老慈禧疯狂抓人，康公、梁叔出逃，林叔、杨叔、刘叔、康叔已陷囹圄，这里地处闹市，出走非常方便，求您赶快暂避，留得青山在，不怕没柴烧……"杨莫氏也跪到丈夫跟前说："我陪你走，咱俩生死在一起!"杨深秀把长子和夫人扶起，愤然道："西太后倒行逆施，危害国家，必定覆辙，吾身为维新党人，岂能临阵脱逃、苟且偷生？若吾之头颅能唤醒民众，换来维新之成功，虽死而无悔!"说完，神情自若地返回闻喜会馆，杨莫氏和杨韨田只得跟在其后，眼睁睁地看着杨深秀被清兵五花大绑带走。

从杨韨田记事起，父亲在外为官，偶尔回家，总是板着面孔，过问过问他的学业，翻看翻看他的习作，教导他好好攻读，将来成就一番事业。他虽然知道父亲是个学富五车的大儒，但对父亲的禀性并不是很了解，没想到一向温文尔雅的父亲如此刚烈，对父亲更加敬重。杨莫氏虽然见过一些世面，但毕竟是妇道人家，见丈夫被抓走，觉得天塌了下来，号啕不止，杨韨田安慰庶母："母亲，请放心，父亲结识了不少忠臣义士，他们绝不会袖手旁观的，我出去打听一下父亲被关在何处，再做打算。"

昔日繁华的大街上笼罩着令人窒息的气氛，所有人都如惊弓之鸟，低着头，擦着街道边匆匆而过。杨韨田虽然饱读诗书，但平日里与纸墨为伍，缺乏人生磨炼，况且初到京城，只是和那些维新党人有过接触，并不知道他们住在哪里，只得停下脚步……

前面传来一阵骚乱，几个清兵押着一个颈上套着铁链的人走过。那人高声质问：“凭什么抓我？”清兵头目狠狠推了犯人一把，吼道：“一会到大牢里，看你的嘴还敢这么硬！”杨韨田灵机一动，远远跟在后面，穿过几条街道，绕过箭楼，直奔皇宫内城东南方的刑部大牢。杨韨田走到狱门前，给站岗的狱卒塞了点碎银子，打听到父亲被关在里面，赶紧回家给庶母报信。一跨进屋门，一个十七八岁年纪的年轻人迎上前来，拉住他的手急切地问：“韨田哥，打听到恩师的下落了吗？”

此人叫王凯，身材硕壮，比杨韨田高出半头，绛县枣园村人，书香传世，祖上数代为官。其祖父王诩系举人出身，在河南宝丰县当了一辈子教谕，其父王嘉天亦是进士出身，娶道光乙未科探花，曾任军机处领班、湖南常德、长沙知府乔晋芳女儿为妻，起初在四川松滋当知县，因宦绩突出，升为河东陕西都转盐运使司盐运使。他见盐业有利可图，变卖田产，在河东盐池买下一家盐号，号名王恒盛。其意是生意永恒鼎盛。由于经营有道，获得丰厚的回报，在家乡盖起一座四合大院，在当地集镇开了几家店铺。生有两个儿子，长子王凯，次子王枚。王凯刚满七岁，王嘉天就把他接到运城专为盐商子弟开办的“运学”里攻读。王凯资质超群，学业精深，在童试中名列全省前茅，被选拔到山西最高学府令德堂读书，深得协讲杨深秀的赏识。三年前，他又以拔贡入国子监。每逢休假，王凯就来拜见恩师，得知恩师是维新的中坚人物，非常欣喜，总是积极参加保国会活动。前几天，他参加完顺天府戊戌科乡试中举，等待朝廷安置，听说恩师被捕，立即赶往他的寓所。

盐池（张剑波 摄）

“打听到了，被关在刑部大牢里。”

“师母，里面条件恶劣，您收拾些被褥衣裳，我跟韨田哥给恩师送去。”杨莫氏含泪收拾好衣物，又赶做了一些饭食。临行，杨韨田劝阻：“兄弟，家严是重罪，你刚考完乡试，前途无量，就别去了，免受连累。”王凯涨红着脸回答：“韨田哥，你说的是啥话？恩师临危不惧，为义涉难，我岂能苟且偷安，视而不见？”

入牢后，生就一种宁为玉碎不为瓦全刚烈性情的杨深秀多次遭受鞭笞，仍傲骨凛然。审讯者拿来笔墨，逼其供出同党，写出悔过书。就在得知遭斩的当天早晨，满腹经纶、擅长诗文的他饱蘸激愤，一挥而就，写下刚健遒劲的三首律诗，抒发出救国图强、视死如归的豪情，除在囚车上高歌的那首外，其余两首是：

长鲸跋浪足凭陵，靖海奇谋愧未能。
安耻汉边多下策，当思殷武有中兴。
孤臣顷作湟中鹿，酷吏终羞殿下鹰。
平日敢言成底事，覆盆秋水已如冰。

自信情操不受污，孤忠毕竟待天扶。
丝纶阁下千言尽，车盖亭边一字无。
经授都中愧盲杜，诗成狱底学髯苏。
朝来鹊喜频频送，尚忆墙东早晚乌。

十三日晌午，杨韨田和王凯到刑部大牢给杨深秀送饭，把食盒递给把门的狱卒。其中一个狱卒是维新党的同情者，又受过杨韨田好处，红着眼圈告诉他俩：“今天午时三刻就要对杨御史等人行刑了，赶快想法子料理他的后事吧。”根据清代律法，所有重案判罪者，须经刑部审理，三法司议，最后由皇帝勾决。此律，连最为峻酷的雍正皇帝都严格遵守，而有着毒蝎心肠的老慈禧做贼心虚，怕夜长梦多，在未经任何审问的情况下，决定将维新党们从速斩决。

杨韨田和王凯一听凶信，惊得眼泪唰地喷涌而出，发疯般地往牢门里冲：“让我们进去看一眼！”狱卒挡住说：“你俩的心情我能理解，但没有上面的旨意，我们是不敢让你们进去的。”他俩只得离开刑部大牢往回赶。走了一截，王凯拉住杨韨田说：“韨田哥，恩师的事已无力回天，我看咱俩不要回去了。如果照实对师母说了，师母咋能受得了？不如先瞒住师母，买好寿衣和祭品，收殓恩师的遗体。”面对父亲即将遭戮的噩耗，杨鈜田犹如万箭穿心，乱了方寸，觉得王凯言之有理，便擦干泪水，随同王凯到前门大栅栏街上买下寿衣和祭品，又折回刑部大牢门前等候。

挨到未时，刑部大牢訇然洞开。清兵把杨深秀等几个志士推入囚车，前面鸣锣开道，真枪实弹押解，沿宣武门外大街一直向南前往法场菜市口。杨鈜田和王凯跟在囚车后面，听到杨深秀和五位志士慷慨壮烈的怒吼，忍不住泪流满面。看到凶残的清兵用粗麻绳勒住父亲的脖颈，杨鈜田一阵晕厥，朝地下倒去，王凯一伸胳膊，搂住他单薄的躯体，高唤："鈜田哥，这是啥时候?"杨鈜田渐渐清醒过来，和王凯跟在囚车后面来到菜市口。

菜市口位于宣武门外大街南面的十字路口，明朝是京城最大的蔬菜市场，沿街菜摊、菜店众多，便把此街叫菜市街。清朝被辟为杀人的法场，犯人被处决后，尸体被人运走，血迹即被黄土垫盖上，尔后便有人在此卖菜，故名菜市口。

以往，菜市口杀人时，只有一个监斩官和十多个衙役行刑，刽子手把犯人砍了后，立即走人，由犯人家属收尸。此次，做贼心虚的老慈禧深知，同情乱党的大有人在，一怕有人劫法场，二想杀鸡给猴看，便委派最宠信的刚毅监斩，调集一百多名清兵保护。行刑队伍一到菜市口，清兵头目就立刻命令手下把民众驱赶到外围，把刑场铁桶般合围起来。

刚毅从枣红色的官轿里走下来，坐到监斩台桌后。清兵把囚车打开，欲把志士们拖向刑场。杨深秀昂起头颅，一抖臂膀，把身边的两个清兵甩到一旁，挺起胸膛，迈着方步，朝刑场走去。沉重的脚铐拖在地上叮当作响，像一把把重锤砸在民众心上，人群中旋即响起一片啜泣声。谭嗣同、康广仁、杨锐、刘光第、林旭等面不改色，昂首挺胸，大义凛然地步入刑场，从东到西，依次排开。接着，六个满脸横肉的刽子手头系血红头巾，身穿粗麻红衣，半裸上身，前胸露着黑毛，肩扛明光光的鬼头大刀，在一片骂声中走到志士们的身后。

突然，人群中挤出一个中年人，举着手里的青花瓷小瓶，对把守的清兵说："我是鹤年堂药店的董掌柜，瓷瓶里装着自制的麻醉药鹤顶血粉，犯人服下此药，周身麻木，受刑时不觉疼痛，可让逝者走得安然些。"清兵举起长枪，粗暴地挡住他："不准进去!"人群立即怒吼起来：

"太没人性了!"

“让他进去！”

清兵头目怕节外生枝，走过来，夺过瓷瓶看了看，摆摆手。董掌柜快步走到杨深秀面前说：“杨大人，小的一向敬重你，你服些吧，走的时候好受些。”说着，打开红布裹着的木盖，将瓶口往杨深秀嘴边送。被粗麻绳紧勒住脖颈的杨深秀想说什么，但出不了声，喉咙里呜呜了几声，朝董掌柜摇摇头，表示不用，董掌柜又把药包递给其余几人，均无人接受。董掌柜当众举起瓷瓶，把鹤顶血粉倒在地上，禁不住泪流满面，扑通跪在地上，朝面前的六位志士叩了三个响头，号啕离去。

乌云如墨，天昏地浊。

“咣——”锣声撕破寂静，监斩台上清兵头目高喊：“未时到！”民众不由倒吸冷气，个个张大嘴巴，屏住声息，刑场上的空气突然凝固了，只有天上的乱云依然肆无忌惮地翻滚着。

“跪下！”刽子手们狠踢几位志士的腿弯，六位志士不得不屈膝。

监斩官刚毅亲自斟上一碗酒，走到杨深秀面前，脸上带着几分媚笑，夹杂着请求原谅的意思，躬身往杨深秀嘴边送。杨深秀双目喷火，猛地用头一撞，酒碗不偏不倚，倒扣在刚毅的胖脸上，窘得刚毅用手抹掉满脸的酒水，返回监斩桌，从桌案的笔筒里抽出一支令箭，扔在地上，咬着牙根号叫：“斩！”刽子手挥舞起手里的鬼头大刀，朝杨深秀的头颅砍去。刹那间，杨深秀颈口喷涌出一股殷红的鲜血，宛若被压抑了亿万年的岩浆，化作一道彩虹，直向苍天射去。天上的日头不忍看到这惨烈的一幕，悄悄地躲在了乌云后面。远处的民众，不约而同地扭过身躯，人群中骤然爆发出哭声。

刚毅又把一支令箭扔在地上，高叫“斩谭嗣同！”站在谭嗣同背后的刽子手立马举起鬼头刀。也许是清兵念其父是湖北省巡抚，有意没有捆紧，谭嗣同挣脱了勒在脖颈上的麻绳，瞪大双眼，仰天狂笑：

有心杀贼，无力回天。

死得其所，快哉！快哉！

哈、哈、哈——

刀光闪过，一股鲜血从脖颈喷出三尺多高，怒放成一朵殷红的牡丹，然后朝四周浇淋而下，其尸身傲然挺立，宛若一根擎天神柱，纹丝不动。

接下来，康广仁、刘光第、杨锐、林旭相继罹难。

每斩一个人，人群像大海的波澜掀起滔天大浪，哭声、骂声响彻云霄，志士们的热血像一朵朵绚丽的红花盛开在地面，映红了天际。

突然，平地刮起一阵狂风，卷起刑场地面的尘土、菜叶，扑向监斩台，吓得刚毅赶紧护着头号叫：“快，宣布懿旨。”随从走到台前面号叫：“乱党死有余辜，就地暴尸三日，将其头颅挂在城头示众，其亲属限三日内到刑部自首，逾期按乱党论处！”号叫毕，刚毅带着其爪牙灰溜溜地离开，命清兵铁桶般地包围着志士们的遗体，不准靠近。死者的家属们只得原地跪下，点燃香表祭奠亲人，号啕声震得地面不停地颤抖。

杨韨田和王凯远远看着杨深秀的躯体，噙着眼泪，穿上孝服，摆上祭品，长跪于地，放声痛哭。

旁边，跪着恸哭的年轻人突然栽倒，一个家丁模样的人赶紧俯下身子，摇着栽倒者的身子叫唤：“杨公子，快醒醒！”见栽倒者没有反应，把手放在栽倒者的鼻孔下一试，没有了气息，慌得哭喊起来：“杨公子不行了！”

王凯赶紧站起来问：“他是谁？”哭喊者指着栽倒者答：“他是杨锐大人的公子，是为他爹收尸的，想不到悲愤过度，气绝身亡，这可怎么办呀？”王凯想，都是维新党的家属，理应帮他一把。问对方：“你们怎么来的？”家丁朝东面指了指：“坐轿车来的，停在东面的大槐树下。”

王凯二话未说，抱起杨公子，跟随家丁走到轿车旁，把杨公子放到轿车上。刚回到原处，就见清兵头目跑到祭奠者跟前粗暴地威胁：“天快黑了，再要在这里瞎闹腾，就把你们都抓起来。”祭奠者只好对亲人的遗体磕几个头，然后一一离去。王凯对杨韨田说：“韨田兄，咱们也回吧。”

杨韨田点点头，止住泪，从地上爬起来，两个人把孝服脱下来，卷在一起，换上原来的衣裳，离开菜市口。

残阳西下，目睹菜市口惨烈场景的日头，睁大臃肿的眼窝，把天际、街市和志士们的遗体涂上一片血红，仿佛告诫人们，永远记住这里曾经发生的一切。

第二章　舍命抢遗体

黄昏，起风了。

宣武门外大街两侧的槐树无奈地晃动着身躯，铜钱大小的落叶恋恋不舍地离开母体，跌落在地面。参差不齐的牌坊、房屋像一个个蓬头垢面的老人，颤巍巍地伫立在街道两旁，发出低沉悲伤的叹息，仿佛吟唱陶渊明的《挽歌》。

京城的民众对朝廷杀人司空见惯，近乎麻木。黄昏，正值晚饭时分，宣武门外大街仍然与往日一样人头攒动，街道两边摆满小吃摊，叫卖声不绝于耳。饭店的窗户上闪烁着诱人的光亮，门脸前放满不同颜色的大轿，里面时不时传来划拳声和嬉笑声。

杨韨田和王凯无心观看街景，低着头穿过嘈杂的人群往回赶。突然前面传来一阵凄惨的哭叫声："大爷，行行好，放过我！"王凯只觉得血往脑门上涌，指着旁边一棵老槐树说："韨田哥，你在那里等着，我去看看是咋回事。"紧跑几步，从围观的人群里挤进去，看见两个家丁正把一个穿蓝底白花袄的卖唱小姑娘往旁边的绿呢大轿里拖。王凯怒火中烧，一个箭步飞到两个家丁面前，怒喝："光天化日，你们竟敢抢人！"两个家丁立即被镇住了。一个家丁仔细一看坏他好事的是个脖颈连喉结都没有的年轻人，便轻蔑地摇晃着头反问："你是哪里蹦出来的浑小子，不知马王爷三只眼？你没见这轿是什么颜色？王爷府上的，你敢坏王爷的好事？快滚回家爬到你妈怀里吃奶去吧。"说完，继续往轿子里拖人，王凯见两个如此狂妄，一把抓住一个恶丁的后背衣裳猛地朝后一拽，把对方摔得四蹄朝天。另一个恶丁见状，放开小姑娘，抡起拳头朝王凯打来，王凯往左一闪，避开锋芒，借着对方的惯性，一把揪住对方的左胳膊猛地往回一拉，扭过腰身，双掌朝恶丁的后背用力一推，把对方摔了个狗吃屎。两个恶丁爬起来，从腰间抽出明晃晃的尖刀，举过头顶把王凯围在中间，号叫着："臭小子，活得不耐烦了！”围观的人群里一个老者好心地提醒王凯：“小伙子，对方有刀子，好汉不吃眼前亏，赶紧避开！”王凯毫不畏惧，双目圆睁，伸出双拳，腿弯曲成弓，移动脚步，从容应答：“不怕死的上！”一个恶丁挥舞着尖刀，刚扑到王凯身边，王凯闪出左手，把对方的胳膊顶到空中，同时右拳如同疾风，朝对方下腹击去，那恶丁一声惨叫，身体往后飞出几尺远，落到围观的人墙上，边上的人乘机把恶丁踢得滚到场子中间。人群中突然爆发出一阵叫声：“打得好，往死里打！”另一个见势不妙，丢下手里的尖刀，转身想开溜，王凯一个箭步上去，身子往下一蹲，来了个扫蹚腿，把对方撂倒。恶丁料定不是对手，从地上爬起来，双膝跪地挪到王凯面前磕头作揖，一口气说了几个“好汉饶命！”“还不快滚！”王凯踢了恶丁一脚。恶丁这才爬起来，扶着同伙在一片嘲笑中灰溜溜地离开。小女子走到王凯面前，恭敬地鞠了一躬：“多谢恩人搭救。”王凯从怀里摸出一把麻钱递过去：“小姑娘，你一个人在这里唱曲，多危险，快躲到一边去吧。”说完，转身往南走，欲找杨铍田。

“壮士留步！”王凯身后响起洪钟般的声音，回头一看，眼前站着一个中年人。此人彪得像一通石碑，六尺开外，比自己高出半头，头上箍着白毛巾，浓黑的络腮胡子拥簇着棱角分明的脸庞，外着黑色夹袄，敞着怀，内穿白袄，腰间系条黑巾，透射着一股英气。王凯暗想，此人肯定不是等闲之辈，连忙抱拳躬身，施以江湖之礼：“壮士有何贵干？”络腮胡子问：“小兄弟，真有你的，刚才你用的是沧州八极拳，跟谁学的？”

“河东镖局崔掌门。”在运学读书期间，王凯拜河东镖局掌门崔啸天为师，学会了沧州八极拳等多门功夫。他一听络腮胡子发问，知道遇到了行家。

络腮胡子眼中闪耀出惊喜：“你是崔啸天的弟子？”

王凯一听，意识到对方肯定认识师傅，忙问：“您认识我师傅？”络腮胡子使劲拍了拍王凯的肩膀，自我介绍：“我是王正谊，啸天是我师弟。”

王正谊，字子斌，祖籍河北沧州，出身贫寒，三岁时父亲因疾去世，与母亲相依为命。自小拜沧州有名的双刀武师李凤岗为师，经数年苦练，十八般武艺样样精通，功夫远超师父，惯使一把一百来斤重的青龙大刀。学成后，辗转京津各地，行侠仗义，深得民众敬重，人称大刀王五。光绪三年，他用自己的积蓄，加上朋友的帮忙，在北京半壁街开办了顺源镖局。由于他名声赫然、收费合理、德义高尚、生意红火、声名鹊起，业务范围北到关外、南到苏杭，在镖行中独树一帜。甲午战争失败后，御史安维峻上疏，力陈议和之弊，要求严惩误国者，遭到清廷的贬斥，被革职戍边。大刀王五出于义愤，毅然担负起了护送安维峻的责任。戊戌变法中，他非常敬佩维新党人，与谭嗣同兄弟相称，主动担任他的私人保镖，谭嗣同外出活动时，总是贴身保护。几天前，得知谭嗣同等人被捕入狱，他四处奔走，托关系、找门路，想把志士们从牢狱里救出来，终未遂人愿。今天，得知老慈禧向志士们下毒手，便率十几个徒弟赶往菜市口企图劫法场。到现场一看，清兵里三层外三层把刑场围得铁桶一般，无法下手，只能眼睁睁看着义士们慷慨赴死。听到要将死去的志士暴尸三日，把头颅挂上城楼示众后，牙关咬出了血，他恨不能冲到监斩台上，把刚毅和那些刽子手们碎尸万段。看到志士们的亲属哭天喊地，为亡灵祭奠时，他冒出一个想法，拼死也要帮助志士们的亲属抢回遗体。见亲属们离开菜市口，他尾随其中的两个孝子，想弄清他们是哪位志士的亲属，找机会与其共同商议如何抢运遗体，万万想不到眼前的年轻人竟是师弟的徒弟。

王凯经常听崔师傅念叨师兄大刀王五如何侠义，功夫如何了得，如何在京城设顺源镖局。今春，他来国子监读书时，师傅再三嘱咐他，有机会拜见师伯伯。因学业紧张，未能如愿。想不到在大街上邂逅了心目中的大英雄，当即单腿跪地，双手抱拳俯拜："徒儿拜见师伯伯。"

大刀王五把王凯扶起来，使劲拍了拍王凯的肩膀："好小子，你真是咱们的人，敢于担当，眼窝里容不得一粒沙子！"接着又问："刚才在菜市口刑场，见你和另外一个年轻人身穿重孝，敢问你祭奠哪位志士？"

王凯直言不讳地相告："我祭奠的是山东道监察御史杨深秀。"对方拉住王凯的手，惊奇地睁大眼睛："你是杨公子？"王凯朝后指了一下："师伯伯，您认错人了。我叫王凯，在国子监读书，杨深秀是我恩师。和我在一起的才是杨公子，他就在后面的大槐树下等我。"

"快领我见杨公子！"大刀王五不由分说，拉着王凯就往大槐树跟前跑。还未到大槐树下，杨韨田就迎上前来问王凯："没什么大事情吧？"杨韨田深知王凯耿介的脾性，怕他惹出什么麻烦。

"几个恶人仗势掳人，被我三拳两脚解决了。"王凯转身指着大刀王五介绍，"韨田哥，这位是大名鼎鼎的王叔。"

大刀王五抱拳自荐："见过杨公子，我是大刀王五。我多次听谭军机提到过杨御史家有个举人，今日总算见到真人。"又拍拍胸膛："杨公子，杨御史和谭军机都是我敬仰的好人。今天他们血染菜市口，狗官们却不让殓尸，你千万不要太过悲伤，我大刀王五虽然是个舞刀弄棒的粗人，但从心眼里敬佩忧国忧民的英雄们，我就是拼出性命，也要帮你抢回杨御史的遗体，让杨御史的英灵走得安然。”杨韨田赶紧回礼：“王叔，您的大名如雷贯耳，晚生焉有不知？今日终见，荣幸之极。”

突然，街上的人像碰见瘟神一阵骚乱，纷纷向一旁躲避。大刀王五警觉地察看，见一队清兵扛着长枪朝菜市口走去。原来，朝廷怕有人抢劫志士们的遗体，又增派清兵看守。王五决然说：“此处不是久留之地，我送你们回家，咱们在家里商议。”说完，跑到街道一侧，挡住一辆轿车，把杨韨田和王凯请上车。

“客官，你们要到哪里？”

“赶驴市闻喜会馆。”

“驾——”轿车飞驰起来，很快消失在人流中。

赶驴市位于北京内城护城河东河沿，毗邻白云观，岸边垂柳成荫、游人如织，经常有人赶着毛驴驮运客人，所以被人们称为“赶驴市”。清顺治年间，在朝中为官的闻喜籍赵宪鼎等人集资，建起了十余间房屋，名曰闻喜会馆，供本籍进京赶考的举人住宿。之后，扩建成拥有二十余间房屋的南北两院，供本乡京官或进京赶考的举人租住。

杨深秀在京城任职多年，特别是任刑部山东道监察御史后，可对所管辖范围内的各级衙门进行监督，对违法官吏进行弹劾，大权在握。属下的官吏们无不想方设法讨好巴结。杨深秀洁身自好，从未贪占过半点不义之财，靠微薄的俸禄糊口，根本置不起房屋，只能在闻喜会馆借宿。娶莫氏后，寓居在会馆南院的一座偏院，在其院的门楼上，悬挂出“雪虚声堂”的匾额。由于进项有限，不得不节衣缩食。尤其是成了维新变法的核心人物后，前来造访的志士很多，免不了饮食相待，日子过得更是拮据，做饭洗衣都是莫氏亲力亲为。按理，长子进京参加会试，他应该包吃包住，却心有余而力不足，只好让其在同乡开的西庆云烟钱铺暂住。

轿车来到赶驴市闻喜会馆，天已大黑。杨韨田跑到雪虚声堂偏院前一看，门闭着，敲了几下，无人应答，用手一摸门锁着，正要离开，身后闪出一个黑影：“韨田，是我。”杨韨田定睛一看，是庶母。杨莫氏泣不成声地说：“韨田，你可回来了，我还以为你也出了事。”

杨莫氏出身于河北保定府的书香门第，少时上过几年私塾，后父母双亡，家境败落，只得进京为佣。杨深秀见她端庄淑贤，知书达礼，便纳其为妾。二人成亲后，杨莫氏对丈夫言听计从、敬重有加。丈夫被捕后，她每日做下饭食，让韨田和王凯往大牢里送。往天，不过午时他俩就能返回家，可今天过了未时还不见影子，心里慌得很，就到街上打问，得知丈夫已在菜市口遇难，还要问家属的罪，心如刀扎，吓得不敢在家里待，悄悄藏在离家不远的地方，听出韨田叫门，才赶紧走了出来。

杨韨田一听庶母的腔调，情知她已经知道了噩耗，强忍住悲愤，把大刀王五推到面前介绍："姨娘，这是王叔，咱们赶紧回屋说话吧。"

杨莫氏打开门，把杨韨田等人让到屋里。大刀王五借着昏黄的灯光一看，只有一张旧桌，两把旧椅、一个旧衣柜，比普通人家都寒酸，心里感叹：杨御史真是两袖清风呀。

杨韨田扑通跪在杨莫氏面前，泣不成声地说："母亲，孩儿看着父亲归天，实在无能为力呀！"杨莫氏强忍住悲痛，扶起杨韨田："你再哭也把你爹哭不活来，听说老慈禧要问家属的罪，你还是赶快外出躲躲吧。"杨韨田哭说："我走了，谁为父亲收殓？我宁可死，也不能背这不孝的骂名。"

杨莫氏问："你一介书生，手无缚鸡之力，咋能把你爹搬回来？"大刀王五走到杨莫氏面前把胸脯拍得咚咚响："嫂夫人，杨御史他们都是和岳飞、文天祥一样的大英雄，我大刀王五敬服，就是赔上身家性命，也要把杨御史和谭军机等志士的遗体抢回来！"

王凯走到杨莫氏和杨韨田面前说："师母，韨田哥，你们赶紧离开京城躲一阵子。有王叔帮忙，我一定把恩师送回老家！"昏暗的灯光把王凯的方脸照得棱角分明，话音掷地有声，根本不像个十七岁的年轻人。

杨韨田扑通跪在王五面前道："王叔，你的大恩大德，晚侄铭记于心，日后一定会回报。"大刀王五赶紧扶起杨韨田："杨公子，你是堂堂举人，我可受不起你的礼。"说着摸了一下口袋，窘迫地说："我出来得急，没带银两。"

王凯接过话茬说："师伯伯，您能冒着风险帮助我们，徒儿铭刻在心。师母和韨田哥的事情由我负责！"王凯知道杨莫氏和杨韨田囊中羞涩，也不知怎么逃，往哪里逃，就包揽在自己身上。

大刀王五刚才见识了徒弟的身手，干脆地对王凯说："好，我回去准备，明日你帮嫂夫人和杨公子外出躲避，夜里咱们去菜市口抢你恩师的遗体！"

大刀王五走后，杨铍田悄声问王凯："兄弟，你让我们母子往哪里躲？"王凯胸有成竹地答："你跟师母在家等着，我去找李叔和刘叔，他们一定有办法。"王凯说的李叔叫李阳，安邑县人；刘叔叫刘笃敬，太平县人。他们与杨深秀一同参加辛未会试，结为金兰之好。杨深秀年长，刘笃敬次之，李阳平再次之。会试后，杨深秀、刘笃敬到刑部任职，李阳平弃文从商，在京城开办了阳平会馆。三人过往甚密，情同手足，王凯多次在刘笃敬府上见这三个异姓兄弟相聚，如今恩师遇难，他俩一定会鼎力相助。

来到阳平会馆，王凯把恩师杨深秀遇害及狗官要把恩师暴尸三日、勒令家属自首的噩耗哭诉给李阳平。李阳平满腔悲愤，失去理智，立马把会馆的几个伙计召集起来，要到菜市口抢义兄的遗体。王凯急忙拦住说："李叔，现在菜市口有一百多个清兵把守，你们去还不是自投罗网，于事无补？您等着，我去请刘叔，咱们一起商量个万全之策。"说完，撩开长腿，赶往刘笃敬家。

王凯来京城国子监读书后，杨深秀多次领着他到刘笃敬家谈诗论书。刘笃敬对才学超群的王凯很是欣赏，有意让女儿刘芷贞和王凯接触。两个情窦初开的年轻人，一个伟岸倜傥，满腹经纶；一个靓丽清雅，饱读诗书。很快，两颗心碰撞出火花，互生爱慕之情。杨深秀看在眼里，喜在心上，与刘笃敬商议，给王凯和刘芷贞定下亲事，言明王凯国子监学成考取功名后成婚。因此，王凯一有空就以准姑爷的身份到刘笃敬家，和刘芷贞单独在一起，到他家可谓熟门熟路。

自从义兄杨深秀被捕后，刘笃敬虽然心里着急，但由于自己在刑部任主事，不便公开出面营救，惊悉义兄杨深秀等人在菜市口遭戮后，正想找李阳平商量如何料理大哥的后事，见王凯急匆匆地赶来，便问："小凯，夜这么深了，你咋来了？"王凯泪眼涟涟地说："叔，今天在菜市口，我和铍田哥目睹恩师慷慨就义，老慈禧丧尽天良，要把恩师的遗体暴尸三日，再把恩师的头颅挂在城门上，还要向家属问罪。我已经把师母和铍田哥接到阳平会馆，来请您去商量后事。"刘笃敬见王凯如此深明大义，敢于担当，对其更加欣赏，毫不犹豫地说："你恩师是我义兄，我能不管？走！"

刘笃敬和李阳平虽然很是着急，但一时想不出辙来。王凯冷静地说："叔，我已经和师伯伯大刀王五商定好，明晚去抢恩师的遗体，求你们找辆车到菜市口附近接应，再安置好棺木，连夜送恩师回家安葬。同时，设法帮助师母和铍田哥离开京城避难。"

刘笃敬很是惊讶，疑惑地问："小凯，你刚才说赫赫有名的大刀王五是你师伯伯，这是咋回事?”王凯解释:“叔,我在河东书院念书时,曾跟河东镖局的镖头崔师傅学过武艺,崔师傅和大刀王五是师兄弟,今天傍晚我和韨田哥从菜市口回家时,出手相救了一个卖唱的小女子,他看到我的拳路,主动与我相认。”

“以前我也知晓大刀王五的名号,可惜素无交往。你和他有这层关系,实在太好了!明晚你和他去抢你恩师的遗体,我安排好轿车在菜市口南面的路上接应。”刘笃敬愁容一扫而光。他清楚,在如狼似虎、真枪实弹的清兵严密把守下抢夺遗体,无异于虎口拔牙,万一有个闪失,非但抢不回义兄的遗体,反而会掉脑袋。他从骨子里不愿意让未来的女婿去冒这个风险,但总不能让大哥暴尸刑场,眼睁睁看着大哥的头颅被挂在城门楼上示众。眼下,只有王凯有一身好武艺,且有大刀王五鼎力相助,确是抢回大哥遗体的不二人选,便叮咛:“小凯,你去菜市口,可要小心从事,千万不能有任何闪失。”

“我也要去!”房门一响,进来一个身材颀长的少女。刘笃敬大吃一惊,走到少女跟前问:“芷儿,你怎么跟来了?”刘芷贞一甩胳膊,身子扭到一边,任性地说:“你和凯哥能来,我就不能来?”王凯和刘笃敬在其府房里说话时,刘芷贞听得一清二楚,便尾随而来。刘笃敬扭过女儿的身子说:“我和你叔、小凯商量大事,你赶快回去!”在他眼里,女儿还是一个未谙世事的小孩子。

刘芷贞一拧脖子:“不,我就是要和凯哥一起去!”刘笃敬瞥了女儿一眼:“女孩家家的,见个老鼠都吓得直叫,还敢去舞刀弄棒?”刘芷贞的杏眼瞥了父亲一眼,委屈地说:“爹,我都十六了,您总把我当成小孩子。”她又恳求王凯:“凯哥,你帮我说句话嘛。”王凯知道芷贞的脾气,只要她认准的事,八头犍牛也拉不回来。去年秋天,他和芷贞在花园里徜徉,不经意间告诉她自己习武的事。芷贞一下子来了兴趣,逼着教她,他搪塞说:“你一个女娃家习武干啥?”芷贞挥了挥拳头:“你有武艺,我就应该有。要不,咱俩成亲后你欺负我怎么办?”他被缠得没法,只好教她。她悟性极高,一学即会。王凯想,这次如果带她去,也会助自己一臂之力,便对刘笃敬说:“叔,贞妹跟我学过武艺,身手不错,我也需要有个帮手,就让她跟我去吧。”

刘笃敬见王凯一脸的庄重,相信未来的女婿会保护好女儿的,便痛快地应允:“去吧,一切听你凯哥的。”他又对王凯说:“芷儿交给你了,你一定要保证她毫发无损。”刘芷贞拉住父亲撒娇:“还是爹对我好。”

一个伙计走进来说:“门外有个小姑娘说是来找恩人的。”王凯想起黄昏时分在宣武门大街上的一幕,便问:“她长的啥模样?穿的啥衣裳?”

“留着两根小辫，穿件蓝底碎花袄。”

“走，领我去看看。”王凯跟随伙计到大门口，借着大门上面悬挂的灯笼光一看，果然是他救过的小姑娘，便问：“小姑娘，你咋在这儿？”小姑娘一见王凯，立即跪到地上说：“恩人，在街上我来不及问你尊姓大名，就一直跟在后面。”王凯扶起小姑娘说：“在街上见你受欺负，任何有血性的人都会出手的，你千万别太在意，用不着谢。今晚家里遇到大事，你赶快走吧。要不，会受连累的。”小姑娘一听恩人遇到大事，忙问：“恩人，你看我能不能为你做点什么？”王凯从衣袋里摸出一把麻钱，往小姑娘手里塞：“我的事不是你能插手的，用这些钱买些吃食去。”“我不要！”小姑娘把身子扭到一边。王凯扳过小姑娘的肩膀，提高嗓门数落：“你人不大，犟劲不小，想咋？”“反正就跟着你！”小姑娘脖子一拧，一脸倔强。

闻讯出来的刘笃敬见小姑娘口齿伶俐、举止得体，眼睛一亮，走到前面问：“你叫啥名字？家里还有什么人？”小姑娘见来人穿戴周正、很是和善，估计是恩人的长辈，扭过头想问王凯。王凯知道小姑娘的意思，介绍说：“这是我叔。”小姑娘赶紧鞠躬回答：“老爷，小女叫赵慧娘，父母双亡，去年流落到京城靠唱曲为生。刚才在街上，两个恶丁强掳我，是他救了我，我连他的姓名都不知道，将来怎么报答他？就暗中跟着他来了。”刘笃敬大为感动，心想，小小年纪就知道知恩图报，一定是个可靠之人，毫不犹豫地拉起小姑娘的手说：“慧娘，我有事求你。”赵慧娘问：“老爷有何吩咐？”刘笃敬指着王凯说：“我想请你陪着他师母回保定老家，不知你愿不愿意？”赵慧娘向刘笃敬深鞠一躬：“老爷，您给了我报答恩人的机会，能不愿意？”

圆月洒下一片银辉，亲吻着京城的树木、街道、房屋和人们的梦，一辆轿车悄悄地来到闻喜会馆，把杨莫氏和杨铍田接到阳平会馆。

天刚亮，一辆轿车款款驶出阳平会馆，车里坐着杨莫氏和赵慧娘，刘笃敬送她们回老家保定隐居。

早餐后，李阳平和杨铍田打扮成商人，走出京城往东而去，他俩是到奉天，李阳平送杨铍田远渡东洋避难。

八月十四日夜，乌云突然从四面八方聚集到天空，遮住圆月，把菜市口笼罩在一片漆黑之中。百十个清兵掂着几盏罩灯，像鬼火一样忽明忽暗，包围在菜市口六位志士的遗体旁。每过一会儿，十几个清兵便排列成队，像蛇一样在四周爬行一圈。街旁黑黝黝的槐树上，时不时地传来猫头鹰凄厉的叫声，令人毛骨悚然，使菜市口显得更加阴森恐怖。子夜过后，倏然刮起一阵冷风，穿着单薄的清兵冻得簌簌发抖，蜷缩成一团，发着牢骚：

“这鬼天气，咋冷成这样?”

“有口烧酒喝就好了。”

“当官的搂着小妾做着美梦，却让咱们来受这份洋罪。”

“下辈子鬼才愿意干这苦差事。”

突然，旁边传来扑簌簌的声响，几个黑乎乎的东西扑打在一个正在打盹的清兵的裤腿上，吓得那个清兵从地上弹起，迷迷糊糊地拉了一下枪栓问：“什么人?”旁边几个清兵纷纷站起来，仔细一看，原来是几片被风卷来的烂菜叶。一个清兵高声埋怨：“穷咋呼啥?刚睡着就被弄醒了。”说完，清兵们又坐在原地，倚靠着迷糊起来。

不一会儿，菜市口西面闪出十几条黑影，朝几个巡逻的清兵扑去。一个清兵惊得大叫：“有刺客!”扔下手里的罩灯往回跑。蜷缩在监斩台旁边的清兵从睡梦中惊醒，抄起身边的长枪，虚张声势地放起来。顿时，枪声大作，一道道火光朝西面乱飞，四周的狗叫声一声比一声紧。

“上!”埋伏在菜市口南面饭店墙角的大刀王五一个箭步飞出去，十多个镖师紧跟其后，像一支支利箭跃到清兵面前，挥舞起大刀，与清兵展开搏斗。王凯、刘芷贞和志士的亲友们紧跟其后，跑到刑场，各自奔到事先看准的遗体前，背起遗体、拣起头颅就走。清兵头目一看几具尸首被抢走，立即指挥清兵与镖师们对打，向其余的清兵号叫：“有人抢走了尸首，快放枪!”清醒过来的清兵们立即朝南面胡乱放起枪来，他们不知道抢尸首的有多少人，不敢追。

王凯背着恩师的遗体往南飞跑，刘芷贞提着裹着杨深秀头颅的白布紧跟其后，子弹嗖嗖嗖地在耳边飞过。

“哎呀——”跑在前面的王凯听到后面芷贞叫声，心里一紧，扭回头问：“怎么了?”芷贞喘了一口粗气：“没、没啥，快跑!”

王凯和刘芷贞跑到街道顶头，又越过一片菜地，来到事先停在路边的轿车旁，把恩师的遗体和头颅放在上面，跳上车。车夫刘安朝辕马的屁股上猛地一拍，轿车沿着道路急驰而去。

第三章　扶柩归故土

“凯哥，还有多远，啥时能到?”黑暗的车篷里，刘芷贞紧张地问道。王凯安慰说：“芷妹，已经离菜市口很远了，清兵不会追上来，别怕。”

“有你在，我不怕。”刘芷贞软软地靠在王凯的肩膀上说，“凯哥，我有点冷，你搂住我。”王凯让芷妹躺在自己怀里，想握住她的手，一摸黏糊糊的，连忙擦着洋火，见芷妹的手上糊满了鲜血，心一下子揪了起来：“芷妹，你受伤了?”芷妹呜呜地哭起来：“凯哥，子弹打进我小肚子里，我好疼呀，我要真有三长两短，你可咋办呀?”一向娇生惯养的芷妹，在生死攸关的关键时刻，对自己竟然如此痴情。王凯一阵战栗，紧紧搂住芷贞安慰：“芷妹，这点小伤不算啥，一定会好起来的，有我在，别怕，快到了，你爹在阳平会馆接咱们呢。”

刘芷贞猛然咳嗽了几声，血手紧紧贴到王凯的胸上，喃喃地说：“凯哥，你可不能丢下我不管。”说着说着，突然没了声音。王凯虽然胆量不小，但毕竟年轻，未遇过这种事，以为芷妹永远离开了人世，撕肝裂胆地哭起来。

前面赶车的刘安听见车篷里的哭声，慌忙停下马车，问王凯怎么回事?刘安是刘笃敬的一个本家侄儿，给刘笃敬当了十多年管家，很靠得住。这回，刘笃敬专门让他驾车接应王凯和女儿，拉运杨深秀的遗体。

“芷妹死了。”刘安一听王凯的哭腔，心头一紧，勒住马，掀开车篷，点上罩灯，一看王凯怀里的芷妹面色苍白，腹部满是血迹，急忙把手放到芷妹的鼻下一试，还有气息，对王凯说：“小姐还有救。”转身出车篷，猛地一拍辕马，轿车飞奔起来。

一个多时辰后，轿车奔到京城西郊六里桥财神庙旁边的临汾西馆。等候多时的刘笃敬、李阳平、赵邦远等迎上前来。王凯抱着刘芷贞从车上跳下来说：“叔，恩师在车里，让人往下抬。芷妹受伤了，快救！”

刘笃敬一向做事沉稳细致、滴水不漏，提前联络了几位山西老乡，也知道在清兵的枪口下抢遗体，很可能发生意外，便事先请了一位留德的苏大夫，以防万一。一看王凯抱着受伤的爱女，不由打了个寒战，领着王凯走到后院的一个房间，把刘芷贞放到床铺上，唤来苏大夫诊治。

苏大夫剪掉刘芷贞的黑衣，处理起伤口。王凯见芷妹腹部血迹斑斑，如万箭穿心，追悔莫及，抡起左拳狠狠砸在自己头上，恨不能把悔心掏给刘笃敬：“叔，我真浑，没有保护好芷妹。”刘笃敬见王凯如此悲伤，拍了拍王凯的肩头：“小凯，这事不怨你，不要太过自责。苏大夫正忙着为芷儿做手术，咱俩插不上手，去看看你恩师吧。”

王凯和刘笃敬走进安放杨深秀遗体的房间。李阳平和几个山西老乡已经给杨深秀的遗体换上干净衣服，头颅放在颈旁。见刘笃敬和王凯进来，自动让开一条路。王凯一看恩师身首异处的惨状，鼻子一酸，扑到恩师的身上号啕起来。刘笃敬强忍住悲痛劝说：“凯儿，你恩师已经走了，再哭也哭不回来。”王凯止住哭，细看恩师的头颅，恩师的脸被擦洗过，依然保持着生前双目圆睁、眉毛高挑的义愤，仿佛想把生前爱国图存的宏愿喷发出来，对刘笃敬说：“叔，咱们要把恩师的头接上。”

“等苏大夫给芷儿做完手术，再来接。”

“叔，让我最后为恩师尽点心吧。”王凯问苏大夫要来做手术用的针线，把杨深秀的头颅对在脖颈上缝接，悲声念叨：“恩师，你忍着点，很快就好。”几位山西老乡站在一旁，禁不住啜泣。缝完前面，几个人近前，把杨深秀的遗体小心翼翼地翻过来，王凯又穿针引线，把背面缝上。然后，把杨深秀的遗体正过来。王凯看着杨深秀的面容，哭说：“恩师，你合上眼歇息吧。”用手轻轻抚过杨深秀的面庞。杨深秀叶落归根的心愿仿佛实现，颜面松弛下来，合上了一直瞪着的圆眼，一脸的安详。

刘笃敬端来一张低方桌，放在床前，点上长明灯，献上炸饼、鲜桃、点心等几样祭品，与几个山西老乡一起跪拜了杨深秀的遗体，又让李阳平等守着灵柩，与王凯跑到刘芷贞做手术的房间。苏医生刚把手术做完，正在洗手。不等刘笃敬和王凯开口，苏医生说：“已经把小姐腹部的子弹取了出来，没伤着要紧处，静养一段就会痊愈。”刘笃敬和王凯走到病床前，见刘芷贞脸色苍白，静静地睡着，便一前一后坐在床边。刘笃敬心痛地抚摸着女儿的脸，心里默默地念叨：好孩子，你这么小，却遭了这么大的罪，老天保佑，你快点好起来吧。王凯伸出双手，把刘芷贞的一只手捧起来，轻轻地抚摸着。他曾无数次抚摸过芷妹的手，但觉得都没有今天如此柔软细腻。在他的心目中，芷妹是一块晶莹剔透的美玉，想不到这块美玉的内核折射出璀璨的光芒，心里的爱意像潮水般更加汹涌起来，忍不住地悄声唤："芷妹、芷妹——"洗完手的苏医生走到他跟前阻止："病人失血过多，刚刚做完手术，还在昏迷中，让她好好静养，千万不要打搅。"

三人走出病房，刘笃敬对苏大夫拱手作揖："苏大夫，辛苦了！你可是小女的救命恩人。"说着，从马褂里摸出一张银票，往苏大夫手里塞。留学期间，苏大夫接受了大量的西方文明和先进思想，是维新变法的忠实支持者，他推开刘笃敬的手："刘大人，您这是干什么？杨御史为国捐躯，令爱舍命取义，苏某敬佩之至，今晚能为令爱做手术，是苏某的荣幸，您这样做是看轻了苏某。"刘笃敬见苏大夫态度坚决，恭敬地说："苏大夫，你忙了大半夜，就在这里歇息吧，我已为你安置好房间。"苏大夫摆摆手："明早我还要出诊，必须回去。杨御史在哪儿？我祭拜过他再走。"刘笃敬和王凯把苏大夫领进安放杨深秀棺木的房间里，苏大夫朝棺木鞠了三个躬，说："杨御史，你走好，历史是不会忘记你的。"

把苏大夫送走后，刘笃敬仰望着挂在西天的启明星，对王凯说："小凯，忙了一夜，快歇息去。"王凯心里一直牵挂着芷妹，答："叔，我不困，守着芷妹。"刘笃敬本想和王凯一起看女儿，转念一想，还是给年轻人单独相处的机会吧，便点点头。王凯走到刘芷贞的房间，搬过凳子，坐在床边，双手握着芷妹的手，目不转睛地瞅着芷妹的脸，但见她双颊上飞起两朵红晕，挺拔的翘鼻有节奏地翕动，两片红嘴唇优雅地微微上翘，比平时还要好看。王凯热血沸腾，忍不住地俯下身躯，把充满情意的嘴唇贴到芷妹的额头上。

朦胧中，刘芷贞牵着凯哥的手，时而在树林间徜徉，时而在沙滩上奔跑，时而在热闹非凡的集市上穿行，时而在古树成荫的书院里漫步，浑身洋溢着醉人的甜蜜，喃喃地叫："凯哥、凯哥——"王凯听到芷妹的喊声，激动的心突突跳了起来，紧攥起芷妹的手，急切地压低嗓门喊："芷妹、芷妹，你醒醒！"亲切而熟悉的呼唤使刘芷贞一下子清醒过来，她慢慢地睁开杏眼，看见凯哥哥刀锋般的剑眉和火辣辣的目光，眨了眨眼睛问："凯哥，咱们这是在哪里？"王凯目光里透射出惊喜："芷妹，在临汾西馆，你昨夜小肚上受了伤，可把人吓坏了。不过，你爹已请苏大夫给你做了手术，没事了，很快就会好的。你先歇着，我去叫刘叔！"说完，起身奔出门外。

刘笃敬让王凯照看女儿，自己并未睡觉，和山西同乡会几个挚友坐在一起，预测着可能出现的各种局面和变故。不知不觉间，鸡叫三遍，天色快亮了。刘笃敬赶紧让几个挚友进城打探消息。送走几个挚友后，他想看看爱女究竟怎么样了，掂着轻步，贴到女儿的房门上未听到动静，想让爱女和王凯多休息一会，悄悄地走进安放大哥棺木的房间，续上一炷香，朝大哥的灵柩磕了四个头才返回房间。迷糊中，他听到凯儿的叫声，立马应声出门。王凯激动地说："叔，芷妹醒了！"刘笃敬一阵惊喜："快，看看去！"刘笃敬和王凯奔到刘芷贞屋里。刘芷贞一看到父亲，心底涌出一股暖流："爹——"挣扎着要坐起来。刘笃敬走到爱女跟前，嗔怪地说："芷儿，你这小冤家，昨夜可把爹爹吓坏了。现在没事了，安心养着吧。""爹，杨伯伯咋样了？""已经入殓了，回头让人送你杨伯伯回老家。"

辰时，刘笃敬的几个挚友相继回来，传递回不好的信息。大量清兵云集在京城各大路口，盘查行人。大小街道上贴满缉拿抢劫"乱党"的通缉令。一个挚友当场展开一张通缉令，上面赫然写着：

八月十四日晚，一伙暴徒在菜市口将乱党杨深秀、谭嗣同、刘光第的尸体抢走，打死打伤守兵多人，罪不可赦。凡检举抢劫犯和乱党尸首下落者，赏银一千两。大清光绪二十四年八月十五日。

刘笃敬和几个挚友脸上罩着一层厚厚的冰霜，感到事态比想象的更为严重，一时拿不出对策，房间里的空气仿佛凝固了，只听见彼此的呼吸声。

王凯站起来，打破僵局："我送恩师回家！"

"你？"刘笃敬觉得王凯年纪太轻，经历的事情太少，实在不愿把这么重的担子压在他肩上，可在如此险恶情势下，有谁冒着生命危险干这种事？只得提醒他："小凯，你可要想好，送你恩师回家，沿途一千多里，须经过多少关卡，稍有差池，就会掉脑袋的。"

王凯信心满满地说："叔，春秋时，晋文公率领数万战车和军人长途跋涉到两千多里外的城濮，退避三舍，一举消灭了天下最强悍的楚军，问鼎中原，成为霸主。如今，只要有好招，一定能把恩师稳稳当当地送回家。"刘笃敬知道王凯已经心里有数，问："你有什么好招？"王凯答："不少在京城做生意的山西人往老家运金银珠宝，我求师伯伯帮忙，把恩师的遗体藏在镖车里，请师伯伯再派两位师兄协助，插上顺源镖局的旗帜，就不会引起怀疑。"刘笃敬觉得此法可行，点头同意。

昨夜，大刀王五紧急派人分头联络了被戮志士的家属，亲自率领十多个徒弟，与清兵殊死搏斗，吸引清兵的注意力，让志士们的家属乘机抢走亲人的遗体，等到志士们的家属走远后才撤离。今早，他又派徒弟到街上打探消息，得知清兵正在四处缉查，心里像烧起一把火，生怕志士们的家属遭遇意外，像头狮子窝在房间里踱来踱去。正担忧着，见王凯进来，他立即从椅子上蹦起，问："小凯，没出什么事吧？"王凯实言相告："师伯伯，昨夜抢恩师的遗体还算顺利，我已经跟几个同乡商量好送恩师叶落归根。今早，清兵又贴通缉令，又设关卡，查得很紧，徒儿不敢贸然动身，想请师伯伯帮忙，派两个师兄，把恩师的遗体藏在镖车里运回去。"

大刀王五一拍大腿："好说！"当场叫来两位身体健壮的镖师，指着王凯介绍："这是杨御史的弟子王凯，也是你崔师叔的爱徒，与你俩是同门师兄弟，你俩跟着你师弟护送杨御史遗体回山西老家，就是丢了性命也要保证不出意外。到山西后，协助你师弟把杨御史安葬好再回来。"两位镖师喏了一声，跟随王凯来到临汾西馆。

刘笃敬知道，要从京城运送杨深秀的遗体回乡，路途遥远，少说也需一个月，而时值秋日，天气尚暖，遗体容易腐烂，便请苏大夫为杨深秀的遗体做了防腐处理，用白绢把遗体严严实实地包裹起来，请木匠赶做了一个密封很好的长方形木匣，藏在板车的最里面，四周用木箱围住。

吃过晚饭，王凯来到刘芷贞的病床前。刘芷贞拽住他的手不让走："凯哥，明天你就要走了，今夜必须好好陪我。"王凯只得遂她的意，坐在床边陪她。

刘芷贞问："凯哥，二十年后，你在干什么？"

王凯扬起头，闭上眼，想了想答："可能考上进士，在某地做官，也可能接我爹的班，在盐池当东家。"

"那我呢？"刘芷贞眨着期待的眼睛。王凯攥住她的手说："那还用问，你给我生下一大堆娃子。"

"你真坏！"刘芷贞抬起胳膊，攥起拳头捶了王凯几下，又噘起小嘴撒娇，"亲一下。"

"想得美，就不。"王凯故意逗她。

"那好，不亲是吗？到时候我不给你生娃子。"

"亲，亲还不行吗？"王凯俯下身子，把热烈的嘴唇贴上去。

时间不知不觉地在两个心爱人的甜言蜜语中流逝，雄鸡引颈高歌，宣告着黎明的到来。王凯抬头一看，窗户已经发白了，恋恋不舍地说：“芷妹，天快明了，我要动身了。”

“我送你。”刘芷贞不知从哪里来了力量，从床上爬起来，把王凯送出屋外。刘笃敬走到女儿跟前，搀住女儿的胳膊埋怨：“好我的小祖奶奶，你刚做了手术，大夫不让你动，你咋敢拿小命开玩笑?”

芷贞撒娇地说：“人家送送凯哥，不行吗?”刘笃敬无奈地点点头：“行、行、行——”便吩咐刘安上路。刘安一扬鞭子，镖车咣里咣当地启程。

“凯哥，路过我家，去看看我娘，我等你回来!”晨曦中，刘芷贞在父亲的搀扶下，走到会馆门口。王凯转过身，向芷妹挥手道别：“我记下了，外面凉，你快回去，我把恩师送到家就赶回来。”

镖车沿着官道西行，走到京城西面关卡前，被几个清兵挡住去路：“站住，你们是干什么的?检查!”蔡、李两位镖师头裹皂巾，上穿紫袄，腰缠黑带，下穿黑裤，各提着一把朴刀，走到清兵面前，把刀柄狠劲往地下一杵：“受人钱财，保人免灾，你用眼窝出气，没瞅见镖旗?”清兵一看身边的两座铁塔，知道不是善茬，再一看杏黄色的长形镖旗，上面绣着顺源镖局四个大字。顺源镖局是京城最大的镖局，经常为达官贵人护镖，名声响得很。一个清兵堆起笑脸解释：“两位镖爷，卑职奉命堵截乱党，得罪了，你车上拉的什么?”蔡镖师跳上板车，打开一口箱子说：“我是给兵部王侍郎往山西老家押镖。”清兵一瞅，箱里盛满白花花的元宝，又打开一口箱子，全是珠光宝气的绸缎，又听说主人是兵部的大官，不敢再找麻烦，赶紧放行。

镖车翻越西山，在山峦起伏的山里走了几天，来到一座峻峭的山峰前，面前高耸着一座角檐高挑的城楼，巍然凌空，像尊气度轩昂的武士把守着关隘。王凯曾走过几趟，指着雄伟的城楼向两位师兄介绍：“这就是著名的娘子关，因唐朝平阳公主在此领兵打仗而得名，此处是直隶和山西的交界处，素有万里长城第九关之称。”

翻过关隘没走多远，一阵呼哨过后，山道两旁巨石后面跳出十多个头戴面具的黑衣人，举着明晃晃的砍刀叫嚣：“大路朝天，各走一边，路过娘子关，留下买路钱。”王凯见对方人多势众，不想节外生枝，便走上前去抱拳作揖：“好汉，我是咱山西的，路过宝地回老家，人不亲土亲，请高抬贵手!”说着从怀里掏出一个元宝。贼首一把扯过元宝，掂了掂，往怀里一塞：“就这一个小枣，还想过关，没门!”王凯躬着腰央求：“好汉，路途太远，没带多少硬货。”匪首朝王凯的头乱舞砍刀：“你是不是不想要吃饭的家伙了？再掏!”蔡镖师实在看不下去了，掂着朴刀上前对匪首说：“我是京城顺源镖局的，押镖二十多年，什么大江大河没蹚过？你们别太不识相了。”匪首见只有三个押镖的，胆气十足：“老子不管什么扯淡镖局，只认银子，就你三个，还想动手？”蔡师兄大吼一声，抡起朴刀，朝匪首砍去，匪首也不是等闲之辈，身形一闪，朝劫匪挥了挥手：“上!”十几个劫匪一齐狂舞着扑了上来。王凯嗖地从车上抽出长棍，和两个师兄一起与众劫贼对打起来。甭看劫匪人多势众，哪里抵挡得住武艺精深的三兄弟，很快被打得滚了一地，蔡师兄不解恨，抡起朴刀想结果匪首的性命，被王凯拦住：“师兄，咱赶路要紧，就放他们一马吧。”劫匪慌忙跪地求饶，爬起来消失在山野里。

又走了十多日，来到平遥城北，仰首眺望，中间城楼高耸，两侧堞口如齿。王凯早就听说这里是有名的商埠，全国几十家票号云集于此，却一直没有机会身临其境，便对两位师兄说：“平遥城里很是繁华，咱们进去好好一饱眼福。”刘安赶着车，师兄三人跟在后面，走进城里。街道上人流如织，两侧店铺林立，叫卖声不绝于耳。每走几步，就能看到一处高大的门楼。门楼两侧悬挂着灯笼，炫耀着生意的红火和主人的富有。王凯不由地赞叹：真是名不虚传呀。

走着走着，突然看见一座高大的彩绘门楼前围着黑压压的人群。王凯挤到前面一看，门额上悬挂着“日昇昌记”黑底金匾。门前台阶上竖着一块长形木牌，上面贴着一张红纸。旁边放着一张方桌，桌面上摆着文房四宝。一位穿长袍短褂的中年人说：“敝人姓雷，是日昇昌记的管家，敝号特设重金为楹柱征联，上联是：日丽中天，万宝精华同耀彩。诚邀各方饱学之士施展才华，对出下联者，奉上酬金一百两。”一个商贩惊叹：“哇，一百两呀，能盖一座四合院，花这么大价钱买几个字，真是钱多得没处花。”旁边蓄八字胡的老先生指着门楼上方的金字匾对商贩说：“你懂什么？看到匾了吧，匾上“日昇昌记”四个字，是李老东家上京城花一千两白银请状元陈沆所书，寓意票号生意旭日东升，要不他的生意能遍布全国，开到好几个国家！这回少东家花一百两银子征集下联，不是学富五车的高人，根本对不上，你说值不值？”商贩红着脸向八字胡躬腰说软话：“值、值，就是给我一座金山，也对不上。”

王凯看着富丽奢华的门楼，流光溢彩的巨匾，摩肩接踵的人流，来往穿梭的货车，触景生情，文思泉涌，略一思索，跳上台阶，对管家说：“我来。”挥起羊毫，饱蘸墨汁，一排遒劲的行书跃然纸上。雷管家当众宣布：“这位先生对的下联是：“升临福地，八方辐辏独居奇。”又向王凯抱拳揖礼：“请到客厅面见李东家。”王凯向站在远处的两位师兄挥了挥手，示意他们等一会儿，跟着雷管家走进后院的南房。雷管家把宣纸递给坐在太师椅上的年轻人说：“少东家，这是这位先生对的下联，请您定夺。”少东家叫李天继，祖上以经商为业，道光年初开颜料庄，生意日渐兴盛，后专营存款放款汇兑业务的票号生意，几乎覆盖整个中国。李天继从小读书，且学业超群，去年童试高中。之所以重金为票号征联，一来想扩大字号影响，二来想以文会友。他一看下联，欣喜溢于言表：“此下联绝了。”再细看应征者，与自己年龄相仿，敬佩之意油然而生，赶紧站起来向王凯揖礼：“敢问兄台尊姓大名，宝籍何处，贵庚几何？”王凯如实回答：“小弟王凯，绛县人，戊子九月生，丙申拔贡，现在国子监求学，返乡路过平遥，偶遇宝号征联，便献丑了。”李天继从椅子上站起来，面带喜色，近前握住王凯的手说：“王先生，咱们是同庚呀，我比你年长两个月。”王凯慌忙还礼：“兄台，恕我班门弄斧了。”李天继说：“弟才比甘罗，学识精深，能为敝号赐联，实在荣幸之至。”扭头吩咐雷管家取酬金来。王凯忙摆手阻止：“宝号名冠华夏，如雷贯耳，今回乡探亲，偶过宝号，见征集下联，贸然献丑，承蒙兄台错爱中选，已心满意足，绝不敢收酬劳。”李天继说：“一诺千金是敝号的根本，你不会让我违规吧？”王凯重申：“刚才我只是举手之劳，何足挂齿，断然不可。”李天继见王凯坚辞，只好吩咐雷管家把酬金记入股金，并挽留王凯用餐。王凯说：“我家里遇到急事，赶路要紧，实在不敢逗留。”李天继只得把王凯送出大门。

王凯一行夜宿晓行，来到太平县汾城，在官道旁的鸿茂客栈歇脚。汾城坐落在汾河东岸，是名噪晋南的大集镇，来往客商很多。吃过晚饭，王凯请蔡、李两位师兄和刘安看守镖车，自己跑进城内，在店铺里买了两包点心，边走边问，来到刘府。刘王氏仔细一看，真是准女婿小凯，连忙把王凯拉到自己跟前坐下，递上一杯茶，惊愕地问：“小凯，你咋变成这个样子？”刘王氏一直跟随丈夫住在京城，对准女婿相当满意。一个月前，她外甥娶亲，才从京城回来，想在老家住上一段。

王凯从小在富家长大，十分讲究衣着打扮，上路后的头一天早上，习惯地端起盆子梳头洗脸。蔡师兄阻止说：“不梳头、不洗脸、睡觉不脱衣，是镖行里的规矩。咱们回山西，要在路上奔波一个多月，从早到晚风吹日晒，如果把脸洗干净了，非被晒裂刮皱不可。”王凯听蔡师兄说得在理，就再没洗过脸梳过头。他长叹了一声，眼里溢满泪花，向刘王氏详细诉说了恩师被害、运送回家的坎坎坷坷。

刘王氏拉着王凯的手感叹："小凯，你可受苦了。刚才你说你和芷儿一齐去抢你恩师的遗体，她还好吧！"

王凯知道芷妹是刘王氏的心头肉，如果把芷妹受伤的事告诉她，肯定会受不了的，所以刚才故意隐瞒了真相。现在刘王氏追问，不得不以实相告："芷妹受伤了。"

刘王氏吓得心提到嗓子眼："伤在哪儿？"

王凯故意用轻松的口吻给刘王氏宽心："受了点小伤，已经好了。我临走时，她跟叔还到大门口送我。"

刘王氏长呼出一口气："没事就好，吓死我了。你恩师遗体现在哪儿？"女人家心软，说话间，眼泪就冒了出来。王凯答："在城西官道旁的鸿茂客栈里，由两个师兄和刘安守着。"刘王氏当即坐着轿车，刘管家跟在后面，跟随王凯来到城西鸿茂客栈，乘天黑无人，跪在车棚下的镖车旁给杨深秀磕了四个头。王凯又把刘王氏领到包间，见过两位师兄和刘安。刘王氏说："安娃，辛苦你了，一会儿跟我回家看看去？"刘安作揖答："婶子，我把杨大人送到家后再回来。"刘王氏见王凯等人灰头土脸，朝刘管家挥挥手："我在这里守着，你快带他们去洗个澡。"这些天来，王凯觉得身上有什么东西时不时地咬他的皮肉，又痛又痒，知道是惹上虱子了。心想两位师兄和刘哥也好不到哪里去，如今离恩师老家只有一天的路程，没必要再硬撑下去，便对两个师兄和刘安说："就遵了婶吧。"

王凯躺在氤氲着雾气的热水里，浑身的汗毛全都张开了。一个多月来，餐风宿露，翻山越岭，不洗脸、不脱衣，专拣偏僻的山路行走，专挑简陋的客栈歇脚，承受着极度的折磨，特别是路过关卡，总把心悬在嗓子眼上，生怕露馅，总算熬过来了。他微闭上眼睛，一面擦洗着肌肤，一面盘算着：明日把恩师送到家，帮其家人为恩师下葬后，回枣园老家看看奶奶，再到运城看看爹，然后赶回京城，就能见到朝思暮想的芷妹了。

"王公子，这是你的棉衣。"一个声音打断了王凯的遐想，他睁开眼，见跑堂的送来几件黑色夹衣，问："谁送的？"相公答："刘大奶奶送的。"原来，刘王氏见王凯几个人衣服又脏又破，就让刘管家到成衣店里买了几件，送到澡堂里。回到鸿茂客栈，王凯对刘王氏说："婶，时候不早了，您回去歇息，我们明日还要赶路。镖车上的货都是叔准备的，我把恩师送回老家后，让刘安哥把它送回来。"

次日早晨，王凯一行上路。昨晚，痛痛快快洗了澡，个个净头爽面、精神焕发，脚步生风，速度明显加快，日头离压山还有一竿高就到了仪张村。

王凯知道当地风俗，死在外面的人是不能进村的，就让镖车停在村头。仪张村毗邻官道，四周筑有城墙，面对官道的村南雄峙着城门，门洞上方嵌着“仪张村”石匾。其上筑有三楹两层回廊式楼阁，像位饱经沧桑的老者，忠实守候着故土。王凯曾来过恩师家，不用打问，走进村里，沿主巷拐到东侧的杨家巷，径直走到恩师的院落跟前。一走进院门，眼前的景象使他惊呆了：四面的屋门全敞开着，袒露着黑洞洞的大口；屋檐下的灶台上，铺着厚厚的尘土；院子的地上散落着几件旧家具……一股不祥袭上王凯心头：出事了！

第四章　家严蒙冤屈

汪、汪——一条黑狗从外边窜进来，后面跟着一位四十多岁的中年汉子，问王凯："你是——"王凯赶紧向老者鞠了一个躬："老伯，我叫王凯，是杨御史的弟子，来看望师母。我看家里很乱，是不是出了什么事？"

来人一脸苦愁："唉，他家出大事了。几天前，我听见院里有哭喊声，进去一看，见几个衙役在家里翻箱倒柜，你师母哭着上前阻止，一个衙役号叫：'杨深秀是乱党，已被朝廷镇压，快把他藏在家里的东西交出来！'衙役们折腾完走后，你师母一家瘫在地上哭。我赶紧走过去，劝你师母不要再哭了，快领着全家躲起来吧。你师母这才止住哭，收拾了一些吃穿的东西，和墨田、孤田两个儿子当天夜里逃到南山后面的汤王山里。"老者朝院门外看了看，确信没有人后，拉住王凯的手，说出自家的身份："我是深秀的堂弟，在县城红鹤楼当厨子。自从他家出了事，就告假回来，每日都要来这里好几回。我想，我哥在外为官二十多年，总会交上一些朋友，肯定会把他的遗体送回来的。一旦送回来，我就把丧接住，让我哥入土为安。"说完，压低声音告诫王凯："你赶紧走吧，若碰上衙门里的那群狗，可就倒灶了。"

王凯被突如其来的凶信砸得直打冷战，想把运回恩师遗体的事说给对方，转念一想，此事一旦让官府知晓，必然会把恩师的遗体抢走，而且会连累他的族人，不如先把事情隐瞒下来，以后再说。他向老者道别后，跑到官道上，朝两个师兄和刘安挥挥手："恩师家出事了，往回走！"

刘安赶紧把镖车调回头，沿着官道往回折。蔡师兄问："师弟，你恩师家出啥事了？"王凯把恩师家被抄，举家逃难的事细细说了一遍。蔡师兄咬得牙根吱吱响："这伙狗官，真是天杀的，连杨御史的家人也不放过，日后有了机会，我一定把这些狗官们碎尸万段！"

“兄弟，眼看太阳快要压山了，咱们该往哪里走？我在这里可是人生地不熟。”刘安一问，倒把王凯问住了，两个师兄也在看他，虽然没有开口问，意思很明显，让他赶紧拿主意。王凯想：眼下只有一个办法，就是在附近找个地方把恩师的灵柩藏起来。究竟藏在哪里好呢？他突然想起，在令德堂读书期间，曾跟恩师到董泽湖西岸柏树岭上的董父庙拜谒过。董泽湖是直通涑水的一个天然湖泊，水波潋滟，荷花溢香。相传董父在此湖豢龙有功，被舜帝封为豢龙氏，湖泊周围即为董国，董家的世世代代在此处繁衍生息。不知什么年代，董姓人在湖西岸的柏树岭上建了一座董父庙。此庙地处偏僻，每年二月二龙抬头时，附近村庄的董姓人到此庙烧香磕头，平时极少有人去。此地离仪张村只有几里路，刚才路过时，他还特意抬头看了看柏树岭上的董父庙。想到这里，王凯眼睛一亮：“咱们先把恩师藏到柏树岭。”

镖车赶到柏树岭下，天已经黑了。圆月挂在东边的天空，洒下一片清辉。王凯让刘安把车停在岭下，搬开木箱，抬出恩师的灵柩，从车厢底抽出事先准备好的粗绳、抬杠、铁锨等物品，四个人抬着灵柩沿着山道，穿过密匝匝的柏树，一步一步地登到岭顶。蔡师兄建议把灵柩放到庙里，王凯想了想说：“这庙虽然偏僻，但也不能保证没有人来烧香磕头，若把灵柩放在庙里，一旦被见钱眼开的人撞见，到衙门告了密就坏事了，不如把棺木藏在隐蔽的地方。”蔡师兄说：“还是师弟想得周到。”走到堰根一个低矮的土窑前，见周围长满枣刺和蒿草，觉得是个好地方，便把灵柩安放到土窑里，用铁锨把窑口掩埋住，这才放心地走下柏树岭，来到不远处的梨园镇歇息。王凯对两个师兄和刘安说：“明日你们仨都回汾城，我一个人守在这里就行了。”蔡师兄急得瞪圆双眼：“师弟，你咋能说这话？临来前，师傅当着你的面吩咐，让我俩帮你把杨御史安葬好再回去，难道你让我俩违背师命不成？”

王凯耐心解释：“师兄，咱们几个人守在这里要吃要喝，难免树大招风，要真让疯狗们闻出味来就麻烦了，丢了性命不说，还会让恩师变成孤魂野鬼，咱们就是把命赔上也担当不起。”蔡镖师没想到事态会这么严重，反问：“师弟，你说咋办？”王凯想出一个万全之策：“师兄，咱们先到运城崔师傅的河东镖局里落脚，瞅机会联系恩师的家人，让恩师入土为安。”他又对刘安说：“你回家歇息几日，再回京城报信。”

次日早，王凯和两个师兄送走刘安，赶往运城，来到坐落在东街上的河东镖局。崔啸天一见爱徒和师兄的两个徒弟，脸色大变：“你咋回来了？”王凯把恩师遇难，师伯伯帮他抢出恩师遗体、派两位师兄帮他扶柩回家的事告给师傅。觉得师傅表情不对，问：“师傅，是不是这里也出啥事了？”

崔啸天让蔡、李两位徒弟休息，满脸布满愁云，对王凯说：“我本不想告你，可这事太大，瞒不得，你爹遭人陷害入狱了。”

“为啥？”王凯急得眼珠子快要蹦出来。

“他们诬陷你爹贪污库银。”

王凯气得一蹦三尺高：“真是岂有此理！”他从记事起，家务全由奶奶掌管，在外当官的爹一回家，便套上骡马为乡亲们犁地拉庄稼。村里的关帝庙年久失修，他捐了两千两银子重修，根本不相信爹会做出这种丑事。他拉住崔啸天的手问：“师傅，是谁陷害的我爹？”

崔啸天细说出王嘉天的遭遇：“今年春上，蒯亦霸凭着当刑部尚书的姑父刚毅的权势，当上河东道道台，兼管河东盐务，是你爹的顶头上司。几个同僚约你爹携带重礼为蒯亦霸祝贺。你爹拒绝说，‘姓蒯的见钱眼开，鱼肉百姓，百姓骂他‘坏一霸’，让我给他送礼，除非日头从西边出来！’此话传出，蒯亦霸对你爹恨得要命。十多天前，蒯亦霸收买了当地几个盗贼，趁夜潜入盐运使司的银库里，偷走维修盐池禁墙的五千两银子，第二天就对盐运使司银库进行突查，不见了库银，立马把你爹打入监牢，硬把贪污库银的罪名安在你爹头上。”

一个多月来，王凯运送恩师灵柩本来就筋疲力尽，一听此噩耗，顿觉得头晕目眩，软软地倒在地上。崔啸天赶紧俯下身子，狠狠掐住王凯的人中，王凯这才缓了过来，张开大嘴哇地大哭起来。崔啸天安慰徒弟：“小凯，再哭也把你爹哭不回来，你爹是啥人谁不晓得？有句老话叫肚里没病死不了人，俺已经派人打探消息，求人说情，你爹肯定不会有事的，你先住下再说！”

就在王凯决定留下来营救父亲的同时，一场巨大的阴谋滋生了。

在运城西街河东道衙后院里，一个头戴瓜皮帽、身穿黑缎衣的人坐在河东道台蒯亦霸一侧，满脸泛着得意的贼光，眨着三角眼问：“姐夫，王嘉天招了没有？”此人名叫钱占光，刀条脸，瘦得像根麻秆，山东人，年轻时混了个秀才，一直跟着姐夫蒯亦霸当师爷，蒯亦霸当上河东道台后，把他塞到河东陕西都转盐运使司当上运副。他人心不足蛇吞象，吃着碗里的，看着锅里的，经常下盐池敲诈勒索，中饱私囊。终久，纸里包不住火，其恶行被王嘉天察觉后，罚了他半年的俸银。从此，他对王嘉天怀恨在心，做梦也想把王嘉天挤走取而代之，便给姐夫出了个鬼点子，暗中授意一伙盗贼偷走盐运使司的库银，栽赃王嘉天。这些日子，什么刑都使过了，无奈王嘉天铁骨铮铮，就是不认账，急得他像火鏊子上的蚂蚁，三天两头找姐夫打探消息。蒯亦霸摸了摸左颊上的血印，摇摇头叹道："王嘉天真是茅坑里的石头又臭又硬。"

门帘一响，钱占花走进屋子，扭着大屁股砸到旁边的太师椅上数落丈夫："你把跑银花苑的劲头使出来，肯定能把姓王的摆治成样子。"银花苑是运城有名的妓院。前天，蒯亦霸到银花苑鬼混，被老婆知道了，又哭又闹，还在丈夫的脸上抓了一把。一向惧内的蒯亦霸当着小舅子的面，脸上有些挂不住："看你，哪壶不开提哪壶，这不是和占光商量着嘛。"

钱占光三角眼一转，想出一条毒计："姐夫，是人都有死穴，王嘉天不是个孝子嘛，去年过年时，他把他老娘从绛县接来，大年三十还提溜个瓦罐给他老娘买油茶。要是能想法把他老娘弄来，由不得他不开口。"

蒯亦霸一拍桌子，讨好老婆："夫人，咱兄弟出的这招够意思吧。"钱占花剜了丈夫一眼："你先别给老娘上眼药，占光要是当不上盐池的主管，看老娘怎么收拾你。"说完，颤着浑身的肥肉滚出房门。

次日，蒯亦霸派一个心腹赶辆轿车到绛县枣园村，骗王嘉天母亲王张氏："奉王运使之命接老太太和夫人到运城。"儿子每年都要接她和儿媳到运城住些日子，王张氏毫无戒备，和儿媳王乔氏、次孙王枚坐上轿车来到运城，沿着街道一直往西走，王乔氏掀开帘子一看，觉得方向不对，便问接她的人："运盐使司在东街，车咋往西街走？"蒯亦霸的心腹骗她："王运使交代过，他在西街的鸿宾楼摆下酒席为老夫人和你接风，让小的直接送老夫人和你过去。"王乔氏这才放了心。轿车拐了几个弯停下来。王乔氏搀着婆母走出轿车，一看大门上挂着"河东监狱"的牌子，心里发慌，追问接她的人："你咋把我们带到这里？"赶车的人一挥手，把门的两个衙役不由分说，把王张氏和王乔氏推入狱门，关到一间又黑又低的牢房里。狱卒从牢门的小孔里扔进两个发霉的高粱面窝头，吼道："吃吧，一会儿就让你们去见犯人王嘉天。"王张氏跑到牢门前，哭喊着质问："家宾犯了什么罪？"王乔氏强忍住悲愤，泪眼汪汪地劝婆婆："妈，你老不用着急，家宾是不会犯事的。"王凯的弟弟王枚刚满十岁，不谙世事，见奶奶和妈妈如此悲伤，搂住王乔氏的腿哭问："我爹怎么啦？啥时能见到我爹？"王乔氏蹲下，把次子抱在怀里，哄说："小枚，有妈在，别怕。"

次日一早，王张氏和王乔氏被押到审讯室。一个满脸麻子的判官凶煞般问：“你俩老实点，王嘉天把贪污的银子藏到哪儿了？”王乔氏答：“嘉天从来没给家里拿过一个麻钱。”

“王嘉天都招了，你还嘴硬？走，见见他去。”麻子判官朝后一挥手，两个衙役扑上来，把王张氏和王乔氏拖到另一间审讯室里。王张氏和王乔氏看到绑在十字木桩上浑身是血的王嘉天，哭着要往王嘉天身边扑，被两个衙役死死扭住。王嘉天也看到了母亲和妻子，脸憋得青筋暴突，眼睁睁地看着衙役把母亲和妻子拖走。麻子判官走到王嘉天面前，得意地晃着头：“听说你是个孝子，这回你可要想好，你妈和你老婆的命就攥在你手里，你要是承认了，就把她们放了，要是还嘴硬，不用我说，你也晓得她们是什么下场！”王嘉天自从被陷害入狱，受过很多酷刑，都能忍受，但一看到衙役们要对妈和妻子下手，心一下子软了，屈招自己把库银贪污了。蒯亦霸这才把他母亲和妻子放回绛县。

禁墙亦名禁垣，是朝廷防止盗盐走私、环绕盐池所筑的城墙，唐朝草创，宋朝继建，明朝筑成，清朝续修，东西五十余里，南北八里许，计长一万四千二百二十二丈，合近一百二十里，高丈三，基宽丈余，顶宽六尺，开东禁门、中禁门、西禁门。东禁门距安邑五里，曰育宝；中禁门与运城南北大街相通，曰佑宝；西禁门距解州十里，曰成宝。由于雨水冲刷和人为破坏，每年均由运盐使司从各盐号收取费用，进行岁修。今年夏季，王嘉天依照惯例征收了八千多两银子，在当地雇请了两千多劳工，苦干了两个多月，把禁墙整修一新。原本打算验收完工程后，给劳工发放酬金，不料祸从天降，库银被盗，遭人诬陷。为了保护自己的老娘和妻子，王嘉天不得不在判官事先写好的口供上画押。

东禁门（武建虎 摄）

然而，事情并不像王嘉天想的那么简单，他这样做非但未能保护自己的老娘和妻子，反而跳进了仇敌们给他挖好的深坑。蒯亦霸抖着王嘉天的供词，得意地对小舅子炫耀："有了这供词，就能把王嘉天送上断头台。"钱占光翻了翻三角眼，又使出一条毒计："这样做太便宜了那姓王的小子，非把他搞臭不可。"接着，嘴巴贴在姐夫的耳根子上密语了几句。

连日来，崔师傅找遍了平素和王嘉天关系密切的名流、绅士、官员，但他们都晓得其中的猫腻，谁也不敢为其求情。这日早晨，崔啸天正在客厅里劝王凯吃饭，突然闯进一个徒弟，上气不接下气地报告："王运使被五花大绑，正在街道上游街。"崔啸天和王凯慌得丢下饭碗，奔到大街上，远远听见锣声和喊叫声："快来看呀，王嘉天贪污岁修禁墙银，死有余辜，不日就会被正法！"他俩跑到跟前，见前面两个衙役边敲锣边喊叫，后面是被打得遍体鳞伤的王嘉天，被五花大绑着，脖子上吊着一扇门板，门板上糊着白纸，上面写着"贪污犯王嘉天"。王嘉天的脚上戴着铁链，每走一步，叮当作响，身后跟着十几个扛枪持刀的衙役。街道两旁不明真相的民众，一面拿起筐里的萝卜、白菜、红薯向王嘉天砸去，一面高叫："贪污犯，打死他、打死他！"王嘉天摆动着头颅，似乎想分辩什么，但嘴被麻绳勒着，发不出声，憋得眼珠子都要蹦出来。王凯目睹父亲被折磨成这个样子，要往王嘉天跟前冲，被崔啸天死死搂住。

正直磊落的王嘉天把名誉看得比生命还重，被拉出去游街时，竟有那么多民众误解他、砸他、恨他、骂他，他的精神支柱轰然倒塌，觉得再也没有颜面活在这个世界上。游完街回监狱时，乘衙门不注意，一头撞到狱门前的石狮上，当场气绝身亡。

蒯亦霸和钱占光闻讯赶来，蒯亦霸踢了王嘉天的遗体一脚说："本来还想在解州、安邑好好游街示众几日，他却自寻绝路，真是便宜了这小子。"又吩咐狱长："王嘉天畏罪自杀，死有余辜，立马派人把他扔在乱坟岗里。"钱占光三角眼滴溜一转，指着王嘉天的遗体，向姐夫蒯亦霸喷出一股毒汁："姐夫，无毒不丈夫，咱们正好利用这小子放长线钓大鱼。"蒯亦霸一时不明白小舅子葫芦里卖的什么药，便问："钓啥鱼，咋钓？"钱占光又卖了关子："姐夫，你还记得王嘉天有个儿子叫王凯吧？"蒯亦霸点点头："咋不记得，不就是打伤你外甥的那小子？听说那小子在京城念书。"钱占光得意地摇晃着脑袋："前些日子，京城传来消息，乱党杨深秀的尸首被人抢走。我想，王凯正在京城念书，抢杨深秀尸首的事肯定和那小子脱不了干系。弄不好那小子已经暗地里把杨深秀的尸首运了回来，就在运城潜伏着。今个，咱们拉着王嘉天游街示众，闹出这么大动静，假如这小子在运城，不会不知道他爹的事，八成会在夜里到乱坟岗来抢他爹的尸首。到时候，咱们就暗派捕役埋伏到那里，来他个瓮中捉鳖。要真能把王凯逮住，那可是一箭双雕，一来可以斩草除根，永绝后患；二来擒住抢乱党杨深秀尸首的逆贼，说不定朝廷能赏给你个山西布政使干干。”蒯亦霸脸上的赘肉聚成一团：“这个连环计不错，怪不得你小子光吃不上膘，原来都长到心眼上了。”

掌灯时分，崔啸天见王凯缓了过来，恨不能把心掏给徒弟：“小凯，为师就是拼了性命，也会帮你搭救你爹的。”这时，一个师兄闯了进来，红着眼圈说：“我在监牢前，亲眼看见王运使撞死在石头狮子上，捕役们把王运使的尸首扔到板车上拉到乱坟岗南面埋了。”王凯听此噩耗，跪到崔啸天面前痛哭：“师傅，您可要为徒儿做主呀！”崔啸天腮帮子聚起一团愤怒，朝身边徒弟吼道：“快叫人去！”很快十几个徒弟齐刷刷站在崔啸天面前。“跟我走，去抢王运使的遗体！”“师傅，我也去。”王凯挡在崔啸天面前。“不行，你在家好好歇着！”崔啸天怕王凯悲伤过度，路上出什么意外。王凯又跪下哭求：“师傅，您就让我尽孝吧。”崔啸天鼻子发酸，扶起王凯说：“小凯，为师答应你，不过，你可要小心。”

夜，冷风凄凄，街道上几乎没有行人。十几条黑影穿过街巷，朝乱坟岗奔去。

乱坟岗位于盐池禁墙西北面的一个土岗上，上面长满荒草和歪歪扭扭的杂树。不知道从什么时候起，只要盐池里的盐工死去，或囚犯被处死，都会被拖到这里草草埋葬。因为挖得坑太浅，尸首往往被野狗刨出来吃掉。久而久之，野狗们吃红了眼，见了活人也往身上扑，吓得行人不敢路过。乌鸦们闻到腥味，黑压压地落在杂树上，啄吃野狗刨出来的死尸。当地人一提起乱坟岗，浑身就起鸡皮疙瘩。骂人时，最恶毒的话就是“送你进乱坟岗”。

崔啸天、王凯等人来到乱坟岗，根据报信徒弟的指点，借着月色，刚走到乱坟岗南面，突然周围灯笼齐亮，喊声震天：“抓住偷尸的——”刹那间，几十条人影挥舞着长矛大刀扑了过来。崔啸天想不到乱坟岗里会有埋伏，只得与徒弟们抽出短刀和对方厮杀在一起。顿时，铁器的撞击声、叫喊声响成一片。尽管崔啸天和十多个徒弟武艺高强，一连刺倒十多个捕役，但毕竟人手太少，寡不敌众，厮杀中，有两个徒弟的肩膀被刺中，而且包围圈越来越小。崔啸天意识到如果再这样打下去，后果不堪设想。赶紧打了个口哨，众徒弟听到师傅撤退的暗号，一齐发力，捕役们见对方不要命地往前冲，吓得连连后退，崔啸天和徒弟们乘机突出重围，朝东面的坡上奔去。“停！”崔啸天突然心里一震，止住脚步喊：“小凯、小凯——”无人应答。崔啸天心头一颤，朝徒弟们一挥手：“糟了，小凯没出来，快回去救！”返身往乱坟岗奔去，徒弟们紧跟其后。崔啸天远远看见一溜灯笼晃荡过来，不时传来责骂声：“你他妈的还想要死猪？快走！”几个徒弟正欲冲过去，被崔啸天拦住，沉重地说：“迟了。”让一个徒弟跟在捕役队伍后面，领着徒弟们遗憾地撤去。

这些日子，王凯思父心切，急火攻心，整日精神恍惚，不思茶饭，身体很是虚弱。遭遇埋伏后，挥舞拳脚，一连把三个捕役打倒在地。突然一个捕役挺着一根长矛刺了过来，王凯一侧身闪过，右脚踩到一块石头上，身体失去平衡，摔倒在地，几个捕役一拥而上，死死把王凯压在地上。

王凯被押进河东道盐牢，狱官连夜审问他是谁？抢王嘉天尸首的人都有谁？他想，无论如何也不能暴露身份，供出崔师傅。一任棒打鞭抽，就是不开口。无奈，次日一早，把王凯押到道台府。蒯亦霸得知昨夜果然有人到乱坟岗偷抢王嘉天的尸首，逮住了其中一个贼犯，高兴地立马上堂，吩咐把贼犯押上来。蒯亦霸一见真是王凯，阴里阴气地哼说：“这不是王大公子吗？你不是在京城念书吗，咋跑回来了？”

王凯往上一瞅，眼睛里直喷怒火：“蒯亦霸，你丧尽天良，还我爹性命来。”像一束闪电往案桌前冲，吓得蒯亦霸身子猛然往后一仰，翻倒在地，后脑勺磕在地面上，疼得妈呀妈呀地乱叫。站立在两旁的衙役一齐扑过去，把王凯拖回原处，蒯亦霸从案桌底下爬出来，扶正官帽，重新坐到圈椅上，朝案面上狠狠砸了一下惊堂木，吼问：“说，你小子把乱党杨深秀的尸首藏到哪儿了？昨夜又和谁到乱坟岗上抢你爹的尸首？”王凯怒目里射出一把利箭：“坏一霸，你作恶多端，有朝一日，我非把你拖进乱坟岗让野狗撕烂不可！”蒯亦霸心里清楚不可能从王凯嘴里掏出东西来，反而会被他辱骂，号叫：“退堂，把王凯打入死囚牢！”

一晃进入腊月。崔啸天为搭救爱徒，四处奔波，毫无眉目，急得肝火陡增，嘴角溃烂，一张嘴就伤口破裂，连吃饭都成了问题，只得到鼓楼东南角的樊记诊所找有名的樊先生医治。鼓楼是运城最繁华的去处，购买年货的人云集于此，崔啸天看见黑压压的人群围观着什么，就凑上前去，一看场子中间竖着一块红底黑字的牌子，上书“运学义写春联处”几个颜体大字，下面摆有一排条桌，几个身穿灰棉袍的学者正在书写对联。一个戴眼镜的老者跟前格外红火。不少人围在他的桌子前面，手里高举着裁好的红纸，等着请他写字。每写完一副，就有人把红纸往他手里递：“景院长，请给我写。”崔啸天突然心头一闪：景润彦是运城人敬仰的名流，王凯在运学念过书，是他的弟子，如果请他出面，说不定能行，便耐心地等到日头快下山，写字摊前没了人，才走到景润彦面前说：“景院长，我是河东镖局掌门崔啸天，您弟子王凯是我的徒弟，我是为王凯的事来求您的。”

景润彦赶紧摘掉眼镜，握了握崔啸天的手急切地问：“崔掌门，老朽早就听说过你的威名，今日荣幸见到你，刚刚你说王凯有事，他怎么了?”崔啸天鼻子一酸，把王凯抢法场、护送杨深秀遗体、抢父亲的遗体被抓的事说了一遍，央求：“景院长，王凯是您的门生，如今他大难当头，您德高名重，说啥也不能见死不救。”崔啸天由于激动，撕裂嘴角，鲜血顺着下巴滴到前胸上，却浑然不觉。景润彦眼神里充满着坚定：“吾一定竭力而为之。”景润彦系光绪初年进士出身，当过一任知县，才学名冠晋南，书法誉满三晋。蒯亦霸为了和他套近乎，好好教他儿子，并得到他的墨迹，曾多次在运城最豪华的菊花酒楼包下酒席，派人到运学请他赴宴。正直的景润彦对蒯亦霸嗤之以鼻，借故推辞，使蒯亦霸丢尽了面子。这回，他不得不放下架子，去为得意的弟子王凯求情。

次日，景润彦步入道台府衙，对把门的衙役说：“请给蒯道台禀报，我是运学的景润彦。”衙役见景润彦气度昂然，赶紧禀报。蒯霸天一听，喜不自胜，颠着一身肥膘跑到府衙前迎接，径直把景润彦领到内宅的客厅里。蒯亦霸猜出几分景润彦来找他的目的，话里带着挖苦：“景院长，听说你近来忙得在大街上义书对联，今天咋有兴致大驾光临我这小小的河东道衙呢?”景润彦瞥了一眼蒯亦霸：“秋上蒯道台不是派人到运学要我写副字吗，那时腾不出空来，今日得闲，登门献丑，蒯道台不会不欢迎吧?”“求之不得、求之不得。”蒯亦霸赶紧吩咐仆人取来文房四宝，铺在八仙桌上。景润彦略一思索，挥毫泼墨，舜帝的《南风歌》跃然纸上：

南风之薰兮，可以解吾民之愠兮；

南风之时兮，可以阜吾民之财兮。

蒯亦霸击掌叫好：“好！妙！”又请景润彦坐下说：“景院长，犬子在贵院已经念了八年，虽然多次参加童试，却名落孙山，还望院长悉心教导。”景润彦不卑不亢地答：“师傅引进门，修行在个人。老朽以为，只要公子肯努力，考个秀才不是没有可能。”景润彦不愿浪费时间，直截了当地说明来意：“传闻你把王凯抓了起来?他犯了什么法?”蒯亦霸摸着下巴下的赘肉，装作为难的样子：“景院长，王嘉天与卑职同僚多年，王凯和犬子是同窗，堪称世交，可王嘉天贪污岁修禁墙专款，犯下不赦之罪。

再者，朝廷下旨缉拿维新乱党，王凯是乱党杨深秀的门生，有抢运杨深秀尸首的嫌疑，卑职不能徇情枉法呀。”景润彦追问：“捉贼捉赃，王凯招了吗？”蒯亦霸答：“这倒没有。”景润彦为王凯开脱：“王凯只是一介不谙世道的书生，怎么可能把杨深秀的遗体从一千多里外的京城搬回来？”又说：“救人一命，胜造七级浮屠，王嘉天已经殁了，就行点善事，给他家留个根吧。”蒯亦霸挤了挤眼，计上心来：王凯嘴太硬，绝对问不出口供来，趁景润彦说情，顺水推舟，把王凯放了，派人暗中盯住他，既卖了景润彦的人情，又能顺蔓摸瓜，便说：“景院长的意思，卑职敢不应承？现在就请你把王凯接走。”说完，领着景润彦到前堂，命衙役把王凯提出来。景润彦一见得意门生，急忙走过去，拉起王凯的手：“小凯，为师来接你了。”王凯见恩师亲自来接自己出去，扑到景润彦面前，激动得说不出一句话来。

躲在远处的蔡师兄一看王凯从衙门里走出来，想迎上去。王凯害怕牵连他，摆摆头。蔡师兄会意，止住脚步，返身离去，回镖局报信。

景润彦打算把王凯领回书院，抬头一看日头，已到晌午饭口，离运学还有一段距离，便把王凯带到街上的一家饭馆，边吃边心痛地说：“小凯，你的事，你师傅崔掌门都给我说了，想不到你小小年纪，竟遭受了这么多的磨难。吃罢饭，你跟我回运学好好将就几日。”王凯摇摇头：“景老师，我家里还有奶奶、妈和弟。他们要是得到父亲死于非命的凶信，还不知哭成什么样子，我是家里唯一的成年男人，必须回家照顾她们。”景润彦问：“那你父亲遗体怎么办？”

王凯想了想说：“景老师，劳驾您到河东镖局，告诉崔师傅我已经离开运城回老家，托他把我父亲的遗体收殓好。”景院长知道王凯说一不二的脾气，只好从衣袋里摸出一把麻钱，递给王凯：“你拿上，路上用。”

告别景润彦，王凯沿着官道踏上归途。他虽然在监牢中吃了不少苦头，但毕竟年轻，且思念亲人，归心似箭，走得很快。第三天傍晚，便赶回二百多里外的老家绛县枣园村。王凯沿着巷道，走到家门一看，白封条扼住两扇大门，十分扎眼，封条下面是河东道衙的方印，像血红的狼眼，露出凶狠的光，撕咬着王凯的心。

“英哥，你回来了？”英哥是王凯的小名，一声叫唤把王凯从悲愤中惊醒，他扭头一看，是对门邻居靳伯伯，便问：“伯伯，我家啥时被封的？”靳老汉红着眼圈答：“前些日子，你奶奶你妈你弟被人接走，说是到运城看你爹。十来天前，来了几个衙役，把你家搜了个遍，还把你奶奶你妈你弟撵了出来，你奶奶只得领着你妈你弟到河南她娘家逃难，我劝你奶奶不要走，你奶奶说，再不走连命都保不住了。我和乡亲们只好凑了一些钱，送你奶奶你妈你弟上了路。唉，十冬腊月的，你奶奶你妈你弟，老的老，小的小，要走好几百里路，哪能受得了？真是造孽！”说完又问：“英哥，你从哪回来的？”

“运城。”

“是不是你爹也出了事？”

王凯不想把爹的凶讯告诉靳伯伯，避开靳伯伯的话头说：“伯伯，我要到河南找我奶奶我妈去。”靳老汉抬头看了看日头说：“英哥，你没看日头快压山了？回家！要走明日一早走。”不由分说把王凯拉到家里，让老伴从面罐里挖出准备过年蒸白馍捏饺子的白面，连夜烙了十几张葱花饼。次日一早，靳老汉把裹着葱花饼的黑包袱斜挎在王凯的肩膀上，又把一串麻钱递到王凯手里嘱咐：“英哥，回老家后，问你奶奶你妈好。”王凯眼里噙着泪水，朝靳老汉深深鞠了一躬：“伯伯，我会记住您老的好。”靳老汉赶紧扶起王凯：“这娃，远亲不如近邻，这是干啥呢？”

王凯告别靳老汉，走出村外，禁不住地扭回头，看着生养自己的家乡，心里默默念叨：“我会回来的。”

第五章　贩药促家兴

王凯冒着凛冽的寒风，沿家乡南面的磨里峪一直往南，翻越中条山，来到垣曲县东南方古城黄河渡口。因临近过年，几乎没有渡河的。岸边停泊着几艘木船，像几个可怜兮兮的弃儿，摆动着身躯，承受着滚滚黄河水的扑打。心急如焚的王凯大声喊叫了几声，无人应答，发现不远处坐落着一个小村落，便跑过去寻到老船工家问："老伯，前几天有两个女的领着十来岁的男孩过河吧。"正在打扫屋子的老船工点点头："嗯，有这回事，眼看过年了，还外出逃难，够可怜的，她们是你啥人？"王凯实言相告："老伯，那是我奶奶我妈和我弟，我家里遭了难，我奶奶我妈我弟被人撵出家门，我奶奶只得领着我妈我弟到河南她娘家逃难，求您把我送过河，要不，她们可咋过活？"老船工痛快地说："小伙子，我本来划算年前不摆渡了，见你一片孝心，就不讲究了，走，送你过河！"王凯跟着老船工来到渡口，撑船把王凯送到对岸，王凯从怀里摸出几个麻钱付渡钱，老船工一点篙，船离岸而去，老船工站在船头，向王凯招手："小伙子，不用了，好好孝顺你奶奶你妈吧。"

王凯踏上河南的地界，一心想在年前赶到宝丰县冶阳镇，加快脚步，夜宿晓行，穿过济源、孟津、洛阳、汝阳，紧赶慢赶，临除夕早晨赶到宝丰县冶阳镇奶奶的娘家。王凯前几年曾跟着奶奶到此串亲，不用问人，径直走到奶奶的娘家，由表哥张崇信领着来到他奶奶的住处。

王凯奶奶王张氏是个美人胚子。当年，王凯的爷爷在河南宝丰县当教谕，恰好王张氏的哥哥当训导，是王羽的副手，经常请王羽到家里吃饭。见王羽长得一表人才，学识渊博，就把妹妹介绍给他，成就了晋豫之好。王张氏的娘家是普通人家，前几年侄儿离世，侄孙张崇信农忙种地，农闲时外出倒腾点药材，日子还算过得去。王张氏和任何一个女人一样，对娘家很是眷恋，隔几年总要回娘家探望，每次回去都带好多东西。侄孙对她也很亲，常到绛县看老姑，顺便贩些中条山产的连翘、柴胡等药材推销到安徽亳县，赚些钱补贴家用。侄孙见老姑举家前来投奔，便租下一个闲院让老姑一家住。

“小枚。”王枚正在柴门前贴对联，听身后有人叫，回头一看，竟是一年多未见的哥哥，放下糨糊碗，奔到王凯面前：“哥，你咋找到这里来了？”王凯把弟弟拉到身边比画了一下说：“小枚，你长得真快，快撵上哥的肩膀了。”王枚牵起哥哥的手，一进院就高声叫：“奶奶、妈，我哥来了。”王乔氏跑出来一看，真是朝思暮想的大儿子。跑过来拉住儿子的手：“英哥，你咋找到这里来了？”“妈，我在京城念书，很想您和奶奶，正好过年放假，我就赶了回来，在村口碰见靳伯伯，告我说您和奶奶领着枚弟来老舅家了，就未回家里，直接赶了过来。”在路上，王凯早就想好了，一定把父亲已经不在人世的凶信瞒住，假装不晓得家里被封。他知道，如果照实把爹的凶信告诉奶奶和妈，两个老人家肯定会受不了。

“英哥，快进屋，见过你奶奶。”王乔氏觉得，孩子刚从京城来，明个就是大年初一，不想把丈夫被捕的事告诉儿子，让儿子着急。

王凯进屋上炕，挪到奶奶身边叫唤：“奶奶，我来了。”仔细打量，见奶奶花白的头发像被白雪染过，贴在头皮上，脸上刻满沟壑般的皱纹，颧骨高突，双腮深瘪，比以前老了许多，王凯心想，奶奶肯定因长途跋涉累坏了，鼻子一酸，忍住眼泪，嘴里却哄奶奶喜欢：“奶奶，您还是老样子。”

王张氏和儿媳一样，心有灵犀，只字未提儿子被捕的凶信，抚摸着王凯的头说：“英哥，你找到这里了，咱们可要好好过个年。”

王凯趁势说：“我来就不走了，一直陪奶奶陪妈在这里住下去。”王张氏点着长孙的头：“那咋中？你还要到京城念书呢。”王凯编造出由头：“奶奶，我已经和国子监说好，在家里念书，过两年参加会试就是了。这样，又能陪奶奶，又能念书，两头都顾了。过不了几年，我就能考上进士，干的事比我爹还要大，到时候您老就能享清福了。”

大年初一，王凯燃放了鞭炮，祖孙三代吃过煮角，沉浸在浓浓亲情之中。

王凯像只遭受到暴风骤雨扑打的雏鹰，对生活的理解和追求随之发生了巨变。从他记事起，一直生活在富足安逸的环境中，“学而优则仕”深深铭刻于心。于是，他用智慧和汗水潜心学业，成为同龄人中的翘楚，在数万名学生拼搏的童试中脱颖而出，先后踏进令德堂和国子监的门槛。他一直梦想着金榜题名，像父亲一样外出为官，光宗耀祖。自从人生中最重要的恩师、父亲被杀害后，他深切地看到朝廷的腐败、官吏的残忍、世态的炎凉。在严酷的现实面前，他幡然醒悟，不能再走父亲的路，上什么学，考什么试，做什么官，到头来，落不了好下场。况且，父亲已经离世，他是家里的男人，就要责无旁贷地担当起顶门立户的责任，让奶奶和妈安度晚年，让小弟长大成人。眼下的当务之急，就是到闻喜县找到恩师家人，让恩师入土为安，再到运城把父亲的遗体运回老家安葬。

一晃出了正月，表哥张崇信来向姑姑道别，说是要到晋南收购药材。王凯眼前一亮，觉得是个好机会，便向张崇信提出："哥，我在家闲着，就跟着你当助手。"

张崇信大王凯十岁，为西汉开国良相张良之后，从小养成了仗义豪爽的性格，见表弟长得人高马大，肚子装满墨汁，痛快地应承："只要你奶奶点头，中。"

年前，王张氏和儿媳被骗到运城，亲眼看到儿子被打得遍体鳞伤，像只猫钻到肚里狠挠她的心，一直挂念着儿子的死活，苦于没有合适的人去打探消息，便宛转地吩咐孙儿："英哥，你跟你哥出去贩药，方便的话到运城去见见你爹。"老人家误以为孙子还不晓得他爹被抓的消息，却没料到唯一的儿子已经命归黄泉两个多月了。

"一定！"王凯强忍着巨涛般的悲痛，紧闭着双唇，点了点头，他生怕控制不住自己哭出声来，心里像刀扎一样汩汩流血：可怜的奶奶呀，恕孙子不能告诉您实情。

路上，王凯向表哥如实诉说了恩师、父亲遭难和自己要办的事情，张崇信立马表态："兄弟，你是个真爷们，俺服你。你恩师俺表叔都是大英雄，这回出来宁肯生意不做，也要帮你办好这事。"

王凯扶送恩师灵柩到仪张村时，曾听恩师堂弟说，恩师的家人躲到汤王山里，就和表哥张崇信从垣曲县翻过横岭关，一直往西，跋山涉水，边问边走，来到汤王山，没费多少周折，就打听到师母和家人，实言相告了恩师惨遭杀害、韨田哥赴日本避难、自己和大刀王五抢恩师遗体、护送恩师回来及灵柩藏放等事。杨深秀的次子墨田拉住王凯的手说："兄弟，真是为难你了。你放心，风险再大，我也要把爹安葬好。"随后，墨田就跟王凯、张崇信下山，连夜在村子北面的阳坡上打好墓穴，又到柏树岭上把杨深秀的灵柩抬过来下葬好，并拢起一个坟头。干完这一切，东方已经发白。

办妥此事后，接下来要办的另一件大事就是把爹的遗体运回老家安葬。王凯心里很清楚，此事比安葬恩师的难度大得多，因为心狠手辣的蒯亦霸和钱占光绝对不会善罢甘休。他担忧地对表哥说："哥，蒯亦霸很可能派人把守在路口，我一旦被那伙狗发现，就会被死死咬住，闹不好就会连累崔师傅和你。"张崇信想了想，扬起眉毛："这好办，咱们不走官道，再从南山后面转到运城，那些狗鼻子再长也闻不到动静。"

王凯一听是个好法子，就和表哥辗转到南山，在崇山峻岭中穿行了三天，来到河东盐池南面的从善村。从善村原叫蚩尤村。相传，南方黎族部落首领蚩尤领兵驻扎于此，和黄帝为了争夺食盐而战，战败后，其后裔慢慢繁衍成了一个村庄，为了纪念先祖，就把村名叫做蚩尤村，后来村人嫌蚩尤名声不好听，太过血腥，便将村名改为从善村。

张崇信多年游走在外，积累了不少经验。为了稳妥起见，从一个农家买了一身旧衣裳，要来一些毛发，把王凯打扮成蓬头垢面的老头，乘夜潜入运城，在街头卖羊杂割的火炉旁蹲了一夜。次日一早，王凯拄了根棍子，端了个破碗，假扮成讨饭的，来到东街河东镖局。

王凯获释时，远远给打探消息的蔡师兄递了个眼色，蔡师兄立马回去向崔师傅报告。当晚，景润彦悄悄来到河东镖局，向崔师傅告知王凯的行踪和所拜托收殓其父遗体之事。崔啸天拍着胸脯说："景院长，你放心，我就是拼上老命，也要把王运使的遗体抢回来。"崔啸天接受上次遭伏击的教训，暗中派人到乱坟岗察看捕役们的行踪。月黑风高的正月初三，亲自带领两个徒弟，乘捕役换岗之际，把王嘉天的遗体挖出背了回来，藏在镖局的地下银库里。

蒯亦霸得知王嘉天尸体被抢走的消息后，大为光火，判断是上回抢劫王嘉天尸首的逆贼所为，其尸首肯定藏匿在城里。如果不把这伙人捉拿归案，终究是心腹大患，往后睡觉都不会安稳。想到这里，蒯亦霸便纠集了一百多个捕役，又让当上河东陕西都转盐运使司盐运使的小舅子胡占光派出二百多名盐警，挨家挨户搜查了一遍，不见踪影，便狗急跳墙，在城区增加巡逻，并在各个路口设下关卡，日夜把守，企图一网打尽王凯的同伙。

一大早，崔啸天刚练完功，准备用早餐。一个乞丐拄着打狗棍，弓着身子，头上的乱发遮住颜面，一瘸一拐地走进来。崔啸天虽是个硬汉但心肠软，看见受苦人就觉得可怜，刚要让厨师端一些饭菜，乞丐走到跟前，低声叫："师傅，是我。"崔啸天一看，赶忙把乞丐拉到屋里问："小凯，你咋这模样？"

王凯把乱发捋到头后细诉："师傅，年前，我被坏一霸放了后，不敢明着见您，就请景院长给您捎了口信。回到老家一看，院子已被坏一霸封了，我奶奶我妈我弟逃往河南宝丰县，我就跟了过去。前些天和表哥渡过黄河，怕路上有麻烦，没敢走官道，从垣曲、闻喜的山里插过来，先到闻喜汤王山找到恩师的家人把恩师下了葬，又折到南山里跑到运城，昨夜翻城墙进来，怕被人认出，就打扮成这个样子。"

"好小子，真有你的。"不等王凯追问，崔啸天告诉他，"我已经把你爹的遗体背了回来，藏在地下银库里。"王凯焦急地问："师傅，坏一霸查得很紧，咋个才能把我爹的遗体搬回老家呢？"崔啸天把嘴贴在王凯耳朵上，说出谋好的计划。

原来，胡占光当上盐运使后，就像红了眼的疯狗，想法捞钱，与当地的私盐贩子勾搭上，利用掌管盐务的权力，私下为私盐贩子提供伪造的盐引，把盐运出盐池高价出售，这些运商们怕沿路遇到意外，总是找河东镖局押送。崔啸天买通了几个车把式，只要把王嘉天的遗体藏到盐车里，就能神不知鬼不觉地运回家。

是夜，崔啸天、张崇信和王凯把王嘉天的遗体包裹好，用车拉到盐栈里，藏到盐车最底下。天亮后，崔啸天领着一个徒弟跟在盐车后面，顺利地通过关卡。王凯和张崇信紧随其后。三天后的夜晚，盐车经过枣园村，王凯把他爹的遗体搬下来，放到村口的关帝庙里，跑到靳老汉家求援。

靳老汉一听英哥把他爹的遗体搬了回来，唤来几个邻居，抬上自家的寿木赶到关帝庙，装殓好王嘉天的遗体，连夜埋到村西面坡上的祖坟里。王凯跪在父亲的坟前，掬了一把土，撒在坟头上，发誓："爹，您好好歇息，我一定会给您报仇。"又给众邻居磕了三个响头。靳老汉拉起王凯说："英哥，外面天太冷，叫上你表哥，回家里让你伯娘做些饭吃，再好好睡一觉。"王凯推辞说："伯伯，快天明了，不麻烦您了，我和表哥在庙里歇息，天一明就赶回河南。"靳老汉见说不动对方，便嘱咐："英哥，老天自有公理，恶人是不会长久的，你在河南好好孝顺你奶奶你妈，风头过后把她们接回来。"王凯郑重地点头应承，把靳老汉和几个邻居送走，折回关帝庙，燃上一堆火，和表哥张崇信靠在神台下歇息。

也许是大事办妥，也许是乏透了，王凯很快进入梦乡。他梦见全身披挂的关公从神台上走下来，推了他一把："你放心去吧，我帮你守你爹的坟墓。"王凯惊醒了，睁开眼一看，天已经亮了，便跪在关公塑像前默默许愿：关老爷，将来我一定会为您重建庙宇，再塑金身。拜毕，叫醒表哥一起走出庙门。

张崇信看了看南面逶迤的群山，对王凯说："兄弟，咱俩出来忙活了一个多月，把大事办妥了，顺路收购些药材，赚些钱，回去也好给你奶奶你娘有个交代。"

王凯建议："哥，磨里峪方圆上百里，几十个山庄窝铺，散落在大山的皱褶里，收购药材太耗时费力，不如到北面南樊镇。此镇位于绛县、曲沃、翼城三县交界处，商贾云集，非常繁华，方圆几个县里流传着'金襄陵，银太平，数了曲沃数翼城，绛县虽然不驰名，南樊赛过北京城'的话，镇上有十几家收购药材的店铺，到那儿肯定能批发到药材。"张崇信一听表弟说得在理，便和王凯折向北，赶往南樊镇。

正值集日，南北街道上挤满了赶集的人，王凯和张崇信在焦记羊汤锅前喝了碗羊汤，顺便问掌勺师傅："药行在哪儿？"掌勺师傅往北面一指："看见围着不少人了吧，那里是林恒盛药行，生意红火着哩。"

张崇信和王凯走过去，见林恒盛药行有三间门脸，檐下挂着"林恒盛药行"的招牌，不少人排队卖药材。近前一看，几个伙计正在验货过秤。过完秤后，卖主把药材扛到后面的库房里，然后到账房里领钱。王凯拉住一个刚卖完药掂着钱袋的中年人问："大哥，你可发财了，卖的啥药？"对方摇着手里的钱袋，憨厚地笑答："去年种了二亩板蓝根，一斤卖二个半子，一下子得了一两多，一年的花销全有了。"一个伙计凑上前问："二位，你们有何贵干？"张崇信答："俺来采购些药材。"伙计一听是河南口音，非常客气地说："请和柴东家商量。"领着张崇信和王凯走到后院的东厢房。

一进门，柴东家从柜桌子后面站起来，一把拉住王凯的手："兄弟，咋是你？"

柴东家竟是远房姑家的表哥柴财娃，每年正月走亲戚，他都要到他家给奶奶磕头拜年，前年还到运城找爹借过银钱。王凯忙问："哥，这店是你开的？"

"可不是，我以前给人家当账房先生，大前年到运城问你爹借了三十两本钱，开起药行。"财娃接着又问，"英哥，你不是在京城念书吗，啥时回来的？"

"年前回来的。"王凯指着张崇信说，"这是我河南表哥，来进些药材。"柴财娃一拍胸脯："要进啥货，尽管开口！"

"想进些黄芩和地黄，有现货吗？"

"这儿是这两样货的产地，存了几万斤呢。"

"地黄多少钱一斤？"

“价钱好说，就按进价再加上花销，五个大子一斤。”当地人习惯把一个麻钱唤一个大子。

张崇信晓得亳县地黄的行情是八个大子一斤，每斤有三个大子的赚头。他贩了十来八年药，还没遇到过这么好的生意。想多进些货，出门时仅带了三两多银子。他晓得行里的规矩是钱货两清，便为难地说：“柴东家，俺想多进些地黄，可带的钱不够。”

“这有啥？”柴财娃很是痛快，“不看金面看佛面，有英哥在，钱不凑手先赊着，我这就给你套车，想拉多少都行。”当即吩咐伙计装货。伙计跑到外面叫来一挂大车和两个帮手，把张崇信和王凯领进库房里现场验货，每装好一袋称过后，伙计就将斤数记到一个本子上。把车装满后，伙计对张崇信和王凯说：“二位稍等，我把斤数总一下。”顺手拿起算盘，对照着记在本子上的数拨拉起来。站在一旁的王凯笑了笑：“不用算了，一共二十五袋，一千五百六十三斤。”

伙计抬起头来，眼里充满了疑惑：“你咋晓得总斤数？”

王凯笑说：“我已算好了，错不了。”他有着超强的记忆力，只要拿起书细细看几遍，就能倒背如流，对数字更是过目不忘。在运学读书时，他爹经常翻开账本，念着几十个盐号的产盐量，让办事员用算盘汇总。王凯坐在旁边一边看书，一边算着。刚念完数，王凯便报出总数，竟和办事员用算盘打出来的数一模一样。开始王嘉天还以为是儿子蒙的，经过几次验证，每回都精确无误。

伙计还是不放心，继续把算盘打完。王凯笑着问：“没错吧？”伙计瞪大眼睛：“神了，就是一千五百六十三斤。”张崇信惊奇地问：“兄弟，你还有这号本事？”王凯淡淡一笑：“这还不是小菜一碟？”

临行时，柴财娃把运药材的马车送出店门，递上一份清单。“兄弟，这是我库里的存货，咱南樊太偏，来进货的客商不多。你到亳州送货时，留意行情，看能不能给我药行里的存货找下买主。”柴财娃又特意交给王凯一个鸟笼说，“这鸽子是我调教好的信鸽，你到亳州一有消息，就写封信，拴到鸽子腿上，把它放出笼子，它就会飞回来报信。”

张崇信和王凯把货直接拉到安徽亳州。亳州是有名的四大药都之一，几乎全是经销药材的商铺，满城弥漫着药味，全国各地的买主都云集于此，吞吐量很大。车一进城，就被人围住，不到半天就把货销了出去。一算账，净赚了五两多银子。张崇信高兴得粗眉毛都奓开了，对王凯说：“兄弟，这买卖有赚头，咱们赶紧再到你老家拉货去。”王凯笑答：“这点赚头就把你美得不知道姓啥了？咱们多跑几家，摸摸行情再说。”两人走到街中心的一家药行，听见一个操着南方口音的客商问：“掌柜的，宝行有板蓝根吗？”掌柜摇摇头说：“这几天日了怪，以前五个大子一斤都批不出去的板蓝根，价钱翻了几个筋斗，你就是一斤一条黄鱼，我也拿不出货来。也不知这橡究竟在哪里弯着？”外地客商照实答：“这一程南方遭了瘟疫，非要喝板蓝根熬的药才能治，所以都来高价抢货。”掌柜后悔地说：“年前，我有一千斤板蓝根。有个客商一张口就出六个大子，我赶紧全部脱了手，想不到涨成这样。”外地客商无心再与掌柜谝闲，心急火燎地走出店门，看样子要到其他药行找货源。

王凯听得真切，从口袋里掏出柴财娃给的存货单，一看上面有八千多斤的存货，赶紧出门高叫：“这位东家，请留步。”

外地客商转回头问：“啥事？”

王凯反问：“你不是要板蓝根吗，俺有。”

外地客商惊得睁大眼睛：“真的，货在哪儿？”

“你能出啥价钱？”

“二十个大子一斤，一手货一手钱，有多少要多少。”外地客商迫不及待地问，“你有多少？”

王凯摆摆手，也不搭话，扭头就走，外地客商知道卖主嫌少，赶紧拉住王凯央求：“掌柜的，别走，你开个价。”王凯伸出一个巴掌。“行，就按你说的，五十大子一斤，货在哪里，有多少？”外地客商急忙问道。

“在河南济源，八千斤。”

外地客商着急地说：“我这就跟你去提货。”

王凯伸出手：“你先给我两成的定金。”

“这个好说。”客商从身上掏出一百两银票。王凯接过银票对外地客商说：“你跟俺去旅馆，俺退了房子，咱们就动身到济源提货。”王凯和张崇信领着外地客商返回旅馆，办完退房手续，又给柴财娃写上一封急信，绑到信鸽的腿上，把信鸽放出笼子，看着信鸽朝北方飞去，才放心地和张崇信领着客商往河南济源赶。王凯已经计算好，南樊镇到济源的路程比亳州到济源的路程近得多。如果一切顺利，等他们赶到济源，板蓝根已经从南樊镇运到。

柴财娃接到王凯用信鸽送的信，大喜过望，连夜把库存的板蓝根全部打包装车，派伙计送到约定好的济源鸿宾客栈。

王凯一行赶到济源，交接完货物，接过客商四百两余款的银票，又帮他雇了四辆马车，把板蓝根装好，打发买主起身，尔后和张崇信坐着送货的马车返回南樊，先还清上回赊的货款，又拿出一张五十两银票递给柴财娃。柴财娃嘴里念诵着："六八四十八。"从柜里取出两吊麻钱。王凯不由分说，把两吊麻钱推到柴财娃跟前："哥，不用找了，你帮了我这么大的忙，就算是我请你的酒钱。"柴财娃佩服地说："兄弟，往后全仰仗你销货。"王凯拍拍胸膛："哥，没问题，二人一心，其利断金。你在家里收货，我和表哥给你销，肯定能把生意做火。"临行时，柴财娃又送给王凯一只鸽子笼，说："兄弟，你把信鸽带上，一有生意，就让鸽子传信，保证给你供货。"

紧趁的庄稼，消停的买卖。王凯虽然以前没做过生意，但凭着敏锐的嗅觉和与生俱来的智慧，抓住了千载难逢的商机，一下子就赚了三百多两银子。扣除花销，和表哥二一添作五，净赚了一百八十多两。当时，一个七品知县的年俸才四十五两银子，王凯一趟生意赚的银子，相当于一个知县四年的俸禄。

回河南的路上，王凯想：临行前，奶奶叮嘱我打听爹的下落，可自己忙于安葬恩师和父亲，又因买卖奔波了三个多月，奶奶和妈在家里没得到一点讯息，还不知着急成啥样？回去后，先诌个谎稳住奶奶和妈，便与表哥商量："哥，回到家，你一定嘴紧些，可不敢让我奶奶我妈知道我爹的事。我想用赚下的钱买座院子，买上几亩地，好让奶奶、妈过上舒坦日子。"

"中！"通过这次板蓝根生意，张崇信对表弟佩服得五体投地。

回到冶阳镇，王凯见到奶奶和妈，拿出银票说："我到河东道打听，查清我爹没有贪污，让我爹官复原职。我爹本来要回来看您的，正好他要到太原述职，就让我先捎回一些银两，让二老买座院子，置些田地，安心过日子。"说完，掏出几张银票让他奶奶他妈看，他奶奶他妈一看带回这么多银票，便信以为真，悬着的心放下了。

王凯用这笔钱置了一座四合院，十来亩田地。农忙时在家里种地，农闲时到各处贩卖药材，生意如鱼得水，不到年底又赚了几百两银子，置下二十多亩田地，买了两匹骡子，拴起一挂大车，成了镇上的殷实人家。

王张氏虽然过上优裕的生活，但随着时间的推移，思儿之情越来越深切，经常念叨儿子啥时候能回来。入冬后，王张氏又吵着让王凯陪她和儿媳坐车去运城看儿子。王凯搪塞说：“现在天这么冷，黄河渡口封了船，过不去。闪过年天暖和后再去。”为了稳住奶奶和妈，王凯私下以父亲的口气写了一封信，兴冲冲地拿给奶奶看，王张氏不识字，让孙子念给她听，王凯一字一句地念：

母亲尊鉴：儿调至青海盐池，因路途太远，一时无法到宝丰看望您，恕孩儿不孝。望母亲泰然处之，颐养天年。代问英哥妈好。恭请福安。不孝儿家宾跪拜。

王张氏听完信，满脸盛开菊花，叮嘱王凯：“英哥，这一年多来，你妈愁得两鬓都生出白发，快把你爹的信给她看，让你妈也高兴高兴。”王凯应了一声，拿着信给妈看。王乔氏幼年读过几年私塾，精通文墨，仔细地把信看完，皱起眉头，张了张口，想问什么，却又忍住了。王乔氏看信时，王凯死死盯着妈，生怕假信露馅，见妈没有再问，像一块石头落了地，便对王乔氏说：“妈，爹的信您就好好保存着，想爹时，就拿出来看看。”

第六章　刺杀老慈禧

七月十五，是给祖先上坟烧纸的中元节。日头还未出来，王凯拿着香表跑到村北，面向东北，跪在地上，为他爹和恩师烧纸。不由想起恩师和爹死后的惨状，默默念叨着，将来一定为他们报仇。烧完纸，王凯和表哥张崇信骑马到郑州贩药材。

郑州地处中原腹地，商代中期曾为都城，历代为藩国的州府，交通便利，商贾云集。王凯和张崇信在一家饭馆吃饭时，见几个人凑在一起悄悄议论："七月二十一，八国联军打进京城，慈禧太后领着光绪皇帝和王公大臣一千多人逃出京城。"王凯一听，心里泛起一股波澜，赶紧跑过去打问："老慈禧领着人往哪个方向逃了？"对方见王凯文质彬彬，告诉他："听说往西面跑了，估计路过山西往陕西逃。"

吃完饭，王凯把张崇信拉出饭馆外，眼里喷射出两束烈火："哥，慈禧这个老蝎子已经出宫西逃，这可是个千载难逢的好机会，咱们跟上去瞅机会把她给做了，为恩师和我爹报仇。"

"中，俺听你的，你说咋干就咋干。"张崇信点头应答。一次，他和王凯从绛县南樊镇林恒盛药行采购了一车药材往亳州运，路经嵩山时，被几个手持钢刀的劫匪拦住。王凯觉得经常要走此路，多一事不如少一事，便走上前，从怀里掏出几两银子递到领头的歹徒手里，操着河南腔求告："大爷，俺俩是宝丰的，从山西贩了些药材，想挣个小钱，请你看在老乡的面子上，高抬贵手，放俺们过去吧。"领头的把银子拿走后，并不罢休，用刀尖点着王凯的额头："你要命还是要人？"王凯躬腰答："要命、要命。"领头的瞪圆眼说："算你识相，把大车留下走，要不，就尝尝刀的味道！"旁边的张崇信气不过，从车上抽出一根棍子，向三个劫匪打去。没料到几个劫匪还真不是吃素的，抡起钢刀向张崇信砍过来，张崇信举起木棍一挡，手里的木棍被砍成两截。

正要后退，突然看见王凯大吼一声，飞起一脚，把领头的劫匪踢出一丈多远，又伸出长拳，只几下就把另外几个喽啰打翻在地，跪地求饶。张崇信走上前去，抡起木棒，想狠揍几个劫匪一顿。王凯一把拉住他："哥，算了吧，得饶人处且饶人。"走到几个劫匪面前数落："你们几个人高马大的，干啥不中，却干这种羞先人的勾当，往后俺经常走这条路，再叫俺碰上，你们就没有今个的运气了。"几个劫匪直向王凯磕头："谢好汉饶命！"扔下钢刀，落荒而逃。张崇信没想到王凯竟有这么深的功夫，惊奇地问："兄弟，你不是一直念书吗，咋会有这么好的身手？"王凯笑答："我跟河东镖局的崔师傅学过两年。"张崇信感慨地说："真是名师出高徒，真人不露相呀。"从此，张崇信对表弟的机敏才华和过人武功刮目相看。

王凯盘算：老慈禧七月二十一逃离京城，京城离太原一千里，按每天走六十里计算，得走半个月，八月初六前后到太原，今天是七月二十五，郑州离太原八百里，骑快马八月初六前赶到太原绰绰有余，能截住老慈禧，于是，立即和张崇信催马赶往太原。

再说老慈禧。由于镇压了维新党，引起全国民众的强烈不满，也助长了各国列强侵占中国的欲望。老慈禧为了遏制各国列强的侵略，抱着侥幸心理，纵容义和团进京城，攻击教徒，焚烧教堂，打死打伤了不少外交官员，激怒了洋人。英、法、德、美、日、俄、意、奥八国列强纠集了五万多人的联合远征军攻陷天津，直取京城。光绪二十六年七月二十一凌晨，负责紫禁城宫中值班的镇国公载澜飞驰入宫，报告八国联军已攻入东华门。已经绝望的老慈禧要跳水自杀，载澜拉住她的衣服说："不如且避之，徐为后计。"老慈禧这才梳起大髻，打扮成老村妇的模样，带着光绪哭着徒步出宫，隆裕、瑾妃及大阿哥等或骑马或徒步，在德胜门与端亲王载漪等十来个亲王、刑部尚书刚毅、吏部尚书赵舒翘、右都御史英年、内监李莲英等及千余禁卫军会合，组成一千多人的队伍，向西而逃。曾经不可一世的老慈禧像条丧家之犬，渴了趴在路旁的阴水沟里喝几口，饿了钻到玉米地里啃几口嫩棒子，屙尿时躲在地堰下。第三天，来到怀来县，当地县官才给老慈禧和光绪皇帝备了两顶轿子，总算挽回了一点面子。之后几天里，当地人大都闻风而逃，一片狼藉，老慈禧一行不得不住在驿站或寺庙里。到达山西天镇县后，山西巡抚毓贤为了巴结老慈禧，赶往大同府，进献白银十万两，赶制了皇家所乘的黄蓝轿，命令沿途的府县和富豪为其准备舒适的行宫和丰盛的饭食。每到一处，地方官员带着鼓乐班子在五里外的路旁跪地迎接。

王凯和张崇信于八月初四赶到太原，打听到老慈禧初七到太原的讯息，提前赶到城北，混在迎接御驾的人群里。次日早晨，山西巡抚毓贤带领文武官吏数百人，打着新制的二十四龙旗，齐聚在太原城北几里外的地方迎驾。晌午时分，老慈禧一行刚露头，迎驾的官员和民众齐刷刷地跪到官道两侧。王凯低着头，翻起眼皮，仔细观察其阵势和随行人员。走在最前面的是旗队，十二个旗手排成两行，擎着上绣红龙的杏黄色三角龙旗，傲慢地缓缓而行。紧跟其后的是禁卫军，每四人一排，共五十排，二百人，前后胸上印着圆圈圈住的“兵”字，个个肩扛长枪。后头跟着十几个骑马的官员，个个摇头晃脑。王凯一一仔细观察，突然看见满脸横肉的刚毅。在菜市口，就是他下令斩杀恩师的。王凯牙齿咬得吱吱作响，恨不得冲上去，把他从高头大马上拉下来，送他上西天，为恩师报仇雪恨。旁边的张崇信见他神色异常，狠狠地戳了一下，王凯才回过神来。再往后瞅，是五顶八抬大轿，其中两顶黄色的，三顶蓝色的。王凯知道宫里的规矩，判断出坐在黄轿里的是老慈禧和光绪皇帝。坐在蓝轿里的是皇后、太子。果不其然，黄轿帘掀开，露出一张像吊死鬼一样的女皱脸朝外观看，肯定是老慈禧。大轿后面紧跟着几十个太监。再后，是一眼看不到尾的清兵。等到队伍过完，王凯和张崇信尾随其后，盯着他们走进督军府。吃饭时，张崇信担心地问王凯：“兄弟，老慈禧的护兵多得像牛毛，咋下手？”王凯想了想说：“凭咱俩肯定不行，老慈禧不是往西安逃吗？肯定要路过闻喜、运城，咱们立马赶过去，请崔师傅帮忙，总能想出办法的。”

吃罢饭，王凯和张崇信骑马沿着官道一直往南飞奔而去。一路上，看到许多民工在整修道路，用石灰水粉刷路旁的树木。不用说，是为迎接老慈禧做准备。几天后，来到闻喜县董泽湖，王凯让表哥在路旁等着，自己跑到仪张村北坡，跪在恩师坟前告慰：“恩师，老慈禧和刚毅要路过这儿，我豁上命也要给你报仇，你在天之灵等着吧。”说完磕了三个头，返回官道，和表哥一起上路，赶到闻喜县城打探消息。在一家饭馆吃饭时，王凯意外瞅见恩师的堂弟老杨挎着菜篮子路过，赶紧跑出去，把他拉进饭馆，让到桌子上，又让跑堂的添了两盘菜和一壶老白汾。

“叔，您咋买这么多菜？”对方答：“老佛爷要路过闻喜，高知县把餐厅安排到红鹤楼饭庄，打听到老佛爷爱吃山珍海味，就提前派人从青岛运回鲍鱼海参。这不，东家让我到集上采办所用的食材。”

说话间，酒菜端了上来，王凯斟了一杯酒，双手端到对方面前：“叔，您请！”酒足饭饱后，王凯争着提过沉甸甸的篮子把老杨送到红鹤楼饭庄。老杨把篮子送到后厨后，把王凯拉到住处问：“王凯，你来闻喜有啥事?”王凯直截了当地问：“叔，你知道恩师是谁杀的?”杨厨师摇摇头。王凯紧攥着拳头，眼里喷射着火焰：“就是老慈禧和刑部尚书刚毅老贼，这两个老贼很快就从太原路过这儿，我来就是送他俩上西天，为恩师报仇的。”杨厨师问：“你打算咋干?”王凯说：“我师傅在运城开镖局，有几十个师兄弟，我想请他们过来，乘老慈禧和刚毅老贼吃饭的机会，冲上去把他们灭了!”

杨厨师想了想，口气凝重地说：“小凯，你还年轻，命金贵着哩，没必要豁出自家的命，就把这事交给我，我替我哥报仇。”

王凯浑身一震：“叔，这可是拼命的事，你可不能掺和进来。”

杨厨师挑起眉毛：“看把你吓的，我又不是明里拿刀砍他俩的头，而是暗里用菜毒他。”

王凯摆手：“不行不行，毒死了两个老贼，你能脱了干系?”

杨厨师说：“我年轻时在青岛学了一手用海参炮制毒菜的独门绝技，只要让刚毅把这毒菜吃了，不出半天，定会一命呜呼，而且查不出死因。”

王凯想了一下，又紧锁眉头：“叔，您就是做好毒海参，咋个才能让两个老贼吃了呢?”

“很简单。”杨厨师说，“到时候，招待王公大臣的席面设在二、三楼的豪华雅座，每个座位前面都放着客人的名牌，而这道葱爆海参是每人一份。恰巧我有个内侄女在红鹤楼当招待，到时候让她把毒菜直接端给老慈禧和刚毅老贼，不就大功告成了?”

王凯激动地从怀里掏出一张银票，往杨厨师手里塞：“杨伯伯，这个给你，算是我孝敬您的。”

杨厨师急得满脸通红，把王凯的手推到一边：“你这娃，我为我哥报仇，还用你来谢承?”

自从充当监斩官杀了杨深秀等六个维新党人后，刚毅犯了众怒，三天两头有人趁夜往他府门上泼尿抹屎；一出门，街道两旁的坏瓜烂菜就直往轿子上砸。黑夜刚上床，就有人往他府院里扔石块砖头，害得他无法入睡。好不容易刚睡着，又梦见被他监斩的杨深秀等人血淋淋地站在面前，吓出一身冷汗，不到两个月，身体完全垮了。慈禧西逃时，点名让他陪驾，他只得拖着病体上路。多年来，刚毅位居高官，一直在衙门养尊处优，哪里受得了日晒雨淋、鞍马劳顿，弄得头昏眼花、苦不堪言，好几次晕倒，险些从马背上摔下来。特别是进入闻喜界后，他更是做贼心虚，只觉得脊背凉飕飕的。

他早年当过河东道台，经常路过，知道这里就是杨深秀的家乡。路过仪张村时，他把心提在嗓子眼上，眼神不由自主地往路北的村庄里瞟，害怕突然冲出一群人来要他的命。到了闻喜县城，被高知县安排到文庙里住宿后，刚毅的心才暂时安稳下来。刚歇了没多会儿，侍从请他陪老佛爷和王公大臣们到红鹤楼赴宴，他只得强打精神前往。

红鹤楼坐落在闻喜县城的西湖旁，因晋代堪舆学鼻祖、诗人、文学家郭璞去世后驾红鹤归故里而得名。此楼创建于明崇祯庚午年间，宽、深各三间，高四层，琉璃歇山顶，楼阁式建筑，巍峨挺拔，是方圆百里最高的建筑，当地传颂着"闻喜有座红鹤楼，半截插到天里头"的赞美之词。顺治年间，当地乡绅在此楼开设饭庄，专门接待上司来客。闻喜知县高凌霄接到巡抚毓贤的手札后，为迎接老佛爷，把县衙和旁边的文庙整修一新，作为慈禧太后的行宫和随行者的住处，又特意请了百余名工匠，把红鹤楼饭庄从上至下，彩绘一新，每层楼阁上的明柱用明晃晃的黄缎包裹，彰显着皇家的尊贵与豪华，作为招待太后及王公大臣们的餐厅。

在高知县的引领下，老慈禧和光绪到三楼御座就餐，刚毅和王公大臣们登上二楼，走进一个雅间，在摆着自己名牌的太师椅上落座。不一会，桌面上摆满各式碗碟。高凌霄走来抱拳介绍："今天的席面是当地有名的重八席，取八珍八元之意，小的特别从青岛运回新鲜的海参精烹成葱爆海参，味道奇特，恭请各位大人品尝。"刚毅为官三十余年，什么宴席没见过？什么名菜没吃过？听高知县介绍有道葱爆海参时，稍微来了点兴致。开席后，每上一道菜，他总是尝一下味道，当女招待把一盘飘溢着浓香的葱爆海参送到面前后，立马抄起筷子，夹起半个海参塞入嘴里，果真酥软可口，香味浓郁，没嚼一下，便滚入喉咙，接着又把另外一半海参吞了下去。

当晚，杨厨师来到王凯住的客栈，遗憾地说："坏了，没有毒死老慈禧。"王凯着急地问："叔，慢慢说，咋回事？"杨厨师说："后晌做菜时，后厨里来了一个不认识的厨子，由两个侍卫守着，专门给老慈禧做菜。一个太监专门为老慈禧端菜，我做的葱爆海参，老慈禧根本没吃。"原来，老慈禧做贼心虚，怕沿途有人害她，让巡抚毓贤专门找了个厨子跟着，每到一处，总是吃厨子做的饭菜。

次日早，随从见刚毅不省人事，身下的床单上糊满稀屎，臭气熏天，赶紧叫来随行御医诊治，御医捂着鼻子把脉后说："刚大人得了急性痢疾，还有点脉象，需服几服药，看能不能缓过来。"

老慈禧本来打算带大队人马上路，得知最宠信的刚毅患了重症，大吃一惊，立马把昨晚与刚毅同桌就餐的几个大臣叫来，见来者都是好好的，联想到刚毅曾在路上晕倒过几次，这才解除了有人下毒的怀疑。当即下旨在闻喜多待一日，命随行御医抢救刚毅。随行御医不敢怠慢，赶紧煎了两副止痢疾的药灌进刚毅嘴里，刚毅狠命地咳嗽了几声，把汤药喷得遍地都是，翻了翻白眼，一命呜呼。

晌午，王凯和张崇信赶到文庙前探听消息，见到两个随从匆忙出门，没过一会儿，领着几个人抬着棺材走进文庙，断定刚毅死去。

王凯仍不解恨，与张崇信商量："哥，刚毅老贼死了，老慈禧肯定派人要把他的尸首往京城送，我想让你跟上去，找机会动手，把刚毅老贼尸首毁了。"

"你呢?"

"我到运城，请崔师傅帮忙，想法把老慈禧收拾了。"

张崇信告诫说："兄弟，你已经把大仇报了，见好就收吧。老慈禧有那么多兵护着，不好下手，弄不好会把自家的小命贴赔上。"

王凯眼里喷着火："刚毅老贼只是奉命行事，老慈禧才是最大的仇人，我非把她干掉不可!"

张崇信知道表弟的脾气，只好应承："中，我去毁刚毅的尸首，你去收拾老慈禧，千万小心。"

河东道道台蒯亦霸接到迎接老佛爷的札令后，以为天上掉下个大馅饼，高兴得嘴巴捩到耳门茬子上，勒令沿途各县拿出三万两白银作为接待老佛爷的费用，又紧急征用了五万多民工，用过了细筛的黄土，把沿途官道铺三寸多厚，用碌碡碾得平平展展，两侧的树干全部用黄绸包裹起来，上面挂上红灯笼，又把运城的大街小巷粉刷一新，还在距运城以北十里的北相镇征用了几座大四合院，将其修造成行宫，并奢望随行的姑父刚毅把他引见给老佛爷，奉上近年搜刮来的奇珍异宝，讨好老佛爷，捞个更大的官。

王凯与张崇信分手后，骑快马沿小道一路狂奔，临晌午赶到运城河东镖局。去年三月，王凯在崔啸天的帮助下把父亲的遗体运回原籍安葬后，一到冶阳镇，就给崔师傅去信报了平安。之后，每过一两个月，他就给崔师傅写信，告知自己的近况。赶赴太原前，他又特意给崔师傅写信，说明此行的目的。崔啸天接到王凯信后，立即派人出去，打听到河东道台蒯亦霸在北相镇布置老慈禧行宫的讯息，一直守在镖局，等待爱徒。王凯一进镖局，崔啸天赶紧把爱徒拉进密室。王凯把在闻喜用毒药弄死刚毅老贼的经过细说了一遍，又央求：“师傅，我回来，就是要做了老慈禧，望师傅相助！”

崔啸天明白爱徒的意思，把王凯扶起：“小凯，为师从小就敬慕英雄，当年荆轲舍身刺杀秦王千古留名，今日我就是赴汤蹈火，也要帮你灭了老慈禧。我已经打听好，老慈禧来后在北相镇住，咱俩先去踩踩路子。”师徒俩扮作客商，避开官道，沿田间小路来到北相镇南古柏幽森的舜帝陵。

王凯爬上古柏远远眺望，北相镇的城楼上插满龙旗，入城的门下站着密密麻麻的清兵，便从古柏上跳下来对崔啸天说：“师傅，北相镇的城门被清兵把守着，看来很难进去。”

话刚落音，只见旁边玉茭地钻出一个胡须花白的老者，怀里抱着几个未成熟的玉茭穗，走到一株柏树下，靠在树干上啃起来。王凯走到老者跟前，操着河南腔问：“老伯，您贵姓?”老者答：“免贵姓李。”

“您咋吃生玉茭呢，小心拉肚子。”王凯摸出一个烧饼递给对方，“您吃这个。”老者接过烧饼边吃边问：“小兄弟，听你是河南腔，来这里干啥?”“俺来北相镇看姥娘，刚才到城门口，被把门的清兵挡住了，不让进。”王凯回答后又反问，“李伯伯，您是哪个村的?”

“前几天我从西安看儿子回来，刚进城门时被挡住了，我说我就住在镇上，为啥不让回家？把门的清兵朝我脊背狠狠砸了几下，说是老佛爷路过要来住，已经把全镇封了，只能出不能进。我无处可去，只能跑到这里避难，靠啃嫩玉茭填肚子。”老者满肚子冤屈，“唉，有家不让回，这算啥事！”

“俺姥娘快八十了，前些时候捎信让我来见上最后一面。想不到这里被封了。”王凯故作着急地问，“李伯伯，咋个才能进去呢?”老者想了一下说：“倒有一个法子，镇西北的城墙根有个水洞，我年轻时曾从水洞里爬出来过。要不，你去看看那水洞还在不在，能不能爬进去?”

王凯道别老者，和崔师傅一起钻进玉茭地，迂回到镇西北的城墙根，仔细寻找，终于在一片荒草下面找到水洞，两人悄悄地爬进去，拐过一条窄巷，看见前面长着一棵古槐。此古槐虬枝交错，极力往四面张扬，郁郁葱葱的叶片，投下半亩地大的荫凉。

王凯和崔啸天走到古槐底下，往东一瞅，是条宽巷，宽巷东西走向，地上铺着猩红地毯，两侧排列着十几座深宅大院，每个门楼前站满手持快枪的清兵。其中，宽巷中间北侧矗立着一个高大的门楼，顶上插着四面龙旗，檐下悬挂着两个大红灯笼，高大的院墙被黄缎罩着。王凯指着该院对崔啸天说："师傅，您看那院布置得如此豪华，很可能就是老慈禧的住处。"崔啸天点点头，拉着王凯原路返到城墙根，钻出水洞，返回舜帝陵，走到李伯伯跟前躬身说："李伯伯，我从您说的水洞钻到镇里，见到了我姥娘，真是太感谢了。"稍停，他又从怀里掏出一把麻钱塞给老者："您老光啃玉茭棒子也不是办法，就拿这些钱到运城下个馆子，吃点热乎饭吧。"

第二天，王凯和崔师傅又潜入舜帝陵，盯着北相镇城门。日头快压山时，听见东面传来嘟哇嘟哇的鼓乐声。赶紧沿着玉茭地钻到官道旁，见老慈禧一行大摇大摆地进入北相镇，这才沿小路返回运城。

吃过晚饭，王凯、崔师傅、蔡师兄、李师兄和另外两个身手敏捷的师兄身穿夜行衣，头围黑巾，脸蒙黑布，背插环形刀，沿田间小路来到北相镇西城墙根，钻入镇内，藏到老慈禧行宫附近的一条窄巷里，观察到宽巷两侧挂着两溜灯笼，把整个街巷照得如同白昼，每个灯笼旁站着两个清兵，一个手持长矛，一个端着长枪，虎视眈眈地盯着那里。

过了一小会，几个清兵押着一帮子唱戏的从宽巷东头过来，走到大四合院门前时，清兵头目严责唱戏的："你们进去后，一定要好好唱，老佛爷要能叫好，重重有赏。如果唱砸了，小心你们头上吃饭的家伙。"演员们走进院内后，又见附近四合院里走出不少穿官服的人步入该院，不用说是随行的王爷和大员。原来，老慈禧有个嗜好，喜欢听戏。每到一处，她便让地方官员把当地最好的戏班子叫过来唱上一出。蒯亦霸提前派人到蒲州，把当地最驰名的戏班子调过来，并在老慈禧太后居住的行宫里临时搭建起一座戏台。

未出一袋烟功夫，一个太监拿着红色戏谱跪请端坐到正房台阶上的老佛爷点戏，老慈禧一甩缎袖："就《西厢记》吧。"

晋南是蒲剧的发祥地，早在元代就有不少戏班子活跃在乡村。尤其是王实甫的《西厢记》三百多年长演不衰，是每个戏班子的拿手好戏。老慈禧和王公大臣们很快被激越的唱腔和演员娴熟的演技所倾倒，当看到红娘惟妙惟肖的表演时，台下响起一片叫好声。就趁这当儿，崔啸天一招手，几个人闪电般地窜到古槐的阴影下，爬上古槐，顺着虬枝爬到西面四合院的墙头上，又从墙头上攀上房顶，再沿着房顶一直跑到老慈禧所住的房顶上，然后从山墙上溜入老慈禧行宫西北角的小偏院里隐藏起来。戏散后，崔啸天亲眼看见一个太监搀扶着老慈禧上了二楼。

三星偏西后，崔啸天一挥手，王凯和蔡师兄闪出偏门，猫着腰轻步跃到楼梯口，扼住两个正在打盹的亲兵的喉咙，拖进小偏院。“老慈禧住在二楼哪间?”亲兵一看架在脖上的尖刀，吓得浑身打战，出京一个多月来，从未遇到过异常情况，亲兵有所懈怠，加之白天顶着日头，一大早从闻喜县往北相走，赶了七八十里路，累得够呛，换岗后站了没多会就迷糊起来，怎么也想不到会被人挟持，只好如实交代：“老佛爷住在中间的屋子里。”王凯和蔡师兄手起刀落，结果了两个亲兵。

崔啸天让两个徒弟守住楼梯口，自己带着王凯和几个徒弟手握环形刀跃上楼梯。刚上走廊，对面响起一声高喊：“什么人?”同时看见几条黑影扑了过来。崔啸天没想到二楼走廊里埋伏着暗哨，浑身一震，和几个徒弟迎上前去，挥起环形刀和几个暗哨对打起来。崔啸天边打边对王凯喊：“小凯，快进去动手!”王凯推开中间屋门，借着灯光，跃到靠墙处的雕花木床前，抡起环形刀，朝床上微微抖动的黄缎被狠狠地连砍几刀，看见一股鲜血从被砍破的黄缎被里喷出来，这才奔出屋外，对崔师傅喊：“成了，快走!”

崔啸天大喜，喊了一声：“快下楼!”和几个徒弟纵身跳下二楼，几个暗哨都是训练有素的高手，跟着跳下楼来，咬着他们不放。在院门外站岗的二十多个清兵听到动静，也一齐涌了进来，虽然不敢近前，却把他们紧紧围到中间，虚张声势地高喊：“抓刺客、抓刺客!”崔啸天想：如果在附近巡逻的几百个禁卫军闻讯赶来，后果不堪设想，向身边几个徒弟使了个眼色，边打边退到前院的南墙根，其他几个师兄都跃上墙头，唯独崔啸天年龄较大，身手没有年轻的徒弟敏捷，未攀上去，已经跃上墙头的王凯一看师傅没上来，跳下墙头，抡起环形刀，逼退涌上来的几个清兵，躬下身子，让师傅踩着他的后背跃上墙头。王凯刚直起身子，几个清兵一齐抡着腰刀朝他砍来。王凯转身抵抗，躲闪不及，左脸被斜砍了一刀，顿时血从左脑门、面颊上涌了出来。王凯甩掉脸上的血，发一声喊，抡起环形刀，连连发力，逼得清兵们往后退了几步，转过身子，一个箭步越过墙头。

院墙外的崔啸天见王凯没能出来，和几个徒弟守着墙根，与围上来的十多个清兵对打，见王凯出来，赶紧命几个徒弟沿着巷道往西撤退。此刻，又有一大队清兵赶了过来增援，胡乱朝前面的黑影开枪。一时间，密集的枪声和“抓刺客”的叫喊声大作起来。

几个人跑到宽巷最西面的古槐下。崔啸天想：“现已被几百号清兵死死咬住，如果一起往城西城墙根的水洞退，来不及往出爬，就会被乱枪打死，一个人也出不去。王师兄把王凯交给自己，无论如何要保障他的安全，倒不如自己带着几个徒弟引开清兵，让王凯从水洞里爬出去。”想到这里，崔啸天对王凯说：“小凯，我带你几个师兄往南边跑引开清兵，你从北面的巷子跑到水洞爬出去。”

王凯问：“师傅，您呢?”

“别啰嗦，快走!”崔啸天猛推了王凯一把，领着几个徒弟边喊边往南面巷子里奔跑而去，躲在古槐树后的王凯眼睁睁地看着清兵们追了过去，只得穿过窄巷，跑到西城墙根的水洞前，爬出城外。他四下看了看，究竟该往哪里跑?他清楚两点：一是不能沿官道跑，因为官道上有清兵巡逻，一旦碰上等于自投罗网。二是不能往师傅的河东镖局走，因为师傅和几个师兄为了掩护自己，被困在北相镇，生死未卜，无论如何不能连累师傅。想到这里，他借着月光，沿着玉茭地里的田埂一直往南跑去。心里只有一个念头，就是跑得越远越安全。刚才受伤时，由于处于对打的紧张状态，感觉不到疼痛。这会，痛劲上来了，特别是在玉茭地的田埂上走，时不时被玉茭叶片划在脸上的伤口上，像刀割一样的痛。王凯跑到一个坟地里，一屁股蹲到地上，擦了擦满脸的血，稍微喘了几口气，又朝南跑起来。跑着跑着，额头上伤口流出的血把眼窝糊住了，王凯不敢停下来，只能抬起胳膊，擦掉脸上的血，又踉踉跄跄地往前挪，也不知挪了多久，当挪到一个又宽又深的水渠岸上时，再也支持不住了，腿一软趺爬在草丛里，什么也不知道了。

崔啸天领着几个徒弟沿着南面的窄巷一直跑到顶头，又拐向东面的巷子。他心里只有一个念头，吸引住清兵，拖得时间越长越好。三拐两拐，竟拐到镇中心的大街。崔啸天一看，前被堵住，后有追兵，只能拼死一战，便和几个徒弟朝前面的清兵冲过去，无奈清兵太多，崔啸天师徒几个再奋勇，也抵不过几百个训练有素的清兵。未过半个时辰，他们全部倒在血泊里。

原来，老奸巨猾的慈禧看完戏后，并没有睡在给她安排好的寝室里，而是睡在靠西头的一间，让贴身侍女睡在她的床铺上。适才王凯闯进去后，只是对着黄缎被子一连剁了几刀，但杀死的并不是老慈禧。她活了六十多岁，从未被刺杀过，虽然侥幸躲过一死，但惊得瘫坐在床上，浑身发抖，一整夜不敢入睡。本想追究河东道台蒯亦霸的责任，想到此人是刚毅的内侄，刚毅刚死没几天，不念僧面看佛面，只好作罢。天一亮，对跪着请罪的蒯亦霸下达严查刺客的懿旨后，带着大队人马灰溜溜上了路，经临晋、蒲州，西渡黄河，往西安去了。

蒯亦霸送走老慈禧后，不敢怠慢，带着捕役到昨晚刺客和清兵搏斗的现场，认出死去的五个刺客是河东镖局掌门崔啸天和几个徒弟。又派当地运城营的清兵和河东盐池的盐警在北相镇仔细搜查，发现西城墙根下的水洞有人爬过的痕迹，顺着血迹在玉茭地里找了几里多路后，不见了踪影，判断至少跑掉一个受伤的刺客。蒯亦霸像闻到腥味的疯狗，立即带着捕役赶到河东镖局，镖局里面空无一人。原来，崔啸天临行前，为防万一，已经让家人全部撤离。气得蒯亦霸命人把河东镖局的招牌摘下来，砸了个稀巴烂。刚想坐轿离开，外号“红鼻子”的盐警中队长跑到他面前说：“蒯抚台，小的发现了一个线索。”蒯亦霸余气未消地说：“镖局里连根毛都没留下，你能有什么线索？有屁快放！”红鼻子把嘴凑到蒯亦霸耳朵上说：“昨日我在鼓楼下，看见王嘉天的儿子王凯跟着崔啸天匆匆忙忙地往北走去，很可能与刺杀老佛爷有关。”蒯亦霸惊得瞪大眼睛：“你看清楚了？”红鼻子拍了拍胸脯：“错不了，前几年王凯那小子在运学念书时，每逢休假日，就到盐运使司署找他爹。当时我在门口站岗，烧成灰也能把他认出来。”蒯亦霸摸了摸下巴的肥肉：“这就对上号了，前年帮王凯抢王嘉天尸首的就是崔啸天一伙。这回肯定又是王凯那小子和崔啸天勾连在一起刺杀老佛爷。这么说来，逃掉的刺客一定是王凯那小子。”命令身边的捕头：“你派人盯住运城所有的诊所，看姓王的小子往哪里逃？”

第七章　苦藤结情缘

相传远古时，普天下没有盐，先民们只能爬在含有盐分的石头上用舌头舔些咸味。玉皇大帝生了恻隐之心，派天庭里的一只神牛下凡，想把食盐送给黎民百姓。神牛想找个落脚处，但走了好多地方，当地人都怕占地不让落脚，走到黄河拐弯的地方时，乡民们痛快地答应了它的要求。神牛为答谢此地人的敦厚，便走到中条山下，卧下去，变成一片池水。每到夏季，南面中条山里的一个风洞里，就会吹出来一股巨大的热风，掠过浩渺的池面，池面上就会冒出洁白如玉的宝物，先民们把此宝物放到嘴里一尝，竟然是咸味。消息像一块巨石投入大海，泛起一圈圈涟漪，黎民们从四面八方涌到附近，建立起一个个部落。后来，有个叫公孙轩辕的熊氏部落酋长逐渐赢得了周围部落的信服，便缔结成联盟，把他尊为首领，号称黄帝。从此，联盟部落的人们尽情享用着盐的滋润，过起安居乐业的生活。长期居住在南方九黎族首领蚩尤是个人身牛蹄，四目六手的怪物，有八十一个兄弟，个个兽身人语，铜头铁额，食砂石，造兵杖，威震天下。他们觊觎盐池已久，便兴师动众，发兵犯境。黄帝也征集人马，在盐池西面的涿鹿之野迎战蚩尤，先后与蚩尤激战了九次，屡战屡败。后来，黄帝得到了玄女赐予的战法，又有他的大臣风后为他做指南车，识别方向，杀蚩尤于盐池旁，其血化为卤，使池里的盐更多更白更咸。

谁也说不清此神话从何时起流传于世，但有一点可以肯定，河东盐池的存在确是板上钉钉子的事。它是中原地区唯一表露于地面，便于结晶、捞采的盐湖，周长约一百二十里，面积达三十多万亩。不少古籍都有记载：汉代以前，先民们利用河东盐池特殊的自然环境，采取天日暴晒、自然结晶、集工捞采的办法产盐。唐代时，发明“垦畦浇晒法”，运用人工垦地为畦，将卤水灌入池内，利用日光、风力蒸发晒制。由于盐有着其他物质无法替代的特殊作用，被誉为“国之大宝”。历朝历代，盐一直是国家重要税收来源和经济支柱，被统治者所垄断。春秋时，晋国利用天然食盐资源称霸天下；汉朝时，朝廷在此专门设立司盐城；唐朝时，盐池收入高达一百五十万缗，占全国税赋的八分之一；宋朝时名宦包拯曾任陕西转运使兼理河东盐务；元朝时，运使那海德俊为了便于管理，在盐池北岸潞村建筑盐务专城——运城；清初，河东盐池生产改官营为“畦归商种”，各地商人趋之若鹜，纷纷投资池盐生产；晚清时，盐池周围星罗棋布着八十多家盐号，一到生产季节，盐池里畦水荡漾，人流如织，一派繁忙景象，盈千累万的盐工在此劳作。当时，国内鲜有工厂，乡民除了给地主老财当长工和偶尔在收秋种麦农忙时打几日短工外，极少有其他活路。由于河东盐池能够吸纳大批劳力，河南、山东、陕西等地不少人慕名来这里当盐工，慢慢定居下来。

传统产盐（高志勇 摄）

盐池中禁门外偏西五里许，有个几十户人家的村庄。明初，这里还是一片荒地，有个姓李的陕西人来盐池做工，在这里盖了一间草房居住，后来又有不少外地盐工在此落户，慢慢扩展成村庄，因李姓人来得早，就叫李家铺。

黎明，东山刚刚发白，齐娥就把大女儿盐花唤醒，又爱昵地看了看旁边睡得正香的二女儿盐枝，把她露在外面的细胳膊轻轻放到被窝里。

母女俩各挎着一个篮子，到村东头的姚暹水渠边去割马齿菜。丈夫周大汉在盐池捞盐，每月挣八钱多银子，很难养住四张嘴，只能过半粮半菜的日子。为此，齐娥总是带着大女儿盐花割马齿菜，想把它晒干存起来，等到青黄不接的十冬腊月吃。

齐娥三十六七年纪，上穿蓝条粗布衫，下穿黑色裤。虽然衣裤上缀着几个补丁，但洗得干干净净，非常合身，显得精干利落，一看就晓得是把过光景的好手。她边割马齿菜边对身边的女儿说："盐花，明日你三叔从盐池回来后，咱们一齐到城里，给你扯几尺布做件花衫。"正低着头割马齿菜的盐花头一甩，一根又黑又粗的大辫子飞到背后，嘴角一翘，双颊显出两个酒窝："娘，真的？"齐娥剜了女儿一眼："这是你二叔跟我商量好的，你不信我，还不信你二叔？"盐花一听，点点头："只要是我二叔答应的，肯定不会假。"

盐花所说的二叔究竟是谁？为什么她会如此相信他？他和她娘俩是什么关系？这要从头说起。

盐池（许良燕 摄）

周大汉老家在山东东明县，三岁时，黄河决口，颗粒无收。听人说山西河东盐池有活干，他爹周铭山便领着妻子和三个儿子，一路上跋山涉水，沿路乞讨，来山西河东盐池讨活路。途中，三个儿子饿死了两个，只剩下大汉。来到盐池南面中条山里一座破庙安身后，周铭山下盐池到曹守仁盐号里当苦力，和陕西潼关的齐秉山、河南洛阳的陈峻山在一个铺上挨着睡了好几年。他仨名字里都带一个山字，都是人高马大，直筒子脾气，自然而然成了要好的哥们。三个人乘池神庙逢会时，一齐到关帝庙神像前跪在地上，恭恭敬敬地向关公磕了三个头，结为异姓兄弟。周铭山年长，为老大；陈峻山次之，为老二；齐秉山再次，为老三。工友们都叫他们“三座山”。

一次筑畦时，陈峻山不小心把锨把弄折了。掌管盐号的老伴曹拐子看见后，一拐一拐跑过来，举起疙瘩鞭，不由分说，朝陈峻山身上抽了几下，逼着让他赔锨把。疙瘩鞭是用牛皮条拧成的皮鞭子，长一尺五寸，粗约一寸，中间挽着三个疙瘩。陈峻山黝黑的光脊背上立马突起几道紫印，痛得陈峻山龇牙咧嘴。周铭山和齐秉山见兄弟挨了打，呼地窜了上来，夺过曹拐子手里的疙瘩鞭，扔到地上。指着曹拐子的鼻子质问：“峻山弄坏锨把，又不是故意的，你凭啥抽他，还让他赔？”曹拐子一看竖在眼前黑塔般的两座山眼里喷出烈火，吓得腰弯成虾米：“不让赔了，不让赔了。”然后，灰溜溜地走了。

在盐号里，老伴是仅次于东家和老和尚的第三号人物，掌管着本号盐工的生杀大权，整天掂着根疙瘩鞭在盐畦里游逛，看哪个盐工干活偷懒或不顺眼就给几鞭子。盐工们为了有一口饭吃，从来都是逆来顺受，不敢言语。见曹拐子这么狼狈，一旁工友们向周铭山和齐秉山伸出大拇指：“还是你们三座山厉害！”

曹拐子知道三座山不好惹，有意把他们拆开，就借口裁人，把周铭山、齐秉山辞了。周铭山、陈峻山只得到其他盐号里找活。哥仨虽然不在一起做工，但关系和以前一样铁，三家人经常走动。亲情像一根绳子，把陈峻山的儿子玉胜、周铭山的儿子大汉、齐秉山的女儿娥子紧紧拴在一起，按年龄大小以兄妹相称。陈玉胜年长，为哥；齐娥次之，为妹；周大汉再次之，为弟。小辈仨经常在一起玩耍，亲如兄妹。陈峻山和齐秉山还给儿女订下终身。

周大汉十三岁时，娘因病殁了，周铭山明知道盐池不是人待的地方，可无别的出路，只得领着儿子下盐池，求所在盐号的老和尚收他儿子干活，不料人家嫌周大汉年岁太小，一口回绝。周铭山只好找到在曹守仁盐号里当小师傅的老三齐秉山。齐秉山找到老伴说情，老伴碍于面子，答应收下周大汉，当然还是盐池里的老规矩，只管饭不开工钱。

第二年，陈峻山夫妇去世，齐秉山把未成年的女婿陈玉胜接到自己家里，领着他到盐号当童工。陈玉胜长到二十岁，齐秉山让他跟女儿齐娥成了亲，在李家铺安了个家，生下女儿盐花。周大汉一有空闲，就到李家铺陈玉胜家里，逗盐花玩，给盐花买芝麻糖、山楂串吃。盐花牙牙学语时，就叫周大汉二叔，把他当作和爹妈一样亲的亲人。

周大汉二十二岁时，他爹周铭山得了痨病，老和尚怕传染给别的盐工，找到周大汉，逼着他把爹弄走，不然就把病人扔到乱岗坟里。自从娘死了后，周大汉和爹没了归宿，一直吃住在盐池，无家可归。正在为难之际，陈玉胜扛了个担架来到盐工住的工棚，对周大汉说："咱俩是一根藤上结的苦瓜，你爹就是我爹，来，把咱爹抬到我家里。"周大汉感动得热泪奔流，和陈玉胜把爹抬到他家。齐娥不由分说，让周大汉和丈夫把周铭山往炕上放。周大汉急忙摆手推辞："嫂子，这可不行，我爹要把炕占了，你们往哪儿睡？"齐娥指着地下铺好的草说："这个不用你操心，我已经安置好了，和你哥睡这儿。"

周大汉又想到盐号里的规矩太过苛刻，一个月只让盐工休息一天，根本没有时间伺候病人，看着炕上的病爹，为难地搓着双手。齐娥走到周大汉面前说："兄弟，我晓得你想啥哩，你和你哥放心下盐池干活去，老人有我照护。"

当天后晌，齐娥见躺在炕上的周铭山憋得满脸通红，断定他要大便，就走到他跟前问："伯伯，是不是要屙？"周铭山点了点头。齐花把他扶起来，帮他脱下裤子，扶他坐在尿盆上解完手，又帮他擦干净屁股。周铭山老泪纵横："娥子，真难为你了。"齐娥答："伯伯，看您，一家人咋说两家话？"

从此，齐娥从早到晚守在炕前，为周铭山熬药喂饭，接屎端尿。到后来，周铭山的病日见沉重，大小便失禁，瘫在炕上动不了，齐娥就把旧衣服撕成尿布，把尿布垫在周铭山的身下，每隔一会，就把糊上屎尿的尿布换成干净的。然后再把脏尿布装到篮子里，提到姚暹渠里涮干净。

月末休息日，周大汉迫不及待地来到陈玉胜家，一眼看见满院子晾晒着五颜六色的尿布，知道爹的病情加重，拉着齐娥的手，叫了声嫂子，鼻子一酸，什么话也说不出来。半年后，周铭山病情加重，不省人事。齐娥感觉不好，托人给丈夫捎信让周大汉回来，正在盐畦里干活的周大汉深知爹的病情严重，一听齐娥捎信，知道大事不好。去找曹拐子告假，找不见，就给直接管他的小师傅打了个道，跑出盐池，赶到李家铺，守在爹跟前四天四夜未合眼。爹在咽气前，断断续续地交代儿子："你可不能忘了你娥子姐的情。"齐娥拉起爬在爹遗体上号啕大哭的周大汉说："兄弟，别哭了，快想法给老人安葬吧。"周大汉站起来，下意识地摸了摸口袋，一脸的尴尬。按说，周大汉父子在盐池里干了好多年，应该攒下些银钱，可他父子俩都有身板硬心肠软的毛病，看到拖家带口的工友日子过不去，总是有多少掏多少，口袋里从未存下钱。后晌，陈玉胜放假回来，知道周大汉身无分文，宽慰道："兄弟，老人苦了一辈子，说啥也要让老人躺在棺材里安歇。你重孝在身，不便出门，在家守着老人，俺到盐号里把咱俩工钱提前支出来，再找工友们凑点。"

陈玉胜跑到曹守仁盐号管理人员住的上房院，见到老和尚王发家，说是周大汉爹殁了，想提前使他跟周大汉的工钱，急着给死者买棺材。盐池里习惯把领工资称为使钱。

躺在藤椅上过大烟瘾的老和尚王发家眯着眼瘪着双腮深深地抽了一口，嘴唇一噘，喷出一缕青烟，抬了抬眼皮，不紧不慢地数落："你是老人了，还不晓得盐号的规矩？只有二月初一、五月初五、六月初一、八月十五使钱。这会刚进七月，你就想使钱，岂不是桃没熟就想下口，坏了规矩？"陈玉胜见王发家无动于衷的样子，真想冲上去掴王发家几耳光，可一想家里放着死人，只得躬着腰，可怜巴巴地央求："王老和尚，俺咋能不晓得咱盐池里的规矩？可一分钱难死英雄好汉，实在没有别的法子，你就念在俺跟大汉是老人的份上，破回格吧。俺跟大汉一定记着你的好，做牛做马好好干活报答你。"王发家想：捉鸡还要蚀把米。周大汉和陈玉胜是盐号里一等一的彪汉，要是能给他俩破格提前使钱，就会拴住他俩的心，死心塌地地干活，便装作心软地答复："玉胜，你把话都说到这个份上，我就卖你个人情，破回例，叫你把工钱使了。你到西屋把曹老伴叫来，让他算算你跟大汉该使多少工钱。"在盐号里，老和尚是主管，老伴是老和尚的副手，手下还有二掌锨、三甲曹、四排子、小师傅，统管着盐工。陈玉胜赶紧跑到西房曹拐子的房间，对躺在竹椅上哼着乱弹的曹拐子说："曹老伴，王老和尚让你去一趟。"曹拐子一脸的不高兴，但老和尚是他的顶头上司，不敢不去，跟着陈玉胜走进王发家的正屋。

"玉胜想提前使周大汉和他的工钱，你给算算该发多少？"过足了瘾的王发家从里屋炕上下来，坐在厅堂的太师椅上问曹拐子。甭看曹拐子在盐号里整日伸着鸡脖子耀武扬威，但一见顶头上司，就像啄米的鸡，一个劲地点头哈腰："王老和尚，前日，二掌锨向我禀报，周大汉一连四天无故旷工，加上今个，已经五天了，按规矩，无故旷工一天罚五天，得扣二十五天工钱。"陈玉胜气得头发奓了起来，冲着曹拐子质问："大汉得到他爹快死的讯息，找你告假不见人，就给小师傅打了招呼，你咋能按无故旷工处理，扣他这么多工钱？"曹拐子见陈玉胜没给他好脸，心里窜出一股邪火："好你个河南羔子，反了你了，竟敢跟老子发火？你跟周大汉就是案板上的肉，老子啥时高兴啥时砍。”“曹拐子，你还是不是人？”陈玉胜抄起桌子上的白瓷茶杯，朝曹拐子的枣核头砸去。曹拐子压根也没有想到陈玉胜会对自己下狠手，捂住流血的头，朝外面高喊：“来人呀，来人呀。”很快，外面跑进来两个打手。曹拐子指着陈玉胜气急败坏地号叫：“反了、反了，快、快把他捆起来！”王发家从藤椅上爬起来，麻秆似的细胳膊拍着桌面：“这还得了？竟敢打曹老伴，真是活腻了，扒光衣裳，上十字架！”两个打手不由分说，把陈玉胜扭起来，推出屋门，绑到院中间高台上的十字架上。十字架用三根碗口粗的榆木杆做成，是盐号专门惩治犯规盐工的刑具。只要盐工犯规，就被绑在十字架上反省三天三夜，每天挨三十疙瘩鞭。酷夏，能把犯人晒得头皮冒烟；严冬，能把犯人冻成一块冰坨。凡是被绑上十字架的盐工，死不了也得蜕几层皮。

陈玉胜被扒得只剩遮羞的裤衩，瞪着眼大骂：“曹拐子，你个驴日的，良心让狗吃了，活该断子绝孙！”曹拐子从娘肚子里爬出来，就一条腿长，一条腿短，裤裆里的东西不管用，被陈玉胜揭着短地骂，气得七窍生烟，抡起疙瘩鞭子朝陈玉胜劈头盖脸地暴抽，打累了，又让两个打手抽，但无论怎么打，陈玉胜总是骂不停口，气得曹拐子一颠一颠地跑到屋里，找出一把剪刀，让两个保镖掰开陈玉胜的嘴，把舌头剪了下来。陈玉胜顿时头耷拉下来，血从嘴里冒出来，沿着嘴角、下巴、脖颈、胸脯钻进裤衩，又从裤衩下面钻出来，顺着大腿、小腿、脚板流到地面上，洇了一大摊。陈玉胜的惨状被在下房院伙房里做饭的阮厨师看到，借进城买菜的机会，跑到李家铺，向周大汉和齐娥报了凶信。

头箍孝布的周大汉撩开大步发疯似的跑到曹守仁盐号上房院门前。两个把门的打手想阻拦，被周大汉一伸胳膊拨了个狗吃屎，半天爬不起来。要搁旁人，两个打手绝对不会善罢甘休。因为周大汉是整个盐池有名的彪汉，曾两条胳膊各夹一袋盐从盐号一直走到十里外的中禁门。有一次，因为地界和相邻的盐号发生纠纷，双方纠集本场的盐工摆起阵势准备打架。周大汉走到中间，高喊：“有种的上来！”对方也不示弱，从人群中窜出一个人高马大的汉子。刚走到跟前，周大汉一猫腰，把对方扛到肩上，就地转了几圈，发一声喊：“喝你妈的卤水去！”一抡胳膊，把对方扔进一丈多远的卤水池里，吓得对方没有一个敢站出来迎战。

周大汉闯进院内，一眼就看见绑在十字架上的陈玉胜，三步并作两步地跑上高台，冲到十字架前，见陈玉胜头耷拉到胸前，满身都是七横八竖的血口子，脚底下流了一大滩血，被正午的日头晒得黑紫黑紫，托起陈玉胜的头高喊：“哥，你醒醒、你醒醒！”见没有应声，颤抖着手在陈玉胜鼻子下面一试，还有一丝气息，连忙从十字架上把陈玉胜解下来，抱起跳下高台，咚咚咚地走进老和尚王发家住的北屋，把陈玉胜放在厅堂正中的八仙桌上，走到藤椅旁，像老鹰叨小鸡把正在打盹的王发家提溜起来，两只眼珠像要憋出眼眶，指着满身是血的陈玉胜质问：“姓王的，这是咋回事？”两个手持钢刀的打手走进屋里，企图为主人解围。周大汉飞起一脚，把其中一个踢出几尺远，手里的钢刀咣当一声落到砖地上。另一个打手吓得待在原地不敢动弹。

王发家当了十多年老和尚，是个能大能小的主，见周大汉正在气头上，暗想：这小子是个天不怕地不怕的愣头青，一旦惹怒他，给我几下，我的骨头就会七零八落，还是好汉不吃眼前亏。于是，他从周大汉手里挣脱出来，双手一摊，装出一副无奈的样子：“大汉兄弟，这事不能怨我呀。玉胜来找我提前使钱，我答应了。谁晓得玉胜不会来事，跟曹老伴顶撞了几句，还用茶杯把人家的头砸破了，曹老伴才让人把陈玉胜绑上十字架，与我毫不相干呀。”他又故意指着周大汉头上箍的白布问：“你给谁戴的孝？”

周大汉鼻子一酸：“我爹殁了。我托玉胜哥来使我和他的工钱，却被你们打成这个样子。曹拐子呢，我找他算账去！”

王发家赶紧挡住周大汉：“大汉兄弟，曹拐子到运城看他哥曹东家去了。不管咋说，你是咱号里的老人，我是这儿管事的，你说咋办就咋办！”

像一把铁锤砸在棉花上，周大汉有火发不出来，听王发家说的还算人话，余气未消地说：“我爹在盐池下了一辈子苦，想提前使工钱，给他老人家买副棺材。另外，曹拐子把玉胜打成这样，必须立马看病。”

“好说，好说。”王发家向站在一旁的打手挥了挥手，“快领大汉兄弟到柜上把上个月的工钱领了，再多使三个月的工钱。”王发家见稳住了周大汉，刚才提到嗓子眼的心总算落到肚子里，想把他赶紧支走，彻底摆脱危险，便走到八仙桌跟前，看了看奄奄一息的陈玉胜，故作吃惊地说：“大汉兄弟，玉胜的伤势还真不轻，得赶紧去运城街上看先生。”

周大汉见陈玉胜伤势严重，心想，还是救人要紧，就点了点头。王发家赶紧打发账房的一个伙计到料台上叫来一挂拉盐的大车。周大汉抱起陈玉胜放到大车里。临走时，王发家从怀里摸出一串麻钱，塞到周大汉手里说：“先把这些钱拿着，不够再来取！”王发家把大车送出上房院，望着周大汉远去的身影，下意识地摸了摸稀疏的头发和脖颈，长长地呼出一口气：今个好悬呀，要不是脑瓜子转得快，来了个借坡下驴，怕是没好果子吃。

周大汉跟在大车后面，走出中禁门，来到鼓楼西北角的樊记诊所，掏出麻钱放到桌子上说：“樊先生，您先给治着，我叫我姐来。”一个多时辰后，周大汉和齐娥一前一后跑进樊记诊所，劈头就问：“樊先生，病人咋样了？”樊先生皱起眉头答：“我行医三十多年，头一回见把人打成这样。更要命的是，病人被割了舌头，快把身上的血流干了。我已给病人服了强心丸，能清醒一会儿，恐怕过不了日头压山。”

刚才在上房院，周大汉只看到陈玉汉浑身鞭伤，却不晓得竟然被残忍地割下舌头。齐娥看到满身鞭痕和失去舌头的丈夫，听了樊先生的话，仿佛天塌下来，爬到陈玉胜身上痛哭起来。昏迷中的陈玉胜被妻子的哭声唤醒，微微睁开眼。周大汉赶紧俯下身子，满脸泪水里浸透着悔疚：“玉胜哥，你要不是为我爹去找曹拐子，也不会被打成这样。”陈玉胜使尽浑身的力气，眼里射出一丝亮光，把齐娥拽到周大汉面前，张开大嘴，嘴里的舌根哇哇乱转，就是说不出话来。周大汉知道，这是大哥托他关照好齐娥。他擦干满脸的泪水，看了齐娥一眼，郑重地点点头。陈玉胜见兄弟明白了他的意思，这才放心地闭上双眼，头一歪，永远告别了人世。周大汉和齐娥一齐扑到陈玉胜的遗体上号啕起来。不知过了多久，樊先生红着眼圈，拍着周大汉的肩膀劝说：“小伙子，人死不能复生，你们还是赶紧料理后事吧。”说着，把桌子上的那串麻钱递给周大汉，指着陈玉胜的遗体说：“你快到街上买套衣裳，让他穿齐整些，再买只引魂鸡，找挂车把人拉回去。”

周大汉让齐娥守着陈玉胜的遗体，跑到街上，在估衣铺买了一身白粗布衣裳、一双圆口黑布面鞋和一顶黑毡帽，又买了只公鸡。见鼓楼门洞里坐着几个身边放着推车的脚夫，便走过去问：“往李家铺送一趟多少钱？”一个年轻脚夫问：“送啥？多远？”周大汉照实答：“不到五里，送死人。”几个脚夫都把头扭到一边，往地上吐了口唾沫，不耐烦地挥挥手：“晦气，给多少钱也不拉。”周大汉只好回到樊记诊所，和齐娥擦干净陈玉胜身上的血迹，为陈玉胜穿好衣裳，仿佛怕惊动熟睡的婴儿，轻轻地说：“玉胜哥，咱回家。”背起陈玉胜，淌着眼泪，一步一步地往回走，齐娥抱着引魂鸡跟在后面失声痛哭。一路上，凡碰见的人无不驻足，流下一掬同情的眼泪。

回到家里，周大汉把陈玉胜的遗体轻轻放到爹的遗体旁边。一直守在周爷身边的小盐花尚不懂事，见爹静静地躺在炕上，摇着齐娥的胳膊问：“娘，我爹睡着了吗?”齐娥无法回答女儿的问话，把盐花搂在怀里，忍不住地大哭。周大汉看着悲痛欲绝的齐娥，一股巨大的负疚感涌上心头：要不是为了给爹张罗置办棺材，哥也不会被活活打死，嫂子不会失去丈夫，盐花不会失去亲爹。他又想起大哥临死前的托付，心里升腾起一个念想，站到齐娥面前说：“嫂子，大哥走了，我会照顾你和盐花一辈子!”他看了看炕上两位逝去的亲人，把齐娥从地上扶起说：“嫂子，你在屋里守着，我下盐池去，说啥也要给玉胜哥买口棺材。”

齐娥知道丈夫是去盐池要工钱时被打死的，慌忙阻止：“盐号的老和尚，都是些吃人不吐骨头的狼，你可不能再往火坑里跳。万一有个好歹，你让我和盐花咋活呀?能不能想想别的办法?”

“咱是吃盐饭的外来户，在当地没有一个亲朋好友，问谁借?再说盐号的工友，大都吃了上顿没下顿，咋好意思向人家张口?”周大汉给齐娥宽心，“嫂子，前晌我找王发家，那家伙还算有良心，已经吐口让我使工钱。再说，玉胜哥是被他们打死的，他们敢不认账?”

齐娥想了想，再没第二条路可走，只得叮咛：“兄弟，你去后和人家好好说，可不要再惹出啥事来。”

“嗯。”周大汉点点头，又往头上箍了一条白孝布，第二次跑到盐池。

周大汉走后，曹拐子从运城回到盐号。王发家赶紧把他叫到屋里，把周大汉来闹事，自家如何平息事态的经过添油加醋地说了一遍，夸大其词地说：“你可没见周大汉那凶样，你要在场，非要你的命不可!我见他来者不善，只几句软话，就在猪尿泡上扎了一刀，把那小子的气给放了。”曹拐子知道周大汉的力气和胆气，听了老和尚的话，只觉得后脊背凉飕飕的，庆幸自己逃过这一劫，连忙向王发家作揖：“王老和尚，姜还是老的辣，往后我一定向你学。”王发家得意地摇头晃脑：“兄弟，人常说，哄死人不偿命，对付盐工光靠硬的不行，还要像耍猴那样，打一鞭子再给扔一颗枣，让他们乖乖地给咱们卖命。”

刚说完，周大汉从门外卷进来，一见曹拐子，火苗立马从头上蹿了起来，抓住曹拐子的前襟吼叫：“曹拐子，还我玉胜哥的命来!”曹拐子吓得双腿一软，颤抖着嘴唇辩解：“玉胜不是我打的，是那两个打手。”王发家一看周大汉头上箍着两块白孝布，知道陈玉胜也死了，连忙走上去拉住周大汉的胳膊：“好大汉兄弟哩，你不是到运城给玉胜看病去了吗，咋又回来了？”周大汉指着浑身发抖的曹拐子说：“玉胜哥被活活打死了，这账不找他算找谁算？”王发家翻了翻三角眼，判断出周大汉来的真正目的是要来借钱，便不软不硬地说：“大汉兄弟，你年轻力壮，现在就能把曹老伴拾掇了。可你想过没有？你这么做可就成了杀人犯，出不了盐池就会被抓起来，变成刀下鬼，你倒是一了百了，可你爹和陈玉胜还下不下葬？”周大汉一下子清醒过来，心想：当紧的是先借到钱，把爹和玉胜下葬。手一松，把曹拐子推了个四蹄朝天：“王老和尚，看你的面子，就先饶了他这条狗命。”

“好兄弟哩，冤家宜解不宜结，这不就妥了。”王发家走到屋门口，朝西房喊：“李先生，过来一下。”姓李的账房先生一听老和尚吆唤，一溜小跑来到北屋，对王发家哈腰：“王老和尚，有啥吩咐？”王发家指着周大汉：“你领大汉兄弟到柜上使五两银子。”周大汉朝王发家点了一下头，算是谢了，跟着来人到西屋，在借条上摁上手印，接过五两银子，跑出上房院。刚出门，就碰见收工的盐工们。按当地的规矩，头裹孝布的周大汉跪在地上，向工友们磕了一个头，操着哭腔说：“我爹和玉胜哥殁了。”一个老盐工上前扶起周大汉，不解地问：“大汉，你爹有病，大伙都晓得，可玉胜年纪轻轻的，咋说殁就殁了呢？”周大汉抹了一把眼泪，把陈玉胜来借钱被曹拐子绑上十字架暴打并割掉舌头的事诉说了一遍。

老盐工埋怨：“大汉，你爹殁了，你咋不吱一声，咱这一百多号工友再穷还凑不齐发落你爹的钱，让玉胜也走上绝路？”

周大汉说：“我晓得大伙都不好过，咋好意思麻烦大伙，只好来向柜上借。”

“借到了吗？”

“借到了，我这就回去置办棺材。”

“啥时候下葬？”

“后天。”

老盐工朝工友们挥挥手：“大伙听着，后天周师傅和玉胜下葬，咱们都去送一送。”盐号有规矩，盐工有事告假，耽搁一天扣两天的工钱。除了婚丧嫁娶等重大事情，盐工们一般是不会告假的。盐工们家里办红白喜事，也很少通知工友们参加。

“告假去！”不知谁喊了一声，盐工们像一股潮水涌进上房院曹拐子屋里，异口同声地说：“后日周师傅和玉胜下葬，我们告假去送行！”曹拐子当了好几年老伴，还没遇到过集体告假的事情，想到正是晒盐的旺季，少干一天就少晒上百担盐，等于白白把好几十两银子扔到池水里，断然拒绝："不行，你们都走了，谁下畦晒盐？""盐号里有规矩，告一天假扣两天工钱，我们不要工钱还不行？你尽管扣吧。"王发家见盐工们如此群情激愤，感觉到盐工们就是一堆干柴，自己被架在上面，一旦点着，就会腾起冲天的火焰，把自家烧成一缕青烟，吓得打了个冷战。

周大汉看见工友们如此讲义气，心里涌起一股暖流。他晓得工友们的工钱少得可怜，日子过得都很紧巴，告一天假被扣两天工钱，一反一正，等于少挣三天工钱。心想，无论如何也不能让工友给爹和玉胜哥下葬而耽误赚钱，让全家人忍饥挨饿。他赶紧跑到工友前面，扑通跪在地上："大伙的心意我领了，你们过的啥日子我能不晓得？后天，去几个人帮我打坟抬棺就行了，可千万不能都告假，要是这样，我爹和玉胜哥也不会安宁的。"

工友们见周大汉把话说到这份上，都不再言语了。王发家正愁着没法对付这些穷盐工们，一听周大汉的话，像是打瞌睡给塞了个枕头，赶紧给盐工们作了一揖："周师傅和玉胜走了，我和大伙的心情一样，很不好受。刚才大汉说得对着哩，咱们既要顾死人，更要顾活人，若是都告假，耽误晒盐，东家赚不下钱，拿啥给咱们发工钱？"他又拍着胸脯说："大家伙的心情我理解，不就是让老周和玉胜顺利下葬吗？大家伙放一百个心，我立马让人去运城买两副棺木送到大汉家里。大家伙干了一大晌的活，早就肚饥了，赶快回去吃饭。"工友们见王发家服了软，答应给买棺木便放了心，一齐走回下房院。

出殡时，周大汉披麻戴孝，一手拉着柳枝孝棍，一手举着引魂幡走在前面，齐娥抱着盐花紧跟其后，十六个盐工头箍白布、腰勒白巾，抬着两口漆黑的棺材，一步一步地走到李家铺东面的乱岗坟上，放在提前打好的墓穴里。抬棺的工友一起抄起铁锨，填实墓穴，堆起两座坟来。周大汉把孝棍插到周铭山的坟头上，跪在坟前，磕了三个头，哭着说："爹，你好好歇着。"他又跪到陈玉胜的坟前，磕了三个头，心里默默念叨："玉胜哥，你放心，我一定会照顾好嫂子和盐花的。"工友们也不约而同地跪在两座新坟前给死者磕了头。工友们离开后，周大汉对齐娥说："嫂子，我想和你商量点事。"

丈夫临走前，当面把自己往大汉跟前推，意思很清楚，往后让大汉和自己一起过。齐娥心想，大汉所说的可能就是这件事，便答："兄弟，你是家里的男人，说啥就是啥！"

周大汉诚恳地说："嫂子，玉胜哥的心思咱俩都明白。不过，咱俩重孝在身，虽不能和当官的一样辞掉官职守孝三年，但也要遵守孝道，三年后再正式成亲，行不？"齐娥郑重地点点头。从那以后，周大汉每到休息日，就从盐池回到李家铺，帮助齐娥干些家务，俩人仍然以嫂弟相称。

三年后，周大汉把两个年长的工友请到家里，安置了四碟菜一壶酒，让其做个见证，与齐娥正式结为夫妻。不懂事的盐花仍像以往管周大汉叫二叔，齐娥纠正："盐花，往后不能再叫二叔了，要叫爹。"盐花问："为啥？"齐娥一时不好解释。周大汉对齐娥说："孩子叫顺口了，就由着她，这样叫，对玉胜哥也显得尊重。"又转过身笑着嘱咐："盐花，往后你就一直这样叫我。"后来，周大汉和齐娥生下盐枝，自然而然让盐枝叫周大汉"爹"，而盐花一直叫周大汉二叔。

齐娥举起一株绿而肥大的马齿菜对她说："盐花，你知道马齿菜还有另外的名字吗？"盐花撒娇地说："娘，您就不要卖关子了，快说！"齐娥笑了笑："看把你急的，我说还不行吗？汉朝时，王莽造反篡权，跑到宫里想斩草除根，皇太子刘秀趁乱逃出长安，渡过黄河，来到中条山下的盐池北岸。王莽得知消息后，领着大队人马追赶。躲在地里的刘秀见追兵越来越近，赶紧爬在草丛里，顺手拽了几个叶片肥厚的马齿菜顶在头上。王莽赶来后，见草丛里长着一片马齿菜，以为刘秀藏到南面的盐池里，便带着大队人马追了过去。刘秀脱离危险后，跑到一个农家讨饭，农妇见来人又饥又渴，就把刚烙好的马齿菜饼拿给刘秀吃。刘秀越吃越香，问农妇是用什么做的，农妇说是马齿菜拌面烙的。刘秀走出中条山，越过黄河，到河南南阳操练兵马，最后杀死王莽，当了皇上。为了感谢马齿菜的救命之恩，刘秀就把马齿菜封为皇家菜。这马齿菜真是个好东西，又顶饥又养胃，你能长这么大，全靠它。"说完，齐娥催女儿："盐花，割快些，把篓子割满咱就回去，蒸些马齿菜馍，让你二叔黑夜回来吃。"

盐花擦了把汗，直起腰，仰头看见前面草丛里爬着黑乎乎的东西，慌得惊叫起来："娘，你看！"齐娥直起腰身，走到盐花手指的地方，仔细一看，是个人，凑上去搬过那人的身子一看，满脸是血。齐娥壮着胆子把指头放在伤者的鼻子底下一试，还有气息，赶紧对盐花说："快，这人还有气，来，搭把手，把他背回去！"盐花赶紧凑上去，把伤者扶到齐娥的脊背上。齐娥弓着腰身，快步往回赶，盐花把两个篓子摞一起，顺手拾起伤者身旁的环形刀，跟在后面。

回到家，齐娥把伤者放到炕上，让盐花烧了一锅开水，颤抖着双手，用土布毛巾把伤者脸上的血擦洗干净，这才看清伤者苍白脸上的刀伤，从左额、眉骨、面颊斜着下去，翻着白花花的肉，所幸的是，没有伤着眼窝。盐花吓得浑身发抖，藏到齐娥背后问：“娘，这、这可咋办?”齐娥深呼出一口气：“这人命真大，咱不能见死不救。”说完拿出一包药粉来，朝伤者的刀口上轻轻地撒了一些，又找来一些布把伤口包起来。她给伤者撒的药粉是消炎药。因为，周大汉冬天在盐池里干活时，打着赤脚，冻得裂满血口子，齐娥心痛得不得了，就在樊记诊所买了些消炎药，正好派上用场。齐娥对盐花说：“你看伤者浑身又是泥又是血的，快把你二叔洗好的衣裳拿出来，给他换上。”盐花赶忙从炕角一个破纸箱里取出周大汉的衣裳。齐娥把伤者扶起来，对盐花说：“快过来帮把手。”盐花听妈说让她帮着换衣裳，有些羞怯。”齐娥数落盐花：“人都伤成这样，有啥不好意思的，快!”盐花只得红着脸帮着齐娥把伤者身上的血衣脱下来，换上周大汉的衣裳。

盐花指着仍昏迷不醒的伤者问：“娘，往后该咋办?”

齐娥答：“等你二叔回来再说。”

第八章　痴情救英豪

庄稼人醒得早，盐池醒得更早。

正值产盐的季节，天上的星星还没有完全褪去，一般庄稼人还在炕上做梦时，盐池已经沸腾起来。六十多个盐号里的七千多名盐工被盐号里的老伴、二掌锨、三甲曹、四排子从下房院的通铺上吆喝起来，走出低矮的工棚，借着微明的晨曦，深一脚浅一脚地进入盐畦，在小师傅的带领下开始劳作。有的挥舞铁铲往一块堆盐，有的用铁锨往荆条筐里装盐，有的挑着装满盐的荆条筐，沿着盐畦中间的小路往岸边高处的料台上走。装盐的嚓嚓声、扁担的咯吱声、盐工们的咳嗽声，以及小师傅的谩骂声、疙瘩鞭的噼啪声、盐工们的惨叫声交织在一起，像是一支古老而低沉的哀曲，在百里盐池里回响。

东山渐渐发亮，又由白变红。突然，太阳从地平线跳跃出来，喷射出万道霞光，把天上的云镶上彩边，把绵延起伏的中条山染成彤红。站在远处的禁墙上俯瞰，一望无际的盐池里，宽的、窄的、长的、短的盐畦交织在一起，像是一个巨大的蜘蛛网，里面蠕动着蚁虫般的盐工，像是在拼命挣脱着被羁绊的命运。从蛛网般的盐畦里，延伸出几十条小路，上面排满挑盐的盐工，活像搬家的蚂蚁来回穿梭着。有谁知道，几千年来，究竟有多少个鲜活的生命在这里劳作，盐工们究竟从盐畦里挑出过多少担食盐，换取了多少白花花的银两，滋养过多少代人的生命？

日头渐渐爬升到头顶。虽然已入秋，但日头仍然很毒，向低洼的盐池喷射着火焰。偌大的盐池上面被太阳烤着，下面被池里蒸着，热得像蒸笼一般。几只在湖旦游弋的飞鸟忍受不住闷热，哀鸣着展开翅膀，在盐池上空盘旋一匝后，飞向南面的山里。

此刻，盐工们和以往一样，脱光布衫和长裤，腰间只穿条短裤，顶着烈日，忍着闷热，在小师傅们的催促下，不停地劳作。每个盐工的脊背都被晒得黝黑，脸上的汗和身上的汗汇成一条条小河，顺着大腿流到小腿，又从小腿流到脚背，从脚背上渗入地下。一辈又一辈的盐工就是这样，用永远流不尽的汗水换取可怜的工钱，来维持生命最基本的需要。

传统产盐（高志勇 摄）

周大汉挑着盐筐，走在挑盐的行列中。他挑的是头号盐筐。盐筐分头号、二号、小号。头号盐筐装一百五十斤，二号盐筐装一百二十斤，小号盐筐装一百斤，盐号里按筐的大小给盐工们开工钱，挑头号筐的挣头等工钱。开始下盐池当童工时，周大汉只有十二岁，只管饭不挣钱。十五岁时，所有长年盐工干的活他都能能胜任，老和尚就给他开二等工钱。十六岁时，周大汉长成一个彪汉，找到老伴要求挣头等工钱，不行，就到别的盐号。老伴不想白白丢掉这个好劳力，就给他开了头等工钱。虽然工钱少得可怜，但他和爹糊口还是绰绰有余。工友们遭到困难时，还可以拿出攒下的银钱周济周济。自从爹和玉胜哥走后，他承担起三口人的生活，挣的工钱总是跟不上开销。特别是生下盐枝后，日子过得更是紧巴。幸亏齐娥能干，成天手脚不闲，不是给盐工们洗衣裳，就是给人纺线织布，挣钱补贴家用，才勉强度日。这些年来，周大汉总是拣头号盐筐挑，为的是能多挣几个工钱。他走到料台前，抬头看了看几丈高的盐垛，甩了甩头上的汗珠，双手紧紧抓住扁担两头的吊绳，把扁担从左肩移到中间的脖根上，等于用全身扛起扁担，脚下一用力，踏着一尺来宽的木板往盐垛上攀。木板很陡，他不得不咬紧牙关，承受着重压，身上的肋骨暴突出来，仿佛要挣破皮肤，头上的汗水顺着扁担流到两头的吊绳上，又从吊绳上流到盐筐里。终于，他爬在盐山顶，倒掉筐里的盐，展起腰身，长舒一口气，下意识地抬头看了看日头。

日头肆无忌惮地照在周大汉身上，勾勒出他棱角分明的轮廓。盐池的凄风苦雨和成年累月的劳作，已经把当年英气逼人的他锻造成典型的老盐工。零乱的发辫箍在头顶上，像是筑着一个老鸦窝；黝黑的额头上布满一道道刀痕般的皱纹；眉宇间聚着一个又深又糙的结；嘴唇向外翻着，因长期喝不上水，龟裂着七横八竖的血口子；脊背上被晒得脱着一圈又一圈的白皮，像是一幅犬牙交错的地图；腰背间凸显出一条条肋骨；小腿的汗毛上沾满白乎乎的盐分，十分扎眼。膝盖弯曲着，与长期重压而弯曲的驼脊上下呼应，把身体拧成两个弯形，活像一个史前的猿人。

离开家整整一个月了，终于熬到休息日。周大汉心想：再挑上两个来回，就要吃晌午饭了，再干到天黑，就能回家了。一想到家，眼前就浮现出妻子齐娥洋溢在脸上的柔情，盐花头上的黑辫子，盐枝圆脸上撒娇的酒窝，还有黄澄澄的糁糁汤，用玉米面、豆面、马齿菜拌在一起的香喷喷的三合馍。

突然，远处传来一阵叫唤声。周大汉朝下一看，几十个清兵手持明晃晃的钢刀朝料台围了过来。一个头目抡着手里的腰刀叫嚣：“叫你们管事的来！”周大汉在盐池里干了二十多年，只看到过巡逻的盐警偶尔路过，从未见过清兵。上个月放假日，周大汉和齐娥带着盐花、盐枝到运城买东西时，曾听说老慈禧要路过北相镇，他对此并没当回事，因为他晓得，自家只是个穷盐工，老慈禧离不离京，改不改朝，换不换代和自己八竿子不沾边。心想：这回清兵来盐池，八成是出了什么大事。周大汉挑着盐筐从容地走下盐堆。这时，清兵已经把挑盐的工友包围起来。盐工们看着清兵手里明晃晃的钢刀，不由心里害怕，互相打听着出了什么事情。

不一会，老伴王麻子跑过来，上气不接下气地对清兵头目点头哈腰：“军爷，我是这里管事的老伴，敢问有何吩咐？我们这里的盐工可都是良民百姓呀。”去年秋上，王发家死了，曹拐子当上老和尚，提拔二掌锨王麻子接替自己当上老伴。这天，曹拐子到运城鬼混去了，王麻子不得不出来顶杠子。平时，王麻子在盐工们面前昂着头，脸朝天，端着一副不可一世的臭架子，见了清兵，却像被打断了脊梁骨的癞皮狗，摇头晃尾巴讨好主人。盐工们无不鄙夷地看着王麻子的下作劲。

清兵头目用马鞭指了指盐畦里劳作的盐工命令王麻子："快，把那些干活的盐工通通地叫过来，我们要一个一个地盘查！"

"这就去，这就去。"王麻子朝清兵头目鞠了个躬，指使身后的二掌掀："快把盐畦里的人都叫过来。不大会儿，几十个铲盐的被赶了过来，和挑盐的挤在一起。这些盐工头上盘着黑发辫，赤着黝黑的膀子，看上去黑乎乎的一片，像是一堆炭块。清兵头目掏出一张通缉令喊叫："都听着，老佛爷西巡，驾幸北相镇，昨天夜里有几个刺客，大部分被当场毙命，还有一个受了伤的刺客叫王凯，是原运盐使司运使王嘉天的儿子，行凶后侥幸从城墙底下水洞里逃跑，本把总奉命缉拿他，举报者赏银一百两，藏匿不报者格杀勿论！"

王麻子怕耽搁盐工干活，走过去赔笑："官爷，你看这里被禁墙围得铁桶一般，成天有盐警巡逻把守，一只鸟也飞不进来。这些盐工都吃住在下房院，天不明就下到盐畦一直干到现在，刺客王凯绝对混不进来。"

清兵头目抡起马鞭叭地甩在王麻子脸上，立马显出一道血印，疼得王麻子蹴在地上，捂住脸妈呀妈呀地乱叫。平时，王麻子一到盐池，手里不离疙瘩鞭，看哪个盐工不顺眼就给几鞭子，这回可尝到鞭子的滋味了，盐工们脸上都露出几分得意来。

"磨蹭什么，还想吃几鞭子，快起来！"把总又抡起鞭子。王麻子一看，顾不得疼痛，赶紧站起来冲盐工们可着破锣嗓子号叫："大伙站成一排，军爷要一个一个地仔细检查。"几个清兵跑到盐工跟前，摆开检查的架势。每走过一个盐工，先和通缉令上的画像对照，再朝只穿一条裤衩的盐工身上扫一遍，看有无伤口。劳累了一大晌的盐工们正好趁此机会歇息，慢腾腾地接受着检查。好不容易把盐工们检查完，已经过了晌午饭的点，肚子饿得咕咕叫的盐工们想着这下该吃饭了。谁知清兵把总把刀一挥："你们老老实实待在这儿，谁也不许离开半步。"他朝清兵们一挥手："到院子里好好查一下！"清兵们嚥了一声，一窝蜂地涌到上房院和下房院，又折腾了半个多时辰。一百来号盐工只能站在日头底下忍受着暴晒。临走时，把总狠狠地瞪了王麻子一眼。王麻子心领神会，赶紧从腰间摸出一个元宝，塞到他手里。

清兵一走，盐工们以为这下会开午饭了。不料，王麻子又拿出平时的做派，站到把总刚才站的地方，手往后一背，头往上扬，眼皮朝下："都听着，刚才官兵来查刺客，耽搁了一个多时辰，后晌要补上。"

直到天黑得实在看不见了，王麻子才让盐工们收工。周大汉扔下盐筐，踏上回家的路，虽然挑了一天的盐，又饥又累，但一想到家，浑身陡然增添了力量。沿着盐池北岸的道路，出中禁门，回到李家铺。走到村头，远远看见两个人影晃动，还未到跟前，就传来盐花的叫声："二叔！"一股暖流涌进周大汉的全身，加快脚步，迎面碰上跑过来的盐花。周大汉惊奇地问："盐花，这黑灯瞎火的，你又没长夜眼，咋知道是我？"盐花亲昵地搂住周大汉的左臂答："是我听出来的。""你咋能听出来？""您走路很沉，扑踏扑踏的，我从小就听惯了，还能听不出来？"

说话间，周大汉和盐花回到家里，齐娥赶紧掀开锅，端上两个马齿菜三合馍，舀上一碗玉茭面糊糊。周大汉擦了把脸，迫不及待地抓起一个三合馍，张开大嘴没几下就把一个馍吞到肚里。坐在一旁的齐娥嗔怪："慢点，又没人跟你抢。"又问："今个咋回来这么晚？"周大汉边吃边答："晌午，一队清兵下盐池追查刺杀老慈禧的刺客，耽搁了一个多时辰，那王麻子非让多干一会不可，要不是天黑得实在看不见，还要迟一会。"周大汉喝了一口糊糊，发起牢骚："听说长毛子占了大清国不少地方，又是烧又是抢，吓得老慈禧和光绪皇帝往西安逃。这下弄得天下大乱，盐卖不出去，东家借口赔钱克扣工钱，不是把咱们往死路上逼吗？那老慈禧早该死了，这刺客真有胆气，杀她，对着哩。"

齐娥瞅了瞅黑着灯的炕上，忍住没出声。等周大汉吃完饭，把他拉到炕前，点上灯盏，朝被窝指了指。周大汉见被窝里露着一个包着白布的人头，吃惊地问："他是谁？"齐娥捅了周大汉一下："小点声，早晨我跟盐花到姚暹渠旁割马齿菜，见一个穿黑衣裳的人昏在地上，头上有一拃长的刀伤，旁边掉着一把长刀，我看他还活着，就背了回来，因伤得太重，一直到现在都没醒过来。"盐花把环形刀举到周大汉面前："二叔，这就是伤者的刀，我把它拾了回来。"

晌午，清兵在盐池检查时叫嚣刺客是王凯，周大汉心里一惊，因为他认识王凯。大前年，王凯跟着他爹到盐号里来看晒盐，还叫他师傅，要过他的盐担试挑了一下。临走时还给他鞠了一个躬。虽然只是一面之交，却觉得王凯是个懂礼数的好小伙。一听齐娥说救下一个受伤的人，就猜到八成是王凯，赶紧跑到被窝前，见伤者的脸被包扎得严严实实，看不清楚，便指着伤者问齐娥："他多大，长得啥模样？""十八九，方脸，眉毛粗粗的。"周大汉身子猛地一震，对齐娥说："他就是刺杀慈禧太后的王凯，这可是个好小伙子，王运使被贪官陷害冤枉死了，怪不得他要刺杀老慈禧。"

齐娥急得抓起周大汉的手："这可咋办?"

周大汉心里涌起一股豪气："王凯是条好汉，咱不能见死不救。明日清兵们很可能会来村里搜查，得赶快想法把他藏起来。"齐娥想想说："要不先把他藏到地窨?"周大汉眼窝一亮："行，是个好地方。"几年前，每到秋收，齐娥就扛着镢头到挖过红薯的地里拾些丢弃的红薯，一时吃不完，怕搁到屋里坏掉，周大汉就在院南边挖了一个地窨，把拾来的红薯存到里面。这地窨虽然口不算大，但下面的地方不小，躺个人绰绰有余。

突然，炕上传来两声咳嗽，齐娥赶紧点上灯盏，周大汉爬在被窝前，借着昏黄的灯光，见王凯睁开了眼睛，便急切地说："王少爷，你可算醒过来了。"王凯眨了眨右眼，见自己躺在被窝里，两张脸守在跟前，摸了摸箍在头上的布，强忍着钻心的痛问："这是哪儿，你们是谁?"他只记得对准黄缎被连砍了几刀，跟崔师傅翻出院子，爬出水洞，在玉茭地里跑，以后的事记不起来了。

周大汉说："王公子，你没认出我，我可认出你了。你昨夜受伤昏在姚暹渠旁，被我屋里头的救了。"王凯盯了周大汉一眼，一时记不起来："您认识我?"周大汉说："大前年你跟着你爹到盐池里，你问我要下担子挑了挑，临走时还给我鞠了一躬。"

王凯想了起来，说："周师傅，是您?昨夜我——"周大汉打断王凯的话："王公子，你的事情我都晓得了，你真是条好汉，在我家你什么也甭想，安下心来把伤养好。"王凯又问："您咋晓得我刺杀了老慈禧?"周大汉直来直去："今个晌午清兵跑下盐池拿着通缉令搜查你。"

王凯心里紧抽了一下：肯定是坏一霸派兵缉拿他的，无论如何也不能让周师傅替自己担风险，便说："周师傅，我是朝廷通缉的钦犯，说啥也不能连累您。"说话间，王凯挣扎着要从被窝里起来。

周大汉急红了脸，把王凯摁到被窝里说："王少爷，你把我看成啥人了?你年纪轻轻的，敢舍命刺杀头上长疮、脚下流脓的老慈禧，真是好汉。只要把你的伤治好，担再大的风险也值，等你把伤治好再说!"

"这就麻烦您了。"王凯见周大汉如此实诚，不好意思再坚持离开，又想尽快知道崔师傅和几个师兄的下落，便求告，"周师傅，麻烦您到河东镖局打听一下，看有没有崔师傅的下落?"周大汉点头："明日我就去运城打听去。"

说话间，盐花端来一碗热腾腾的鸡蛋汤，碗里放着一个小勺。周大汉把王凯扶起来，斜靠在墙上，从盐花手里接过碗，对王凯说："我来喂你。"已经完全清醒的王凯摆摆手，从周大汉手里接过碗，自己用小勺舀着喝，这才发现自己穿着一身白粗布衣裳。周大汉见王凯看身上的衣裳，解释："王少爷，你穿的是我的衣裳，肯定是我屋里和盐花给你换的。"王凯想到两个女人给自己换的衣裳，顿时觉得不好意思："这——"周大汉误以为王凯不习惯穿粗布衣裳，抱歉地说："你是富家人，从小到大穿的是绸缎衣裳，这会却让你穿粗布衣裳，就将就一下吧。"

王凯喝完蛋汤，周大汉吹灭灯盏，让王凯躺下休息，因流血过多，身体透支，王凯很快入睡。

周大汉和齐娥找来砖头、木杆、破席、棉絮，下到地窨里，拾掇成一个床铺。从地窨里上来，齐娥对周大汉说："前晌我把给你治血口子的药全用完了，你得想法子再买点回来，要不，咋给王凯治伤呢？"周大汉答："正好王凯让我去河东镖局打听事，明个我到运城，顺便到樊先生家买些药。"

次日，天还未放亮，周大汉和齐娥搀扶着王凯下到地窨。王凯突然想起刀来，对周大汉说："周师傅，请把环形刀拿给我，以防万一。"周大汉应了一声，出窨后把环形刀递下来，齐娥也把一个盛着熟鸡蛋的碗递下来。周大汉嘱咐王凯："不管上面有什么动静，千万别上来。"齐娥也嘱咐："你把这鸡蛋吃了，补补身子。"然后，用荆条笆片盖住窨口，上面铺些乱草，生人根本看不出来。

周大汉喝了一碗糁糁汤，肩上背着褡裢，一到运城街上，就感到气氛不对，满街上贴着有王凯画像的通缉令，几百个清兵正在店铺里搜查。周大汉低着头，沿着街道，穿过鼓楼，拐到樊记诊所，远远看见几个穿黑绸衣裳的人在门口溜达，一看就不像是看病的，走到跟前，故意问一个瘦高个："老哥，福同惠点心铺在哪搭？我小子在那里熬相公，我来看看他。"

瘦高个不耐烦地摆了摆手："去、去、去，这巷里没有福同惠。"周大汉看见对方脸上的鹰嘴鼻，认出此人是衙门里的捕役，便自言自语："可能在东街上。"转过身子迈着大步往东拐去。走到东街河东镖局旁边，看见镖局的门关着，和樊记诊所门前一样，也有几个不三不四的人游荡，顺便走进对门的馄饨店，要了一碗馄饨，边吃边问跑堂的相公："河东镖局一向很红火，今个咋关着门？"对方凑到周大汉跟前，压低嗓门，惋惜地说："前日，崔师傅和几个徒弟到北相镇刺杀老慈禧，全都死了。"周大汉也压低声音问："把老慈禧杀了吗？"跑堂的惋惜地摇摇头："听说那老慈禧滑得像泥鳅，没在她的房间住，崔师傅杀死的是个丫鬟，崔师傅他们算是白死了。”周大汉看了看河东镖局门前的几个游荡鬼，知道也是来抓王凯的，鼻子一哼：休想！吃完馄饨，摸了一下褡裢，一想还未买下药，便起身往城北原王庄走。该庄有个老猎户，其儿子和他在一个盐号里下过苦，老猎户有配制的刀伤药。一次，有个盐工不小心用锨砍伤脚背，他儿子从家里拿了一些药给盐工治伤。

周大汉往原王庄走的当儿，几十个清兵围住李家铺，挨家挨户地搜查。几个清兵闯进齐娥屋里，一看屋里只有三小间，右手一间是炕，炕下靠墙处垒着一个锅台，锅台旁堆着柴火，屋子中间靠墙处，倚着一张摆着碗筷的单桌，屋子的南墙头上挂着一架纺花车，下面用土坯垫着一张床铺。清兵用长矛把炕上和床铺上的被褥挑起抖了抖，发现什么也没有，折腾完了，走出屋子。齐娥和盐花、盐枝跟在后面故意问：“军爷，你们到底来找什么？”清兵头目把一张通缉令举到她面前：“画像上的人就是刺客王凯，这两天你看见过他没有？”齐娥摇摇头。小头目晃了晃手里明晃晃的钢刀吓唬齐娥：“要是你敢隐瞒，小心你的脑袋搬家。”又朝院子看，东南角上垒了个鸡窝，南面种着几畦辣椒，西南角是用玉米秆围起来的茅房，一览无余。小头目不放心，指使旁边的几个清兵：“到鸡窝和茅房里看看。”几个清兵应声分头往鸡窝和茅房走。地窨离茅房不远，盐花害怕被发现，为了分散清兵的注意力，急中生智，快步跑到鸡窝前面，挡住清兵，故意显得慌里慌张：“老母鸡正在窝里孵小鸡，你们不能惊吓它。”一个清兵用手把盐花往旁边一拨：“滚到一边去！”盐花又倔强地站清兵面前，伸出两只胳膊挡住清兵：“军爷，你们要是惊动了老母鸡，这窝小鸡就孵不出来了。”盐花的反常举动引起清兵头目的注意，怀疑刺客藏在鸡窝里，跑到盐花面前，挥舞起钢刀，高声喝骂：“不想活了，闪开！”把盐花推到一边，朝手下挥挥手：“把鸡窝给捣了，看看里头是不是藏着猫腻。”在院子西南角检查完茅房的清兵听到头目的命令，不知发生了什么事，赶紧从西南角跑过来。几个清兵一哄而上，用脚把鸡窝踹倒。鸡窝里正在孵小鸡的老母鸡受了惊，扑闪着翅膀从里面跑出来，凄惨地直叫。鸡窝里除了一小堆麦秸和十几个鸡蛋，什么也没有，气得小头目走到鸡窝跟前，把麦秸上的十几个鸡蛋踩了个稀巴烂。齐娥赶紧走到小头目面前抱歉：“小妮子不懂事，军爷莫见怪。”小头目一摆手：“走，到下一家搜查去。”清兵一出门，齐娥按住突突跳的胸脯，对盐花说：“要不是你，保不齐要出事。”

周大汉到原王庄求下药，在回李家铺的路上，路过街上的检查关卡。一个清兵挡住他问："哪个村的？干什么的？"周大汉赔着笑脸："我是盐工，刚从盐池干活回来。"清兵一看周大汉老实巴交的样子，吼叫："还不快滚！"周大汉点点头："军爷辛苦、军爷辛苦。"快步过了关卡，回到家里，见鸡窝塌得乱七八糟，问齐娥咋回事？齐娥就把盐花故意吸引清兵的事说了一遍。周大汉夸奖："甭看咱盐花人不大，心眼不少。"

王凯毕竟年轻，恢复得快，休息了一天一夜后，已经能勉强走路。前晌，清兵来搜查时，他在地窨里听到动静，掂起环形刀，扶着墙挪到地窨口，清清楚楚地听见搜查的清兵说出自己的名字，不由往最坏处想：要是清兵真的发现了地窨，他就和清兵拼命。很快，他又听见盐花的争辩、鸡的叫声和清兵头目的叫喊。过了一会儿，听不见外面的动静了，他知道已经脱离了危险，紧张的心才松弛下来。

黑夜，周大汉下到地窨，燃上灯盏，给王凯换好药。王凯迫不及待地问："打听到曹师傅的下落了吗？"周大汉意识到如果照实说了，肯定会使他伤心，对身体不利，便借口街道被清兵封着过不去没法探听。周大汉缓了一下，又说："前晌清兵们已经来检查过，估计不会再查了，地窨里太潮，你还是出窨吃饭睡觉吧。"

王凯想到前晌的危险场面，摆摆手拒绝："周师傅，清兵们虽然查过了，但很可能还会来查，一旦被人发现就坏了，我还是藏在地窨里保险，你给我送点吃的就行。"周大汉想想也对，出窨回屋，让齐娥把里面卧着一个鸡蛋的糁糁汤和两个三合馍送到地窨里。

盐花抢过齐娥手里的碗："娘，我去。"盐花下到地窨，把碗递给王凯："凯哥，快趁热吃。"王凯一听叫声，不由浑身一抖。在这个世界上，除了和心爱的芷贞和弟，还从来没有人叫过他凯哥，心里涌上一股亲切感，应了一声，接住碗吃起来。吃完后，他把碗递给盐花。盐花临上地窨时说："凯哥，我明个下姚暹渠捞些鱼，给你熬鱼汤喝。"

鸡刚叫过头遍，周大汉下到地窨，对王凯说："王公子，我要下盐池干活，得一个月回来。你就安心在窨里待着，让你婶子和盐花好好招呼你。"王凯抓住周大汉的手说："周师傅，弄不好清兵还会来折腾，我住在您这里太危险，咱们不沾亲不带故的，我不能让你全家受牵连，还是让我走吧。"周大汉从口袋里掏出告示递到王凯面前："王公子，现在外面到处有清兵、衙役和盐警在抓你，你受了这么重的伤，连路都走不稳，一出门就会被逮住，到时候，你的命不保，还会真把我全家牵连上，如今你和我家已经把性命连在一块，分不开了。”

王凯仔细看了看通缉令的内容，上面赫然写着悬赏五百两银子，而周大汉虽然家里穷得一贫如洗，却冒着性命危险保护他、给他治伤，这是比天还大的恩情呀。心里不觉涌出一股暖流，扑通跪倒在地，攥起周大汉的手，情不自禁地改口：“叔，日后我一定加倍报答你的恩情。”周大汉赶紧把王凯搀起：“既然你认我为叔，那就一家人不说两家话，安心地住在这里好好养伤，等我下月休假回来再做打算。”

之后，盐花每晚下地窨给王凯换药送饭，还特意熬了几次鸡汤和鱼汤给王凯喝，十几天后，王凯脸上的刀伤长住了，身体也基本上恢复了。随着接触的增多，王凯对盐花滋生了说不出的亲切感。

不同境遇的人对时间有着不同的感觉。对一个处于正常生活的人来说，时间就像捧在手里的水，不知不觉间就流走了；对身处危难的人来说，总感到时间过得太慢。

王凯躺在临时搭成的床铺上，一会儿想到奶奶、妈和弟弟王枚，一会儿想到国子监的校园，一会儿想到恩师，一会儿想到崔师傅。好不容易熬到天黑，奓起耳朵，一听到脚步声，就激动地站到地窨口前迎接盐花，忍不住地和盐花多说几句话。在他心目中，盐花就是一个心地善良的小妹妹。

一天，吃罢饭，盐花对王凯说：“凯哥，你前额的头发很长了，我给你剃剃吧。”王凯问：“你一个女娃，还会剃头？”盐花朝王凯撇撇嘴：“你看扁我了，我二叔的头就是我给剃的。”王凯问：“你二叔是谁？”盐花反问：“咱家还有谁？我爹呗。”王凯知道盐花所说的二叔就是周大汉，很是诧异地问：“那你咋叫他二叔？”盐花就把根由告给王凯。王凯对周大汉更加敬重，对盐花说：“你二叔可是天底下再找不到的好人，将来你可要好好孝顺他。”盐花答道：“这还用说！”

终于熬到休假日，周大汉回到李家铺。夜里，他让齐娥在院里望风，与盐花下到地窨里。王凯扩了扩胸，在原地蹦了几下，急切地说：“叔，都一个月了，我好利索了，可不能再窝在窨子里吃闲饭了。”周大汉一脸的担忧：“小凯，不是叔不让你出去，如今官府仍然查得很紧，你脸上有伤，一出门就会露馅。”盐花眼前一亮：“二叔，实在不行让凯哥到潼关我舅家，那地方偏得很，官府查不到那儿。”“这倒是个法子。”周大汉一想又有些为难：“那地方行是行，可谁送小凯过去。”盐花挺了挺胸脯：“二叔，我路熟，领着凯哥去，专走小路，保险出不了差错。”王凯趁势说：“叔，我藏在地窖里终究不是长久之计，离开后，你和婶子再也不会提心吊胆了。”周大汉说：“这事赶早不赶晚，就让盐花送你，鸡叫就动身。”说着，从衣袋里掏出一些麻钱递给王凯：“这是我刚使的工钱，你带着在路上用。”王凯晓得周大汉日子过得很紧巴，赶忙推辞：“这可使不得，我一个大男人，到哪里还顾不住嘴？”“拿着，没有钱你咋能坐船过黄河？”周大汉不容分说，把麻钱硬塞到王凯手里。

深夜，晋南平原万物俱籁，劳累了一天的人们进入梦乡。鸡叫头遍，王凯从地窖里出来，换上周大汉穿过的半旧不新的夹衣，和盐花走出院子。借着月光，顺着田间小路走到解州，又从解州沿着中条山根一直往西走，饿了啃口马齿馍，渴了爬上渠里或泉子里喝一通，临黑赶到黄河岸边一个山岭上的山神庙歇息。王凯靠在墙上，听着不远处传来黄河的咆哮声，歙动了一下鼻翼，生出一股超脱的感觉，明天就可以渡过黄河，再也不用藏在地窖里担惊受怕了。

黑暗中，靠在王凯旁边的盐花虽然没有出声，但脑子一直紧张地盘算着。今个和凯哥一直走山路，还算顺利。明个要过风陵渡，平时那渡口就有人把守，近来查刺客，肯定会比以前严得多。不管咋说，也不能在渡口上露了馅，想出了一个法子，用胳膊肘碰了一下王凯：“凯哥，明个到了风陵渡口，你跟着我后面，啥也甭说。”

“为啥？”

“你不是本地口音，一张嘴就会坏事。”

“行，听你的。”

次日早，王凯睁开眼，见盐花头上长长的黑辫子不见了，挽成一个发髻。王凯晓得未出嫁的闺女留辫子，成了家的女人才挽发髻，吃惊地问：“你咋把头发梳成这个样子？”盐花有点不好意思，红着脸说：“凯哥，一会，咱俩要假扮成小两口回娘家，要不挽成发髻，过渡口时不就露了馅？”

天刚明，两人厮赶着走下山岭，沿着大路走到风陵渡口。风陵渡位于山西、陕西、河南交界处，是万里黄河上最大的渡口之一。相传黄帝的贤臣风后坦葬于此，故称风陵渡。每日都有成千上万的人通过这里。渡口前，挑担的、推车的、肩扛的、骑马的、坐轿的，驮着货物的驼队、满载货物的马车，排成一里多的长龙。王凯跟在盐花后面，排在队伍里。盐花见路旁有不少卖枣的，就跑过去买了一篮子。王凯问盐花买枣干啥？盐花卖了个关子说有用。

好不容易挨到检查口上，一个检查的瞪着眼冲盐花叱问：“你过河干啥?”盐花赔着笑脸：“官爷，我回娘家潼关。”又掀开盖着的篮子露出红枣让把守看。检查的又冲后面的王凯问：“你是干啥的?”不等王凯开口，盐花扭头把装着麻钱的小包塞过去：“官爷，他是我男人，叫齐山，从房上掉下来，恰好脸碰到锨上，破了相，人也摔憨了。”检查的顺手把小包装进衣兜里催：“别啰嗦了，快过、快过!”盐花拉着王凯的手走过检查关口。在下黄河滩时，王凯怪罪盐花：“你咋说我是你男人?”盐花红着脸答：“凯哥，不这样说，能顺利过关吗?”王凯又问：“为啥说我叫齐山?”盐花答：“我舅姓齐，见南面是山，就顺口诌了个山字。”王凯点点头说：“这名字好，往后我就用它。”

正值深秋，黄河里的水比前些旺水期小了许多，裸露出一里多长的泥滩，渡船靠不到岸边，只能停靠在离河岸较深的河里。而要从泥滩到木船跟前，必须靠壮汉把人背着淌过一里多的泥滩。不知从哪个朝代起，这里兴下一个规矩，背人的壮汉从头到脚，不挂一针一线，背人过河赚脚钱。遇到男人还好说，遇到女人，尤其是待字闺中的黄花大闺女，只能厚着脸皮，羞得闭上眼，爬在赤身男人身上过滩。喜欢逗趣的壮汉，走到有水的地方，故意打几个趔趄，吓得爬在壮汉背上的大闺女小媳妇紧紧搂住壮汉的脖子大呼小叫。这时，壮汉惬意地张开大嘴，放浪大笑，惹得河滩上的人跟着起哄，连黄河的水也肆无忌惮地翻着浪花，发出欢快的戏谑。一个多月前，老慈禧过黄河时，见河岸上背人的壮汉赤条光身，觉得有失体面，下旨让随行的护兵把这些壮汉们砍了。陪驾的总管解释，赤身背人过河是这里流传了一两千年的老规矩，劝她体恤民情，入乡随俗。老慈禧无奈，只得屈就圣驾，乖乖地爬在壮汉的脊背上，渡过泥滩上船。

王凯和盐花跟着过黄河的人流，来到黄河东岸的浅滩边。过黄河的人很多，十多个一丝不挂的男人来回穿梭。王凯头一回过黄河，见此场面，怕盐花难为情，说：“这些男人咋能这样，太野。”盐花多次到姥娘家，见得多了，倒不以为然：“凯哥，黄河上兴下了这臭规矩，天王老子也不好改。”目不斜视，大大方方地走到跟前，爬到壮汉脊背上。

过河后，盐花领着王凯又朝西南走了两天，来到潼关境南秦岭山里的齐家屯，指着王凯对舅舅齐柱说：“他叫齐山，和您一个姓，是我二叔的徒弟，干活受了伤，被老和尚辞了，就让我带他找你，给他寻条活路。”齐柱慷慨地对外甥女说：“花，回去给你二叔和你妈说，没麻哒。”

第九章　隐名展才华

潼关古为桃林塞，东汉末年，曹操与马超在此大战。《水经注》载："河在关内南流潼激关山，因谓之潼关。"南有秦岭屏障，北有黄河天堑，东有年头岭居高临下，中有禁沟、原望沟、满洛川等天然屏障，古人描述其地"关门扼九州，飞鸟不能逾"，是陕西通往山西、河南的东大门。

齐家屯是隐藏于秦岭皱褶里的一个小山村。相传明朝时有个齐姓的守关把总退役后，在此地住了下来，之后又有不少守兵退役后在此地住下，慢慢繁衍成村子。齐柱是个普通的山民，家里只有二亩薄地，年景好时勉强糊口，一遇灾年，种一葫芦打一瓢，只能上山采些草药卖些银钱或给富家打短工苦挨日子，当然养不起吃闲饭的。

次日，齐柱挑起一个铺盖卷儿，领着王凯下山找活。他每年都要下山打短工，对这一带很熟。他把王凯领到潼关县城不远的一个村庄前说："这个村子叫安乐村，村里有个安秀才，家里有三百多亩地，西安、潼关还有十几个店铺，是十里八村有名的富户。我在他家打过好几回短工，待人不赖，看他雇不雇人？"走进村中一座三进四合院的后院，见到一个五十来岁年纪的人，齐柱问："安管家，府上还要不要人？这是我外甥，想找份活干。"安管家满脸堆笑："来得早不如来得巧，家里正好缺个长工。"他瞅了瞅壮实的王凯，很是满意，对齐柱说："行，工钱还是老规矩，管吃管住，一年八两银子，你领着齐山到马房院找老张，把人留下。"齐柱朝安管家鞠了一躬，领着王凯到西面的马房院前，对正在往独轮车装粪的一个中年人说："老张，我刚从大院里过来，见过安管家，他让我见你。这是我外甥齐山，把他放到你手下扛活，你可不能错待他。"

老张长得五大三粗，一看就是侍弄庄稼的一把好手。他笑答：“兄弟，你跟我还说两家话，外道了不是?”说着放下手里的活计，把人领进院内西屋，指着通铺对王凯说：“小兄弟，往后你就睡在这里。”王凯放好铺盖，操着河南话对老张诚恳地说：“叔，俺年轻，没出过门，啥也不懂，就靠你照护了。”老张拍了拍王凯的肩膀：“庄稼活，不用学，人家咋着咱咋着，只要你舍得下苦就行。”

次日天刚亮，王凯和几个长工从通铺上爬起，往刚出苗不久的麦地里和翻过的棉花地里送粪。王凯以前从未干过农活，头回推独轮车，没能掌握好平衡，没推几步就翻倒在地，自己也被推把打倒。老张帮他扶起独轮车问：“齐山，你没推过独轮车吧？”王凯红着脸答：“张叔，我家没地，从小跟着爹在外面盖房子，没推过它。”“我教你。”老张推起独轮车，展起腰身，走了几步后说，“其实推车没啥学头，只要双手攥紧车把，身子前倾，两条胳膊使匀劲，后脚蹬稳就行。”王凯练武时，曾练过挺举石锁，力气很大，根据老张说的要领，走几步就顺手了。

王凯推着独轮车跟在张长工后面，路过一个小院，里面传来朗朗的读书声。王凯扭头一看，门额上悬着“安家私塾”的牌子，问：“叔，私塾里面都是些啥娃念书?”老张答：“大都是安姓的娃。安家人大都识文断字，在外面当官的做生意的少说也有十来个，不像咱，是个睁眼瞎，只能靠出死力过活。”刚出村，路过一片树林，王凯看见一个上穿褐色长袍、下着青色短褂的中年人拿着本书在林子里诵读，定睛一看，认出是昨个见过的安东家，对老张说：“叔，您看人家安东家，可真够用功的。”

老张说：“可不，安东家一不抽烟，二不喝酒，三不丢骰子，四不近花柳，就是一个嗜好，写字看书。年轻时考上秀才，在山西五台县当了三十多年教谕，回到家里整日抱着书本啃，也不晓得书里有啥好东西。”王凯像被蝎子蜇了一下，心想：人家安东家已近天命之年，仍然学而不厌，锲而不舍，而我离开京城两年来，从没摸过书本，如果这样一直下去，很可能会把前些年学到的东西慢慢地忘掉。

冬夜，寒星挤在一起发抖，西北风扑打在马房院槐树上呜呜作响。南屋的马厩里，牲灵们吭吱吭吱地咀嚼着。几个长工躺在通铺上，说着男女之间的浑话打发着无聊。王凯躺在被窝里，闭上眼睛，默诵起老子的《道德经》。老张见王凯一动不动地睡着，叹息：“你看把齐山使的，把他扔到院里恐怕都醒不来。”王凯听了老张善意的话，没有接腔，一如既往地默诵着。老张他们怎么也不会想到，这个貌以睡觉的年轻人，此刻已经进入了一种神圣而忘我的境界。

第二天，王凯边干活，边默诵着《春秋》，走到岔道时忘了拐弯。跟在后面的老张吆喝起来："齐山，咋回事？走过了。"两个同伴跟着起哄："齐山，是不是昨夜听我们说的话，想媳妇想迷了。"王凯不由脸红到脖根，赶紧拐了回来。

不知不觉间，日子奔到腊月，马院外面一大堆圈粪让几个长工全都推到地里。王凯也把以前所学过的几部典籍默诵了一遍。也许是劳动和知识的双重滋润，王凯苍白的脸变得黑里透红。

安管家跑到马房院，对老张等几个扛活的说："眼下粪运完了，地里没啥活了，可买卖旺了，你们几个套上马车到西安拉货去。"他又问王凯："年轻人，你会打算盘吗？"王凯点点头："小时在私塾里念过几年，会。"安管家惊喜地说："只晓得你这娃干活实数，想不到还粗通文墨，正好潼关安记杂货铺里缺人手，安掌柜向我要了好几回人，都没找下合适的，你去吧。"说完领着王凯走到后院屋里，提笔写了张字条说："明个你到潼关安记杂货铺，把它交给掌柜的。"

"行，我去一定好好干。"王凯双手接过安管家的字条，激动得脸上飞起惊喜。到潼关杂货铺里当相公，一来不用再干粗活，二来能打听到外面一些讯息，这可是打着灯笼也难找的好事。

跑进西屋，王凯向老张舞了舞手里的字条说："叔，明个俺就能去潼关安记杂货铺当相公了。"老张拍了拍王凯的肩膀笑说："齐山，想不到你小子喝过墨汁，识文断字，去后好好干，说不定还能熬成掌柜的，到时候可别眼窝皮往上翻，忘了我这个穷叔。"

潼关是个南北交汇的水旱码头。街道两侧挤满店铺。各式招牌像茂密的森林交错在一起。正值腊月，南来北往的客商和方圆百里的乡民云集于此，街道上人挤着人、头挨着头、脚踩着脚，如果是一条河，非挤得决了堤不可。叫卖声、还价声、货物的碰撞声、寻找亲人的叫喊声此起彼伏，汇成不绝于耳的嘈杂声，在街道上空弥漫。

王凯背着铺盖卷来到潼关镇西头，打听到安记杂货铺在东街，只得挤到赶集的人流里，一步一步往前挪。突然，后面传来妇女的尖叫声："看你这铺盖！"王凯回头一看，身后的妇女正在揉眼窝，原来，挑在身后的铺盖扫疼了她的眼窝。王凯赶紧道歉："对不住，干脆把挑铺盖的棍子扔了，把铺盖卷扛在肩膀上，足足用了一个多时辰才挤到东街的安记杂货铺。

杂货铺五间铺面全敞着，挤满买货的人。铺面中间有个过道，直通后院，后院货棚下，挤满顾客，几个相公忙着收钱找零。王凯走到通往后院的过门前，见柜桌后面站着一个白胡子正在点货收钱，后面排着十几个等待结账的顾客，急得白胡子满头冒汗。以前，是个老相公把守过门，前些日子因家有急事辞职，安掌柜只好亲自顶上结账，因对后院货物的规格价钱不熟，总要对照价目表收钱，所以显得手忙脚乱。

王凯凑到跟前问："大伯伯，我找安掌柜。"白胡子答："我就是。"王凯把安管家的信递过去。安掌柜看后，满脸兴奋地说："你来的正是时候，这些日子顾主太多，铺里的几个相公一睁开眼，忙得连屁都没功夫放，你快把铺盖搁下，马上上手。"又指着墙上的价目表："后院货物的名称、规格、价钱都写在上面，凡是拿货物出门的，你就把账结好。"说完，跑到前面铺里忙活起来。

王凯站在柜桌后，干起点货收钱找零的业务。不到一个时辰，王凯就把价目表全部记下来，结账时用不着查看价目表，来一个算一个，显得很从容。

过了一会儿，安掌柜不知道新来的年轻人能不能胜任，有些不放心，走到王凯跟前问："小心出错。"王凯轻松地笑道："安掌柜，放心，错不了。"

离日头落山还有一杆高，安掌柜就让相公用木板把门面插上，只留中间三尺宽的通道。自己站在通道门前，门外不少顾客要往进挤，安掌柜躬身作揖解释："对不起，敝店要盘点了，明个再来。"等店内的买主全部出门后，安掌柜立即关住店门，吩咐几个相公："快盘点。"王凯不解地问："安掌柜，离天黑还早，外面还有买货的人，为啥关门?"安掌柜笑着说："齐山，你才来，不懂铺里的规矩。咱铺里大到瓮罐锅盆，小到笤帚碗筷，五百多样。原有多少，卖了多少，还存多少，销了多少货，应卖多少钱，实卖多少钱，须一样一样地盘点，账、货、钱三相符，长一个麻钱不行，短一个麻钱也不行，麻烦着哩。得盘点到下半夜，如果什么地方搅住了，干到掂过夜是家常便饭。"说完拿出一摞纸说："这是盘点表，你到后院把所有货物盘点清楚。"自己和另外三个相公盘点起货架上的东西。

王凯从里到外，把敞棚下的货物盘点了一遍，算出每样货物的销量、存货和当日的销售额。然后清点了柜桌里收的银钱，与当日的销售额碰，最后算出长出两个麻钱，前前后后用了不到一个时辰。王凯盘点完后，拿着盘点表和银钱走到前店，对正在忙活的安掌柜说："后院盘点完了。"安掌柜非常惊奇："这么快就盘点了，对不对？”王凯答：“一共卖出货物三百六十二件，收银钱三十四两四吊三百二十七文，多出二文。”

安掌柜想了一下：“对着哩，一个顾主买了一个大号瓮，给了三个铜圆，应找二个麻钱，正好买主又要一把筷子，我就在前铺的货架上取了一把筷子找给买主。”又向王凯招招手：“齐山，来搭把手。”王凯赶忙走过去帮着干起来。安掌柜见王凯干脆利落，夸说：“齐山，你真麻利，往后就把后院管了。”王凯谦虚地答：“我才来，不知能不能干好。”安掌柜说：“我看你才干了半天就这么熟练，肯定行。”王凯答：“那我就试试。”

次日，杂货店开门后，王凯往后院门口柜桌后面一坐，桌子上摊着盘点表，每卖一件货，就在品名下画正字计数，显得有条不紊。后晌关门盘点时，王凯拿着盘点表，在后院里把存货点了一遍，不到半个时辰，就盘点完毕，钱货两清，分文不差。他拿着盘点表和货钱给安掌柜交账。安掌柜怎么也不相信往日要干一个多时辰的活，他半个时辰就干完了，接过盘点表仔细察看，品名写得端庄俊雅，数字毫厘不差。安掌柜只在本族私塾念过三年书，学了些《百家姓》《千字文》《三字经》《弟子规》之类的启蒙文章，又在西安熬过几年相公，学会了算盘，从未见过如此好的字，脱口夸赞：“齐山，你年纪不大，可道行不浅，是个人才。”

几天后，吃晚饭时，王凯对安掌柜说：“安掌柜，咱铺里每天盘点太麻烦，耽误生意，能不能把它改一下？”安掌柜问：“怎么改？”王凯说：“设立日销日结账，平素把所卖的货物登记好，关门时一汇总，再和货钱核对好就行了，没必要再盘点货物。”安掌柜想了想问：“营业时买主太多，要是相公们忘记了怎么办？”王凯答：“您要信得过俺，俺来收钱带登记所销货物。其他三个相公接待好买主就行。”安管家知道王凯的本事，当即表态：“行，就按你的意思办。”

次日，王凯坐在门店口，边收钱找零，边记录所销货物。一直干到日头压山才关门，比往常至少多营业了半个时辰。吃过晚饭后，王凯三下五除二，就把所销的货钱和日销日结账交到安掌柜手里，当日的销货量比往常多了一成多。安掌柜喜形于色，对几个相公说：“你们都听着，往后，齐山就是咱铺里的二掌柜！”

转眼到了腊月二十九，安记杂货铺关门过年。一大早，安管家让一个相公到安家纸墨店取来梅红纸和笔墨，对王凯说：“齐山，往年，都是我拿着红纸求人写对子，我看你的字写得很好，就把安家的酒店、茶馆、药铺、书店的对子写了吧。”

“那就献丑了。”难者不会，会者不难，王凯当仁不让，裁好红纸后，舞动大号羊毫，一袋烟功夫，几副写好的对子铺在地上，照得满屋通红。

酒楼的对子是：

水如碧玉山如黛
酒满金樽月满楼

书店的对子是：

吟期汉漫驱金虎
静对铅黄校玉书

茶馆的对子是：

瑞草遴芽分雀舌
石花采芷结龙团

当铺的对子是：

先利人而后利己
上裕国而下便民

杂货铺的对子是：

两厢锦绣藏百货
三尺柜台进万金

安掌柜捋着稀疏的胡须，摇头晃脑地念完对子的内容后，连声夸赞：“写得好，写得好。”他学识有限，看着字很是周正舒展，却不知好在哪里，说：“齐山，过年放假，你回吧，过正月十五再来。”王凯摆摆手，对安掌柜说：“俺老家在河南，就守在铺里看门，你们都回去过年吧。”往年由安掌柜和几个相公轮流值班。一听王凯主动值班，都很高兴。立马拿着一年的工钱，高高兴兴回家过年去了。

大年初一，王凯听到外面此起彼伏的鞭炮声，不由想起远在河南宝丰的奶奶、妈和弟，想起京城的叔和芷妹。假如没有这么多变故，此刻，他应该和奶奶、妈围坐在一起，吃着香喷喷的饺子。如今，自己却隐姓埋名，流落他乡，不能和亲人团圆。想到这里，他不禁潸然泪下，朝东跪下磕了三个头，高声喊叫：“奶奶、妈，避过这段风头，我一定会回去！”他又突然想起，这些日子，整天忙于生意，没有顾及学业，何不乘此清闲之际，把以前学过的知识再默写一遍，既能加深记忆，又能练字。于是，他趴到桌子上，展开纸墨，用蝇头小楷默写起《春秋》来。

安东家有个习惯，每年正月，都要约上村里的几个文友，到潼关县城欣赏街道两侧门楼和店铺的对子。正月初五，吃过饺子，安东家约本族几个先生坐轿车来到潼关县城，远远看见自家酒楼前围着几个人。近前一看，原来是几位戴眼镜的人指着门上的对子议论着什么。走到跟前，县学任训导指着对子问："安老先生，这对子您请何方高人写的？其字若黄河奔流澎湃，似华山峻峭雄奇，绝了。"安东家举目一看，其字果真形神完备，气韵高古，大为惊异，因为他知道，没有深厚的学问和造诣，是不可能达到如此精到的笔力，忙抱拳回礼："任兄，此对子是店铺里找人写的，究竟出自哪位高人之手，老朽无从知晓，容老朽打问后相告。"

安东家向几位学究道别后，边走边欣赏街道两旁的对子，发现自家几个店铺的对子出自一人之手，都有好些人围观叫好。回到村里，安东家直接找到安掌柜家，按捺不住地问："咱家潼关几个店铺的对子是谁写的？"

"齐山，就是年前在咱家扛活的小伙子。"

"人现在哪里？"

"在杂货铺看门。"

"记住，正月十六聚餐时请他来。"

正月十六，安家大院张灯结彩。王凯跟随安掌柜来到安东家的客厅里。不大会，二十多个嘉宾相继来临，个个穿着长袍短褂，互相揖礼寒暄。王凯坐在客厅一角，细看来客举止有度、言谈文雅，心想这些人都不是等闲之辈，悄悄走到安掌柜跟前，指着客人低声问："安掌柜，他们都是什么人？"安掌柜答："都是当地的名流和安家各商号的掌柜。"王凯一听，觉得自己只是刚来一个月的相公，不配参加这样的场面，便说："我只是个小相公，可不敢参加这样的宴会，还是让我走吧。"安掌柜拉住王凯的手说："是安东家特意嘱咐我让你来的，你要走了，我怎么跟安东家交代？你就稳稳地坐着吧。"

晌午饭口，客人们被请到后院的客厅入座，王凯知道自己的年龄和身份，主动坐到最后面安掌柜的下首。不大会，安东家走过来，主动邀请王凯到中间桌上入席。王凯连连摆手推辞："安老爷，使不得，我一个下人咋能和您坐在一起呢。""安某有眼无珠，对你不恭。"安东家不由分说，拉住王凯的手来到首桌前，高声说，"开席之前，安某隆重地为大伙介绍一位饱学之士齐先生。他的书法出神入化，潼关城里没有一个能比得上！"客厅里旋即爆发出一片掌声。宾客们交头接耳，互相打听，都不知安东家特别举荐的高人来自何处。王凯虽然年轻，但毕竟见过世面，面带笑容，朝宾客们抱拳答谢："诸位前辈，不敢当、不敢当。"安东家仔细观察，虽然齐山穿的是半新不旧的粗布棉衣，但举止有度、彬彬有礼、言辞得当，透露出一种文人特有的气质。请王凯落座到他的旁边，举起酒杯说："安某略备薄酒，请诸位开怀畅饮。"

"王凯，你怎么在这里？"旁边一位宾客冲王凯叫了一声。此人叫于瀚，是安家私塾的先生，山西猗氏人，在运学念过多年书，与王凯是同窗，参加了两回乡试不第，几年前到安家私塾当上先生。王凯仔细一看，果真是运学的同窗，但想到自己的处境，立马冷静下来，故意操着河南腔说："俺不叫王凯，叫齐山，家是河南的。"于瀚仔细看了看王凯，抱拳道歉："对不住，你和我一个同窗王凯长得太像了。"

宴毕，安东家把安掌柜和王凯请到书房，问王凯："齐先生书法如此高古，敢问出自何门？"王凯怕暴露自己的真实身份，故意搪塞："我只在亲戚家念过三年私塾。"安东家看了看对方壮实的身板和脸庞上的疤痕，暗自猜想，此人一定有什么难言之隐，要不，是不会到他家屈就的。他又说："齐先生书法深奥精妙，老朽斗胆求齐先生赐予墨宝。"王凯赶忙摆摆手："安老先生，俺只是你店铺里的一个小相公，您可不敢这样高抬俺，俺胡诌乱画几副对子还行，要是给您写字，那不是关公门前耍大刀吗？"安东家站起来诚恳地说："齐先生，你别谦虚了，难道不愿意给老朽这点面子？"话说到这个份上，王凯只得走到书桌面前，提起斗笔，饱蘸浓墨，一气呵成"鹤寿延年"四个大字。

安东家看到王凯运笔的气势和自如挥洒的技法，更使他看出眼前的年轻人是个深藏不露的高人，不禁击掌叫好。他把王凯请到太师椅上落座说："齐先生，如果你不嫌弃，就来敝宅做门客吧。"王凯故意装作不懂："门客是啥活？"

安东家解释："门客就是老朽的上宾，一起和老朽探讨学问的。"王凯摆摆手拒绝："安东家，俺可不能在你府上吃白饭，还是到您的杂货铺干。"

安掌柜接腔说："哥，他可是经商的一把好手。我年岁大了，干不动了，就让他当杂货铺的掌柜，干得肯定比我强。"安东家听本家兄弟一说，觉得这样一来，可以留住齐山这个人才，立马对王凯说："你明日就上任。"

王凯推辞："铺里有的相公熬了十几年，要能力有能力，要资历有资历，俺干了不到一个月，还是让我干相公吧。"安掌柜说："你写得好算得快，他们几个加在一起都比不上你一个。"安东家拍板："齐先生，掌柜非你莫属，按规矩，给你二成身股，你大胆干就是了。”

王凯一想，觉得是个好差使。他看过杂货店的账本，每年至少可赚三百来两银子，也就意味着，自己每年可以赚到三十两银子，就能用它补贴贫穷的叔，将来有机会还可以做盘缠去河南探望奶奶和妈。想到这里，王凯便应答：“俺试干一年，如果比去年经营得好，我继续干，如果不行，我主动辞职。”临走时，王凯对安东家说：“安老前辈，俺有一件事求您。”安东家很是痛快：“何事？尽管说！我一定满足你。”王凯指着书架上的书：“俺想借你几本书。”安东家当然慷慨应允：“你随便挑！”当即把王凯领到书架前，王凯挑选了《国语》《战国策》《世语新说》《文心雕龙》四本书，对安东家说：“安老前辈，俺把这四本看完后再来借。”安东家说：“好，我的书房永远对你敞开，想看什么拿什么，想啥时来拿就啥时拿。”安东家见王凯借的书不是一般初学者所涉猎的，心里更加有了谱，齐山确实是个饱学之士，学问至少不在他之下。

王凯有贩药的经历，熟谙经营之道。当上安记杂货铺的掌柜后，察看历年的进货单，发现大都在西安、渭南进货，而且价格浮动比较大。心想，如果直接从产地进货，既能保障货源，又可降低进价，便让几个相公守在店铺营业，从柜上预支了一两银子，到裁缝铺做了一身绸棉衣和一件兔毛马褂，租了一匹马，戴副墨镜，到附近生产瓷器、铁器、竹器、木器的作坊察看。作坊主见店掌柜亲自前来，当作财神爷下凡，无不热情款待，与其订下长期批量供货合同，其进价比原来少一成多。回店后，又在县城几个杂货店转了一圈，问清一些大路货物的价格，对店里的货物价格进行调整，打出全城最低价的牌子。很快，一传十，十传百，周边的乡民都知晓安记杂货铺的货物物美价廉，加之延长了开门时间，杂货铺的生意越来越好。按惯例，三月是全年的最淡季，而安记杂货铺却在潼关城独树一帜，营业额比往年高出三成多。王凯也不像以前当相公时，死守柜台，而是新招了两个精干的年轻相公接待顾客，其中有齐柱十五岁的儿子齐大树。他钻到房间里，读书写字，每隔一月半载，回安乐村到安东家归还读过的书，再顺便借几本《楚辞》《荀子》之类的书。

在家颐养天年的安掌柜见王凯穿戴一新，经常来安家走动，担心影响生意，亲自跑到潼关安记杂货铺，要过账簿一看，大吃一惊，不到半年，经营额和盈利比上年全年还多，回村向本家哥推荐：“齐山真是个奇才，如果能让他到西安当大掌柜，那西安的生意就会像孙悟空翻跟斗。”安东家点点头：“我也看出齐山不是等闲之辈，明年就聘他当西安店铺的大掌柜。”

夏收过后，于瀚到安东家书房禀报本族子弟参加童试的事，一看墙壁上鹤寿延年条幅，不禁脱口而出：“这是王凯的字！”

安东家笑答：“你认错了，我亲眼看着齐山写的。”

于瀚还是肯定地说：“五年前，在运学念书，给景院长母亲过七十大寿，王凯写的就是这四个字，错不了。”于瀚又问：“安东家，您晓得去年八月慈禧太后被刺杀的事情吧？”

安东家答：“咋不晓得？社会上都传疯了。”

于瀚压低声音说：“齐山就是刺杀慈禧的王凯！”安东家惊得睁大眼睛：“真的？他年纪不大却有这么大胆子？”

于瀚低声说：“我和他在运学同过三年窗，熟得不能再熟了，他不仅学业好，而且性格直率，他刚到运学时，有个叫蒯书庸的同窗，长得肥头大耳，其父蒯亦霸官居安邑知县。蒯书庸一向仗势欺人，见王凯年幼个小，说一口外地土话，整天把他当出气筒，一下课便揪他的辫子，骂他是土鳖。一天，蒯书庸故意把他的课本撕得稀巴烂，王凯气得两眼通红，拿起桌子上的割纸刀，向对方的腹部捅去，顿时鲜血直流，差点去见阎王。其父闻讯后，闯到书院问罪，几个教授和同窗们都证明此事是蒯书庸挑起的，才悻悻而去。事后，他父亲带着厚礼，到安邑县衙赔罪，主动付了十两银子药费，才算平息了此事。”

“后来呢？”安东家急切地问。

“第二年，王凯童试考了全省第三名，被录取到山西最高学府太原令德堂读书，后又考入国子监。他恩师杨深秀是戊戌六君子之一，他爹王嘉天是河东盐池运使，先后遇害，极有可能他为了报仇而刺杀慈禧。”于瀚顿一顿又说：“正月十六聚餐时，我就认出了他，他却装作不认识我。我想，他脸上的伤疤可能就是刺杀慈禧太后时留下的。”

安东家把于瀚按到椅子上说：“如今，老慈禧把持朝政，祸国殃民，天下公愤。王凯舍生取义，乃大英雄也。他既然来咱这里藏身，咱就权当不知道他的真实身份，好好保护他。”

于瀚当场表态：“请您放心，我绝不会干落井下石的勾当。”

秋后，潼关城响起铜锣声，衙役们沿街高声通知，明日老佛爷回京路过，全城人必须到官道旁跪送。王凯听后心里一震，这才知道并没把老慈禧送上西天，心里很失落，只能认命。

腊月，安东家照例要到西安巡视，顺便取回各店铺赚下的银两，让王凯同去。他之所以带王凯，一则能和他谈文论诗。二则知道他有武功，万一遇到截道的，还可救急。王凯想到老慈禧已回京城，缉拿自己的事会松了下来。况且自己已经面目全非，改名换姓，不会出什么事，便应承下来，跟安东家上路。同行的，还有姓刘的相公。

路上，安东家坐轿车，他和刘相公骑马。安东家问："齐山，你来过西安吗？"王凯答："俺光知道西安是古都，周朝以来，有十来个朝代在此建都，却没来过。"安东家说："西安的名胜古迹很多，没有月把四十天看不过来，这趟去恐怕没功夫看，老朽知道你喜欢书法，领你去碑林看看。"王凯知道西安碑林有一千多块名碑，也临摹过其中不少名帖，原打算国子监毕业后到西安一饱眼福，这回可以如愿以偿了，高兴地对安东家说："还是安东家懂我。"

到西安后，安东家和王凯看了碑林后，住进钟楼街的一家旅馆。安东家对王凯说："今个我累了，想歇息歇息，你自家到街上逛逛吧。"

钟楼街是西安最繁华的去处，街道两侧挤满错落有致、飞檐挑角的楼房，楼房一层门脸上，悬挂着各家商号的招牌。王凯挤在人流中边走边看，见有家盐店，便走了进去。店内正面墙壁上高悬着"国家命脉，奉旨专营"八个大字，中间横着一排盐柜。王凯走到盐柜前问："这盐怎么卖？"伙计答："五十个大子。"王凯晓得，在盐池里，一担才卖六钱多银子，每斤划不到十个大子，到这里竟翻了五个筋斗，心里寻思：开盐店真是一本万利的买卖。伙计见王凯发愣，不耐烦地问："小伙子，到底买不买？"王凯不好意思地朝伙计躬躬腰："我只是随便问问。"伙计剜了往店外走的王凯一眼："神经病！"

次日，王凯跟随安东家到几家安记店铺收回当年的两千多两红利，到老孙家吃了羊肉泡馍，上路返回。路过华阴县偏僻的山路时，日头快压山了，王凯警惕地朝官道两侧看，生怕出意外。

突然，山路左面的杂树林里，跳出七八个头戴面具的黑衣人，挥舞着砍刀冲过来挡在轿车面前，领头的瞪着牛眼号叫："识相点，留下买路钱！"安东家掀起轿帘，见截路贼人多势壮，心想所带二人肯定不是对手，如果来硬的，只会人财两空。他悄声对王凯和刘相公说："你们两个千万别动，我下去破点财把灾消了。"从银箱里摸出两个元宝，下车躬腰递到领头的面前说："好汉，请高抬贵手，这些银子给兄弟们买些酒喝吧。"

"牛眼"夺过元宝，走到轿车前，用刀尖挑起轿帘，见车上放着银箱，挥舞着砍刀勒令王凯和刘相公："上去，把箱子给老子抬下来！"

王凯根本没把几个毛贼放到眼里，见牛眼把事做得太绝，不慌不忙地走到牛眼跟前说："俺要不抬箱子呢？""牛眼"见王凯岁数不大，挥舞着砍刀在王凯面前晃了晃："你小子活腻了是不是？"王凯胳膊一闪，一把攥住对方的手腕，一使劲，牛眼痛得哎呀一声，砍刀掉在地上，再一用劲，把牛眼的胳膊拧到身后，趁势一推，把牛眼摔了个狗吃屎，旁边的喽啰们吓得不敢近前。王凯趁机端起路旁足有二百多斤重的大石头，走到喽啰们面前，举过头顶往下一砸，地上立即出现一个大坑，又拣起牛眼的砍刀，朝杂树林一抡，碗口粗的柳树咔嚓断成两截，转过身来，把砍刀撂在地上，瞪起圆眼，朝几个喽啰吼了一声："还不快滚！"

牛眼爬起来，连砍刀都不敢拣，抱头鼠窜，几个喽啰跟在后面，消失在杂树林里。安东家想不到王凯有如此高的武功，跑到王凯面前说："齐山，今个要不是你，可遭大难了。"王凯把安东家扶到轿车上说："安东家，都怨俺没及时出面，让您受惊了。"

回到潼关，王凯在铺里一直忙活到腊月二十五。一结账，全年盈利五百五十余两，比上年多出六成，王凯拿着账本和盈利向安东家交账。安东家当场拿十二个五两元宝，塞到王凯手里说："齐山，这是你的红利。"

正月初八，王凯买了不少吃食到齐家屯齐叔家串亲。晌午吃饭时，王凯掏出两个元宝给齐柱，齐柱惊讶地问："齐山，你咋给我这么重的礼？我可不敢收。"王凯按住齐柱的手诚恳地说："舅，我有今天，全靠你收留，这些银子只是我今年挣的零头。"说着，又掏出两个元宝说："舅，过了十五就要开门，恐怕时间紧，俺就不回运城了。求你去运城把这些银子交给我叔我婶，告诉他俩我已经当上杂货铺的掌柜，往后会常给他们捎银子，让他们的日子过得宽展些。"

后晌，王凯在齐柱家吃过饭，正要离开，盐花风尘仆仆地来到舅舅家。自从去年秋天送王凯到舅家后，一直没有他的消息，周大汉和齐娥很是挂念，就打发她来潼关，一是串亲，二是打听王凯的处境。一看王凯容光焕发，穿戴齐整，盐花高兴地挑起眉毛，拉住王凯的胳膊问："哥，你过得好吧？"齐柱见外甥女来很是高兴，介绍说："盐花，你齐山哥已经成了潼关城安记杂货铺的掌柜，挣下很多银子，前晌给了我两个元宝。”他又掏出两个元宝往盐花手里塞：“这是你齐山哥给你家的，他想托我过河往你家送，正好你来了，就带回去。”盐花长这么大，根本没见过元宝，见舅舅手里雪白亮晶的船形东西，惊讶地问：“舅，这是啥？”齐柱笑着答：“这就是元宝，没见过吧？”盐花接过元宝，掂了掂，看了看，用舌头舔了舔说：“元宝就是这味？”

过了元宵节，王凯找到安东家，说是要回河南老家看望亲人。安东家不便多问，提醒他：“去年老慈禧遇刺，沿路会有不少关口，一定要小心从事。”并让张长工牵来一匹枣红马，让他在路上骑。王凯沿黄河南岸前往宝丰县，路过不少关口，每到一个关口，王凯就从怀里摸出一把麻钱塞给守兵，守兵们无一不是见钱眼开，乖乖放行。他们做梦也想不到，骑着高头大马，戴着墨镜，穿着崭新杭缎的富商就是要抓的刺客。

十几天后，王凯来到冶阳镇，趁夜悄悄地走到屋子窗下，借着昏黄的灯光，看见满头白发的奶奶靠在被窝上，时不时地咳嗽着。妈紧锁着眉头，坐在炕上，纳着鞋底，弟弟王枚在灯下看书。看见朝思暮想的亲人，他多么想推开门，扑到奶奶和妈的怀里，痛痛快快地叫声奶奶，叫声妈，但他还是理智地忍住。他心里很清楚，一旦走漏风声，就会给亲人们带来杀身之祸。于是，他轻轻地擦擦满脸的泪水，从怀里摸出几个元宝，放在房门前，然后一步三回头地离开。返到三门峡，王凯站在黄河南岸往北眺望。他多想渡过黄河，翻过中条山，到河东盐池去见叔、婶和盐花，但还是忍住了。

回到潼关，安管家找到杂货铺满脸堆笑地说：“齐山，恭喜你了。”王凯丈二和尚摸不着头脑：“俺能有啥喜？”安管家直截了当地说：“安东家非常看重你，想认你为干儿子，这可是天大的好事，他托我问问你愿不愿意？”王凯想，安东家是个德高望重的正人君子，如果成了他的干儿子，对自己的安身和发展大有裨益。便痛快地答应：“只要安东家不嫌弃，俺还有啥说的？”

安管家当即领着王凯去见安东家。王凯一见安东家，口称“义父”，行跪拜之礼。安东家大喜过望，心想，要尽最大努力帮助这位身处逆境的饱学侠义之士。他把王凯扶起说：“齐山，快起来，为父想让你当西安生意的大掌柜，不知你意下如何？”王凯把安东家扶到桌上的上首，自己坐到下首说：“义父，只要你信得过俺，俺会尽力的。俺有个想法，不知当说不当说？”安东家慷慨地答：“但说不妨！”王凯说：“年前咱们到西安，我到钟楼街看到盐店的生意很好，要是咱家涉足于此行，那可就财源滚滚。”安东家挥挥手：“你就放手去干。一家人，明算账，西安的生意咱父子二八分成。”

王凯走马上任后，把几处生意打理得头头是道。八月十五后，他特意把义父接到西安，白日到各处名胜看看，黑夜父子俩坐在一起切磋学问。

突然有一天，潼关捎信来，说是运城他师傅家出了事，让他赶紧回运城。王凯预感到没有大事，叔是不会捎信让他回运城的，着急着对安东家说：“义父，运城盐池俺周师傅家有急事，俺得回去一趟。”

安东家想到王凯回运城太凶险，寻思再三，只好摊牌：“齐山，为父早就知道你是刺杀老慈禧的王凯。我敬你是英雄，才认你做义子。你可要想好，回运城一旦被人察觉，可就有性命之虞。”

王凯见义父在得知自己真实身份的情况下，主动冒险认自己做干儿子，敬佩之情油然而生，诚恳地说：“谢义父收留我、护着我，可我这小命是周师傅一家给的，就算运城是火坑，我也要往里跳！况且，通缉令上的画像和我受过伤的脸大不一样，只要谨慎些，不会出事的。”安东家见王凯坚心如铁，只得应承：“王凯，你去运城后一定要好自为之。”接着，他又写了一封信交给王凯说：“我连襟陈天顺在运城北街上开了个盐栈，你有事就去找他，他会全力帮你的。”

第十章　恩人遭厄运

运城古称河东，位于山西、陕西、河南三省交界处，南有中条山，北有峨嵋岭，地势较低。收完麦，日头像是个倒扣的火盆灼烤着大地，热得庄稼人坐到树底下直冒汗，老牛卧在水渠里拉不起来，知了躲在绿树的枝叶间怨艾地聒噪，地里的庄稼苗旱得叶子打着卷，有的竟旱成一撮干柴，一点就着。

晒盐和种庄稼恰好打一反，天上下雨多，庄稼自然就长得好，可在盐池，只要天上一下雨，池里卤水浓度变低，蒸发得慢，温度会降低，直接影响晒盐产量。天越旱，越是酷热的天气，池里的卤水蒸发得越快，加之南风一吹，只需五六天便会长出两寸多厚的盐。盐号的东家、老和尚就越是逼着盐工拼命地铲盐、担盐。

就在这叫劲的节骨眼上，曹守仁盐号里出了件大事。有个外号叫王蝎子的小师傅到运城逛街，天擦黑回盐池时，从路边的棉花地里窜出一个人来，用刀子抹了他的脖子。次日，消息传到盐号里，有人急，有人悲，也有人暗自高兴。急的人是曹拐子，盐工们就像磨道里的石磨，推一下转一下，没了小师傅，就没人领工，等于把白花花的银子往卤水里扔；悲的人是老伴王麻子，王蝎子是他的一个本家兄弟，毕竟是一个先人，死了要进一个老坟；暗自高兴的是盐工们，王蝎子没死前，仗着本家哥当老伴，后台硬，对所管辖的盐工非打即骂，盐工们恨他恨得牙痒痒。前几天，外地一个姓任的后生来打短工，初来乍到，干活不熟练，铲起满满一锨盐往筐里装，盐比土重得多，猛一使劲，锨把咔嚓一声断了。王蝎子抡起疙瘩鞭朝他脊背上就是几家伙，姓任的短工气得把半截锨把扔到地上，撂下一句话：“老子是来干活的，不是来挨打的。”一拧脖子走了，连工钱也不要了。王蝎子死后的次日前响，没人领工，盐工们就杵在盐畦歇了一个多时辰。后来，四排子跑到盐畦里监工时，才发现没人领工，便挥舞着疙瘩鞭催着盐工们干活。后晌，盐工们得知王蝎子被人抹了脖子的讯息，心里暗自高兴，晚上睡觉，几个盐工躺在光席片上悄悄议论：王蝎子八成让姓任的短工收拾了。

王麻子找到曹拐子，哭丧着脸说：“曹老和尚，杀我兄弟随娃的肯定是姓任的短工，你可要为他做主呀。”王蝎子的大名叫随娃。

“随娃被人害了，我也不好受，这不，我已经打发人到衙门报了案，可能不能把凶手逮住，就不好说了。前年秋上老佛爷被王凯刺杀，好几千清兵搜查了几个月，还不是没逮住那小子？”躺在藤椅上过烟瘾的曹拐子催促说，“眼下当务之急是晒盐，你赶快给我瞅眼小师傅，要把活耽搁了，我可没法给曹东家交账，你也吃不了兜着走。”王麻子下意识地摸了摸后脖根，不敢违背顶头上司的旨意。他在脑子里把本组盐工过滤了一遍，嗫嚅着说：“您看周大汉行不？”

“周大汉？”一提起这名字，曹拐子心里就有点堵。几年前，周大汉埋葬他爹和陈玉胜时，曾给他摆过难堪，实在不想让他当。他转了转枣核头想：这些年，周大汉还算老实，能出死力。小师傅就是领人干活的，只要他能把组里的盐工管住，多出盐就行。让他当小师傅，也显得自家宰相肚里能撑船。于是，对王麻子摆摆手：“你看着办，但有一条，他组里的活干不好，我要找你说话。”

王麻子跑到盐畦里把正在担盐的周大汉拉到一边，脸上的麻子绽开着花：“老哥，我给你谋了个好差使，你可要请我喝两盅呀。”早年，王麻子曾和周大汉在一起干过盐工，知道周大汉忠厚实诚，这些年，虽然当上老伴，对人颐指气使，但对周大汉还算客气，总以老哥相称。

“我一个下苦的，能有啥好事？”周大汉头都没回，担起筐子要走。王麻子说：“让你当小师傅呢！”在盐号里，小师傅是直接监督盐工干活的角色，头上虽然压着四排子、三甲曹、二掌锨、老伴、老和尚，但毕竟头上插着帽翅，大大小小算个管人的官。老实巴交的盐工干上一辈子也熬不到这个位置，只有脑筋活道，甘愿给老和尚孝敬些银钱的人才有可能被提拔成小师傅。周大汉想：小师傅虽然能少干活，多挣钱，可我和盐工们都是十指连心的哥儿们，如果我当上小师傅，要不好好管盐工，没法给上头交账；要和王蝎子那样逼着盐工干活，肯定会被哥儿们误解、咒骂，岂不是老鼠钻到风箱里——两头受气？于是连忙摆摆手：“我是天生下苦的料，让我管人，我可干不来，你还是找别人吧。”

王麻子原本想着周大汉会满口应承，想不到碰了个不冷不热的软钉子。心里骂了句：不识抬举的东西。可实在想不出比周大汉更合适的人选，便皱起满脸的黑麻子讨好："老哥，你人好，苦好，全盐号再找不出第二个，盐工们谁不服？你干小师傅最合适。"周大汉心软，听到王麻子把话说到这个份上，给王麻子一个台阶下："我回去跟哥们商量一下再说。"王麻子拍了拍周大汉的肩膀说："明早见话。"夜里，周大汉对铺上的盐哥们说："我想和大伙商量个事。"盐工们围在周大汉身边："周师傅，啥事？你尽管开口。"周大汉说："王麻子让我当咱组的小师傅。我没应承他，想和大伙商量一下，干好，还是不干好？"徒弟邱锁说："师傅，这可是个大好事，你赶紧应承下来，往后大伙跟着你好好干。要是别处来个小师傅，盐工们少不了受气挨疙瘩鞭。"周大汉和邱锁是隔壁邻居，周大汉和邱锁爹在一起干了二十来年盐工，是看着邱锁长大的，邱锁爹死了后，邱锁就下盐池给周大汉当徒弟。

次日早上工时，王麻子把周大汉堵到下房院问："老哥，想好了吧？"周大汉说："我干，可有三个条件。"王麻子见周大汉松了口，很是得意："我就说嘛，这可是打着灯笼都找不下的好事，你会不干？啥事？我全应承你。"

周大汉一板一眼地说："第一，组里的活由我铺排，啥时上工，啥时收工，我说了算，只要把分派的活干完就行；第二，不管四排子、三曹甲、二掌柜、老伴，都不能到我组里随便打人；第三，不能拖欠盐工们的工资，别让我猪八戒照镜子，里外不是人。"

王麻子想了想说："前两条我能依你，第三条我做不了主，须老和尚点头。要不你跟我去见曹老和尚，和他当面鼓对面锣咬牙印，咋样？"

"走就走。"自从十几年前在上房院闹事后，周大汉再没有正眼瞅过曹拐子，不知道曹拐子会不会记恨他，要是他不答应，正遂他意，推了这小师傅，反正赤脚不怕穿鞋的。曹拐子听了周大汉提出的三个条件，答应得很痛快："只要你领着盐工把活干好，号里是不会拖欠盐工工钱的。"

周大汉走马上任后，对盐工们说："我当小师傅，大伙都帮衬着点。"仍然和以前一样，抄起扁担，把两只大号盐筐放到盐堆前，让盐工们往里装。邱锁走过来，夺下周大汉肩上的扁担："师傅，你歇着，我们好好干就是了。"周大汉攥紧扁担说："王老伴让咱组今个把这畦子盐挑完，我多干些大伙就能少干些。"说完，和往常一样，挑起大号盐筐走出盐畦。一个老盐工喊："大伙好好干，不要让周师傅为难。"没有催促声，没有疙瘩鞭的响声，但活却比往日干得都快。

正晌午，周大汉见日头太毒，就让大伙靠在料台上庵子的阴墙根歇凉。庵子是间土坯垒墙、芦苇盖顶的房屋，供看管盐跺的盐工住，盐工都习惯称其为庵子。

河东盐池共有八十多家盐号，分布在盐池北岸和东南岸，分东、中、西三场。东场在安邑以东及南岸，中场在安邑和解州之间，西场在解州，每场分十至十二铺，每铺开有若干家盐号。曹守仁盐号坐落在东二铺，经营着几十个盐畦，有一百多号盐工，除看料台的、管卤池子的、放水的，正儿八经铲盐担盐的有八十来号人。盐工分五个组，每组十几号人，规定每组每天担完一畦盐。小师傅为了完成任务，天不明就把盐工们撵到盐畦里干活，跟在盐工后面催促，一直干到满天星斗才能把活干完。

王麻子把钱看得比磨盘大，昨夜和二掌柜、三甲曹、四排子在上房院打麻将，手气太臭，输了二两多银子，缠住想翻本，不想却越陷越深，直到天亮盐工们上工，才散了摊，像死猪躺在炕上一直睡到日头正午。王麻子把草帽扣到头上，下到盐畦，一看周大汉组里的盐畦里不见人影，急忙跑去问另一组的小师傅，那人指着北面的料台说："你到小庵子看看就晓得了。"王麻子跑到小庵子阴凉处一看，见十几个盐工正靠在墙上打呼噜，气不打一处来，用脚踢了踢周大汉："起来、快起来！"周大汉睁开眼，见王麻子脸上的黑麻子里冒着烟，故意问："咋啦？"午饭后，王麻子指着盐畦吼道："人家组里都顶着日头干活，你却把人领到这里睡大觉，我看你这个小师傅当得不耐烦了。"周大汉不慌不忙地站起来说："王老伴，你甭管我们睡不睡觉，只要把你派下的活干完就行。"王麻子鸭嘴上顶了根柴捧，没了话说，气哼哼地扔了一句："要是赶黑不把畦子里的盐担完，就别想吃捞饭！"

日头快压山时，王麻子领着二掌锨、三甲曹、四排子到盐畦里验收，刚走到盐畦前，看见周大汉组已经收工。周大汉指着光溜溜的盐畦说："你们验收一下，看合不合格，要是合格，我组十几号哥们就能走了吧。"往日，干不到昏天摸黑，是把活干不完的。周大汉真能把活干完了？王麻子领着二掌柜、三甲曹、四排子走到盐畦里仔细查验，硝板上被铲得干干净净，连畦堰边也修得齐齐整整，挑不出半点毛病来。跟在后面的周大汉问："王老伴，干得咋样，能收工了吧？"王麻子曾当着全号盐工的面宣布过，只要干完活就能走人。他不能用自家的手扇自家的脸，只好摆摆手："能、能收工了。"周大汉朝十几个盐工一挥手："弟兄们，收工、吃饭！"

辛苦了一天的日头落到西山后头，放射出绚丽的晚霞，给一望无际的盐湖涂上一层光华。微风吹来，湖面上泛起细碎的波浪，闪烁着金子般的光芒。十几个盐工个个像得胜还朝的将士，挺起胸脯，向旁边还未收工的盐工们打着招呼。他们头一回跟着周哥干活，没有挨打没有挨骂，干得舒坦。一个盐工竟然高兴地吼起乱弹《徐策跑城》：

往日行走走不动，
今日行走快似风。
三步当作两步走，
两步当作一步行。
急急忙忙朝前奔，
老夫上殿把本升。
……

盐池符号——如意（张卫平 摄）

吃过晚饭，王麻子照例跑到北屋给曹拐子禀报当天晒盐情况。曹拐子特意问：“今个周大汉组干得咋样？”王麻子说：“晌午，周大汉领着盐工在庵子的阴凉处睡了一个多时辰，日头未压山就收了工，可活干得没说的。真是日了怪，也不晓得周大汉让盐工们喝了啥迷魂汤。别组的盐工见后很是眼馋，吵着要跟周大汉干。”

曹拐子来了兴趣，从藤椅上坐起来：“周大汉组真的是日头没压山就收了工？看来，咱们的定额定得有点低，明个再加点？”王麻子哭丧着脸说：“这规矩定下几十年了，盐工们两头顶着星星干，才勉强能干完，要是再加码，怕是盐工们受不了，都撂下家伙不干了，咱到哪儿找人去？”曹拐子觉得王麻子说的是实情，松了口：“鸡狗尿尿，各有各道。只要周大汉领着盐工把活干完，就由他去吧。”

三伏天，孩子脸，天气说变就变。一日，收工时，周大汉见南面的八王山被黑云遮住了，对盐工们说：“八王山戴帽，盐池倒灶，怕是明日要下雨了。”

八王山是中条山一个又高又险的山峰。传说很早以前，盐池里有个名叫八王的盐工，长得腰粗膀宽力气大，一个人能顶三个人干活。老和尚就让他打窝斗。打窝斗就是用几十斤重的铁钎在盐畦的硝板上打一道三尺见方的窝斗，用于往里面灌卤水长盐，是盐池里最重的活。一般的盐工打几十下就累得歇一会缓口气。八王力气大，一口气能打一个多时辰。老伴鞭打快牛，刚见八王歇息，就挥起疙瘩鞭想抽八王，八王气得夺过疙瘩鞭扔在地上。老伴见八王竟敢顶撞他，纠集二掌锨、三甲曹、四排子打他，八王气愤不过，抡起铁钎把老伴捅死。盐工们见八王闯下大祸，赶紧让八王跑上中条山，躲在险峻的山峰里。一百多号盐警搜山时发现了八王，企图抓住他，八王与之搏斗了几个时辰，终因寡不敌众，被盐警杀死。盐工们为了纪念他，凑钱买了副棺材，把他埋葬在此山，还捐钱给他修了庙塑了像，把此峰叫八王峰。从此之后，只要八王山上有云，盐池就非下雨不可。盐工们都说是八王同情盐工，故意让老天下雨，好让盐工们歇息。

次日，果然阴云密布，一连下了二十多天连阴雨，盐湖里的水涨了三尺多高，把老滩、圈子里的卤水全冲走了。曹守仁急得和其他盐号里的东家串通一气，让盐工们抬着全猪全羊，吹打着响器，到池神庙求告日神，让天气放晴。好不容易天放晴了，老和尚逼着盐工们下池修渠、整畦、打窝斗、灌卤水。周大汉领着盐工们又在毒毒的日头下苦干了一个月，临到使钱的日子，却不见上房院有任何动静。几个盐工找周大汉诉苦：“周师傅，三个月没使钱了，家里眼看断了顿，你去问问老和尚，啥时候能使钱？”

正月里，盐花到潼关带回王凯给的两个元宝后，周大汉和齐娥躺在被窝里，一个人搂着一个元宝，兴奋得一整夜没睡着觉，商量这么大一笔钱该怎么花。商量来商量去，觉得要是用这笔钱修房子、扯衣裳，花了就没了，还是找个能生钱的营生，便用它在村旁置了几分田地，种上大葱、辣椒、韭菜、芫荽之类的蔬菜。齐娥和盐花像绣花一样摆弄菜地，长出的蔬菜又多又好，每日早晨盐花把新鲜的蔬菜用箩筐挑到运城集上卖，赚钱补贴家用，竟然赚得比周大汉的工钱还多。虽然一连三个月没使钱，但家里的日子还能过下去。周大汉知道，大伙都靠工钱过活，要是再拖欠下去，肯定熬不过去。

下工后，周大汉没顾上吃饭，跑到上房院，径直走到北屋找见曹拐子问："曹老和尚，都三个月了，咋还不给使工钱?"曹拐子轻描淡写地说："我也不愿意拖欠盐工的工钱，可上个月连阴了一个来月，没晒下盐，所以就没钱发，你回去给盐工们说清缘由，好好干，曹家这么大势发，肯定不会欠你们一个子儿。"周大汉耐心地解释："曹老和尚，你是饱汉不知饿汉饥。我手下的盐工们都拖儿带女，全指望这点工钱过活，你们不给使钱，还不得把他们一家子的嘴挂起来，哪有心思干活?"曹拐子摸出几串麻钱往周大汉手里递，装作关心的样子说："大汉，你干得不赖，这是给你的奖赏，回去对盐工们说下个月使钱，让盐工们好好干。"曹拐子想用这点小钱把周大汉的嘴抿抹住。周大汉把钱扔回曹拐子怀里，气愤地说："你看错人了。当初你向我打保票，不拖欠盐工的工钱，我回去咋向大伙交代?"曹拐子使出缓兵之计："你先回去让盐工干活，我去运城找我叔要钱发，行不?"周大汉见曹拐子把话说到这个份上，便跟他咬牙印："那得等多长日子?"曹拐子搪塞周大汉："少则三天，多则五天。"周大汉说："我信你一回，到时候你可不要让我坐萝卜。"回到下房院，周大汉给盐工们说五日后使钱。盐工们都信周大汉，二话未说，掂起家伙，跟着周大汉上了工。

后晌收工后，周大汉领着盐工们刚走进下房院，掂着半竹篮子马齿菜馍的盐花远远叫："二叔，我给你送馍来了。"

周大汉饭量大，齐娥怕周大汉饿肚子，隔三岔五蒸些马齿菜馍让盐花往盐池里送。一来二往，盐工都和盐花熟了，一窝蜂地把盐花围了起来，从篮子里抢个馍和几个青辣椒，每吞一口馍，就把辣椒在小腿上抹几下，有滋有味地吃起来。盐工们虽然流血流汗，为东家晒下数不清的盐，换取白花花的银子，但盐号东家让盐工吃的饭，一日三顿都是用玉茭糁糁和米糠煮的粝饭，上午外加一个用高粱和玉茭面蒸的老馍，连一点菜也不让吃。盐工们只得自己花钱买几棵大葱或辣椒，吃饭时，拿着大葱或辣椒在腿上抹几下。因为盐工们干活时，都打着赤脚，泡在卤水里，腿上自然沾上咸味，吃起来也就有了滋味。

周大汉见盐工们狼吞虎咽的吃相，笑说："又没有和你们抢，小心噎着。"吃完馍，年轻的盐工少不了和盐花开个玩笑："盐花妹，婶子蒸的馍真香，下回来多拿几个。”盐花点点头说：“行，我还要回去干活呢。”长辫子一甩，风似的飘走了。

到了第六天，不见动静，周大汉跑到上房院找曹拐子，专门伺候曹拐子的手下说：“曹老和尚上运城了。”周大汉又找了几次，都没见着曹拐子的面。周大汉这才意识到曹拐子有意躲他，便让盐工把工停下来。其他组的盐工见状，纷纷仿效，盐畦里不见了人影，都躺在下房院的工棚里睡大觉。盐工们对周大汉说：“周师傅，这回咱和曹拐子霸王硬上弓，没有你的话，天王老子让上工都不行。”

曹拐子得到讯息，从运城回到上房院，让人把周大汉叫来，气哼哼地问：“谁让停工的？”

“谁不发工钱的？”周大汉反问，“你让我当小师傅时，红嘴白牙承担说不拖欠工钱。可这些日子你钻到运城，我找了你好几回，都不见人影，盐工们就把工停了，我有啥法子？”

曹拐子装出一脸可怜相：“大汉，甭看我是老和尚，在盐号里说一不二，但我也是给我叔扛活，凡事都是我叔说了算。这些日子，我到运城找我叔，腿都跑细了，可上月没有销一两盐，我叔拿不出银两给盐工使钱。你就看在我这张老脸上，让盐工们先干活，我再上运城催我叔，保证不出几天，让盐工使钱。”

周大汉摊开手：“盐工要吃饭不是？你不给使钱，我就是长着三头六臂也把盐工们拉不到盐畦里。”

曹拐子又用直接给盐工好处的办法，让厨房蒸了几笸箩白面馍，烩了一大锅猪肉豆腐粉条菜，熬了一锅醪糟汤，摆在下房院，朝工棚里喊：“只要上工，往后顿顿吃白馍肉菜喝醪糟，管够管饱。”叫喊了半天，没人理睬。他又让几个二掌柜、三甲曹、四排子跑到工棚里劝盐工们复工。盐工们异口同声说：“不让使钱不上工。”曹拐子暗想盐工们咋就这么心齐？私下里一打听，才晓得毛病出在周大汉身上。跑到运城找到曹守仁叫屈：“叔，我用了千条计，可盐工们却有老主意，就是不上工，我是笤帚把刷锅——没刷（法）了，非得你老人家出面不行。”曹守仁问：“往常盐工们闹事，做点让步就搞定了，这回咋就不灵了？”曹拐子哭丧着脸说：“我私下打听过，盐工们都听周大汉的，只要能把他治了，盐工们就会乖乖听话。”曹守仁说：“看来我是要亲自出马了。明天晌午你把周大汉叫来，就说我要摆席款待他。”

曹拐子回到盐号，亲自找到周大汉说：“你是三张白纸糊张驴脸，面子老大呀，我叔在运城家里摆下六六席，专门请你。”周大汉心想：“我干了二十好几年，只见过东家曹守仁几回面，这回请我是黄鼠狼给鸡拜年，没安啥好心，肯定是为复工的事。我赤背脚不怕穿鞋的，看他能使出啥坏招?”

第二天，周大汉跟曹拐子来到运城曹守仁家后院客厅。曹守仁家坐落在繁华东街中段，是个三进二层四合院，很是气派。客厅设在后院的东屋里，面阔三间，梁下垂着几个方形灯笼，正面墙上贴着几幅名人字画，两侧摆放着博古架，上面摆着大小不一、形状各异的瓷瓶、青铜器等古玩。客厅中间放着一个黑漆描金八仙桌，上面摆着九个凉菜和黑瓷坛老白汾。

周大汉长这么大，还没有见过如此丰盛的席面，正看着，门外走进两个人来，胖得像碌碡的曹守仁滚到跟前，满脸堆笑地和他套近乎：“周师傅，听说你当小师傅当得硬，活干得好。今个我特意让炳义请你来，一来谢承你，二来给你送个惊喜。”周大汉瞅着曹拐子故意问：“谁是炳义，我不认识他呀。”曹拐子戳了周大汉一下：“炳义就是我呀。”周大汉故意笑答：“对不住，盐号里都叫你曹老和尚，倒把你的真名给忘了。”

曹守仁指着跟他一齐进来的穿白绸衫，脸上长着酒糟鼻子的男人介绍：“这是圣惠巡检司的邹巡检，前年秋上，就是他向蒯道台检举了刺杀老佛爷的王凯，立了大功。”巡检司是官家在盐池周围设立的专门负责缉拿爬越禁墙、偷盗私盐行为的机构。河东盐池设有盐池、圣惠、长乐三个巡检司，各管一个场。曹守仁盐号设在东场，属圣惠巡检司管辖。甭看巡检官职不大，可权力不小，手下有几十号盐警，配备着大刀、长矛、弓箭等武器，可以在所管辖的地盘上为所欲为。这回，曹守仁特意请他来做陪客，一来想巴结他，二来给自家装装门面，慑服周大汉。

红鼻子伸出右手说：“幸会、幸会，鄙人邹至人。”周大汉一听对方就是陷害王凯的凶手，恨不得上去掐断他的脖子，但还是忍住了，低头瞅了瞅红鼻子的手，把自家的手藏到身后说：“我一个穷盐工，手上满是潞盐的苦味，可不敢弄脏邹巡检的手。”红鼻子受到周大汉的挖苦和奚落，脸吊得像头驴，正想发作，曹守仁赶紧招呼：“来、来、来，邹巡检请坐。”说着把红鼻子让到正位上，自己坐在左首，让周大汉坐到他的下首，让曹拐子坐到红鼻子的右首。

开席后，曹守仁给周大汉满了一盅酒，递到周大汉面前说：“周师傅，我敬你。”周大汉没接酒盅，摆手说：“曹东家，我一个穷盐工，从未沾过酒，找我有啥事，你就掂起毛裢倒西瓜——利索点。”曹守仁尴尬地放下酒盅说：“还是周师傅痛快，我就直说吧。你在盐号干了二十多年，技术好，盐工们都服你，我想聘你当盐号的老伴，工钱每月五两。”曹拐子乘势劝说：“老周，这可是你烧磨杆香也求不来的好差事，能保你全家穿金戴银，吃香的喝辣的。”周大汉晓得曹守仁葫芦里卖的啥药，故意问：“你让我当老伴，开那么多工钱，这可是盖上二十四条被子也梦不见的大好事，有啥条件？”曹守仁以为周大汉动了心，说：“只有一个，就是让盐工们干活。”红鼻子乘势帮腔：“老周，我手下有百十号盐警，你当老伴，我当你的后台，哪个盐工不听话，由我收拾他。”周大汉故意为难地说：“谁不晓得银子是个好东西？有了它，要风得风，要雨有雨，可头长在人家盐工们身上，我就是有三头六臂，也没法让盐工们饿着肚子干活。看来我命贱，白花花的银子姓不了周。”说着，站起来，对曹守仁说：“曹东家，这席是好席，可惜我是没这口福。”说着，离开座位朝屋外走去。

曹守仁、红鼻子、曹拐子谁也想不到热脸贴到冷屁股上，大眼瞪小眼，你看看我，我看看你，不知所措。曹守仁难堪得脸由白变红，由红变青，咬着牙骂：“抹不上墙的烂泥！”

正在这当儿，屋外传来娇滴滴的声音：“邹巡检，你真是贵客呀。”话音刚落，飘进一个穿白底紫花旗袍的少妇，扭着屁股，照直走到红鼻子旁边坐了下来，手里的白缎手帕甩向曹守仁：“老头子，你请邹巡检，咋不叫我陪呢，是不是我上不了台面，跌你的份儿了？”少妇头一仰，眼皮一翻，嘴噘得能拴头驴。此人叫翠香，原在西安一家妓院当妓女。三个月前，曹守仁到西安盐行谈生意，逛妓院时认识了她。她见曹守仁是个有钱的盐商，就使出浑身解数，把曹守仁哄得迷三倒四，花两千两银子替她赎了身，带回家当了小妾。刚才，翠香正要出门打牌，见周大汉气冲冲地走出客厅，劈头问管家客厅里还有啥人？管家不敢隐瞒，便说了实话。翠香便找上门来，给曹守仁来了个下马威。曹守仁赔着笑脸解释：“翠香，刚才我请邹巡检来办别的事，就没顾上叫你。”翠香哼了一声，身子一扭，算是回应。接着，又端起一个酒盅，脸色由阴变晴，飞给红鼻子一个媚眼：“邹巡检真是年轻有为，风流倜傥，来，小妹敬你一杯。”红鼻子受宠若惊，端起酒盅，与翠香碰了一下，极力恭维：“嫂夫人如此错爱，小弟真是酒不醉人人自醉呀。”脖子一扬，把酒倒在嘴里，朝曹守仁打趣：“曹东家，怪不得这些日子你背锅上坡——钱紧，原来是交上桃花运，来了个金屋藏娇。要不是嫂夫人前来，兄弟我仍蒙在鼓里，你可真不够意思。”

曹守仁知道红鼻子是个什么腥都想黏的主，实在不愿意让他知道自己娶了个小的，怕将来惹出麻烦。见翠香已经露面，纸里再包不住火，只好搪塞说："邹巡检，你可冤枉老朽了，我是想先把周大汉搞定送走后，再叫你嫂子好好陪你，这不，来陪你了？"说完，举起筷子对红鼻子说："邹巡检，来，吃菜。"曹拐子也举起筷子帮腔："邹爷，请。"红鼻子吃了一口菜，把筷子横放到桌面上，故意用衣角一扫，把一根筷子扫到桌下，迅即俯下身子，朝翠香嫩白的小腿上摸了一把，然后拣起筷子，端起酒盅，和翠香、曹守仁、曹拐子碰了一下，一语双关地说："今个的酒真香，咱们来个一醉方休！"

自从娶了翠香，曹守仁尽她吃，尽她穿，就是不让她出门，怕她招蜂惹蝶，给自家戴绿帽子。过惯了花红柳绿日子的翠香只能窝在阴森森的四合院里百无聊赖地打发日子。适才，红鼻子摸了她的小腿，一下子激起了她的臊劲，心想，如果结交了这个大权在握的人，就有机会到外面寻欢作乐，便对屋外高叫："管家，拿大杯来。"守在屋外的管家应声拿来一个能盛七钱酒的大酒杯。翠香站起来，接过大盅满上酒，端到红鼻子面前说："邹巡检，你大驾光临寒舍，我和我那口子敬你三杯。"

红鼻子贪婪地吸了吸扑面而来的香气，站起来刚想接酒盅，翠香左手搭在他的肩膀上使劲一捏，说："你是贵客，要是站起喝，不能算数，坐下喝才行。"红鼻子被柔和温热的手捏得浑身酥软："好、好，到底是见过大世面的，路数真多。"重新坐下，端起酒杯，一饮而尽。

翠香又满上酒说："邹巡检，刚才敬你的是接风酒，这三杯是谢承酒，谢承你为老曹家办事，你不把这酒喝了，就是心不诚。"红鼻子举起筷子，夹起两片牛肉，送入口中，嚼了嚼，咽下去，一口气又把三杯酒倒到嘴里，擦了一把额头上的汗珠，解开白绸衣，拍了拍黑茸茸的胸毛说："嫂夫人，你看我心诚不诚？"翠香朝红鼻子伸出大拇指："邹巡检，你真是男子汉大丈夫。"又把一杯酒举到红鼻子面前。

红鼻子指着翠香手里的酒杯问："嫂夫人，这又是啥酒？"翠香媚眼一瓢，给红鼻子灌起迷魂汤："邹巡检，我从西安来这里，没个亲人。你要不嫌弃，我想认你做干哥哥，你要不愿认就算了，要想认，就把这三杯喝了。"红鼻子眼里闪出光亮来："行，你这么好的妹子，我能不认？我喝！"干完，发红的眼睛直直地盯着翠香说："妹子，这下行了吧？"

曹守仁见红鼻子已有八分醉意，怕再喝喝出什么事情来，走过去，想搀红鼻子离桌。翠香一把拨开曹守仁，左手端起小酒盅，右手把大酒杯递给红鼻子："哥，你既然认下妹子，妹子也不能没有表示。来，咱兄妹碰三下。”红鼻子摇摇晃晃地站起来，接过酒杯说：“我就舍命陪妹子。”

红鼻子虽然有些酒量，但经不住一连十二大杯猛灌，脚一软，头一低，像堆烂泥趴到桌子上，张开大嘴，哇哇地呕吐起来，一股酸臭味弥漫了整个客厅。曹守仁赶快让管家把酩酊大醉的红鼻子搀到客房的床上休息。红鼻子像死猪般一直睡到日头压山，刚下床，翠香就从外面飘进来，搀住他，高耸的前胸故意蹭到红鼻子的胳膊上：“邹哥，我晌午敬了你那么多酒，你不会怪罪妹子吧?”红鼻子装作站不稳，上身朝翠香的前胸一蹭，斜睨着眼说：“妹子，晌午的酒喝得真痛快。”

“走，咱们吃饭去。”翠香把红鼻子搀到客厅里，和曹守仁一起入桌。饭间，翠香说：“哥，你可要为妹子做主呀。”红鼻子一拍胸脯：“只要妹子发话，你就是让我摘天上的月牙，哥我也没二话，啥事?”曹守仁连忙接腔：“邹巡检，还不是周大汉的事。”红鼻子想起晌午周大汉给他的难堪，把白绸袄袖往上一捋说：“曹东家，你把姓周的交给我，不把他摆治成样子，他不知道马王爷三只眼。”

次日夜，周大汉刚躺到铺上睡觉，听到外面有人叫唤，说他屋里头得了急病，让他赶紧回去。周大汉来不及多想，穿上衣裤，撩开大步往家里跑。跑到离李家铺不远的地方，突然从玉茭地里钻出十几个黑影，有的拿棍，有的拿刀，劈头盖脸地把他打倒在地……不知过了多长时间，周大汉醒来，觉得左腿很痛，想抬起右胳膊去摸，觉得胳膊是空的；他想挣扎起来，左边的断腿伤口撞到地上，钻心地疼，用左手一摸，小腿不见了，周大汉这才知道自己被人暗算了，只好忍着痛用左胳膊和右腿往村里爬，爬到自家的门前，昏了过去。

第二日一早，齐娥和盐花同往常一样，出门去姚暹渠岸砍马齿菜，一出门见一个被泥血浆了的人，扳过身子一看，一股血冲向脑门，喊了声：“大汉——”就不省人事了。盐花吓得爬在妈的脸前，狠命掐住她的人中，好一会才缓出气。母子俩和闻讯赶来的隔壁邻居邱锁妈把周大汉抬回屋里，用盐水洗净伤口，找出治王凯脸上刀伤的药敷在周大汉的伤口上包好。

做完这一切，齐娥吩咐盐花：“快到原王庄找老猎户求些药来。”盐花应了一声，一口气跑到运城。正值上集的时候，街上人很多，心如火烧的盐花穿过人流朝前跑。突然，巷子里冒出一个担杏的中年人，她躲避不及，碰倒杏筐，黄澄澄的杏滚得满地都是，赶紧蹴在地上拾杏，连声说对不住。担杏人一看碰翻担子的人是个年轻女子，又一直道歉，问："你咋这么冒失？"盐花边往筐里拾杏，边解释："叔，实在对不住，我爹受了伤，我急着到原王庄求药，就撞着你了。"中年人见盐花满脸汗水，生出怜悯之心，说："闺女，你有急事，赶紧去吧，这杏，我来拾掇。"盐花听担杏人发了话，刚站起来准备走，被几个盐警挡住。领头的不是别人，就是红鼻子。

红鼻子自从当上圣惠巡检司的巡检后，腰包鼓起，三天两头到银花苑里寻花问柳，经常领着几个爪牙在运城街上瞎逛荡，两只色眼四处乱瞅，只要看上眼的，就去骚扰。他吃完羊肉泡馍出来，正好碰见个子高挑、前胸挺拔的盐花，便挡住去路，举起毛茸茸的手欲往盐花脸上摸："妹子，长得这么水灵，是不是着急着去找相好的？"

盐花见对方的下作劲，气得一抡胳膊，把红鼻子的手打到一边，瞪着丹凤眼骂："把爪子拿开，看你人模狗样的，咋满嘴喷粪？"红鼻子嬉皮笑脸地说："妹子，够味，邹爷就喜欢你这个野劲。要不，给邹爷我当小的，我保你吃香的喝辣的。"旁边一个盐警起哄："妹子，跟了邹巡检，有福享不完，你就应了吧。"盐花为了摆脱几个坏怂的纠缠，心一急，脱口而出："你们眼睛长到脑勺后头了，没看见我挽着头髻，是有主的人？你们放规矩点！"前年，盐花送王凯去潼关时把辫子挽成发髻。回家后，齐娥指着盐花的发型问是咋回事，盐花就把和王凯假扮小两口蒙混过关的事说给她。齐娥对盐花说："这样也好，现在世道不太平，挽着发髻总比留辫子安稳些。"所以盐花就一直挽着发髻。

红鼻子追问："你唤啥？哪个村的？"盐花答："叫盐花，李家铺的。"红鼻子朝四周看了看，满街上都是人。心想，这女人性子很暴烈，要是在街上来硬的，免不了街上人瞎咧咧，还是先放她一马，到黑夜再动手。于是，朝几个爪牙一摆手，放过盐花。盐花赶紧夺路而走，朝城北的原王庄奔去，心里一直想着为爹求药，没想到一个盐警悄悄跟在后面。

几天后，红鼻子领着几个手下，直奔李家铺盐花家。盐花和齐娥正在给周大汉换药。红鼻子冲进屋内，指使两个盐警上炕强行把盐花拉到炕下捆起来。躺在炕上的周大汉急得坐起来，大喊："大白天的，凭啥抓人？"邹大鼻子听见声音有点熟，到炕边一看，竟是前几日在曹守仁家给他摆难堪的周大汉，得意地说："真是山不转水转，想不到是你家。"又故意指着周大汉的胳膊挖苦说："老周，前几天曹东家请你吃席时，你胳膊还是好好的，咋会断了一截？"

周大汉心里清楚是红鼻子下的毒手，上身往前一扑，但断腿不听使唤，栽倒在炕上，齐娥赶紧把周大汉扶起来。周大汉气得嘴唇发紫，指着红鼻子吼：“谁害的我，老天爷看着哩，害人的人不得好死！”红鼻子指着被五花大绑的盐花故意问：“这女子是你啥人？”周大汉答：“是我闺女。”红鼻子得意地摸了摸酒糟鼻子说：“有人举报你闺女偷买私盐，我要把她抓回去审问。”一挥手，几个盐警推着盐花走出院子。齐娥急忙奔上前去，搂住红鼻子的左腿，哭求：“官爷，你行行好，我闺女是不会偷盐的。”红鼻子用右腿狠命地朝齐娥的前胸踢去，把齐娥踢得仰面朝天。齐娥强忍疼痛，又爬起来，哭喊着向扬长而去的红鼻子追去，跟在后面的盐枝也边哭边追，悲痛欲绝的哭声划破长空，惊得路边玉茭簌簌战栗，榆树上的雀鸟哀鸣着振翅而飞。

邱锁妈等几个邻居闻讯出来，见齐娥和盐枝爬在路上叫喊，赶紧跑过去问出了啥事？齐娥指着路的尽头哭叫：“盐花被抓走了，这可咋办？”邻居们好不容易把齐娥劝回家。刚进院门，见周大汉正在院子里往门口爬，右手左腿伤口上渗出黑红的血，在地上拖出两道黑红黑红的血印。原来，周大汉见盐花被抓走，齐娥和盐枝追了出去，怕红鼻子再对齐娥和盐枝下毒手，挣扎着从炕上滚下来，拼力往外爬。齐娥一见周大汉身后的两道血印，扑到周大汉跟前哭喊：“大汉，你病成这个样子，咋爬出来的？你要有个好歹，这家可咋办？”邱锁妈和几个邻居见状，赶紧搭手把周大汉抬到屋里炕上。周大汉忍着剧痛，攥起拳头，牙咬得咯嘣咯嘣响：“红鼻子，你害了我不算，还把盐花抢走。这账，我迟早要跟你算！”邱锁妈把一直哭着的齐娥悄悄拉到一边劝说：“娥子，大汉伤成这样，盐花又被绑走了，你可不能老是哭，得赶紧想个法子，把盐花救出来。”

齐娥这才从痛哭中清醒过来，想了想，这些年所熟识的都是些穷盐哥们，一没权二没势，想帮也帮不上，突然想起王凯。眼下家里遇到难事，她一个妇道人家根本应付不过来。王凯敢刺杀老慈禧，不是一般人，他只要回来，肯定会想出办法。于是，齐娥跑到隔壁跟邱锁妈说：“嫂子，大汉成了废人，盐花又被抓走，我一个妇道人家实在没法子。我娘家潼关有个侄儿叫齐山，识字，胆大，你快让邱锁去把他唤来。”

“行，我这就让邱锁去。”邱锁老家是山东菏泽，二十多年前，老家遭了灾，爹和娘担着三岁的邱锁逃到河东盐池谋生，租下齐娥的隔壁院子，由周大汉介绍邱锁爹下盐池当了盐工。从此，两家人少不了你帮我衬，好得就差在一口锅里吃饭了。邱锁比盐花大一岁，两个人两小无猜，整日泡在一起玩。邱锁十三岁时，他爹患病殁了，是周大汉和一帮穷盐哥们帮着埋了人，又带着邱锁下盐池当了童工。打那以后，周大汉把邱锁当儿子看，邱锁也把周大汉当爹敬，齐娥跟邱锁妈私下里商议过，让邱锁和盐花长大后成亲。

第十一章　重振父基业

王凯头戴凉帽，身穿崭新的杭缎衣裳，坐在轿车里，摇着蒲扇，一副富商派头，每过一个关卡，就从怀里摸出一把麻钱塞给守兵，守兵们无不点头哈腰放行，几天后的傍晚，赶到运城，胡乱在一家饭馆里吃了点东西，便钻进一片玉茭地，沿小路直奔李家铺。

此刻，西面的天边烧起晚霞，把房屋、树林染成玫瑰般的深红。清风习习吹来，路两旁的玉茭、豆子、谷子沙沙作响，散发着一阵阵清香，像是在炫耀自己的丰硕。王凯无心欣赏大自然的美景，虽然脚在路面上走着，但心早已飞到那座给予他第二次生命的小院、茅草屋、地窖，飞到叔、婶、盐花面前。

王凯边走边想：肯定是叔家遇到过不去的坎。要不，婶是不会打发邱锁到潼关给他捎信，让他回运城。究竟遇到啥坎？是盐池里开不出工钱，家里断了顿？自己正月里给他捎回十两银子，不会没花的。是叔病了？叔四十刚出头，壮得像头牛，应该不会有事；是婶病了？婶整日围着家做饭、砍菜、纺线，病拿不住她；难道盐花出了事？王凯心里不由咯噔了一下，盐花像朵含苞待放的鲜花，有着颀长的身段、秋水般的明眸、黑亮的秀发，很可能招惹下麻烦。想到这里，像一团火燎烧着他的心：他藏到地窖的一个多月里，是盐花每天为自己送吃送喝，又把他送到潼关。在他的心目中，对盐花的情义比叔、婶更深一些。在潼关的一年多里，他想念最多的就是盐花，要是盐花出了事，可就坏了。

临到李家铺，天完全黑下来。为了保险起见，王凯坐在村外老柳树下，等到天上的三星快爬上头顶，才悄悄进村，推开刺杈门，轻步走到亮着灯光的窗户前，对着窗户上的破洞往里一瞅，意外地看见叔躺在炕上，右胳膊、左腿短了一截，包着厚厚的白布，紧锁着眉头，一脸的忧愁，时不时地瞅瞅熟睡在旁边的盐枝。齐婶坐在旁边，手里摇着一把蒲扇，给叔扇凉，时不时地扭过身子往屋外瞅。周大汉奇怪地问："你咋老往屋外瞅?"

齐娥自言自语："咋还不见踪影?"

周大汉不解地问："谁呀?"

齐娥答："我说的是小凯。你出事第二天，我就让邱锁到潼关叫他，都大半个月了，该来了。"

周大汉脸唰地变了颜色，埋怨齐娥："你也不想想，小凯是官家通缉的刺客，躲还躲不及哩，你却让他来。按他的脾气不会推辞，真来了，一旦被逮住，肯定会被砍头，这不是害他吗?"

齐娥后悔地说："当时，我看你伤成这样，慌了神，就让邱锁去潼关给他送信，这可咋办?"

"泼出去的水，还能收回来?"周大汉唉了一声，"等小凯来了后，让他立马躲得远远的，咱可不能连累人家。"

王凯心里涌出一股热流：多好的叔呀，尽管自己伤成这样，却还不想连累别人。鼻子一酸，赶紧推开门，走到炕沿旁叫："叔、婶，我回来了。"他趴到周大汉跟前，抚摸着包扎伤口的白布，泪流满面，问："叔，您咋伤成这样?"

周大汉一看是王凯，忙劝："官家还在缉拿你，你赶紧趁没人看见走得远远的。"

王凯哽咽说："您伤成这样，我能走吗?"

齐娥忍不住告诉王凯："你叔是天杀的红鼻子给害的。"一五一十诉说了事情的经过。

王凯宽慰周大汉："叔，这仇，我给您报。"他又往屋里瞅了瞅，问："婶，盐花呢?"

齐娥被戳到痛处，泪水一下子从眼里涌了出来："盐花也被红鼻子抓走了。"

"为啥?"

"红鼻子诬陷盐花偷了私盐。"

"红鼻子是啥人?"

周大汉答："我在曹东家家里见过这人，姓邹，长着酒糟鼻子。听说是因告发你有功，当上圣惠巡检司巡检的。"

“这坏怂我认识。”王凯想了起来，就是前几年在运盐使司门前站岗的那个酒糟鼻子。

周大汉突然想起什么，吩咐齐娥：“咱俩光顾跟小凯说话，肯定他还空着肚子，你快做饭去。”齐娥应声下炕，王凯赶紧阻住：“婶，甭麻烦了，我这就走。”齐娥说：“大半夜了，你往哪里歇？就住在家里。”王凯指了指身上的打扮说：“婶，您看我穿得这么好，能没办法？”王凯又上炕，趴到周大汉面前道别：“叔，这事你甭管了，就交给我。”

王凯走出刺杈门，不由自主地扭回头，看着院里窗户上微弱的亮光，心里像烧开的滚水，一个劲地翻腾：叔是个靠卖力气养家糊口的下苦人，如今断了胳膊和腿，等于永远不能干活，不能干活就意味着再也没有进钱路，一家老少吃啥喝啥？再说盐花，一个闺女家，被红鼻子抓去，等于落入虎口。想到这里，王凯的心一阵紧抽，心里产生出剧烈的冲动，就是破上命，也要给叔报仇，把盐花救出来。那么，现在该往哪里去？王凯想，要是去运城街上住饭馆，万一被认出来，就会误了大事，不如在野外将就一夜，明日到运学找景院长，探听一下消息，然后再见机行事。想到这里，王凯走出村外，靠在前夜待的那棵大柳树上迷糊到鸡叫三遍，醒来后到姚暹渠里擦了把脸。走到运城，沿东街走到下城墙东南角的运学。

运学是专门为盐商子弟开办的一所书院，由巡盐御使奥屯茂于元成宗大德三年创建的，明清两代均有扩建，建有大成殿、明伦堂、敬一亭、崇圣祠、尊经阁、观德堂等，占地四十九亩三分，还有五百余亩学田。运学里名师荟萃，明清两代考中二十多名进士，王凯曾在这里苦念了五年。晨曦中，王凯看到熟悉的大门，突然想到景院长有在校园东面树林子里晨诵的习惯，便快步走过去，远远听见熟悉的诵读声，近前一看，果真是景院长。王凯抑制不住内心的激动，高叫着奔到景院长面前。景润彦从书本里抬起头一看，清瘦的面容立马浮起笑容：“小凯，真是你？”

王凯是景润彦从教三十多年中最得意的门生之一。四年前的庚子冬，他受崔啸天之托，到河东道台府里求蒯亦霸放过王凯后，一直挂念着他的下落。前年八月，老慈禧路过运城，在北相镇遇刺，满街上张贴着缉拿刺客王凯的告示，他很欣慰得意门生是个顶天立地的英雄，也一直为王凯的命运担忧着。如今，王凯活生生地立在面前，他能不惊喜吗？来不及多问，向王凯招手说：“回学校去！”

王凯摆摆手说：“景老师，我现在是钦犯，跟您去，就会连累您的，还是不去的好。我来这里，一来是拜望老师；二来是办件大事。”

景润彦说：“小凯，你离开运学已经六七年了，时过境迁，教员和学生们都换了，不会有人认出你。”说完，拉着王凯的手说：“走吧。”王凯跟随景润彦走进运学宿舍，不等景润彦开问，就把自己几年来的经历给老师说了个仔细。景润彦听后唏嘘不已，感慨地说：“司马太史公曰：‘盖文王拘而演《周易》；仲尼厄而作《春秋》；屈原放逐，乃赋《离骚》；左丘失明，厥有《国语》；孙子膑脚，《兵法》修列；不韦迁蜀，世传《吕览》；韩非囚秦，《说难》《孤愤》《诗》三百篇，大底圣贤发愤之所为’，你大难不死，必有后福。”又问：“小凯，你刚才在树林子里说要办件大事，是什么？”

王凯把周大汉被红鼻子暗下毒手致残，盐花被抓的事情说给景润彦。景润彦宽慰王凯：“君子报仇，十年不晚。你先住下，当我的助手，为师会鼎力相助你，待时机成熟再为之。”王凯虽然心急如焚，但冷静一想，现在猜测暗害叔和盐花的人是红鼻子，但一时拿不出实证，也不知道盐花关在哪儿，无法下手，只能从长计议。在这里给恩师当助手，是再好不过的落脚之处，便应承下来。

次日凌晨，王凯跟随老师在小树林晨诵回来，在大门口遇到推独轮车送菜的老聂头。景润彦叫住他：“我想请你帮个忙。”老聂头给运学送了十几年菜，几乎每天早晨来送菜都能碰上他，立即放下推车问：“景院长，啥事?”

“你往圣惠巡检司里送菜吗?”

“那里有几十号人吃饭，一会我就去那儿送菜。”

“你给打听一下，前一程是不是关进一个叫盐花的女子?”

老聂说：“这一程我去那里送菜，曾见过做饭的孙师往后院送饭，但不晓得关的是不是你说的人，我再仔细打听一下，返回来告您。”后晌，老聂头来到运学，对景润彦说：“我去巡检司送菜，装作上茅房，跑到后院，亲眼看见西北角的小屋里关着一个闺女，头发乱乱的，长着一对丹凤眼。我问她唤啥，她说叫盐花。”

一旁的王凯兴奋地说：“是，就是她!”王凯想跟着老聂头去亲眼看一下，又怕碰上红鼻子，便问：“叔，盐花是我舅家的妹子，我想跟您去看看她，不知那里的头头让不让见?”老聂头笑答：“小兄弟，这个你放心，巡检司里的头儿外号叫红鼻子，前些日子交了桃花运，不知在哪儿找了个姘头，一直跟姘头在私宅里鬼混，很少去巡检司。”王凯说：“叔，那好，明早我跟您去巡检司。”

次日早，王凯跟老聂头到巡检司，盐警们还在睡懒觉，前院里没一个人影，老聂头给孙师称菜时，暗中往后院指了指，王凯假装上茅房，快步跑到后院西北角的小屋。屋内锁着，王凯对着窗户轻轻地一叫，盐花惊醒了，一看是朝思暮想的凯哥，赶忙把两只手从窗户里伸出来，攥住王凯的手："凯哥，你咋来了，我被关在这儿快憋死了。"王凯轻声说："盐花，我掂过夜来救你。"盐花点点头说："凯哥，我就晓得你会回来救我的。"

王凯听到前院咳嗽了几下，这是他和老聂头商量好的暗号，知道老聂头已经把菜送完了，赶紧给盐花摆手作别，迅速跑到前院，跟着老聂头走出大门，让老聂头先走，自己拐到院子西面的胡同仔细察看。胡同连着后街，院墙不算太高。踩好了路线，王凯回到运学，给景院长说了救盐花的详细计划。景润彦想了想，对王凯说："小凯，你把盐花救出来，红鼻子肯定不会善罢甘休，四处乱找，你把盐花先带到这里来。"景润彦虽然知道王凯有武功，但还是叮咛："王凯，夜里要小心，千万别弄出动静。我把后门给你留着，你把盐花救出来后，就从后门进。"

子夜过后，王凯穿一身夜行衣，提了把铁棍，轻车熟路地跑到巡检司西面的胡同里，飞身翻墙，跳入后院，轻步走到西北角的小院里，把门撬开，让盐花跟着跑到墙根，踩着自己的肩膀爬上墙头。接着，一纵身子，翻过墙，把盐花接下来。然后领着盐花，一口气跑到运学后门，轻轻一推，门开了一道缝，盐花跟在王凯后面，悄悄走到王凯的住房里。

红鼻子正在床上和翠香粘在一起，突然被一阵咚咚咚的敲门声搅乱，只得穿着裤衩，趿踏着鞋，东倒西歪地走到宅门前问："谁呀？"红鼻子听出是手下的盐警，拉开门，劈头扇了对方一个耳刮："老子睡得正香，你来瞎嚎啥？"

盐警捂着脸报告："邹爷，不、不好了，人跑了。"

"你小子吃半截屙半截，连句话也说不清，谁跑了？"巡役伸直腰，对红鼻子说："邹爷，就是前些日子在李家铺抓的那个女的。"

"跑了？几十号人住在前院，看不住一个女的？立马给老子到李家铺抓人去，就是钻到老鼠窟窿里也要把那女子抠出来！"红鼻子虽然和翠香打得火热，但仍然不想让到嘴边的鸭子飞了，指使手下抓捕盐花。

半月前，红鼻子带几个盐警以抓偷盐犯为由把盐花直接掳到他的私宅里，想占有盐花。孰知盐花不但性格暴烈，而且劲头很大，红鼻子根本制服不了，还被盐花在脸上抓了几条血印。实在没办法，他只得让守在大门口的两个盐警把盐花带到巡检司关押起来。红鼻子没能发泄兽欲，心里像猫抓，不由想起了翠香那股子骚劲，耐过一夜后，便摇三晃四地到曹守仁家里卖乖。曹守仁明知红鼻子醉翁之意不在酒，但毕竟对方帮自己废了周大汉，不得不摆了一桌席，让翠香作陪，犒劳红鼻子。席间，红鼻子和翠香眉来眼去，喝了个天昏地暗，乘着酒性问："曹东家，我把你的事办妥了，你咋谢承我呢？"

不等曹东家开口，翠香飞给红鼻子一个媚眼："邹哥，我亲手给你做些点心，送到你府上，犒劳你，咋样？"

红鼻子明白翠香的意思，舔了舔嘴唇问："妹子，你做的是啥点心，好吃不？"

翠香卖着关子："我做的点心是西安风味的，能把哥的牙甜掉，保哥吃了还想吃。"曹守仁虽然一肚子不情愿，但眼下手头实在紧巴，拿不出硬货谢承红鼻子，只能强装笑脸。

红鼻子知道曹守仁是个把钱串到肋骨上的主，故意问："曹东家，你夫人要做点心送我，你不会不答应吧？"

"只要邹爷愿意，咋都行。"曹守仁胖脸上强挤出笑，反而比哭还难看。

红鼻子扭过脸，把一股酒气吐向翠香："妹子，你啥时给我送点心？"

翠香答："哥，你咋听风就是雨，耐不住了？我后晌就做，赶黑送到府上，让你享享口福。"

"妹子，你说话要算话，我等你。"说话间，红鼻子的裤裆猛然撑起一把伞。

天黑时，翠香掂着一个食盒走进红鼻子的私宅。红鼻子顾不得吃点心，把翠香抱到内屋，扒掉翠香身上的连衣裙，在飘散着肉香的光身上吧嗒吧嗒地咂了个遍，鼻子里哼着："这点心真甜、真香。"一个时辰后，红鼻子把翠香送到门口，丢下一句话："妹子，明天再来给我送点心。"

一连三天，翠香到红鼻子私宅送点心，曹守仁知道翠香去了不会干啥好事，忍不住对翠香说："你还能见天给姓邹的送点心？"翠香眼皮往上一翻："我去给邹巡检送点心，还不是你应承下来的？咋，吃醋啦，要不想吃醋，你拿出一千两银子给人家送去。"

"你——"曹守仁被呛得说不出一句话来。

翠香本是风月场上的老手，来运城几个月，五十多岁的曹守仁干那种事力不从心，无法满足翠香。红鼻子刚三十出头，如狼似虎，每回都变着花样，带着翠香上天入地。干那种事好比吃东西，越吃越上瘾，把红鼻子缠得神魂颠倒。这样一来，红鼻子也顾不上过问关在巡检司的盐花，使盐花侥幸逃过一劫。

次日夜，王凯悄悄来到李家铺周大汉家。不等王凯开口，齐娥眼里闪烁着亮光问：“小凯，是你把盐花救走了吧?”

王凯奇怪地问：“婶，您咋晓得我救了盐花?”

“后晌来了几个巡役，说是盐花跑了，向我要人，还把屋内翻了个乱七八糟。我想肯定是你把盐花救了出来，难为你了。”

王凯赶紧摆手：“婶，您说的是啥话？我的命是您和叔给的，救盐花还不应该?”

周大汉嗔怪齐娥：“你给小凯说这话就显得外道了。”又问：“小凯，你把盐花藏到哪儿了，不会再出事吧?”

王凯说：“叔、婶，我让盐花住在运学，绝对不会再出事，二老放心。”

回到运学，王凯跟景润彦商量：“景老师，盐警们已经到盐花家搜人，要是让盐花回家太危险，您说该咋办?”景润彦不假思索地说：“就让盐花在这里住下来，给灶房帮忙，红鼻子的鼻子再长，也闻不到这里。”

曹守仁原以为只要借助红鼻子把周大汉弄残废，杀鸡给猴看，盐工们就会害怕，乖乖上工，想不到事与愿违。当邱锁把周大汉被人剁掉胳膊和腿的消息带到盐号后，激起了盐工们的愤怒，都觉得曹守仁心太毒，一起涌到上房院找曹拐子辞工，不几天，就走了个精光，真是偷鸡不成反蚀了把米。曹守仁无奈，只得让曹拐子花翻倍的价钱雇用短工。好不容易在周围村庄里招了几十个，可他们都是些生茬，干活不懂路数，往盐畦里灌的卤水达不到浓度，晒不出盐来，急得曹二拐子带着老伴、二掌锨、三甲曹、四排子、小师傅团团转，就是想不出招来，让曹守仁白白往盐池里扔了好多银子。

红鼻子和翠香勾搭上后，老鳖看绿豆对了眼，以前是翠香到红鼻子私宅里送点心，不管咋的，还算能遮点人的耳目。见曹守仁不敢干涉，这对狗男女便肆无忌惮，明铺暗盖，挽着手在运城街上招摇过市，一会儿到银楼上买首饰，一会儿到戏院里听戏，一会儿到饭馆里吃饭，俨如夫妇。

一晃入了冬。运城街上应该车马辚辚、客商云集，但由于盐池遇到灾年，产盐比往年减了一半，无货可售，外地客商只得乘兴而来、败兴而归。街上行人稀稀落落，沿街商铺门可罗雀，倒是经常看到使署的人领着盐警忙着到各盐号催要税款。

河东盐税是朝廷国库主要来源之一。由于外患内忧，朝廷开支愈来愈大，河东盐税亦水涨船高，一年比一年多。朝廷收取盐税历来是刚性的，规定盐官必须无条件地足额上缴国库，短欠不足一成者，罚一年薪俸；短欠二成以上者，降职一级，留任察看；短欠三成以上者，连降两级，留任察看；短欠四成以上者，连降三级，调离本职；短欠五成以上者，连降四级，调离本职；短欠六成以上者，连降五级，调离本职；短欠七成以上者，革职查办。河东道台蒯亦霸和他的小舅子胡占光为了保住头上的乌纱帽，指使手下带着衙役盐警强逼盐号主和盐商们交税。盐号东家们没赚下银子，有的拿出往年的盈余交税；有的拆东墙补西墙，到处挪借交税；实在拿不出来的，只好变卖盐号，远走他乡。即使如此，只收下六成多盐税。尽管蒯亦霸平时拿出搜刮下的银子给上司们送礼，但在盐税这个铁律面前，没人敢包庇他。蒯亦霸由四品一下降到七品，被贬到甘肃一个偏僻的地方当了个知县；胡占光被一撸到底，没收家产，贬为平民，灰溜溜地滚回老家去了。

曹守仁是离盐池只有几十里的临晋人，本没多大能耐，三十来岁接手祖上留下的西安几处店铺和运城的盐号，一直老老实实地守着生意，虽没大赚大发，但养家糊口绰绰有余。今年春上，他鬼迷心窍，想老牛吃嫩草，花了大价钱在西安买下翠香。原指望把盐号管紧些多赚些银子填上这个洞，不想遇到灾年，非但没赚下银子，还被蒯亦霸逼着从西安的商铺里挪了三千两银子交了税，又拿出千余两银子雇短工，至今还欠着一百多个盐工三个月的工钱，算下来至少有两千来两银子的亏空。让他更为窝囊的是，为了摆治周大汉，引狼入室，让翠香给他戴了顶绿帽子。走到街上，前后左右的人总是指指点点。曹守仁思来想去，觉得实在没脸再在运城待下去，决计离开这块是非之地，便在街上贴出告示：

因故，鄙人欲将一个盐号及一处宅院转让，有意者请光临寒舍接洽。曹守仁 大清光绪二十八年腊月初十。

自从父亲遭陷含恨离世后，王凯发誓要为父报仇雪恨，并夺回被强掳的盐号。前半年在西安到盐店察看后，觉得盐商有利可图，生出将来有机会涉足盐业的念头。听说曹守仁转让盐号，觉的是个千载难逢的好机会，但要想把曹守仁的盐号和宅院买下来，需要一大笔银两。王凯立马想起从西安来运城时义父写的信，当即找到北街的天顺盐栈，拜见陈天顺，口称姨父，递上安东家的信。陈天顺把王凯让到后宅，激动地说："贤侄，十月一，我回西安给祖先上坟烧纸时，见过你义父，他把你的情况给老朽说了。老朽佩服你是个大才子、大英雄，从西安回来想见你，却不晓得你在哪儿？这回，终于等着你来了。”王凯抱歉地说：“姨父，我从西安来后，本想拜访你，可我是朝廷缉拿的刺客，怕给您带来麻烦，只好到我念过书的运学当助教。今日到府上，一是拜见姨父，二来有一事相求。”陈天顺说：“啥事，尽管开口！”王凯把借银买盐号和宅院的事说出后，陈天顺当即吩咐管账先生把两千两现银装到一个精致的小箱子里递给王凯说：“贤侄，能帮上你这大英雄的忙，是老朽的福分。先把这两千两拿上，不够再来拿，以后用盐抵。”

王凯从天顺盐栈直接来到曹守仁宅院前，正想进去，又多了个心眼。他想，如果这样急着买盐号，曹守仁必定会在价钱上扳扯，还是吊他几天胃口。

过了几天，王凯身穿裘皮大氅，头戴獭兔皮帽，戴副茶镜，在运学里找了两个学子扮作随从，雇了辆轿车，大摇大摆地走进曹守仁的院门。一个随从高叫：“有人吗，这里是不是要卖盐号和宅院？”

告示贴出去几日了，却没一个买主上门。因为，运城是盐务专城，能买得起盐号和宅院的主要是盐商，可今年盐池遇到灾年，官家死命地逼税，大多数盐商赔得提不起裤子，自顾不暇。曹守仁急得窝在后院乱转，竖着耳朵等动静，一听前院的叫声，赶忙腆着母猪肚跑到前院，把买主领到后院的客厅。王凯拿出富商的派头，端端地走到后院客厅的太师椅上落座。曹守仁躬着腰自我介绍：“鄙人曹守仁，是卖主，请问东家在哪里发财？”王凯仰着头，好像没有听到曹守仁说话。一个随从指着王凯答：“这是西安来的齐大东家，来解州拜关帝庙，见你贴的告示，便过来打听一下，如果价钱合适的话，就考虑买下。”

曹守仁是老江湖，看了看另一个随从手里的皮箱子，知道是个财大气粗的主，便翻了翻肿眼皮：“我那盐号一百三十亩，带一座院。这三进二层四合院，占地一亩多，大大小小三十多间，盖下还不到十年。两宗加在一起，最少得这个数。”说完伸出一个巴掌。王凯鼻一哼，什么也不说，起身就往外走，曹守仁紧赶几步拦住说：“齐大东家，生意场上，卖主要一万不算多，买家还一文不算少。我要归我要，你总得还个价吧？”王凯又坐回太师椅，拉长嗓门说：“曹东家，你是不是看我年轻，竟狮子大开口？我既然想买你这盐号，能不先打问？你那盐号晒的盐少，交的税多，是个无底洞，就是白送人，也不一定会有人敢要。再说这院子，我在西安花一百来两银子，就能买座上好的四合院，你这宅子充其量也就值一百来两银子。两宗加在一块，我出这个数。”王凯伸出食指晃了晃。曹守仁原本心里有个谱，想卖两千两，听对方回价一千两，胖脸捩出一副苦相：“齐大东家，眼下我遇到难处，你就高抬贵手，再往上加些。”“曹东家，既然你把话说到这个份上，我就给你再加二百两。行，咱们就成交，不行，我就走人。”曹守仁一听对方已经把话说绝，觉得过了这个村，就没这个店了，不敢再扳扯，赶紧点头同意，拿出文房四宝让王凯签契约。王凯摆摆手：“曹东家，先别急着签，还有个事要说清，你那盐号还欠着一百来号盐工三个月的工钱，总不能让我背你这个害吧？”曹守仁原想把拖欠盐工工钱的事隐瞒过去，一听齐东家揭出老底，只好拍了拍头，红着脸说：“我年纪大了，颠三倒四的，把这茬给忘了。”王凯问：“曹东家，你还欠盐工多少工钱?”曹守仁知道瞒不住，只得如实回话：“大概五百来两吧。”王凯一拍桌面：“那好，我就给你七百两，你欠盐工的那五百来两工钱由我来出!”

当夜，王凯兴冲冲地跑到李家铺，满脸洋溢着喜悦，拿出契约朝周大汉扬了扬，说：“叔，我把曹守仁的盐号买下了，往后，咱有自家的盐号了。”周大汉虽然不识字，但还是从王凯手里接过契约，正过来看看，翻过去看看。他怎么也想不到王凯会有这么大本事。

“叔，过几日你和婶搬到运城住。”王凯又送给周大汉一个惊喜。齐娥问：“咱家在运城又没房子，往哪儿住?”王凯指着契约说：“曹守仁的宅院也成咱家的了。”齐娥高兴得喜泪涟涟：“小凯，你真是咱家的福星。”王凯提醒：“叔、婶，往后旁边有人时，你可不敢再叫我真名，我现在改了名字，叫齐山。”

过了两日，王凯雇了两辆轿车，把周大汉一家接到新买的后院。齐娥思女心切，催王凯：“小凯，盐花已经三四个月没回家了，我想她，这回咱搬家了，你快让盐花回来。”王凯想了想答：“婶，红鼻子还在巡检司，他像狗一样翘着鼻子抓盐花，盐花露面后万一让他闻到，会来找麻烦的，您再等几天，等我把红鼻子做了后再把盐花接过来，年前一定让您母子团圆。”他又对周大汉说：“叔，还有一件事要当紧办。”齐大汉问：“啥事?”“盐工兄弟都是指望工钱养家糊口，曹守仁欠着盐工兄弟三个月的工钱，眼下马上要过年了，咱得赶紧把盐工兄弟们的工钱补上，我想请你让人叫盐工兄弟们来领工钱。”

周大汉兴奋得眼里沁出泪花：“你要能把曹守仁拖欠盐工兄弟们的工钱补上，他们一定会烧磨杆香敬你。”当下让齐娥到李家铺，叫邱锁把盐工们通知来。盐工们大都得知曹守仁把盐号卖了，人已经夹着尾巴跑到西安去了，拖欠的工钱肯定打了水漂。突然得到来领工钱通知，无异于天上掉馅饼，很快涌到王凯四合院里。发工钱前，王凯从桌子旁站起来，双手抱拳，给盐工们行了一个礼，自我介绍说："我叫齐山，如今我已经把曹守仁的盐号买下了，往后曹守仁盐号就改为齐山盐号。这回请大伙来，就是把欠大伙的工钱给补上。另外，眼看要过年了，我给大伙每人发一袋白面、两包福同惠点心和两斤相枣，算是我敬大伙的一点心意。大伙不要急，我喊谁，谁来前头领工钱和东西。"发完工钱和东西，王凯指着坐在桌子一端的周大汉说："这是我姑父，往后就是齐山盐号的老和尚，大伙同不同意？"

"同意！"

周大汉激动地拄着拐杖站起来，眼里噙满泪花："弟兄们，大伙要信得过我，出了正月，就来盐号上工，咱们给齐东家好好干。"

"行——"盐工们的应承声把客厅窗户上的白纸震得簌簌作响。

平日，红鼻子仗着蒯亦霸和胡占光的势力，张狂得不知道自己算老几，作了不少恶，主子一倒，便像一条被打断了脊梁骨的癞皮狗，整日夹着尾巴钻在私宅里，轻易不敢上街，生怕仇家在背后捅他一刀子或砸他一砖头。盐警们见不到头儿，像放了羊，胆小的泡在酒馆里灌黄汤，胆大的黑夜借巡逻之名，翻过禁墙去偷盐卖钱。

腊月二十三日夜，红鼻子正在和翠香钻在被窝里亲热，突然屋门被踢开，一个身穿夜行衣、头裹黑头巾、只露着两个眼珠的汉子，掂着明光闪闪的环形刀闯了进来。甭看红鼻子平时人模狗样的，其实胆小如鼠，一见来者，吓得从炕上滚下来，趴在地上，身子如筛糠，嘴里哆嗦着："好、好汉饶、饶命！"来者哼了一句："红鼻子，你也有今天。"把红鼻子踹了几脚，刀光闪了两下，两条小腿齐刷刷地滚到一边，又抡起刀子，朝红鼻子的脖子抹去，结果了红鼻子的性命。不知过了多久，被吓得半死的翠香从地上爬起来，绕过昏死的红鼻子，收拾了些细软，连夜跑了。

第十二章 睿智结硕果

每逢佳节倍思亲。王凯有三个年头没能和奶奶、妈、弟弟在一起了。如今，他虽然仍是朝廷通缉的钦犯，但毕竟最紧的风声已经过去，而且成了盐号的东家。他何尝不想到河南宝丰和奶奶、妈、弟一起过个年，但他清楚地知道肩头上的分量，刚接手的盐号需要他迅速运作起来，一百多号盐工眼巴巴地指望着他吃饭。以前，他只晓得盐号是个能赚钱的生意，但从未接触过盐工的生活。自从被周大汉一家救了后，从他家贫困的状况中看到盐工们遭受的苦难和面临的窘境。同时，王凯从运学里借来不少有关盐池和盐工生活的诗赋文章进行研读，对河东盐池有了更深的了解，特别是明朝正德年间河东巡盐御史朱裳的《捞盐诗》使他为之震撼：

二州十县，盐丁万余，夏五六月，临池吁且。
临池吁且，炎暑熏灼，且勤且惧，手足俱剥。
手足俱剥，亦既劳止，载饥载渴，亦既病止。
亦既病止，公事靡盐，彼此想念，岂敢辞苦。
岂敢辞苦，不日不月，岂不怀归？宪法明切。
宪法明切，岂敢离伍，陟彼条山，瞻望父母。
瞻望父母，谁共饔飧？弱妇稚子，忧心如醺。
忧心如醺，何云归哉！我心伤悲，莫知我哀！

王凯想，一个满腹经纶、衣食无忧的朝廷命官竟会对盐工如此关注和同情，而自己是盐号的东家，也要在经营盐号的过程中，最大限度地体恤和关怀盐工们。他把自己的想法告诉给周大汉后，周大汉高兴地说：“人心都是肉长的，你把盐工当人看，盐工就会把你当神敬。”

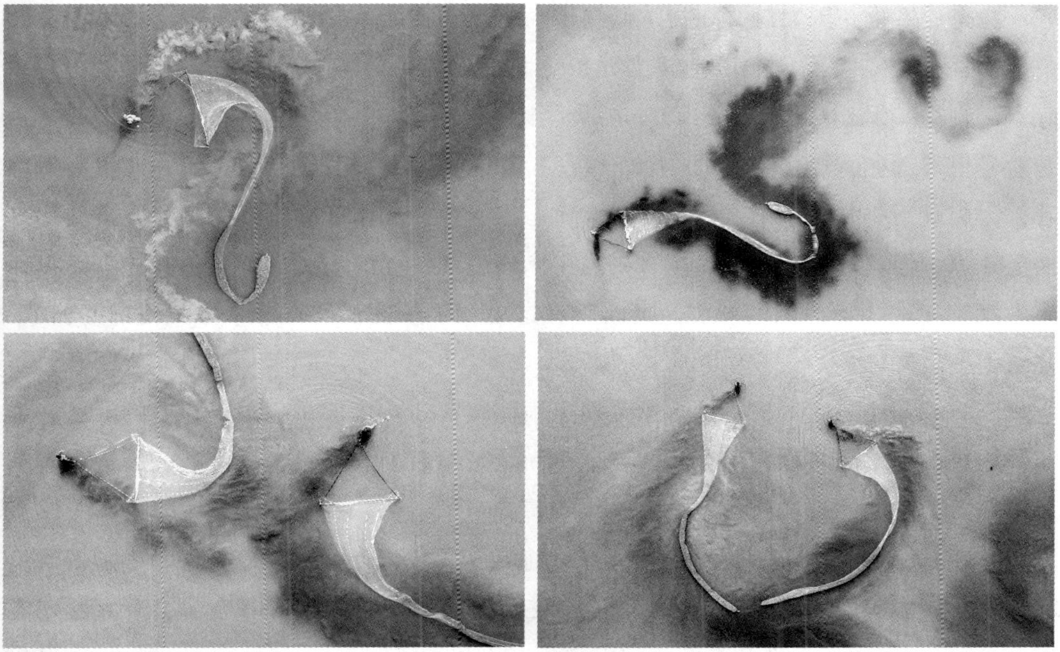

捞盐虫（吕向前 摄）

一过破五，王凯雇了几十个工匠，对盐号进行脱胎换骨的整修。

刚出正月，一声春雷从天际滚滚而来，掠过百里盐湖，惊醒了盐湖边沉睡了一冬的小草。它们竞相探出嫩绿的叶片，好奇地张望着明净瓦蓝的天空，吸吮着春天的气息。鸟儿们拍打着翅膀，敞亮着歌喉，欢快地吟唱，像是礼赞春天的美好和生命的永恒。

二月初一是盐池开工的日子，车声、马声、人声、家什的碰撞声响成一片，数千盐工从四面八方汇聚到盐池北岸的几十家盐号，开始一年一度的劳作。

日头刚刚出山，原曹守仁盐号的上房院门口聚集了一大片盐工。王凯站在上房院大门前宣布："齐山盐号正式开业！"两个盐工将用红绸包着的竖式招牌抬过来，挂到大门左侧。王凯郑重地走到木牌前，揭开红绸，露出"齐山盐号"四个欧体黑字，瞬间，掌声、叫好声、鞭炮声响成一片。等场上安静下来，王凯向盐工们说："下面请周老和尚讲话。"在一片掌声中，周大汉拄着拐杖，走到前面，大喊："拿上来烧了！"邱锁应声把锯断的十字架和十多条疙瘩鞭拿上来，扔在地上，点了一把火，火焰立即腾空而起。盐工们大都挨过疙瘩鞭打，对疙瘩鞭恨得牙根痛，见烧掉了疙瘩鞭，可着嗓门喊叫好。

烧完疙瘩鞭，周大汉又在盐工们热切而信任的目光中开口："我是个粗人，不会说话。往后，希望大伙照旧把我当兄弟。我说三句话。第一句话是保证大伙吃好睡好，每月初一发上月的工钱；第二句话是往后谁也不许动咱们盐工一指头；第三句话是盐号里不养闲人，不管是谁一律干活。"说这话的当儿，盐工们齐刷刷地扭头朝后看，因为最后排站着十来个以前的二掌锨、三甲曹、四排子、小师傅，他们虽然晓得换了东家，但还是抱着一线希望来到这里，还想继续干不出力只打人的好差事。听到周大汉宣布取消了他们的职位，便晓得在这里混不下去了，一个个像被霜打的茄子，开溜了。

以前的老伴王麻子早就打听到曹拐子跟他叔曹守仁走了，高兴得脸上的麻子开了花，心想，新来的东家肯定会聘他当老和尚。站在后面，两只胳膊叉在胸前，晃着脑瓜子往天上瞅，一副洋洋得意的架势，等着齐东家请他。一听齐东家宣布让周大汉当老和尚，心一下子凉了。头一低，跟在以前的二掌锨、三甲曹、四排子、小师傅伙里溜走了。周大汉朝王麻子故意大喊："王老伴，你这就走呀，等一会，会开完我送送你。"盐工们都回过头来看王麻子的狼狈相，不甘奚落的王麻子冲着周大汉扔了一句："大汉，你当老和尚产盐要比以前多，我把我的王字颠倒过来写。"

周大汉继续说："再说一宗事。会后，大场自由搭配，全盐号四个组，一个组各包三十亩盐畦，并选出领工的小师傅。其余的人负责修理卤水池、淡水池。搭配好后到上房院找老伴邱锁登好记，把工具拾掇好，再去把床铺安顿好，明天开工！"

"好——"周大汉的几句话虽然不多，但句句说到盐工们的心坎上。他们在盐号里干活，谁没挨过疙瘩鞭？谁吃过一顿饱饭？如今，曾经和他们同甘共苦的老周当上老和尚，说的每一句话都是以前连想也不敢想的好事，所有人的脸上都洋溢着抑制不住的兴奋。他们就地聚集在一起，先是选出干活实数、技术过硬、威信高的小师傅，然后自由搭配成小组，兴冲冲地涌进上房院里，向粗通文墨的老伴邱锁登记。

登好记的盐工们走到下房院东房宿舍，一个个惊得目瞪口呆。原来黑乎乎的墙面涂得雪白，原来的土地面变成青砖，两面地铺上的稻草不见了，取而代之的是两排散发着香味的崭新的两层连体木床。盐工们按照事先划分好的区域，把随身携带来的铺盖安顿好，不约而同地跑到西面的敞篷下拾掇起干活的工具来。

突然，从南面的厨房里飘出一股香味来。以前，盐工们吃的老是玉茭糁和米糠熬在一起的捞饭，从来没有吃过菜，家里都穷得吃了上顿没下顿，能吃上咸菜就算不赖了，很少闻到香味。几个年轻的盐工忍耐不住，跑到南面的灶房想看个究竟。只见一个男大师傅和齐娥、盐花正在里面忙活，便把头伸进灶房问齐娥："婶子，今个做的啥饭，咋这么香？"齐娥走过去轰盐工："看把你们馋的，一会开饭时就晓得了。"

以前开饭时，大师傅把一大桶捞饭蹲在院里，用饭勺朝桶边一敲，叫声"开饭了，盐工们立即蜂拥过去，拼命往饭桶旁挤，挤到跟前用勺子把碗盛满，迅速圪蹴在地上，呼噜呼噜扒到嘴里后，再抢第二碗。因为人多饭少，吃得快就能多舀一些，抢不上就桶底朝天了。这回，邱锁让大伙拿着饭碗，在屋里新做的桌子上坐好，盐花把一大盆用大肉、粉条、豆腐、白菜、萝卜烩在一起的菜端到桌子上，又端来一大盘用白面、玉茭面蒸的二面馍说："大伙慢慢吃，管够管饱，米汤在锅里，想喝多少舀多少。"盐工们都是穷苦人，一年到头闻不到肉味，甚至大年初一都闻不到一点荤。想不到头天上工就吃上这么好的饭菜，忍不住问："盐花，是不是每顿都能让我们吃这个？"

盐花一抡长长的黑辫子，笑说："只要大伙把活干好，多产盐，想吃啥有啥。"王凯收拾了红鼻子后，就把盐花从运学里接回新买的宅院里。盐花觉得往后和凯哥在一起，再也不会怕这怕那了，又把头髻改梳成辫子。吃完饭后，没有人催促，盐工们连宿舍也未进，扛着工具跟着小师傅来到分到的盐畦忙活起来。

在盐号里，东家和盐工总是两条心，东家逼着盐工们多干活，而盐工们总想少干活，把上工当作上杀场。每次都是二掌锨、三甲曹、四排子、小师傅等人举着疙瘩鞭，费尽九牛二虎之力，才能把盐工们撵到盐畦里。干活时，盐工们像推磨子一样，推一下转一下，监工的在跟前盯着，还能老老实实地干几下，一扭过脸，就停下手来，仰起头看日头。尽管天不亮就把盐工撵到盐畦里干活，还是一直磨蹭到星星出来才收工。三伏天铲盐旺季，东家怕耽搁功夫，把捞饭担到盐畦旁，就地让盐工们吃，吃了就逼着盐工干活。看似抓得很紧，但由于盐工们干活都是有气无力，有一下没一下的，并不见得多出活。

如今，在齐山盐号里，人还是原来的人，活还是原来的活，可盐工们的心态却完全不一样了。这些长期浸泡在苦水里的盐工，虽然没有进过私塾，念过之乎者也，但他们都是有血有肉的人，他们的心像明月一样清亮，像盐湖水一样宽广，他们都晓得人世间最普通的道理，人敬我一尺我敬人一丈，东家对咱这么好，咱就要好好干。个个使出吃奶的劲，挖渠道、平盐畦、整畦塄，没有人吆喝，没有鞭子声，只听得铁锨嚓嚓地响。

半晌午，王凯和拄着拐杖的周大汉来到盐畦。周大汉一看盐工们干活个个如狼似虎的样子，说："小凯，我说得没错吧，你看大伙干得多欢实。只要咱把盐工当人待，就会人心换人心，八两换半斤。"说着，他又把拐杖狠命在往地上戳了戳："要不是这倒霉的腿，我真想和大伙 摽在一起干。"

王凯看到如此感人的场面，心里泛起一股热流。他想，虽然盐号是自己的，但盐是盐工用一滴滴汗晒出来的，没有这些盐工们的辛勤劳作，纵然有天大的本事也不可能把盐晒出来。如果自家是条船，盐工们就是波涛汹涌的水。自己和盐工们谁也离不了谁。想到这里，王凯一阵冲动，对周大汉说："叔，您歇着，我去干会活！"没等周大汉应承，他快步跑到盐畦里，抄起一把铁锨，干了起来。

邱锁虽然从一个普通盐工一下子升成盐号的老伴，但还是遵从周大汉的安排，和盐工们一起干活。他见齐东家下到盐畦干起活，大惊，自己从十四岁起在盐池里干活，极少见过东家到盐畦，更不要说干活了。他立马跑到王凯面前阻止："齐东家，您能来看看就给足了大伙面子，这活可不是您干的，快到屋里歇着。"旁边的一个盐工也劝说："齐东家，这些活还不够大伙干的，你就老老实实坐在家里等着数银子吧。"王凯直起身子，擦了把额头上的汗珠："盐号是大伙的，我来干一点，大伙就会少一点。"又抡起铁锨干了起来。邱锁见劝不动东家，朝正在干活的盐工高喊："大伙听着，齐东家亲自下畦来干活了，咱们要鼓把劲，干出个样子。"远处的盐工们抬头一看，真的是齐东家，活干得更欢了。

后半晌，盐花担着一担凉开水来到盐畦旁，高叫："大伙快歇会，快来喝口水。"邱锁见有的盐工们磨蹭着不想歇，就高叫："磨刀不误砍柴工，都快出来喝口水，歇好后再干。"他又用乞求的口气说："哥，往后你可不能再来干活了。""咱们是打断骨头连着筋的一家人，来干活还不应该嘛。"王凯说，"你是不是嫌我干活不地道？"邱锁佩服地说："哥，你干活有模有样，全盐工没有几个能比上您的。"王凯借着邱锁的话茬说："那好，往后，我一有功夫就来干活。"

转眼过了一个月。往年这个时候，盐畦最多能平整一半。今年，由于盐工们心齐气顺，活干得出奇的快，盐畦的加固、畦地的平整、引渠的疏通、卤池的清淤等活路全部干完。

三月初一清晨，盐工们一起来，就看见院中间支起一张桌子，后面坐着账房先生齐大树。齐大树是王凯特意让人从潼关叫来当账房先生的，虽然没念过书，可脑瓜子特灵，去年跟王凯在潼关安记杂货铺熬相公，认下不少字，算盘打得滚瓜烂熟。

王凯和周大汉站在旁边。周大汉高叫："弟兄们，今个是使钱的日子，场里给大伙放两天假，大伙快些来使钱，然后揣着钱回家跟老婆娃子亲热去吧。"

头一个领工钱的盐工数了数麻钱，眨了眨眼问齐大树："你把钱发错了吧？"齐大树答："你再数数，错不了。"盐工又仔细数了数说："不对呀，工钱是八钱六，你咋给了一两。""对着哩，原来每月的工钱是八钱六，可咱们盐工干的活多，齐东家就犒劳大伙，按一两发。"站在一旁的邱锁向盐工解释，又笑着对领钱的盐工说，"世上哪有你这么憨的，还嫌钱扎手？"

"不嫌——"盐工们可着嗓门吼出意外的惊喜。

多年来，河东盐号里有个约定俗成的规矩，盐工的月工钱头等八钱六，二等七钱五，三等六钱五。东家们都恪守着这个规矩。尽管工钱少得可怜，可东家们还总变着法子，以迟到、不服管教、损坏工具等借口克扣，很少有人拿到全额工钱的。齐东家不仅没扣一个大子，还多发了十来麻钱，盐工哪个能不叫好。

几十个麻钱，对富家来说，不过是下顿馆子的钱，但对完全靠卖力气赚钱养家糊口的盐工们来说，这可是一笔可观的钱，拿它可以买到不少米面，充填家人们的饥肠，更重要的是盐工们感受到了东家对自己的尊重。

齐山盐号给盐工多发工钱的消息像一块大石头扔进盐湖，掀起冲天的大浪。不少盐号的盐工偷偷跑到齐山盐号的上房院，求老和尚周大汉想来这里干活。周大汉只得好言解释："你们愿来这里干活，是信得过我，可眼下实在用不着更多的人手，等以后有机会再来。"

当地有句老话："三月三，穿衫衫，不穿衫衫是憨憨。"盐工们的心被王凯和周大汉暖得更热，干起活来劲头更大。盐工们分成十来摊，用木制的大夯夯盐畦。这样做能够把畦底的硝板夯瓷实，防止晒盐时漏水。一摊摊盐工们围在木夯周围，跟着号子的节奏，扯着手里的绳索，一齐使劲，把木夯抛到头顶，然后又一齐狠劲往下拽，夯在硝板上，震得硝板微微发抖。远远望去，十来个木制的大夯一上一下，像群龙飞舞，极为壮观。

一个领头盐工可着嗓子，吼着号子：

白馍蒸得白哟——

拉绳的盐工一齐和着：

嘿呀呼咳呀！

烩菜熬得香哟——

嘿呀呼咳呀！

肚子吃得饱哟——

嘿呀呼咳呀！

床上睡得香哟——

嘿呀呼咳呀！

鼓起劲哟——

嘿呀呼咳呀！

使出力哟——

嘿呀呼咳呀！

夯得实哟——

嘿呀呼咳呀！

多晒盐哟——

嘿呀呼咳呀！

另一摊盐工也在喊着：

齐大东家哟——

嘿呀呼咳呀！

活菩萨哟——

嘿呀呼咳呀！

周大和尚哟——

嘿呀呼咳呀！

贴心人哟——

嘿呀呼咳呀！

又一摊盐工起劲地喊着：

扯下白云裁衣裳哟——

嘿呀呼咳呀！
穿起来新哟——
嘿呀呼咳呀！
搬来山石盖座房哟——
嘿呀呼咳呀！
住起来美哟——
嘿呀呼咳呀！
舀桶咸水拌上蜜哟——
嘿呀呼咳呀！
喝起来甜哟——
嘿呀呼咳呀！
雪白的潞盐变成银哟——
嘿呀呼咳呀！
花起来爽哟——
嘿呀呼咳呀！

一个年轻的盐工见盐花担着开水走过来，立马编排了一段：

天上有个嫦娥哟——
嘿呀呼咳呀！
长得真漂亮哟——
嘿呀呼咳呀！
住在月宫上哟——
嘿呀呼咳呀！
满世界撒清亮哟——
嘿呀呼咳呀！
地上有个盐花哟——
嘿呀呼咳呀！
大辫子丹凤眼哟——
嘿呀呼咳呀！
担着桶送开水哟——

嘿呀呼咳呀！

大伙喝了牙不痛哟——

嘿呀呼咳呀！

盐花听见了盐工们给她编排的词句，心里很是喜欢，不由加快了脚步，走到盐畦前，叫盐工们过来喝水。盐工们聚过来后，盐花问："刚才是谁把我编排到号子里的？"年轻的盐工笑着承认："是我编排的，咋啦？不好？"盐花捋了捋长辫子，挑起眼角，嗔怪地说："往后不能再这样要笑我了，羞死人了。"年轻的盐工故意逗盐花："盐花，我只要见你来送水，就编排你，你敢不给大伙送水吗？"盐花挑起空担，走时朝年轻的盐工扔了一句："你真坏。"

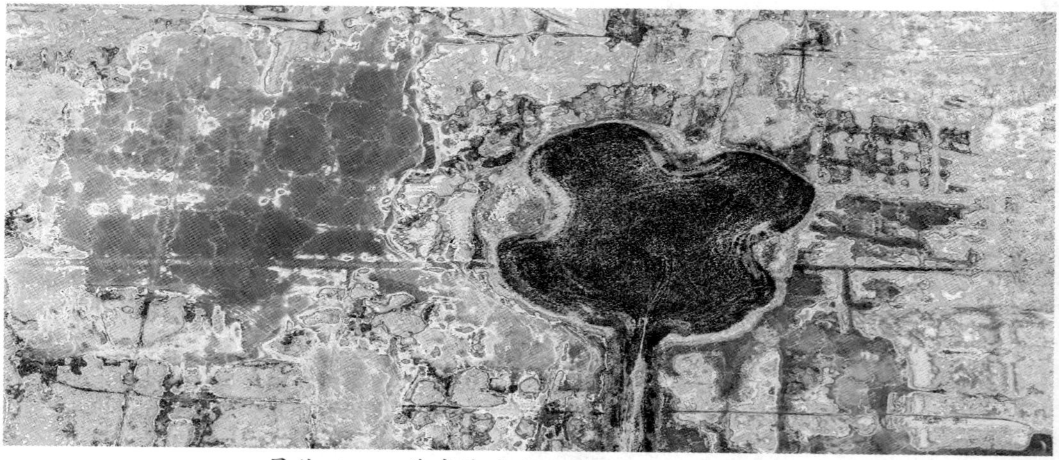

旱盐田——黄帝战蚩尤古战场（吕向前 摄）

旱盐田——盐堆（吕向前 摄）

半个月后，盐畦夯了一大半。王凯兴奋地对周大汉说："叔，照这样的进度，三月底前肯定能把盐畦全都夯完，打上斗窝。进了四月就是旺季，咱就多招些人，晒盐担盐。"谁知周大汉眉宇间拧起疙瘩，忧心忡忡地说："小凯，晒盐可不是想的那么简单，需要大量的好卤水和淡水进行调配，才能灌满畦子，晒出盐来，可眼下所用的卤水严重不足，根本不够用。"王凯一听，急得直搓手："叔，这不是嘴多锅小，做的饭不够吃嘛？这可咋办？"

"听老人们说，以前黑河有一旦多宽，全是含盐多的好卤水。乾隆年间，下了一场百年不遇的骤雨，外面的山水一下子涌进来，把泥沙挟带进来，把黑河淤住了。如今，只能用老滩里的水，经过头道、二道、三道圈子，再经过头道罗、二道罗、结晶池的多次过滤蒸发，才能变成能用的卤水。"王凯对周大汉说："天无绝人之路。叔，您腿脚不方便，就在屋里歇着，我去黑河看看，兴许能想出啥办法来。"周大汉急得面色涨红，举起拐杖说："小凯，你咋把我看扁了，我在盐池干了几十年，吃的盐不比你吃的饭少，啥地没去过？这拐杖就是我的腿，不会比你走得慢。"王凯见周大汉态度坚决，只得和他一起走到盐池南岸的黑河。举目一看，黑河全被淤泥覆盖着，长满青绿的芦苇和水草。王凯挽起裤腿，朝里面走了没几步，就觉得踩到棉花上，身子往下一沉，两只脚陷进黑黑的淤泥里，低头一看，腿周围形成一个小坑，里面冒出许多水泡，很快溢满黑黄黑黄的水，感觉到泡在水里的腿有些痒。周大汉见淤泥陷到王凯的膝盖处，怕王凯发生意外，赶紧把他叫出黑泥潭。王凯问："叔，我觉得腿泡在水里有些痒，这是咋回事？"周大汉笑答："这就对了，黑河全是好卤水，含盐高，能不痒？"王凯指着黑河说："叔，咱在黑河挖口井，把卤水引过去不就行了？"周大汉答："小凯，你想得太过简单。这黑河底下都是软乎乎的黑泥，挖着淤着，根本挖不成井。听说道光年间，有个盐号东家派了几个彪小伙，挖井挖到一丈来深时，井壁的淤泥突然坍塌，一眨眼的工夫，活生生的几个彪小伙被埋进黑泥里不见了踪影。东家只得赔给死者家属一大笔银子才算了事。打那以后，盐号的东家们再也不敢动打卤井的心思了。"

王凯突然想起小时候老家的事。老家枣园村的东面便是从磨里峪流下来的河，河岸边有几十丈宽的河滩，乡亲们在河滩上打井时，因河滩下面全是流沙，没法打，就事先用柳木板做成钻满水眼的木筒，往下打一点就把木筒往下沉一点，然后把木筒一节一节地往上接。打成井后，木筒挡住流沙，下面的水从水眼里流到木筒内，就形成了井。于是，他一拍大腿，对周大汉说：“叔，我有法子，咱回去就干！”

回到上房院，王凯根据记忆，画了木筒的图样，拿给周大汉看，仔细解释了下木筒的办法，又让邱锁到运城买回几根粗柳木锯成柳木板，雇了几个木匠，咣里咣当地干起来。不出几天，就做成了六个高三尺、周圆丈二的木筒。

第三天，王凯和周大汉领着十来个盐工用板车把新做的柳木筒拉到黑河边，在泉眼不远处打起卤井来。先把木筒放到黑泥里，然后让两个盐工站在木筒内挖里面的黑泥，挖到木筒底部时，木筒自然往下沉，当木筒的最上面低过黑河时，再把一个木筒接到上面。等第二节木筒和黑河一般平时，因木筒里面地方小，盐工无法往上扔黑泥，王凯就让人扛来几根松木椽做成辘轳，支在上面，让井下的盐工把黑泥装到柳罐里，让上面的人往上绞。忙活了三天，用完了六个木筒，终于打成了卤井。井下的盐工们把木筒壁上的木塞一拔开，水眼立即喷出卤水来。盐工们拔掉所有木塞，顺着梯子爬到井上，没多会儿，井里就溢满了卤水，王凯高兴地让几个盐工用辘轳从卤井里绞水。头一天还好，卤井里的水很旺，但第二天，井里的水就不够往上提了，到第三天，井底就朝了天，木筒上的水眼不再往外冒水了。王凯见状，急得眼里往出冒火，心想：说啥也不能让十几个人辛辛苦苦打了多天的卤井报了废，便往腰里缠好绳子，让人把他放到井里，用铁丝狠劲捅了几下水眼，立即又喷出水来。这才意识到是黑泥太粘，里面又掺着不少烂根杂物，时间一长，水眼就被堵上了。找到了毛病后，王凯立即和周大汉把几个老盐工请到上房院商量，一个做过豆腐的盐工说：“我以前做豆腐时，过滤用的白布经常被豆浆糊住，所以每过滤完豆浆，就把白布泡在水里洗干净，要是把木筒的外面包上棕片，木筒的水眼就不会被堵了，大伙一听，都觉得这是个办法。王凯大喜过望，又让木匠做了几个木筒，包上棕片。下筒时，又在筒外填上一些石头短木和石头。井打成后，再往上绞水。结果，白日黑夜连轴转地往上绞了六天，井里的卤水还是满满的，证明此法确实可行。

木盘井（张百祥 摄）

相传很早以前，有一云游和尚，来到河东盐池以捞盐为生，一个人独自琢磨多年，发明了垦畦浇晒生产潞盐的全套技术，临死前又毫不保留地传给所信任的人。后人为了纪念他，就把掌握制盐技术和统领盐工的工头尊称为“老和尚”。

周大汉虽然以前没有当过老和尚，却在盐号里干了小三十年，掌握了晒盐的全套路数，尤其是对晒盐最关键的卤水配制技术烂熟于心。卤水，就是含盐量很高的水，晒盐时，须在卤水中掺和一定量的淡水，但多少卤水掺和多少淡水，只有老和尚和极少数老盐工掌握这种独门绝技。他们把脚和手插到水里试一下，就能把卤水和淡水掺和得恰到好处，只可意会不可言传。周大汉把手插在卤水里试了试，高兴地说：“这水是饱和的卤水，不用多次过滤蒸发，直接能用，只要有了它，还怕晒不出盐来?”

王凯听周大汉一说，心里有了底，立马调来二十多个盐工，分成几摊，一鼓作气，打成了四眼卤井，又在每眼卤井上配上专门提水的辘轳，安排八名盐工轮班用辘轳把饱和的卤水从井里提上来，汇入引渠，直接灌到结晶池里。

前些日子，附近盐号的老和尚见王凯和周大汉领着一伙人在黑河南面打卤井，根本不屑一顾，凑在一起，撇嘴说风凉话：“好多辈先人不敢在黑河里打卤井，他俩却吃了豹子胆，敢在太岁头上动土，真是瞎折腾，要是真出点什么事，他们非赔得提不起裤子不可!”

硝凇奇观（卫行智 摄）

如今，其他盐号的老和尚们远远看见几架辘轳一刻不停地往上提水，便心存狐疑地近前一看，立马傻了眼。他们万万想不到齐山和周大汉真把卤井打成了，而且井里的卤水特别旺。心里痒痒得不得了，但心里还是不服气。暗想：“凭周大汉一个穷盐工，能把卤水掺和好，晒出盐来？”

四月中浣，麦黄季节，也是河东盐池旺季的开始。百里盐滩上，人头攒动，其他盐号里的盐工们忙着把老滩水经过一个圈子一个圈子过滤蒸发，以练成饱和的卤水，而齐山盐号的盐田畦里，已经长出盐来，变成白花花的一片。

周大汉见时机成熟，让邱锁把以前要求来干活的四十多个人叫来当短工，补充到各组里，开始收盐。盐工们看着通过两个多月的辛苦晒出来的盐，心里无不感到愉悦，干起活来更加卖力，担盐的身影像走马灯似的在盐畦通往料台的道路上来回穿梭。一些爱热闹的盐工们唱着乱弹、哼着小曲、说着笑话、互相逗着趣，还是火辣辣的日头，还是担着同样大的盐筐，但都感觉不到累。

卖石灰见不了卖面的。几个东家和老和尚站在盐池北岸的高处，看着齐山盐号盐畦里雪白雪白的盐，心里像打翻了五味瓶，既羡慕又妒忌，心里充满好奇。齐山这小子有啥来头？还真有两把刷子。更让他们眼热的是，齐山盐号的料台上跟着红火起来，一下子拥来了几十挂马车和百十副驮子来拉盐。

通过在潼关经商，王凯明白物以稀为贵的道理，判断到去年盐池歉收，今春必定会有外地行商来采购。王凯了解到盐池的经营模式，坐商主管产盐，行商主管销盐。晓得自己是坐商，只能产盐，而无权销盐，便和齐大树一起到运城北街天顺盐栈找到陈天顺，想请他帮着赶快把产的新盐销出去。这样做，既能把借陈天顺的银子还上，又能减少料台上的库存，省得盐工们往盐堆上爬，以加快担盐的速度。

王凯来到天顺盐栈，看见客厅里坐了七八个客人。陈天顺指着客人一一向王凯做了介绍，着急地对王凯说：“这些掌柜的都是咱盐栈多年的老主顾，拿着官府颁发的盐引来进盐，可盐栈里没存下货，今年的新盐还没产出来，真是青黄不接，急死人。”又指着王凯向几位盐商介绍：“这是我的外甥、齐山盐号的东家齐山。”王凯一听，一阵惊喜涌上心头，心想，来得早不如来得巧。赶忙对陈天顺说：“姨父，您不用熬煎，我的盐号已经产下新盐。”

“真的？”几个盐商一听，高兴地一下子站起来，感到非常意外。他们都是经营盐多年的老手，晓得河东盐池往年都是四月底才能晒出新盐，而今个才四月十几。

盐是人类生活的必需品，粮食歉收可以用野菜树皮充饥，但不能没有盐吃，一顿不吃盐嘴里没有滋味，几日不吃盐浑身没劲，长期没盐吃就会生病甚至丢了性命。河东盐池产的潞盐供应山西、陕西、河南及周边省一千万多人的吃盐。由于上年遭灾，产盐有限，不少地方闹起盐荒，盐价一个劲地往上蹿。盐商们早一天进到盐，就意味着能抢占市场先机，多赚很多白花花的银子。陈天顺感到王凯刚二十出头，以前没有经营过盐池，有点不相信他这么早能产出盐来，慎重地跟王凯叮咛："齐山，你说的是真的?"

王凯向陈天顺和几个盐商做了一揖，笑说："咱们一块下盐池到我的盐号里瞅瞅，要是没晒下新盐，我请大伙到菊花酒楼撮一顿，要是真有新盐，你们可要请我撮一顿，行不行?"

"行!"盐商们一听，觉得说得在理，立马要动身。王凯要起东家的派头，对盐商们说："诸位掌柜的，你们都是贵客，大伙少安毋躁，这大热天的，咋能让你们走着下盐池?"接着，朝门外拍了一下手，齐大树应声进屋，走到王凯面前，躬着腰问："齐东家，有何吩咐?"王凯先向盐商们介绍："这是我盐号的账房掌柜。"又吩咐齐大树："你去街上订雇几挂轿车来，我和诸位掌柜，下盐池看新盐。"不一会，齐大树进来对王凯恭恭敬敬说："齐东家，轿车在门口等着。"

王凯站起来，戴上茶镜，把陈天顺和盐商们请出门，坐上轿车，往南面的盐池走。沿街的行人看见过来一长溜轿车，纷纷驻足，交头接耳，互相打听，都以为是上头来了什么官员。轿车队伍进了中禁门，拐到东面，沿着宽阔的盐道一直往东走。几个东家和老和尚以为是新上任的盐运使来视察，慌忙跑到道路两旁迎接。坐在最前头轿车里的王凯向他们打着招呼，几个东家和老和尚都惊奇得张大嘴巴，互相打听："齐山这小子又唱哪一出?"

来到东场齐山盐号，王凯让陈天顺和盐商们从轿车上下来，指着南面雪白的盐畦、长蛇般的担盐队伍和堆在料台上雪白的盐堆介绍："诸位掌柜看，我说的话是不是实情?"又抓起一把纯净雪白的盐说："大伙看看，这是新晒的盐，色与味正，一点杂质都没有!"耳听是虚，眼见为实。陈天顺和盐商们这才完全相信齐山盐号已经开始产盐，而且独此一家!

回到运城，王凯领着盐商们到菊花酒楼吃了一桌六六席。散席后，盐商们争着算饭钱，被王凯挡住，笑着说："常言道，客随主便，你们都是贵客，哪有让你们掏腰包的道理？前晌我说的都是笑话，请不要介意。"

酒足饭饱，回到盐栈。王凯早已摸准了盐商们急着抢货的心态，把陈天顺请到客厅外面商量："姨父，您先回避一下，我来和这些盐商们直接谈生意，等叫您时，您再出面，行不行？"陈天顺晓得前来进货的外地行商们要量大，齐山盐号产的新盐一时满足不了，他们都是老主顾，究竟给谁不给谁，给多少，不好平衡。又见王凯待人热情，说话得体，办事活道，很是放心，就随王凯回到客厅里，对行商们说："诸位，大伙刚才下盐池看了货，心里有了底。我有点急事要出门。这货是我外甥的，大伙就直接和他谈生意吧。"说完，向盐商们作了一个揖，走了。

王凯坐在中间的太师椅上，像渭河边稳坐钓鱼台的姜子牙，故意吊盐商们的胃口："诸位掌柜，你们都是贵客，来和我谈生意，是看得起我齐山。按说，开饭馆的还怕大肚汉？可我齐山盐号新产的盐很有限，恐怕不能完全满足大伙。这盐该给谁，不该给谁，真叫我为难不是？你们看这样行不行？咱们来个公平竞争，大家把购盐的价钱、数量写在单子上，半个时辰后公布于众，我把新盐卖给出价高的前三名！"说完，吩咐站在一旁的齐大树："齐账房，拿文房四宝来。"

盐商们进货心切，都怕出价低了把货抢不到手，便尽量把出价抬得很高，进货数量写得很多。写好后，都交给齐大树。齐大树当众念完单子，王凯故意把每个盐商的出价和数量又重复了一遍，问："诸位，我记得没错吧？"几个盐商大为惊愕，根本想不到眼前的齐东家记性这么好。都连连点头："对着哩，对着哩。"紧接着，都把耳朵竖得老高，等着齐东家宣布结果。报价高的一脸喜气，报价略低的满脸晦气。一位姓谢的行商不想放弃最后一点希望，把腰弯成河里的虾米，央求："齐东家，俺是长商，管着河南洛阳一带的供盐，这回要进不下盐，我咋有脸回去？我出最高的价，你说啥也得照顾我些盐，千万不敢让我空手而归。"

王凯事先了解了往年盐价的行情，最高的报价比往年高出三成，最低的报价也比往年高出一成。暗忖：要是现在把盐销给出价最高的盐商，自己能狠狠赚上一笔，可这只是一锤子买卖，赚了他们的钱，却拴不住他们的心。要是能主动优惠卖给他们，就会赢得他们的心，把自己当作朋友，一直销自己的盐，盐号就会开辟出可靠的销路。想到这里，王凯主意已定，但还是想把戏演得真一些，摊开双手，对求他的盐商说："谢东家，我也很同情你，可我有言在先，你让我咋办？"

正在这节骨眼上，齐大树暗中把陈天顺叫了过来。姓谢的盐商像是遇到救星，赶紧跑过去央求："陈掌柜，我是你的老主顾了，你给齐东家说说，给我匀些货。"几个出价低的盐商都不想失去机会，一起给陈天顺说好话。

陈天顺假装为难地求王凯："齐东家，这些掌柜的都是我的老主顾，你就不看僧面看佛面，能不能供他们一些货？"

王凯思索了一下，对盐商们说："既然姨父发了话，我也没啥说的，就遵了姨父。大伙看这样行不行？你们刚才报的价都不算数。"说到这里，王凯故意停顿了一下，端起茶杯咂了一口，想看看盐商的反应。盐商们都急于进货，猜想齐山还要把卖价往上加，便纷纷表态："齐东家，你开个价，这盐我们要定了。"王凯笑着说："大伙都想错了，咱们都是做生意的，做生意最要紧的是诚信为道，和气生财，盐再缺，我也不会乘人之危，漫天抬价。"说完，又不紧不慢地咂了一口茶水。盐商们迫不及待地问："齐东家，你说，多少？"王凯把茶碗放到桌子上大方地说："这样吧，你们刚才报的买价都不算数，按往年的行情走，每担七钱六。"担是盐池的计量单位，一担盐一百二十斤。王凯算过，产一担盐成本五钱二，每担可净赚二钱四。外地行商们万万没想到齐东家把盐价要得这么低，都惊得瞪大眼，不约而同地问："齐东家，真是这价？"王凯故作轻松地笑答："君子一言，驷马难追，这还有假？不过，我还有个请求，不晓得诸位愿不愿意？""齐东家，你尽管说！"王凯诚心地说："鄙人年轻，刚开盐号不久，我产下盐全靠我姨父销。诸位都是前辈，我想请诸位做我姨父的常客，也就是帮了我这个做晚辈的大忙，不知诸位前辈能否给我这个面子？"姓谢的盐商拍着胸脯表态："齐东家，我谢学温当了十几年长商，还没见过你这样讲仁义的。往后，不管我来进多少盐，就认天顺盐栈和你齐东家！"其余几个盐商也竞相表态。王凯趁势让齐大树取来文房四宝。站到桌前，展开宣纸，挥就一份买卖合约，当众念给盐商们。盐商们无不点头称是，主动在合约上签字。谢学温念过几年私塾，一看合约，惊讶不已："齐东家，你的字咋写得这么好？"陈天顺笑着说："兄弟，你有眼不识泰山，齐山十五岁就考中秀才。"行商们一听，纷纷给王凯作揖。王凯作揖回礼："诸位前辈，一会大伙去顺天盐栈办完手续，明天一早直接到我的盐号提货，每人先提三百担，往后要多少有多少，价钱随行就市。"

于是，齐山盐号的料台上出现了惹人眼红的一幕，当天就把两千多担的新盐全部拉走。

第十三章　渊学惊群商

嘟嘟哇，嘟嘟哇——

日头刚爬上一竿高，一阵欢快的响器声回荡在运城东街上。

不逢年不过节的，运城街上很少出现响器声，行人们都好奇地驻足观看，但见十几个身穿黄衣裳，头裹红巾的乐人边走边吹打，后面跟着一辆板车，板车上拉着一块蒙着红布的巨匾，后面跟着几个身穿长袍短褂的商人。这些去挂匾的客商不是别人，就是以谢学温为首的外地行商。

前天，外地行商们到齐山盐号拉上盐，正欲各奔东西。谢学温提议："这回买盐亏了人家齐东家，咱们也要有所表示，给齐东家挂块匾吧。"众人自然同意，让拉盐的大车和驮队先上路，打听到景润彦书法好，就到运学拿出一个五两的元宝求字。

景润彦连眼皮都没眨一下，一口回绝："老朽没功夫！"

谢学温急得央求："景院长，我们几个从没见过盐号齐东家这样仁义之人，要不给他挂匾，心里过不去呀！"

景润彦眼睛一亮，问："你说给谁挂匾？"

谢学温答："齐山盐号的东家齐山。"

"我写！"谢学温见景润彦的脸由阴转晴，奇怪地问："景院长，你认识齐东家？"景润彦答："他是我的弟子。你们想给匾上写啥字？"

谢学温说："景院长，您是大学问家，齐东家又是您的弟子，应该晓得他的特点。这回我们来运城进盐，齐东家平价把盐销给俺们，至少给我们让了一千来两银子的利，真是仁德之人，您就按这个意思，编个词吧。"

近些日子，景润彦因太忙，没能下盐池打问自己的得意门生王凯干得咋样，但从几个盐商的话语中，得知王凯干得相当出色，心里很是欣慰。他略一思索说：“就写‘仁德齐山’四个字吧，这四个字既彰显了齐山的仁德，又巧妙地把齐山的名字嵌了上去，你们看如何？”几个行商齐声叫好。景润彦写好字后，盐商们千恩万谢地正要出门，被景润彦叫住，让他们把元宝拿走。

走出运学大门，一个行商不解地问谢学温：“你说日怪不日怪，齐东家卖咱们盐，不贪高价收低价，这景院长也是见了元宝不收，真是有啥徒弟就有啥师傅。”谢学温撇了撇嘴，埋汰刚说话的行商：“亏你走南闯北了这么些年，连话都分不出正反，不是有啥徒弟就有啥师傅，而是有啥师傅就有啥徒弟。”接着，谢学温又感慨地说：“人家读书人想的做的就是不一样。咱们这回能攀上齐东家这样的高人，真是坟地里栽上枸杞根了。”

盐商们大张旗鼓的举动，吸引了不少行人，都想看看究竟给啥人挂匾，便纷纷跟在后面，很快就汇聚起数百号人。路过河东陕西都转运盐使司时，谢学温特意让乐人停下来，吹吹打打了一阵子。

热烈的响器声传进运盐使司，惊动了一直钻在书房里的新任运使翟春霖。翟春霖，山西潞州人氏，三十出头，个头匀称，双目有神，很是精干。早年，他以优贡入国子监读书。顺天府乡试中举后，到湖南沅江县当知县。第二年夏，沅江上游连降百年不遇的暴雨，山洪暴发，水位骤涨，沿江一带大部分河堤被冲毁，损失极为惨重。翟春霖亲率数万乡民，连续十多个昼夜奋战，加固堤坝，奇迹般地守住了河堤，保住了下游的十几万亩稻田和数万户乡民的性命。灾后，沅江县民赶制出万民伞进京为翟春霖请功。次年，朝廷将其擢升为常德知府。此地毒祸经年猖獗，乡民怨声载道，朝廷多次派兵征巢贩毒者均无功而返。翟春霖上任后，以外地毒贩的身份，只身打入当地毒贩内部，经过几个月的暗查，摸清了制毒的老巢和毒贩的活动规律，一举将毒祸连根拔掉，立下大功。正好河东陕西都转运盐使司运使空缺，便被委此重任。上任后十多天来，翟春霖深知责任重大，谢绝了一切应酬，钻在书房，察看河东盐池有关典籍和本使署历代保存下来的案卷。听到外面欢快的响器声，感到吵得慌，他就让姓薛的运副去问是咋回事？不大会儿，薛运副回来禀报，说是几个外地行商要去东街盐号齐东家家里挂匾，特意在使司门前停下热闹。翟春霖一听外地行商主动给盐号东家挂匾，来了兴趣，说：“走，看看去！”两人相跟着走出使署，跟在挂匾队伍后面，来到一座宅院前。

谢学温本想给齐山一个惊喜，便事先未给齐山打招呼，满怀喜悦地跑进宅院，连叫了几声："齐东家、齐东家——"身穿粗布衣裳的齐娥迎了上来，一脸茫然地问："你来找谁?"谢学温以为中年妇女是齐山家的佣人，急三火四地说："俺姓谢，是河南洛阳的长商，来给齐东家挂匾，快请齐东家出来接匾。"齐娥答："齐山在盐号里。"谢学温一听齐东家不在家，着急地问："你是齐东家啥人?"齐娥答："我是他姑。""那就好，你赶紧找梯子、斧头、钉子来，随我出去，把匾挂上。"齐娥找出挂匾用的家什，和谢学温等盐商把木匾悬挂到大门上，揭开蒙在上面的红绸，露出四个苍劲有力的黑底金字："仁德齐山"。谢学温高叫："鸣炮、奏乐——"顿时，鞭炮声、响器声又响了一大会，门楼前铺了一地红红的纸屑。

众人散后，翟春霖站在木匾底下，仰起头看了好一会儿，饶有兴趣地问："薛运副，这匾上的字出自哪个饱学之士之手?"薛运副在运盐使司当了十几年差，当然知道字的来头，回说："其字出自运学院院长景润彦之手。景院长可是誉满三晋的名士，据说，他的墨宝曾被前任道台蒯亦霸进贡到皇宫里。"

"其字真是力透纸背。"翟春霖话头一转，"不过，这仁德齐山四个字用得是不是有点过了。"薛运副解释说："翟运使，在下倒觉得此匾上的内容恰如其分，堪称绝妙。"翟春霖问："何以见得?"薛运副答："您有所不知，单从字面上理解，仁德齐山意思的确有点太大、太满，可受匾者就叫齐山，匾上说齐山是个仁德之人，不是很贴切吗?"

"看来这个齐山真不简单。"翟春霖好奇地问薛运副，"你了解他吗?"

"齐山是个二十出头的年轻人，脸上有疤，很精干。去年腊月买下曹守仁的盐号和宅院，换执照时见过他一面，过年后再也没见过他。"薛运副说完又补了一句："翟运使，您要想知道盐商们为何给齐山挂匾，进去问问那几个来挂匾的外地行商，不就一切都摸清了?"

"走，咱们进去会会他们。"翟春霖和薛运副走进宅院的客厅里。薛运副向几个外地盐商介绍："这是新任河东陕西都转运盐使司的翟运使翟大人。"

谢学温等人一听，惊得躬身作揖，口称："小的给翟运使请安。""快快请起。"翟春霖把几位外地行商从地上扶起，客气地问，"四民之中商居一焉，懋迁有无化居地。诸位都是吾河东盐池的功臣，今见诸位给齐山盐号的东家挂匾，其行可嘉，本使敢问这是何故?"

谢学温把齐山让利供盐的经过详细地说了一遍，又补了一句："齐东家的字写得很周正，听他姨父陈东家说他还是个举人。"翟春霖心想：盐池里竟有如此重德轻利之人，而且还是个举人，旋即产生了惺惺相惜之感，立即冒出下盐池会一会齐山的念头。

回到使司，翟春霖对薛运副说出自己的想法。薛运副说："您是河东盐池的最高长官，头一次下盐池，我立马派人通知盐池东场、中场和西场大使、盐池、圣惠、长乐三个巡检司，让盐池里的东家们提前准备好迎接您。"翟春霖朝薛运副摆摆手："不必了，你这样兴师动众的，我就没机会了解齐山了，不如我悄悄地去。"

次日，翟春霖戴顶草帽，穿身粗布衣裳，往脸上抹了些泥灰，扮作找活路的逃荒者下到盐池，边走边问，来到齐山盐号，看见几十号盐工正在雪白的盐畦里往料台上担盐，便挡住一个担盐的年轻人问："师傅，这里是齐山盐号吧，听说你们这儿收人？"

自从盐号开工后，王凯全身心地投入其中，一直住在盐池里，除了必要的应酬，总是和盐工们掺和在一块干活。前天，几个外地盐商把新晒的盐全部拉走，一下子赚了一千多两银子。为了赶时间多产盐，他又一头扎进盐池，干起活来，见有人来找活，便想把对方留住。他放下担子，摘掉头上的草帽，刚想和来人说话，对方突然一把拉住自家的胳膊，惊叫起来："王凯！"王凯定睛一看，也情不自禁地高唤："翟兄！"

世界说大也大，说小也小，两个昔日的同窗好友，怎么也想不到会在这里以这样的身份相遇。

王凯考入国子监后，第一个认识的就是翟春霖，翟春霖大王凯几岁，同住一个宿舍，很快结成无话不谈的挚友，一同参加顺天府戊戌乡试后，他俩还一起在饭馆里吃过饭，到西山赏红叶，等待发榜。之后，他们彼此再也未得到对方的任何讯息，做梦也想不到在这里相逢。王凯把衣衫褴褛的翟春霖拉到一旁，眼里充满了同情，问："翟兄，你咋流落到这里？""看把你急的，怕我真走了背字？那年中举后，我先到湖南沅江当知县，前些日子又到河东陕西都转运盐使司当了运使。我此次来是暗访的，才打扮成这个样子。"翟春霖笑着解释后，又反问："王凯，戊戌科你也中了举，咋会来到这里？"慈禧太后遇刺后，为了保住颜面，稳定人心，对外严密封锁消息，只在运城周围缉捕刺客王凯，翟春霖并不知道王凯刺杀慈禧太后的事情。

"一言难尽，容我以后慢慢细说。"王凯满腹狐疑地问，"你是盐池里的父母官，要风有风，要雨有雨，啥事办不了，还玩起暗访来了。来暗访啥？"翟春霖答："暗访一个人。"

“谁?”

“就是你们这个齐山盐号的东家齐山。”王凯猜不透翟春霖的真实用意，不想立马承认自家就是齐山，便追问：“他一个小小盐号的东家，能有什么事，值得你这个五品大人亲自来暗访?”

翟春霖说：“王凯，沙里藏黄金，乡间有圣人。昨日，几个外地的行商跑到齐山宅院里给他挂了一块仁德齐山的匾。我问过他们，了解到齐山是个目光远大、胸怀宽阔的坐商。我今天来，就是再想打探打探齐山的情况。”

王凯不由分说把翟春霖拉到上房院，直截了当地说：“齐山远在天边，近在眼前。翟兄，我就是齐山。”翟春霖压根想不到他要暗访的齐山就是多年失联的挚友，呼地从椅子上站起来，捶了王凯一拳：“戊戌年咱们一起考中举人，为何未走仕途，却当上盐号的东家?”王凯相信翟春霖不会出卖自己，便把近几年所做的一切详尽地告诉了对方。末了，他又对翟春霖说：“水无常态，世无常规，我也没想到自己会遇到这么多波折。我如今是官府通缉的刺客，只能隐姓埋名，苟活于人世间。”翟春霖虽然是朝廷命官，但内心深处对慈禧太后的专制非常不满，对同僚的腐败深恶痛绝，任上保持洁身自好，竭力为民办事，力求做个好官。听了王凯的诉说，他从心眼里同情连遭厄运的挚友，敬服他舍生取义的仁心。

“这几年，我在和救命恩人周大叔一家的接触中，感受到盐工生活的窘迫，就是这些饥寒交迫的盐工们，流尽血汗堆出一座座盐山，换来难以数计的财富，可历朝历代的皇上谁为他们想过？我之所以涉足这个行当，就是想尽我所能，为盐工们创造一个被尊重的机会，让他们吃得好一些，挣得多一些。刚才你也看到了，我之所以和盐工们一齐担盐，就是让盐工们把我当兄弟看。要不是这样，齐山盐号也不会干得这么好。”王凯接着又对翟春霖说，“翟兄，你是盐池的父母官，我不奢望你对我特别关照，只请求你不要公开我的身份，让我安安稳稳地生活下去。”

翟春霖紧握着王凯的手表示：“兄弟，咱们情同手足，我一定会鼎力支持你在盐池发展。你的事我答应，我也要向你提个请求。”王凯问：“究竟何事？对我还这样神神秘秘的。”翟春霖说：“以前，我对河东盐池一点也不知情，想在你这里当几日盐工，熟悉一下盐池的环境，体验一下盐工的生活。”王凯连连摆手：“这可不行，你是朝廷命官，干不了这么重的活。再说，国不可一日无君，你不在盐运使司，那里还不乱了套?”“你不答应也得答应!”翟春霖斩钉截铁。王凯无奈，只得把翟春霖安排到盐畦里铲盐。

不几天，四个盐警带着一挂轿车来到齐山盐号，把姓翟的短工接走了。盐工们奇怪地问王凯：“齐东家，那姓翟的短工究竟是干啥的?”王凯笑答：“他是我的一个同窗，刚来运盐使司当运使，是管盐池的最大的官。”一个盐工打趣：“齐东家，你抱上这么粗的腿，往后少不了沾他的福气。”

五月端午刚过，翟春霖给王凯送来一封信，说是新任不久的河东道道台兼盐法道于子和大人要到盐池巡视，让他参与接待。

河东道道台是晋南三十多个州、县的最高职官，并兼管河东盐池。解州、安邑及河东陕西都转运盐使司提前做好了迎接的准备，在中禁门入口和盐池北岸的盐道上搭起数座用红绸、柏枝做成的彩门。

清晨，王凯和另外几个盐号东家如约来到中禁门，迎住于道台一行，跟在官轿后面，来到池神庙南面。于道台走下官轿，登上歌薰楼，眺望南面，巍巍中条、峰峦叠嶂、绿荫蔽遮，俯瞰盐池，禁墙逶迤、湖波荡漾、熏风清爽、盐号林立、料台堆雪、畦田似网、盐工如织。不由触景生情，诗兴大发，吟起柳宗元《晋问》中关于盐的一段。

吴子曰：“一时之观，不足以夸后世；口舌之味，不足以利百姓。姑欲闻其上者。”先生曰：“猗氏之盐，晋宝之大也，人之赖之与谷同，化若神造，非人力之功也。但至其所，则见沟塍畦畹之交错轮囷，若稼若圃，敞兮匀匀，涣兮鄰鄰，逦𨘋纷属，不知其垠。俄然决源酾流。交灌互澍，若枝若股，委屈延布，脉写膏浸，集湿滑汩，弥高掩庳，漫垄冒块，决决没没，远近混会，抵值堤防，溲瀛霈减，偃然成渊，漭然成川。观之者徒见浩浩之水，而莫知其所以及。神液阴漉，甘卤密起，孕灵富媪，不爱其美。无声无形，方嵫腹沓，回眸一瞬，积雪百里。皛皛幂幂，奋偾离析，锻圭椎璧，眩转的喋，乍似陨星及地，明灭相射，冰裂雹碎，峻楗增益。大者印累，小者珠剖；涌者如砥，坳者如缶。日晶熠煜，萤骇电走，亘步盈车，方尺数斗。于是裒敛合集，举而堆之，皓皓乎悬圃之巍巍，嗷乎漾乎，狂山太白之淋漓。骇化变之神奇，卒不可推也。然后驴骡牛马之运，西放秦陇，南过樊邓，北及燕代，东逾周宋，家获作咸之利，人被六气之用，和钧兵食，以征以贡。其赉天下也，与海分功，可谓有济矣。若是何如?”

吟毕，于道台扭回头，问跟在后面的盐号东家们：“汝等长期以盐池为伴，应知此文出自哪位先贤之手？”官员和盐池东家们为了结识新任道台，一直紧跟在于子和身后。这些盐号的东家充其量念过几年私塾，知道些《千字文》《百家姓》和四书五经之类的东西，根本无法晓得于道台所吟的内容。穿缎面长袍短褂的汴德兴盐号东家罗川红着脸解释：“于道台，您学富五车。小的都是些草民，只晓得和盐打交道，实在不知你吟诵的文章是谁写的？”于子和见无人应答，又问站立在左右的几个副手和解州、安邑知县：“汝等不会不知道吧？”十多个官员竟也面面相觑，不知所出，羞得恨不能把头低到裤裆里。

王凯并未向其他盐号东家一样，穿长袍马褂，而是着一身青色布衫，倒像个私塾先生，跟在盐号东家们的最后面，见官员们无一应答，便不慌不忙地往前走了几步，向于道台揖了一礼：“于大人在上，小民虽才疏学浅，但对有关河东盐池的诗文华章不敢不读，对东晋郭景纯《盐池赋》至介孝睿的《恭记圣驾幸河东盐池》等几十篇辞赋均熟读于心。您刚才所吟，出自唐宋八大家之一的柳宗元柳河东的《晋问》。”

进士出身的于子和，饱读诗书，但先贤所著文章实在是浩如烟海，再广学之人也只能撮其之要而记之。以前，对有关颂扬河东盐池的文章几乎未涉猎过，到任后才着意读了相关文章，一听答者不卑不亢，言语中透射着儒雅之风，大为惊愕，问：“你是？”翟春霖向前跨了一步，介绍：“此人乃齐山盐号的东家齐山。”于子和听齐山说能把有关盐池的文章全都记下来，饶有兴致地说：“郭璞是河东闻喜人，那你就将他的《盐池赋》诵给大家听。“那小民就在诸位大人和东家们面前献丑了。”王凯清了清嗓门，吟诵起来：“水润下以作咸，莫斯盐之最灵……”

王凯吟诵毕，周围响起一片叫好声，于子和对王凯更是刮目相看，问：“齐东家何方人氏，是何出身？”不等王凯回答，翟春霖抢先开口：“回于大人，齐山乃陕西潼关人氏，是属下国子监的同窗，戊戌科举人，因家突遭变故，遂辗转盐池谋生。”于子和是个爱才之人，当即抱拳还礼：“齐东家真是少年英才，学识深厚，河东盐池真是藏龙卧虎的地方。”几个盐池东家惊得瞪圆眼睛，他们想不到这个穿着粗布衣裳，整天和盐工们搅和在一起的年轻人，竟是堂堂的举人。在他们的记忆中，河东盐池里，从来没有过像齐山这样有学问的人，连道台大人都给他作揖。

于子和把王凯拉到身旁，笑说：“咱们都是读书之人，不要太过拘礼。走，再到各盐号看看。”

众人沿着盐道一直往东，边走边看。道路北面，各盐号都在盐道通往盐号的小路上竖立一个简易的木牌坊，中间横额上书写着盐号的名字。为了迎接于道台，木牌坊上插满彩旗，在微微的南风中猎猎作响，迎接贵客的到来。

走到中场八铺一个颇大的盐号，一个二十来岁的年轻东家谦卑地从后面挤到于道台跟前，弯着腰指着木牌坊上的横额和料台上刚堆下的新盐说："于道台，小的叫罗川，此汴合兴盐号是小的开的。"于子和指着远处正在盐畦里劳作的盐工，问："你盐号面积有多大？雇用了多少盐工？""回大人，敝盐号占地二百来亩，用工二百六十多个。"于子和又问："一年能产多少盐？"

"大概两万担有奇。"

"去年交了多少场课？"

罗川红着脸，结结巴巴地解释："敝场属十二锭盐号，应缴六百两。去年歉收，只缴了四百两。"于子和一行走到东场地界。看见前面有不少马车和盐驮。于子和很是高兴，不由加快了脚步："走，看看前面在干什么。"走到跟前，几十辆马车和盐驮正在料台前装货。于子和面带喜色地问："这是哪家盐号？挺红火的。"

"这是在下的齐山盐号。"王凯边说边指着路旁木牌坊的黑字让于子和看。

于子和一看"齐山盐号"四个欧体字，失声赞叹："其字气势凝重，稳若泰岳，好字、好字！""齐东家，这是哪个名家的墨宝？"王凯笑答："是在下的拙笔，让于大人见笑了。"

这时，前来提货的河南包商谢学温跑到王凯面前揖礼："齐东家，我又来提盐了。前些日子我们几个给你府上挂匾时，事先没和你商量，请不要见怪。"按常规，谢学温应该先给官职大的或长者问好，他却好像眼里没有于道台这个人。

王凯当然知道上尊下卑的礼数，赶紧向谢学温介绍："谢东家，这是于道台于大人，全河东三十多个县和盐池都归于大人管。"又躬身向于子和介绍："这是河南洛阳长商谢东家，来敝盐号提货。"

于子和见来者对王凯如此恭敬，想探究其中的原因，便问："谢东家，原来你和齐东家是熟客了？"

"半月前，俺来齐东家的盐号提过一回盐了。"谢学温又补了一句，"我跟河东盐池打了三十年交道，还从未见过齐东家这样的好人。"

于子和觉得很奇怪，汴合兴盐号刚出新盐，而这齐山盐号却已经卖出去一茬。便问王凯："一样的日头一样的池，你这里为何产盐这么早?"

王凯答："其他盐号晒盐用的都是经多次过滤蒸发的老滩水，而我直接用黑河的卤水，所以要比其他盐号出盐早些时日。"

于子和又问："齐东家，你这盐号多大，每年可产多少盐?"

王凯答："一百二十亩，开工半个月，已经产了三千多担盐，到八月十五收工，能产两万多担。"于子和刚才在汴合兴盐号问过罗川，他那盐号二百多亩，二百多盐工，竟与齐山盐号相差无几。

不等王凯回答，站在一旁的翟春霖抢着对于子和解释："于大人，从前，河东盐池一直汲黑河卤水晒盐，康熙年间洪水淹没了黑河，只好改用老滩水晒盐，须经数次过滤蒸发才行。齐东家独辟蹊径，在黑河里打井汲取饱和的卤水，提早了产盐日期。如果都像齐东家一样打井取卤，河东盐池产盐至少比以前增加二成以上，每岁上交给朝廷的盐税也就不成问题了。"

于子和上任前，在保定府当了多年的知府，只负责征收以地亩为主的税赋。当上河东道道台兼盐法道之后，他感到头顶上悬着一把剑，这把剑就是盐税，如果完不成朝廷下达的盐税，这把剑就会毫不留情地落到他头上。蒯亦霸就是因未完成盐税而被连降三级的。翟春霖的一番话一下子激起了于子和的兴奋点，饶有兴趣地问王凯："齐东家，你的卤井在何处?领本台看看去。"

王凯抬头见日头已经爬上老高，喷吐着火焰，盐池里热得像蒸笼，便劝："于大人，卤井在盐号的南面，少说还有二三里，天又这么热，盐畦里的路窄，就甭去了。"

于子和指着担盐的盐工说："你看他们，担着很沉的盐筐，来回穿梭，都不嫌热，吾等走一截路，有何难哉?走!"于子和率先起身，众人只得随在后面，鱼贯而行。

邱锁一看这么多官员和东家来看盐号，高兴地对盐工们高喊："盐官们来咱盐号，肯定有大好事，咱们快加把劲。"盐工们一听，干得更欢了。随行的几个盐号东家看得眼馋得不得了，罗川对几个同行感慨地说："大伙看，盐工们干劲这么大，不知齐东家给盐工们灌了啥迷魂汤。"

于子和一行来到离南岸不远的黑河，见一溜排着四口卤井，几个盐工正在用辘轳柳篮往上绞卤水，四个卤井里的卤水汇到一个引渠里，源源不断地流向蓄卤池。几个盐号东家眼馋得直往下滴口水，仿佛看到引渠里流的不是卤水，而是白花花的银子。于子和问罗川："尔等为何不打卤井?"罗川哭丧着脸答："我爷爷曾在这里打过卤井，可底下的淤泥太软，井还未打好，就把两个盐工淤到里面，就再也不敢动这心思。”于子和问王凯：“人家不敢在这里打卤井，你为何打成了？”王凯没有正面回答于子和的提问，笑说：“于大人，您熟知荀子《劝学篇》里的‘锲而不舍，金石可镂’吧？”于子和意识到王凯打卤井肯定冒了很大的风险，经历了很多周折，不愿当众把其中的奥秘说出来，便拍了拍王凯的肩膀，伸出拇指称赞：“齐山，有志者事竟成，你真行啊！”

走出齐山盐号，于子和一行走到东场最东面的东湾，看到一大片荒滩，于子和问：“这是怎么回事？”紧跟其后的东场大使赶紧上前解释：“回禀于大人，这里康熙朝时还是盐田，黑河被淹后，断了卤水，滩水引不上来，没法晒盐，所以荒了。”于子和叹道：“这大片荒滩实在太可惜呀。”王凯曾多次来看过这块荒滩，在它的南面打卤井，抬高渠头，完全能把卤水引过来，再把北面鸭子池的淡水引过来，就能开出上等的盐田。本想今年赚了钱后把它买下来，一看是个再好不过的时机，趁势对于大人说：“如果大人信得过齐山，把此地卖给我，保证明年晒出盐来。”于子和一听，心里喜不自胜，对身旁的翟春霖说：“你是运使，就把这块荒滩低价卖给他让他开垦，不就能增加税源吗？”翟春霖很想助挚友一臂之力，一听顶头上司发话，正中下怀，点头应承：“在下回头就办。”于子和对王凯说：“本官将这荒滩按每亩十两银子的低价卖给你，不过，附加个条件。”王凯心里涌出一阵狂喜。这个机会太重要了，如果真能把这八百亩荒滩据为己有，开垦成盐号，就会一下子跃升为整个河东盐池盐田面积最大的坐商，便毫不犹豫地表态：“于大人，只要您能把这荒滩卖给在下，在下一定保证明年把此荒滩开垦出来。”于子和说：“本官的条件，对你来说只是举手之劳，就是你必须帮助各盐号打卤井。”世上的很多看似复杂而神秘的事，说难也难，说不难也不难，其中的窍道就像一张窗户纸，一捅就破。打卤井也一样，其他坐商由于不知道其窍道，觉得非常神秘，加之有打卤井死人的前车之鉴，谁也不敢冒此风险。

王凯接手曹守仁盐号后，全盐池八十来个盐号东家觉得他乳臭未干，是个外行，都没拿正眼瞅。王凯也很识趣，与身上沾满铜臭味的盐号东家们道不同不相为谋，从来不打交道，整天和盐工们泡在一起。盐号的东家们像群卧在草丛里的狼，贪婪地盯着那块散发着浓香的肥肉，却无法下口。因为，他们晓得卖石灰见不了卖面的，同行是冤家，齐山绝对不会把打卤井的办法告诉给他们。“没问题，于大人，请您周知各盐号东家，只要盐号东家们来找小的，小的保证像唐宋八大家之一的苏洵《衡论·远虑》所论："知无不言，言无不尽，百人誉之不加密，百人毁之不加疏。"罗川不失时机地献上一脸的巴结："齐东家，我明个就派人到贵场拜求打卤井的秘方。"王凯痛快答应："没问题。"

次日早，周大汉拄着拐杖出门，想到盐号指导盐工们灌卤水兑淡水晒盐，迎面碰上王麻子。王麻子像被打断了脊梁骨的癞皮狗，躬着腰，满脸麻子里挤出一股谄笑："周大和尚，罗东家让我来求教打卤井的事。"说着，把一个硕大的锦盒递上来，"这是一尊关老爷铜像，请笑纳。"王麻子从这里走后，到汴合兴盐号当了老伴。昨夜罗川让他来齐山盐号学打卤井的秘方，王麻子满肚子不情愿，可端人家的饭碗，不敢不来，只得来吃这难咽的回头食。

产硝（高志勇 摄）

周大汉一见王麻子，心里窜出一肚子火来，真想一走了之，但想到昨夜王凯的话，还是没有发作，剜了王麻子一眼，扭头往回走。王麻子像条狗一样，跟在周大汉屁股后面，走进北屋。周大汉轻蔑地哼了一句："王老和尚，你说我这老和尚当得咋样？"王麻子不得不恭维："真是人不可貌相，海水不可斗量。想不到你管的盐号在全盐池拔了尖。"

“你临走时不是说过俺要是比你干得好，你就把王字颠倒写。这回你还有啥说的，总不能吹大话拾小钱吧?”周大汉的话像根硬邦邦的棍子，顶在王麻子的鸭子嘴上，窘得他麻脸红了又白，白了又红。不过，王麻子毕竟是个见过世面的老江湖，晓得其中的利害，如果不在周大汉面前低架子，周大汉绝对不会派人帮他打卤井。他请不到打卤井的人，就没脸再在汴合兴盐号混下去，只得厚着脸皮给周大汉说好话：“周老和尚，你就大人不计小人过，全当我过去的话是放屁还不行嘛。”周大汉见王麻子腿直打哆嗦，眼看就要给他跪下来，真地服了软，便见好就收：“你既然求上门来，我就答应你，明天派两个行家去指导你们打卤井，两个行家要用四个盘子一壶酒招待，每人每天一两银子。行，就让他们去；不行，拉倒!”

“行、行、行——”王麻子头点得像啄米的鸡。

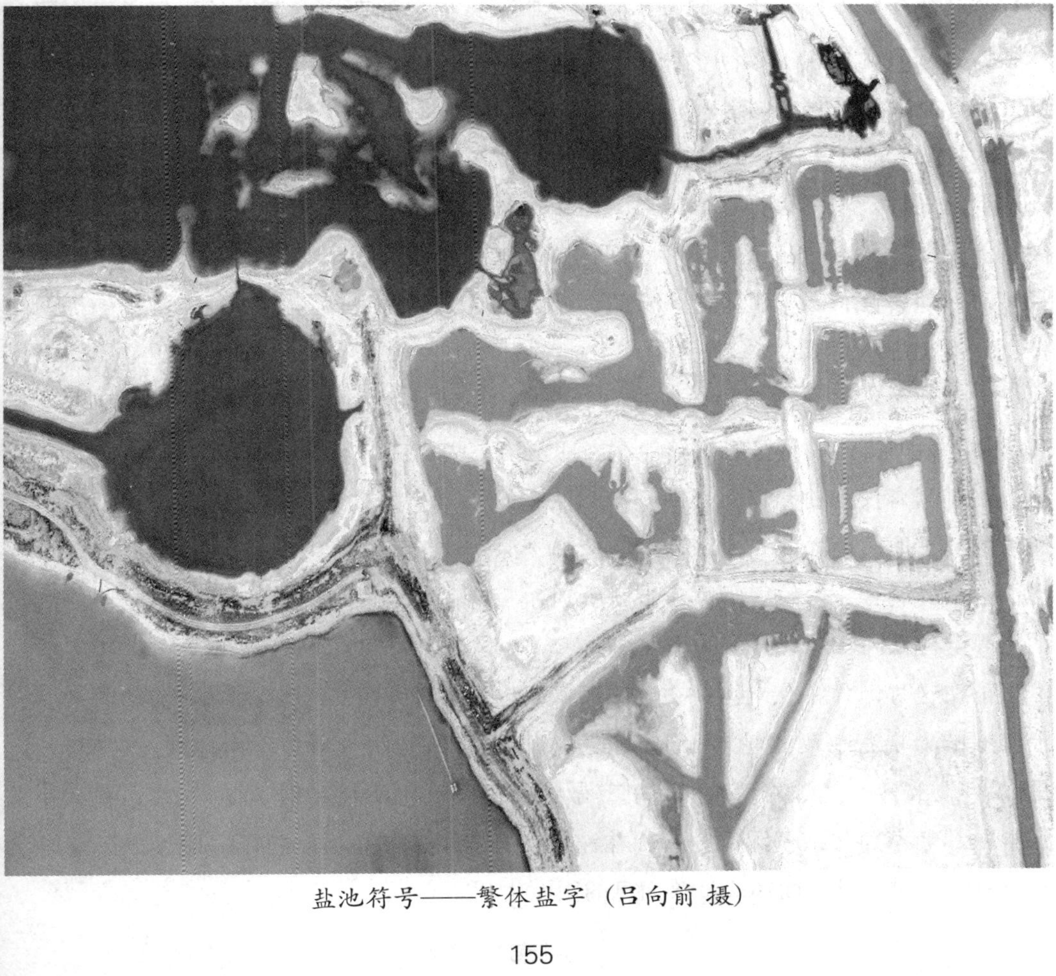

盐池符号——繁体盐字（吕向前 摄）

第十四章　卓识博众赞

中秋时节，晋南平原宛若一望无际的绿色海洋，即将成熟的玉茭、谷子、高粱、大豆等秋粮作物在微风中摇摆着丰腴的身躯，瓜地里的西瓜像天上的星星点缀在绿叶丛中；枣园里的枣树上镶满珍珠般的果实；岭头、堰边随处可见的柿子树上，悬挂着红红的灯笼，大自然恩赐给人们的，是一个少有的丰年。

八月十五前，王凯骑着从内蒙古买来的黄膘马，出运城沿官道往东而去。

士别三日，须刮目相看。虽然只过去了短短几个月，但王凯已今非昔比。自从以极低价格买下六百多亩荒滩后，王凯用赚下的银子，一下子招了四百多名短工，正在紧锣密鼓地整修荒滩上的道路、渠道、蓄水池、过滤池和盐畦，在荒滩南面的黑河里打卤井，在荒滩北岸盖院落庵厦。

王凯此次外出的目的就是到河南宝丰县冶阳镇，去探望阔别四年未见的奶奶、妈和弟弟，另外再让表哥张崇信给他在当地预招一些盐工，等过年一开春来盐池上工。

路过闻喜仪张村路口，王凯不由自主地跳下马来，向北面坡上眺望。这两年，每逢清明节，他总是提前几天悄悄地到恩师杨深秀坟上磕头烧纸，但不敢到恩师家里去，害怕自己的刺客身份给恩师家人带来麻烦，一直不知道恩师的家人过得怎么样。此时，他想等个村人问一问恩师家的情况。

正在这时，背后有人问：“这位客官，你是在等人吗?”王凯回头一看，见一个三十多岁的人推着一辆独轮车，上面堆着谷穗。王凯定睛一看，不由惊叫：“韨田哥，是你呀?”当年，杨深秀遇害后，刘笃敬帮助杨韨田赴日本避难。风声过后，杨韨田从日本回到老家为父亲杨深秀守孝，在涑水河旁盖了两间草屋，打了一眼水井，又种了几亩谷子，过着日出而作、日落而息的田园生活。

"王凯兄弟！"杨韨田也认出他，把独轮车往地上一蹾，一下子抓住王凯的手，把自己近年来的情况细细告给王凯，感谢他冒死运送父亲灵柩回家并安葬父亲的恩情。他关切地问："大前年，县城里贴着抓捕你的通缉令，说是你刺杀了老慈禧逃走了，家里人都为你担着心。这两年清明上坟时，我见爹的坟头上压的黄表和烧的纸灰，就猜想是你，可就是打听不着你的下落。这几年，你在哪里过活？"

王凯解释说："庚子年我刺杀老慈禧受伤后，被人搭救，怕被官府找到，在陕西潼关待了一年多，现在河东盐池里开盐号。"他又问："韨田哥，这些年你家过得咋样？师母还好吧？"

自从家父遇害后，不少亲朋好友怕受连累对他家避而远之，而王凯却不惜丢掉功名，冒着极大的危险，送家父魂归故里，又舍身为家父报仇，冒险给家父上坟，实在是义薄云天。杨韨田激动地拽住王凯的手，不容驳回地说："走，跟我回家！"

走进杨家小院，杨韨田激动地朝坐在石榴树下纳鞋底的两个妇人高喊："娘、母亲，快看谁来了？"杨李氏和杨莫氏赶紧站起来，一看走来一个身穿长袍短褂的年轻富商，觉得有些面熟，但一时不敢相认。王凯走到两个妇人面前："大师母、二师母，我是小凯呀，来看您二老来了。"杨深秀的两个遗孀一人拉住王凯的一只手，久久不愿松开。她们一看到王凯，不由想起了永远离开人世的丈夫，眼泪像断了线的珍珠一直往下淌，一句话也说不出来。王凯不知道怎么安慰两个师母，只能把两个师母扶着坐到小杌子上问杨李氏："大师母的身子还硬朗吧？""有韨田他们兄弟仨招呼，好着哩。"杨李氏放下手里的鞋底说，"小凯，你还没吃饭吧，我做去。"扭着三寸金莲，去南厦做饭去了。

当年，恩师杨深秀被捕后，刘叔让赵慧娘陪二娘杨莫氏回保定避难。按说，杨莫氏未给恩师留下一男半女，与恩师的老家并无多大瓜葛，但她对恩师一往情深，竟然迢迢千里，投奔恩师的老家，王凯不禁对杨莫氏肃然起敬，问："二师母，您是啥时回来的？"杨莫氏擦掉眼泪回答："我和慧娘回到保定半年里，整日梦见你恩师，就和赵慧娘一起回到老家。这几年，韨田三兄弟像对待亲娘一样招呼我，我可是叶落归根了。""慧娘呢？""去街坊磨面去了，有一会了，快回来了。"杨莫氏话刚落，赵慧娘担着柳篮回来，杨莫氏激动地指着王凯对赵慧娘说："慧娘，你看这是谁？"

王凯一回头，赵慧娘一下子认了出来，放下担子，扑通跪到地上说："王大哥，我可见到你了。"这几年，赵慧娘一直惦记着救命恩人，她知道恩人是个重情义的人，相信总有一天会来杨家的。

王凯赶紧把赵慧娘从地上扶起来打量。四年多不见，以前那个瘦弱的小姑娘已经出落成辫子黑油乌亮、丰满健壮的大姑娘。王凯心里突然产生了一个想法，便问：“慧娘，有婆家了吗？”赵慧娘红着脸摇摇头。王凯对杨莫氏说：“二师母，让慧娘跟我到盐池去，我给她找个好人家。”杨莫氏答：“那敢情好，这几年慧娘跟着我，认了不少字呢。”王凯一听，高兴地说：“那就让慧娘到我盐号给账房先生当助手。”又问赵慧娘：“慧娘，你情愿吧。”赵慧娘点点头。王凯说：“你在家等着，我让人来接你。”

村西巍峨挺拔的晋献公墓，村东奔流不息的小河，村南沟底清澈叮咚的山泉，氤氲着亲情的宅院，屹立在村头永远也长不老的古槐，燃烧着红霞的山楂树……这一切的一切，是那么历历在目，魂牵梦萦。王凯本想回绛县枣园老家看看，转念一想，自家的宅院已经被查封，奶奶、娘和弟已经流落在外，没有了家，没有了亲人，就等于没有了牵挂，没有了根。心想等有机会再去，便从横水镇向南，穿过冷口峪，翻越横岭关，沿亳清河东渡黄河，赶到宝丰县冶阳镇，找到表哥张崇信。张崇信拍了拍王凯的肩头说：“凯弟，这几年你可让俺找苦了。那年，在闻喜县药死刚毅老贼后，你让俺暗地里跟上往京城运尸首的清兵，把刚毅老贼尸首毁了。俺跟到赵城时，乘夜一把火烧了刚毅老贼的棺材。回头到运城找你，满街上贴着抓你的告示。俺在运城人生地不熟，没法打听你的下落，只得回了家。前年腊月，老姑在门口拣到一包银子后，知道是你送来的，吵着让俺再到运城找你。俺在运城又转了大半个月，还是没见到你的影子。不过，俺晓得，凭你的本事，一定不会出事的。这回，你不是全头全须地回来了？”说完，深深地呼出一口气，像是卸掉了压在肩头上的重担。王凯未及张崇信发问，把这几年的经历全倒了出来。张崇信得知王凯已经成了河东盐池的东家后，钦佩地说：“凯弟，你真是个有大本事的人。”

“哥，俺还想和你商量个事。”

“中，啥事？”

“俺想让你找一批盐工到俺新开的盐号做工。”

“咱这儿人稠地少，好多人没活干，到外面找活干，人多得是，要多少有多少，这事包在俺身上。”说着拉起王凯说，“走，见你奶奶你妈去，她俩见到你，还不晓得高兴成啥样呢？”

回到家里，王凯上炕偎到奶奶和妈跟前，叫了一声：“奶奶、妈，我回来了。”这几年，王张氏思儿思孙心切，急得眼瞎了，虽然看不见，但听出是爱孙的声音，顾不得擦掉喜泪，攥起拳头，在王凯身上乱捶："英哥，你的良心让狗吃了，咋不来看我，看你妈？"

这三年，王凯经历了许多生死的考验和生活的磨炼，他都能咬紧牙关，强挺过来，从未掉过一滴泪水，而面对生养自己的至亲，他再也控制不住自己，一手搂着奶奶、一手搂着妈，一下子打开感情的闸门，放声大哭，一任愧疚的泪水宣泄下来："奶奶、妈，都是我的错。"

王张氏让爱孙坐在对面，抚摸着爱孙的面庞。亲孙孙，命根根。从爱孙襁褓时起，她就爱摸爱孙的小脸蛋。那时爱孙的小脸蛋像绸缎一样细腻柔滑，而现在爱孙长大了，皮肤变得粗糙了，摸上去，面颊上有坑坑洼洼的感觉，嘴唇上也长出毛茸茸的东西，便怜惜地问："英哥，这几年你都在哪儿过活？"

王凯给王张氏宽心："奶奶，我这几年过得好着哩，先到京城考举人，没上榜，觉得没脸来见您和妈，就到西安熬相公，干了几个月就当上掌柜，就是那时候让人给您和妈捎的银子，今年春上又到河东盐池当上东家。"

王张氏摸着摸着，摸住爱孙额上左脸上的疤痕，布满青筋的老手突然发抖起来，颤着嗓门问："英哥，你脸上咋有疤痕？"

王凯故作轻松地说："前年，我骑马从西安回运城，路上马惊了，把我从马上摔下来，正好磕到石头上，已经好了，一点事也不碍。"

王张氏摸完爱孙的脸，突然想到儿子，问："英哥，你回来了，你爹呢？这狼娃到青海做官，真连我和你妈都不要了？咋几年都见不着他的影子？"王凯早有思想准备，宽慰王张氏："奶奶，青海离这儿有好几千里路，回来一次就得几个月，我爹他身在官场不自由，腾不出功夫来。我去年还去青海看过我爹，他好着哩。"

几年前，儿子拿出丈夫的信给婆母念了后，又拿给自己看，尽管与丈夫的字很像，但细看还是有区别。当时，王乔氏预感到丈夫遇到不测，她真想痛哭一番，想到儿子的一片苦心，就未往下追问。这些年，她一直强忍着悲痛，不向婆母点破此事。如今，听婆母问及丈夫，她便故意岔开话题，往婆婆的心尖尖上提："英哥，你都二十二了，该娶亲了。"此话一下子激起了王张氏的兴趣，满脸的皱纹里洋溢着光彩："英哥，你妈说得对着哩，你赶紧去汾城刘家提娶亲的事，我还指望着抱重孙呢！"

几年来，不管身临什么处境，刘芷贞的身影一直在王凯的内心深处挥之不去。他晓得，芷妹深深地爱着自己，自己也深深地爱着她。他曾经在芷妹面前发过誓，要给予芷妹世上最好的房子，最好的吃食，过得幸福开心。他是多么希冀自己和聪慧、热情、善良的芷妹结为秦晋之好，但理智告诉他，自己已经沦落成东藏西躲的钦犯，和芷妹已经属于两个世界的人，无论如何不能娶芷妹，让芷妹跟着自己过担惊受怕的日子。于是，他强迫自己把芷妹深深地埋在心底。刚才奶奶一提及芷妹，打开了他尘封许久的心扉。他想，自己虽未功成名就、入仕为官，但总算熬过了最困难的日子，拥有了自己的盐号，完全可以风风光光地把芷妹娶进门。想到这里，王凯笑着应承王张氏："奶奶，过了八月十五，我去运城时拐到汾城，到芷贞家求婚，把她娶进门，明年就让您老抱上重孙。"又转身对王乔氏开玩笑："妈，到时候你可别和我奶奶争着抱孙子。"王乔氏哄婆婆喜欢："妈，到时候我可要和您争，您抱一回，我也要抱一回。"一席话哄得王张氏开怀大笑。

"奶奶、妈，咱家遇到啥喜事？把您俩笑成这样。"王枚走进屋内。王乔氏冲着小儿子叫："枚儿，快来，你哥回来了。"

"哥，你可回来了。"已经长成大小伙的王枚说。

"小枚，看你长得快撵上我了。"王凯下炕拍了拍王枚的肩膀问，"你干啥去了？"

"去集上买些毛裢，收秋用。"王枚问，"哥，这回回来就不走了吧？奶奶和妈老念诵你。"

未等王凯开口，王乔氏抢答："你哥在河东盐池开着盐号，不走能行吗？"

王枚一听，扬起眉毛说："哥，我跟你去盐池干。"王凯想，他是家里的长子，本该担起照料奶奶和妈的担子，弟弟却毫无怨言地承担起来，心里涌出一股暖流："小枚，你已经成人了，咱奶奶和咱妈年纪大了，离不了人伺候，委屈你在家好好照顾二老。"说着掏出两个元宝往王枚手里递，被王枚挡住："哥，我现在耕种你置的十几亩地，农闲时再跟崇信哥跑些药材生意，足够家里花的，你在盐池用钱的地方多，就不用给家里留钱了。"王凯硬把元宝塞到弟弟手里："盐池是刮金板，还愁挣不下钱？这银子你留下，好好孝敬奶奶和妈。"

王枚点点头："哥，你专心在盐池干，家里有我呢！"

过了八月十五，王凯从河南冶阳镇起身，直接到汾城。一路上，刘芷贞的身影一直在眼前萦绕，使他陷入深深的自责之中。芷妹冒着生命危险和自己一起抢回恩师的遗体。临行时，她又拖着病体，把自己送到门外，叮嘱自己一定回京城找她，而自己却一直没有主动和她联系过。整整五年了，她究竟在哪里，干什么？他都无从得知，但他坚信一点，他心爱的芷妹一定不会变心，一定在等他。

王凯在汾城街上买了很多吃食，装到一个大纸箱子里，让人跟在后面，牵着马走到刘府见到雷管家。雷管家一见王凯，脸色大变，问："王公子，这些年你到哪里去了？"王凯一看雷管家的神色，一种不祥的感觉袭上心头："雷叔，府上出啥事了？"

"唉——"雷管家长叹一声，把王凯领到客厅里，倒了一杯茶说，"王公子，你等会，我叫老爷去。"

"老爷回来了？"

"今年春上回来的。"

雷管家匆忙赶到书房，对正在啃书的刘笃敬悄声说："老爷，王凯来了。"刘笃敬惊诧得瞪大眼："你认错人了吧？"

雷管家答："老爷，真的是他，还带了一箱子礼物，我和他说了话的，错不了，我已经把他让到客厅里。"

刘笃敬想，辛丑三月，自己亲眼看见过河东道台蒯亦霸给光绪帝上的奏折，上面说已经把刺杀老佛爷的王凯就地正法了，怎么可能还在人世？

原来，慈禧太后被刺后，蒯亦霸派出驻运城绿营里的清兵和道台府衙门的捕役，盐池的盐警，到处堵截搜查，折腾了好长时间，没有查到王凯的一点线索。为了给老慈禧有个交代，蒯亦霸便采取瞒天过海的手法，处决了一个死刑犯，然后给老佛爷呈上已经将刺客王凯就地正法的假折子。

那年，刘笃敬从返回京城的刘安嘴里得知王凯已经安全把杨深秀的灵柩运回老家。此时，顺天府乡试发榜，王凯榜上有名。他和爱女芷贞静等着王凯回京城庆贺，甚至向几个同僚活动，给王凯在京城安置个好差事，却一直没等着王凯的影子。庚子十月，听说老佛爷在北相镇遇刺，刺客竟是王凯，刘笃敬的心一下子悬了起来，整日为王凯的命运担忧。刘芷贞得此讯息，急得像疯了一样，瞒着他独自跑到运城，四处打听王凯的讯息，终究一无所获，只好返回京城。刘笃敬安慰爱女，你去运城没问到线索，证明王凯没出什么事，劝爱女好好待在家里，等着王凯来京城。这一等，等来了王凯被正法的讯息，刘笃敬本想把此噩耗瞒住爱女，不想一个同僚说漏了嘴。爱女得此凶信，像丢了魂魄，窝在家里不思茶饭，痛哭不止。刘笃敬和夫人想尽一切法子劝，都毫无效果。眼看着爱女一日日地瘦下去，刘笃敬再也无计可施，只好于次年春天托人把爱女送往日本留学，好让爱女远离这伤心之地，尽快投入学业，逐渐从悲痛中走出来。万万没料到，爱女乘坐的日本商船在离日本岛不远的地方失事，沉入海底。出事后，刘笃敬像丢了魂似的，精神恍惚，无法正常到吏部当值，几次遭到上司的训斥。夫人刘王氏更是悲伤至极，一病不起。无奈，刘笃敬只得提前致仕回乡，把爱女穿过的衣裳和用过的闺物盛殓在棺材里，埋葬到汾城东面的落凤塬上。

刘笃敬一走进客厅，王凯赶忙站起来揖礼："叔。"刘笃敬定睛细看，真是王凯，只是比以前长得高些，壮实些，左脸上多了道疤痕，不由感慨万端，王凯这么年轻，却遭受了如此多的磨难，便爱怜地说："这些年你可受了不少苦。"

王凯见刘笃敬面庞憔悴，脸上写满苦楚，与几年前判若两人，想到肯定与自己的事有关，便把这几年的经历仔细说了一遍。随后，王凯抱歉地说："叔，这几年，我遭遇的事太多，实在没法与您联系，请您原谅。"接着，他又情不自禁地问："叔，芷妹呢？"刘笃敬垂下眼帘，长叹了一声："芷儿她走了。"

"她去哪儿了？"王凯追问了一句，他根本想不到自己心爱的芷妹已经不在人世。

刘笃敬见王凯没有领会到自己话里的含意，只得把爱女去日本途中出事的经过告诉了王凯。王凯顿觉五雷轰顶，天旋地转，好一会才清醒过来，眼泪像瀑布一样哗哗地淌下来。刘笃敬深知王凯对芷儿的感情，走到王凯跟前，拍拍他的肩膀说："小凯，芷儿已经走了，你也不要太过悲伤，我陪你去坟上看看芷儿去。"

刘芷贞的坟头上开满各色不知名的花，像她生前穿的衣裳一样灿烂秀美。面向东南的坟头倔强地高昂着，像刘芷贞一样挺拔着身躯，向远处王凯的家乡眺望。

王凯跪在芷妹的坟前，献上芷妹生前最爱吃的红枣、鸭梨、点心和煮饼等祭品，待黄表燃尽，他额头着地，恨不能把坟叩开，再一次拥抱心爱的芷妹，心里默默念叨：芷妹，我会经常祭奠你的。

刘笃敬拉起王凯劝说："小凯，你有这份心，就对得起芷儿了。你还年轻，去运城好好把你的盐号干好，有啥为难事，就来找叔，叔定会鼎力相助。"

临走，王凯给刘笃敬宽心："叔，芷妹走了，您可要节哀呀。往后，我就是你的儿子，会常来看您。"

刘笃敬答："小凯，难得你有这份孝心。为叔不耻与贪官庸僚们为伍，已辞官返乡，往后计划在商界一展身手，也希望你在盐池好好经营，干出一番名堂。"

王凯恍恍惚惚回到运城，一头扎到盐号上房院，把自己关在屋里，被巨大的悲伤击倒在炕上。四年多来，恩师、父亲被戮，奶奶、妈流落外地，刺杀老慈禧负伤破相，虽然经历了这一连串常人难以承受的苦难，但他都挺了过来。如今，芷妹的离去对他的打击实在太大了，他感到主宰着生命的魂魄灰飞烟灭，永驻在心田的希冀杳然离去，所有的一切都不复存在了。

头一天，盐花端着饭菜，从门缝里见王凯直挺挺地躺在炕上，以为他途中劳累了，没敢打搅。

第二天，盐花推开房门，把饭菜放到桌子上走到炕边，用手推了推王凯，让他起来吃饭。王凯瞪着失神的眼，没有言语，给了盐花一个脊背。盐花摸了摸王凯的额头，也不发热，便劝：“凯哥，人是铁饭是钢，你再碰到难处，也不能跟肚子置气，快起来吃饭。”

盐花是在苦水里泡大的，从小养成热情直率的性格，随着时间的推移，王凯在她的心目中也逐渐发生着变化。刚救了王凯时，对身负重伤的他只是深深地同情；得知他因刺杀老慈禧受伤后，对他充满了敬意；当他在潼关把所挣下的银子交给她家后，她觉得王凯是天底下最讲情义的好人，从而产生了敬佩；当他义无反顾地从陕西回来冒死救她，她心里不由自主地对他产生了亲人一样的感觉；他当上东家后，随着盐号的勃兴，她对他滋生了强烈的崇拜，她觉得他不仅仅是侠胆义肝的男人，而且是个才华出众的强者，是个可以信赖依靠的兄长。她一心一意地履行着妹妹的职责，一直无微不至地关照着王凯的生活，见王凯一连两天滴水不进，自然心急如焚。

第三天，盐花端着白馍和煎鸡蛋让王凯起来吃饭，王凯哼了一句：“我不饿。”

这下子，盐花心慌了，跑到西房找到周大汉，急得丹凤眼里溅出火花：“二叔，凯哥从河南回来像丢了魂，都在炕上睡了三天了，一点米面都没沾，真饿出个三长两短，这盐号不就塌了天?”

周大汉一听，也愣怔了。王凯平时彪得像头牛，一顿饭能吞三个馍，干活很少有人比得上，从河南回来，却变成了这样，心里冒出一种不祥的感觉，王凯肯定遇到大坎。那年，他脸上被砍得露出白花花的骨头都没哼过一声，难道这坎比那坎还大？是他病了？不像，年纪轻轻的，不会得啥病，就是真得了病，去看看先生就成，用不着躺在炕上一连三天不吃不喝；是他奶奶和他妈病了或殁了？要真的遇到这事，他就不会从河南回来。

两个多月前，王凯接到一个盐号东家给儿子娶亲的帖子。周大汉顺口提醒王凯："你已是盐号的东家，也该娶亲了。王凯便把他在国子监念书时和刘芷贞定亲的事告诉给周大汉，临走河南时，王凯还特意对周大汉说，要到汾城向刘芷贞老人提与刘芷贞成亲的事。想到这里，周大汉判断，十有八九是小凯的婚事上出了差池。

不管咋地也要帮小凯跨过这个坎，周大汉拄着拐杖，走到北屋，在地上捣了几下，嗓音里带着威严："小凯，起来！"

王凯猛地一震，从炕上坐起来，唤了声叔，在他心目中，周大汉就是他的父亲。盐花叫他，他可以置之不理，可周大汉叫他，他不敢违抗。

周大汉见王凯一脸倦容，很是心痛，问："小凯，这回去河南，你奶奶你妈都好吧？"王凯下炕，坐到椅子上答："好着哩。"周大汉又问："你去汾城了？"

王凯点点头。周大汉追问："是刘家昧了亲？"

王凯鼻子一酸，眼泪忽地冒了出来："叔，芷妹她不在人世了，我可咋办呀？"

"世上没有迈不过去的坎，以前你遇到的坎还少吗，不都一个个让你踩到脚下了？现在刘家小姐已经走了，你再想她也活不过来。你是个明白人，好好想一想，你已经不是以前吃饱了一家不饿的穷光蛋，而是东家，如今盐号伙房里连买菜的钱都拿不出来了，你总不能让几百号人喝西北风吧？"周大汉话音虽然不高，却像一串响雷，炸散了笼罩在王凯心上的乌云。他觉得浑身的筋骨啪啪作响，冲着盐花说："盐花，我饿了，快把饭菜端来！"

过了几日，王凯让齐大树拿着自己写给杨铍田的信，去闻喜仪张村把赵慧娘接到运城，给他当助手。两个年轻人，一个精明强干，一个含苞欲放，很快互相产生了好感，王凯乘机说合，俩人定了亲。

上冬前，荒芜了一百多年的千余亩荒滩经过四百多号劳工几个月的开垦，盐路平坦，引渠逶迤，水池荡漾，盐畦若织，卤井如镜，宿舍成排，一切准备停当。为了便于管理，王凯特意将其分成四个盐号，在其进号的盐路上各建木牌坊，上书齐字打头的号名：从西至东为齐仁、齐义、齐礼，齐智。静等明年春开工产盐。这样一来，王凯就拥有一千二百多亩盐畦，成为河东盐池盐号面积最大的东家。参照今年齐山盐号的产量和收入，明年产盐应该在十万担上下。

刚入腊月，王凯和周大汉商量，趁闲了下来，把邱锁和盐花、齐大树和赵慧娘的亲事办了。他们把两对意中人唤到跟前，说了给他们成亲的事。王凯原想他们肯定会高兴地应承下来，不料想，盐花噘着嘴说："凯哥，你既是东家，又是恩人，你总想着别人，为啥不为自家考虑？"

王凯说："我现在说你们的事，不要往我头上扯。"

盐花跺了跺脚，任性地要起脾气："凯哥，你比我们年纪都大，是我们的哥，哪有大麦不熟小麦熟的道理？你啥时候娶下嫂子，我们再成亲！"

王凯笑说："要是我这辈子找不下合适的，你们就不成亲了？"

"嗯！"邱锁、齐大树和赵慧娘跟着盐花郑重地点点头。

"你们是撞到南山不回头，倔到家了，真拿你们没办法。"王凯虽然嘴上数落着这两对意中人，觉得他们这种善意的要挟，完全是为了自家，不由心里涌出一股暖流。

坐在一旁的周大汉也笑着对王凯说："他们说得对着哩，你也老大不小了，要赶紧找合适的人把亲结了。"

平常年份，河东盐池能产百万担左右盐。去年受灾，产盐不到六成。今年，天气顺当，特别是王凯帮助不少盐号打了卤井，一下子缩短了晒盐的周期，产量提高了一大截，突破了一百三十万担。由于去年盐歉收，存货很少，今年销路出奇地好，多数盐号赚得盆满钵盈，除收齐了今年的场课外，还补齐了去年的亏空。朝廷为此褒奖了河东道道台于子和河东陕西都转盐运使司运使翟春霖。于子和喜不自胜，特在菊花酒楼大摆宴席，宴请解州、安邑知县、地方名流、盐运使司的官员和盐商代表，王凯当然在宴请之列。

王凯刚出现在菊花酒楼的门口，于子和就笑盈盈地迎上来，请他到最前头的八仙桌入席。王凯晓得那是宴会厅的首桌，是参加宴会的头面人物的位置，慌忙回绝："于大人，在下一介盐商，可不敢往首桌上坐。"于子和正色道："齐东家，今日是庆功宴，你是河东盐池的第一功臣，理所当然坐首桌。"王凯还想推辞，于子和将起王凯军来："齐东家，你不会不给本台这个面子吧？"将得王凯无话可说，乖乖跟着于子和走到首桌前。于子和向首桌上的客人介绍："这位是河东盐池齐山盐号的齐东家。"接着，他依次指着座位上的客人向王凯做了介绍。每介绍一个人，王凯就彬彬有礼地给对方揖礼，除了他所熟识的盐运使翟春霖和运学的景老师外，还有解州知州、安邑知县、河东书院院长、北相镇镇长。坐在后面餐桌上的盐商们看着王凯被于道台亲自礼让到首桌上，纷纷交头接耳："齐山与于道台究竟是啥关系？"

正式开席，于子和站起来，对众人说：“本道承担着为朝廷征收盐税的职责。今年盐池丰收，除了老天帮忙，诸位东家努力，还有个重要原因，就是齐东家把打卤井的独门绝技传授给盐池坐商，是潞盐丰收的第一大功臣，请大家鼓掌表示感谢！”于子和的话音刚落，全场立刻响起一阵掌声。王凯站起来，深深鞠了一躬，谦逊地说：“诸位父母官，诸位院长，诸位前辈同行，刚才于道台和大家的抬爱，齐山受宠若惊，没齿难忘。我说三句话以报答诸位。第一句话是，竭尽全力，多晒盐，为父母官增光添彩；第二句话是，弘扬国学，报效社会，盐池的前贤们就是我们盐商的楷模，只要书院需要，诸位院长尽管吩咐，我和诸位同行定会鼎力相助；第三句话是，天下盐商是一家。我与诸位同行，共踏盐池地，同饮盐湖水，应是一家人。只要精诚团结，取长补短，定会并驾齐驱，让河东潞盐名满天下。我是盐池新人，恳望诸位前辈不吝赐教，只要有用得着我齐山的地方，请各位前辈尽管吩咐。”

王凯的话虽然不多，但无论是道貌岸然的官员，还是温文尔雅的院长，或是精明强干的盐商，听后如饮浓郁绵香的佳酿，感到无比的温暖、顺耳、贴心。宴会上的人们齐刷刷地站起来，爆发出一阵热烈的叫好声，比回应于道台的掌声更热烈更持久。

运学书院景润彦见王凯如此受到追捧，站起来给得意门生添彩：“盐商和则财运兴，财运兴则学业旺。吾河东经代人才辈出，源于教育之兴，河东教育之兴源于盐池之助。吾运学乃盐商所建，以培养盐商子弟为主，今后运学离不开诸位东家的慷慨相助，齐东家高瞻远瞩，真乃山东义学正武训是也。”

反应最强烈的当数盐商们，巴掌拍得山响。有史以来，盐池里的东家们视同行是冤家，互相嫉妒拆台，尔虞我诈，老死不相往来。你遇到难处，其他人觉得与己无关，便袖手旁观；你倒了灶，其他人会幸灾乐祸，站在河边看水涨；你发了财，其他人像红了眼的狼一样，恨不得扑上来咬上一口。以前，盐商们根本不把他放在眼里，认为他嘴上连毛都没长齐，不会长远干下去，打成卤井后，认为是瞎猫碰到死老鼠，后来见大车到齐山盐号拉盐时，又生出强烈的嫉妒，怨恨他抢了风头。刚才，听了王凯的一席话，顿觉醍醐灌顶，尘封已久的心坎豁然开朗，对王凯由轻蔑、嫉妒转向钦佩、敬重。他们当即推举罗川和另外两个盐商，端着酒壶酒杯，来到首桌前，礼节性地敬于道台等人一杯酒，然后就聚集到王凯跟前。罗川由衷地说：“齐东家，司马光七岁砸缸，甘罗十二岁当上卿，你虽然年轻，却才高八斗，心胸如海，不由人不服，我仨代表全体盐商敬你三杯！”

王凯双手接过酒杯说："罗东家，咱们是一家人，你这样敬我，就见外了。来，咱们同起！"三个盐商一起响应，连干三杯。桌上的客人无不拍手叫好。

于子和毕竟与王凯接触有限，王凯在他脑海里的印象只是一个有文才、善经营的年轻儒商，之所以破格把他安排到首桌上。意思是对他帮助其他盐号打卤井的一种褒扬和鼓励。刚才听了王凯的侃侃而言，感到王凯不仅是个满腹韬略、骁勇善战的将才，而且是心胸宽阔、目光远大的帅才。如果盐池里多出几个这样的人才，何愁盐池产不下盐，盐税收不起来，公益事业发展不了？王凯的形象一下子在他心目中高大起来。他一手拉着王凯，一手拉着罗川，满心欢喜地说："有你们的抱团，盐池定会日益兴旺。"说完端起酒杯，对在座的客人发出邀请："诸位，为河东的兴旺发达，为盐池的蒸蒸日上，干杯！"

盐池符号——古钱币（董文汉 摄）

第十五章　邂逅结良缘

王凯已经五个年头未在家过年，他多想去河南和奶奶、妈、弟弟共享天伦之乐，但他清楚地意识到：自己已经不是普通的平民百姓，而是河东盐号拥有千余亩盐田的东家，是七百多号盐工的衣食父母。所有这一切，都离不开帮助过他的人，这些人都是自己生命中的重要贵人。滴水之恩，当涌泉相报。于是，大年初一，王凯和周大汉一家热热闹闹过了个年。初二，是女婿到岳父家串亲拜年的日子。王凯鸡叫头遍动身，骑着黄膘马一路狂奔了二百多里路，近晌午赶到汾城，提着内盛猪肉、油心馍、福同惠点心、闻喜煮饼四色礼步入刘府，恭恭敬敬地为刘笃敬和大病初愈的刘王氏磕头拜年。刘笃敬夫妇大为感动，用丰盛的酒席招待了已逝爱女的男友。

临别时，刘笃敬说："小凯，你能记着我和你婶，是我俩的福气，我和你婶永远认你这个女婿。你已经老大不小了，又是盐池的东家。你就尽快找个称心如意的名媛代替芷儿，也了却了你家老人及我和你婶的心愿，芷儿在九泉之下也会安心的。"

王凯噙着眼泪答："叔，您的话我记下了，但此事可遇而不可求，全看缘分。我一旦有了另一半，就把您的续女儿领来认亲。"当地有个风俗，嫁出去的女儿死后，认女婿再娶的女人为续女儿。

初三至初十，王凯驱马西渡黄河到潼关义父安东家、齐柱家串亲拜年。十一到元宵节前，王凯到罗川等同行家拜年。以前，盐池里的人情比鸭子池里的水还淡。王凯的举动在同行圈里掀起波澜。同行之间互相拜年，设宴请客，一下子拉近了彼此间的关系。更令人意想不到的是，王凯还提着礼物到邻近村一些盐工家拜年。以前，在盐池里，只有盐工们给东家和老和尚送礼的规矩，而身份低下的盐工们谁也没有享受过东家亲临拜年的大礼，所到之处，盐工们无不用最直接的方式表达感激之情："来年好好干！"

河东道道台于子和世居曲沃县，祖上是个商家，在县城开有几家商铺。他从小饱读诗书，高中进士后，先被选为翰林院庶吉士，后到礼部累迁员外郎、郎中，又到河北保定府当了几年知府，去年被调到河东道任道台。恰逢盐池丰收，交税有功，受到嘉奖，可谓春风得意，宦途亨通。于子和生有一子一女，长子明辉，已经婚配，在家经商。他视女儿雅辉为掌上明珠，一直带在身边，女儿刚懂事，就将其送入私塾念书。于雅辉虽然是个女子，可和她的名字一样，有着男人一样的气质，柳眉杏眼，聪明俊秀，倩影卓立，雅辉灼耀，尤其喜欢书法。于子和到运城任职后，见女儿年过二十，便与夫人商量给女儿找婆家。按习惯，媒妁之言，父母之命，父母完全可以做主。于子和深知，男怕入错行，女怕嫁错郎，此事关乎女儿一生的幸福，一定要为爱女找个意气相投的如意郎君，不敢草率从事，便征求爱女的意见。于雅辉回说，要找一个学识渊博、正直豁达的君子终身为伴。

适逢过年，于子和携全家回曲沃老家与老父亲团聚。一次，全家人围在一起吃饭，年迈的父亲一直牵挂着孙女的婚事，便问于子和："给辉儿订下亲了吗？"

于雅辉向爷爷撒娇："爷爷，我还小，你就这样不待见我，急着把我往出推？"

老父亲说："辉儿，我已经是土埋到脖子的人了，你就忍心不让我见见孙女婿？"

于子和笑答："爹，您老心思我晓得，我已经为辉儿物色下一个称心如意的女婿。"

老父亲问："干啥的，哪儿人？"

于子和答："在盐池里当东家。"

"爹，您咋给我找了个只知道三一三剩一的商人？于雅辉嘴巴一噘，把筷子放到桌子上，"我饱了。"

于子和耐心地对女儿说："辉儿，你都到了婚嫁年纪，可要改一改直性子脾气，你等我把话说完行不行？爹知道你的心思，还能不会顺你的意？你可千万不要小看河东盐池里的盐商。河东盐池乃民之必需，国之大宝，历朝历代重要财源之一，历代朝廷无不起用最优秀的文臣武将来当盐官。你不是崇拜包公吗？他就当过几年巡盐御史。我给你找的女婿虽然是个盐商，却英才勃发，器宇轩昂，不仅精于经商，而且是个举人出身，学问不在爹之下，书法更是堪称精绝，配你绰绰有余。如果你嫌他，将来一定会后悔莫及。"

一席话说得雅辉脸色由阴变晴、柳眉弯成了一个美妙的弧线。她兴奋地对于子和说："爹，我就晓得您最疼我。您把那人说得像一朵花，以前您咋没给我提起过？这门亲，我认了。”

于子和曾侧面打听过，齐山尚未婚配，并未做过进一步核实，为慎重起见，于子和应承：“行，回头我让河东陕西都转运盐使司的翟运使牵一下红线。”

于子和带着女儿回到运城，把翟春霖请到道台府，说：“春霖，我想托你办个私事。”翟春霖答：“于道台，您的事就是我的事，您只管吩咐。”于子和说：“你直接管着盐池，肯定跟齐山很熟，听说齐山尚无婚配，是不是真的?”翟春霖猜出于子和的意思，但并未挑明，故意问：“您为何打问这个?”于子和单刀直入地说：“我想把小女雅辉许给他。”

翟春霖已经从王凯嘴里得知刘芷贞离世的讯息，本来就有撮合王凯和于雅辉的想法，但顾忌到于子和是个朝廷命官，而王凯毕竟是个钦犯，怕于子和知道王凯的真实身份后不同意这门亲事，便未敢贸然开口。这回，于子和主动提出让他给王凯和爱女牵线，自然正中下怀，便满碟满碗地应承：“这月老我是当定了。”

正月十二，翟春霖特意领着于雅辉下盐池。于雅辉头一回下盐池，卧云岗上海光楼的巍峨挺拔，池神庙古碑林的幽古厚重，南面中条山的浑重苍茫，盐湖水的浩荡阔远，盐畦的密排如织，使于雅辉大饱眼福，一股激情鼓满她胸中，情不自禁地对翟春霖说：“翟大哥，这盐池实在是太大太美了。吸一口这里的空气，我就觉得心胸宽阔了许多。”翟春林笑答：“现在是淡季，不算好看，你要是晒盐季节来，这百里盐湖，堪称‘盐花盛开飞瑞霞，人影织就锦绣画，料台高耸接云天，车辚马叫响天涯’，好得没法说。”

于雅辉显然被感染了，说：“翟运使，到时候我一定跟着你来这里好好观赏观赏。”

盐池平流雾（高亚平 摄）

“走，咱们再到前面看看。”翟春霖有意领着于雅辉沿着盐道往东，边走边指着各盐号的木牌楼让于雅辉看，走到齐山盐号时，于雅辉眼睛一亮，走到木牌楼跟前，仰起头来，细细品味起齐山盐号四个欧体字来。翟春霖故意问：“雅辉，这几个字写得怎么样？”于雅辉叹道：“这还用说，肯定出自哪个名家之手。这盐号的东家真是财大气粗，也不晓得花了多少银子请的名家墨宝。”翟春霖笑了笑，未置可否。

走到东湾，又看到与齐山盐号出自同一手笔的齐仁、齐义、齐礼、齐智盐号，于雅辉惊讶地问：“翟运使，这几个盐号和前面的齐山盐号应该是一个东家吧，从这几个盐号字义上看，这盐号东家肚子里倒有点墨汁。”

翟春霖指着木牌楼上的招牌笑答：“我的大小姐，实话对你说吧，这几个盐号的东家都是齐山，招牌上的字全出自齐山之手。”于雅辉深感意外，瞪大杏眼问：“真的？”翟春霖笑答：“这还有假？”于雅辉猜到这个笔力深厚的人可能就是爹在老家所提到的盐号东家，一下子来了兴趣，追问：“翟运使，你一定认识齐山吧？”“我是盐池的父母官，直接与盐号东家打交道，对这个齐东家当然很熟。”翟春霖故意问，“你怎么好好地问起他来了？”“没什么，就是随便问问。”于雅辉心里泛起一股羞涩，但没说破父亲给她提亲的事。

翟春霖想给王凯和雅辉提供一次见面的机会，就对于雅辉说：“你不也喜欢书法嘛，等元宵节后，我约齐东家到运学，你和他见见面，如何？”于雅辉暗想：如果对方确实像爹和翟运使说的那样才华横溢，便可结识结识，当即痛快地答应了。

当晚，翟春霖去见王凯，全盘道出于道台托他做媒，欲把爱女许配给他的事，又赞不绝口，夸对方如何才貌双全。王凯问：“春霖兄，敢问于道台的令爱芳名？”

翟春霖答：“于雅辉。”王凯眼里喷射出亮光：“是她？我认识。”翟春霖问：“你是咋认识她的？”

王凯说明原委：于雅辉和初恋齐芷贞既是同窗又是闺蜜，他读国子监时，曾在刘府与于雅辉多次相遇，他们一起相约爬西山赏过红叶。

翟春霖追问：“你觉得于雅辉咋样？”王凯坦诚地答：“春霖兄，于雅辉与芷妹同年同月生，长得酷似，性格相近，从她的身上可以看到芷贞的影子，能和她结为伉俪，当然求之不得。”王凯顿了一下，吐出心中的顾虑，“不过，我现在是个隐姓埋名的钦犯，人家会不会嫌弃我，即便她不嫌弃我，我也不忍心连累她。”

翟春霖也觉得是个麻烦。心想，先安排个机会让王凯与于雅辉相见，让王凯当面说出自己的底细，如果于雅辉嫌弃王凯的身份，便就此打住，权当没有这回事。如果于雅辉心甘情愿，再挑明也不迟。

晋南文化底蕴深厚，有元宵节闹灯会的习惯。每年元宵节，盐商们都会在自家临街的宅院前悬挂色彩斑斓的花灯，庆贺佳节，祈求好运。由于今年盐池丰收，盐商们提前动手，各显其能，制作出形状各异的花灯。

运城东街足有二里多长，河东陕西都转运盐使司、运学、圣惠巡检司、钟楼、察院、义仓、城守司等机构云集于此，街面两侧林立着盐栈、当铺、票号、钱庄、饭馆、旅馆，京货、戏院、牙行、粮店等铺面，几十座盐商的深宅大院挺立其中，是运城最繁华的去处，号称盐池一道街。旧史称其街“顾商贾聚处，百货骈集，珍瑰罗列，见于无物不有”。清人郭书俊有诗云：“居人艳说凤凰城，百货纷纭闹市声，向晚葡萄有酒熟，醉乡有梦不分明。”特别是屹立于东街中心十字街口的鼓楼最引人注目，其底座高五丈，下设十字门洞，底座之上矗立着阔深各五楹的三层楼阁，雕梁画栋，飞檐挑角，宛若振翅欲飞的凤凰。为此，世人把运城誉为凤凰城。一般来讲，城市中心的楼阁，既是城市的标志性建筑，又是当地特有的地理位置和历史文化的载体。运城以盐建城，自然标榜和彰显着盐的历史文化。鼓楼底座门洞上方各嵌一方石匾：东曰“放晓”，西曰“留晖”，南曰“聚宝”，北曰“迎渠”，准确形象地概括了运城的自然景观及特有的资源风物。东面的“放晓”二字，蕴含每日清晨太阳喷薄而出，天色放明，映照大地；西面的“留晖”二字，描绘出晚霞满天，留住脉脉余晖的景色；南面的“聚宝”，赞美坐落在运城南面的是天宝盐池，财富之源；北面的“迎渠”，是表达专为盐池所开的姚暹渠清流泛波，穿城而过。鼓楼最高层飞檐下镶着“鼓楼”二字，内悬着一面直径丈余的巨鼓，每日清晨，鼓响十二下，其声雄浑悠远，二十里之外的解州、安邑都能听得一清二楚。鼓楼第三层楼檐下四方各镶一块巨型横匾，其字取自唐柳宗元《晋问》中之名句，概括了河东盐池所供应的地域范围：“东逾周宋”，意思是潞盐供应到河南一带；“西放秦陇”，意思是潞盐供应到陕西一带；“南达樊邓”，意思是潞盐供应到湖北一带；“北及燕代”意思是潞盐供应到山西北部。

元宵节天一擦黑，长的、扁的、方的、圆的、大的、小的，高的、低的花灯，五颜六色，争奇斗艳，把整条东街一下子装扮成灯的海洋，全城的人都涌到此街上观赏花灯。于子和携妻子和爱女雅辉顺着人流边走边观赏两侧各式各样的花灯，走到东端一个高大的门楼旁，人陡然挤了起来。于雅辉抬起脚尖一看，门楼上方高悬着四盏华丽的六角宫灯，把门楣金匾上“仁德齐山”四个鎏金大字映照得熠熠闪光。

于雅辉问旁边一位戴眼镜的老者：“大伯伯，您知道这是谁家?”“这是盐池齐东家的宅院。”老者指着金匾说，“姑娘，你看匾上的字，是运学景院长写的，真是绝了。”

于子和趁势对爱女说：“小辉，我给你找的女婿就是这家的主人齐山。景院长能给他书匾，评价这么高，这人肯定错不了。”于雅辉已经和翟春霖下盐池看过齐山的字，钦佩之极，又见自己敬仰的景院长亲自为齐山题的金匾，觉得齐山真是一个不同凡响之人，心里生出几分好感来。再看门楼两侧，又悬着百十个方形的花灯，每个花灯上都写着一个灯谜，显得与众不同。

此刻，于雅辉见人群像潮水般地往门楼前涌，出于好奇，和爹妈打了个招呼，跟着挤了进去。仔细一看，门楼的台阶上放了一张条桌，条桌旁倚了一块牌子，上面写着“有奖猜谜”。桌子旁站着一个年轻人，高叫：“父老乡亲们，我们齐山盐号以文会友，凡猜中灯谜者赠钱一吊，当场兑现。”话音刚毕，人群呼啦啦地朝悬挂在大门两侧的花灯涌去，猜起灯谜来。

于雅辉走到一个硕大的花灯跟前，被上面的内容吸引住了，停住脚步，抬头细看，脱口念道：

鸳鸯双双戏水中，蝶儿对对恋花丛；
我有柔情千万种，今生能与谁共融；
红豆本是相思种，前世种在我心中；
等待有缘能相逢，共赏春夏和秋冬。

（打八个字）

于雅辉微闭眼睛，调动平生所学，逐字逐句分析蕴含其内的意思，猜出谜底即“情投意合地久天长”。于雅辉联想到设此灯谜的主人，一下子心跳耳热起来，隐隐约约地感到这个灯谜好像专门为她而设，便没到门楼下面去领奖，而是挤出人群，往爹妈跟前跑。

元宵节前夕，王凯判断出于雅辉肯定会到街上观赏花灯，觉得是个绝好的机会，便提早准备，别出心裁地搞了个有奖猜谜活动，并特意拟了一批灯谜，以吸引她的注意。为了能够见到于雅辉，王凯提前站在门楼下宫灯的阴影里，炯炯的目光很快捕捉到于雅辉的倩影，目不转睛地盯着她的一举一动，看见她站在自己编写的谜面旁思索了一会儿，从她飞扬的神采判断，肯定猜中了灯谜。此时，王凯真想走上前去，叫住使他心仪的于雅辉，但还是克制住自己，眼睁睁地看着于雅辉离开与父母会合，消失在人流里。

当晚，翟春霖分别找到王凯和于雅辉，约好明日晌午在运学藏书楼见面。次日一早，他又到运学面见景润彦说明情况。景润彦一听为得意门生提供和于道台的千金见面的机会，当然满心喜欢，提前打开藏书楼。于雅辉吃罢早饭，如约来到运学走进藏书楼，见一个伟岸的背影正在书架前读书。于雅辉误以为是景院长，叫了声景院长，那背影转过身的一刹那，惊得于雅辉愣怔在那儿，眨了眨杏眼，仔细打量，终于认清了对方，一下冲到王凯跟前，一把攥住王凯的手高叫："凯哥，怎么是你!"

"雅辉!"王凯也装作刚和于雅辉意外相遇。

刘芷贞和王凯热恋后，把王凯介绍给闺蜜于雅辉。经过几次接触，于雅辉对才思超凡的王凯非常欣赏，从心底为闺蜜能找到如此优秀的另一半而感到欣慰。后来得知王凯弃学护送杨深秀灵柩回乡、刺杀老慈禧的讯息后，对王凯更为钦佩，不知不觉在心里竖立起一个标杆，将来找郎君时，一定要找和王凯不相上下的。这几年，父亲给她介绍了不少对象，其中不乏科考登第的年轻才俊，或是腰缠万贯的巨商后裔，但于雅辉都不屑一顾。如今，自己意外地邂逅了一直萦绕在内心深处的人，无啻于喜从天降。她攥住王凯的手不忍松开，生怕一旦放手，就会像风一样地飘走。稍顷，雅辉追问："凯哥，当年芷贞姐亲口告诉我，你刺杀老慈禧英勇就义。这是怎么回事?"

王凯把这些年的经历告诉了于雅辉，却故意隐瞒了自己就是齐山的细节。最后，他对于雅辉表明心迹："前几年，我虽然身处险恶之境，但心里一直装着芷贞。去年秋上，我到汾城得知芷贞离世的消息后，便心想一定要找个各方面和芷贞相似的爱人。我来这里，一则是回母校看望恩师景院长，二则来相个亲。"

于雅辉急迫地问："对方是谁?"

王凯答："是我在国子监时的同窗好友，现任河东陕西都转运盐使司运使翟春霖牵的线，他给我介绍的是河东道道台的千金。我想，官家的小姐，都是娇生惯养的花瓶，中看不中用。再说，我一个做生意的，也配不上人家。所以，也没把它当回事，连对方姓啥名谁都没问。"

于雅辉心里一阵惊喜，暗想：父亲曾给自己介绍过盐池里的东家齐山，莫非王凯就是齐山，要真是这样，可就太好了。她便自报家门说："我爹就是河东道的于道台。"王凯装作吃惊地问："那你就是翟春霖说的于家小姐了？"

"是，是我。"于雅辉被突如其来的惊喜灼烧得热血沸腾，能和敬佩已久的凯哥结合在一起，是她梦寐以求的事。王凯已从于雅辉的神态中看出端倪，为了进一步确认对方的态度，照实对于雅辉说："我就是齐山，我早就知道翟春霖给我介绍的人就是你。前日夜里，你在我宅院前猜灯谜时，我就一直在暗里看着你。如果搁在以前，我会毫不犹豫地追求你，愿与你结为百年之好，可是我现在是个钦犯，不定哪一天就会犯事，我不能让你跟着我担惊受怕一辈子。"

于雅辉听了王凯肺腑之言，更加感到他是一个心胸开阔、顶天立地的男子汉，再也抑制不住内心的激动："凯哥，快别这么想，我只要能跟着你，吃糠咽菜心甘情愿，上刀山下火海在所不辞！"

王凯见于雅辉没有嫌弃自己的意思，心底汹涌出一阵感动，紧紧握住于雅辉的手，仿佛要把她溶化在自己身上。许久，王凯松开手说："雅辉，咱们还有一个难题。"

于雅辉扬起洒满光泽的俏脸问："啥事？"

王凯忧愁地说："你爹是朝廷命官，如果知道了我的真实身份，他能没想法吗？退一步说，就是你爹同意咱们结合，一旦上头知道我是你爹的女婿，也会连累到他。"

敢作敢为的于雅辉略一思索，有了主意："这事好办，你就继续叫你的齐山，不让我爹知道你就是王凯，咱来它个瞒天过海。"

王凯不无担忧地说："纸里包不住火，你这法子能瞒过一时，可我这底细终有露馅的时候，到那时可不好收场。"

于雅辉闪烁着杏眼，给王凯壮胆："世上没有过不去的火焰山。看你，前怕狼后怕虎的，没点干脆劲，你把刺杀老慈禧的勇气拿出来不就行了！我看清朝是秋后的蚂蚱，蹦跶不了几天了，用不了几年，老慈禧一蹬腿，清朝一完蛋，你这个钦犯就成了世人敬仰的英雄。到那时，我还要沾你的光呢。"于雅辉的话像一缕耀眼的阳光，驱散了王凯心中的乌云，使他心胸豁然开朗。

这时，翟春霖走了进来，一看王凯和于雅辉亲密无间的样子，知道大功告成，故意和王凯、于雅辉逗笑："你俩真是张生和莺莺，未通过媒妁之言，竟敢私订终身，唱了一出西厢记。"于雅辉嗔怪翟春霖："大哥，你真坏，明知齐山就是王凯，却故意设了个圈套让我钻。"

翟春霖解释："好我的于大小姐，还不是怕你嫌王凯，才不得已而为之。"于雅辉笑着开玩笑："大哥，你要记住礼尚往来四个字，今日要笑了我，到时候我非用喜酒把你灌醉不可！"

开工前，王凯和周大汉从盐号里挑选出几个精明强悍的老盐工，提拔为齐仁、齐义、齐礼、齐智四个新盐号的老伴和小师傅，又在陈天顺盐栈里借了一千两银子作为开工的周转资金。一切安顿好后，王凯和于雅辉骑马到河南冶阳镇。一来是让于雅辉认门，二来托表哥王崇信给新开的盐号找一批盐工。

王张氏和王乔氏见于雅辉相貌出众，举止大方，颇有大家闺秀之风范，当然相当满意。于雅辉虽未过门，却行晚辈之孝道，每日早晚向王张氏和王乔氏问安，用餐时为两位老人端上端下，特别是每晚轮流陪王张氏和王乔氏睡觉，并对两位老人承诺，过门后每年至少回来住半年，哄得王张氏和王乔氏眉开眼笑，王乔氏心里像灌满了蜜一般，从箱底取出一柄晶莹剔透、精美绝伦的翡翠如意送给于雅辉。于雅辉晓得此物的分量，对王乔氏说："妈，您这礼物太贵重，我恐怕承受不起。"

王乔氏拉着于雅辉的手说："雅辉，这个翡翠如意是你外公高中乙未科探花后，道光皇帝在保和殿特设恩荣宴，宴请状元、榜眼和探花时所赐。我出嫁时，你外公把这宝物赔给我，我把它视为至宝。今天，我把它赠予你，包含着我的一番心意，希望你俩婚后举案齐眉，相敬如宾，振兴家业。"

于雅辉听了王乔氏语重心长的一番话，切肤地感受到婆母对儿媳的舐犊之情和热切期望，郑重地接过翡翠如意表态："妈，您的话我都刻在心里，一定不会让您失望的。"

事后，于雅辉问王凯："咱妈是乔探花的女儿，以前你咋从未向我提起过。"于雅辉刚记事时，爹就给她说过，道光年间，闻喜县横水镇出了个探花乔晋芳，是全山西省三百年以来科举最好的成绩，可谓'两千里内无双士，三百年来第一人'，想不到自己将成为乔探花的外甥媳妇。

王凯答："雅辉，咱外公是探花，没啥可炫耀的。荀子云：'青，取之于蓝，青于蓝；冰，水为之，而寒于水。'咱们还年轻，应当倍加努力，做出比外公更大的事业才是最重要的，你说是这个理吧？"于雅辉郑重地点点头。

王凯让奶奶和妈到运城参加他和于雅辉婚礼，王张氏摇摇手拒绝："英哥，我和你妈去运城，万一被认出来，连累了你可就麻烦了，还是不去的好，成亲后经常回来看望我和你妈，让我抱上重孙、让你妈抱上孙子就算你尽孝了。”晚辈是长辈血脉的延续和全部的希望所在，王张氏何尝不想参加爱孙的婚礼？但为了爱孙的安全，她还是忍住了。王凯觉得奶奶的话不无道理，便应承了。

次日，张崇信来见王凯，说是把人找好了。王凯当即掏出几个元宝，让他领着新招的人于二月初一前到运城报到。

在冶阳镇待了十几日后，王凯和于雅辉赶到汾城，拜访刘家。

刘芷贞赴日本时，于雅辉曾去刘笃敬的住所与闺蜜道别，所以特意穿了一身和刘芷贞出门时同样的衣裳，上穿橘红色绣花棉上衣，下穿藕色绣边长裙。王凯和于雅辉一出现，刘笃敬和刘王氏直勾勾地盯着于雅辉，说不出话来。因为于雅辉本来就与刘芷贞长得极像，又穿着刘芷贞离开家时的衣裳，更是与刘芷贞惟妙惟肖，加之旁边站着王凯，刘王氏误以为于雅辉就是爱女，情不自禁地叫唤：“芷儿！”眼泪便夺眶而出。于雅辉赶紧迎了上去：“婶，我是雅辉，和王凯看您和叔来了。”刘笃敬也认出扶着妻子的于雅辉，走到妻子跟前说：“你看仔细，她不是芷儿，是芷儿的好友小辉。”于雅辉真诚地给刘王氏宽心：“婶，往后，我就是您的芷贞。”王凯也上前扶住刘王氏解释：“婶，我和雅辉已经订下终身，是来认您二老的。”说着，拉着于雅辉跪到刘笃敬夫妇的面前，口称：“爹，妈。”磕了两个头。刘笃敬夫妇扶起王凯和于雅辉，应承下来：“往后你们就是刘家的女儿和女婿。”

刘王氏拉着续女儿于雅辉的手舍不得松开。“妈，您老别累着，我陪您回屋里说话去。”于雅辉说着便扶刘王氏走向后院，王凯也陪刘笃敬步入了客厅。

刘笃敬的老家汾城离于子和的老家曲沃不到三十里，都是喝汾河里的水长大的，虽然不在一个衙门当值，但土亲人更亲，经常交往，两人的爱女又同窗读书，亲如姐妹，关系非常密切。于子和到河东道当了道台后，曾给刘笃敬捎信，让他到运城做客。刘笃敬厌恶官场，不愿意抛头露面，借口身体不适推掉了，想不到山不转水转，自己曾经的准女婿王凯和于子和的女儿走到一起。于子和的女儿成了自己的续女儿，这就意味着自己和于子和成了连筋连骨的亲家。既然有了这层关系，就要关心对方，为对方着想。刘笃敬为官多年，知道官场的凶险，于子和现在是朝廷命官，如果上面得知他的女婿是朝廷钦犯，必然会对于子和不利，便关切地问：“小凯，雅辉晓得你的事吗？”

“晓得。”

“你岳父于子和晓得你的身份吗?”

“不晓得，我和雅辉瞒着他，他光知道我叫齐山。”

刘笃敬嘱咐：“小凯，你岳父谨慎了一辈子，熬到道台很不容易，你和小辉一定要严守秘密，假戏真做，千万不要连累他。”王凯答：“爹，我晓得利害，会小心的。”刘笃敬从怀里摸出一张银票，递给王凯：“这是我和你妈给你和小辉的贺礼，收下。”王凯接过一看，竟是一万两，赶紧把银票往回送：“爹，您的礼太重了，我不能收。”刘笃敬用力推开王凯的手，用不容反驳的口气说：“这孩子，这是我和你妈的一片心意，还见啥外？再说，你刚下盐池发展，去年开垦了好几百亩盐田，手头肯定紧，就用它来周转，要是不够，尽管来取，我晓得你的能力，定会干好。”王凯见刘笃敬如此慷慨，心里涌出一阵暖流：“爹，我一定不会让您失望。”刘笃敬笑说：“小凯，到时候你可别忘了我和你妈。”“爹，您看我是那号人吗?”王凯答，“我和雅辉订在三月初六办婚礼，到时候您和妈一定来出席。”刘笃敬想了想说：“按理，我和你妈该去，可到时候人多眼杂，万一让别有用心的人揣摸出点什么，会坏事的，还是不去的好。”

次日，王凯和于雅辉到城南的落凤塬刘芷贞坟上献上祭品，烧了纸。于雅辉对长眠于地下的闺蜜表明心迹：“芷贞，我一定会代你照顾好王凯，和王凯经常看你来。”

回到运城，王凯把邱锁、盐花、齐大树、赵慧娘叫到一起说：“你们早做准备，到时候咱们一起拜堂成亲。”他们完全没有料到王凯会来这一出，盐花快人快语地说：“凯哥，你是盐池里的大东家，又是河东道道台的女婿，到时候，七头八脑的人肯定要来贺喜。我们只是盐工，说啥也不能与你的婚礼掺和在一起，丢了你的份。”

王凯恨不能把心掏给邱锁几个：“你们都是我的兄弟姐妹，去年你们说过，等我娶过亲你们再成家，我听了你们的。现在我要娶亲了，我希望你们也听我一次。”王凯把话说到这个份上，邱锁等人只得点头同意。

三月十六，艳阳高照。王凯宅院门楣上挂起四个红灯笼。明柱上和门框上张贴着景院长书写的喜联，前后院的上空罩着红帐，屋门上贴着婚联，窗格上贴满喜字，把大院映照成红彤彤的世界。三班响器轮流上阵，互不示弱。打鼓的晃着脑袋，把手里的槌舞得密不透风，令人眼花缭乱；吹唢呐的涨红着脸，鼓起腮帮，把喇叭扬到天上；拍镲的倒弯着身躯，把手里的铜镲扔到空中，边接边拍，还有敲锣的、吹笙的，各自拿出绝活，交织成欢快的乐点，在大院里回荡。

世上没有不透风的墙，齐山娶于道台的千金为妻像徐徐而来的南风很快传遍盐池。盐池人虽然成年累月地滚爬在卤水里，创造出成千上万的财富，但他们的社会地位并不高，尤其是官宦们从骨子里看不起盐池人，觉得他们都是些靠出卖死力的下等人。在盐池人的记忆中，还没有与官宦人家结亲的先例。这回，齐山娶了于道台的千金，为盐池人争了光，盐池东家们都觉得腰杆子硬了起来，尽管王凯事先没下请帖，但他们还是不约而同地携带喜礼前来祝贺。

日头还未爬上一竿高，大院里就挤得满满当当。临时总管罗川见状，赶紧派人通知菊花酒楼多准备十桌席面。

于道台嫁千金的讯息很快传遍运城，这是好多年都未遇到过的大喜事，人们都猜测，那排场肯定很好看，嫁妆肯定多得数不清，都想开开眼界。晌午，从道台府到东街的街道两侧，挤满了看热闹的人。

一阵喜庆的唢呐声由远而近，街道两侧人都伸长脖子，但见几十个头裹红巾，身穿杏黄衣裳的乐人吹吹打打在前面开路，紧跟着骑高头大马的是新郎官。新郎官头戴礼帽，上插红花，穿蓝色长袍马褂，肩披红绸，朝两侧的人群点头致意。

一位少妇夸赞："你看那新郎官，宽额头、四方盘，大眼窝，真是一脸富贵相呀!"

同伴答："要不是这样，于道台能把千金许给他吗?"

又有人打听："这新郎官是啥来头?"

旁边人答："新郎官姓齐，是个举人，在盐池当东家。"

大红花轿后面，跟着一眼看不到尾的嫁妆队伍。走在前头的是雕刻着精美纹饰的立柜、书柜、八仙桌、椅子、嫁妆台、穿衣镜等贵重的家具，中间是几口红色的大木箱，后面是色彩绚丽的绸缎铺盖、绣花枕头、瓷瓶、绢花等物品，真是琳琅满目。街道两侧的人们目不暇接，恨不得多长两只眼。一个中年男人指着中间的几口大红木箱对身旁的人说："那些红箱子里肯定装的是金银财宝。"同伴接答："那还用说，这新郎官真有福气，就这嫁妆，恐怕一辈子也花不完。"

婚队走到宅院前，喜乐更起劲吹打起来。新郎王凯下马，抛给新娘一条红绸，牵着红绸走在前面，两个伴娘搀扶着头顶红盖头、肩披霞帔、穿一身大红绣花衣裳的新娘紧跟其后，步入后院正厅的婚礼殿堂。宾客们都跟在一对新人后面，挤进婚礼殿堂，一起见证这最喜庆、最庄严的时刻。在景院长的司仪下，一对新人拜过天地后，向身穿紫缎衣裳，端坐在中堂巨大的双喜字下太师椅上的周大汉和齐娥恭恭敬敬地磕了三个头，然后是夫妻对拜。对拜完后，景院长没有按照惯例让一对新人进入洞房，而是高叫："举行下一个婚礼仪式。"

话音刚落，院外便炸起欢快的喜乐声。少顷，邱锁和头顶红盖头、身穿红色嫁衣的陈盐花步入婚礼殿堂，王凯亲自司仪。刚举行完仪式，院外又响起喜乐声，正在人们好奇地互相打听时，齐大树和赵慧娘一对新人又出现在婚礼殿堂，礼成后，司仪宣布："请各位宾客到菊花酒楼赴喜宴。"

当宾客们走出院门，端坐在正位上的齐柱把儿子齐大树和赵慧娘拉到王凯跟前，噙着眼泪嘱咐儿子："大树，慧娘，水有源，树有根。今日，你们能成亲，都是你凯哥的恩情，往后你俩可要跟着你凯哥好好干。来，给你凯哥磕头。"齐大树和赵慧娘面朝王凯就要往下跪，王凯赶紧阻止："大树，慧娘，咱们是平辈，我咋能受得起这么高的礼?"齐柱涨红着脸催儿子和儿媳："你俩还磨蹭啥?"

齐柱，这个生活在穷山深沟里的潼关汉子，心眼像秦岭上的山石一样质朴实在，他想不出更多的语言来表达自己对王凯的感激之情，只能用祖先流传下来的最重的礼仪来谢承恩人。王凯见齐大汉太过执拗，便给对方铺了个台阶："叔，您心里实在过意不去，就让大树和慧娘按平辈的礼走，给我鞠个躬吧。"齐柱这才松了口："也好。"齐大树和赵慧娘便口称"凯哥"，给王凯鞠了三个躬。

举行完新婚典礼，王凯对周大汉、邱锁和齐大树说："咱们快下盐池。那帮兄弟们肯定等急了。"三对新人骑马赶往盐池。原来，王凯提前宣布：他和邱锁、齐大树结婚的当日，五个盐号放假一天，给每个盐工发一两喜银。所以，这个日子变成盐工们的狂欢日。当周大汉和齐娥一进上房院，立即拥上几个盐工，按照当地的风俗，作为新郎新娘家长的周大汉和齐娥老两口，成了盐工们善意搞笑的对象。有的给老两口脸上抹红和黑锅灰，有的给老两口头上扣帽子，然后把老两口推到上房院的台阶上亮相，周大汉头戴用纸箱糊成的官帽，官帽子两边支着用两根大葱做成的帽翅，脸上抹得比戏台上的包公还要黑，只露出两个白眼仁；齐娥头戴用纸箱糊成的凤冠，脖子上挂着红辣椒串成的项链。老两口的滑稽相逗得盐工们笑得直流泪，弯下腰直不起来。

有个盐工问："叔、婶，今个晚辈们成亲，你俩高兴吗?"

"高兴！高兴！"

"既然高兴，您和婶子就学声鸡叫，让大家听听。"

周大汉和齐娥只得乖乖地伸长脖子，学了几声鸡叫，惹得盐工们一阵哄笑。

王凯见盐工们热闹得差不多了，把周大汉和齐娥扶进屋里休息，和于雅辉、邱锁、盐花、齐大树、赵慧娘等在台阶上站成一排，高声说：“今个是我们三对夫妻的好日子，也是咱们盐号的喜日。我们三对夫妻感谢大伙捧场。”说完，三对新人齐刷刷地鞠了三个躬，全场又爆发出热烈的掌声。王凯又说：“为了谢承大伙，特意给弟兄们安置了六六席，大伙想吃多少吃多少，想喝多少喝多少，想咋闹就咋闹，只要不上房揭瓦就行，开席！”

“开席喽！”盐工们一窝蜂地拥向饭厅，吃了个天南海北，喝了个昏天黑地。

王凯喜欢热闹，肚子里装着不少戏文，每到高兴时便哼上几句乱弹。为了让盐工们尽兴，特意请当地最吃香的杨老六戏班连唱三晚乱弹。此事在盐池是破天荒的头一回。因为，盐池是官府控制的禁地，三个巡检司的几百号盐警守护着，一般人不让进。王凯既是盐池的东家，又是于道台的乘龙快婿，他请戏班，没人敢说半个不字。

夜幕一降临，咣咣当当的家伙声一响起，附近盐号的盐工们不约而同地拥向临时搭建在齐山盐号料台前空地上的戏台下，连北面土坡上都站满了人。当晚，名角杨老六主演《下河东》。开戏后，杨老六扮演的呼延赞亮起嗓门：

罗家山领了伯父令，不分昼夜下河东，

力拔山兮气盖世，人似金刚马赛龙。

当年练就全身勇，适才鞭坠小白龙。

姐姐去拿欧阳芳，呼延赞领兵踏御营。

催马俺把河东下，要找杀父的小冤家。

杨老六的唱腔刚落，全场立即爆发出雷鸣般的掌声和叫好声，这掌声和叫好声既是对杨老六演技的钦佩，更是对齐东家的点赞。

第十六章 招商垦荒滩

光绪三十二年正月初二，天气出奇地好，王凯和妻子于雅辉抱着刚满一岁的儿子继创，到河东道道台府内宅串亲。

去年二月，女儿生了个大胖小子，为了伺候女儿，照看外孙，于子和把夫人接到运城，在道台府后面的内宅定居下来。老两口知道女婿女儿今日要来，大早起来把院子里里外外打扫得干干净净，准备了一桌丰盛的酒席。一切收拾停当后，老两口坐在屋里，竖起耳朵，净等女婿女儿来。忽然，听到大门吱扭一响，于子和夫人就从椅子上弹起来，跑出屋子迎接。

于子和毕竟是男人，跑得比夫人快些，从王凯手里接过外孙，把外孙头上的虎头帽往上掀了掀，撮起嘴，亲外孙嫩嫩的胖脸蛋。王凯对儿子说："继创，快叫姥爷。"小继创也许被姥爷嘴上的胡子扎痛了，非但没叫姥爷，反倒小鼻子一抽，嘴一撇，眼看就要哭了。于夫人从丈夫怀里抢过孩子，嗔怪说："你咋这么冒失，胡子拉碴的，把娃扎痛了。"于雅辉笑着说："爹、妈，你们只顾亲外孙，却把我们晾在一边。"于夫人这才反应过来，把女婿女儿让进屋里。

女儿总是和妈亲，于雅辉跟在妈后面，到内屋逗小继创玩。于子和把王凯让到堂屋的椅子上，想了好一会，转着弯地问："王凯，听说在盐池里，你的生意最好，你是如何做到的？"

于子和改口叫王凯的真名，需要追述一下。

去年，王凯和于雅辉生下孩子后，自然乐坏了远在河南冶阳镇的王乔氏，立马赶到运城伺候儿媳月子。不几天，于雅辉的母亲吉李氏也从曲沃到王凯家里伺候女儿，一见王乔氏，惊愕万分，觉得亲家母很像闻喜横水镇探花乔晋芳的千金，因时隔小三十年了，不敢确定，便试着打问：“亲家，你老家是不是闻喜横水镇？”王乔氏怕给儿子带来麻烦，便操着河南话矢口否认：“俺娘家是河南宝丰冶阳镇。”

于夫人伺候女儿过了满月后回到家中，把这个疑问告给丈夫。于子和不以为然答：“咱俩到横水镇探花府拜访致仕的乔探花，是光绪初年的事情，快三十年了，你咋能认出亲家母就是乔探花的千金？”吉李氏言词凿凿：“你还记得吧，咱俩到横水镇拜见乔探花时，他的千金正在书房里写字，还站起来跟咱俩打过招呼。当时，我看得一清二楚，她下巴左面有颗红痣，虽然过了这么些年，可这个记号是真的，肯定认不错。”于子和曾问过王凯的家庭情况，王凯告他老家在潼关南山里。当时他心里便生出疑团，觉得王凯如果是个普通农家子弟，根本不会有如此高深的才学。这回，听夫人说亲家母是乔探花的千金，而且这么肯定。心想，如果亲家母真要是乔探花的千金，是不可能嫁到陕西潼关普通农家的。看来，亲家母一定有什么难言之隐，齐山的身份也必然存在着不为人知的秘密。于子和不愿让夫人掺和此事，便打马虎眼：“世界这么大，相貌很像的大有人在，你肯定看走了眼。”

过了没几日，于子和借口看女儿和外孙，和夫人厮跟上到王凯家里一看，也认出亲家母真是乔探花的千金，不过他也没有当面向亲家母点破这一点，暗中派人到闻喜县一打听，得知当年乔探花的千金嫁的是绛县枣园村的举人，后来当上河东陕西都转运盐使司的运使王嘉天。他翻开以前的案卷察看，得知王嘉天当年因贪污岁修禁墙专款入狱受刑而自尽，其子王凯因刺杀过老佛爷被通缉过，再派人到王嘉天的老家绛县枣园村一打问，家被抄封，全家人逃往河南宝丰县冶阳镇，又顺藤摸瓜差人到河南冶阳镇，只有王张氏和小儿子王枚在家，而王嘉天的妻子不知去向。于子和这才恍然大悟，知道自己的女婿齐山就是戊戌年扶送杨深秀灵柩回乡，庚子秋刺杀慈禧太后的王凯。

于子和虽是个官场中人，但对慈禧太后的做派很是反感，对官场中尔虞我诈、贪污腐化的现象深恶痛绝。当年，在京任职时，曾在山西同乡会中听过杨深秀的鼓动，对维新变法很是赞同。戊戌维新失败后，他只能选择明哲保身，抱着出淤泥而不染的信念，在任上凭良心勤勉做事。得知女婿的身份后，他内心深处并没有因自己的女婿是钦犯而懊悔，而是感到一种由衷的自豪和莫大的欣慰。于子和揣测，王凯之所以不愿公开身份，一定是怕对自己不利。他没有怪罪王凯，也没有向王凯和女儿说穿，而是埋在心底，权当不知道此事。于子和相信，终有一天，王凯会把这一切主动告诉他。

根据家谱的辈分，王凯所生的儿子应该是“惕”字辈，就和于雅辉商量，给儿子取名继创，意思有两层，一层是夫妻创造出来的，一层是家里的长子，希望儿子长大后干出一番事业来。名字想出来了，可在姓什么上出现了难题。王凯想，孩子是王家的根苗，自家再受屈，也不能让刚出世的孩子姓齐吧。如果让孩子姓王，自家的真实身份就露了馅，弄不好还会连累岳父。于雅辉见丈夫左右为难，横下一条心说：“咱继创是男子汉大丈夫，行不更名，坐不改姓，必须姓王！我去找爹，把你的事情挑明，我想爹不会不通情达理的。”王凯也觉得雪里埋不住人，这样一直瞒下去，既愧对岳父，也对不起自己的儿子，便同意了。

一天，于雅辉抱着继创回娘家见到父亲，扑通跪到地上，满脸愧疚地说：“爹，我对不起您。”她除过年给爹磕头外，平时遇到再大的事情也没给爹下过跪。

于子和扶起女儿：“这孩子，咋给爹还来这一出，啥事，说！”于子和已经猜到女儿要跟他坦白王凯真实身份的事，不过，他不想点破，还是想让女儿亲口说出来。

“你女婿不叫齐山，叫王凯，因他冒险运送杨深秀的灵柩回家，在北相镇刺杀过老慈禧而被列为钦犯，一直隐姓埋名。我怕连累你，一直没敢给您露明他的身份，恕女儿不孝。”于雅辉低下头，她预料爹至少会数落她几句。

血毕竟浓于水，女儿终于说了实话。于子和心里一阵欣慰，故意轻描淡写地说：“辉儿，你起来，我当是啥大事，这事我早就晓得了。”

“爹，这事你晓得，咋没给我提过？”于雅辉非常意外，她怎么也想不到爹如此宽宏大量，眼前浮现出巍峨苍茫的条山和辽阔无垠的盐湖。

“王凯干的事情撼天动地，震惊朝野，能瞒得住我吗？”于子和说，“你俩不就是怕你爹我在官位上受牵连，不敢说出真相吗？难得王凯和你有这份孝心，爹要感激你俩才是。”于雅辉眼里闪烁出惊喜：“爹，您真不怪我俩？”

“怪，咋能不怪？你爹是啥人你不晓得？我是那种良莠不分、落井下石的人吗？我怪你俩把我看扁了，连我都瞒。”于雅辉很是抱愧，把孩子往于子和怀里一塞，说：“爹，您抱着继创，我这就叫王凯来，给您赔罪。”

王凯赶来后，刚想张嘴，被于子和挡住：“小凯，你啥也甭说了，我晓得你的苦衷。往后，你在家里是王凯，但外面还是齐山。继创是王家的根，不过不要在外面宣扬就是了，等到孩子长大成人，世道还不晓得变成啥样，水到渠自成。”

王凯正想面谢岳父，走进一个穿皂色衣裳的中年捕头，向于子和递上一个蓝皮卷宗。“太好了。”一向沉稳的于子和看过卷宗，一拍大腿，话音里洋溢着兴奋，“小凯，你爹的冤屈总算查清了。”

王凯觉得浑身的血一下子全冲到脑门上，顿时喜泪滂沱，颤抖着嗓音问于子和：“爹，这是真的?”自从爹含冤自尽后，他无时无刻不想为爹伸张冤屈。他曾经想过只身找到远在甘肃的蒯亦霸，暗中结果了杀父仇人的性命，但他知道这样做虽然能解心头之恨，却无法为爹昭雪，只能把仇恨埋在心底。和于雅辉结为夫妻后，他曾产生过求大权在握的岳父帮助自己查清此案的想法，但觉得还不到向岳父亮明身份的时候，便一直等待着机会。没想到，岳父在他毫不知晓的情况下，替他办成了这件在他看来难于上青天的大事。

原来，于子和知道了女婿的身份后，查阅了亲家王嘉天一案的全部案卷，发现王嘉天的口供不是亲手所为，画押笔画忽粗忽细，有严刑逼供的嫌疑。到河东陕西都转运盐使司一查，确认当年岁修禁墙的专银失盗，与王嘉天毫无关系。经过追问当年知情的衙役，得知蒯亦霸对王嘉天严刑拷打，违规游街，诬陷致死的实情，便责成自己从保定带来的心腹谢捕头彻查此案。此时，恰好逮住了一伙偷窃商铺的惯盗，一盘问，惯盗们供认了当年受胡占光唆使，偷盗河东陕西都转运盐使司库银，栽赃王嘉天的事实。

于子和拿着卷宗，像火烧了眉毛，对王凯说：“王凯，你和辉儿陪你妈，我去衙门办公事去。”当即和谢捕头赶回道台府，起草好有关文书，让谢捕头骑快马到京城刑部山西司，拿回重审王嘉天一案和追究蒯亦霸徇情枉法一案的批文。派谢捕头带领几个捕役赶赴山东潍坊，押回已经致仕的蒯亦霸和赋闲在家的胡占光。当年不可一世的蒯亦霸和胡占光在事实面前，对陷害王嘉天的罪行供认不讳。时过境迁，蒯亦霸在朝里的靠山姑父刚毅已死去多年，再也没有后台为其说情，依律押解到京城，廷杖后，流放到黑龙江的宁古塔。同时敕封冤屈而死的王嘉天为中宪大夫，退还所查封的盐号。因王凯隐姓埋名，无法直接把王恒盛盐号退还给王凯，于子和就想出了一个遮人耳目的办法，把一直租给旁人的王恒盛盐号收回来，交给王凯托管。

从受理到了结此案，前后不到四个月。王凯见大仇已报，真想在道台府放三天三夜的鞭炮以示庆贺，但考虑自己的身份，还是克制住自己，跪地感谢岳父。于子和语重心长地说：“王凯，天网恢恢，疏而不漏。你就不是我女婿，我也会为你爹申冤的。往后的路还长，只要你好好做人干事，终有出头之日的。”王凯使劲地点头：“爹，您老的话我铭记于心，我一定要使出全力，办好盐号，振兴家业，光宗耀祖，让岳父引以为傲，让雅辉过上最富足的生活。”

响鼓不用重槌敲。王凯像一位所向披靡的将军，以力拔山兮气盖世之势，驰骋在百里盐池，用自己过人的才华铸就着一个又一个的传奇。

去年春上，个别盐号的东家和老和尚指着王凯的新盐号，根据以往的老经验断言，说是没有几年的摔打，绝对产不出多少盐来，可事实让他们瞠目结舌。

王凯深知晒盐是技术性很强的营生，没有相当数量的技术骨干是不行的。早在前年，王凯和周大汉就有计划地让盐工们互换岗位，熟悉各工种，又把自己摸索出的绝活手把手地传授给盐工，使多数盐工成了晒盐的全把式。开工时，为了保障新开的盐号正常生产，王凯和周大汉从盐工中选出十位佼佼者，提拔为各盐号的老伴和小师傅，把齐山盐号的老班底分出四拨人马，又从当地招来一批老盐工充实其中，再搭配上张崇信从河南招来的新手，使每个新盐号都拥有技术上的保障，加之盐工们挣得多、吃得饱、睡得香、不挨打，干起活来很卖力气，结果四个新盐号个个旗开得胜，一点也不比老盐号差。王凯经营的六个盐号如同六朵鲜艳夺目的银花，竞相怒放。八月十五歇工时一汇总，齐山、齐仁、齐义、齐礼、齐智、王恒盛六个盐号共晒盐十一万担，几乎占全盐池的一成，除还清开盐号的全部投资外，还盈余了二万多两银子。去年盐号更是芝麻开花节节高，赚下五万多两银子。

王凯见岳父锁在眉宇间的愁容，心想：大过年的，岳父应该说些体贴温馨的家常话，可却往生意上扯，莫非老人家遇到什么难处，便表态：“爹，要我干啥，尽管吩咐！”

“唉！”于子和长叹一声，吐出压在心底的熬煎，“为父是正四品的道台，外人看很风光，殊不知是踩着刀刃过日子。庚子八月，八国联军打进京城，老慈禧西逃。第二年，诸列强硬逼着朝廷签订了丧权辱国的《辛丑条约》，赔款四亿五千万两白银，分三十九年还清，本息九亿八千多万两，以海关税、常关锐和盐税作担保，平均每年要还二千二百万两的外债，朝廷不得不暴征滥收，咱河东盐池是朝廷挂上号的大户，盐税像孙悟空的筋斗云，年年往上翻。今年上面让我上缴一百二十万两盐税，比去年高出三成，要是完不成这个数，我就会身败名裂。”说到这里，于子和眼里闪出热切的希望：“小凯，你是盐池里公认的翘楚，我刚才问你的意思，是想让你替我想一想，怎么才能让河东盐池红火起来，多产盐，顺利地完成盐税？帮我渡过这个难关。”

王凯仿佛看见对自己恩重如山的岳父像拼命挣扎在滚滚洪流中的溺水者，面临着被吞没的险境，心里涌出一个念头，必须帮助岳父渡过难关。于是，调动几年来经营盐业的全部才智，想出了绝妙的高招，故作轻松地说：“爹，要想让盐池多产盐，不是多大难事。”

“快说说看！”于子和眼里放出光芒。

王凯娓娓道来：“头一宗，开发扩产。盐池东湾和东南岸有两千亩滩地荒着，好比抱着金锅不做饭。咱们把外地富商招来投资，把荒滩开发出来，不就成了刮金板？第二宗，提高产量。现在用黑河卤井的盐号不足三成，要是都能用上卤井，产量能提高一大截。第三宗，广开盐路。盐池里每年所产的盐至少有三成积压在料台上，要是能变包商为自由贩运，就会吸引富商们贩运潞盐，盐路自然大开，税源滚滚。”

“好主意！”于子和一拍大腿，脸上的愁纹舒展开来。

王凯自告奋勇：“爹，一开春我就出去招商。”

“王凯，你的能力我一百个放心，可你只是个盐商，名不正则言不顺呀。”于子和想了想，有了主意，“正好朝廷下谕让各地发展商会，让运盐使司的春霖出面，推选你为潞纲商会会长。这样，你就名正言顺了。”

元宵节后，于子和把河东陕西都转运盐使司运使翟春霖叫到道台府，说出让王凯出任潞纲商会会长，协助搞好盐池的意思。翟春霖当然极力照办，把全盐池的六十多个东家和三十多个行商召集起来，推选潞纲总会会长。王凯本来在盐池东家中口碑极好，加之又是于道台的女婿，顺理成章地被推选为潞纲总会会长。

一出正月，王凯和周大汉安置好六个盐号开工后，偕于雅辉骑马飞奔太原拜见刘笃敬。刘笃敬出身经商世家，是晋南数一数二的巨商，拥有宅院三十余座，田地二万余亩，店铺二百六十余处，弃官后，曾赴日本神户考察工商业，去年，应新任山西巡抚张曾易之聘，致力实业救国，设工厂，开矿山，把生意做得风生水起，年收入银子数十万两。去年秋天，出任山西商会首任会长，与夫人刘王氏定居在太原。年前，王凯曾和于雅辉带着儿子到太原探望二老，把刘笃敬夫妇喜欢得不得了。王凯和于雅辉直奔太原，到柳巷的“双合成”和“六味斋”买了两大箱糕点和肉食，来到东缉虎营刘笃敬的住处。刘笃敬夫妇见女婿女儿来访，自然喜不自胜，热情招待。刘王氏问：“辉儿，这回咋不带继创来？我想摸摸软得像缎子的小屁股。”于雅辉答：“妈，继创已经让我婆婆接到河南冶阳去了。”刘笃敬见夫人和于雅辉如此亲热，笑着说：“看你们母子俩，亲得没个够。”他又转身对王凯说：“走，咱们到书房聊去。”

王凯先向刘笃敬道歉：“爹，本该正月来给你和我妈拜年，可离得实在太远，来晚了。”刘笃敬笑答：“你的盐号刚开工，一定很忙，能和小辉来看我和你妈，就很不错了。”刘笃敬在老家住时，王凯与于雅辉隔三岔五地到汾城看望他和夫人，尤其是他过五十大寿时，王凯尽女婿的孝道，献上明朝字画、全套景德镇瓷器、文房四宝等寿礼，惹得数百个祝寿的亲朋好友赞不绝口，都夸王凯是个有情有义的好女婿，为他挣回很大的面子。

王凯想让岳父对河东盐池投资产生兴趣，便把话头往那里引：“爹，您是山西商会的会长，我也当上会长了，和您平起平坐。”女婿能当上会长，刘笃敬自然高兴，问：“那好哇，你当的啥会长？”

“潞纲总会的会长。”王凯欲擒故纵，“我来太原前，雅辉爹给我透了个信，说是陕西几位商人找他，要买盐池里的荒滩开发盐田。他征求我的意见，我立马想起了您，看您对此事有没有兴趣？”

刘笃敬当然晓得河东盐池是个聚宝盆，立马意识到这是一个可遇不可求的好商机，脸上飞扬起神采：“真的？”

“那还有假？您就是借我二十四个胆也不敢在您面前说谎。”王凯趁势撺掇，“爹，您要真有此意，就应该抓住先机。”

作为山西商界领军人物，刘笃敬像个机敏的猎手，嗅到其中的巨大商机，更晓得兵贵神速的玄妙，对王凯说：“咱们山西商人在全国响当当，生意做到很多国家，商界流传着有麻雀的地方就有山西商人的佳话，而河东盐池是历史上最悠久的聚宝盆，这样的肥水若是流入外地，岂不让全国的商界笑掉大牙？你先回运城，我立马召集一批全省商界大亨到河东盐池考察，动员他们投资。”

王凯原本想让刘笃敬投资盐池，没想到他站得高看得远，要举全省商力开发盐池，这真是打着灯笼也难找的好事，立即和于雅辉马不停蹄地返程。

路过平遥城，王凯记起戊戌年运送恩师灵柩回家时在日昇昌票号对对联的经历，心想：日昇昌票号财大气粗，要是能动员它开发盐池，岂不是件好事？他和于雅辉径直造访日昇昌票号，见到李天继。李天继热情有加，立马让账房先生察看当年存在票号里的股本。账房先生回说：“当年的股本已经涨成一千一百两。”李天继征求王凯的意见：“你是把股本取走，还是继续留着？”王凯早把获奖的事忘得一干二净。笑说：“年兄，你真是个信用之人，真把那获奖银子给我存成股本了。我也不缺这点钱，还是留在宝号当股本吧。”李天继打量王凯的穿戴和神情，猜到对方事业成功。便问：“年弟，这些年在哪里高就？”王凯答：“实不相瞒，戊戌年我路过宝宅，是扶送恩师杨深秀的灵柩回老家。前几年在河东盐池开几家盐号，此番专程从运城去省城太原，一则看望任山西商会会长的岳父刘笃敬。二则奉河东道尹之命，到太原为开发盐池招商。”

李天继眼窝一亮，饶有兴趣地说：“谁不知道河东盐池是个天然聚宝盆，历朝历代，许多山西富商都是以盐起家，做产盐生意等于端上金饭碗。”他接着追问：“年弟，盐池招商是怎么回事？请说仔细点。”王凯答：“河东盐池有不少荒芜的盐滩。为了扩大产量，开出优惠条件，吸纳晋商里的有识之士到河东盐池投资开发，到太原一给当山西商会会长的岳父刘笃敬提及此事，他很有兴趣，表态鼓动晋商里的佼佼者参与此事。我此次从太原返回拐到宝宅，就是想将此事告知年兄。”

这几年，因时局动荡，汇兑业务日见萎缩，票号生意每况愈下，大不如前。李天继正盘算着另辟生意蹊径，一听王凯所说之事，像黑暗中突然看见光亮，抓住王凯的手急切地问：“年弟，你真是雪中送炭，快给我出个主意，我咋能赶上这趟车呢？”王凯想了想，摊开文房四宝，给刘笃敬修了一封荐书，交给李天继：“年兄，事不宜迟，你赶快去太原找我岳父，递上我的信，他定会安排你去河东盐池投资的。”

王凯回到运城，将刘笃敬即将亲自带队考察应招之事禀告给岳父。像天上掉下大馅饼，于子和惊喜万分，立马把翟春霖唤到道台府通告了这一天大的讯息，对翟春霖说：“这可是咱盐池开天辟地的头一回，一定要提前准备。”

五月上旬，正值收麦前夕，运城原野金浪翻滚，散发着麦味的清香。刘笃敬率领十多位晋商各骑高头大马，刚过安邑镇，远远看见前面路上竖着柏枝缠绕的彩门，彩门下站满了人。洪洞商人董之涣问刘笃敬：“刘会长，你看前面的阵势，是不是迎接朝廷要员？”刘笃敬答：“他们来虚的，咱们来实的。不管他，咱们找潞纲总会会长齐山，直接去看盐池。”

离彩门还有十几丈远，锣鼓声、鞭炮声砰然响起，于子和与翟春霖身穿官服，和王凯等人迎上前来。刘笃敬一看是来迎接他们的，慌忙让随行人员下马。于子和老远带头鼓掌，快步走到刘笃敬等人的面前，紧握住刘笃敬的手说：“刘会长，一路辛苦了，我代表河东三十二个州县的二百万民众欢迎诸位！”说完，把刘笃敬礼让到一顶蓝呢大轿上，以“回避”“肃敬”的牌子开路，两班响器边走边吹打，同行的晋商们跟在其后，浩浩荡荡地走进运城，沿途的街道两侧站满人，晃动着三角彩旗表示欢迎，其场面不亚于接待朝廷大员，把刘笃敬一行接请到菊花酒楼，用重八席接风。

午餐后，于子和让翟春霖和王凯作陪，把刘笃敬请到内宅书房。于子和盯着老朋友，喜悦之情溢于言表：“亲家，咱俩有七年多未见面了，你除了头发有些白，还是老模样。”刘笃敬对于子和的热情款待过意不去：“亲家，想不到你把排场闹得这么大，真是受宠若惊呀。”

于子和笑着说：“亲家，此话差矣。论私，咱们是莫逆之交，骨肉相连的亲家；论公，你是山西商会会长，全省最大的财神爷，我能不尽亲家之道、地主之谊吗？”于子和接着说：“亲家，我还要怪你，你去年秋上来盐池看小凯和辉儿，却把我瞒得死死的，是不是怕我管不起你吃住？”刘笃敬慌忙解释：“亲家，你想多了，我晓得你身居官场不自由，就没敢惊动你，这回来就是补上回的亏欠来的。”于子和笑着说：“亲家，我就佩服你，啥时候都能把话说得点滴不漏。”拉完家常，进入正题，于子和把盐池图摊在刘笃敬面前，向刘笃敬详尽地介绍了盐池可开发的荒滩面积和优惠条件。

次日一早，一轮红日跃出东山，把百里盐湖染成彤红，中条山上吹来的清风，把湖面吹拂得潋滟夺目。于子和、翟春霖、王凯各骑高头大马，陪同刘笃敬一行下到盐池，和上回于子和首次巡视一样，中禁门和盐池北岸的大道上，锣鼓铿锵，彩旗飞舞，所到之处，盐池的东家们列队欢迎，伫立于两侧行注目礼。远道而来的晋商们大都是头一回下盐池，看到一望无际、蔚为壮观的白色盐田和料台上一座座盐山，无不兴致勃发。走到齐仁盐号跟前，翟春霖把王凯让到前面，向晋商们介绍：“这是潞纲总会会长齐山，也是于大人和刘会长的乘龙快婿。”

“诸位前辈，大家都是商界的泰斗，能屈尊到盐池巡察，在下诚惶诚恐，我代表潞纲总会欢迎大家。”王凯向客人们揖了一礼，转身指着面前的雪白的盐畦介绍，“这片盐田有七百多亩，原来是一片荒滩，我大前年以每亩十两银子的价钱买下它来，开发成齐仁、齐义、齐礼、齐智四个盐号，前年产盐七十多万担，收回全部投资还有赚头，去年净赚五万余两。”这些长期上京城、下江南、走西口淘生意的晋商听了王凯的现身说法，肚子里算盘打得叭叭响，都觉得全天下再也找不到这么好的生意了。

于子和领着晋商们走到东湾一大片荒芜的盐滩介绍：“诸位请看，这一大片荒滩，乾隆朝以前一直是上好的盐畦，后因黑河被淤，断了卤水源，才荒芜了。如今，潞纲总会的齐会长发明了卤井，完全具备了晒盐供卤水的条件，我们河东道计划开发这片荒滩。诸位若感兴趣，可以当场向翟运使报名。”

“我买一千亩!”“我买一千亩!”“我也买一千亩!”……

刘笃敬的话像抛砖引玉，晋商们趋之若鹜，跟着振臂呼喊起来。

翟春霖向晋商们展开盐池图，很是作难：“你们的心情我理解，可盐池里能开发的荒滩只有三千来亩，满足不了大伙呀。”晋商们生怕抢不到这块肥肉，齐刷刷地把眼光投向刘笃敬。

“诸位少安毋躁。”刘笃敬说，“天下熙熙皆为利来，天下攘攘皆为利往。大家不会不记得祁县乔映霞召九弟兄折筷子的事吧。我这个会长要是有私心，早就把这独食吞下了，还能轮得上大伙？我带大伙来，就是让大伙有利共沾。”

翟春霖不失时机地说：“大伙看这样行不行？除把最大的一块荒滩卖给刘会长外，大伙当场抓阄，听天由命。抓阄的办法是老祖宗传下来的，只有靠运气来说话，谁也不会有异议。当下，翟春霖把十三块面积大小不一的荒滩标出来，最大的三百余亩，最小的九十亩，由东到西编成号，然后用红纸写成阄，让晋商们当场抓。

抓完阄后，一位戴眼镜、留短须的老先生提出晋商们共同关心的话题：“我来开发盐滩，人生地不熟，从何下手？”

翟春霖答：“请诸位放心，我们运盐使司全力配合大家，负责张贴告示、招用工人，至于技术问题，可以请教齐会长。”

王凯向老先生恭敬地揖礼：“您是洪洞的董翰林吧？您德高望重，闻名遐迩，今能屈驾光临，是我们盐池的福气，能为您老效劳乃晚辈义不容辞之责。”王凯又提高嗓门，对晋商们承诺：“诸位前辈，刚才董老翰林提出的问题，我想大家都很关心。于大人和翟运使已经给我做了安排，开发盐滩的开渠、挖池、整畦、打井等所有技术由我们潞纲总会全程负责，保证大家马到成功。你们派掌柜的过来经营就是了。”

董翰林名叫董之涣，洪洞杜戍村人，商读传家，早年中举，曾入翰林院当过庶吉士，诗画俱精，亦文亦商，今跟随刘会长来盐池投资，见刚二十出头的年轻人侃谈高雅，不由大为惊愕：“齐会长，咱们素无交往，你为何对老朽了如指掌？”

王凯笑答：“董老翰林诗书著称于世，晚辈再孤陋寡闻，焉有不晓？”其实，昨夜，王凯特意拜望岳父刘笃敬，了解了每位晋商的底细。王凯见董之涣年过花甲，便关切地问："董老翰林，您置下新盐号，是您亲自经营吗?"董之涣答："非也，将来让犬子维藩来管理。"

诸晋商一下子把心放到肚子里，不约而同地向翟春霖和王凯作揖，以商人交往时的最高礼仪表示感谢。

晚餐时，根据王凯的建议，翟春霖向晋商们宣布："明天请大伙游览池神庙，后天拜谒关帝庙。"晋商们一听要安排他们游览池神庙和关帝庙，无不连声叫好。他们都把关公视为能够保佑财源广进的武财神，家里供着关公，每日早上起来头一件事就是拜关公，出门时总是带着刻着关公神像的护身符。长期在外经商的晋商们无一例外地在山西会馆建筑关帝庙，希望关公能够保佑他们平安。此次，能到关公的祖庭拜谒，当然求之不得。

次日，翟春霖和王凯雇了几挂轿车，陪晋商们先到池神庙游览。

池神庙位于盐池北岸卧云岗上，坐北面南，唐大历十二年，代宗李豫喜闻河东盐池自生红盐，以为瑞兆而龙颜大悦，封河东盐池为"宝应灵庆池"，敕建池神庙；宋徽宗赵佶封东盐池的神为"资宝公"，西盐池的神为"惠康公"，后由公封为王；元成宗铁穆耳将东盐池的神加封为"永泽资宝王"，西盐池的神加封为"广济惠康王"；明洪武朱元璋直接封为"盐池之神"；清朝把盐池封为"照惠裕阜盐池之神。"一千三百多年来，历朝历代无不对池神庙大兴土木，或扩建，或修葺，使之成为规模宏大，全国独一无二的池神庙。

池神庙（张晋思 摄）

翟春霖和王凯陪同晋商们从池神庙的北门入内，先后游览了并排矗立、气势雄伟的三大殿、碑林、奏衍楼、歌薰楼、舜帝弹琴处，最后登上海光楼。海光楼雄踞池神庙正门之内的高台之上，面阔五间，楼顶为歇山式，高挑的四角如同雄鹰展翅。晋商们凭栏南眺，远处的中条山起伏连绵，像条俯卧的苍龙，浩瀚的盐湖一望无际，洁白的盐畦宛若一面巨大的镜子，放射出万丈光芒，与蓝天白云交相辉映，异常壮观。

王凯向晋商们介绍："此楼是观赏盐池最佳之处，历代高官显达和文人墨客无不在这里登高望远，吟诗作赋，留下不少名作。"

董翰林有意考问王凯："齐会长，听说你举人出身，学识渊博，能不能让我等见识见识?"王凯很是谦虚地答："历代颂咏海光楼的诗赋不下几十首，我只记了一些，我试试看，给诸位献丑了。"王凯清了一下嗓子，抑扬顿挫地朗诵了清人杨愈节的《登海光楼》：

盐贩泽中紫色浮，雕甍丹柱翠烟头。
天开山黛云中画，地涌鹾涛海上楼。
周礼职方征岁贡，汉廷少府裕边筹。
谁赓解愠薰风韵，徒对琴台忆帝休。

诵罢，换来一阵叫好声。接着，众人一起来到东面一片巍峨的建筑群。众人抬头一看，庙门上悬挂着关帝庙三个鎏金大字。有个晋商不解地问：'池神庙里咋也有关帝庙。"王凯笑着讲解："这里面有个故事。相传宋真宗年间，连续数年池水大减，产盐极少，收不起盐课。宋真宗一听非常着急，当夜，做了一个梦，梦见解州的城隍爷告诉他，蚩尤作怪，喝干了河东盐池里的卤水。第二天，真宗上朝对大臣们说了梦里的事，有位大臣献计，请朝里的张天师下河东盐池降伏蚩尤。宋真宗准奏，退朝后，派人把张天师宣到金銮殿，张天师一听，吓得直哆嗦，求告宋真宗：'陛下，不是我不想为您效劳，当年连黄帝都曾被蚩尤打败过三次，可见法力之高。小臣实在不是他的对手，乞请高人降服。'真宗问：'爱卿以为谁能降服蚩尤?'张天师不假思索地献计：'有一个人准能降服蚩尤。'真宗问：'谁?'张天师答：'三国关羽，他忠勇冠世，死后封为伏魔大帝。他本人又是盐池南岸常平村人氏，为救故里，肯定会与蚩尤拼死一战。'真宗问：'关帝已经去世千余年，怎样才能把他老人家请来?'张天师答：'包在贫道身上。'当场双目紧闭，口中念念有词，果然，不大会，一阵香风过后，面若重枣、长髯飘逸的关公身披铠甲，手持青龙偃月刀，威风凛凛地飘然而至。真宗慌得忘记了自己是九五至尊，忙从宝座上滚下来，跪向关公求情，把蚩尤作乱的事情说了一遍。最后说：'关老爷，不，伏魔大帝，恳请你大驾出马，救一救河东盐池。'关公答：'盐池是吾的家乡，岂容蚩尤作乱。'次日，河东盐池大风骤起，天昏地暗，飞沙走石。关公率领天兵天将与蚩尤带领的人马厮杀得难解难分。关公见一时无法取胜，拨开云端往下一看，见许多农民在田地里忙活，便施了一道法术，把成千上万农民的魂魄招到天上充当士兵。这一下，关公的军力大增，全力朝蚩尤兵发起猛攻，终于把蚩尤兵打得惨败而逃。从此，河东盐池风平浪静，又恢复了正常生产。真宗为了感谢关公，就在池神庙里建造了这座关帝庙。凡来河东盐池巡察的帝王和官员，都要到关帝庙里拜谒。"

晋商们听完王凯的介绍后，跟着翟春霖和王凯进入关帝庙里，恭恭敬敬地向关公神像拜谒。

次日，翟春霖和王凯又领着晋商们拜谒解州关帝庙。因提前有约，年逾七旬的关帝庙老住持在山门琉璃龙壁前迎接。老住持向晋商们介绍："此庙创建于隋开皇九年，历代多次扩建和重修，占地三十余亩，主次分明，布局严谨；殿阁嵯峨，气势雄伟，高低参差，前后有序，牌楼耸立，斗拱密列，古柏参天，藤萝满树，草坪如毡，花香迷人，是关帝祖庙。"然后，他领着晋商们绕过琉璃龙壁，穿午门，越"山海钟灵"坊、御书楼，来到关帝庙主体建筑崇宁殿。此殿建于北宋崇宁三年，因宋徽宗赵佶封关公为"崇宁真君"，故名崇宁殿。殿前苍松翠柏，郁郁葱葱，配以石华表一对，焚表塔两座，铁旗杆一双，月台宽敞，勾栏曲折，使人顿生敬佩之感。殿面阔七间，进深六间，重檐歇山式琉璃殿顶，檐下施双昂五踩斗拱，额枋雕刻富丽。殿周回廊置二十六根雕龙石柱，雕龙姿态各异，个个须眉毕张，活灵活现。下施栏杆，间有云纹望柱，下嵌石制浮雕，蔚为壮观。大殿檐下高悬乾隆帝所书"神勇"横匾和咸丰帝所书"万世人表"横匾。下竖巨型青龙偃月刀，门口还有铜香案一座，铁鹤一双，以示威严。殿内木雕神龛玲珑精巧，内供木雕关公坐像，其像勇猛刚毅，神态端庄肃穆。龛外雕梁画栋，仪仗倚列，木雕云龙金柱，自下盘绕至顶，狰狞怒目，两首相交，以示关羽的英雄气概。龛上有康熙帝手书"义炳乾坤"横匾一方，更使崇宁殿庄严肃穆。晋商们无不跪倒在关公神像前，敬上香表，对敬仰之至的关公顶礼膜拜。

拜完关公，晋商们绕到后院，气势雄伟、直刺云霄的春秋楼扑面而来。此楼创建于明万历年间，同治九年重修。面阔七间，进深六间，二层三檐歇山式建筑，上下两层皆施回廊，四周勾栏相依，可供凭栏远眺。檐下木雕龙凤、流云、花卉、人物、走兽等图案，雕工精湛，剔透有致；上层回廊的廊柱，矗立在下层垂莲柱上，垂柱悬空，内设搭牵挑承，给人以悬空之感，谓之一绝；楼顶彩色琉璃覆盖，光泽夺目。老主持领着晋商们沿春秋楼一侧的楼梯登上二层圣殿，晋商们均怀着崇拜之情，再次面对神龛里夜观《春秋》的关公金像，虔诚进香跪拜，双掌合十，面色肃穆，嘴唇嚅动，念念有词，无不慷慨解囊，捐献银两，以表虔诚。

在晋商们恭拜关公的当儿，王凯到圣殿西侧的藏宝阁，请来十四尊一尺二寸高的关公铜像。见晋商们拜完关公，指着条桌上金光闪闪的关公铜像说："诸位前辈，大家经常到天南海北做生意，来一趟关帝庙不容易，我们河东陕西都转运盐使司和潞纲总会特意为大家代请一尊关公神像，并敬请住持大师现场为关公神像开光!"

开光是道教中最庄严而神圣的仪式，就是把浩茫无垠的宇宙中具有无边法力的真灵注入神像中去，其神像也就具有了灵性，有了无边法力。晋商们平时所拜的关公像，大都是在市场上请的，没有开过光。这回齐会长请关帝庙的大师亲自为尊贵的关公铜像开光，就像遇到天大的喜事，把发自内心的感谢汇聚到掌声中。

开光仪式开始，主持大师把关公铜像搬到关公神龛前，献上三样供品，净手后，跪在关公铜像前，按照开光的程序，依次念净水咒、净身咒、净口咒、净心咒、净坛咒、净天地咒、敕笔咒、敕镜咒。每次念咒，住持大师都双掌合十，面凝肃穆。念完敕笔咒，住持大师用毛笔饱蘸朱砂往八卦宝镜上画符，为每尊关公像的额头点上朱砂。念完敕镜咒后，住持大师走到殿外的走廊上，把日光反射到殿内关公的铜像上，从头到脚，一一扫过，之后将象征着财富和红运的十二个麻钱塞入神佛像底部的小口内，用手把住神像底座猛摇数下，表示神灵降临。最后，住持大师再次下跪，给关公像敬上三炷清香，敬酒三杯，洒于地上。前后经过二十二道程序，用了一个多时辰才完成。王凯为了方便客人，把每个开过光的关公铜像装在特制的绛州描金推漆盒里，托专人用车拉到晋商们下榻的旅馆。

临别时，每个晋商都携带着一尊开过光的关公铜像，在他们眼里，这就是永远的财富。

六月初一，十四个商家带足银两，云集盐池。当地的农民，已经收完麦子，在家里暂无农活，一见盐池招工告示，纷纷前来，不几天就有两千多个短工应招。王凯给每个开发商配备一名曾参加过盐滩开发的技术工人，现场指导。昔日芳草萋萋、寂寥凄凉的盐滩，一夜之间变得车水马龙，人声鼎沸，充满生机与活力。

产硝（高志勇 摄）

开工不久，王凯把穿着便服的于子和和翟春霖请到盐池里，站在北岸的高埠上，指着人影如织的热闹场面介绍，根据工程进度，上冬前可以完工，又把于子和和翟春霖领到几个垦滩工地上察看。每到一处，东家和王凯派到这里负责技术的人员都展开王凯亲自用彩笔绘制的施工图，向于子和和翟春霖介绍情况。

来到洪洞董翰林的工地上，一个二十来岁的年轻人迎上来，闪过走在前面的于子和和翟春霖，直接跑到王凯面前，很是随便地问："哥，我托你的事办妥了吗?"听口气不像求人办事，倒像是下命令。

王凯见年轻人冷落了前面两位真正的官员，赶紧向年轻人介绍了于子和和翟春霖。又向于子和和翟春霖介绍年轻人："这是洪洞董老翰林董之涣的令郎董维藩，奉董老翰林之命前来开发盐号的。"董维藩忙不迭躬身道歉："小的有眼不识泰山，万望包涵。"于子和宽宏大量地说："本官穿的是便服，不知者不为怪嘛。"翟春霖很是纳闷，问董维藩："董东家，你咋与齐会长如此相熟?"

"齐会长待我们这些外来的垦滩者一见如故，亲如兄弟，把自家盐号上房院的正屋腾出来，让我们外来的垦滩者住，还给我们开了小灶，一日三餐陪我们用餐，能不相熟吗?"董维藩解释，"前几天，我内人捎信来，要领着刚过一岁生日的儿子从老家洪洞来定居，我托齐会长给我买座院子。我要不是跟他相熟，说话能有这么老气?"翟春霖扭头夸赞王凯："真有你的!"王凯笑答："送君玫瑰，手留余香嘛。"王凯又对董维藩说："兄弟，我已经给你买好院子，并把里里外外拾掇得妥妥贴贴，就在东街北阜巷里，和平遥的李天承是前后院。"

董维藩发自内心地感谢说："你弟妹来后，让她炒几个菜，好好谢承谢承你。"

第十七章　拓宽盐销路

八月十五后，盐池歇工。为了加快垦滩进度，王凯以潞纲总会会长身份，把前来开发盐滩的东家们和各盐号的东家们召集在一起，商议让将要离开盐池的短工们到垦滩工地上干活。此乃一举两得，一来可加快垦滩进度，二来可增加盐工们的收入，自然一拍即合，皆大欢喜。一夜之间，又有两千多名短工涌入荒滩，垦滩工地更是如火如荼。

王凯像个具有远见卓识的战略家，找到于子和和翟春霖说：“岳父、翟兄，产是源，销是果，产得多还要销得好，这才是真正的胜算。明年新开的盐号投产后，潞盐总产量可增加二成多，咱们应该提前动手，广开盐路，才能做到丰产丰收。”于子和问：“小凯，你给我说过要广开盐路，这盐路怎么个开法？”翟春霖问：“凯弟，咱们产的盐一直由晋岸、陕岸、豫岸的行商批而发之，只能坐门等客，客人不来进盐，行商也无能为力呀。”

王凯胸有成竹地答：“咱们盐池主要供应山西、陕西、河南三省。我查过历史资料，明洪武年间，潞盐共产盐八十多万担，供应山西人口四百零三万、陕西人口二百一十五万、河南人口一百八十九万，合计八百零九万，人年均吃盐十斤。如今，河南省一千二百万人，陕西省三百六十万人，山西九百万人，合计二千四百六十万人，产盐一百万担上下，年人均吃盐才四斤。这说明市场需求量很大，可咱盐池的盐每年总要积压一些卖不出去，咱们要走出去摸一摸毛病究竟出在哪里。”他又对翟春霖说：“翟兄，‘不入虎穴，焉得虎子’，当年你在常德府当知府时，不是乔装打扮成毒贩，冒着生命危险，深入湘西的大山僻乡里，摸清情况，里应外合，拔掉毒根，立下大功的？这回我陪着你到外面，摸一摸潞盐的销售和民众吃盐的实情，然后再对症下药。”

翟春霖茅塞顿开，击掌叫好："这是个好办法!"

几天后，王凯和翟春霖打扮成出门找活的农民，肩上各背褡裢，从风陵渡过黄河，踏上陕西地界，来到西岳华山脚下的华阴镇。华阴镇是座千年古镇，镇内地面青石铺路，两旁商铺林立，招牌高挑，行人摩肩接踵，很是喧闹。王凯、翟春霖边走边看，见日头已经偏西，肚子饿了，便坐到街边一家大饭馆旁边的一个小吃摊上吃凉皮。刚吃几口，前面传来喜乐声，一支迎亲的队伍迎面而来。街道上的人流纷纷挤到两侧，为迎亲队伍腾出一条路来。响器过后，只见新郎骑在高头大马上，后面紧跟着一个花轿。王凯一瞅，新郎瘦得像根麻秆，下巴上蓄着一小撮白山羊胡，大为惊愕，问卖凉皮的老者："老伯，那新郎胡子拉碴的，少说也有六十来岁，咋还娶亲呢?"

"你真是有眼不识华山，连'向半镇'都不认识?"

王凯问："老伯，向半镇是干啥的?"

"兴隆盐店的东家。这年头，设烟馆，开盐店，给个知县都不干。人家是华阴城里独一份，就狮子大开口，想要多少是多少，能不大发嘛。家产占华阴半个镇，所以都叫他向半镇，刚才娶的是第六个小的。"

旁边的一个汉子斜睨了新郎一眼，啐了一口："老不死的，看还能作几回孽。"

王凯吃完凉皮问："老伯，盐店在哪里？我想去买点盐。"

"往西走到县城最热闹的十字路口，就把你挡住了。"

王凯、翟春霖走到十字路口。十字路口四个角上，各自竖立着商铺。另外三个角上都是一层房屋，唯独西北角上蹲着二层楼房，飞檐挑角，二楼上的明柱枋檩施以彩绘，如鹤立鸡群，十分张狂。楼房一层中间的门楣上悬挂着"兴隆盐店"黑底金字招牌，大门两侧镶着一副对联，上书：鹾海之霸图永仰，占城之贡物称奇。

走进盐店，左侧堆满盛满食盐的麻袋，右侧堆满了兑换的粮食，中间横竖着一排盛满食盐的木柜，一头插着"粮食兑换"的牌子，一头插着"现银购买"的牌子。王凯和翟春霖走到盐柜前观看："粮食兑换"牌子下，十多个农夫正在各拿一毛裢粮食排队兑换盐。一个伙计称完粮食，伙计噼里啪啦地拨拉了一通算盘，高喊："麦子八十六斤，十二斤麦子换一斤潞盐，换盐七斤一两。"一个伙计边应喊："潞盐七斤一两"，边把称好的食盐倒在农夫的小布袋里。

"扛了一毛裢麦子，只换了这么一点盐。"农夫接过盐袋晃了晃，吐诉着强烈的不满，"唉，真是按住葫芦抠籽，吃人不吐骨头!"

王凯、翟春霖又走到“现银购买”的牌子下观看。因没有生意，一高一矮两个伙计杵在柜台内谝闲话，高个说：“咱那东家，今个又娶了个小的，真是艳福不浅呀。”低个答：“有钱使得鬼推磨，向东家就好这一口，甭说娶六个，就是娶一百个，对人家来说，还不是九牛一毛？”高个笑说：“向东家娶了那么多黄花闺女，能受用得了吗？”低个伙计答：“你真是咸吃萝卜淡操心。”

王凯抓起一把盐，问：“盐怎么卖？”一个伙计随口答道：“一百一十个大子。”“多少？”王凯以为听错了，追问了一句。前几年他在西安盐店问过，每斤盐五十个大子，在这里竟打了个滚。“一百一十个大子。”高个伙计见王凯吃惊的样子，挑起半个嘴角，露出一脸的轻蔑，“咋，嫌贵？有本事别买。”

“你——”翟春霖见伙计说话难听，正要发作，被王凯止住：“人家要多少咱管不着，可买不买由咱定，卖家也管不着，咱不买就是了，犯不着较真。”拉起翟春霖离开盐店。高个伙计还不解气，冲着王凯和翟春霖的背影吼：“去吧，你们要是能买下便宜盐，我颠倒在华阴镇上转三圈！”

出了华阴镇，王凯无心到名满天下的西岳华山游玩，指着官道南面的山岭对翟春霖说：“翟兄，咱们到山里的村庄里看看老百姓吃盐的状况。”两人沿着山道朝南面的山岭爬去，爬了一个多时辰，来到一个掩映在一片杂树下的山庄。

走进一个临崖而建的窑院，见一个满头白发的背影正在劈柴，便走上前问：“老人家，请问这是啥村？”白发人扭过头答：“岭西。”王凯见对方的脸虽然黝黑粗糙，却没有一点皱纹，看上去比自家大不了多少，便尴尬地解释：“老哥，小弟弟见你满头花白，以为是个老者，对不住了。”他又求告：“我俩是出门找活的，想讨口饭吃。”

男主人把王凯和翟春霖领进窑洞里，指使正在炕上纺花的婆姨：“快给这两个客人拿点吃的。”少妇急忙下炕，从一个篮子拿出几个黑面菜窝头递给王凯和翟春霖，很是抱歉地说：“我们是穷家，没啥好吃的，将就着填补填补吧。”王凯细看，少妇头发也像霜染过。王凯吃着窝头，难以下咽，便央求少妇：“大嫂，有几块咸菜就着窝头吃就好了。”少妇红着脸答：“兄弟，不怕你笑话，如今盐太贵，买不起，家里好长时日没尝到咸味了。要不，我才三十来岁，头发能白成这样？”厚道的男人急得把婆姨拉到一旁，悄声吩咐：“你看他俩外路人，跑到咱门上不容易，要不，你去别家借块咸菜来？”少妇一脸为难：“他爹，你还不晓得，咱这庄上有几家能吃上咸菜，上哪借去？”王凯听见两口子的对话，赶紧对少妇说：“大嫂，没有咸菜就算了，你这窝头挺香的。”临走时，王凯从褡裢里摸出一把麻钱，悄悄放在炕上。

王凯和翟春霖告别主人，走到村子中央的一块平地上，平地中间堆着一垛柴火，一群孩子正围着柴火堆边转边唱：

高高的华山刺破天，全家吃饭没有盐。
没有盐，吃淡饭，嘴里少味难下咽。
男人身架散，女人粗气喘。
个个头上白霜染，三十七变成七十三。
走进阎王殿，阎王瞪眼看。
生死簿上名不见，沟蛋挨了一勾板；
一瘸一拐回家转，爬回咱的阳世间。
毒毒的日头长长的天，吃淡饭哪天是个完。
……

王凯、翟春霖默默地在一旁，听着孩子们唱的民谣，像被人用刀在自己身上刮。王凯鼻子一酸，强忍着不让泪水往下淌，对翟春霖说：“翟兄，看看乡下人过的这没盐的光景，多难!”

王凯、翟春霖又到山下渭河沿岸的十个村庄暗访，比岭西村也好不到哪里。由于盐店太少，盐价过高，至少有三成的乡民吃不起盐。每到一个村庄，都有一些孩子们传唱着在岭西村听到的歌谣，可见此民谣流传之广。

返回运城，王凯、翟春霖又沿着盐池南面的虞坂古道去河南暗访潞盐的运销情况。此古道可直达黄河茅津渡渡口，是河东盐池往中原运盐的唯一道路，修凿于殷商，因是周朝虞国的出山路，亦称虞坂。春秋时，晋献公曾路过此道吞并了虞国。伯乐相马的故事就发生在这里。

盐道（潘志芳 摄）

盐道（潘志芳 摄）

王凯、翟春霖走过卸牛坪，踏上又窄又陡的“青石槽”，只见两侧怪石嶙峋、犬牙交错，像是无数头怪兽俯瞰着中间的道路，好像随时都可以扑下来，砸扁路上的车辆和行人；脚下的路面上印着两道深深的辙痕和一个个蹄窝。他俩小心翼翼地踏着凹凸跌宕的路面，一步步向上登攀。翻过陡峭逶迤的“三迭浪”，转过险要奇绝的“秤钩弯”，穿过狰狞凶残的“大石斜”，爬过利如剑矛的“牙碴骨”，俩人虽说年富力强，但累得气喘吁吁，走一截歇一会，用了两个多时辰才走过仅有七里的虞坂古道。王凯感慨地对翟春霖说：“这段路太难走了，咱俩空着手走都累成这样，可想而知，盐车和骡马驮盐该有多苦？”情不由己吟起宋代四朝元老司马光的《重经车辋谷》：

昔年道经车辋谷，
直上七里盐南坡。
今年行役复到此，
方春流汗如翻波。
中途太息坐磐石，
涕泗不觉双滂沱。
我生微尚在丘壑，
强若麋鹿婴虞罗。
人逾三十只有老，
后时过此知如何。
玄泉佳处须速去，
登山筋力行蹉跎。

盐道（潘志芳 摄）

王凯和翟春霖从平陆县茅津渡过黄河南岸的陕县会兴镇折东，途径灵宝、义马、渑池等县，见盐店就进，打问盐店的价格，与陕西渭南一带的价钱差不多，每斤都在一百文上下。来到洛阳，见到谢学温，当王凯问起盐价时，谢学温一脸苦相地诉说："俺当了十多年长商，运盐的生意越来越难做。俺雇着车马，辛辛苦苦从你们哪里进盐，要过虞坂，翻条山，渡黄河，一车才拉四担，一个骡子才驮一担，一日才走二三十里。把盐运到洛阳，至少得花十多天。每担所报盐税、运输成本需三两多，我按每担五两批发给盐店，每担盐才赚不到一两，可人家盐店每斤卖一百个大子，每担卖十两银子，净赚一半，等于给人家开盐店的做了一锅好饭。连乡下小孩玩手指头上斗多少时都说，'一斗穷，二斗富，三斗四斗卖豆腐，五斗六斗喂母猪，七斗八斗开盐店，九斗十斗坐金殿。'可见开盐店的有多么肥。"

翟春霖问："谢东家，盐店为啥把盐价卖得那么高？"谢学温答："开盐店要有朝廷户部批的执照，据说户部的官胃口大得很，不花大价钱根本办不下来，俺们洛阳府每个县的盐店不过一二家。盐是白的，可开盐店的心太黑，仗着是独份买卖，漫天要价，一般平头百姓买得很少。盐的销量越来越少，俺的生意也越来越清淡。"翟春霖问："谢东家，啥法才能叫市面的盐价降下来？"

谢学温不假思索地答："这个不难，只要多开几家盐店，你不卖他卖，有了竞争，盐价自然就低了，销量自然跟着大了。"

告别谢学温，王凯、翟春霖为了赶日子，买了两匹马，从洛阳北行至焦作，进入山西上党地界，沿太行山往北，从阳泉、忻州、五台山一直走到山西最北面的大同。一路夜宿晓行，边走边看，又有了重大的发现。以前，他俩以为河东盐池在山西，供应山西、陕西、河南，甚至供到甘肃、河北的部分地区。本省的民众无疑都吃潞盐。实地一看，才晓得根本不是那回事。北面的二十多个县极少见到盐店，到当地的百姓家看，大都吃的附近产的土盐。王凯问一个乡绅："土盐杂质多，吃了对肚子不好，你们咋都不吃河东的潞盐呢？"乡绅叹答："谁不晓得潞盐好吃，但潞盐路程远，价钱高，吃不起呀。"

时值晚秋，塞北万物凋零，朔风凄凄。王凯、翟春霖冻得买件羊皮袄裤穿上，折回太原，拜见刘笃敬，告诉他两个多月来在陕西和河南乡村里的所见所闻，特别把流传于陕西渭南一带的民谣唱给刘笃敬听。

刘笃敬也感到问题的严重性，问："翟运使，齐会长，你俩看了一路，肯定寻思了一路，说说你的想法。"刘笃敬私下叫王凯，但当着翟春霖面，称呼齐会长。

王凯看了看翟春霖："翟运使，你说。"翟春霖推辞："你比我想得透彻，还是你说。"王凯直接说出解决盐路不畅的办法："爹，咱们晋商全国闻名，光在各地的山西会馆就有几百座，就像水银无孔不入，能把闽南的茶叶贩到恰图克，能把苏杭的绸缎销到蒙古，要是能在行销潞盐的山西、陕西、河南多开一些盐店，不就彻底打破了销盐的垄断局面。这样做，既可以给晋商开辟新的赚钱门路，又能平抑当地盐价，解决民众疾苦，促进潞盐销售，这可是一举几得的大好事。"

刘笃敬兴奋之情溢于言表："你说的当然是利国利民利商的好事，但怎样才能打入潞盐的零售行当？"他虽然见多识广，但隔行如隔山，对销盐的行当不是很清楚。翟春霖说："盐业是朝廷的命脉，一直管得很严，必须获得户部颁发的执照才能经销。您在京城为官多年，有不少人脉。我想请你出面，到京城衙门里托个熟人，拿到经销潞盐的执照，然后让咱晋商参与山西、陕西、河南三省经销潞盐的生意，一切问题就迎刃而解了。"刘笃敬说："我在户部倒有些熟人，咱们这就去办此事。"

次日，刘笃敬、王凯、翟春霖一同进京城。考虑到刘笃敬年纪大，途中天冷，让其乘坐轿车，他俩骑马跟在后面，十几天后赶到京城，在阳平会馆落脚。刘笃敬毕竟在京城做了多年的官，没费多少周折，就打听到主管批盐店执照的是户部主管盐务的郎中汪淇。刘笃敬一听喜上眉梢，对王凯和翟春霖说："这下好办了，我认识汪淇，他是咱山西泽州人，进士出身，三十多岁年纪，家里开着丝绸厂，前些年曾找过我给他家推销了绸缎，很熟，能说上话。"

王凯喜气满满地催促刘笃敬："爹，还是您的路子多，咱们这就去户部找他，肯定会一帆风顺、马到成功！"

"心急吃不了热豆腐。"刘笃敬掏出一个信封说，"你黑夜到汪淇府上去拜望他，啥也别说，把这封信交给他。"

是夜，提前打问好汪淇住处的王凯，来到南锣鼓巷胡同，敲开汪淇家的门，当面把信封交给正在书房里读书的汪淇。

次日晌午，刘笃敬走入箭楼北面的千步街。因朝廷的六大部都设在此处，刘笃敬怕遇到熟人，头戴皮帽，用围巾围住脸面，直接到户部汪淇当值的山西司。汪淇一见刘笃敬，赶紧从椅子弹起，请刘笃敬在自家的位置上落座。一般情况下，来衙门办事的人，见了官，无不鞠躬作揖，毕恭毕敬，连坐也不敢坐。汪淇却把刘笃敬让到自家的坐椅上，可见他在汪淇心目中的位置。

“恩公，去年我听说您就任山西商会会长，就一直想回太原看望您，可惜整日穷忙，抽不开身，望乞恕罪。您的信我看了，不就是办个盐照吗，你让人来，我给办就是了，怎敢劳您的大驾？”汪淇站在刘笃敬面前一脸的抱歉，说着从怀里摸出信封，往刘笃敬手里递，“您托我所办之事不过是举手之劳，昨晚您却让人到寒舍送如此重的礼，这不是打我的脸吗？您快把它收起来！”

刘笃敬挡住汪淇的手说：“我是受河东陕西都转运盐使司的运使翟春霖和我的小婿齐山之托来的，你若不收，我的老脸往哪放？”

汪淇只得把信封收回，指着一个纸箱对刘笃敬说：“这是盖了官印的空白盐照，您回去想怎么填就怎么填。”

刘笃敬见大事已妥，想搬着装盐照的纸箱离开，被汪淇挡住：“恩公，这纸箱很重，咋能让您亲自搬？您住在哪儿，我散值后给您送过去。”刘笃敬回到阳平会馆，王凯见刘笃敬空着手，问：“爹，您到户部见着人了吗？”话里的意思很清楚，是问盐照办得如何？刘笃敬没有正面回答，笑着说：“后晌你去餐厅好好安置一桌饭，招待客人。”

刚过申时，汪淇搬着一个装满空白销盐执照的纸箱来到阳平会馆。刘笃敬把汪淇请到专为客人开设的餐厅，请汪淇往正位就座，汪淇涨红着脸推辞：“恩公，有您在，我怎能往正位坐？”硬把刘笃敬推上正位。刘笃敬把汪淇和翟春霖、王凯互相做了介绍后，汪淇握住翟春霖的手，脸上洋溢着少有的热情：“翟运使，咱俩虽未曾谋过面，但早闻你的大名，我是潞州的，你是泽州的，是乡党。你在湖南治洪和禁毒的政绩有口皆碑，乃咱上党之俊杰也。”翟春霖紧紧握住汪淇的手：“汪主事，他乡遇故知，在京城能遇到老乡，实乃吾之大幸。我在河东盐池当运使，你在户部当主管盐务，是我的顶头上司，往后就要在你这棵大树下乘凉呀。”

“翟运使，咱俩是土亲人更亲，肯定会让你近水楼台先得月。”汪淇从怀里掏出一张单子递给翟春霖说，“这是户部特别给河东盐池岁修禁墙下拨银两的批文，请收好。”翟春霖一看，上面赫然写着五千两的字样，感到非常意外。他当上河东陕西都转运盐使司运使后，户部从未给河东盐池下拨过此款，赶忙站起来给汪淇揖礼：“汪兄，承蒙关照，翟某不胜感激。”

刘笃敬心里清楚，这是汪淇退还所送银两的一种婉转方式，很是过意不去，说：“汪主事，你真够意思，礼尚往来，往后翟运使和王会长会意思你的。”刘笃敬没有明说怎么意思汪淇，汪淇也以为只是刘笃敬的谢词，回答：“恩公，如今蛮夷横行，社会动荡，清廷朝不保夕，不定哪一天树倒猢狲散，覆巢之下安有完卵？若真到了那一天，少不了您这位商界泰斗的提携。”

送走汪淇，刘笃敬笑着对王凯说：“王凯，你打开箱子看看。”王凯打开纸箱一看，竟是崭新的空白盐照，仔细一数，竟有五百张。他冲着刘笃敬兴奋地说：“爹，您老的面子真大。”王凯曾向盐店的东家打听过，一张盐照，不花上千两银子是办不下来的。通过此事，王凯更感到姜还是老的辣，又问：“爹，咱下步该咋办？”“有了金刚钻，还愁揽不下瓷器活？”刘笃敬说，“咱们打道回府，然后，我给郑州、西安山西商会分会写信，让他们涉足盐店生意。”

次日，返回太原时，王凯对刘笃敬说：“爹，对不起，我要到沧州办点事，让翟兄先陪您回太原。”王凯与刘笃敬、翟春霖道别，只身骑马赶往沧州。

庚子秋，王凯在北相镇刺杀老慈禧，崔啸天为保护自己战死后，师母和两个十来岁的儿子提前出走，幸免于难。这些年来，他做梦都想着到师父的老家沧州，打听师母和其两个儿子的下落，一直没有机会。这回好不容易来京城办事，便拐路南下，到沧州寻找师母和其子，了却自己多年的心愿。一路上，王凯催马扬鞭，只用了三天就赶到四百多里外的沧州。

经打听，王凯在城西一座破旧的小院里找到崔赵氏家，走进又低又黑的屋子，几年不见，昔日丰满利落的师母脸上刻满皱纹，蜷缩在锅头前取暖。屋里除了一张旧桌子，别无他物，看得出日子过得很清苦。王凯鼻子一酸，跪倒在崔赵氏面前叫了一声：“师娘。”

崔赵氏抬头细瞅片刻，认出眼前伟岸的汉子，一把抓住王凯的手颤声说：“小凯，你还活着？” 当年，丈夫崔啸天和王凯等人乘夜出门后，让她连夜躲走。她担心丈夫的安危，躲在附近一家无人居住的破院里。第二日一早，看到清兵们闯进河东镖局的大门，晓得坏事了，赶紧趁乱带着还未成年的两个儿子钻入中条山里，一路乞讨，历经千辛万苦，回到老家沧州，靠给人洗衣裳维持生计。

王凯答：“当年，我负重伤后，被人救起，如今在河东盐池里开了几个盐号。”崔赵氏一听，展开额头上的皱纹：“小凯，你真命大，可算熬出来了。”

“大豪小豪呢?”王凯晓得师傅有两个儿子，算起来也该十七八了，便问师母。

“他兄弟俩都长大了，和你师父吃一样的饭，大豪当镖师，二豪在一家武馆当武师。”崔赵氏满面愁容地担忧，“干这行的，脑袋绑在裤腰带上，不定啥时会出事。”

王凯眼睛一亮，说：“师娘，您和大豪二豪兄弟俩跟我走，我一定好好孝敬您，大豪二豪的媳妇就包在我身上。”自打开了盐号，有些私盐贩子雇些会拳脚功夫的痞子，经常趁夜到料台上偷盐，今年夏季还打伤了两个守护料台的盐工。王凯觉得，让精通武术的大豪二豪守料台是再合适不过的人选了。

一听王凯主动要为儿子娶媳妇，崔赵氏毫不犹豫地答应：“等天黑兄弟俩回来，我就跟他们兄弟说，跟着你走。”她晓得王凯的为人，更晓得凭自家的光景，猴年马月也不一定能为儿子娶上媳妇。

傍晚，大豪二豪回来，见到所崇拜的凯哥，一听母亲的意思，当即痛快地答应下来。王凯当即掏出一包银钱，让兄弟俩闪过年带着妈赶往河东盐池，自己催马回家。

刚入腊月，河南、陕西和本省的晋商分会会长如约来到太原刘府。一听说在户部批下了盐照，立即表示要包揽此宗打着灯笼也难找到的好生意。刘笃敬提醒他们：“经销盐一本万利，拿到盐照就等于拿到银票。不过，盯着盐照的人很多，稍有疏忽就会出事，必须要有很硬的后台，户部山西司的汪主事、河东盐法道的于道台、河东陕西都转运盐使司的翟运使、潞纲总会的齐会长和我要参股。”晋商们晓得刘会长所说的人都是产盐、管盐的实权人物，有他们参股，等于撑起一顶保护伞，当然求之不得，点头应承。

当时，潞盐的供应范围是陕西三十四个县、河南三十六个县、山西七十九个县，共一百四十九个县，刘笃敬根据各省所供县份多少，给各省晋商分会会长提供一定数量的空白盐照，要求商会安排晋商包揽各州县的潞盐的一部分运输任务，同时在各县新设盐店，每店本金二百两银子，设十股，每股二十两，主营东家投五股，刘笃敬、程子和、汪淇、翟春霖、王凯各占一股。奉行薄利多销的经营之道，根据路途远近，运费多少确定潞盐的零售价为每斤六十至七十个大子，以平抑盐价，打破以前盐店欺行霸市、哄抬盐价的行径，减轻民众吃盐负担，扩大潞盐的销量。

王凯和翟春霖告别刘笃敬，催马赶回运城，向岳父于子和禀告了与刘笃敬开辟盐路的经过。于子和一听王凯为自己彻底排了忧解了难，自然喜不自胜。不过，王凯留了一手，没有把在新开盐店入股的事告给岳父。

从道台府出来，王凯又直接到运盐使司，见到翟春霖，说是要到郑州给晋商分会会长送入股的银子。翟春霖一听，脸上蒙上一片愁云，向王凯诉苦："我可没有那么多银子入股呀。"王凯笑着说："别发愁，有我哩。我先给你垫着，明年净等着拿红利。"

次日，王凯怀揣一沓银票，马不停蹄地赶往河南开封，见到河南晋商分会会长，递上于子和、翟春霖和自己入股的一万二千两银票。晋商分会会长四十开外，在商界滚打摸爬了二十多年，见王凯如此守信，由衷地感叹："齐会长，快过年了，我还以为你来不了了。"王凯答："咱们合伙当盐商，就要言而有信。"临行前，王凯特意向对方推荐有多年运盐经验的洛阳长商谢学温，让其继续承担运输供应洛阳潞盐的买卖。

离开河南开封，王凯又催马直接从河南奔到西安，见到陕西晋商分会会长，递上三份入股的银两，请其帮助把义父安东家在西安、潼关的几个店铺改做盐店。从西安返回途中，特意拐到潼关县安东镇拜见义父说明情况，让他做好准备。

晋商抢抓商机是出了名的。河南、陕西、山西的晋商分会会长连年都没顾上好好过，夜以继日地忙活起来。来年刚出正月，伴随着和煦的春风，河南、陕西和山西的广大城乡，仿佛在一夜之间冒出了五百个盐店，而且盐价都较以前低了许多。长期望天价盐兴叹的乡民奔走相告，潮水般地涌向平价盐店。那些老盐店再也牛不起来了，只得把潞盐降到与新开盐店一样的价钱。盐价一低，销路陡然大增，前来运盐的车队和驮队络绎不绝。

光绪三十三年，盐池的春天来得格外早。由于潞盐销路看好，各盐号里的存盐告罄，大都扩招盐工。一时间，出现了工荒。新开盐号的东家纷纷找到王凯说："齐会长，当初是你岳父刘会长和你动员我们前来投资开发盐滩的，你一定要帮我们招到盐工，保证我们产盐赚钱。"王凯只得从自家的每个盐号里抽出一半熟练盐工，想让他们到新开的盐号做工。不料想，盐工们找到周大汉质问："周老和尚，我们是不是蛮疙瘩，为啥撵我们?"盐工们说的蛮疙瘩意思是后妈养的，不是亲生的意思。周大汉解释说："不是你们干得不好，而是干得太好。新开的盐号管齐东家要人，齐东家这才让我专门挑出你们这些技术能手、干活实数的人去。"盐工们提出："让我们到新盐号干也行，但您要保证到新盐号睡的吃的挣的都不能比咱们盐号差。”

这下，把周大汉难住了，只好找到王凯，说出盐工们的要求。王凯找到新盐号的东家，说出盐工们开出的具体条件，新开盐号的东家们无不点头同意，参照齐家几个盐号的盐工工资、伙食标准和管理模式，盐工们这才去新盐号上了工。

其他盐号的盐工们看到齐家几个盐号和新开的十来个盐号盐工工资高，吃得好，不挨打，心里便痒痒起来，向东家们提出要求享受跟齐山盐号一样的待遇，并直言不讳地说，要是不答应他们的要求，就辞职到齐家盐号或新开的盐号。正值旺季，一些东家怕盐工流失，只得主动找王凯打问他盐号诸方面的情况，跟着他的样子做。

王凯趁热打铁，以潞纲总会名义把全盐池六十四家盐号东家召集起来，让周大汉介绍齐家几个盐号的管理办法，让其他盐号借鉴，并统一制定了盐工的工钱标准，使盐工们不管在哪个盐号干，都挣一样的工钱。从此，盐工们再也不像以往那样挑肥拣瘦了，都安下心来好好干活，各盐号的疙瘩鞭子声和小师傅的催骂声少了，可盐晒得多了。

八月十五收工时，算盘一拨拉，全盐池产盐是近年来最高的，达一千零三十多万担，卖出去的盐达到八成以上，盐池东家们狠赚了一把，对王凯更是心悦诚服，各摊一两银子，推举汴合光盐号的东家罗川到运学请景院长题字。景润彦听说要给齐山赠匾，当然满心喜欢，问罗川：“写何内容？”罗川答：“景院长，您是全运城学问最深的人，齐会长又年轻、又有才、又有德，我们盐池里的东家们都沾了他的光，就是这意思，您给拟个词。”

景润彦略一思索说：“三年前，几个外地的运盐商为齐山悬了一块匾，也是让我拟的，是‘仁德齐山’，这回全盐池的东家为他悬匾，分量应该更重些，就写‘才德齐天’如何？”罗川当然赞同。景润彦当场饱蘸浓墨，把对得意门生的赞赏溶入其中，写下“才德齐天”四个大字。

罗川拿着景院长的墨宝，制作了一个金边蓝底鎏金大匾，特意挑选了九月初八，谐音为久久大发的好日子，雇了两班响器在前面开路，盐池里所有的东家紧跟其后，一路上鼓乐喧天，来到王凯的宅院，鸣放了一阵鞭炮后，把金匾与“仁德齐山”匾并排挂在一起。

与三年前谢学温等几个运盐商给王凯挂匾不同，罗川事先告知了王凯。王凯提前在前院里搭起办事用的红棚，摆了几张八仙桌，摆满苹果、红枣、葡萄、核桃、酥梨、西瓜、石榴、福同惠点心、闻喜煮饼、芮城麻片等名吃及茶壶、茶杯。当盐池东家们悬完匾，王凯立即把六十多位盐池东家请到后院做客。

这些东家虽然都在盐池有生意，但平时都是各干各的，很少交往，今个为共同尊敬的齐会长赠匾而聚在一起，显得格外兴奋，无不笑逐颜开，天南海北地神侃，欢声笑语不绝于耳。

临到晌午，客人们正想道别，王凯站在前院北面的台阶上宣布："各位前辈、各位同行，大家能屈驾来寒舍，是看得起我。世间难买是情义。大家给我挂的匾，就是拿元宝把盐池铺满也换不来的。今日，我备薄宴招待大家，略表回谢，恳望大家赏给我个面子。"原来，王凯提前请来菊花酒楼的大厨，在后院赶制出几桌重八席。在盐商东家们的一片叫好声中，几个跑堂的撤掉茶点，端上丰盛的酒席，说笑声，叫好声、猜拳行令声、杯盏交错声喧闹到天黑。

腊月，河东道台于子和又一次在菊花酒楼设宴招待运盐使司的官员、名士乡绅和盐池的几个东家代表，宣布了一条振奋人心的好消息，朝廷下达的一百一十二万盐税如数完成。

不久，王凯先后收到河南、陕西和太原晋商分会会长送来盐店入股的红利。每股净赚红利一万六千两，扣除自己为其所垫付的一万二千两，岳父于子和和翟春霖每人应得红利四千两。

王凯先到运盐使司，把一张四千两的银票递给翟春霖。翟春霖年俸只有八十两，加上禄米，充其量也就一百多两。官员贪占受贿是公开的秘密，"三年清知府，十万雪花银"的现象也就不足为怪了。然而，翟春霖生性秉直，对贪占受贿、巧取豪夺那一套嗤之以鼻，虽然熬到五品，但日子过得很清苦，哪里见过这么一大笔钱，惊得一时转不过神来，问："兄弟，这是啥银子？"王凯笑着解释："翟兄，这些钱是我为你垫的盐店股份挣下的，堂而皇之，受之无愧，你就收起来吧，也好把嫂子接来合家团聚。"

丁亥正月初二，王凯和于雅辉到岳父家拜年。于子和满面红光夸奖女婿："凯儿，去年你可是为盐池立了大功。往后，为父再不用为盐税发愁了。"

"爹，您老咋还在我面前说这话？"王凯从怀里摸出一张银票递给岳父，"爹，这是您的红利。"

于子和一看银票，一下子跌到云旦雾里，不知道是咋回事，追问："这是啥红利？"王凯给他说清入股盐店的事。于子和听完说："你这娃，咋把我往鼓里蒙？"

第十八章　取义灭清

阳春三月，盐池南面中条山的山花点缀在郁郁葱葱的峰峦间，与盛开在盐池北岸卧云岗上的果花交相辉映，为百里盐池镶上两道彩虹。

王凯光着脊梁，和普通盐工们摽在一起抡着铁镐打斗窝。旁边，邱锁一边干活一边埋怨："哥，你让大豪二豪兄弟俩都到巡检司，就不怕咱盐号里的盐让人偷？"

去年春上，崔赵氏领着大豪二豪到运城，王凯就在南阜巷给他们母子租了一座院住下，让大豪二豪带着张崇信介绍来的河南几个会功夫的盐工看守料台。

以前，料台的看守对偷盐的防不胜防。因为看守者在明处，偷盐的在暗处。看守者在时，偷盐者钻到暗处不露面，看守者一离开，偷盐的便飞快地跑到料台上，装上一袋盐背起就跑。大豪二豪上手后，一改过去的办法，一到黑夜，就轮流值夜，各带两个助手藏在暗处，瞪着眼窝看守料台。一天深夜，一个偷盐的见料台上无人影，以为是个好时机，便窜到料台旁，还没来得及装满盐，就被大豪和两个看守逮了个现行。第二天，大豪把偷盐的和赃物交给王凯。偷盐的吓得浑身抖个不停，央求："东家，我是原王庄的佃户，家里吃不起盐，才冒险下盐池偷盐。你行行好，千万不要把我交给巡检司，家里老少六口就指望着我过活呢。"一般来说，盐号一旦抓住偷盐的，总要好好揍一顿解恨，然后再交给巡检司，巡检司依律判处偷盐的两年徒刑。王凯仔细一看偷盐的，面色粗糙，穿着一身补丁摞补丁的黑夹衣，不像惯偷，抓过偷盐的手一瞅，满手关节粗壮，老茧纵横，知道真是个庄稼人，便生出恻隐之心，把盐袋递给对方说："你把这盐背回去，偷盐总归不好。你要愿意，农闲时就来我这里打短工吧。"齐东家善待偷盐贼的消息在盐池传开后，反倒没有人再来齐家盐号偷盐了。前些日子，不知从哪里窜来十几个偷盐贼。这伙偷盐贼不像附近村子里的乡民，医缺钱买盐，趁夜翻过禁墙，掂个布袋到料台上装上一些盐就走，而是腰里别着尖刀，趁夜成群结队窜到料台上，每个人都装上满满一毛裢盐往外扛。看守者见偷盐贼人多势壮，吓得不敢上前阻止，说白了，这伙人就是明抢。盐池东家们找到巡检司，求其严惩这伙偷盐贼。巡检司便派盐警在盐池里加紧巡逻，但仍无济于事，不是这个盐号被偷，就是那个盐号被抢，每回都损失千儿八百斤盐。一次夜里，盐警们碰见偷盐贼在一家盐号料台上装盐，便仗着有枪，上前抓捕，谁知那伙偷盐贼根本不把盐警放在眼里，当盐警们走到跟前时，偷盐贼们一跃而上，从怀里掏出尖刀和盐警们干了起来。盐警们手里的枪比烧火棍强不了多少，抵挡不住偷盐贼的拳脚和短刀，结果有三个盐警被当场刺死。从此，巡检司只好对这伙偷盐贼睁一只眼闭一只眼，盐警们一见这伙偷盐贼，站在老远的地方，胡乱咋呼一通，再朝偷盐贼放上几枪了事。从此，偷盐贼更是肆无忌惮，害得各盐号东家不得不花大价钱雇人守护料台。

一天夜里，这伙偷盐贼又乘夜到盐池行盗，见齐山盐号料台没人巡逻，就去偷盐。刚装起盐，一直暗中守护料台的大豪二豪，像猛虎一样扑上去，没用一袋烟功夫，就把十几号偷盐贼揍得连滚带爬作鸟兽散，揪住几个偷盐贼扭送到河东陕西都转运盐使司。翟春霖审问偷盐贼把偷盗的盐销到何处，偷盐贼为了少坐几年牢，供出了把赃盐全部销给蒯书庸盐店的犯罪事实。翟春霖立即领着一队盐警去北街盐店抓人，却扑了个空。

当年，蒯书庸在河东书院学了好几年，没学成样子，参加了几回童试，均名落孙山。其父蒯亦霸见儿子不是念书的料，便利用职权，在运城街上给他开了个盐店，但蒯书庸并无心思经营盐店，而是游手好闲，整日泡在妓院烟馆里。蒯亦霸被贬到甘肃后，蒯书庸虽然不像以前张狂，但恶习不改，浑浑噩噩地混日子。一次在大街上瞅见了王凯，赶紧跑到道台府向于子和密报，说是看到刺杀老佛爷的钦犯王凯，让于子和派人捉拿王凯，想得到一笔赏银。于子和拿出蒯亦霸给朝廷上报的对钦犯王凯就地正法的副本说："当年是你父亲给朝廷上报王凯已经就地正法的奏折，如果现在举报王凯，说明当年你父亲上报了假奏折，朝廷必然会追究，你父亲就会罪加一等。"吓得蒯书庸赶紧改口，说看错了人，不敢再提王凯的事了。心术不正的人总想着走邪门怪道，今年春上，蒯书庸觉得贩私盐赚钱快，便在南山上雇请了一帮土匪，到盐池抢盐，发不义横财。有道是盗贼不犯遍数少，最终还是败露了。蒯书庸情知不妙，立马收拾了一些细软，逃到老子蒯亦霸服刑的东北去了。翟春霖返回头接见擒拿偷盐贼的英雄，见大豪二豪身材伟岸，英气逼人，甚是喜欢。当场付给大豪二豪一百两赏银，问其在何处供职，一听对方说在齐山盐号看守料台，就追问他俩与齐山盐号的东家齐山是什么关系？大豪二豪便如实相告。翟春霖大喜，亲自找到王凯，提出让大豪二豪到圣惠巡检司分别任盐警大队长和副大队长。王凯想，让大豪二豪在挚友翟春霖所管辖的巡检司当盐警大队长，待遇很好，是个管一百来号盐警的官，便把此事告诉崔赵氏，师母很是高兴，让大豪二豪风风光光地到巡检司上任去了。

“人家翟运使要人，咱总不能不给吧？再说，这对大豪二豪来说是好事，咱不能光为自家盐号而耽误人家。”王凯擦了一把汗，笑着解释，“你说二豪咋样？”“二豪这小伙子武功好，又懂事，又精干，好着哩。”邱锁问，“凯哥，你问这个是啥意思？”王凯笑答：“让二豪当你妹夫咋样？”邱锁一听，觉得妹妹盐叶已经出落成大姑娘，是该找婆家了。他晓得师傅已经把盐枝许给大豪，要是能让盐叶嫁给二豪，就和盐枝成了妯娌，便痛快地答应：“要是这样，就太好了。”王凯说：“你回去给你娘透个信，等忙过这阵子，就给他俩定亲。秋后盐池歇工后就让大豪二豪跟盐枝盐叶成亲。”

一个衙役骑马来到不远处的盐路上高叫：“齐东家，于道台让你立马到道台府。”王凯不敢怠慢，放下手里的铁镐，到上房院换上平时穿的青布夹衫，跟随衙役往道台府赶。平时，除王凯和于雅辉到岳父家探望岳父岳母，于子和一般不会找王凯。这回打发衙役下盐池叫他，肯定有啥大事。

王凯跟着衙役赶到道台府，走进后宅客厅一看，太师椅上坐着的竟是汾城岳父刘笃敬，赶忙走上前，向刘笃敬揖了一礼：“爹，我这就让雅辉过来看您。”于子和笑着解释：“不用了，辉儿已经过来了，正和你妈在厨房忙活着准备晌午饭呢。你先坐下，汾城你爹找你有当紧的事。”王凯转向刘笃敬，恭敬有加地问：“爹，有啥事您捎信来就行，还劳你亲自跑八百里过来？”刘笃敬呷了一口茶，对王凯说：“你正月和辉儿到太原串亲，我曾给你说过的保矿运动，你还记得吧？”王凯答：“这么大的事，我咋能忘记？”

早在光绪二十三年，英国、意大利资本家在伦敦成立了旨在掠夺山西煤铁矿权的“福公司”，以提供贷款为条件，攫取了山西平定、盂县、泽州、潞安、平阳府等地的煤矿开采和冶铁权，后因闹义和团运动未能实现。前年，正太铁路修到阳泉，“福公司”见时机已到，派遣测量工程师萧密德带着翻译，持游历执照到阳泉，住在平潭街，开始沿桃河两岸勘测矿地，绘制地图，并插上旗子，企图开矿。消息传到太原，各学界集会抗议，发表宣言：“矿存山西存，矿亡山西亡。”山西籍留日学生李培仁为激励全省人民争回矿权愤志蹈海，以身殉矿。

刘笃敬说：“前一程，由我牵头成立了‘保艾公司’，到京城经过力争，决定以275万两白银赎回矿权。为筹措此笔巨款，全省商界都动了起来，目前还有些缺口，你们河东盐池是有名的聚宝盆，我来就是想通过你的潞纲总会，动员盐商们凑上一批银两救急。”王凯顿时觉得一股热血涌上全身，像接到一个神圣的使命，对刘笃敬说：“爹，这是好事，说啥也不能让全省商界把河东盐商看扁了。您说，让盐池拿多少？”刘笃敬答：“你们就筹集个零头，二十万两吧。”

吃过晌午饭，王凯跑到河东陕西都转运盐使司，把翟春霖叫过来，面见刘笃敬说明情况，商榷让每个盐商筹集三千两银子。王凯提出不同意见：“为护矿垫付银两，是晋商义不容辞的善举，重在参与。如果让盐商们拿这笔银子，肯定没问题，可在河南、陕西两省经销潞盐的商家很多，不如让其也参与此事，让他们知道自家是晋商的一员，尽一份爱国之心。”刘笃敬觉得此话很有道理，当即表态：“那你们盐池就筹集十万两，其余的十万两就让外省的晋商们承担。我回到太原后，让人到开封和西安通知这两个省的商会分会，让他们动员经营潞盐的盐店各筹集五万两银子。”王凯自告奋勇：“爹，你回到太原再派人去办理此事太耽搁时日，不如让我到河南开封和陕西西安去，找见晋商分会会长，催促他们尽快办理此事。”刘笃敬一听王凯想得非常周全，考虑到正值盐池旺季，心里不由担起心来：“你要是去开封和西安，少说也得一个来月，会不会耽搁盐池的生意？”王凯答：“家有三件事，先从紧处来。盐池里的事情再大，也大不过筹集银两收回矿权。再说，盐池里有叔、邱锁他们料理，不会少晒一斤盐的。”

刘笃敬这才放心，当场给开封和西安的晋商分会会长写好信交给王凯，说：“我这就回太原，筹集银两事就全靠你了。”

送别刘笃敬，王凯以潞纲总会名义把盐商们召集起来，言明此事。由于去年盐池丰收，销路奇好，盐商们都狠赚了一把，腰包很鼓。通过免费传授打卤井技术，维修盐路，逮偷盐贼等一连串的事情，盐号的东家们无不对王凯敬服有加，一听王凯说为收回矿权暂借银两之事，无不欣然应允，未出三日悉数交齐。王凯当即将其银两存入钱庄，汇入山西商会的账户里，然后只身骑着黄膘马赶赴开封，见了山西商会河南分会会长。

此人和王凯在太原有过一面之交，看了刘笃敬的信笑说：“齐会长，在河南经商的山西商人少说有百十家，刘会长的信里把别的商家撇在一边，只让经销潞盐的商家筹集银两，是不是偏向你这个女婿？”王凯没想到会让对方将了一军，连忙解释：“刘会长原没打算让外地的晋商承担此事，是我主动提出让盐商们参与，这才给您写了信，考虑到这回让你分会筹集银两的数目不大，不需要兴师动众，便缩小了筹集银两的范围。您要觉得不妥，让其他晋商参与此事，不管咋地，一个月内给山西商会汇齐银两就行。”

王凯驱马往陕西赶，路过洛阳时，见了谢学温，想顺便看看潞盐的销路情况。在谢学温眼里，齐会长就是财神，自然热情有加，想陪他到白马寺和洛阳石窟看一看，王凯也想到两处名胜好好游览一番，但想到身上的使命，便一口回绝：“我要赶到西安，有大事要办。”谢学温问：“齐会长，究竟有啥大事？”王凯就把发动晋商筹借银两的事情说给对方听。谢学温一听，反而来了劲，对王凯说：“齐会长，你咋门缝里瞧人？”王凯被问得丈二和尚摸不着头脑：“谢掌柜，您说这话是啥意思？”谢学温说：“俺是盐池的长商，好歹也算半个晋商，你来筹借银两，为啥把俺撇在一边？”王凯这才恍然大悟，说：“您有这份心，当然求之不得。等河南晋商分会来这里收取银两时，你找他们说去。”

告别谢学温，王凯赶往西安，买了几件玩具，径直走到盐店街。盐店街离碑林不远，原来只是条不起眼的小巷。前年，从京城拿到盐照后，王凯带着齐大树和义父安东家找到陕西晋商分会会长，让其发给盐照，在此街上开办了盐店。由于此条街上盐店较多，就把此街称为盐店街。

王凯走进齐家盐店，齐大树正忙着接待顾客，一见凯哥，慌忙让伙计照应顾客，领着王凯走到后院，叫唤正在院里玩耍的小男孩：“春来，你看谁来了？”

小男孩一看，叫着“干爹”扑向王凯。王凯从褡裢里抽出一把木制宝剑，在小春来面前舞了几下递过去：“春来，喜欢吧？”春来接过木制宝剑，就地耍了起来，很像回事。齐大树说：“哥，这孩子就爱弄刀舞棒，还不是你这个干爹教的？”

那年，齐大树和赵慧娘跟王凯一齐成家后，第二年春上生下个带把的，就起了春来的名字。因赵慧娘经常到王凯的宅院里和于雅辉聊天，时不时碰到王凯在后院舞剑练功。小春来刚学会走路，便拿着小木棍，学着王凯的样子，自己比画。过年时，齐大树和赵慧娘带着小春来到王凯家拜年，让小春来拿着一个木刀表演了几下。王凯笑着对齐大树和赵慧娘说："小春来是个好苗子，长大后我好好教他几手。"齐大树就势说："哥，您这么喜欢春来，就把他认到你跟前吧。"不等王凯应承，就把刚会说话的小春来拉到王凯面前让他喊干爹，小春来可着嗓子，脆生生地喊了王凯一声"干爹"。王凯也响亮亮地答应了一声，当下给了小春来一个元宝的压岁钱。前年，王凯和岳父从京城办回盐照后，觉得让齐大树一直跟着自己前途有限，就给齐大树拿了五百两银子的本钱，让他和赵慧娘到西安开了这家盐店。齐大树很有经商才能，只一年多，就把盐店办得红红火火。

后晌，王凯来到离大雁塔不远的山西会馆，见了山西商会陕西分会会长，说明来意，并递上刘笃敬的信。陕西分会任会长一看，痛快地应承，立马派人到陕西各地办理此事。王凯见事情办妥想道别，被陕西分会会长挡住，说："齐会长，你是我们陕西晋商的贵客，怎能说走就走？请你给我一个面子，晚上我请河东的几个名流作陪，请你到钟楼街老孙家的羊肉泡馍馆赴宴。王凯见对方言辞恳切，还有河东的名流们作陪，便应承下来。

是夜，老孙家羊肉泡馍馆二楼的一个雅间，灯火通明。两位来客一出现，任会长和王凯赶紧站起来，任会长指着一位个头略高的人向王凯介绍："此位是夏县西北乡人氏，汇文书店的经理李岐山，"又指着个子略低的人说："此位是安邑县人氏，留日学生，陕西高等学校教授景梅九。"任会长又指着王凯向两位来客介绍："这是河东潞纲总会会长、盐池东家齐山。"王凯和两位来客几乎同时揖礼："久仰、久仰。"

后晌，景梅九接到任会长让他陪河东盐池东家吃饭的请柬后，想象着盐池的大东家肯定是个浑身沾满铜臭的商人，一肚子不乐意，一看所陪的盐池东家与自己年龄相仿，身穿一袭青布衫，气质洒脱，便生出几份好感，问："齐东家如此年轻，就当上潞纲总会的会长，真是不同凡响。"王凯赶忙摆手："景先生过奖了，你如此年轻，就留洋国外，荣膺教授，名冠西京。"

景梅九一听，感到对方国学知识渊博深厚，不觉肃然起敬："齐东家，敢问你在何处求的学？"王凯如实相告："不才先在运学，后入令德堂、国子监读书。"曾在令德堂念过书的景梅九和李岐山大吃一惊，瞪大眼睛问："齐东家，你是哪年入得令德堂？"王凯答："光绪二十一年。"景梅九和李岐山当即离座，朝王凯作揖，口称：

"学长，学弟能在此地结识学长，实乃荣幸之至。"王凯赶紧站起来回礼："二位，咱们初次见面，何出此言？"景梅九解释："学长，我与岐山兄于光绪二十五年入的令德堂。"

令德堂是山西省巡抚府直接兴办的最高学府，每年仅招五十名全省拔尖的学子，具有超常记性的景梅九在脑海里搜寻了一遍，并没有出现齐山这个名字，觉得有些蹊跷，便直截了当地问："齐东家，恕学弟愚钝，学弟看过历届令德堂毕业的名录，好像对你印象不深。"话语虽然婉转，但王凯还是能听出话里的含义，便说："实不相瞒，我真名叫王凯，齐山是我后改的名字。"

景梅九和李岐山惊得从座位上弹起来，一人拉住王凯的一只胳膊："您就是当年刺杀老慈禧的学兄王凯？"他俩在令德堂念书时，就听说过学长王凯舍命刺杀老慈禧的壮举。去年，他们暗中加入同盟会，投身推翻清王朝的行列，万万没想到在这里能够见到自己一直敬佩的学长王凯。王凯面色平静地点点头，把这些年的坎坷经历告诉对方。景梅九和李岐山也把自己追随孙中山先生，在西安成立陕西同盟分会，投身推翻清王朝革命斗争的情况说给王凯听。王凯一直对外界发生的事情非常关注，对孙中山、革命党有所耳闻，很想结识这些革命党人，但一直找不到门路，一听景梅九和李岐山是革命党人，像遇到久别的亲人，拉住景梅久和李岐山的手倾诉心迹："清朝腐朽透顶，早该把它推翻了，你俩干的是经天纬地的大事，我自愧弗如。这些年，我像只离群的孤雁，困在盐池，孤陋寡闻，这回算是见到真佛了。只要你们有用得着我的地方，我王凯一定会赴汤蹈火、在所不辞！"李岐山摇着王凯的手说："这些日子，我想回到运城办个书店鼓吹革命，正发愁找不到落脚点，有幸遇见了你。"王凯表示："李兄，如果你有时间，就跟我回运城，我帮你把书店办起来！"

任会长是陕西同盟分会的骨干之一，他和王凯是第二次见面，头一回见面是在太原领盐照时，只晓得他是潞纲总会会长，山西商会刘笃敬会长的女婿、潞纲总会会长齐山。这回，才了解到他的真实身份，不觉肃然起敬，握着王凯的手说："王大英雄，你大驾光临，说啥也要在西安多待上几日，让我好好尽一尽地主之谊。"王凯婉言谢绝："任会长，客走主人安，您的好意我心领了，您还要忙着为赎矿筹集银两。我想和李兄赶回运城筹办书店，咱们后会有期。"

次日，王凯和李岐山赶回运城，由王凯出资，在繁华的北街口租下五间门面，办起书店，李岐山问王凯书店叫什么名字，王凯略一思索建议："叫复兴书店如何？"李岐山一听，击掌叫好。王凯一时兴起，挥舞斗笔，题写匾名。李岐山马不停蹄，从西安调回数千册新书，不到一个月，运城有史以来第一家书店开张。开张时，王凯请河东书院、运学、宏运书院及五所社学的数千名师生助兴。从此，前来复兴书店选购新书的人像赶集一样。随着《官场现形记》《二十年目睹之怪现状》《老残游记》《孽海花》《开智录》《国民报》等一批进步书刊的热销，革命思想像一簇簇成熟的蒲公英，很快开遍河东这块古老的大地。李岐山趁势在赞同革命的人士中发展了一批同盟会员，王凯名列其中。

初冬的一个夜晚，鞭炮声在运城上空接连不断地炸响，街上的饭店里挤满了喝酒的人。夜半时分，一个醉汉东倒西歪地走出饭店，可着嗓门吼着乱弹，没走多远，就醉倒在地上，吐了一地，从远处跑来一只黑狗，舔了一通醉汉的呕吐物，结果狗也醉了，倒在醉汉旁边，又走来一个醉汉，被狗腿绊倒，搂起醉狗边亲边叫："天狗，你真好，把月牙给吞了。"不一会，过来一队巡夜的捕役，见街边倒着几个黑影，近前一看，那个醉汉正搂着狗说胡话。捕役让他回家，醉汉甩了一下胳膊吼道："老子和天狗亲热，碍你们啥事?"弄得捕役们哭笑不得，只好把醉汉往街边拉了拉，一走了事。

王凯把盐池东家叫到后院客厅，喝了个昏天黑地。董维藩问王凯："齐会长，听巡检司崔大豪队长说你的武功如何得了，能不能让大伙见识见识。"这几年，王凯除了每日早晚在家里练会功夫外，极少在公开场合下显露。盐号东家只晓得他是个满腹经纶的举人，却不晓得他还是个武林高手。董维藩一撺掇，极度亢奋的王凯欣然同意，拿出环形刀，在客厅里酣畅淋漓地舞了一通，看得几个东家眼花缭乱。董维藩问："齐东家，你这武功是在哪里学的?"王凯答："跟大豪他爹崔镖师学的。"董维藩问："齐东家，能不能教我们几个一手?"王凯答："没问题，只要大伙愿意学，我一定尽力教。"

不年不节的，为啥运城沉浸在狂欢之中。虽然无人公开言明其中缘由，但都心照不宣，因为，老慈禧死了。

清王朝像一座四处跑风漏雨的破房屋，东倒西歪，摇摇欲坠。为了多支撑一些时日，不得不变本加厉地搜刮钱财，河东盐池首当其冲，盐税又加了两成。

次年秋，于子和的老父亲谢世，卸职回家守孝三年，余慈继任。余慈并不像他的名字一样仁慈，而是贪心不足，把盐池当作唐僧肉，想乘机搭车，狠狠捞上一把，增设了滩课、井课、灶课、锅课，把征税的告示张贴在各家盐号的大门上，勒令盐号东家于腊月初一前缴齐税银，否则查封盐号。

汴合兴盐号的罗川拿着告示找到王凯，哭丧着脸诉苦："齐会长，今年的场课涨了二成也就罢了，又增加了什么滩课、井课、灶课、锅课等杂课，比上年翻了个，说不定往后还会冒出什么茅课、屁课，连拉屎放屁都要交税。照这样下去，咱们非赔得光着腚爬出盐池不可。求你代表咱潞纲总会跟新来的余道台交涉一下，能不能少交点杂课？"

王凯已向翟春霖打听过，今年增加的杂课，多属余慈私自巧立名目，中饱私囊，便答应罗川找余慈通融一下。他想，自家是前任道台的女婿，又是潞纲总会的会长，余慈会卖他个面子。王凯到道台府见了余慈，说明事由，坐在太师椅上的余慈连屁股都未动一下，鼻子轻蔑地哼了一下，拖着官腔说："齐会长，河东盐号的税收很重要，宣统皇帝吃饭还债靠的就是它。谁不知你们盐商个个富得流油，交些盐税是小菜一碟？可你们的眼光像老鼠的绿豆眼，只能看几寸远，不想为国分忧。我打问过，你有好几个盐号，势发大得很。该不是你想带头抗课？你岳父当道台时咋不这样干？"

王凯从未受过如此奚落，但还是耐着性子解释："余道台，您算算，每年河东盐池上缴的盐税一百多万两，每个盐号平均上缴二万两，盐号的东家们只能赚点零头。今年的杂课翻了一番，加之各地盗匪蜂起、民不聊生、盐路受阻、潞盐积压，盐号的东家们实在承受不起。如果您硬要收，就是竭泽而渔，不少盐号就会垮台破产。往后的盐税就会难收，还望您高抬贵手，为长远计，适可而止。"余慈鼻子一哼说："齐会长，你别危言耸听，胳膊肘往盐池里扭，回去给盐号的东家捎个信，杂课半文也不能少！否则，让他们尝尝牢狱的滋味。"

王凯见余慈油盐不进，恨得牙根痒痒，但也无可奈何，心里暗骂：老慈禧死了，清朝是兔子尾巴，看你还能张狂几天。

宣统三年，刚过八月十五，武昌首义成功，它像猛烈的暴风雨，释发着超强的神威，荡涤着大地上的污泥浊水；又像爆发的火山，喷射出炽热的岩浆，吞噬了人世间的罪恶渊薮。全国各地一呼百应，在很短的时间里，南方诸省上空飘扬起五色旗。半个月后，山西志士也起义成功，赶走了清廷设在太原的巡抚衙门，成立了山西军政府，推举年仅二十九岁的留日学生阎锡山为都督。

山西地处清王朝的肘腋之间，战略地位非常重要，清廷立刻派重兵前来镇压。山西民军东路军总司令姚以价组织敢死队和学生队据守娘子关，经过五天激战，终因军事力量悬殊而失守，只得组成南下军，由李岐山、景梅九率领部分学生兵殿后，押运着子弹车，一路南下，绕过仍在清军控制下的临汾，直奔已经光复的河津县，将成分复杂的起义部队统一整编为国民军，李岐山任总司令，着手光复河东。

河东道地处晋南平原，盛产棉麦，更有被誉为聚宝盆的盐池，是山西省最富庶的地方。首府运城拥有五百人的运城营，三十六个州县各有数百兵勇，势力不可小觑。为了一举成功，运城同盟分会双管齐下，里应外合，让从京城赶回来的猗氏人士张士秀赶赴已经光复的西安求援，协商建立秦晋联军，攻打运城；让运城同盟分会的骨干王用宾等人在运城发动进步乡绅和学生游行示威，还成立河东绅商议事公所，把各县士绅召集到运城，以示响应，古老的河东很快变得群情鼎沸、势不可挡。

面对这一切，王凯一下子觉得腰杆挺直起来。十二年了，贪官污吏害得他家破人亡、骨肉分离，钦犯像一个粗壮的铁索，死死地套在他的脖子上。虽然通过努力，有了属于自己的盐号，但只能隐姓埋名，担惊受怕，苟活于世。这回，清朝就要完蛋，出头之日近在咫尺，王凯内心深处升腾起从未有过的激奋，骑马赶赴河津县城，找到李岐山，表示愿助国民军一臂之力。李岐山根据运城四周开阔、易守难攻的实情，制定出由王凯组织河东盐池义勇队，里应外合攻打运城的计策。

回到运城，王凯找到翟春霖商量里应外合之事。近年来，翟春霖读了不少进步书籍，洞悉国情，深知清王朝必然灭亡，跟着余慈一伙没有好下场，毫不犹豫地答应王凯，暗中组织所管辖的巡检司三百多名盐警，待国民军攻城时里应外合，并当即把盐警队的正副队长大豪二豪叫来沟通此事。大豪二豪对有着杀父之仇的清廷恨之入骨，对恩人王凯言听计从，一听此计策，高兴得简直要蹦起来。

为了稳妥起见，王凯又向翟春霖提出发动盐池东家为国民军募集资金和组织盐工义勇军配合攻打运城的建议。次日上午，王凯把盐池东家们召集到后院问：“诸位，咱们在一起吃了好几年盐饭，大伙晓得我是谁吗？”东家们面面相觑，他们没想到一向敬佩的齐东家身上隐藏着不为人知的秘密。洪洞的董维藩心急地问：“齐会长，你快说，大伙都急死了。”

王凯咽了口唾沫，强压住内心的激动说："花木兰为父从军报国，女扮男装，在军营里把女儿身隐瞒了十三年，传为佳话，千古流芳。我，真名不叫齐山，叫王凯，绛县枣园村人，家父王嘉天十三年前在河东陕西都转运盐使司当运使。我十三岁中秀才，入令德堂念书；十五岁考入国子监；十七岁在顺天府乡试中举，扶送戊戌六君子之一的恩师杨深秀灵柩回乡，遭遇家父被害，盐号被没收，老家被抄，亲人到河南逃难；十九岁在北相镇刺杀老慈禧而身负重伤，被悬赏通缉，幸得周老和尚一家搭救死里逃生；二十岁在陕西潼关经商；二十二岁当上盐池东家一直干到现在。有道是男子汉大丈夫，坐不更名，行不改姓，可我为了自家和亲朋的安全，不得不隐姓埋名了十二年，大伙想一想，谁的性命不是爹妈给的，谁的名字不是爹妈给起的，谁情愿隐姓埋名，辱没祖宗，可有啥法子，不是被逼得吗……"王凯的话像滔滔的黄河汹涌奔腾，一泻千里。在座的东家们怎么也想不到，一向温文尔雅的齐东家竟有如此跌宕非凡的经历。说着说着，王凯再也抑制不住自己的情绪，放声号啕，会场上跟着响起一片欷歔声和抽泣声。少顷，爆发出经久不息的掌声。

"王会长，你召集我们来有啥事？尽管吩咐！"

"王东家，你就是咱们盐池的神，你说咋干就咋干！"

"兄弟，你快发话！"

王凯举起双手往下一按，激奋的会场一下子安静下来，盐池东家们都奓起耳朵倾听王凯的话："大伙想过没有，咱们在盐池顶日头，淌卤水，赚下的辛苦钱却大都缴了税，装进余慈的腰包。根子就在朝廷身上，它真是头上长疮、脚底流脓，坏透了。人常说，善有善报，恶有恶报，不是不报，时候不到，时候一到，一切都报。眼下，武昌首义，举国响应，一大半中国都已光复。河东的国民军准备光复运城。咱们盐池人应不应该支援他们？"

"应该——"会场爆发出热烈响应。

王凯站起表态："我先带个头，捐一万两。希望大家尽力而为，明个把捐银交到这里。"说完，又指了指坐在身旁的翟春霖和大豪二豪："翟运使和盐警大队长大豪兄弟深明大义，已经决定起义反清，请大家对三位的壮举表示感谢！"

掌声中，翟春霖站起来表态："识时务者为俊杰，清廷腐败透顶，积重难返。翟某虽是朝廷命官，但不能给行将灭亡的清廷陪葬，我愿与两位队长为光复运城而战！"

王凯不失时机地建议："翟运使和崔队长为大义冒死而战，咱们也不能袖手旁观，每个盐号出十个盐工，与盐警大队合二为一，组成河东盐池义勇队，配合他们攻打运城！”

王凯把筹集的七万多两现银用运盐的几挂大车拉到河津县国民军驻地，又向李岐山和景梅九通达了组建河东盐池义勇队的讯息。李岐山和景梅九大为感动，紧握王凯的手表达深深的谢意：“光复运城，你们盐商功莫大焉。”

数天后，光复运城的战斗打响，李岐山率领的国民军和从陕西赶来的援军，从西、北面向运城发起进攻。余慈和城防营头目陆叙钊纠集一千多清兵，龟缩在坚固的工事里顽抗。在此节骨眼上，国民军总司令李岐山命人在指挥所旁边的高地上燃起一堆烟火。奉余慈之命守卫东城门楼上的翟春霖和崔大豪看见信号，立即掉转枪口，亮出河东盐池义勇军的旗帜，率领由盐警和盐工们组成的队伍朝西门和北门冲杀过来。城防营本来就军心涣散，一看腹背受敌，情知大势已去，纷纷扔下手里的枪支，抱头鼠窜。陆叙钊当场毙命，余慈带着几个亲信趁乱逃离运城。

次日，运城街上遍插五色旗，河东道台大门上悬挂起河东军政晋分府的牌匾。王用宾为民政长，张士秀为民军总司令，他们当然知道盐池是新生革命政权命根子，除了组建银行、报社、警察局外，特别设立了专管盐务的盐政处，民政长王用宾让王凯出任盐政处处长，王凯推荐说：“原河东陕西都转运盐使司的运使翟春霖任职多年，熟悉盐务管理，此次又深明大义，组建河东盐池义勇队，为光复运城立下汗马功劳，让他出任最为合适。”王用宾觉得王凯说得在理，便聘请翟春霖为盐政处处长。

为了答谢河东盐池，河东军政晋分府特意在离齐山盐号不远的空地上搭起戏台，请戏班连唱三天。盐池东禁门、中禁门、西禁门插满五色旗，北岸的东西大道两侧排列着各式彩旗猎猎招展，像是给行人鞠躬致意，当空的日头散发出少有的热情亲吻着盐池，激昂的锣鼓声宣泄着欢快情绪，盐工们像奔腾的河水拥到台下。在热烈的鞭炮声中，民政长王用宾站在主席台上代表河东军政晋分府盐政处宣布六宗事：头一宗是对盐池东家无私援助光复运城的义举表示感谢；第二宗是取消盐池所有杂课，支持盐号发展生产；第三宗是由先课后盐改为先盐后课；第四宗是减征盐税；第五宗是在盐池南岸开辟南禁门，运商们可以就近运盐出池，上虞坂盐路，方便运商；第六宗是凡参加河东盐池义勇队的盐警盐工们每人赏银五两。宣布毕，台上立即响起激昂的“乱弹”声。

王凯把河东军政晋分府的王用宾、张士秀、李岐山，盐政处处长翟春霖等人及盐池里的东家们请到家里，恳切地说："王恒盛盐号是我爹留下的，我想弘扬我家的老业，设立王恒盛总号，今儿个请诸位来为敝号剪彩。"说罢，让人换下两块老匾。在一阵鞭炮声和掌声中，请河东军政分府民政长王用宾和盐政处处长翟春霖揭开蒙在牌匾上的红绸。众人仰头观看，牌匾四周镶着金边，天蓝底，中间傲然挺立着王凯亲笔所书的"王恒盛"三个鎏金大字，非常耀眼，把整个门楼映衬得金碧辉煌。

七彩盐湖（董长安 摄）

第十九章　筹资建学校

晋南最看重过年。一进入腊月，王凯便铺排好盐号里的事宜，拉上满满当当的一大马车年货，回老家绛县枣园村。那年，于子和把王凯父亲的冤案昭雪后，收了被查封的宅院。王凯把奶奶、妈接了回来，让弟弟王枚留在冶阳镇经营土地。

癸丑大年初一，吃罢饺子，王凯先与妻子、弟弟、弟媳给奶奶和妈磕过头后，提着福同惠点心，偕妻子于雅辉到本家族和邻居家拜年，一直拜到日头落山，才回到家里。初二，王凯照例和妻子于雅辉到横水镇探花府舅家拜年串亲。正月初三，王凯到岳父家串亲，离曲沃县的亲岳父于子和家只有二十多里路，骑马当天去当天就能回来，可续岳父刘笃敬一直定居在太原，为了赶时日，像往年一样，王凯偕于雅辉携带礼物，穿着棉衣，戴着兔毛帽子，勒着围脖，各骑一匹快马，夜宿晓行，往太原府赶，正月初十就赶到太原。临进城已是掌灯时分，一进首义门，王凯惊奇地看到，大街两侧，每隔一截，就竖有一根木杆，顶上亮着一团火似的东西，发射着光芒，照得大街上亮堂堂的。于雅辉惊奇地问王凯："那杆上挂的灯咋那么明？"王凯经常看报纸，知道是续岳父安装的电灯，对妻子说："那是电灯，烧的不是油，是电。你晓得这路灯是谁安的吗？"于雅辉眨了眨杏眼，嗔怪："快说，别吊人家胃口了。"

"这都是咱爹的功劳。"王凯介绍，"去年，咱爹投资好几万两银子，兴办起太原电灯公司，在太原城的主要大街上安装上路灯。"俩人边说边走，来到东缉虎营续岳父的寓所。刘笃敬赶忙让佣人赶做晚饭招待，又把王凯和于雅辉安置到早已准备好的房间里歇息。

于雅辉虽是大家闺秀，念了不少圣贤书，但自从生下儿女后，大多时间在老家枣园村服侍两位老人，对现代知识知之甚少。她小心翼翼地用手摸一摸头顶上的电灯泡，问王凯：“这电灯这么亮堂，咋一点也不烧人?”王凯笑说：“这电灯烧的是电，当然不烧人，你真是刘姥姥进了大观园，少见多怪。”

于雅辉噘着嘴巴剜了丈夫一眼：“看把你能的，不就是多见了些世面吗？要不，回去咱俩换一换，我去运城经营盐号，你回枣园照护两位老人，照护两个娃去!”王凯见于雅辉来了气，眼睛一转，堆起笑脸，哄起于雅辉：“当家的，这电灯里有你的功劳。”“你少拍马屁。”于雅辉把身子扭到一边，给王凯一个脊背。王凯笑着坐到于雅辉面前，两手搭在对方的肩膀上解释：“这些年，你主好了内，我才能一心一意在盐池里闯荡，和爹到京城办回盐照，涉足销盐行当。爹就是靠经营盐业赚下的银子开办的电灯公司，我说这电灯里有你的功劳，没错吧？到时候，咱也在运城开个电灯公司，在咱屋里也安上电灯，咱俩好在明晃晃的电灯底下睡觉。”于雅辉狠劲地点了王凯额头一下：“美的你!”

次日晌午，刘王氏用家乡的臊子面款待女婿女儿。于雅辉挑起一筷又细又长又白的臊子面问：“妈，往年您这面可没这么细这么白?”刘王氏笑答：“辉儿，今年你爹开了面粉厂，用洋机器磨的面就是比用石磨面好。”

王凯边吃边夸：“爹，真有您的。”

刘笃敬笑着摆摆手：“办电灯公司，开面粉厂，都是小菜一碟。我已经和阎都督协商好，出了正月就开工修筑同蒲铁路，今年铺筑好太原和榆次段的六十里。不出数年，就能铺到蒲州。到时候，同蒲铁路通了车，几个钟头就能从太原跑到蒲州，在省内再不用车拉骡驮运盐了。”

王凯惊得瞪大眼窝：“爹，您真是咱省的商界泰斗呀!”

刘笃敬瞅着满脸闪烁着亮光的王凯发出感慨：“人生苦短，我已过花甲，蹦跶不了几天了。你还年轻，往后守着盐池好好干，肯定能干出一番名堂来。你培贤哥的脑瓜离你差得太远了，你可要好好帮衬着他。”培贤是刘笃敬的儿子，比王凯大几岁，自从光绪三十二年刘笃敬在盐池投资办起盐号后，就让儿子到盐池经营盐号。王凯笑答：“爹，这事还用你操心?”刘笃敬又提醒王凯：“继创到入学的年龄了吧，可要让娃好好念书。”王凯点点头：“这事我在心上放着，回去就把他接到运城上学。”

返回枣园村，王凯和奶奶、妈道别后，和于雅辉带着继创到运城，让于雅辉张罗盐号开工事宜，自己快马加鞭赶赴西安盐店街给义父安东家拜年。几年前，安东家得到晋商陕西分会颁发的盐照后，在盐店街开了家盐栈，让儿子经营，干得风生水起。今年春上，安东家得了一场大病，儿子就把家里的摊场交给本家叔叔操持，把他接到西安静养。安东家到西安后，家里的私塾自然办不下去了，于瀚便谢绝安掌柜让他到西安当掌柜的好意，返回老家。安东家曾给王凯写信，让他在盐池给于瀚谋个差事，王凯接到信后，赶紧到北相镇找到于瀚，请他到自家的王恒盛总号当账房先生，于瀚诚恳地回答："王凯，咱们是多年的同窗，你还不晓得我？当个教书的先生还行，可我真不是经商的料，你别强人所难了。"

饭间，不等安东家发问，王凯一脸愧疚地对安东家说："爹，接到您的信，我就到于瀚家，请他到我盐号里当账房先生，好话说了一毛裢，可他就是不去。"安东家感叹："于瀚真是个无功不受禄的正人君子。"王凯接说："爹，您放心，我一定会给于瀚找个合适的营生。"

王凯一回到运城，于雅辉着急地诉苦："你可回来了，这几天，有二十来个盐池东家来求你，都快把咱家的门槛踢塌了。"

"啥事，非让我办不行？"王凯认为是盐池出了什么难事。

"他们求你给娃子念书找学校。"

"就这事？让他们领着娃子到学校里交上学费就是了，有啥难的？"

"肯定是遇到过不去的坎，要不，盐池的东家们会那么着急求你。"于雅辉催促王凯，"咱继创也要念书，你赶紧到学校问问去。"

王凯胡乱扒了几口饭，跑到城东由义学改造成的小学校。进去一看，此学校一亩来大，仅有两个教舍，校长室外间围着十几个愁眉苦脸的男人。王凯刚走近，一个开杂货店的东家打招呼："王会长，你也是送娃念书的吧，我都在这里熬了两天，人家校长就是不答应，你的面子大，进去见校长试试？"

王凯走进里间，正在批改作业的校长一抬头，慌忙站起来："兄弟，你大驾光临，有失远迎。"王凯定睛一看，立马抱拳揖礼："相兄，怎么是你？"相校长四十出头，原在运学教书。王凯在运学避难时，曾代过几个月课，彼此很熟。

相校长把王凯让到椅子上说："兄弟，去年，当局改革教育，运学改成河东商学，河东书院改成河东第二中学校，景院长去那里当上校长，我被派到这里。王会长，你是大忙人，今日屈驾来敝校，是不是送娃上学？"王凯笑着点头。相校长没有直接答复，而是把王凯从椅子上拉起来说：“走，跟我看看去!”

王凯跟着相校长到教舍一看，里面的课桌一排挨一排，学生头挨着头，肩并着肩，挤得满满当当。相校长诉说：“你也是教过书的，这教舍按理只能放三四十个学生，可眼下已经挤到七十多个，实在挤不下了。”王凯见教舍里如此爆满，问：“相兄，学校咋会紧张成这样?”“以前，运城有五所义学，十几个散馆、私塾。虽然规模不大，教学质量良莠不齐，但还是能容纳下学生。去年，上头为了保证初级教育的质量，把那些散馆、私塾和义学全部关闭，只设立了三所初等小学校，充其量只能招收一百来个新生。这两年盐池的生意好，外地来运城做生意的人很多，实在是僧多粥少。”相校长话头一转，拍着胸脯保证，“王会长，你的娃就是我的娃，就算把学校挤破，我也会把你的娃子收下。”

王凯摇摇头苦笑：“相兄，谢谢你的情义，可我的难题你无论如何也解决不了。这些日子，盐池里有二十多个人找我设法让他们的娃子上学，兄弟我是潞纲总会的会长，实在难以推辞呀。”

相校长眼睛一亮，献计：“兄弟，运城的几家书院都是靠盐商们集资办起来的。平日里，也没少为书院捐资。既然盐商们的子女想上学，你何不牵头，发动盐商们集资，盖座学校，专门招收盐商子弟念书，此难题不就迎刃而解了?”

王凯一听，茅塞顿开，躬身向相校长揖礼：“相兄，你可为兄弟指点了迷津。”

相校长提醒：“盖学校可是件大事，须通过河东道批准备案，纳入国民政府的管理范畴，学生念成后，就会顺理成章地往中学大学上。”

历朝历代，运城的几座老书院主要靠盐商捐资。如今，当局提倡办教育，盐商自己集资盖学校，是好事，他们一定会大开绿灯。王凯立马跑到河东道衙，见到道尹杨葆昂。杨葆昂系前清举人，翟春霖辞职后，他先当河东盐运使，后升任河东道尹，颇为正直，与王凯过从甚密。此人很是重视教育，年前还让王凯牵头发动盐商为扩建河东中学堂捐资。这些日子不少熟人找他安置孩子上学，正欲筹资新盖学校，一听王凯想发动盐商集资盖学校，当然一口应承，并表态补助五百块银圆。银圆是袁世凯上台后发行的货币，上面铸有袁世凯的头像，一块银圆大致相当于八钱左右银子。

王凯大喜过望，回到家，立马让总号的刘相公下盐池通知东家们夜里到他家议事。王凯当上潞纲总会会长后，把总会的竖牌挂到大门一侧，腾出后院的东屋客厅作为总会的办公地点。

天一擦黑，盐池的东家们就陆续来到他家。罗川儿子今年到了上学的年龄，跑了大半个月，求爷爷告奶奶，把腿跑细了一圈也没个眉目，忍不住地问：“王会长，这几天你跑下眉目了吗？”

王凯冲罗川一笑：“看把你急的，一会就晓得了。”东家们见王凯面带喜气，便知事情有了结果，止不住地给王凯作揖：“还是王会长面子大，路子宽。”

人到齐后，王凯站到众人的面前说：“这些日子，我去了西安，到家里找我的人不在少数，都是想让我托关系让娃子上学。这事搁到谁身上谁都会着急，可是眼下运城只有三所初级学校，而想上学念书的娃们太多，我就是十张绵纸糊一个驴头，面子再大也不可能把大伙的娃子全都送进学校里。不过，车到山前必有路。后晌，我去道台府，见了杨道尹，人家同意咱们盐池自己盖所学校，还拨给补助五百块。这样，不就彻底解决了咱们盐池子弟上学的难事了吗？只要咱们把学校办好了，就能培养咱们的子女成才，将来上中学，到太原、北平念大学。”

一个东家按捺不住地催促：“王会长，还等啥哩，咱们赶紧动手盖学校吧。你说，咋盖，大伙都遵你！”

王凯说：“盖学校是个大工程，不能我一个人说了算，须设立个理事会。我毛遂自荐，当理事长，再推荐汴合兴盐号的东家罗川、洪洞盐号的董维藩、汾城盐号的刘培贤任理事，大伙同不同意？”

“同意！”大伙无不应声附和。

王凯又说：“盖学校从选址、备料、施工到购置桌椅板凳，花费不在小数，一下子很难预算出来，所有开支先由我来垫付，等完工后再据实由各家分摊。”

“我不同意！”董维藩从座位上站立起来，“王会长，新盖学校，人人有份，凭啥让你一人先掏腰包？你发句话，要我们掏多少都行。”董维藩的话像一块大石头投进湖里，掀起一片回应。

“我出一百两！”

“我出二百两！”

“我刚买下一百根椽，想盖院子用，先缓一缓，献出来盖学校。”

也有人当场掏出银票往王凯手旦塞。

王凯不好意思再拒绝大伙的一番诚心：“这样吧，每家先出五十两，完工后长退短补。明天，我让董东家在这里支应着，大伙把银子交给他就是了。”

究竟把学校盖在哪里好？夜里，王凯躺在炕上，权衡再三，若把学校盖在运城街上，过于嘈杂，干扰太大；若盖在城外，离盐池太远，学生年纪小，上学放学需要接送，不方便。王凯突然想到野狐泉。此泉位于池神庙坡下西南，盐池北岸上，是百里盐湖最大的淡水泉，中场西场盐号的数千盐工靠它吃水晒盐。相传很久以前，一个千年狐精从中条山上窜下来，霸占住此泉，咬死了不少百姓和盐工。黄河岸边永乐宫里的吕洞宾闻知后，骑着毛驴翻过中条山，假扮一位老者到泉边汲水，狐精悄悄从老者身后走过去，想咬断老者的咽喉。老者突然显出真身，一掌把狐精打死。从此，盐工们可以自由自在地在此泉汲水了，后称此泉为野狐泉。为感恩吕洞宾为民除害，盐池人在此泉旁边修建了一座吕祖寺。之后，盐池人又在此泉周围修建起龙王庙、娘娘庙、神泉亭、观景阁等建筑，这里逐渐成为庙宇错落、杨柳依依、鸟语花香的去处。历朝历代，是当地官员和文人墨客浅斟低唱、对酒当歌、发思古之幽情的集会之处。唐代大诗人元稹多次到野狐泉踏青，挥笔写下七言绝句：

昨日野狐泉上柳，
紫芽初绽拂眉低。
秋来寥落惊风雨，
叶满空林踏作泥。

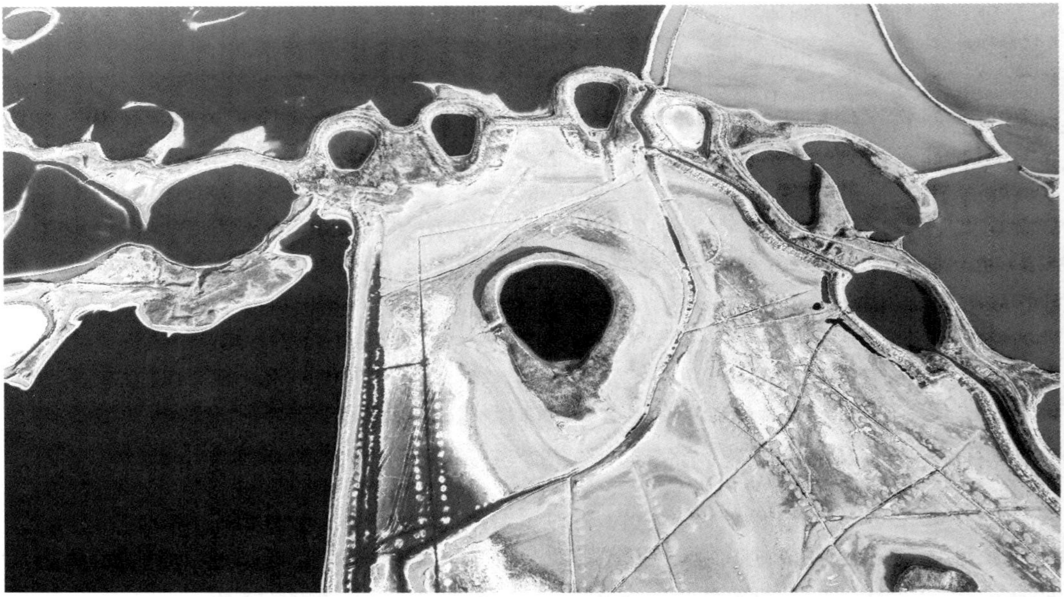

盐池符号——鸡蛋黄（董文汉 摄）

清朝乾隆年间河东盐官萨哈代到野狐泉游览，作五言诗一首：

亭幽清耳目，
泉冷沁心脾。
远挹岚千里，
平看雪一池。
谈深催换斝，
坐久欲成诗。
咫尺高城近，
何妨归骑迟？

近几年，王凯多次牵头知会运学的同窗到野狐泉游览。这时，觉得把学校盖在此处是再合适不过了。

次日一早，王凯唤上罗川，骑马来到野狐泉旁察看，见到泉子东面有块四亩多大的麦田，很是平展，垄里的麦苗稀稀落落，长得不成样子。王凯找到不远处的一户人家询问，得知此地是姓姜的私产，便和罗川在西街的小巷里找到主家。姓姜的一脸死灰，像只虾米，蜷在炕上抽大烟。他祖上是个殷实的老户，拥有上百亩良田和几家店铺，日子过得很滋润。姓姜的从小养尊处优，好逸恶劳，后来染上烟瘾，不几年就把光景踢踏得差不多了，只剩下这座破四合院和几块田地。一听王凯说从盐池来，要买他野狐泉的那块地盖学校，心想可算遇到财神爷了，两腮一瘪，喷出一口烟雾："那可是个聚宝盆，我还指望那块麦地吃喝呢，不卖！"王凯晓得姓姜的是欲擒故纵，二话未答，拉着罗川扭身就走。

姓姜的急了，连忙放下烟枪，从炕上溜下来挽留："唉，甭走嘛。"王凯转回身，撇了一下嘴："你不是不卖吗？盐池边的空地多的是，我找别家去。"

"卖、我卖！"

"你开个价。"

姓姜的伸出三个指头。王凯问："三十块？"当时地价行情一亩地也就三五块，他那四亩地充其量能值十几块。姓姜的翻了翻肿眼皮："不是三十，是三百。"

"三百？你真敢狮子大开口！"罗川朝姓姜的吼了一句。

姓姜的乞求："你们盐池的，哪个不是腰缠万贯，拔根汗毛比我的腰都粗，三百块还不是小菜一碟？让盐工多担会儿盐就有了。我家穷得只剩下这块地了，就算你们帮我一把。”

王凯一看姓姜的可怜相，生出恻隐之心。再一想，那块地再合适不过了，多掏点也值，全当施舍了，便狠狠心说：“给你三十。你愿意就成交，不愿意就走人。”姓姜的一听王凯出得比市价高出一大截，像抓住一根救命稻草，忙不迭地点头哈腰：“行、行。”

几天后，一向幽静的野狐泉突然热闹起来。几十辆马车在卧云冈的坡道上来回穿梭，往工地上拉运砖瓦、条石、河沙、木料、砂石、白灰。一百多个工匠忙活着垒根基，支立木。

离日头压山还有一杆高，刘相公气喘吁吁地跑来告诉现场监工的王凯，说是大公子找不见了。王凯赶紧向工头打招呼：“谭师傅，我家里有点急事，先走了，你给咱较点劲。”刘相公叫刘思明，是王凯姨家的一个表侄，长得机灵，手勤脚快，去年到王恒盛总号熬相公。

正在垒墙的谭师傅直起腰杆应答：“王东家，你放一百二十个心，保证按时交工。”打卤井、盖新盐号的房屋，王凯一直请谭师傅干活，工钱出得很优厚，谭师傅对王凯心存感激，总是拿出十二分力气干活。

于雅辉和盐花、董维藩内人坐在堂屋里。一见王凯进来，于雅辉眼窝里挂着泪珠诉说：“一大早，继创、董揆和鸿志厮跟着出门玩耍，一直等不见他们回来，我和盐花、嫂子去街上找了个遍，也不见三个娃的踪影。”

“你们不要太过着急，继创、董揆、鸿志都七八岁了，既然一齐出去耍去了，肯定不会出什么事，说不定一会自己就跑回来了。”王凯给几个妇道人家宽心。

“你说得轻巧。几个娃一整天都没回来吃饭，这老天眼看快黑了，还不见他们的踪影。”于雅辉催促，“别愣啦，快出去找！”

站在一旁的盐花说：“哥，鸿志就是张飞托生的，你把他找回来后，我非好好熟他的皮不可，看他往后还敢这么匪吗？”盐花以前叫王凯“凯哥”，自从她跟邱锁成家后，改口叫哥。

王凯见屋里已经昏暗，意识到事情的严重性。这几个娃能跑到哪里呢？他突然想起几天前几个娃围在一起看三国演义画本的事，判断他们可能去关帝庙了，便对于雅辉等人说：“你们甭着急，我这就出去，肯定能把他们找回来。”说完，骑着黄膘马，跑到通往关帝庙的路上往前找。

走着走着，天完全黑下来，渐渐地星斗挂满天际。王凯走一截，下马叫唤一会。走到半路上，三个黑影应声从路旁的破庙里奔到他身边。王凯一见，悬在心尖上的石头一下子落了地，不由嗔怪："继创，董揆、鸿志，你们几个咋跑到这儿？"

王继创实言相告："爹，我和董揆、鸿志看了三国演义，想学刘备、关公、张飞桃园三结义，打早起来边问边走，赶晌午才走到关帝庙，在关老爷神像前磕了头。回来时，又饿又渴，越走越慢。天黑时，实在走不动了，一问才晓得离运城还有十几里，就不敢再走了，便钻到破庙里，准备天明再往回走。"

王凯心痛地责怪："你们几个要到关帝庙拜关公，是件好事。要是给我说，我肯定会用轿车拉着你们来，可你们人小胆不小，竟敢背着大人到关帝庙。你们晓得不？关帝庙离运城三十多里，万一要真遇到啥意外，还不得把大人急死？"

继创三个后怕了，吓得呜呜直哭。王凯给他们打气："男子汉，哭啥？走，坐我的马回家。"王凯把继创等三个扶上马背，自己牵着缰绳，走回运城，到饭馆让三个娃美美吃了一顿。回到家里，天上的三星已经偏西。盐花和董维藩内人仍然守在屋里等消息，一见王凯把三个娃领回来，欣喜之余，气从心底冒出来。盐花走到鸿志跟前，嘴里骂着："让你匪！"抬起腿，朝鸿志的屁股连踢了几下。董维藩的内人狠狠拧住董揆的耳朵，教训儿子："往后，你不能出门，待在家里画你的画去。"于雅辉指着继创数落："你就是个娃娃头。一来运城就闯祸，不行就把你送回老家。"

王凯见三个女人一齐教训娃，生了气："娃不见了，你们急得魂都要丢了，娃找回来了，你们却又打又骂，这算哪回事？盐花，嫂子，时候不早了，快把鸿志和董揆带回去歇息吧。"

盐花、董维藩内人领着娃走后，于雅辉对王凯："继创在家里太操心，说不定啥时候再闹出点事来，你快点想辙让他上学，给这匹野马套上笼头。"

王凯想：学校盖好至少还需好几个月。若能临时办个学校，把娃们送到里面念书，既能让家里少操心，又能把娃们的心收住，学到东西，岂不两全其美？王凯把这个想法一说，于雅辉也觉得是个好法子。

次日早，王凯叫上罗川，到野狐泉离学校工地不远的吕祖寺，拜见寺里的老住持。老住持早年父母双亡，流浪到盐池当了童工，青年时不幸患上瘟疫，黑心的东家怕传染，便把昏迷不醒的他扔到乱坟岗。不知过了多少时间，他苏醒过来，从乱坟岗爬到路旁，被路过的吕祖寺住持救起，背回寺里为其治好病。从此，他看透了世态炎凉，当上道士。几十年来，他同情盐工，经常给死去的盐工超度亡灵。王凯听说他的身世后，多次到寺里施舍。为此，道士对王凯很是敬重，一听王凯想在观里暂时办个学校，当即把五间东廊房腾出来。王凯让罗川到运城置办桌椅板凳及所需物品，自己骑马到北相镇请于瀚，一问，得知于瀚下地了，便找到镇东面的地里。

于瀚世居北相镇，他爹读过三年私塾，识文断字，靠一滴汗水甩八瓣地供独生儿子念完河东书院，考上秀才，骨子里生就读书人特有的毛病。安家私塾停办后，安东家把他请到西安当二掌柜，同窗好友王凯请他当账房先生，给他优厚的待遇。对此，他心里跟明镜似的，晓得是安东家和王凯怜悯和照顾自己，断然回绝。回到家后，正儿八经地当上农夫，日出而作，日落而息。此刻，他正在麦田里锄地，突然听到有人喊他，展腰一看，王凯站在地头，便把锄头放在地里，走到王凯跟前开玩笑："学弟，哪阵风把你这个大东家吹来了？"

王凯笑答："还不是盐池里的南风？"

"啥事？"

"我又请你于兄的大驾来了。"

"又让我到你盐号里去？三一三剩一的事我没兴趣，也干不了。"

"于兄，你把我看扁了，不会被一块石头绊两回的。"

"那你请我干啥？"

"请你干老本行，这回你肯定不会拒绝吧？"

"在哪里教书？"

王凯把在盐池边野狐泉办学校的事一说，于瀚眼窝里放射出一束光芒："没说的，我干！"

王凯问："学兄，你就不问问我给你啥待遇？"

于瀚答："士为知己者死，人为爱好者事。只要有书可教，你给多少算多少。"

"每月五块，行吗？"

"不行，我在潼关教书挣这个数，你还是给这个数。"于瀚伸出三个指头，"三块，多一个子我也不要。"

回到运城，刚进门，于雅辉一脸恐慌地对王凯说："刚才，家里来人说是有急事，让你和我、娃一起立马赶回去。"

王凯心里一惊，只觉一股凉气钻入脊背。这些年来，奶奶年纪越来越大，曾经病过几回，奶奶总是挡住妈，说是盐池里忙，不让妈给他捎信，这回妈让人送信让妻儿都回去，肯定是奶奶出了事。

那年，王张氏被带到运城，在牢房里见独生儿子被打得遍体鳞伤，心像被刀剜一样。不几日，家被查封，她不得不带着儿媳和小孙子流落到娘家河南冶阳镇。由于惦记儿孙，整日不思饭食，彻夜睡不着觉，身子骨一下子垮了。后来，长孙拿出儿子的信念给她听，说是他爹已平反，到甘肃当差去了，这才把悬着的心落在肚子里。第二年，长孙又拿着他爹的信报平安，她心里犯了嘀咕，儿子在甘肃当差，公事再忙，路程再远，也不会不回来看她，预感到儿子已经不在人世，儿媳和孙子一直瞒着。反过来一想：儿媳和孙子之所以这样做，还不是出于孝心，怕自家受不了？从此，她把丧子之痛深深埋在心底。去年，河东道衙退回老宅，她让刚成家的次孙王枚留在冶阳镇经营土地和生意，自己和儿媳搬回老家。见两个孙子事业有成，还给她生下三个重孙，很是心满意足。日子一长，王张氏便把思子之情放在脑后，不再在儿媳、孙子跟前提及儿子。

王凯为了孝顺奶奶和妈，每年都让于雅辉带着儿女长时住在老家，陪两位老人，自己也隔三岔五地骑马回枣园老家探望，使奶奶和妈尽享天伦之乐。前一程，因为继创要到运城上学，王凯才让于雅辉带着继创、继芷、继绪三个儿女到运城。

王凯没顾得吃饭，强忍住心里的慌乱，吩咐刘相公让罗川到北相镇找于瀚，然后和于雅辉骑上马，驮着三个儿女，一路狂奔，赶黑回到老家。

王凯一看大门前左侧吊着一束白纸幡，人们进进出出的，晓得奶奶过世了，从马鞍上滚下来，沿巷道跑进正院的大门，扑到堂屋里的门板上，见奶奶静静地躺着，面部安详，和熟睡一样，心底里喷发出一股悲痛：“奶奶——我回来了。”

身穿重孝的王乔氏按住儿子的肩膀劝说：“凯儿，甭哭了，再哭也把你奶奶哭不回来，赶紧铺排后事吧。”

王凯止住痛哭，问：“妈，我正月走时，奶奶还好好的，咋说走就走了呢？”

“我一大早去横水给你表哥家孙子过满月，还未顾上坐席，一个邻居骑快马找来，说是你奶奶昏倒在你爹的碑楼旁，等我赶回家，你奶奶已经走了。”王乔氏右脚朝地上跺了一下，边哭边说，“都是我不好，要晓得你奶奶会出事，打死我也不会去你舅家。”

原来，儿媳回娘家后，王张氏一个人在家闷得慌，见外面的日头高照，天气暖和，便沿着院落后面的小路，转过埋葬着春秋时晋献公的朝廷坟，往村南的小河边走，想去看看那里的风景。远远看见自家的祖坟上矗立着一幢高大的碑楼，觉得好奇，近前仰头一看，碑楼一丈多高，方形，四角巨石擎立，下部装有石栏杆，顶部飞檐高挑。碑楼中间竖着一座碑，上面写着一溜字。此碑楼是王嘉天平反后，王凯花六百多两银子，请外地有名的石匠为爹所立。王张氏记得祖坟里没有碑楼，这碑楼是给谁盖的？王张氏不识字，问一个过路人，过路人指着碑上的字对她说，碑上写着“大清国中宪大夫王公家宾之墓”。这些年来，王张氏虽然预感到儿子已经不在人世，但亲眼看到儿子的墓碑，还是难以承受，哭叫了一声：“儿呀，你咋忍心丢开我呢？”软软地倒在碑楼底下的石台阶上。过路人慌了，当下唤来在附近田地里干活的村人，把王张氏抬回家里，村人请来先生一瞧，已经没了气息。

按照当地习俗，王凯雇了三班响器，请了一台戏，风风光光地埋葬了奶奶。他原本想，学校已经交给罗川办理，谭师傅又是信得过的工头，出不了啥差错，打算在家里多待几天，好好陪陪妈，再请人给奶奶立座碑楼。没承想，天黑前，刘相公骑马来，说是野狐泉工地上出了事，王凯只得让于雅辉带着继绪、继芷陪妈，自己领着继创跟刘相公连夜赶回运城。

第二十章　饱尝重税榨

两座洋楼出现在运城后，十分扎眼，路过的人无不吐上一口唾沫。柏理稳牵着狼狗，时常在街上或盐池里瞎转悠，有时还出入妓院解解闷。柏理稳，英国人，原是个外交官，从小在中国长大，在中国混了几十年，是个中国通。去年受聘于五国银行团，被派到运城任河东盐务稽核分所副协理。在局外人眼里，他就是个玩世不恭的浪荡洋人。其实不然，柏理稳拿着每月 1360 元的高薪，来运域任河东盐务稽核分所副协理，自然不会忘记身上的使命，暗中把河东盐池的生产、运销、收税模式等掌握得一清二楚。

闪过年，进入民国四年，到了善后大借款合同规定的收取盐税的期限。柏理稳跑到河东道衙，振振有词地说："从今年起，为了保障借款合同的兑现，我们要直接管理盐池和收取盐税。"杨葆昂见柏理稳咄咄逼人，强压住火气："政府欠你们的债不假，可河东盐池在中国的地盘上，理应由我们河东盐运使署统管，你们的手是不是伸得太长了?"柏理稳耸耸肩，蓝眼睛里放射出轻蔑的光："按合同规定，你们每年要还我们五国银行团 330 万元。我调查过河东盐池以往收税办法和所收盐税额，根本偿还不了我们的债务。"说着，将两份文件甩到杨葆昂面前。杨葆昂拿起一看，一份是山西省都督府文件，另一份是中华民国财政部盐务署文件，两份文件上都写着由河东盐务稽核分所直接管理和取收盐税的指令。杨葆昂无可奈何地表态："既然上峰有令，就由你们管吧。"当即把相关机构的负责人叫来，宣布此事。河东盐务稽核分所一下子变成河东盐池的霸占者。

四月下浣，晒下新盐，王凯照惯例到河东盐运使署领取盐引。近年来，王凯变成坐商兼行商的双料盐商。由于所销之盐质量稳定，价格适中，生意一直很好。前几日，义父捎信来，说是西安断了货，让他赶紧发一批盐。

“王会长，咱俩谁跟谁？你来找我，哪回不给你开绿灯，随来随办，要多少给你多少？”高景秋双手一摊，面带难色地说，“不过，前几天我接到河东道的指令，由洋毛子统管盐池和盐税。往后，我这里成了聋子的耳朵摆设，你要销盐，必须到小洋楼办手续。”

王凯来到河东盐务稽核分所，刚进大门，传来生硬的声音：“王会长，别来无恙，是来办手续的吧。要不，上二楼来，我请你喝杯咖啡？”王凯抬头一瞅，柏理稳居高临下，坐在东面小洋楼二楼阳台的藤椅上，身边卧着一条狼狗，摇晃着二郎腿，甩了一下头上黄白相间的杂毛，一副得意忘形的样子。

王凯走到西面小洋楼一层营业室柜台前，见柜台内坐着一个留着小分头的年轻人，正把头埋在桌子上看书，于是，耐着性子问：“这里办盐引手续吧？”小分头极不情愿地翻了一下白眼仁：“开多少？”“给我开一千担。”小分头填好票扔到柜台上，又把头埋在书里。王凯拿起票一看，共四张，一模一样。票上除了汉字，还印着不少曲里拐弯的外国字，问：“下面怎么办？”小分头头未抬：“拿四联单到银行交税去！”王凯不解地问：“以前是‘先盐后课’，到盐运使署里领取盐引后，就能下盐池买盐。把盐销完后，再到盐运使署里交税，你们这里为啥先让我到银行里交盐税？”小分头抬起头，白了王凯一眼：“这是我们河东稽核分所的规矩，要想知道为啥，到东楼上问柏协理去！”王凯被呛得再也不敢问下去，沿着街道，跑了一里多路，来到鼓楼西街专为收取盐税而设立的中国银行运城分行，把四联单递入柜台，办事员接过四联单，又把手伸出来：“钱呢？”

王凯这才反应过来，刚才，心急出错，忘了回去取银圆，赶紧给办事员道歉：“我忘了带钱，先把盐票放在你这儿，我这就回去取。”顶着毒毒的日头跑回家。于雅辉一看王凯脸上直往下淌汗，嗔怪：“哪里着了火，看把你急的？”王凯顾不上搭话，跑到账房，粗估了一下，提出一千六百块“袁大头”，掂起钱袋就往外跑。

于雅辉一看王凯还要出门，赶忙叫唤：“饭已熟了，你就不能吃了饭再办事？”“银行还等着哩，办完手续就回来。”话未说完，已经不见了身影。王凯跑到银行一看，大门冷冰冰地关着。一看，日头已经偏西，下了班。苦笑了一声：真是掂着猪头进不了庙门。

于雅辉见丈夫沉着脸掂着钱袋回来，晓得未办成手续，心痛地埋怨：“叫你吃过饭再去，你就是不听，白跑了一趟吧。你等着，我把饭给你热一热，吃过饭歇息一会，等人家银行上班后再去。”

后晌，王凯掂着钱袋到银行，办事员把四联单递给他：“你这单上没有河东盐务稽核分所经理的签字，你去补签一下。”王凯掂起钱袋蹾了蹾，“你让交多少税，我就交多少，为啥非得河东盐务稽核分所经理签字，这不是多此一举吗?”

办事员解释：“这是人家所里的规定，我们也没办法。你不要在这里磨蹭了，赶紧去河东盐务稽核分所找经理签字吧。”

王凯走到河东盐务稽核分所，找到经理办公室，一看是王克钧，便讽刺：“王大使，你如今是老鳖穿衣裳——盖硬了。”王克钧在河东盐池东场当大使时，王凯曾送给他不少好处。河东盐务稽核分所设立后，眼热高待遇，他便投靠了洋人。王克钧窘迫地答：“我也是不得已而为之，还不是为了多挣几个钱？王会长，你来找我有事?”王凯掏出四联单说：“我刚从分行过来，人家让你这个大经理在上面签个字。”王克钧一脸苦相解释：“王会长，我在这里只应个虚名，实权在柏理稳手里掌着，这税票，必须让人家签才行。走，我带你找柏理稳签字去。”王凯走到东面的小洋楼，见柏理稳办公室铁将军把门，问正在楼道里拖地板的女佣，女佣答出去了，王克钧无奈地向王凯解释：“往常柏理稳老在，今个真不凑巧。”

回到王克钧办公室，等到日头快压西山还不见柏理稳的影子，王凯心急火燎地问：“还能等着吗?”王克钧答：“实在等不着，就明天一早来吧。”

第二天打早，王凯一直蹲到小洋楼前，还是见不到柏理稳。第三天，外甥打灯笼——照旧。王凯这才意识到这是柏理稳故意难为他。第四天，柏理稳从外面回来，王凯硬着头皮迎上去。柏理稳明知故问：“王会长，找我有什么事?”王凯强压着心里的厌恶，把四联单递过去：“请你签个字。”柏理稳签完字，得意地对王凯说：“王会长，欢迎你常常来，多多益善。”王凯一言未发，走出小洋楼后，扭回身吐了一口：“小人得志!”

王凯跑到银行，从钱袋中掏出用红纸包着的十三封银圆，递到柜台里，对办事员说：“字签了，麻烦点一下，长退短补。”其实，王凯对盐税税率了如指掌：销往山西的每担一块五角三分六；销往陕西的每担一块二角二分四；销往河南的每担一块零七分四。这次销陕西的一千担盐，应交税一千二百二十四块。自己交了一千三百块，还应找回七十六块。

办事员数了数钱，白了王凯一眼："你这钱不够。"王凯以为办事员把钱数错了："我给了十三封，一封一百块，共一千三百块，你再数数？"办事员答："现在的盐税不管运往何地，每担通通两元。你票上是一千担，该交税两千块，你给我的钱才十三封，还差七百块哩。"办事员见王凯愣怔着，催问："你还办不办？"

"办、办，我这就取钱去。"王凯不得不回家取来七百块银圆。办完手续后，办事员把盖有银行收讫红色钢印的盐票递给王凯。王凯接受前头的教训，问办事员："接下来还有啥手续？"办事员答："你拿着单子再到河东盐务稽核分所领取掣盐准单，就能下盐池卖盐了。"

王凯返到河东盐务稽核分所，找到小分头，王凯经常在外头办事，晓得有钱使得鬼推磨的门道，悄悄塞给小分头两块袁大头。小分头这才给了他个好脸，顺顺当当地给他开具一张盖有红色钢印的掣盐准单，并告诉他，必须把盐拉到所里过秤后才能放行。

以往从盐池往外拉盐时，按每袋一担装好，出东禁门时，只需清点一下袋数，就可放行。如今，却要把盐拉过来一一过秤，真是六个指头挖痒——多此一道。王凯心里虽然要牢骚，但不得不按人家的新规矩办。

次日，王凯组织了五十余辆马车下盐池拉盐。装袋时，王凯特意吩咐盐工，秤过准点，每袋一担，一百二十七斤，加上二斤损耗，净重一百二十九斤，再加上一斤麻袋，毛重一百三十斤。二十多个盐工忙活了大半天，总算把一百马车盐装好。后晌，王凯把盐车浩浩荡荡地带到河东盐务稽核分所，卸下几袋盐一称，过秤员黑着脸质问王凯："你是咋弄的，每袋都是一百三十斤，多出二斤。"

王凯赔着笑脸："每担一百二十七斤，加上二斤损耗和袋重，不就是一百三十斤吗？"

过秤员数落说："所里取消了损耗。"王凯气得脸色发青，质问："拉盐加损耗是盐池几千年的老规矩，你们凭啥取消？"新招的过秤员见面前的人穿着一般，以为是个跑腿的，把秤往地上一扔，发起脾气："你少冲老子发火，有胆上洋楼找柏经理去！"王凯心里聚集了几天的火气一下子喷发出来："你想当谁的老子？"飞起一腿，把过秤员踢出一丈来远。大门后站岗的两个洋毛子一看过秤员被踢翻在地，掂着枪跑过来，用枪对着王凯，嘴里叽里哇啦地乱叫，虽然听不懂他们喊什么，但很显然是向王凯发难。

一直躲在办公室的王克钧看到事情闹大了，赶紧跑出来，把过秤员从地上拉起来，指着王凯悄声说："你晓得他是谁？他就是当年刺杀慈禧太后、当今潞纲总会会长王凯，你和他较劲，不是捅马蜂窝吗？"过秤员一听，吓得浑身直哆嗦，僵在原地不敢动弹。王克钧又走到王凯跟前赔着笑脸："王会长，过秤员不认识你，你大人大量，别跟他一般见识。不过，取消损耗是所里的新规定，你事先不知，不知者不为怪嘛，我做主，这回放行，往后卖盐按实际斤数装袋。"

"慢着！"柏理稳牵着狼狗走过来，问王克钧，"这是怎么回事？"王克钧赔着笑脸把事情的经过说了一遍。柏理稳走到王凯前面，傲慢地耸了耸肩，指着河东盐务稽核分所的牌子说："王会长，打狗还要看主人面，你也不看看这是什么地方？竟敢殴打我的工作人员？念你是潞纲总会会长的份上，我卖你个面子，暂不追究你行凶打人的罪过。不过，取消损耗是河东盐务稽核分所订下的规矩，必须按实际重量算，该交多少税就交多少，一分一厘都不能漏！"他扭回头对过秤员说："还愣着干什么？过秤！"

王凯晓得"人在屋檐下，不得不低头"的道理，强压着肚子里的憋屈，朝盐车上的人摆摆手，示意他们从车上往下搬盐袋过秤。

王克钧见一大片盐车，跑到小洋楼上向站在走廊上看热闹的柏理稳建议："河东盐池年产上千万担盐，要是全都由咱所过秤，一年到头连轴转都秤不过来，不如每批抽查若干袋，然后按最多的斤数计算交税。"柏稳理断然拒绝："这是向盐池收税的第一宗业务，必须逐袋逐袋地称，治一治王凯，杀鸡给猴看，让盐商们尝尝滋味，往后服服帖帖地受我们管。"

王凯耐着性子，看着五十多辆盐车逐袋过秤，一直过到星星挂满夜空才过完。过秤员不敢再在王凯面前放肆，说："你这批盐，多装了二千斤，明日上班后，在这里开个票，到银行补上税。"王凯见已经下半夜，只得让盐车到车马店歇息。第二天上班后，他去办理开票和补税手续，前前后后耗费了六天。

事后，行商们不约而同地向王凯家问讯到河东盐务稽核分所办理盐税的过程，王凯把买盐的经过细细说给同行们，无奈地叹息："袁世凯为了坐稳天下，不顾国人的唾骂，把盐税抵给洋毛子。往后，咱们销盐交税归洋人管，胳膊拧不过大腿，不服人家管不行呀。"入行不久的行商乔浑求王凯："王会长，以前，先盐后课，我还能凑些本钱，勉强周转。如今，洋毛子实行先课后盐，我本钱太少，无本难求利呀，你是咱盐商的主心骨，求你为我们这些小行商想想法子吧。要不，我家里老的小的都要喝西北风。”

同行有难处，作为会长，不能不管，可咋个才能给小行商们解决燃眉之急呢？

王凯想，只有银行才有这么大实力。便找见运城分行经理说明来意，经理答复可以放款，不过，必须要有河东盐务稽核分所担保。王凯虽然非常厌恶柏理稳，但为了同行，硬着头皮跑到河东盐务稽核分所见柏理稳。柏理稳一听蓝眼珠一转，心里小算盘一打，满口答应，条件是抽取月息五厘的担保金，王凯只能狠下心答应下来。小本行商们有了贷款后，勉强做开贩盐的生意，但受资金所限，生意大不如从前。

两个月后，正值三伏天，运城盆地热得像个大蒸笼。柏理稳接到总所发来的电报，催促上交盐税。柏理稳钻在小洋楼里翻看账簿，仅征收了十来万元，比往年少三成多，连全年税额的零头还不到。柏理稳压住心里的急火，打着洋伞，让王克钧和两个洋人跟在屁股后面，下到盐池。柏理稳指着料台上小山似的盐堆问王克钧：“产的盐倒是不少，为啥卖不出去？”王克钧领着柏理稳走进一家盐号，找到东家问盐的销路，那位东家答：“往年这时候，盐路上挤满了拉盐的车，坐在家里，就有人找上门来买盐。今年日了怪，买家越来越少，照这样下去，我这盐号说不定啥时候就要歇业。”

从盐号出来，柏理稳向王克钧追根刨底：“为啥盐的销路越来越少？”王克钧答：“王凯是潞纲总会会长，又是数一数二的行商，要想摸清盐销路不畅的原因，非他莫属。”柏理稳知道王凯对自己有成见，但为了解决这个难题，不得不厚着脸皮请王凯到菊花酒楼赴宴。王凯打心底里不屑与洋毛子为伍，但想到可以借机为行商们争取到利益，便应邀前往。

席间，柏理稳对王凯殷勤有加，又是斟酒，又是夹菜，问王凯有何法子让行商多销盐。王凯对柏理稳说：“运城有几十家运商，河东盐池产的盐全靠他们销。可今年，你们分所的盐税过重，手续过杂，行商们无利可图，纷纷改行。照此下去，到不了年底，恐怕剩不下几家行商了。如果没了行商，盐池里产的盐就销不出去，坐商们也就跟着倒闭了，你们就更收不上盐税了。”柏理稳赔着笑脸问：“我也意识到这一点，所以，还请王会长指点迷津，怎样才能稳定行商？”王凯见时机成熟，对柏理稳说：“只要你们简化手续，恢复损耗，行商们还有微利，就不会弃行而去。”柏理稳问：“恢复损耗好说，可怎样才能简化手续？”王凯说：“这个很容易办到，行商们买盐时，没必要非让行商把盐拉到分所逐袋逐袋称，只需派人现场监督过称即可。”柏理稳当场表态：“听你的，明天就照此办理。”

此举使紧勒在行商脖子上的绳索松了一些。销盐量又恢复到正常，盐税自然水涨船高，但柏理稳还是高兴不起来。因为，上年河东盐池总共收了一百一十三万盐税，而今年总所给他下达的任务是二百万，这就意味着要比上年几乎翻一番。尽管河东盐务稽核分所把正课由每担一块三分多增加到二块，但由于河东盐池多年来的产量基本保持稳定，充其量只能多收四十万，剩余的五十多万从哪里收？

河东盐池的税种分正课、场课、杂课三大类。正课是行商销盐时缴的税；场课是按盐号面积推算盐产量，确定锭数，分十二锭、六锭，每锭缴税五十两，杂课是收取坐商所分摊的相关费用。这些年来，由于社会动荡不安，掌权者为了多收盐税，几乎每年都巧立名目，增加杂课。柏理稳狗急跳墙，也在杂课上打起了主意。

不日，中禁门城楼墙头上贴了一张加盖着鲜红的河东道大印的布告。上书：

为振兴民国，为国聚财，特增设建筑费、过秤费、办公费、伙食补助费，每年每亩盐田缴税十元，所有盐号必须按月足额上缴，违者封闭盐号，以抗税罪论处。民国四年七月十日。

坐商们一看布告，不约而同地找到王凯发泄牢骚：

“杂课又涨了，还要不要人活了？”

“洋毛子的心真比蝎子还毒！”

“老子不干了，让洋毛子喝卤水去！”

“坐牢就坐牢，反正没钱给洋毛子缴税，大不了鱼死网破！”

王凯是河东盐池盐田面积最多的坐商，拥有一千二百亩盐田，每亩加十块，就要多缴一万二千块。他当然对此非常反感，但他很清楚，大伙都在看着自己，如果沉不住气，就会把集体抗税的火点起来，最终受害的还是大伙。于是，他冷静地劝说：“要说缴杂课，我缴的最多，心里能好受？可大伙想过没有？这次加税是秃子头上的虱子，明摆着是洋人使坏，如果硬来，等于往枪口上撞，还是忍下这口气。”东家们听了王凯的肺腑之言，只好东挪西借，如数上缴杂税。

天有不测风云。王凯提醒别人不要往洋人枪口上撞，怎么也不会想到自己却祸从天降。

七月十五，是上坟祭拜祖先的日子。王凯和于雅辉回老家给奶奶和爹上坟烧纸。晌午，正陪妈吃饭，突然，乔浑闯了进来，王凯一看乔浑慌里慌张的样子，放下筷子问："看把你慌的，是不是发生了啥急事?"

"王会长，咱们出去说。"乔浑把王凯拉到院里恳求，"王会长，我遇到了大麻烦。"说话间，眼里的泪水像断了线的珍珠往下淌。

王凯知道，乔浑家上有两个八旬老人，下有四个未成年的儿女，负担很重，靠贩盐养家糊口。前些日子，老父患病，他只得放下生意，四处求医，忙活了一个多月，未能救下父亲的性命，欠下一屁股债。王凯猜测，乔浑从二百里外的运城赶来求他，十有八九问他借钱，便给乔浑宽心："啥事? 你尽管说!"

"都怪我一时财迷心窍，把你牵连进去了。"乔浑重重扇了自家几个耳刮，说出事情的原委：前几天，他东挪西借了一笔钱，想多赚几个，便铤而走险，到街上刻字铺里，花了一个袁大头，伪造了一张交过税的盐票。在过风陵渡查验所前，他叮嘱赶车人，查验人员要问，就说这批盐是王恒盛的。结果假盐票被识破，他吓得钻进路旁的玉茭地里，逃回运城，一问王凯回了老家，就赶紧骑马赶了过来。

王凯一听，像一块石头砸在心里，对乔浑说："你胆子也太大了，竟敢干这掉脑袋的事，还把我给牵连进去了。"王凯知道，历朝历代对走私盐的行为施以重律，轻者没收赃盐，抄家籍产，投入盐牢，重者正法处死。乔浑扑通跪倒苦求："王会长，我晓得捅下大祸，这才跑来求你。"王凯慌忙把乔浑往起扶："快起来，咱们有话慢慢说。"乔浑推开王凯的手拒绝："你不答应，我就不起来!"王凯见乔浑跪在地上苦苦哀求，一咬牙关说："你起来，我答应你。"乔浑刚从地上站起，就听见外面杂乱的脚步声，几个全副武装的盐警冲了进来，小头目问："你俩谁是王凯?"王凯向前跨了一步："我是。"小头目把一张逮捕令举到王凯面前："奉河东盐务稽核分所之命，立即逮捕你。"几个盐警一拥而上，把王凯五花大绑起来，押着就往外推。乔浑见势不妙，扭头就窜。

闻讯从正屋出来的王乔氏和于雅辉被突如其来的厄运吓蒙了。王乔氏腿一软，瘫在地上，于雅辉挡住小头目问："他到底犯了啥事?""我们只负责逮人，你男人犯的啥罪，到运城问去!"小头目使劲把于雅辉推到一边，押着王凯离去。

于雅辉把婆母从地上搀起来扶到屋里，宽慰说："妈，您放心，王凯肯定没事，我这就去运城。"说完，翻身催马，临天黑赶到运城，找到杨葆昂问王凯犯了什么事。

杨葆昂曾多次到王凯家里做客，不等于雅辉询问，便说出事情的根由：风陵渡查验所查出了三辆盐车的假盐票，被查的赶车人交代说是给你家运的。此事传到柏理稳的耳朵里，不问青红皂白，立即派盐警到绛县抓人。

于雅辉气得杏眼圆瞪："杨道尹，你与王凯是多年的老交情，他是啥人你还不清楚？我家王恒盛盐号行得端立得正，每次拉盐都把手续办得齐齐全全，绝对不会干伪造盐票的勾当。"

杨葆昂听了于雅辉信誓旦旦的话，也觉得可能冤枉了王凯，便宽于雅辉的心："只要王会长真的没有作假，就不会有事的。明天你再来，就会有结果。"

次日，王凯被押到运城监狱，审判官问："王凯，知道为什么逮捕你吗？"

王凯答："知道，我伪造了五十担盐的假盐票。"

在被押解回运城的路上，王凯就拿定了主意：大丈夫一言九鼎，既然答应了乔浑，假盐票的事情再大，也要把它担下来。审判官把纸笔递给王凯，王凯没有犹豫，写下供词。

于雅辉来到河东道，杨葆昂拿起桌面上的卷宗说："王夫人，刚刚监狱长把王会长的供词送来，他承认了伪造税票的事。"于雅辉瞪着杏眼问："不可能，是不是昨夜监狱里用了刑，他爹屈打成招了。"

"我专门问过，监狱里真没动王会长一指头，这供词就是他亲笔写的。"杨葆昂摇了摇手里的案卷说，"王会长真要没那事，能把屎盆子往自家头上扣？"

于雅辉突然想起丈夫被抓前，乔浑曾把他叫到外面说了一会话，心想很可能与此事有关，便对杨葆昂说："杨道尹，他爹被抓前，乔浑曾找过他，很可能与此事有关，求你找到他印证一下。"

于雅辉前脚走，柏理稳后脚站到杨葆昂的办公桌前敦促："杨道尹，假盐票的案子人赃俱获，这可是我主管河东盐务后破的头一个大案，你必须依律严办。"

杨葆昂不冷不热地回答："柏先生，查案是非常严谨之事，王凯的供词虽然承认，但还需要旁证。"柏理稳耸耸肩，摸了摸络腮胡，出门时扔下一句话："你们中国人办事就爱拖拖拉拉，你要敢在此事上打马虎眼，让你吃不了兜着走。"

于雅辉从河东道回到家，已在王凯家等了多时的罗川劈头就问："弟妹，听说王会长被逮了，是真的？"于雅辉点点头，泪珠止不住地从面颊上往下滚："风陵渡关卡查出了假盐票，把账算到了他爹头上。"

“打死我也不信王会长干这种事。”

“前日乔浑找过他爹，肯定与此事有关，你赶紧找乔浑，把此事弄清楚。”

“行，我这就去。”罗川骑马跑到临晋乔浑老家，见院门紧锁，一问才知乔浑连夜搬走，不知去向，只得返回运城，把乔浑举家搬走的讯息说给于雅辉。于雅辉赶紧跑到河东道，把此事告给杨葆昂。杨葆昂一听，知道线索断了。按常规，只能以当事人的供词判罪，慌忙给于雅辉出主意：“王夫人，你赶紧到省里找你爹，让你爹找按察院给我写信，彻查细究此案。”

于雅辉收拾了一下行装，骑着雪青马，飞奔太原。

刘笃敬一听续女婿王凯出了这么大的事，感到此事干系太大，便找到相熟的按察使魏赤迁：“我了解我女婿，他肯定是被冤枉的，只要你魏按察使插手，就能查出个水落石出，还我女婿一个清白。”

魏赤迁长得肥头大耳，出了名的爱财，而且有个嗜好，不喜欢白的，只待见黄的，见全省第一大财东求上门来，便摸了摸堆在下巴底下的赘肉，装作为难地说：“刘会长，此案涉及盐税，太过敏感，我实在不便插手。”

刘笃敬知道魏赤迁心里的小九九，从怀里摸出蓝布裹着的几根金条，放到魏赤迁面前：“魏按察使，有劳你过问此事，事后我定重谢。”魏赤迁收起金条，话头一转：“你刘会长的事我能袖手旁观？我这就给杨葆昂写信，让他彻查此案。”

刘笃敬拿着魏赤迁盖有大印的信函交给于雅辉说：“辉儿，你赶紧回去把信交给杨葆昂，让杨葆昂深查细究。”

就在于雅辉去太原的当儿，河东盐池里倏然黑云翻滚，压得人喘不过气来。

王凯的事一出，柏理稳借机发挥，大耍淫威，把几十个运商扣押到河东盐务稽核分所，派人拿着以前开出的盐票，到风陵渡、茅津渡、大河口等几个查验所，对照盐车通过的登记簿一宗一宗地查，还让盐警到处放话，说是王凯伪造盐票，犯下死罪，很快就要掉脑袋。他威胁盐池里的东家，要规规矩矩产盐交税，否则与王凯一样下场，闹得全盐池的人心悬在半空，生怕被盐警逮走。

于雅辉回到运城，把信送给杨葆昂。一直守在家里等待消息的人围上来，打问情况。

崔大豪一蹦三尺高，粗黑的眉毛都要立起来，对于雅辉说：“嫂子，看洋人这阵势，肯定跟我哥过不去，不能再等了，我今夜里就带几个弟兄劫了监狱，救出我哥。”

二豪跟着帮腔："嫂子，我哥说得对，大不了鱼死网破。"几天前，柏理稳得知缉私营的正副队长崔大豪兄弟俩和王凯的关系，就把他俩撤了。

于雅辉说："兄弟，你真要劫了你哥，就成了劫狱犯，你哥也成了逃犯，你哥的一世清名就会永远沉到黄河里。往后，家里的老人咋办？我和几个儿女咋办？这么大的家当咋办？盐号里的千余盐工咋办？"

崔大豪急得直跺脚："嫂子，你说得有理，可咋着也不能眼睁睁地看着我哥在监狱里受苦吧。"

于雅辉说："你哥关在监狱里，我比谁都急，可心急吃不了热豆腐，只能等杨葆昂把案情查清楚。"

站在一旁的罗川恨得咬紧牙关，挤出话来："我已经查了，造假的就是乔浑那挨刀货，自家犯了事，却让王会长垫背，猪狗不如。"前几日，罗川到车马行里找到那天运盐的几个车把式，问雇马车的人长得啥模样？车把式答，四十来岁，中等个，小分头，右额头长着一个黑痣。所以，罗川确定造假者就是乔浑。

于雅辉催罗川："那你赶紧找杨道尹举报乔浑呀。"

这时，刘相公把一个牛皮纸信封交给于雅辉："婶，刚才有人送来一封信。"

于雅辉看完信，长长地呼出一口气，杏眼一下子明亮起来，把信递给罗川，罗川接过信，几行字跃入眼帘：

王夫人台鉴：我财迷心窍，伪造了税盐票，打着你家王恒盛的旗号过关被查。那日，我跑到你老家，跪求王会长帮忙，王会长替我背下黑锅，我却带着全家到陕西避难去了。这些日子，我彻夜难眠，觉得不能让王会长代我受过，欲前往河东监狱投案自首，特此告知，万望恕罪。乔浑顿首

罗川扬起信，对大豪、二豪和几个东家说："乔浑还算有良心，投案自首了。"一个行商夺过罗川手里的信，当众念了一遍，屋内紧张的气氛一下子活泛起来。

于雅辉擦了擦眼里的喜泪说："我这就去河东道催案去。"罗川跟着说："我跟你一齐去。"于雅辉向罗川摆摆手："又不是去打仗，去那么多人干啥？我自个去就行。"跑到河东道问杨葆昂："是不是有人投案自首？"杨葆昂答："是。"于雅辉追问："既然如此，就可证明王凯无罪，应该立马放人。"杨葆昂解释："王夫人，少安毋躁，事情不是像你想的那么简单。虽然乔浑投案自首，但还需要到拉盐的、卖盐的地方取旁证，才能铁板上钉钉。"于雅辉催促："既然如此，求您快些追查。"杨葆昂答：

“这个你放心，有省按察院的信函，凭我和王会长的交情，我会抓紧的。”

几天后，杨葆昂正要给王凯办理无罪释放的手续，柏理稳像幽灵一样出现在杨葆昂面前：“听说伪造盐票的真凶找到了，你打算怎么处置王凯？”杨葆昂答：“本道已查清，确系乔浑伪造盐票。至于王凯，应无罪释放。”柏理稳耸耸肩，从衣袋里掏出一本法律书，在杨葆昂面前晃了晃，威胁说：“王凯身为潞纲总会会长，虽然没有伪造盐票偷运私盐，但他包庇罪犯，转移了查案的视线，让罪犯乔浑逍遥法外，应当追究其包庇罪。这法律书上写得清清楚楚，你要敢无罪释放他，我就直接到省里告你徇情枉法，你应当知道后果。”说完扬长而去。

杨葆昂想不到柏理稳像水里的老鳖，死咬住王凯不放。

于雅辉和罗川到河东道催问结果。杨葆昂面带愧疚地说：“我也想把王会长放了。可柏理稳非咬住治王会长的罪不可。我也没法子，只能依律办事，大事化小，以包庇罪判王会长一年刑。”

从河东道出来，于雅辉含着眼泪嘱咐罗川：“我婆婆还在家里等消息，你把嘴把严些，千万别让她老人家知道他爹被判刑的事，咱们再想法子救人，不管咋着也不能让他爹坐监狱。”

罗川突然想起，光绪十八年夏天，一个盐工得了伤寒，盐警怕传染，要把得病的盐工往乱岗坟里拖。几十个盐工得知后，挡住不让盐警拖，盐警便开了枪，打死了三个盐工。盐池里的东家们串联后，罢了半个月工。河东道怕耽误产盐和税收，不得不服软，答应了盐工的要求，给每位冤死的盐工三十两银子的抚恤，又让肇事者给冤死的盐工披麻戴孝，才算了事。这回，王会长遭了难，只要撺掇盐商一起罢工，就能够把王会长救出来。主意已定，罗川直接下到盐池，把百十个坐商和行商召到自家的盐号里说：“做人要有良心，这些年，大伙或多或少地得到过王会长的好处。如今，王会长为了救乔浑坐了班房，河东道还要以包庇罪判刑，咱们决不能袖手旁观。”

刘培贤立即响应：“只要能救出王会长，让我们干啥都行！”

“罗会长，我遵你，是油锅我也跟着你往下跳！”董维藩跟着表态。

周大汉把手里的拐杖蹾得咚咚响：“只要能救出王凯，所有的损失由我王恒盛全部承担！”

罗川扫视了盐商们一遭说：“为了把王会长救出来，咱们只有一条路可走，罢工！”

“好！”大伙一齐附和，虽然大家心里都清楚，停一天工，等于把白花花的现洋往盐湖里扔，但没有人犹豫。

第二天，一向人影如织、热闹非凡的盐池突然沉寂下来，骑马巡逻的缉私人员一看盐畦里不见人影，觉得蹊跷。跑到盐号的院里一看，盐工们都在屋里睡大觉，连老和尚也找不见。小头目赶紧到河东盐务稽核分所向柏理稳报告。柏理稳立即命王克钧看究竟，王克钧骑马下到盐池一看，脸色变得煞白，回到小洋楼，对柏理稳说：“坏了，盐工罢工了。”

在柏理稳意识里，中国人就是还未开化的劣等人种，盐商们就是逆来顺受的羔羊，盐工们就是会说人话的奴隶。高鼻子轻蔑地一哼，对王克钧说：“甭理他，看他们能翻起什么浪？”

一天，二天，三天，四天，柏理稳没见一个行商来开票，慌了。往常见个日头，至少有十多家行商开票，能收取几千块盐税，可这几天所有的行商都像人间蒸发了。要是再拖下去，收不下盐税，就会吃不了兜着走，没法向主子交账，便让王克钧下盐池交涉。王克钧下盐池找见罗川，罗川没好气地剜了王克钧一眼：“你是头不下驹的骡子，不顶事，让柏理稳来。”王克钧只得回去实言相告。柏理稳暴跳起来：“反了，让盐警下盐池抓几个，看他们服不服！”王克钧劝柏理稳：“前些年，盐池也发生过类似事情，哪回不是当局让步？这回盐池里的罢工来头不小，你还是屈驾和姓罗的交涉，看他们有啥要求。只要答应了条件，盐商们就能开工，咱们就能照常收税。”

柏理稳只得厚着脸皮下盐池，像见了老子一样，对罗川点头哈腰，问有啥要求，罗川直截了当地要求把王凯放了，否则决不晒盐。柏理稳答应到河东道求情，无罪释放王凯。罗川来了个不见兔子不撒鹰：“王会长啥时从监狱里出来啥时开工！”

后晌，柏理稳跑到河东道，找见杨葆昂，表示不再追究王凯的包庇罪。早已得知盐商罢工消息的杨葆昂心里暗骂：洋毛子，看你还敢张狂不。嘴上却说：“柏协理，咬住判王凯罪的是你，来替王凯说情的还是你，你意欲何为？你求本道放人可以，但必由河东盐务稽核分所作保，省得事后你们再来找麻烦。”

柏理稳知道杨葆昂故意为难他，不得不掏出钢笔写下了担保书，杨葆昂接过担保书，不屑地瞟了柏理稳一眼：“柏协理，担保书上要加盖公章，方能为凭，这一点你不会不懂吧？”柏理稳气得高鼻孔里往外冒烟，却不敢发作，只得拿起担保书走人。

次日早，柏理稳拿着加盖好公章的担保书来到河东道，当面递给杨葆昂，杨葆昂把释放单交给柏理稳说："你拿着它到监狱里领人吧。"其实，杨葆昂完全可以派人把手续送达监狱，没有必要非让柏理稳去，这样做是有意让柏理稳难堪。

柏理稳到监狱一看，大门口挤满了人。昨晚，杨葆昂已经把消息透露给于雅辉，于雅辉告给罗川，罗川连夜通知盐商们到监狱接人，并通过熟人，把讯息传给王凯。罗川一见柏理稳来了，迎上前去，故意高声问："柏协理，看来你很守信，亲自来了。"柏理稳把释放单递给罗川说："这是手续，你进去把王凯接出来吧。"

不料罗川把柏理稳的手推开说："柏协理，解铃还须系铃人。人是你告发的，你还是去接吧。柏理稳没法，只得进监狱把手续交给狱长。狱长当下派狱卒到关押犯人的后院提人。少顷，狱卒返了回来，说是王凯不出来，非让柏理稳亲自到牢房里接他，狱长两手一摊说："柏协理，你看这——"

柏理稳意识到王凯故意臊他的皮，但他很清楚，他不低下架子去接，王凯肯定不出来。王凯不出来，盐池就开不了工。他不得不跟着狱卒到后院关押王凯的牢房里，对背着身躺在烂草上的王凯说："王会长，都怪我一时糊涂，派人把你误抓进来。现已查明，伪造盐票者另有其人，与你无关，我特来接你出去。"

王凯这才从监牢里出来，像上司指使下人，冲柏理稳说："前面带路!"

王凯刚一出现在监狱门口，百十个盐商像潮水般拥上前去。人群外边，突然响起欢快的鞭炮声和响器声。人们众星捧月般地把王凯扶上黄膘马。接着，响器在前开路，王凯像当年娶亲一样，风风光光地沿着大街骑回家里。

八月十五歇工后，王凯和于雅辉专门到太原给爹妈陈述了事情的经过。刘笃敬很是感慨："连袁大总统都惧怕洋人三分，可你们盐池的盐工们真牛，把洋人治得服服帖帖。"

第二十一章　涉险援北伐

民国十六年秋，一匹枣红马像一团火在通往济源的大道上飞奔，马背上骑着一个戴茶镜的驭手，如炬的眼神死盯着前方。可能嫌马的速度太慢，驭手双腿狠劲一夹，枣红马听懂了主人的心情，长嘶一声，箭似的狂奔起来。驭手是王凯，他原来骑的红骠马老了，王凯就把它养在老家，所骑的枣红马是去年花大价钱在口外买的。

此刻，王凯的思绪张开翅膀，在回忆的天空中飞翔起来。

一晃十年过去了，在历史的长河里，不过是短暂的瞬间，但对王凯来说，是从而立之年迈向不惑之年的关键年头。岁月的刻刀把他的脸庞刻得愈加棱角分明，印记着他所经历的风风雨雨。

河东盐池完全是靠天吃饭，好年景产盐多一些，差年景产盐少一些。这些年，狗改不了吃屎的洋人贪得无厌、得陇望蜀，变着法子巧立名目，每年都把盐税增加一成以上，盐商们陷入苛税的泥潭里拼命挣扎，越陷越深，入不敷出，倒闭的倒闭，改行的改行，坐商由八十六家减少到六十四家，这就意味着愈加愈多的盐税由惨淡经营的坐商和行商们负担，经营起来愈加艰难。

常言道，有同行没同利，精明的王凯使出浑身解数苦心经营，盐的产量和销量一直在全盐池拔头筹，除了上缴盐税，每年还能赚到二三万块大洋，是河东盐池生意最好的。

这漫长的十年，对老年人来说是无情的。王凯生命中最重要的几个长辈相继离世。民国七年，袁世凯冒天下之大不韪，推行帝制，妄图让中国重蹈封建社会的覆辙，汾城岳父刘笃敬以年迈体弱为由愤然辞职，返回老家办起私立高级小学，重金聘请前清探花、曾任湖北学政的王文在等饱学之士任教，先后培养学生四百余人，名噪一时，山西省教育厅特授予其“嘉惠儒材”的奖牌。民国十年，刘笃敬以七十二岁高龄谢世，三个月后，刘王氏随他而去。颇具才学的义父安东家曾受聘于景梅九先生主编的《国风》报馆，后因病从西安返回老家潼关，于民国十一年寿终正寝。曲沃岳父于子和致仕后，清心寡欲，终日以书为伴，与世无争，然苍天不佑，去冬无疾长眠于书房。一直跟他住在一起的齐娥婶子不幸患上咳血病，王凯把她用轿车拉上赶到省城太原诊治，却无力回天，与世长辞，王凯视若母丧，披麻戴孝送终，并特意在盐池北岸卧云冈的高阜上为其选了一块墓地，盖了一个碑楼。

长辈的相继谢世，使王凯孝心愈增。齐娥婶子刚殁时，他想让年近古稀的二叔卸掉老和尚的头衔，离开盐池，回运城家里让盐花照料，颐养天年，可老人非替他守住盐号不可。他见在野狐泉国民学校任校长的景院长老来寂寞，便与大豪、二豪商量，把崔师母和景院长撮合成老伴，互相体贴。他对老家的妈更是体贴入微，让雅辉常年守在家里，服侍老人。晓得妈爱看戏，他便去西安请杨老六在戏班里挑了二十多个演员，让最得意的徒弟刘根领班，组建起王氏戏班，除三天两头在村里的关帝庙戏台上唱外，还经常在附近的村镇里演出。

在这十年里，与众多的商人一样，王凯把在河东盐池赚下的钱投入扩展家业上。在枣园村老宅周围置下十多亩地，连年大兴土木。在兴建宅院时，他吸收西洋建筑风格，在院落的最东端，盖起中西合璧的尖顶形券式门楼，面阔三间，通体清水磨砖，两侧筑八字墙，左墙砖雕松鹤图，右墙砖雕柏鹿图。门楼正中嵌着“聊固吾园”的字牌，虽然不像传统门楼那样雕梁画栋、雍容华贵，却也朴素大方，清丽洒脱。门楼内正面，筑有一座纯青石镂就的富贵牡丹图。在横贯东西的甬道两侧，盖有主人院、账房院、管家院、书房院等十座布局规整的四合院。院落西端紧挨九京山。王凯充分利用其地形，在九京山下方辟出一个断面，打了十多孔窑洞。又用条石砌起一条坡路，通向土岭，在土岭半腰建起一座六角亭，名曰观景台。站在观景台，居高临下，眺望四周，河流、村庄、田地、绿树尽收眼底，令人心旷神怡。在院落的南面，开辟了十多亩果园，栽种着杏树、枣树、苹果、山楂、柿子等果树。在院落的北面辟有五亩大的场院，供收打庄稼所用。他还仿效汾城岳父刘笃敬，办起一座私立学校，名曰新知书院，聘请县城清末举人王兰溪任教，招收本村近族和外村三十余名学子在此念书。与此同时，王凯奉行两条腿走路的办法。一方面竭力经营盐业，另一方面在土地上大做文章。他资助远在河南冶阳镇的胞弟王枚购置下近万亩田地，又在邻村购置下三千余亩田地，每年都能获取可观的收益，使王凯如虎添翼，成为全县的首富。

更使王凯欣慰和兴奋的是晚辈的争气。长子继创考入山西大学，长女继芷考入运城初级师范学校；次子继绪是省立二中的高才生，次女继贞即将升中学，可谓后继有人。一想到儿女们，王凯浑身便增添了使不完的劲。

河南是王凯销盐的主要地盘。前几天，崔大豪给王凯捎信，说是中原大乱，到处都在打仗，怕路途上发生意外，窝在济源的客栈里不敢上路。王凯一听很是着急，心想：这些年一直由大豪、二豪兄弟俩负责押运盐车，虽然多次遭遇劫贼，但他兄弟俩都能凭借好身手化险为夷。这回，既然大豪捎信来不敢前行，估计情势太过凶险，而新密县已断了盐，救市如救火，不能一直拖下去。于是，他只身催马前行，恨不得一下子赶到济源。

来到济源，王凯特意到街上买了几张报纸，仔细一看，才晓得国民党中央为完成总理孙中山的遗愿，在广州召开临时全体会议，通过《国民革命军北伐宣言》，组织了十万大军，以蒋介石任总司令，叶挺第四军独立团为北伐先锋，一路高歌猛进，打垮了吴佩孚的军队，攻占了湖北的汀泗桥、咸宁和贺胜桥。张作霖、吴佩孚、孙传芳沆瀣一气，调集了三十万人马，汇集在河南一带，阻拦北伐大军。

崔大豪焦虑地劝王凯：“哥，整个河南充满火药味，各路军队像蚂蚁多得数不清，看这阵势，要打大仗了。听人说，这些当兵的头上长疮，脚底流脓，坏透了，见人就打，见物就抢，要是被那些兵痞子碰到，保不齐把咱这些盐车全都抢了去，咱可不敢冒这个险，实在不行，就自认倒霉，把盐拉回去。”

王凯从报纸上看出，北伐是全国性的大战，一时半会打不完。如果依了大豪的话，把盐拉回去，倒是避开了风头，但这样一来，产下的盐就没法销出去，与其把盐拉回去，不如冒着风险上，或许能趟出一条路来。想到这里，王凯心一横，对大豪说：“前面就是沟，咱们也要往下跳一回，我相信，天无绝人之路。”

崔大豪见王凯决心已定，不由胆气冲天：“哥，你说咋干就咋干，就是丢了性命我也认了。”

次日，王凯雇了一百辆专跑运输的独轮车上路，一辆独轮车可装四袋盐。前头一个人拉，后头一个人推。从济源到郑州，所经之处全是土路，因多年无人维修，路面坑坑洼洼，走起来很慢，每日最多能走三十来里。崔大豪在这条盐路上走了好多年，为了给王凯解闷，主动介绍当地的情况。王凯笑说：“大豪，不用介绍了，早年，我和表哥张崇信从老家绛县往亳州贩卖药材，经常走这条路，熟着哩，还是我给你说吧。”路过孟津、洛阳、偃师诸县，王凯如数家珍，细细把当地的历史、名人、名胜、特产绘声绘色地说给大豪听。走到登封县少室山，王凯问：“大豪，你晓得这里最有名气的地方在哪里？”大豪答：“哥，这题你难不住我，不就是少林寺吗？我去过三回呢。”“那你给我说说少林寺的历史。”大豪红着脸答：“我光晓得少林寺的武功天下闻名，其他的就不晓得了。”王凯就把北魏孝文帝为安顿来朝传授小乘佛教的印度僧人跋陀建立少林寺和唐初该寺十三棍僧救李世民受到封赏的故事说给大豪听。

来到太室山，王凯特意让盐队歇了一上午，领着大豪走进嵩山书院，边讲书院的历史边参观院里的古柏、古碑、牌坊、祖师殿、明伦堂、藏书楼、文晶阁。

大豪只上过三年私塾，哪里听过这些，佩服得五体投地：“凯哥，你咋知道这么多？”王凯因势利导说：“大豪，常言道，秀才不出门，全知天下事。其实，这些东西书上都有，只要肯学，哪有不晓得的？你虽然有武功，但远远不够，往后要好好念书，才能文武双全。”

过了洛阳，路上行人骤然多了起来，有推独轮车的，有挑担子的，有背包袱的，有搀老人的，有抱小娃的，一看就晓得是逃难的。王凯怕撞着行人，从马上下来，问一个穿青衫戴眼镜的中年人：“大哥，前面发生了啥事？你们要到哪里去？”中年人长长地叹了口气：“我从新密来，吴佩孚的几万军队占领了县城，把很多老百姓撵出家门，强行征用了学校，还把县城的庙宇全都拆了，连家里的门板都拆走了，在南面的山上修工事，说是阻击南下的北伐军，我只好带着妻儿老小和乡亲们一起到西面逃难。”看见王凯身边的盐车，好心地劝说：“你是往东面运盐吧？别再往前走了，那些军阀坏得狠，弄不好会把你的盐全没收了。”

王凯瞅了瞅长蛇般的盐车，心想：辛苦了十多日，好不容易把盐车押到这里，离新郑只有三天的路程了，说啥也不能半途而废。又想，军队打它的仗，我运我的盐，井水不犯河水，有啥可怕的，便向大豪挥挥手：“走！”

三天后，盐车行至新密县城南的一个三岔路口，被几个当兵的拦住。王凯掏出盐票，赔着笑脸向当兵的解释：“我们是河东盐池的，往新郑送盐，请军爷高抬贵手。”话音未落，临时搭建的岗房里窜出一个头目，手一挥：“不行！谁知道他们是不是北伐军的探子？先扣到县城去！”几个当兵的立马端起枪，逼向王凯。王凯急得瞪着眼睛质问：“你们还讲不讲理？”小头目从腰间拔出短枪，在王凯脸前晃了晃：“它就是理，不服，是不是想吃花生米？”秀才遇到兵，有理说不清。王凯只得把气憋到肚子里，眼睁睁地看着几个当兵的把百十辆独轮车押到几里外县城南面的一块空地里。长得像肥猪一样的师长听说扣住了一个运盐的车队，对手下说：“这可是天上掉下来的馅饼，等仗完了，能卖不少大洋。派一个班，把盐车看管好，千万不要让跑掉。”

天黑后，大豪低声跟王凯商量：“哥，反正盐已经被人家扣下了，想逃也没法逃。这里立马要打仗了，炮火不长眼，百十个车夫的命都悬着，还是保命要紧。要不，咱们乘夜溜到西面的沟里藏起来，等打完仗再回来？”王凯一听大豪说得有道理，说：我在这里守着，掂过夜，你带着车夫们逃走。”掂过夜，十来个当兵的渐渐发起困来，以为看守的对象都是些生意人，胆小，不敢逃跑，就是逃跑也把盐车带不走，便放松了警惕，靠在独轮车上迷糊起来。崔大豪见时机一到，领着车夫们猫着腰钻到夜幕里。

次日早，守兵一看只剩下王凯一个人，追问推车的人跑到哪里去了？王凯回说，都怕打仗被伤着，躲到沟里去了，不过他们的盐车都在这里，到时候肯定还会回来的。

很快，南面山里传来炒豆子般的枪炮声。掂过晌，王凯看见许多抬着伤员的担架从南面走过来。不大一会，又见成队的士兵往南面开去。不用说，是补充到南山打仗去的。一直到日头压山，南山上的枪炮声才稀疏下来。次日一早，枪炮声又一阵紧似一阵地响起来。后晌，王凯听到密集的枪声越来越近，再后来，觉得头顶上的子弹嗖嗖地飞过去。

不大会，南面的溃兵退下来。远处，几十杆青天白日四面红的军旗朝这边飘来。看守盐车的班长一看，向士兵们发令：“坏了，咱们被打败了，赶紧逃命！”扔下枪抱着头往县城里逃去。没过一袋烟功夫，手里端着长枪的北伐军潮水般地从盐车旁边拥过去。很快，崔大豪领着车把式们从西面跑过来。王凯高声问：“大伙都没伤着吧？”车夫们异口同声回答：“没有。”王凯说：“没有就行，这比啥都好。”

这时，一队穿灰军服，脖子系着红带子的北伐军向盐车走来，王凯从报纸上看到北伐军是纪律严明的革命队伍，不会乘机打劫，便壮着胆迎上去，问一个腰间挎短枪的年轻军官：“军爷，我是河东盐池给新郑运盐的，前日被吴佩孚的军队扣在这里，现在你们仗打完了，能不能放我们走？”说完，掏出盐票让领头的看。

年轻军官接过盐票一看，和蔼地说：“老乡，请不要叫军爷，叫同志就行。我们北伐军是专门收拾坏蛋军阀保护老百姓的，肯定放你们走，不过，要请示首长才行，你是不是跟我走一趟？”

王凯跟随年轻军官步入县城，走进国民革命军第四军第八团团部的大院。年轻军官高叫了声“报告”，走进屋里，见一个挺拔的背影盯着墙上的地图看，便走过去敬了一个军礼：“王参谋长，我们搜索队在城南查到一帮盐车，老乡提出要走，我不敢擅自决定，就领他来见你。”

王参谋长回过身，惊得张大嘴巴，在王凯的脸上寻找着什么。王凯一看对方那饱满的额头、秀美的眉毛、椭圆的杏眼、高挺的鼻梁，特别是左脖颈的红痣，浑身的血一下子涌向脑门。他认了出来，站在面前的竟是铭刻在心里的芷妹，胸腔里爆发出动天撼地的呼唤：“芷妹——”

女军官凝望着面前嘴唇上长满胡须的壮年男人，那高挑的剑眉、深邃的眼神、四方盘脸是那么熟悉，但竖在脸上的疤痕使她一时不敢贸然做出判断，一听对方呼唤，这才确定站在面前的就是离别二十九年的凯哥。

“凯哥——”撕胆裂肺的叫声从女军官的胸腔里迸发出来，喜泪夺眶而出。

“芷妹——”王凯鼻子一酸，伸出双臂，情不自禁地拥抱住扑过来的刘芷贞。

屋里的空气一下子凝固了，年轻军官知趣地悄悄退了出来。

两个一高一矮的躯体越拥越紧，双方心胸的狂跳渐渐融合在一起。刘芷贞忘情地眯住眼睑，仰起头，大盖帽掉在地上，一头瀑布般的黑发倾泻而下，王凯俯下身，两个脸庞紧紧贴在一起。不知过了多久，刘芷贞喃喃地细语：“凯哥，这不是做梦吧？你再使劲搂搂我。”王凯轻轻使了一下劲，把嘴唇贴到对方的耳朵上悄悄说：“芷妹，是真的。”

“凯哥——”芷妹情不自禁地抬起脚尖，王凯犹豫了一下，俯下头，迎接住红润的嘴唇。

屋外，一个军官急匆匆走来，正要喊报告，被守在门口的年轻军官拦住：“王参谋长接见贵客，请不要打扰。”

屋内，冷静下来的王凯和刘芷贞坐在一起。刘芷贞关切地问：“凯哥，这些年你是怎么走过来的？”王凯把自己扶送恩师杨深秀灵柩返乡、刺杀老慈禧被救、在潼关避难经商，后到盐池扎根的经历倾诉给对方，遗憾地说：“芷妹，那年，我听说你去日本留学轮船出事遇难后，跑到汾城老家看望叔和婶，又到你坟上烧了纸。这些年来，我每年清明都到你坟上为你烧纸，没想到你还在人世。”

刘芷妹被王凯的痴情感动得热泪盈眶：“凯哥，你苦，我比你更苦。那年，听说你刺杀老慈禧失手遇害，一下子觉得天塌了，想到日本求学解脱自己。没料想所乘坐的轮船在海里突然发生故障，整个船慢慢地往下沉。我抱住一块木板，在茫茫大海中漂泊，所带的盘缠及入学手续被大海吞没，也不知道在海面上挣扎了多长时间，喝了多少海水，后来什么也不知道了。醒来后，躺在一间屋子里，才知道漂泊到一个小岛上，被好心的渔民救起。经过连比带画，渔民才知道我是中国人。在渔民家养了一年多伤后，渔民把我送上日本岛。我到日本后，举目无亲，先在长崎市的面馆里洗了两年碗，有了一些积蓄后辗转到东京，在一家中文报馆里当校对，结识了几位在孙中山先生开办的青山革命军事学校的学生，经他们介绍入该校学习。期间加入了同盟会，打出'驱除鞑虏，恢复中华，创立民国，平均地权'的口号，参加了反清活动，引起了清廷的恐慌。清廷向日本政府提出压制同盟会的要求，孙先生不得不离开日本到美国、新加坡等地流亡。那时我很想家，但不敢与国内的父母联系，只得继续回到报馆里工作，一直到辛亥革命成功后才辗转回国，在上海中华民国临时政府任职。民国三年，二次革命失败后，又跟着孙先生逃亡到日本。民国六年，我跟随孙先生回国，参加了护法运动。翌年，孙中山就任非常大总统，提出联共联俄的口号，我受《新青年》《每月评论》等刊物的影响，明白了革命的道理，产生了共产主义的信仰，加入了共产党。民国十一年，我进入黄埔军校当教官。北伐开始后，我受共产党的派遣，离校任北伐革命军第四军第八团党代表兼参谋长。"

"这些年来，你为啥没与家里联系？"

刘芷贞叹道："凯哥，我何尝不想？可政局翻云覆雨，变化太大，北方一直被军阀控制着，我托人打听过二老的消息，晓得爹在太原当山西商会会长，生意做得很大，怕连累爹，就没敢跟家里联系。这回，终于等来了机会。我已经想好了，等消灭了军阀，我就回去看二老和哥嫂。"

王凯的脸色一下子沉下来。刘芷贞预感到事情不妙，赶忙问："我爹妈咋得了？"

"叔和婶都离世了。"

"爹、妈，女儿不孝。"刘芷贞的眼泪滂沱而下，把头伏在办公桌上，双肩剧烈地抖动着。王凯赶紧安慰："芷妹，叶落归根，谁都会走这条路，叔生前轰轰烈烈，已经值了，你不要太难过。"

"报告！"外面传来敲门声。刘芷贞抬起头，擦干眼泪应声："进来。"一个卫士走进来，向刘芷贞行了一个军礼："王参谋长，该用餐了。"

王凯好奇地问："芷妹，他们咋都唤你王参谋长？"

"凯哥，我到日本后，因为心里放不下你，就改姓王，叫念。这些年来，我一直守着。"说着，深情地看了王凯一眼，洁白的牙齿咬了一下嘴唇，眼里又溢出亮晶晶的东西。

"芷妹，你——"从刘芷贞的话里，王凯明白了，整整二十九年了，芷妹从一个活泼清纯的少女成长为英姿飒爽的军官，其间，经历过多少坎坷、多少磨砺，却在得知自己不在人世的情况下一直守着。一股暖流猛然涌遍王凯的全身，他怎么也想不到，芷妹对自己竟如此的痴情。此刻，一向学识渊博、能言善辩的王凯觉得脑子里涌出许许多多的话要向刘芷贞说，又不知从何说起。

刘芷贞见王凯一直发痴，猜想到王凯已经成家，希望他能亲口说出来，便采取迂回的办法问："凯哥，这些年，家里一切都好吧？"

王凯意识到刘芷贞话里的意思，恨不得把心掏到刘芷贞面前："芷妹，我扶送恩师灵柩返乡时，路过汾城，到你家看过婶。在运城刺杀老慈禧后，被周叔一家救起，改名齐山，躲避到潼关谋生，后到河东盐池开盐号。那些年，不管多苦多难，你一直在我心里，别人给我提了好多亲，我都没有答应。后来，我到汾城，伯父亲口告诉我你已经离世，我给你上了坟，在叔和婶的一再劝说下这才——"

刘芷贞听得泪流满面，既感激又欣慰，感激的是凯哥能对自己有这份情感，欣慰的是凯哥有了自己的家庭。她见王凯难以启齿，便主动地问："凯哥，嫂子和娃子们一定很好吧。"王凯见刘芷贞体谅了自己的苦衷，想调节一下气氛，答："芷妹，还要感谢你送给我最珍贵的礼物。"刘芷贞一下子没反应过来："咱们二十九年失去联系，我能给你啥礼物？"

"就是你嫂子。"

"我嫂子是谁，难道和我有牵连？"

"当然，你嫂子就是你最好的闺蜜，最早也是在你家认识的，你猜猜是谁？"

"雅辉，是她？"刘芷贞惊奇地瞪大杏眼。

王凯简要地介绍了和于雅辉结合的经过，说："这些年，我和雅辉一直把叔和婶当成老人，行女婿女儿的孝道，每年清明给你上坟。为了纪念你，两个女儿一个唤继芷，一个唤继贞，希望她俩长大后像你一样。"

"是吗？"刘芷贞很是欣慰，"凯哥，谢谢你。你和雅辉给我生了几个侄儿侄女？"

王凯答："四个，老大是个男娃，叫继创，在太原念大学；老二继芷，在运城念师范；老三是个男娃，叫继绪，上中学；老小叫继贞，明年考中学。"

"太好了，等仗打完后，我回去看看雅辉和侄儿侄女。"

王凯说："芷妹，要是雅辉晓得了你还在世，不知有多高兴。"

"秦团长到——"门外突然传来一声高叫，跟着一股热风扑来，走进一个魁梧的军官。刘芷贞迎上前问："振国，开会回来了？"秦振国早年与刘芷贞在日本留学，一直追求刘芷贞，但刘芷贞心里过不了王凯这个坎，没答应秦振国，而秦振国却不改初衷，一直拖到现在。他俩单独相处时，刘芷贞直呼其名。

来人点点头，摘下大檐帽放在桌子上，见旁边站着一个穿青衫的人，朝王凯问："您是？"王凯抱拳揖礼："秦团长，在下王凯，是河东盐池的。"不等王凯往下说，刘芷贞激动地走过来，把王凯拉到秦团长面前介绍："振国，他就是我常给你说的王凯。"

秦振国愣了一下，一把攥住王凯的手："你就是当年刺杀老慈禧的大英雄王凯？我在日本留学时，就常听王念念叨你。这回，算是见到了真神，一定要好好招待招待您这位大英雄。"王凯答："我还带着百十辆盐车，要往新密送，恐怕不能多停留了。"

秦振国眼睛一亮问："王英雄，你是往新密送盐的，有多少？"

王凯答："百十辆独轮车，四百担。"

秦振国一拍大腿，拉住王凯的手，脸上放射出惊喜："踏破铁鞋无觅处，得来全不费功夫，你可帮了我的大忙。"

王凯睁大眼睛，不知出了啥事。刘芷贞不解地问："振国，到底怎么回事？"秦振国说："刚才我去司令部开会，李总长说咱们北伐军势如破竹，进军速度意想不到的神速，将有三十万大军陆续进入中原一带，而直系、奉系军阀不甘失败，死守山东沿海和江苏通往河南的通道，截断了我们北伐军的盐路。李总长命令我团千方百计征集一批盐，以解燃眉之急。见军长着急的样子，我就主动向军长立下军令状，回来的路上，我还想派人火速到晋南河东盐池去购一批盐，可巧碰到王英雄的盐车，真是太好了。"王凯听到要征用他的盐，心想这批盐是前些日子新密的盐栈东家订了的，如果不给人家送过去，恐怕要失约，一时拿不定主意。秦振国见王凯犹豫，误以为王凯怕不给钱或给的价钱少，赶忙补充说："王英雄，你尽管放心，你的盐卖多少钱，我照价全包，决不会亏待你。"

王凯瞅着秦振国急切的目光，心想：要不是北伐军相救，不但盐车不保，他和两百个车夫的性命也很难保全。眼下秦团长要买盐，还有啥说的？王凯干脆地答应："秦团长，芷妹，这批盐全都给你们。"秦振国又冲王凯提出要求："王英雄，我们北伐军太多，你这批盐吃不了多长时间，你要能把我们北伐军所需用的盐全部包下来，再好不过了。"

王凯一听，觉得这是个一举两得的大好事，一来能为北伐军做点事，帮他们尽快打败卖国害民的军阀，二来可以揽下一宗大买卖。他痛快地答应："行，要多少有多少。"秦振国一挥胳膊："王英雄，你真是及时雨，咱们这就拉着你的盐车去司令部！"

刘芷贞提醒说："振国，你怎么见风就是雨，再急，也要吃饭呀。"扭身朝门外喊："勤务兵，把饭端过来。"秦振国有些不好意思，请王凯落座，不好意思地说："王英雄，还是参谋长想得周到。"

吃罢饭，王凯跟着秦团长和刘芷贞，把盐车押送到新密县城东面的岳村镇北伐军司令部。李总长李济深一见秦振国带来百十辆独轮盐车大喜。秦振国把王凯推到一位中等个子的军官面前介绍："李总长，这是河东盐池的王东家，您知道他是谁吗？他就是当年在运城刺杀老慈禧的大英雄王凯。"对方紧握住王凯的手，连连躬身致意："王兄，当时，我在保定军咨府军官学校学习，对您的英雄壮举佩服之至。感谢你把所运潞盐全部卖给我们北伐军，希望你继续为我们北伐军供盐。"说完，他命旁边的一个军官："张处长，你去跟王英雄协商供盐的事宜。"

张处长领着王凯走出司令部，走到挂着军需处牌子的房间。

王凯好奇地问："王处长，刚才在司令部见到的李总长叫啥？"

张处长答："他就是李济深。"

王凯从报纸上看到，李济深是黄埔军校副校长，上将，北伐军总参谋长，兼任广东省政府主席、广东省政府军事厅厅长、第四军军长等职，想不到却如此平易近人、客气有加，不由脱口夸赞："他才是真英雄呀！"

张处长把一张中央银行存折递给王凯："王英雄，我打听过了，得知当地市面上食盐的批发价是每担十块。这存折是五千块，除了这次的四百担盐钱，剩下的一千块是预付给你的定金。"王凯想推辞，张处长按住王凯的手说："王英雄，你把存折收好，我们革命军买卖公平，决不会亏待你。王大英雄，我们北伐军想与你订个协议，每月要你供应两千担潞盐，你能不能保证及时供货？"

王凯一听，喜不自胜，这可是宗打着灯笼也难找的大买卖，毫不犹豫地说："行，你们北伐军是正义之师，我理应全力支持。”

说话间，刘芷贞风风火火地闯进来，王处长一见，忙说：“你们谈，我去给李总长汇报去。”知趣地走出屋外。

刘芷贞紧攥着王凯的手说：“凯哥，战事瞬息万变，刚才李总长命令我团即刻北上，在新密县北面阻击反攻之敌，我先走一步，你多保重，仗打完后我一定回老家看你。”恋恋不舍地放开王凯的手，奔了出去。

一个卫兵进来对王凯说：“王大英雄，李总长请你用餐。”王凯感到意外，慌忙推辞：“不，李总长那么大的官，又那么忙，请我吃饭？你是不是听错了。”卫兵笑说：“错不了，就是请您用餐，酒菜已经端到桌子上了。”

王凯走进餐厅，李济深热情地把王凯拉到他身旁坐下，先给王凯斟上酒，然后给自己的酒杯里斟满酒，双手端杯，敬王凯：“王大英雄，听张处长说你答应为我们北伐军供盐，我代表三十万北伐军感谢你。”

王凯赶紧站起来，双手接过酒杯，躬身致谢：“李总长，你功高盖世，名贯华夏，国之栋梁，军中翘楚，今日能请草民对酌，实乃三生有幸。”说完，双手举杯，轻轻碰了一下李济深的酒杯底，然后抿了一小口。

李济深刚才见过王凯，只知道王凯曾刺杀过老慈禧，误以为他是一介武夫，见王凯彬彬有礼，举止有度，谈吐不凡，觉得对方绝非等闲之辈，好奇地问：“王大英雄出口成章，儒雅卓群，敢问王大英雄出身？”

王凯抱拳回答：“承蒙李总长关怀，我丙申年入国子监，辛亥年中举，因扶送恩师杨深秀灵柩返乡而辍学，这些年一直在河东盐池安身立命。”

李济深从座位上站起来，双手抱拳揖礼：“王前辈，恕在下有眼不识泰山，你高中举人时，我还是个毛头小孩。”接着，把正位让出来，躬身请王凯入座。

王凯连忙坚辞：“您是北伐军统帅，我只是个小小的盐商，与您并肩已是荣幸之至，岂敢上座？您若不允，草民只能就此别过。”李济深听王凯把话说到这个份上，不便再过于强求，只得坐下诚恳地说：“王前辈，您望重德馨，北伐胜利后，我推荐您到山西省政府任职，必能大展鸿志。”王凯推辞：“谢过李总长的一番美意。草民久涉盐行，小有家业，只能惟盐是图。”李济深关切地问：“王前辈，凭您的智商，生意一定做得很好吧？”王凯愤慨地答：“河东盐池天下驰名。我有六个盐号，一千多盐工，每年可产十万担盐，生意应该很好，可惜卖国贼袁世凯丧权辱国，把河东盐池交给洋人，盐税收得太重，盐商们只能惨淡经营，不堪重负。照此下去，国之尊严何在？国之命脉何在？”李济深宽慰：“王前辈，我们北伐军就是要推翻北洋政府卖国军阀，废除帝国主义强压在中国人头上的不平等条约。北伐成功后，你们河东盐池一定会兴旺起来。”

饭毕，李济深把王凯请到司令部，写了两封信，交给王凯：“王前辈，这是写给西北军总司令冯玉祥和晋军总司令阎锡山的信。你在陕西、山西销盐时遇到麻烦，就直接找他俩。另外，他俩手里都有许多部队，也需要大量的盐，你可以把它揽下来，扩大你的生意。”

王凯道别李济深，让崔大豪带着独轮车夫们返回，自己催马赶到济源，抄近路过黄河，沿磨里峪回到老家枣园村，抑制不住内心的喜悦告给于雅辉：“辉，这回到河南新密县意外地见到咱们快三十年未见面的老相识，你猜，是谁？”

于雅辉听说这老相识快三十年未见过面，心想应该是在京城认识的，便问：“看把你高兴的，像拾了一个大元宝，是不是见了你国子监的同窗？”王凯神秘兮兮地说：“此人与你关系最密切。”于雅辉想了想，当时，与自家关系最好的就是芷贞姐，而她早已不在人世，倒是还有一些同窗，但关系都很一般，一时想不起来是谁，便说：“你就别卖关子了，都过去这么多年了，哪能猜得着！快说！你要不说，我就不听了。”

“芷贞！”

“谁？”于雅辉吃惊得瞪圆了杏眼，把王凯摁在椅子上问，“快说说，你在哪儿见到芷贞姐的？她现在干啥？是啥样子？”

“看把你急的，像放鞭似的，我慢慢说给你听。”王凯把意外邂逅刘芷贞的经过详细告给对方。

于雅辉听完，感慨地说：“芷贞姐九死一生，竟当上北伐军的大官。”女人的心是最敏感的，于雅辉晓得丈夫和刘芷贞之间的恋情，意识到丈夫既然见到初恋，不可能不触及各自的婚姻，便追问：“你把咱俩的事说给芷贞姐了吧？”

“说了，芷贞很高兴，让我代她问你跟娃子们好，还说等打完仗来看你和娃子。”于雅辉又问：“芷贞姐现在长得啥样子？”王凯答：“她脸上皮肤比以前黑，身材比以前壮实，腰系宽皮带，头戴大檐帽，挎着小手枪，威风凛凛，英气逼人，活脱脱的一个花木兰。”“你就没问问现在芷贞姐家里是啥情况？”王凯遗憾地摇头：“没来得及问，她就带兵打仗走了。”于雅辉埋怨：“你呀，真是粗心。”王凯答：“我已经跟北伐军订下供盐的协议，我回运城后立马去河南给北伐军送盐，到时候再问也不迟。”于雅辉脸上放出光来：“太好了，我跟你一起去。”王凯理解妻子的心情，痛快地答应。临走时，于雅辉从相框里取出过年时照的全家福说：“把这相片带给芷贞姐，给她留个念想。”

王凯和于雅辉赶到运城，押着五十多挂盐车上路，从风陵渡把盐运过黄河，在会兴镇雇了五十挂盐车，夜宿晓行，前后不到一个月就把盐送到新密县。军需处的王处长高兴地赞叹：“王大英雄，你真是言而有信。”

于雅辉着急地想见刘芷贞，问：“芷贞姐回来了吗？”王处长眨了眨眼，不解地问：“谁是芷贞姐？”王凯不想把刘芷贞的身世透露给对方，解释：“芷贞是王参谋长的小名，我内人的表姐，姐妹俩多年未见过面了，这回跟我来就是想见她表姐。”

王处长看了看于雅辉，真与王参谋长有些相似，点点头说：“怪不得你与王参谋长得那么像。”

于雅辉急切地想得知刘芷贞这么多年的经历，问：“王处长，我和我姐断了二十多年音讯，你知道她这些年都干了些啥？”

“王参谋长在日本留过学，在国父的秘书室里干过，北伐时从黄埔军校调到第四军第八团任参谋长，八团是北伐军的先锋团，所向披靡，战功赫赫，号称铁军。你姐就是铁军里的一枝花。”

“我姐啥时能回来？”于雅辉问。

“这个不好说，现在我们北伐军正和军阀打着仗。前几日，第八团已经转战湖北，要不是李总长命令我在这里接收潞盐，我们很可能也南下了。”

于雅辉一听此话，只得从衣袋里掏出全家福，递给王处长说：“王处长，有劳你把这张相片转交给我姐。”

“一定！”王处长接过照片，突然想起什么，又从文件夹里抽出刘芷贞一张军人照，递给于雅辉：“王夫人，王参谋长临走时给了我这张照片，托我把它捎给王大英雄。”于雅辉双手接过照片，像得到一个宝贝，用衣袖轻轻地擦拭了一番，小心翼翼地装进衣兜。

第二十二章 西京拓盐路

王凯敢说这话，不是随意应承，而是心里有数。

前年夏天，王凯到河南新密县送盐时得到北伐军副总司令李济深写给冯玉祥和阎锡山的信后，感到这两封信对销盐生意有着巨大的帮助。他和于雅辉到河南见刘茳贞未果返回后，揣着李济深的信，马不停蹄地跑到西安。心想，冯玉祥是西北军总司令，肯定非常忙，不是说见就能见得了的，没直接去西北军司令部，而是先去西安师范学校里找到义妹杨兰香。杨兰香是唱戏的杨老六妹子，一次遭遇柏理稳调戏，被路过的王凯救下，后即认了王凯义兄。杨兰香在运城师范毕业后，又到西安师范学校深造，后留校任教，多年来一直与王凯保持着密切的联系，每年过年总要来运城他家串亲。王凯每次到西安，也要去看望义妹。

王凯到师范一问，才知义妹前些日子被冯玉祥聘请为家庭教师，心中很高兴，有了这层关系，找冯玉祥就方便多了。他打问到冯玉祥的私宅前，向两个卫兵说明了来意，卫兵一听说来人是杨女士的义哥，立即放行。王凯走进去一看，很普通的四合院，南北各五间，东西各三间，北房前架着一株古藤，一位穿着素花旗袍的少妇坐在古藤下聚精会神地看书。王凯放轻脚步走到少妇面前问："请问，这是冯将军家吗？"少妇抬起头问："你找谁？"王凯客气地答："我从河东来，找杨兰香，她是我义妹。"少妇合上书，站起来，热情地说："你就是王先生吧，杨老师经常说起您，稍等，我去叫她。"走到东屋，唤出杨兰香。杨兰香一见王凯，快步跑到跟前，拉住他的胳膊亲热地问："哥，你怎么找来的？"王凯笑答："我鼻子底下长着嘴，能问不着吗？"少妇对杨兰香说："杨老师，你和你哥去屋里说话吧。"

"走，到我屋里去！"杨兰香把王凯带进东屋。王凯进屋一看，两个扎小辫的小女孩正端坐在各自的条桌上用毛笔写仿。不用说，这是冯玉祥的两位千金。王凯落座后问：“兰妹，刚才叫你的那位少妇是谁？那么俊秀儒雅。”他猜是冯玉祥的夫人，但不敢确定。杨兰香答：“哥，这里是冯司令的私宅，她不是冯司令夫人是谁？冯夫人姓李，名德全，是京城私立协和女子大学的才女，参加过民国八年的爱国学生运动，后受聘为贝满女中教师，民国十三年嫁给丧偶的冯司令，他们真是郎才女貌，天作之合。”

“光说人家，看看你，明年就三十啦，搁到乡下，都生下几个娃了，可你却一点也不着急，是不是想急死哥？”

“哥，婚姻大事，不能强求。以前没有遇到合适的，现在我已经有了。”

“干啥的？”

“是冯司令手下的一个团长，和你一个姓，叫王强。”

“你们是咋认识的？”

“我来这里当家庭老师不久，去母校找闺蜜聊天，天黑吃了饭回这里，在大街上被人劫了。救我的是一个穿灰色军装的人，问我干啥的？家在哪儿？我说我是冯司令的家庭教师，他说他正好去冯司令家。冯司令看我和他一块回来，问了缘由，笑了笑，再没说啥。第二天，冯夫人对我说，昨晚救我的人叫王强，十六岁就跟冯司令当勤务兵，前几年下去当营长，打过好多仗，比我大三岁，现在当团长，还没有婚娶，如果愿意，可以牵个线，我就答应下来，已经和王强见过几回面了。”

“太好了！能不能把王强叫来，让我见见？”

“当然行，我跟他说过你的事，王强也很想见你。不过，前些日子，他奉命带兵去河南支援北伐去了，恐怕一时半会回不来。”杨兰香突然反问，“哥，我光顾和你说话，还没问你来有啥事呢？”

王凯把到河南新密县给北伐军送盐，李济深写信事细细说了一遍：“这回我来就是要见冯司令的，也不知冯司令啥时能回来？”

杨兰香答：“冯司令恋家，只要不出西安，一般都回来吃饭。”

说话间，屋外传来女佣冯婶的叫唤声：“杨老师，冯司令回来了，夫人请你和客人用餐。”

杨兰香高声应答：“知道了。”

王凯对杨兰香说：“我咋好意思在这里吃饭？咱们上街吃去！”

杨兰香说："哥，你不晓得冯夫人的脾气，待人好着哩，绝不会让咱们走的。我哥上个月来看我，就是和冯司令一块吃的。你就别推辞了，乖乖跟我走吧，正好能面见冯司令。"

王凯和杨兰香走进西屋，坐在圆饭桌上的冯夫人站起来打招呼："王先生，杨老师，快请入座。"接着，她又很随便地向身边穿灰色军装的壮年军人介绍："焕章，这位是王先生，是杨老师的义兄，从河东来。"壮年军人客气地朝王凯点点头，指着椅子说："请坐。"

王凯原想，叱咤风云的冯司令，应该头戴大檐帽，身穿高级呢装，肩扛将星，威风凛凛，定睛一看，却身穿普通的灰色军服，脸庞黝黑，微胖，满脸憨厚，敬意油然而生，落座后抱拳回礼："冯司令好。"冯玉祥见王凯举止得体，稳重老成，随和地问："敢问王先生贵庚？"王凯答："光绪七年生，属蛇。""冯玉祥改了口："王兄，你比我大一岁，为长，你远道而来，家里来不及准备，就做了些家常饭，不成敬意。"

王凯这才注意到，桌面上摆着四个黑粗瓷盘，一盘炒豆腐，一盘炒辣椒，一盘凉拌黄瓜，一盘豆芽拌粉条，一盘二面馍，每人面前放着一碗糁糁汤。他见桌上的人都吃起来，也拿起二面馍咬了一口，用筷子夹了点凉拌黄瓜填到嘴里，一尝很淡，心想是不是忘了放盐？见众人都没反应，认为冯司令家里的人口味淡，没好意思吭气。

冯玉祥边吃边问："王兄，杨老师给你说起她跟王强的婚事了吗？"

王凯点点头："说了，兰妹对我说，王强是您一手栽培起来的，天上无云不下雨，地上无媒不成婚，感谢您为他俩牵线搭桥。"

"有情人皆成眷属，是他俩缘分到了。"冯玉祥喝了一口糁糁汤又说，"王兄，王强和杨老师都老大不小了，王强参加北伐回来，就让他和杨老师成亲，你意下如何？"王凯答："冯司令的美意，我举双手赞成，不过，我只是兰妹的义兄，此事还须经兰妹的亲哥杨老板首肯为妥。"冯玉祥笑说："上个月我请杨老板在军营里演戏，已跟他通过气，赞成这门婚事。"

饭毕，王凯对冯玉祥说："冯司令，我从河南给您带来一封信。"把信交给冯玉祥，冯玉祥一看信封的下款，热情地说："王兄，请跟我来。"王凯便随冯玉祥来到北屋西侧客厅里。冯玉祥展开信一看，慌得抱拳揖礼："王大英雄，恕兄弟眼拙。"赶忙把王凯请到客厅里往正位上让，王凯慌忙谦让："使不得，使不得。"冯玉祥诚恳地说："像我这样带兵打仗的多的是，一抓一大把，可敢刺杀老慈禧的，就你一人，请上坐。"王凯推辞不过，只得上坐。冯玉祥亲自给王凯倒了一杯茶，问王凯："王兄，你怎么见的李总长？"王凯答："北伐军是正义之师，上个月我去河南新密县送盐时见到李总长，承担下北伐军的供盐任务。这回我来见您，就是想看看贵军需不需要供盐。"

冯玉祥胖脸上露出喜色："王兄，有史以来，大半个陕西吃河东潞盐。眼下，时势动乱，盐路受阻，我手下有三十多万人马，一直闹着盐荒。刚才吃饭时，你可能尝到菜里没盐味，为啥？就是因为缺盐。这回，你能主动上门给我军供盐，比给我枪炮弹药还重要，枪炮弹药不足，我们可以省着用，再不，用大刀刺刀也行，可弟兄们长期吃不上盐，就会不打自垮，你真是解了西北军的燃眉之急呀。"

王凯拍了一下胸脯："冯司令，你就放一百个心，河东盐池的盐多得是，需要多少我能供多少。"

冯玉祥想了一下说："王兄，如今陕西地面不大安宁，沿途有不少土匪占山为王，专事抢劫，我给你几面旗帜，运盐时把它插到盐车上，土匪肯定不敢抢劫。再给你发个特别通行证，沿途关卡也会一律放行，万一遇到意外情况，也可拿着特别通行证到当地驻军请求支援。下午我还有军务在身，不能陪你了，让军需处长见你，来与兄协商具体事宜。"说完急匆匆地走了。

一个多月后，从西安送盐回来的崔二豪给王凯带回一封信，说是军需处长交给他的。王凯一看，信封上款写着运城河东盐池，正中红条框里写着王凯兄亲启，下款印着国民革命军第二集团军的红字，掏出信纸一看，竟是冯玉祥亲笔信，上书：

王兄台鉴：前些日子，兄大驾光临敝舍，为兄未能招待好，乞谅。老兄如约将盐运到西京，支持革命之壮举令人钦佩。弟弟与山西省国民政府主席阎百川素有密交，特给阎百川写了封荐信，可能对兄销盐有所帮助。祝大安 弟弟冯玉祥呈。民国十六年七月十八日

王凯从信封里摸出另一封信，一看是冯玉祥写给阎锡山的，一股感激之情油然而生：冯司令统领千军万马，却对自家如此上心。

次日，王凯骑马飞奔太原，见到阎锡山，递上李济深和冯玉祥的信。阎锡山一看，知道了王凯的身份，视其为贵宾，特意把王凯请到晋祠用餐。餐间，阎锡山对王凯说：

“王兄，你冒险鼎力支持北伐革命，精神可嘉，我正在扩充晋军，兵发豫鲁，支持北伐，你能不能把咱晋军的盐也承担下来？”

王凯来找阎锡山的目的就是想把晋军的食盐包下来，一听此话，正中下怀，赶忙表态：“河东盐池在山西，为晋军效劳是我的荣幸和本分。”

阎锡山说：“回头我派人到河东盐池与你联系，由你专供晋军的食盐。”王凯回到运城的不几天，晋军的一个军官与河东道的官员一起找到王凯，签订了长期供盐的协议，商定由晋军直接到王恒盛盐号里提货。

以前，由于世道混乱，王凯的销盐生意时不时被劫，造成一定的损失。承担了北伐军、西北军、晋军三大军事集团近百万军队的食盐供应后，王凯本来就不错的销盐生意更加如虎添翼，销量几乎占河东盐号的一半，挣下二十多万块现洋。当王殿弼希望他长期开粥棚舍粮时，王凯满碟满碗地应承下来。他想，只要手里有硬货，还怕买不到粮食？

回到运城，王凯让专跑陕西的崔二豪给西北军送盐返回时买粮食。二豪忧心忡忡地说：“哥，陕西沿路见不到一点绿，旱得快冒烟了，送盐时在路边时常能看到饿死的人。我问过，那里的粮价像黄河里的桃花汛，一个劲地往上涨，这粮恐怕不好买。”王凯知道市面上的粮价很高，但还是觉得只要舍得花钱，就能买到粮食，便给二豪吃了颗定心丸：“不管价钱多高，只要能买到就行，有多少往回买多少。”

送走崔二豪，王凯下盐池跑到开垦盐滩的工地上。工人们都操着河南话，唤叔的唤叔，唤哥的唤哥，向王凯打招呼。邱锁跑过来，指着已开垦出的盐畦对王凯说：“哥，你领来的这些人没说的，舍得卖力气。不过——”王凯问：“不过啥，尽管说。”“这些人能干也能吃，每顿都得蒸几大笸箩二面馍。”邱锁提醒说，“哥，咱库里的存粮最多还能吃一个来月，你可要心里有数，早做准备呀。”

王凯答：“这事我早就铺排了，让二豪往陕西送盐回来时买粮，肯定耽误不了事。”

王凯离开工地，来到齐山盐号见到周大汉。不等王凯开口，周大汉就抑制不住内心的喜悦，咧着大口说：“今年的盐田比往年厚半寸，我下盐池几十年，没见过盐长得这么好。”

“是嘛？我看看去！”王凯脚下像蹬上哪吒的风火轮，跑到盐畦旁，三下五除二脱掉衣裤，跳进盐畦里，顺手抄起一个盐铲干了起来。

盐铲是收盐的一种专用工具，形似鲁智深用的月牙铲，其功能是把盐畦里一寸来厚的盐铲成堆，别看铲盐貌似简单，其实是个技术性很强的活儿，铲浅了把盐铲不干净，铲深了就会把畦底的硝板铲出来，搅和在雪白的盐里，像是豆腐上沾上灰尘，影响盐的质量。只有经过长期的磨炼，才能掌握好使铲的窍道。王凯悟性极高，又经常在盐号里干活，熟中生巧，铲盐更是拿手好戏。他双手紧握铲柄，腰身一弓，前腿弓，后脚蹬，胳膊一抽一推，月牙铲一退一进，是那么运用自如、酣畅淋漓，雪白的盐在锃亮的铲面上跳跃飞舞，很快团聚成堆。那架势，那速度，没有十年八年功夫是练不出来的。王凯看着一堆堆雪白的盐，心被丰收的喜悦陶醉着，生发出一阵阵亢奋，越干越有劲，一任额头上、面庞上、脊背上、胳膊上、腿上的汗水朝下流淌。正在一旁装筐的张广海见王凯浑身冒汗，劝阻："叔，日头这么毒，您年纪大了，别使出毛病来，快回去歇着吧。"

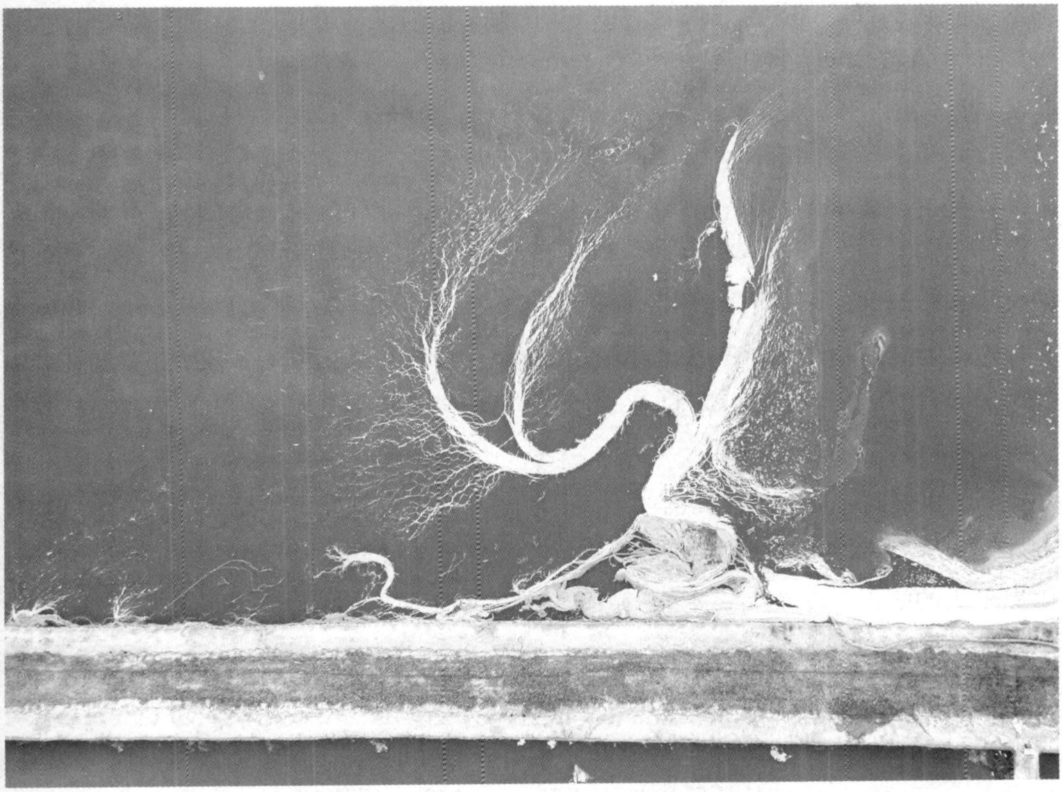

盐池符号——盐参（张卫平 摄）

王凯展起腰，朝周围瞅了瞅，干活的盐工里头还真没有比自家年纪大的，笑答：“我一来盐号，看见畦里的盐，心里就痒痒，干会儿活，浑身就轻松。”说完，又挥起铲来。

夜里，干了大半日活的王凯有点累，很快进入梦乡，恍惚间，料台的几堆盐垛越长越高，一直往天上顶，突然轰然倒塌。王凯打了个激灵，从炕上坐起来，仔细一听，院里乱哄哄的。王凯穿上衣裳，出门一看，昏黄的马灯下站着不少人。“出了啥事？”王凯边问边跑到跟前，人群主动让出一条路，只见地上跪着被捆着的三个人，都赤着身，腰间穿着遮羞的裤衩，头钻到两腿间，黝黑的脊背上凸着树枝般的肋骨。一个看料台的盐工对王凯说：“东家，这几个贼娃偷咱料台上的盐，被我们逮住了。”

周大汉拧了一下紧皱着的眉头，对王凯说：“这一程日了怪，夜里总有人来偷盐，我派了十来个人巡逻都看不住，不是这个盐垛被偷，就是那个料台被盗，这些贼娃的胆子也太大了。这回总算逮住几个，逮住一个箍锅的，等于十个钉盘碗的，非好好治治这些贼娃不可。”说完，他腋下的拐杖在地上狠捣了几下，朝几个偷盐的吼起来：“说，你们在我这里偷过几回盐了？”

“叫你偷！”旁边一个盐工气愤地抡起短棍朝一个贼娃的脊背上打过去。

“哎呀——”一声惨叫，贼娃被打得瘫在地上。

那盐工还要继续打，被王凯止住：“别打了，再打会出人命的。”盐工还不解恨，向王凯建议：“东家，要不，把这几个贼娃送到缉私营里，让他们尝尝坐班房的滋味。”

跪在中间的贼娃一听要把他们往缉私营里送，浑身颤抖了一下，抬起头，冲着周大汉哭叫：“周师傅，我对不起你，你咋摆治我们都行，千万不能把我们往缉私营里送呀。”

周大汉定睛一看，认出面前的贼娃，吃了一惊：“闷娃，咋是你？”二十多年前，闷娃就下盐池跟着他当徒弟，干活很实数。他当上老和尚后，让他当上小师傅。前年，因屋里头的病得瘫在炕上，才辞工离开盐池。临走时，周大汉还送给闷娃三块大洋。不料想，贼娃竟是他。

王凯也认出跪在地上的贼娃是曾在盐号里干过多年的老实疙瘩，自忖肯定是家里遇到过不去的坎才来偷盐的，心里一软，躬下身把闷娃扶起，解开捆在他身上的绳索。不等发问，闷娃扑通跪在地上诉说：“东家，周师傅，今年遭了灾，家里没吃的。前些日子，让大儿子外出逃荒去了，我在家守着个瘫瘫，靠吃榆树皮过活。我吃不上还能硬熬，可炕上的瘫瘫咋办？正好村里几个后生找到我，说我在盐池干过，路熟，撺掇我下盐池偷盐换粮保命，我经不住软缠硬磨，就和他们一起来了。”说着，他连扇了自家几个耳刮：“兔子还不吃窝边草哩，我再不是人，也不能故意偷你们的盐，实在不晓得是你家的盐号，你们看在我家里有个瘫瘫的份上，就饶了我们这回吧。”

听着听着，周大汉眼窝里溢出亮晶晶的东西，叹了口气，看了王凯一眼，王凯点了点头。三十多年了，周大汉和王凯的脾性早已溶在一起，达成高度的默契，只给一个眼色，就晓得对方的意思。周大汉把闷娃和两个后生领进院子西面的账房，让账房先生取出几块大洋往他们手里塞：“闷娃，你和他俩拿着钱买些粮食，别再来了。”闷娃把身体扭到一边，眼里淌着泪不说话，两个后生低着头，连眼都不敢往起抬。周大汉有些生气：“我好心给你点钱，你们倒扭捏起来，你们还想让我咋样？”闷娃跪在地上说：“周师傅，我晓得你心软，可你给我们这钱，能买多点粮，顶几日饥，过后还不是饿死？你就救人救到底，叫我和他俩在盐池干活，混口饭吃，还能挣点工钱，买点粮食，保全家人的命。”两个后生也跟着跪到地上。

这一程，来找他打短工的灾民多得像赶会，周大汉都一律回绝。一看闷娃和两个后生下了跪，窘得满脸通红：“我可承受不起，你们快起来，我答应你们就是了。”

二十多日后，崔二豪从西安回来，头上缠了块白布，哭丧着脸对王凯说：“哥，对不住，没买下粮食。”王凯宽慰二豪：“甭急，慢慢说。”崔二豪带着哭腔诉说：“哥，从西安送盐回来时，照你的吩咐，路过临潼、渭南、潼关时，我就到集市上买粮。想不到，粮价像疯了一样往上蹿，一石涨到四十块，而且还见不到粜粮食的，好不容易见到一个粜家，买家就一窝蜂地围上去抢。我和两个伙计拼上命地抢，好不容易才抢到十几斗秕谷。”王凯关切地问：“二豪，你头上的伤是不是跟人家抢粮食时被打的？”

“可不是。”崔二豪很是委屈，“在潼关抢粮时，我一急，把一个买家挤到一边，那买家急红了眼，在地上拣了块半截砖朝我头上砸了一个血窟窿，我想收拾他，一想在人家的地盘上，强龙不压地头蛇，只好忍下这口气。”

“二豪，忍一时风平浪静，退一步海阔天空，你做得对着哩，赶紧去药铺给伤口换些药，回去好好休息几日，天太热，别发了炎。”王凯宽慰说，“买粮的事，你就别操心了，有我呢。”

几天后，王凯押着盐车往西安送，沿途的旱象，比河南和老家有过之而无不及。到集市上察看，随处可以看到集市上堆满木料、家具、用具、犁耙，还有不少头上插着树枝的半大小子和女娃，就是没见到粜粮食的。心想，如今的粮食太金贵了，要想在集市上买粮，实在太难了，只好作罢。

一天，在临潼客栈打尖，刚吃过随身带的干粮，听见外面乱哄哄的，王凯出门一看，院子里停满了大车，每个大车上都插着青天白日旗，掌柜的正忙着招呼十几个当兵的往饭厅里走。王凯问一个伙计：“小兄弟，这车上都装的啥？”小伙计答：“你没看见这些大车上都插着青天白日旗？西北军的，都是运粮的大车，牛着呢。”王凯心里一亮，有个主意。

几天后，王凯押着盐车赶黑来到西安城，到西北军的仓库里交了盐，让盐车在客栈里休息，自己跑到杨兰香的住处。杨兰香已经与王强成家。王强当上冯玉祥的副官。小两口刚吃过晚饭，见王凯来，王强赶紧把王凯请到上座上，杨兰香挺着大肚子，端着一杯茶放到王凯面前：“哥，你可好一程没来了，你也不想人家？”王凯笑答：“我这不是来了吗？”

“嫂子还好吧？”

“好着呢。”王凯边答边问，“一年多都没见到你哥了，现在在哪儿唱戏？”

“在城里军营里巡回唱戏，西北军都好这一口。”王强接腔，“哥，你在河东盐池那么大的摊场，让手下人把盐送来就行了，还劳你亲自来？”

王凯答：“我这回来，一来看看你俩，二来想和你商量个事。”

“你尽管说！”

“王强，我的盐号用着近两千号盐工，都要吃饭，可眼下遭了年馑，到集市上买不到粮食。昨天在临潼客栈见你们西北军从外地运粮回来。我想用盐换你们的粮食，能不能给个方便？”王强答：“绥远是我军的大本营，那里遭灾轻，我军的粮食都是从那里征来的。正好我军缺购盐钱，可以互通有无，各得其所，明天你跟我去见军需长，看行不行。”

次日，王凯跟王强到司令部的军需处，和军需官商定，按当地潞盐的市价和在绥远征用粮食价格兑换。这样一算，此次送来的七百担食盐可换近六百石粮食。要是按当地粮价买，这些粮食得花四万块现洋。

后晌，王凯把五十挂大车赶到军用粮库里，装上粮食。那些赶车的平时对王凯很是崇拜，一看王凯一下子得到几十大车粮食，更是佩服得五体投地，不由生出了近水楼台先得月的奢望，都把鞭杆夹在胳肢窝里，给王凯作揖："王东家，您一下子得到这么多粮食，我们这些下苦的，家里老少都饿着肚子，能不能用我们的车费换你些粮食？"

王凯见眼前车夫们可怜兮兮的样子，心想：一个好汉三个帮，这些人都是往陕西运盐离不开的人。这些年来，人家也对咱没说的，啥时用啥时现成，从未打过半点折扣。在大灾面前，谁看见粮食眼不红？提出用脚钱换粮也是人之常情，又想到下次还可用盐换粮食，便痛快地答应："把粮食拉回家后，每人给一斗小麦子，抵这趟送盐的脚费。"

一个车夫提醒王凯："东家，现在的人一见粮食就眼红，你拉这么多粮食，在路上八成会惹下麻烦，还是想个法子吧。"

王凯觉得车夫言之有理，让车队到客栈里歇息，跑到兰妹家，等王强回来后，说出自家的担忧。王强一听说："这个好办，我派一个排护送你回家，保你一路平安。"

次日早，王凯押着上插着青天白日旗的粮车启程，由一个排的士兵押运，平安地到达黄河边。卸下粮食，如约发给每个脚夫一斗粮食，然后雇船把粮食运过黄河。黄河东岸的风陵渡很多车行。这些年，王凯往陕西运盐，与渡口的不少车行交往很铁。因受灾，过往的货物锐减，车行的生意很清淡。一看从陕西运来大批粮食，都来找王凯揽生意。王凯心想，拉这么多粮食，太扎眼了，让车行东家到附近的村里收了一些谷草，把粮食包在里面，这才稳稳当当地回到运城。王凯盘算，这批粮食够自家盐号的盐工们吃到年底。

世上没有不透风的墙。粮车前脚到，十几个盐池东家后脚找上门来。自从那年关到监牢被救后，王凯对鼎力帮助过自家的同行们心存感激，恨不得把心掏出来回报他们，对他们提出来的事，从未驳回过。逢年过节，总要摆上几桌请他们聚一聚。一见他们，就猜测到是为粮食来的。果不其然，不等王凯开口，罗川就单刀直入："王会长，现在盐号正马踩着车，可粮食吃完了，我那汴合兴眼看就要断粮停工。听说你在西安拉回一大批粮食，能不能匀给我一些，价钱好说。"王凯不得不答应："我拉回的粮食也没多少，就匀给大伙每人几石救个急，价钱你们看着给。"罗川问："王会长，你路子真宽，咋能弄回这么多的粮食？"王凯如实告知："我干妹夫在西北军当副官，托了他的关系才用盐换回这些粮食。”

“咱盐池有几千号盐工，如果没了粮，就要歇工。”罗川央求王凯，“好王会长哩，你就忍心咱盐池开不下去？你有这路子，能不能再去西安换些粮食回来？咱们盐池可就指望你了。”王凯看着罗川和几个同行近乎乞求的眼神，心想，人心换人心，八两换半斤。自家有难时，同行们泼上命地帮，如今，同行们有了难处，咱说啥也不能当缩头乌龟，便应承：“我这就去西安。”

次日，王凯押着一百挂盐车上路，渡过黄河到陕西后，把上次的青天白日旗插到盐车上顺利地到达西安，找到军需官，主动提出用二斤盐兑换一斤粮食。军需官一听，王凯提出的条件很优厚，能为军队省下不少开支，痛快地表态：“王东家，我和王副官是过命的交情，你是嫂子的哥，也就是我的哥。只要你乐意，什么时候用盐换粮都行。”

王凯又把五百担粮食拉回运城。周大汉对王凯说：“盐工们听说你从西安拉回粮食，都吵着不要工钱要粮食，在这年馑里，粮食就是命，不答应他们恐怕说不过去。”王凯二话未说，答应给盐工发谷子抵工钱。

后晌，盐号沸腾起来，千余盐工像过年一样，脸上绽放着喜悦前来领粮。王凯亲自给盐工发粮，忙得连脸上的汗都顾不得擦。

“王议员，忙着呢？”王凯正给一个盐工往布袋里倒粮，抬头一瞅，赶忙倒完斗里的粮食，把来人请到北屋自家的房间，作揖问候：“崔道尹，您大驾光临，有失远迎，多有得罪。”

崔道尹名献廷，清朝最后一科考中进士，是阎锡山的五台老乡，前年调来，对王凯非常敬重，刚到任就登门拜访过王凯，还根据阎锡山的授意，让王凯当上山西省议会的议员。他笑着给王凯回礼：“你刚才说的不假，你不但得罪了我，而且得罪了全河东的民众。”王凯问：“崔道尹，我一个平头百姓，何罪之有？您是不是言重了？”崔道尹说：“你敢说你没罪？我问你，你是不是咱河东衙道的省议员？”

“是。”

“你是不是拿着岁费？”

“嗯。”自当上省议员后，河东道每年给他发五十块大洋的岁费，在王凯的收入中，虽然只是个零头的零头，但他还是很看重它。因为，这是自家身份的象征和殊荣。

“那你从西安买回粮食，就不能只考虑盐池和自己的盐号，而应该关照一下咱们全河东的灾民。”崔道尹话语咄咄，把王凯逼得无路可退，觉得被人扇了一个耳刮，脸不由地发烧，低下了头。

崔道尹见王凯非常窘迫，话锋一转：“今春以来，省里给咱们河东拨了赈灾的钱和粮食，道里在鼓楼底下开设粥棚，接济灾民。如今，赈灾粮用完了，道里还有些赈灾钱，可买不到粮食，只得把粥棚停了。每天都能在街上看到饿死的灾民。我身为道尹，寝食难安呀。我来找你，就是想求你买些粮食用于赈灾，救河东百姓一命。”

“崔道尹，您啥也别说了，我立马派车把粮食送到道衙里，把粥棚开起来，用多少供多少，用多长时日，供多长时日。”

崔道尹见王凯如此深明大义，很是感动，抱拳揖礼：“我代表全河东的人民感谢你，本道尹明日就让人把五千块赈灾钱送过来，不够我再想办法。”

秋播时节，灾民们从牙缝里硬抠出来些麦种种在干涸的地里，长出一些稀稀落落的麦苗。入冬后，天上倒是飘了几点雪花，那些雪花像被抽掉筋的精灵，有气无力地在空中飘荡了一会，才极不情愿地落到地上，一眨眼就被干土吞噬得无影无踪，连地皮都未洇湿。开春后，田地里看不见一点绿色，意味着今夏又要绝收。幸亏王凯源源不断地从西安换回粮食，保住了粥棚的用粮，越来越多的灾民们围聚在运城鼓楼下的粥棚前，领碗稀粥充填饥肠，维持性命。

二月初一，盐池开工的日子。一大早，盐池东家和盐工们下盐池，一到中禁门，被几百号灾民堵住。罗川走上前质问堵住门洞的灾民：“我们下盐池，你们为啥堵住不让进?”

一个灾民脖子一梗，瞪着牛眼，理直气壮地撂下一串硬邦邦的话：“盐池是老天赐给咱河东的，人人有份，你们是人，我们也是人，凭啥你们占住盐池有活干，有饭吃，让我们干瞪眼？今日我把话撂这儿，我们这些光脚的就是和你们这些穿鞋的摽上了，要么让我们跟你们下盐池，要么咱们一齐饿肚子!”

“对着哩，要饿一齐饿，要死一齐死!”灾民的话像一根火柴扔到柴堆上，腾起熊熊烈焰。

罗川见此阵势不好收场，悄悄挤出人群，骑马赶往王凯家。这些年来，盐商们都把王凯看作主心骨，只要一遇难事，就让王凯出面摆平。

王凯刚把到省城太原山西大学念书的次子继绪送出门，罗川从马鞍上滚下来，心急火燎地说：“王会长，不得了了，几百号灾民挡住中禁门不让咱们下盐池。”

“为啥?”

“他们提出要下盐池干活挣饭吃，我不敢应承他们，快走吧。”

王凯骑上马和罗川来到中禁门。东家和盐工们远远看见王凯就像遇到救星，脸由阴转晴。王凯刚一下马，密密匝匝的人群自觉让出一条道，在东家和盐工们一束束热切的目光中，王凯走到几个领头的灾民前，抱拳揖礼：“弟兄们，我是王凯，来迟了，实在对不住大伙，请多多包涵。”他又与一个年纪大的灾民商量：“老哥，外面太乱太冷，这样行不行，你们选几位代表，咱们到里面商量个法子。”

几个领头的灾民见王凯彬彬有礼，和蔼诚心，顺从地跟着王凯走进中禁门，中禁门的守兵认识王凯，赶紧把王凯和几个代表让到门洞左侧的值班室里。

一进值班室，王凯把几位代表让到椅子上，从衣兜里掏出一包印有一溜洋文的纸烟，抽出几根往几个灾民们手里递，笑着解释：“这是我在省里开会时，阎主席送给我的美国产的老车牌纸烟，舍不得吸，今个让大伙开个洋荤。”他虽然不吸烟，但出于应酬，身上总装着烟，与人交往或办事时，总是先让对方一根烟，以示对对方的尊重和诚意。甭看它算不得什么大东西，却往往起到意想不到的效果，使陌生化为熟悉，提防化为信任，阴霾化为阳光，鸿沟化为坦途。

“来，点上，让大伙过过瘾。”王凯掏出洋火擦着，用手捂着火苗送到灾民的嘴边。在袅袅缭绕的烟雾中，灾民们脸上紧绷着的肌肉神差鬼使般地松弛下来。

王凯见时机已到，恳切地说：“人都是爹妈生的，谁都晓得饿着难受。鼓楼下开着粥棚，所用的粮食都是我用盐换回来的，大伙可以到那里领粥喝，犯不着来堵禁门。”

“鼓楼下有粥棚不假，可粥少人多，有一顿没一顿的，这才找你们。”一个胡子拉碴的灾民央求说，“王东家，全运城谁不晓得你人好，绝不会见死不救的，你快给我们想个辙吧。”

“容我和盐池的东家们商量一下，绝对不会让大伙饿肚子。过两天给你们回话。”

灾民代表一听王凯亲口承诺，很是信服，走出房屋，到中禁门前对众灾民说明情况，众灾民很快散去，盐工们顺利地走下盐池。

王凯把众盐商召到家里商议对策。一个盐商献计：“王会长，你是省议员，崔道尹的座上客，来他个霸王硬上弓，到时候让崔道尹派些兵来吓唬吓唬，保准那些刁民们跑得无影无踪。”王凯摇摇头：“你说的恐怕不妥，这样做会引起灾民们的反感，真要是把灾民们惹急了，死守着中禁门，派去的兵再多也不能把灾民们怎么样。到时候人进不去，盐运不出来，受害的只有咱们。”罗川着急地问：“王会长，活人总不能被尿憋死。”心里有数的王凯说：“这两年，老天爷眷顾咱们盐池，大伙都赚了不少钱。咱们吃肉，总得让灾民有口汤喝吧。要是咱们能在中禁门开个粥棚舍饭，就能拯救灾民，也算咱们盐商做了件积德行善的好事。”“行！”东家们无不赞同。罗川问：“你说让出多少？”王凯想了想说：“每号出十块大洋、一百担盐，大洋作为建棚置东西和粥棚人员的开支，我拉着大伙捐的盐到西安换粮食。”

后晌，一百多号工匠拉着木料、帐篷等物品，涌进中禁门西面的空地里，搭棚的搭棚，垒灶的垒灶，叫唤声、欢笑声、咣当咣当的响声此起彼伏，好不热闹。第二天，悬挂在粥棚顶端“河东盐池赈灾粥棚”的红底白字和火红的晚霞交织在一起，放射出绚丽的光芒。王凯站在粥棚前一块大石头上扯着嗓子宣布，明天一早开灶舍粥。

次日清晨，原野上一片冷寂，中禁门外的粥棚却是另外一番景象：十多个烟囱喷射着浓浓的青烟，空气里飘荡着诱人的粥香，灾民们手端饭碗，在每口大锅前自觉地排成一溜溜长队，眼睛里洋溢着感恩和期盼。因为是头一天，王凯头戴厨师帽，腰系白围裙，和十多个东家一起为灾民们舀粥。由于蒸气的熏烤和一刻不停的忙活，累得王凯满头冒汗，也顾不上擦一下。突然眼前一闪，咔嚓一响，王凯抬头一看，一位头戴鸭舌帽的年轻人把手里的相机挂在脖子上，走到锅台面前笑问：“王公，别来无恙。”王凯认出对方是省报的李记者，去冬在太原开会时，李记者采访过他，便赶忙把铁勺交给别人，走到对方面前，握住对方的手：“李记者，你真是水银，无孔不入呀！”“要想人不知，除非己莫为，你闹下这么大排场，我会不知道？”王凯赶紧摆手阻止：“舍粥赈灾，人之常情，何足挂齿。”李记者说：“沧海横流，方显英雄本色。王公，我来河东采访灾情，了解到您在赈灾中的壮举，今天又组织盐商开设粥棚，难能可贵，堪称河东之救星。”

第二十三章　惨遭倭贼害

又一年正月初八，王凯过完年从老家枣园回到运城，掂着年礼，想到野狐泉国民学校给景润彦和崔师娘拜年，刚走出大门，被两个不速之客堵住。王凯一看，一个叫巩珠。此人前些年曾在河东陕西都转运盐使司当过盐池中场大使，长得又胖又低，整日嘴拖着地，没事就在运城街上瞎游荡，一见饭店里有人请客，不管主人点不点头，就凑上去蹭吃蹭喝，别人就给他赠送了个外号“拱猪”，前几年钻到河东盐务稽核分所，当上副协理，其实就是洋人的一个走狗，凡是需要到外面交涉的事情都让他露面。王凯对“拱猪”很反感，但顾及他以前在盐池里当过大使，现在是河东盐务稽核所的人，少不了打交道，所以平时面子上还是过得去。另一个人不认识，中等身材，戴礼帽，穿西服，鼻梁上架副眼镜，鹰勾鼻子下蓄着一撮黑毛。

拱猪指着同来的人介绍：“王会长，这位是日本的龟荣次郎先生，他要在运城开办和庆商行，特来拜见你。”

“王会长，久仰大名，请多关照。”龟荣次郎摘下礼帽，双手捧上一张蓝白相间的名片，朝王凯鞠了个深躬，黑油的分头低得差点挨着地。王凯对日本人有一种本能的反感，因为王凯晓得，从明朝起，倭寇屡屡侵犯中国，打死了很多中国人，掳掠了数不清的赔款，这回小日本来找他，肯定也不会安啥好心。心里虽然老大不情愿，但有理不打上门客，还是勉强接过名片。

按常理，大正月里客人来临，总要尽地主之谊，可王凯打心眼里不愿跟这两个不速之客打交道，便晃了晃手里的年礼，对拱猪说：“巩副协理，我要去串亲，你看——”

拱猪听王凯下了逐客令，还不死心，举起手里的几包点心说：“这是龟荣次郎先生带给你的礼物，请收下。”

王凯摆摆手："无功不受禄，我跟他八竿子打不着，咋会收他的礼呢。"

拱猪见王凯不给面子，知趣地说："既然如此，别耽误了你串亲，我们就不打扰了。"

过了元宵节，龟荣次郎和拱猪又掂着一个很大的锦盒，来到王凯家里。拱猪指着锦盒对王凯说："这是龟荣次郎先生的见面礼，请笑纳。"

龟荣次郎双手捧着红彤彤的请柬，给王凯鞠了个深躬："王会长，敝行正月十八开业，请你出席开业庆典。"

王凯在运城盐池和商界是数一数二的人物，经常接到类似的邀请，他总是有请必到，给邀请者捧场。这回龟荣次郎洋行开业请他出席，肯定是拱猪出的主意。王凯心里一阵反感：好你个小日本，你在东洋小岛上瞎折腾也就算了，竟然把手伸到运城，凭啥让我给你捧场？他故作遗憾地说："龟荣先生，真不凑巧，正月十八正好是我母亲古稀生日，我要回老家给老人家祝寿，去不了。"龟荣次郎和拱猪只得悻悻离去。

初夏，王凯在齐山盐号跟着盐工们干了大半晌活。吃过晌午饭，王凯和往常一样，爬到北面的高坡上仰首遥望：和煦的日头挂在明净的蓝天上，像个慈祥的老者抚摸着大地。数不清的鸟儿舒展着翅膀，时而飞射蓝天，衔走几丝白云；时而俯冲湖面，啄开一片涟漪。极目南眺，一簇簇的山花争奇斗艳，给中条山披上绚丽多彩的霓裳，又像一条看不见首尾的巨龙，浑身闪耀着五颜六色的光芒，守卫着百里盐池。俯瞰自己的几个盐号，蜘蛛网般的盐畦里人头攒动，打夯的号子声此起彼伏，卤水池波光粼粼，像一颗颗宝石，镶嵌在盐畦间，料台上的盐堆骄傲地挺着腰身，炫耀着收成。

盐花

种地的喜看庄稼，撑船的爱摸鱼虾。眼前的一切，如果换一个人来看，再平常不过了，但对经营了大半辈子盐业的王凯眼里，却是一幅无比令人陶醉的图景。他微闭眼，伸开双臂，张圆大口，敞开胸怀，贪婪地深吸了一口徐徐吹来的南风，顿觉心旷神怡。那山花的芬芳、池水的清纯和潞盐的醇香直沁肺脾，一任思绪插上翅膀尽情地飞翔。快三十年了，靠自身努力，从一名死里逃生的钦犯变成拥有七个盐号的盐商和受人尊敬的潞纲总会会长。如今，生意顺风顺水，蒸蒸日上，儿女个个争气，前途无可限量。人活在世，还有什么比这些更满足和自豪的？

突然，有人打断了他的遐想："王会长，你咋站在这儿，可把我找苦了。"王凯扭身一看，拱猪气喘吁吁地站在面前。

"巩副协理，你不坐在小洋楼里享清福，却跑来受带泥腥味的南风刮。"

拱猪朝王凯摆摆手纠正："人往高处走，水往低处流，我已经辞了盐务稽核分局的职，龟荣次郎请我到他的庆和洋行当中方经理。"

"巩经理，恭喜你了，你真有福气，以前给挪威人当副手，这回又给日本人当经理，攀的可都是高枝呀。"听鼓听声，听话听音，王凯明里恭维，暗里带着讽刺。

拱猪并没有感觉出来，以为王凯羡慕他，得意地摇着头说："以前，河东盐务管理分局每月只挣八块大洋，而庆和洋行给我开三十块大洋，真像孙悟空驾云，一下子翻了几个跟头。"

"巩经理，你是不是到庆和洋行挣的钱太多，花不了，来给我送了？"

"你猜对了，我就是给你送钱来了。"拱猪神秘兮兮地翻了翻肿眼皮，"庆和洋行财大气粗，要进一大批盐，我给你揽下来了。"

王凯毕竟是商人。去年因天旱，盐池里的产量比往年高出一大截，随着冯、阎在中原失利，给西北军和晋军供盐的大宗生意也跟着黄了，料台上积压着不少盐。拱猪的话引起王凯的兴趣，但还是心存疑虑："产盐的地方很多，日本离咱那么远，光运费要比盐价翻几个，为啥非买咱河东的盐？"

"这个嘛，我问过龟荣次郎，他说咱这潞盐里含有一种特殊的成分，染布时掺上它，能把花布染得鲜亮，而且永不褪色，所以他愿意掏高价买咱河东盐。"

王凯晓得潞盐纯度高，苦中含香，与其他地方的盐相比确实不一般，用别地的盐腌咸菜只能存放一年，而用潞盐腌的咸菜至少能存放三到五年都不会坏。听拱猪说得有鼻有眼，来了兴趣："你说的是真的？日本人能要多少，出啥价钱？"

“每年要一万担，每担出一块八。”拱猪伸出一个巴掌晃了两晃，“王会长，这可是天上掉下来的大馅饼呀。”

王凯在盐行里摸爬滚打了二十多年，什么样的盐商没见过？一般来说，凡是来买盐的，都会在价格上斤斤计较。特别是大买主，总是把价砍得不能再低时才肯罢休。最好的盐每担撑破天也只能卖到一块五，而小日本每担出一块八，而且一张口就要一万担。心想，小日本是不是还有别的条件，便说：“要我的盐，行，可必须照生意场上的老规矩办事，一手钱一手盐，钱到盐清。”

“那当然，此事我已经跟龟荣次郎叮咛过，他满口答应。”拱猪凑到王凯跟前催说，“王会长，别犹豫了，赶紧跟我到庆和洋行签合同去。”

王凯指着齐山盐号料台上的盐堆说：“我这里有的是盐，要多少有多少，啥时来啥时现成，订啥合同。这不是六个指头挠痒——多一道吗？”

拱猪说：“人家日本人非要这道手续不可，你还怕供不上他盐？”

王凯想：签就签，反正你有你的千条计，我有我的老主意，不见兔子不撒鹰，不拿钱来不让拉盐，便跟着拱猪去庆和洋行。

庆和洋行在鼓楼北街，是运城最繁华的地段。街道两旁的店铺一家挤着一家，大的小的高的低的方的圆的黑的白的软的硬的各式招牌，琳琅满目；推车的背篓的挑担的挽篮的摩肩接踵，交汇成一条彩色的人流；问好声叫卖声讨价还价声不绝于耳。王凯随拱猪顺着人流走到庆和洋行前。只见洋行面阔五间，房顶上插着三面白旗，门脸粉刷一新，路过的人好奇地伸着脖子朝店里瞅，却并没有多少人进去。王凯跟在拱猪后面走进洋行一看，中间是条通往后院的过道，两侧靠着货架，上面摆放着各式商品。

“欢迎光临，欢迎光临——”身穿和服的店员们朝王凯边鞠躬边高声叫喊，听上去很是刺耳，把王凯惊得生出一身鸡皮疙瘩。

拱猪领着王凯走到后院北面的内室，躬身朝右侧的内屋叫：“龟荣经理，我把王会长请来了。”木门一响，身穿和服的龟荣次郎出现在面前，脚上套着一双白袜子，满脸堆笑地说：“王会长，欢迎光临寒舍。”做出请的样子。王凯朝里一看，内室比外间的地面高半尺，里面铺着猪血一样红的地板。正面墙上贴着一张戴眼镜挎军刀的像片，中间摆着一个低矮的方桌。拱猪把鞋一脱，穿着袜子走入内室后，催促王凯：“王会长，快脱鞋进来吧。”

王凯经常下盐池干活，养成了不穿袜子的习惯，低头看了看脚，尴尬地说：“我没穿袜子。”

“好我的王会长哩，谁不知道你是运城的首富，咋抠索得连袜子都舍不得穿？”拱猪的话音里带着轻蔑和嘲笑。

龟荣次郎虽然没开口，但嘴唇一撇，露出不屑一顾的样子。

王凯哪里受得了如此奚落，觉得脸哄一下着起火来，一跺脚，吼出满腔怒气：“我赤背脚，上不起你的内室。”说完，冲出屋门。

拱猪见状，想出去劝住王凯，被龟荣次郎拉住：“晚了，老虎是不会吃回头食的，还是用实际行动说话吧，他就是块石头，我也要把它捂热。”

次日后晌，拱猪下盐池见到王凯，王凯余气未消：“巩经理，我这个赤脚的攀不上你这穿袜子的，往后咱们井水不犯河水，各走各的道。我就不信，提着猪头还怕找不到庙门？”

拱猪是个能大能小的人，朝自家脸上扇了几下，连连赔情：“王会长，都怪我这张臭嘴，龟荣次郎也觉得昨天伤了你的颜面，让我特意向你赔罪来了。”

王凯哼了一声：“你觉得一碗水泼在地上，还能收起来吗？”

“人家龟荣次郎可是用诚意来给你道歉的。”拱猪把一张盐票递到王凯手里。

王凯接过，正瞅瞅反看看，真是一张报过税的盐引，而且数目很大，整整一千担，是一宗难得一见的大生意。

“还是昨天我红口白牙给你承当下的话，每担一块八，现钱现买，钱盐两清，每半月来买你一次盐。这下你总该消气了吧。”拱猪见王凯的脸色缓和下来，又掏出一张银票，“这是一千八百块。”

之后，每过半个月，庆和洋行都来买一回盐。王凯心想：这日本人还真讲信誉。

刚收过麦，拱猪对王凯说：“龟荣次郎想下盐池里观光，请你做个向导。”

王凯经常陪着上头的官员或领着外地的客商来逛池神庙、野狐泉、看盐池，想也没想就答应了。正值产盐的旺季，龟荣次郎一看浩渺的盐池，热闹的生产场面和堆在料台上的盐堆失声惊叫：“了不起，这河东盐池名不虚传，真是个聚宝盆。”说着，摘下挎在胸前的照相机，咔嚓咔嚓地照个不停。又把相机递给拱猪，走到王凯面前，鞠了一个躬：“王会长，咱们是合作伙伴，我想与你照张相，做个纪念，请赏个脸。”

在王凯的心目中买主就是客，龟荣次郎已经进了自己几千担盐，不管咋说也是客。再说，提出想和自己照张相，这个要求也不过分，便点了点头。龟荣次郎站在王凯的右边，把左手搭在王凯的肩膀上，拱猪咔嚓按下快门。

王凯领着龟荣次郎走到齐山盐号的盐畦里。龟荣次郎看着正在铲盐的场面，好奇地问："王会长，这地里怎么能长出雪白的盐？"王凯用脚跺跺地面解释："别看这地灰不拉叽的，都是多少万年结成的硝板。浅的几尺厚，深的几丈厚，取之不尽，用之不竭。"

龟荣次郎蹴到地面上，用手抠起一小块硝板，放到嘴里舔了舔，拱猪讨好地问："什么味道？"

"香、香，真是宝贝。"龟荣次郎眼里放射出贪婪的光，"王会长，能不能给我带点样品，我捎回国内化验一下，如果有用，我就花大价钱买。"王凯想，产盐要费好多道工序，花费不少钱。如果这硝板真能卖钱，那可就赚老了，顺便抄起铁镐刨了一块，龟荣次郎赶紧拣起一块，掏出手帕包住，塞入衣袋。

王凯见日头越爬越高，毒了起来，晒得龟荣次郎满头满脸淌汗，上衣的绸衫贴到肉上，便把他领到上房院屋内休息。龟荣次郎环顾了屋内一下，不解地问："王会长，你们盐号里连钟表都没有，啥时上工，啥时下工，怎么掌握时间？"

王凯解释："在我们这里，习惯用时辰计时。一个时辰两个钟头，一天十二个时辰。盐池里干活全凭老祖宗传下来的经验掌握，日出而作，日中而餐，日落而息。"龟荣次郎翻了翻眼皮，想说什么，但没开口，脸上掠过一丝不易觉察的得意。

陪客人看完盐池，日头已爬到头顶，把盐池晒成一个大蒸笼，连吹过来的南风里都挟带着火直往人身上扑，晒得龟荣次郎和拱猪浑身冒汗，白绸衫贴到肉上，张着大嘴直喘粗气，走一截便跑到路旁料台上盐垛小庵的阴凉处歇一会。龟荣次郎上气不接下气地问："王会长，你这盐池里怎么这么热？简直能把人身上的肉烤熟。"

王凯指着盐畦里劳作的盐工说："你看他们，这么热的天，还不是照样在干活？一把盐，十滴汗，老话说得一点不假。"

来到野狐泉，王凯领着龟荣次郎和拱猪观赏泉旁的景致，突然传来一阵读书声。龟荣次郎循声指着一处建筑问："王会长，那是什么地方？"

"是盐池国民学校，咱们进去看看。"这座学校是王凯的得意之作，每次陪客人来，他总要领着客人进去参观一番。

走进校内，王凯见景润彦迎上前来，便对龟荣次郎介绍："这是我的恩师景先生。"他又向景润彦介绍："景老师，这是庆和洋行的龟荣次郎经理。"

"久仰久仰，请多关照。"龟荣次郎给景润彦鞠了一个深躬。

景润彦没见过这样的礼节，愣在原地不知所措。王凯赶紧上前解释："景老师，龟荣经理是东洋人，他刚才行的是东洋的见面礼。"

景润彦这才反应过来，但并没回礼，而是把王凯拉到一旁皱起眉头问："王凯，你咋和日本人搅和在一块？日本人没少在咱们中国使坏，至今还强占着辽东半岛，和他打交道，你可要小心点。"自从王凯成家后，景润彦直呼其名。

"龟荣次郎在运城街上开了个洋行，已经在咱盐号进了几回盐，还算仁义。"王凯深知恩师的担忧，对景润彦说，"您放心，我晓得分寸。"

从学校出来，龟荣次郎指着雄峙于北面卧云岗上一片庙宇说："王会长，我非常崇拜贵国的神祇，能不能带我去庙里拜一拜？"

王凯领着客人走进池神庙。龟荣次郎像只没有见过天的井里蛤蟆，走到古松树木前要搂一搂，看古碑时要在碑上摸一摸，登台阶时要数一数，见神像就趴下拜一拜，时间不觉间从指缝里流走。王凯一看日头偏西，到了饭点，只得尽地主之谊，把客人领到玉树青霞小院的客房先歇息一会，跑到住持住的院里，求其给客人准备些吃食。在这当儿，龟荣次郎一眼看到墙上临摹的河东盐池扇面图，近前一看画面上的盐池、道路、盐号清晰可见，盐工、官员、巡警栩栩如生，眼里发出贪婪的光芒，从脖子上摘下照相机，对准此图啪啪地照了几下。拱猪讨好地说："龟荣经理，你要喜欢这张图，回头我让王凯给你画一张。"龟荣次郎得意地回答："我喜欢中国的古画，照下来做个纪念，将来回国后再复制。"

一个多月后，龟荣次郎和拱猪雇了一辆马车，拉着一辆锃亮的自行车和一个木制大立钟，走到王凯家门楼前。王凯正好要出门，拱猪凑到跟前，把王凯堵在台阶上，仰起头，指着车上的自行车和座钟说："王会长，龟荣经理专程给你送来两件稀罕礼物，你可得好好谢谢龟荣经理呀。"龟荣次郎跨到王凯跟前，深深鞠了一躬，胖脸上堆满谄媚："王会长，你是我生意上的伙伴，我特意从国内运来这两样东西送给你。"

王凯虽然卖过龟荣次郎几回盐，但骨子里不愿意与之深交，故意从前胸的衣袋里掏出怀表瞅了一下，遗憾地把怀表伸到龟荣次郎面前说："龟荣经理，河东盐运使司通知敝人九点钟开会，你看，现在已八点四十分，实在对不起，恐怕没法招待你。"说着，身子一闪，想避开龟荣次郎下台阶。一缕不快倏地从龟荣次郎的糙脸上掠过，但很快被谄媚所掩盖，龟荣次郎伸出右臂，把王凯挡在台阶上，鞠了一躬说："王会长，你去忙，我把礼物送到府里。"

王凯把对方的右臂一拨，嗓门跟着提了起来："龟荣经理，我只是个晒盐的，用不惯这些洋东西，你还是拉回去自家受用吧。"话音未落，人已经跳下台阶。龟荣次郎和拱猪扭头看着王凯的背影，还未回过神来，身后咣当一声巨响，惊得他俩回身仰视，黑漆大门紧关，上面的几排圆钉瞪着眼睛，大门正中一脸狰狞的铁制狮子像是要把这两个不速之客吞噬下去，窘得龟荣次郎恨不能把黑紫的脸塞到裤裆里。

一天，王凯到北街看一个朋友，路过庆和洋行，恰好遇到站在门口的龟荣次郎。龟荣次郎快步上前挡住去路，像只大虾米躬到王凯的面前恳求："王会长，请赏脸光临敝店看一看，给我捧捧场。"龟荣次郎已经进了王凯几回盐，也算是生意伙伴，不好推辞，只得跟随龟荣次郎来到前店。龟荣次郎指着货架上的货说："这些都是我们日本产的。"他顺手拿起一条白色羊肚毛巾和一件背心递给王凯："你看看这东西。"王凯用手摸了摸，心想："眼下盐池正是热的时候，盐工们赤着上身干活，晒得脊背的皮褪了一层又一层。擦汗的手巾都是用自织的土布做的，很薄，不吸水。这日本毛巾又厚又绒，肯定好用，给每个盐工配一条毛巾和一个背心，是再好不过了。"便摇晃着手里的毛巾和背心问店员："这两件东西咋卖?"店员答："毛巾一毛五，背心一毛。"王凯想，一分价钱一分货，这毛巾、背心虽然比土布的贵，但却好得多，也值。再说，跟着龟荣次郎来到店里，不买人家一些货也说不过去，便对店员说："这毛巾和背心我各要一千。"

龟荣次郎抑制不住内心的兴奋，吩咐店员："把毛巾、背心包好，送到盐池王会长的齐山盐号里。"接着，他眼珠子一转，对王凯说："感谢你对本行的照顾，请赏脸和敝行的店员留个念。"不等王凯应承，他冲几个店员一摆手："快，往店门走!"正好拱猪进来，龟荣次郎又命他取来相机，王凯身不由己地被龟荣次郎架到店外，和店员们照了一张相。

几天后，王凯几个盐号里的千余盐工，穿上白背心，用上白毛巾。其他盐号的盐工们很是眼馋，在东家和老和尚跟前嘟哝："人家是人，咱们就不是人?"东家们无话可答，只得照猫画虎，见样学样，从庆和洋行里买来毛巾和背心发给盐工。

很快，日本货像瘟疫一样在运城传染起来，运城街上又出现了"祥瑞魁"等三家专营日本货的店铺，而且个个生意火爆。不知从谁开始，把日本货前头戴了个洋帽子，于是，洋火、洋烟、洋碱、洋线、洋袜、洋油、洋布在市面上流行起来，溶入运城人的生活。

不久，庆和洋行的门面上装配了一个一丈见方的橱窗，里面装着十几张相片，其中有王凯和龟荣次郎、庆和洋行众店员在一起的镜头，用来招徕顾客。

一天，龟荣次郎玩了个先斩后奏的把戏，派人打着王凯的旗号，把日本产的三个座钟分别送到王凯家、盐池齐山盐场和野狐泉学校。王凯得知此事后，立马跑到洋行里，质问龟荣次郎不该这样办事。龟荣次郎哭丧着脸解释说，他之所以这样做完全是一番诚意。王凯觉得生米已经做成熟饭，当场掏出钱付给龟荣次郎，才算平息了这场风波。

之后，龟荣次郎总是借机去王凯家里套近乎。在河东师范任教的大女儿继芷却不买这个账，一见龟荣次郎来家，就像吃了个苍蝇，恶心地想吐。她提醒王凯："爹，你也熟读史书，这小日本是什么货你还不晓得？那姓龟的孙子来咱家是黄鼠狼给鸡拜年，还把您的相片挂到橱窗里展览，分明是拉您的大旗做他的虎皮，您要少和小日本掺和，赶快去洋行让他把您的相片取下来。"

王凯不以为然："芷儿，你不能以偏概全。秦桧是奸臣，你能说中国人都是奸臣？历史上日本人是坏，但你不能以此类推，断定龟荣次郎也坏。龟荣次郎只是个商人，我和他打了不少交道，人家对我不薄，我就不能对人家不义。至于他把我的相片挂到橱窗里，无非是借我的名头鼓动别人买他的货，多赚些钱，就由他去吧。"

王继芷一看王凯的态度，晓得说服不了他，扔下一句话："爹，您就是东郭先生，不见棺材不落泪，总有您后悔的时候。"

八月十五前，多年养成看报习惯的王凯像往常一样，拿起报纸，看到日军攻占奉天北大营的消息，感到非常吃惊。由于近几年国内动荡不安，战事不断，他误以为可能是日本关东军和东北军之间发生的摩擦。不过，他还是非常关注此事，报纸一来，他就了解事态的发展，见战火越烧越大。日军先是侵占了奉天、四平、营口，后来又侵占了齐齐哈尔、锦州、哈尔滨，东北几乎被日本人全占了。

十月初一，王凯照例回枣园老家上坟烧纸。因盐池已经停工，想在家里多待几日，陪陪妈和妻子。

十月初四，中条山乱云飞滚，运城上空阴云密布，冷风肆虐。蒙蒙秋雨中，十多所学校的学生、各界人士手举"打倒日本帝国主义""保卫东北，保卫中华""小日本滚出东北去""血债血偿""全国人民武装起来""抗日救国""抵制日货"等白底黑字标语和各式彩旗，从四面八方涌进师范。顿时，一向空寂的操场里沸腾起来。在一阵阵口号声中，李校长提着一个铁喇叭，跳上操场中间的主席台振臂演讲："今天的风不是风，是东北三千万东北同胞的呼唤声；今天的雨不是雨，是东北同胞的血和泪。我们运城的志士们和东北同胞身上流着同样的血，就要誓死和东北同胞站在一起，让小日本血债血偿，最直接的行动就是把日货赶出运城去！”李姓教员的话虽然不多，但极富号召力，引起了台下数千人的共鸣。组织者见群情激奋，不失时机地跳上主席台，高声指挥：“上街游行，捣毁日本洋行！”数千集会者在统一指挥下，冒雨上街游行示威。沿路街道两侧店铺里的店员顾客们也跟了上去，游行队伍越聚越多。口号声像盐池里的波涛一浪高过一浪，响彻云霄，震得地面微微发抖。

雨，不知什么时候停了下来。

龟荣次郎几岁时跟随父母移民到东北，是个中国通。长大后当上日军陆军参谋本部的走狗。几个月前，他带着攫取中国经济情报的秘密使命，以商人身份明旦在运城开设庆和洋行，暗里刺探河东盐池资源和产销情况。他以高薪为诱饵，收买了见钱眼开的拱猪，了解到王凯的特殊身份，以买主的身份，用小恩小惠逐渐麻痹了王凯的警觉，神不知鬼不觉地套取了珍贵无比的《河东盐池总图》，达到了一箭双雕的野心，既为关东军提供了大量的潞盐，又打开了运城的日货市场，赚得盆满钵盈。

人常说，做贼心虚。“九一八”事变后，中国各地掀起反日的浪潮，龟荣次郎像丢了魂的僵尸，坐卧不安，惶惶不可终日，预感到总有一天会受到冲击，便偷偷给日军陆军参谋本部拍电报，让其在东北派来两个武士暗中保护他。这些日子，他指使庆和洋行关了门，遣散了所有店员，趁夜把店铺里的日货运走，龟缩到地处西城的一座偏僻的宅院里，让两个武士暗中守在店里，以防万一。

游行队伍来到“祥瑞魁”等三个专营日货的店铺，店铺里的人早已逃之夭夭，愤怒的游行者砸毁门面，把店里的日货全部搬到大街上，点上一把火。在庆和洋行门前，几十个学生抡起木棍，把店外的橱窗砸了个稀巴烂。王继芷见有些学生用脚乱踩散落在地上的相片，于心不忍，便躬下身子，拣拾有父亲的相片往挎包装。学生把店门撞开，一看里面空空如也，便不甘心地跑到后院北面龟荣次郎的内宅里乱砸。王继芷拣完相片，跟着跑进后院。看见院子东南角有个茅房，便走过去小便。小便出来，见旁边有个小门露着一道缝，在动，便好奇地推门进去，看里面有什么东西。刚进门，只见两个黑影像饿狼一样扑上来，把她捆绑起来，往嘴里塞上一团破布，扔到墙角。原来，一直躲在后院看门的两个日本武士，见游行的学生前面砸完店，又跑到后院龟荣次郎的内宅里砸，不敢正面对抗，便钻到此黑屋子里躲藏起来，悄悄从门缝里看外面的动静，正好被王继芷看见门动。激奋的学生们砸完龟荣次郎的办公室后一拥出去，离开后院，没有人注意到王继芷已落入日本武士的魔掌。

后晌，刘锡钟到王凯家里来找王继芷。刘锡钟是刘笃敬的孙女，刘培贤的千金，与王继芷同岁，生日小一个月。因两家是亲戚，从小就在一起玩耍，一起在野狐泉学校念书，一起考入师范，一起留校教书，亲如姐妹，形影不离。杨管家得知大小姐既不在学校，又没回家，很是着急，让刘相公跟着刘锡钟一起去找，又找了大半日，不见王继芷的人影。杨管家慌了神，赶紧让刘相公连夜快马赶到枣园老家给王凯报信。

掂过夜，王凯睡得很沉，突然窗户被敲得咚咚响；“叔，不好了，我继芷姐找不见了。”王凯和于雅辉被惊醒，穿好衣裳，开门问刘相公：“咋回事？”刘相公答：“今日前晌，运城乱得很，好几千学生和市民上街游行，砸了日本庆和洋行和三家日货店铺，继芷妹也参加了。后晌，杨管家派了几个人和锡钟姐找遍了运城，也不见继芷妹的影子，杨管家怕出意外，就让我连夜来报信。”心急如焚的于雅辉催说：“别磨蹭了，快走！”和刘相公、王凯一起连夜骑马飞奔运城。

在路上，王凯心里一直盘算：继芷脾气是犟点，但还是懂规矩的，要去哪儿不会不给家里或闺蜜锡仲打招呼，肯定遭遇了意外，八成与砸洋行有关。

一到运城，王凯就向未来的儿媳妇刘锡钟仔细打问继芷昨日参加游行砸洋行的情况。又带着刘锡钟一起到庆和洋行察看，刘锡钟指着地上的烂木条和碎玻璃渣说：“昨日砸橱窗时，我还见到继芷姐在地上拣您的相片，我跟着一群学生到后院砸小日本的内宅，之后再也没看见继芷姐。”刘锡钟一跺脚：“继芷姐能到哪里，真是急死人。”

“走，到后院看看去。”王凯抱着一线希望，领着刘锡钟走进后院，先进北屋，后进东屋，里面被学生们砸得一片狼藉，看不出啥疑点。从东屋往南屋走时，见角上有个紧闭着的小门，便走进去，里面没有窗户，很暗，散发着一股霉味，王凯眯着眼站了一会，才看清里面堆着一些杂物，不像住人的地方，便扭身往外走，脚下被绊了一下。王凯低头一看，是个棕色的挎包，拾起挎包一看，是继芷的。拉开挎包，掏出一摞相片，在亮光下一看，竟是自家和龟荣次郎及店员们的合影，慌忙把刘锡钟叫到跟前。刘锡钟一看，肯定地说：“这就是昨日继芷姐在店外拣的相片。”王凯返回屋里，蹴下身子，仔细察看，见地面上有杂乱的脚印，还有一个空烟盒和几个烟头。王凯拣起空烟盒一看，上面印着几个日本字，一种不祥掠上王凯的心头，对刘锡钟说：“继芷被日本人掳走了。”

“姑父，您快想辙呀！”刘锡钟急得抓住王凯的胳膊摇。

王凯安慰刘锡钟：“锡钟，你先回去，有这个线索就好办了。”王凯第一个想到的就是整天跟在日本人屁股后面的拱猪，此事肯定与他脱不了干系。当即跑到拱猪家，不见人影，就问他老婆。每回逢年过节，王凯都要到他家里送礼打点，对方认识王凯，回说一整天都没见人影。

王凯虽然心里着火，但觉得运城这么大，要去找拱猪，没有一点目标，还是守株待兔的好，便坐到巷口的一家饭店里死等。日头快压山时，终于等着拱猪。拱猪一看王凯铁青着脸，情知不妙，想溜之大吉，被王凯死死抓住，拖到旁边一家旅馆的房间里，把王继芷的棕色挎包和相片甩到拱猪的面前，厉声问：“说，小日本把我闺女弄到哪儿去了？”

拱猪哆嗦着嘴唇推脱：“我、我没看见。”

王凯从拱猪的底虚的眼光里觉察到他在搪塞，一把拧住拱猪的耳朵，咬着牙根：“我叫你没看见！”

拱猪从未看见过一向和颜善面的王凯如此暴怒，情知瞒不过去，立马改口：“我说我说，‘九一八’后，龟荣次郎逼我出去打探外面的动静，知道形势不利，就知趣地关了门，把洋行里的日货转移到城西新租的院子里藏起来。昨日一早，听说学生们组织反日游行，龟荣次郎就遣散了店员，派两个武士守店，自己躲到城西的院子里。昨夜，我跑到城西的院子里向龟荣次郎汇报学生游行砸毁洋行的情况，两个日本武士扛着一个麻袋进来。打开后，里面装着一个人，我认出是您的千金，便提醒龟荣次郎，让他看您的面子上把人放了。龟荣次郎却没理会，急着撵我走，我不敢不走。至于后来龟荣次郎把您的千金怎么样了，我就不知道了。”

“真的？”王凯浑身战栗着，眼里射出一束寒光。

拱猪趴在地上给王凯磕头赌咒：“我要有半句假话，你就把我的脑瓜砍下来当尿壶踢。”

“小日本，我日你先人！”王凯从牙缝里喷出一股愤怒，抽出拱猪的腰带，把他绑在床腿上，又扒下他的袜子塞住嘴，反锁上房门，跑回家里，翻出当年的夜行衣和环形刀，裹在一个包袱里，跑回旅馆，等到掂过夜里，把拱猪解开，咬着牙根说：“走，领我到小日本住的地方，要敢耍心眼，小心你的头。”说着从包袱里抽出明晃晃的环形刀在拱猪的脖子上比画了一下。拱猪吓得浑身筛糠，乖乖领着王凯走到城西日本人藏匿的院子外。王凯把拱猪绑到院门外的一棵树上，塞住嘴，套上夜行衣，一纵身翻过墙头，见东屋窗户上亮着，便从背后抽出环形刀，轻步窜到东屋的窗户前，透过窗户上的破洞，瞅见芷儿满头乱发，嘴被堵着，躺在床上，身上盖着一个棉被。龟荣次郎端着一个盛着黑红色洋酒的下班杯，走到床前摸了摸芷儿满是伤痕的脸，狰狞地狂笑："小美人，昨夜让你好好享受了几回我们大和民族的恩赐，是不是有上天入地的感觉？"

王继芷眼里闪烁着屈辱的泪花，狠劲摆着头颅，身上的被子乱晃。

龟荣次郎回身把酒瓶酒杯放到墙边的桌子上，走到床前，拔掉堵在王继芷嘴里的东西淫笑："小美人，你是不是想说点啥？昨晚弄得你够不够味？是不是还想享受享受？"

王继芷喘了几口气，嘴里喷出一股愤怒："我爹饶不了你这个天杀的畜生！"

"都说你爹是个人物，依我看，他才是个一根肠子通屁眼的大笨蛋。"龟荣次郎阴笑，"我略施小计就让他把《河东盐池全图》献出来。这回，又让我好好享受了他的千金。三国孙权赔了夫了又折兵，你爹是赔了宝贝又折女儿。"他又指着墙角的一个长木箱说："让你再好好享受一番，完事后就把你钉在木箱里，后半夜动身，把你运到东北，做我的姘头。"

王凯再也控制不住，走到房门前，用环形刀拨开门闩，一个箭步跃到屋内，把满腔仇恨聚集到胳膊上，刀光一闪，龟荣次郎身首异处。

"爹——"王继芷哭喊了一声，再也说不出话来。

王凯走到床前，掀开被子，看到宝贝女儿竟然被剥得一丝不挂，胳膊和腿被死死地绑在木床的腿上，连忙盖住被子，砍断绳索，拣起扔在地上的女儿的衣服："芷儿，快穿上衣裳。"

王凯又冲进北屋，结果了两个正在喝酒的日本武士的性命，抄起桌子上的马灯，扔在摞满日货的木箱上，回到东屋把龟荣次郎的尸首拖到北屋的大火中，背起已经穿好衣裳的爱女，一出院门就听到拱猪的求饶声："王会长，把我放了吧。"

拱猪的求饶声提醒了王凯。他想：这小子是日本人的狗，干了不少坏事，要是不除掉他，早晚是个祸害，便放下爱女，抡起环形刀，结果了拱猪的性命，又把其尸首从树上解下来，拖进院内北屋，扔进火中。刚扭过身，听到扑通一声，一个黑影跑进院门外大树下的井里。王凯悲愤地高叫："继芷，你咋能这样呢！"

第二十四章　遇难得援手

晋南境内横亘着东西走向的两座山，宛若两条巨龙，俯卧在天地之间。靠南面的名中条山，又称薄山、襄山。该山东起垣曲县的历山，西至蒲州黄河谷地，全长三百二十里。八百万年前，因造山运动而形成的我国最古老的河东盐池就坐落在该山西段的山脚下。靠北面的名曰紫金山。该山东起绛县磨里峪，西至猗氏县黄河东岸。因该山东高西低，在绛县境内称为紫金山，以西的称为峨嵋岭。绛县与闻喜交界处，有条又深又窄又长的沟，名叫隘口沟，又名铁门关，沟底只有一条道路可以通过，两侧土岭高耸、沟壑交错、杂树丛生，往南直取中原，往西抵达关中，往北连接幽并，自古乃兵家必争之地。春秋时晋国庶支曲沃武公曾率兵经过此关到晋国都城翼城讨伐晋小子侯，取而代之，奠定了晋国一百六十年的霸业；唐代名将薛仁贵从绛州领兵，经过隘口，在降服高丽、征讨回纥和突厥中屡建奇功；北魏时，河南巾帼英雄花木兰女扮男装、随军北上，在此地南面董泽湖一带安营扎寨，利用天险成功地阻挡住突厥军队南下，留下千古美谈。

民国二十一年二月上浣的一个前晌，两个骑马的人从绛州方向来到紫金山北侯马驿的三岔路口，年纪轻的指着往南的道路问一个拾粪的老汉："老伯，这南边的路通往哪里？"

问路的年轻人就是王凯的次子王继绪。四年前，他从运城省二中毕业，考入北京朝阳大学；去冬刚毕业，就收到父亲的信，要他回家完婚。他谢绝了校方为他介绍的工作，年前赶回家。前天，他遵父母之命，和曹管家一起到绛州的红木家具铺里订下两套楠木家具，一套自己用，一套给妹妹继贞当嫁妆，并预付给家具厂东家一千块大洋定金。家具厂东家承诺半月后赶做好。昨天，他和曹管家到绛州纺纱厂拜见了表哥刘锡藩。刘锡藩本与王继芷青梅竹马，王继芷被日本人侮辱后寻了短见，两家商议，继贞代姐姐与刘锡藩订了亲。此时，刘锡藩对既是内兄又是妹夫的王继绪热情有加，陪着他和曹管家游览了绛州的隋代花园绛居守园池、唐代署衙大堂、龙兴寺、钟鼓楼、天主教堂等古迹，今天一早动身返家。

拾粪老汉答："往南不远就是隘口沟，通过那沟可以到梨园镇，出沟往西走是闻喜城、往东去是横水镇。"

王继绪对年纪大的说："叔，从这条路穿过隘口沟，经梨园、横水、绛县就能回到家，比从曲沃走近得多，咱就走这条路吧。"年纪大的姓曹，比王凯小两岁，是王继创的叔丈人，已经在王家当了十多年管家。

曹管家提醒王继绪："走南路近是近，可要过隘口沟，听人说那里经常有土匪出没，还是往东走曲沃保险。"

王继绪说："叔，这几年我在京城念书，没去过老姥娘家，我想路过横水镇，到老姥娘家看望一下老舅和老妗。咱俩空手赤拳，什么东西也没带，就是碰见土匪，也不会把咱俩咋着。"

"那就遵你。"

王继绪和曹管家骑马往南，走了十多里进入隘口沟。时值早春，阳坡上的小草刚探出尖角，染上点点的绿；柳树努出嫩芽，彰显出生命的活力。两侧土崖的皱褶里，残存着皑皑的白雪，沟底狭窄坑洼的道路上，还覆盖着冰凌茬子，凛冽的寒风像头怪兽从长满杂树、芦苇、野蒿的沟底掠过，可着嗓子发出令人毛骨悚然的怪叫。

突然，路旁半人多高的野草丛里嗖地窜出一头野狼，站在路中间，瞪着绿莹莹的眼，露出一排凶恶的牙齿，嘴里吊出半尺多长血红血红的舌头，惊得马扬头乱叫，原地打转。曹管家给王继绪壮胆："二少爷，就一头狼，咱两个大男人怕啥?"说着跳下马，王继绪也跟着跳下马来。曹管家对王继绪说："二少爷，狗怕摸，狼怕跳，你在马跟前守着，我把狼给吓跑。"说着，从脖子上摘下兔毛围脖子，抡着往狼跟前边喊边跳扑过去，狼一见害了怕，吓得扭回头窜进草丛里。

从未见过此场面的王继绪有点后怕，对曹管家说："叔，这条沟里的路太瘆人，我现在腿还软着哩，要不，咱拐回去走曲沃算了。"

曹管家答："此沟我年轻时走过，也就十来里，眼下咱已经走了快一半了，走出这隘口沟离横水镇只有二十里，临晌午就能赶到横水看你老舅，赶黑就能回到家。走，我唱段乱弹，给你壮下胆。”说完，跳上马背，可着嗓子吼起《打渔杀家》萧恩的唱段。

王继绪只得跟着曹管家上马继续往前走，转过几道弯，远远看见沟西侧一道土崖突兀在眼前。刚绕过土崖，空中就炸起一声尖厉的唿哨声，十几条人影从土崖根的暗窑里窜出来，手里端着长枪横在面前。为首的满脸堆着横肉，瞎着一只左眼，上裹羊皮袄，下穿黑皮裤，挥舞着盒子枪说：“还不滚下来，是不是饿了，想吃颗花生豆？”

曹管家赶紧招呼王继绪下马，把缰绳递给王继绪，低声说：“继绪，不要怕，有我呢。”走到“独眼龙”面前，从怀里摸出一把大洋递上去，躬腰赔着笑脸说：“好汉，我是绛县的，到绛州办事回来，路过你的宝地，只带了这么多硬货，都孝敬你，请高抬贵手。”

独眼龙把银圆装进衣兜里，斜睨着右眼，在曹管家身上扫了一遍：“你俩到绛州干啥？”

曹管家诌了一个谎：“我在村里开了个杂货铺，去绛州进了点货。”

“货呢？”独眼龙突然用枪指着曹管家的头，“你这老不死的，诌谎都诌不圆，还想骗老子？”朝身后的人一挥手，两个劫匪扑上来，从曹管家身上搜出一张红木家具订货单。独眼龙一看，订货单上买方是河东盐池王恒盛盐号，所订的两套楠木家具价值三千二百块大洋。独眼龙当即狂笑：“王恒盛，那可是河东盐池的头把交椅。前些年他们的盐车路过这里，押车的还打伤了我两个兄弟。这回，可算犯到老子手里了。”又一挥手，几个如狼似虎的劫匪捆起曹管家。王继绪见状，气得跑到独眼龙跟前质问：“你们这是干啥？”

独眼龙一把抓住王继绪的衣领问：“小子，你是谁，敢和郝爷我较劲。”

“我叫王继绪，是王恒盛盐号东家王凯的次子，北京朝阳大学法律系毕业。”王继绪甩了一下分头，想用话把这伙劫匪镇住，“光天化日，你们竟敢抢劫路人，还有没有王法？就不怕警察局来剿你们？”

独眼龙朝天哈哈大笑：“好小子，你喝了几瓶墨水就不晓得天高地厚了，还没问你话就自报了家门，今个绑的就是你。”一挥手，几个劫匪扑上来，把王继绪捆了起来，用黑布蒙住他和曹管家的眼，推到土崖底下的暗窑里。此暗窑离道路十几丈远，外面长着茂密的芦苇丛，很是隐蔽，一般过路人根本注意不到洞口。暗窑外面入口不大，但里面并不小，足有一丈多宽，两人来高。

曹管家晓得这伙劫匪之所以绑他们，无非是想讹些钱。心想，无论如何也要保住继绪的安全，便想出了金蝉脱壳之计，央求匪首：“郝爷，我是王家的管家。少爷念书念多了，不懂事，刚才冒犯了你，你大人不记小人过，把我放了，想让我孝敬啥，尽管吩咐。”

独眼龙一挥手，两个劫匪把曹管家松了绑，独眼龙拍了拍曹管家的肩膀：“你还算识相，我这就放你走，回去给王凯说，让他拿五万块大洋赎人，六天后，到“三县顶”送钱，过期撕票。”

曹管家一听数目，叫起苦来：“妈呀，五万块，快等于一个县一年的税了，王东家怕是一时凑不了那么多，能不能少点?”

独眼龙瞪着眼窝，用短枪点了点曹管家的脑袋：“老子的话就是板上钉钉，说一不二，你敢讨价还价，是不是活得不耐烦了?”

曹管家赶紧把话软下来：“行、行，我回去就把你的话照端给王东家。”刚想走，独眼龙又把他叫住：“你回去告诉王凯，让他规矩点，绝对不能报官。老老实实地把大洋拿来换人，要是跟我耍小心眼，我就送他儿子上西天。”说着拿枪往王继绪头上戳了戳。

曹管家慌忙说：“郝爷，你放心，我回去告诉王东家，他肯定不会拿他儿子的命打耍。”

夜里，王凯正和罗川、董维藩等几个潞纲总会的成员在客厅里议事。曹管家慌里慌张地冲了进来，也顾不上避人，说了在隘口沟继绪被绑票的事情。

这些日子，盐池里刚开工，采购工具、招人、铺排生产、销盐等具体事务接踵而至，忙得王凯屁股沾不了地。同时，对一双儿女的婚事也非常上心。这是他一生中头一回为儿女操办婚事，儿女亲家又是名贯三晋的汾城刘家。无论给儿子继绪安置婚房，还是为女儿继贞准备嫁妆，他总是按当地最高的标准行事，让齐大树在西安采购床上用品，让曹管家到绛州采购最昂贵的成套楠木家具，也连当日请客所用的碗盘碟筷，买得全是清一色的景德镇瓷器。王凯一听凶讯，惊得头发根都奓了起来，左脸上的刀痕憋得凸起一道紫线，半天说不出话来。早年，他往晋东南运盐，一直走隘口沟。三年前，大豪押着盐车路过此地，遭遇到一伙劫匪，双方干了一仗，打死了三个劫匪，自家也伤了两个弟兄，与这伙劫匪结下梁子。王凯抱着息事宁人的态度，嘱咐大豪往后给晋东南送盐绕道绛县，再不走此路了，想不到曹管家和继绪误闯到这个虎口里。

“这伙天杀的劫匪，竟敢在太岁头上动土。”一向心直口快的罗川给王凯出主意，“王会长，你不是和闻喜县县长熟吗，让他派警察灭了他们。”

曹管家连连摆手：“这可万万使不得，那劫匪的头头独眼龙放出话，要是咱们报了官，他们就撕票，二少爷可就悬乎了。”

董维藩提醒王凯：“五万块大洋不是个小数目，那劫匪不是说限六天吗，能不能想出两全其美的办法，既不出钱又能把继绪救出来。”

“我这就去闻喜，和李县长商量一下救人的法子。”缓过神来的王凯嘱咐曹管家，“兄弟，你赶紧回去，告诉我妈和继创妈，就说继绪在运城待几天，千万把此事瞒住。”

次日早，王凯和罗川骑马赶到闻喜县衙，见到李县长。李县长是杨韨田的后任，前年灾荒时，杨韨田曾领着李县长找到王凯，为闻喜县购回五百担赈灾粮。李县长一见王凯很是热情，拍着胸口说：“王会长，有何吩咐，本县一定会尽力而为之。”

王凯单刀直入，说出儿子被隘口沟劫匪绑票的事。李县长一听皱起了眉头：“王会长，这隘口沟的劫匪真是个大祸害，经常窃道绑票，本县接到报案，总是派警察去剿，可一连几回，非但没把劫匪剿了，反而死伤了十来个警察，丢了二十多条枪。去年，阎锡山在中原吃了败仗后，有不少被打散的晋军投奔到劫匪伙里，一下子扩充到四十多人，占据了三垦顶，本县真拿那些劫匪没办法，只能睁一只眼闭一只眼。”

王凯追问：“这伙劫匪啥来头？”

李县长：“我曾派人暗中打听过，为首的叫郝三科，早年在绛州一个豪强家里当跟班，那个豪强娶了一房小的，年轻漂亮，暗中和郝三科勾搭上，后来被豪强发现，把他打得半死，还戳瞎了他的一只眼窝。那郝三科在绛州再也混不下去了，便纠集了当地一些地痞流氓，窜到隘口沟，专事抢劫绑票。”

“你说没有报告上峰派兵来剿他们？”

李县长为难地说：“阎锡山战败下野，现在徐永昌是山西省政府主席，他泥菩萨过河自身难保，根本不会派兵管此事，被窃的只能自认倒霉。”

“那就不为难你了。”王凯一看李县长把话说到这个份上，只得道别。

曹管家从运城往枣园回，路经绛县城以东十多里的卫庄时，天快黑了，看见从南面的小路上走来两个人。其中一个人认出他来，紧跑了几步，挡住他的马头，叫了声："叔！"

曹管家一看，是亲侄子曹鑫洋，便跳下马来："鑫洋，这一程你到哪里去了？你爹找不见你，在家里急得团团转。"

曹鑫洋生在郇王村一个殷实的富户家里，自小聪颖好学，喜兵尚武，十六岁时只身到河南洛阳投考冯玉祥创办的陆军士官学校，学成后到冯玉祥的西北军里当上连长，后因娶亲回家，娶亲后又考入运城的中山中学念书，毕业后一直不着家，也不晓得在外面忙啥？前些日子，曹管家的哥哥专门跑到枣园村找到他，说是要给鑫洋订门亲，嘱咐他操心打听鑫洋的下落。曹管家虽然多方打听，可侄儿却像野地里的旋风，不知往啥地方刮，眼下却在路上意外碰见了侄儿。

"叔，这些日子我可没闲着，到东华山里收药材，想赚上一笔。"曹鑫洋又问，"您干啥去了？"

"我从运城刚回来。"

"我王叔还好吧？"曹鑫洋对王凯很敬重。在运城中山中学念书时，经常去王凯家里借书看。去年春上，中山中学扩建，校长嘉康杰得知他是王凯大儿子的小舅子，让他领着求到王凯门上。王凯二话未说，捐了五百块大洋。

"好啥？这回你叔可遭到大难了。"曹管家一脸的苦愁。

曹鑫洋追问："叔，我王叔遭到啥难了？"

"昨个我和继绪到绛州买家具，回来路过隘口沟，碰见劫匪，把继绪绑了票，那劫匪的头目非要让你王叔拿五万块大洋赎人，要不就撕票。"曹管家一摊双手，"你王叔真够背的，去年继芷去世，这会又遭了这一劫，真是祸不单行。"

曹鑫洋的眉头拧在一起："叔，你见过那头目？"

"咋没见过？四十来岁，瞎着左眼，用盒子枪把我头上敲得鼓起两个疙瘩，真凶。"

曹鑫洋递给伙伴一个眼色，然后对曹管家说："叔，王叔平时待我不薄，这事，我管了！"

曹管家慌忙摆手："鑫洋，你可不敢贸然行事，那独眼龙放出话来，你去万一救不出继绪，惹反了独眼龙，他就会撕票，这不是给你王叔帮倒忙吗？我从运城动身时，你王叔已去闻喜找县长想法子。他和闻喜县县长的关系很铁，八成能把继绪救出来，你就别插这一杠子了。"

"王叔到闻喜行不通咋办？"曹鑫洋脚一跺，恳求曹管家，"叔，明日我跟你去趟运城见王叔，要是有了救人的法子更好，要是没有法子，我就把这事担起来!”

曹管家晓得侄儿为朋友两肋插刀的倔脾气，说：“行，你跟我去枣园，明早咱们一起去运城见你王叔。”

王凯在闻喜被李县长婉拒后，心里的一线希望随之破灭，考虑到离儿女的婚期仅有一个月，一眨眼就到，继绪还在劫匪手里，万一有个三长两短，到时候悔之莫及，只能自认倒霉，破财消灾，用钱赎人。一回到运城，他就让柜上准备现洋。这些日子盐号里花钱很多，现洋一时不凑手。正为难时，得知讯息的刘培贤找到家里问：“兄弟，钱凑齐了吗?”

王凯照实说：“还差些。”

“差多少?”

“两万。”

“我这就回去取去。”刘培贤一阵风刮回去，取来两万块现洋。

次日大早，王凯骑着马，雇了两挂大车拉着现洋回老家，让曹管家上三县顶赎人。走到夏县水头镇时，碰见曹管家和曹鑫洋。曹管家着急地问：“哥，你昨个去闻喜找县长有眉目吗?”

王凯长叹了一声：“不行，那伙劫匪势力太大，闻喜县治不了人家。我把现洋拉回来了，你明个拉上现洋到三县顶去赎人吧。”王凯又问：“鑫洋，你咋跟你叔来了，是不是到运城有事?”

曹鑫洋答：“这一程，我在山里收药材，昨个后晌在卫庄碰见我叔，给我说了继绪兄弟的事情，今个我就跟叔到运城见您，看能不能帮上您忙。”

曹管家刚想开口说话，被曹鑫洋抢了先：“叔，您对我的好，我一直铭记在心，总想报答您。既然您带现洋回来，我年轻，明个就陪着我叔到三县顶赎人。”

王凯晓得曹鑫洋曾在冯玉祥的士官学校受过训练，当过连长打过仗，见过世面，便点头同意：“也好，你叔年纪大了，你年轻，有勇有谋，就跟着去，好有个照应，继绪的事就全托给你了。”

“您放心，我一定不会让您失望的。”

曹管家和曹鑫洋跟着王凯返回枣园。夜里，王凯把曹鑫洋安置到客房里住下。曹管家悄悄到客房问：“鑫洋，在水头镇时，我想照实说出你要上三县顶抢人的事，被你抢了话头，你葫芦里究竟卖得啥药?”

曹鑫洋说："叔，继绪被绑了票，王叔怕出意外，无奈之下，才凑了五万现洋赎人。你想，整整两挂大车的五万现洋，都是王叔一滴汗水甩八瓣挣下的，说啥也不能白白便宜了三县顶上那伙劫匪。在水头时，我怕您说出我要救人，怕王叔不情愿，就赶紧拿话挡住您。"

"鑫洋，到三县顶救人可不是闹着耍的，你真有把握把人救出来？"曹管家虽然晓得侄儿曾经当过西北军的连长，不是等闲之辈，但还是有些不放心。

曹鑫洋问："叔，你听说过东华山上的红军游击队吗？"

"这么大的事，我能不晓得？"去年三月十八，东华山上逢庙会，几十号拿枪的人聚集在东华山顶上浑元塔南面的棋盘山上，召开东华山红军游击队成立大会。当时，足有好几千上山赶会的人围观。后来，这些红军游击队把临近村庄几个名声不好的富户抢了，把抢来的东西全都分给老百姓。

"您晓不晓得谁是红军游击队的头？"

曹管家答："我只听说游击队的人大都是外地人，至于谁是头，我那能晓得？"

"叔，实话对您说，我在运城中山中学念书时，加入了共产党，那游击队的头就是我。三月十八，游击队在东华山开成立大会时，我怕日后出啥麻烦，就没出面。"

"真的？"

"我是您亲侄儿，还能骗您，您看这是啥？"曹鑫洋从怀里掏出一把锃黑的盒子枪来。曹管家这才相信侄儿的话，追问："你咋能和那些外地人挂上钩的？"

"那些外地人都是穷苦人出身，很有血性，以前在西北军和晋军中当兵，前年中原大战时被蒋介石的部队打散后，流落在江湖上，仿效梁山好汉，杀富济贫。去年到紫家峪以收药材为名，抢了不少为富不仁的坏怂，把抢来的东西分给山里的穷人，我就想把这些人招来，拉起一支专为穷人撑腰的队伍，便找到紫家峪村姓郭的药材商人，和那些人见了面，意外见到领头的王信竟是我当连长时的排副，还有几个曾在我手下当过兵，没费啥口舌，都愿意跟着我干，就在东华山成立了红军游击队。"曹鑫洋接着说，"叔，您还记得昨天我领的那个人吧，他就是游击队的副队长王信。这些日子，我听老乡们说，三县顶的那伙劫匪太坏，已经暗中派人到三县顶摸清了他们的底细，正好碰上那伙劫匪绑了继绪兄弟的票。昨个，我已经让王信到东华山上叫队伍下来，去收拾三县顶的劫匪。"

"要是不花钱能把继绪救出来，你王叔还不晓得高兴成啥样子。"曹管家彻底相信了侄儿，“我这就跟他说去。”

曹鑫洋挡住他：“叔，能做过头事，不说过头话，先别跟楷叔说这事，等把继绪救出来领到王叔面前也不迟。”

鸡叫三遍时，曹鑫洋走出王凯家，在晋献公墓丘北面与东华山红军游击队会合，嘱咐王信领着游击队朝三县顶南面山脚下的步坑村进发，自己返回王凯家。天明后，曹管家领着曹鑫洋告别王凯，拉着现洋出发，王凯一直把他俩送到官道上，再三嘱咐，一定要小心从事，把继绪赎回来。

曹管家和曹鑫洋上了官道后，走了没多远，就拐到一个偏僻的村庄里藏了起来。曹鑫洋让曹管家守着拉现洋的两挂大车，自己飞马跑到三县顶脚下步坑村外的三官庙里，见到王信及三十多个游击队员，向王信交代：“王队副，为了慎重起见，我跟二十多个队员潜藏在这里，你带十来个队员智取三县顶，得手后给我摆三下红旗，我就领着队员们冲上去，灭了他们。不管咋的，非把继绪救出来不可！”王信拍着胸脯保证：“曹指导员，你放心，保证马到成功。”

三县顶地处绛县、曲沃、闻喜三县交界处，是紫金山的制高点。元朝时，三个县共同出资在主峰上修建了一座气势恢宏的青龙庙。无论山南面，还是山北面，相隔几十里都能看到突兀在山顶上的庙宇，所以当地人都称其为三县顶。该顶南北西三面都是悬崖峭壁，只有东面沿山岭的一条石板路能通到山顶上的青龙寺里，真是一夫当关，万夫莫开。后来，此处被独眼龙看中，就把青龙寺里的道人撵走，占山为王，据险而守。几个县的警察都曾去围剿过，均被独眼龙击退。

依照事先商量好的方案，曹鑫洋让王信领着十二个游击队员，扮作被打散的溃兵，有的把枪扛在肩上，有的把枪斜挎在身上，哼着小曲，吊儿浪当地沿着东岭上的石板路往山顶的青龙寺里走。刚走近石砌的寨门前，窜出两个喽啰，枪栓哗啦一响，发问：“站住，你们是哪一部分的？”

王信指着左胸前的胸牌，理直气壮地答：“你俩眼睛让驴日了，没看见老子是西北军？老子带了十几个兄弟来入伙，快让你们管事的出来迎接。”

站岗的见来人口气不小，一个人守着，另一个赶紧跑到寺内，到独眼龙居住的逍遥宫里报告。这逍遥宫原来是青龙寺的后殿，独眼龙霸占该寺后，就把此殿改成卧室。前些日子，独眼龙从村里掳来一个刚过门的小媳妇，当压寨夫人。此刻，独眼龙正在床上和小媳妇腻歪，听到报告，不耐烦地一挥手："让二当家的去看看。"

二当家李跟毛披着羊毛大氅，提着盒子枪，屁股后跟着两个随从，走出寨门一看，慌忙把盒子枪别到腰里，满脸堆笑，迎上前来，双手抱拳寒暄："老排长，啥风把你刮来了？"

王信点了点头，算是回礼："看你小子人模狗样的，混了个啥官？"李跟毛曾是王信手下的班长，去年春上在河南洛阳被打散后，王信领着手下的弟兄，一起跑过黄河，在中条山上贩药谋生，其中就有李跟毛。后来，听说三县顶上独眼龙很有势发，李跟毛撺掇王信去三县顶入伙。王信打听到独眼龙打家劫舍，无恶不作，名声太坏，没答应。李跟毛便背着王信，领了七八个手下上了三县顶。独眼龙见李跟毛有人有枪，就封他做了二当家。

没等李跟毛应声，跟在李跟毛身后的一个随从发了话："这是李二当家的。"

"跟毛，真想不到你小子飞黄腾达，当上二当家，俺真是有眼不识金镶玉。"王信说着，抱拳揖礼，"王信见过李二当家。"

李跟毛见昔日的顶头上司给自己行礼，心里美滋滋的，问："王排长，听说你领着一伙弟兄上了东华山，投奔了红军游击队，今个来我这里干啥？"

"别提了，男怕入错行，女怕嫁错汉。你来这里，整日吃香喝辣，赛似活神仙。俺跟了游击队，住得是破山洞，连肚子都填不饱。这不，俺带着弟兄们投奔你来了。"王信又趁势将了一军，"李二当家的，你是不是不欢迎俺跟弟兄们？"

"那里，那里，快，寨里请。"李跟毛想也没想，赶紧把王信等人请进寨里的聚义厅里，吩咐手下，赶紧请大当家。

独眼龙一听又有十来个带枪的来投奔他，高兴得像吃了一个大糖瓜，向压寨夫人吹牛："我姓郝的鸿运来了，想挡都挡不住，前天绑了王恒盛盐号二小子的票，又有十几个人带枪投奔我来了，走，看看去！"

独眼龙刚到聚义厅正中的头把交椅落座，在李跟毛的示意下，王信和十几个游击队员立马站到独眼龙面前，抱拳行礼。王信说："郝爷，俺叫王信，以前在东华山游击队混饭吃，素闻你英勇无比，威名远扬，小弟王信带着一帮兄弟前来入伙，望你收留。"

李跟毛走到独眼龙眼前悄声介绍："大哥，刚才领头的王信是我在西北军当兵时的老排长，打枪准头好着呢。随他来的大都是一伙当兵的，要是能把他们收下，咱这里可算老虎插上翅膀。”

“好，原来是王大英雄，往后，你就是三当家。”独眼龙一扬手，吩咐管内务的喽啰，“快快摆酒宴，给三当家的接风！”

王信和十几个游击队员一齐向独眼龙抱拳道谢：“感谢郝爷收留。”

独眼龙站起来，把王信和游击队员们让到旁边的坐椅上，对王信说：“三当家的，听二当家的说你枪法好得很，能不能让我开开眼界？”

王信拍了拍腰间的盒子枪：“兄弟俺从十六岁当兵，打了不少仗，玩了十来年枪，这家伙能不听话吗？”

“走，亮亮你的本事去。”甭看独眼龙是大当家，但耍枪的时日并不算长，加上瞎了一只眼窝，枪法并不咋得。之所以让李跟毛当二当家，就是看中了他的枪法。去年，闻喜县里的警察攻山时，李跟毛大显神威，一口气撂倒好几个，吓得警察退了兵。因此，他很是敬服枪法好的人。

众人一齐涌出聚义厅，来到大院里。大院北面垒着丈余高的石墙，底下栽着两根柱子，柱子上捆着一根横杆，横杆上吊着一排拳头大的石块。平时，独眼龙让手下在这里练枪。

“献丑了。”王信信心满满地站上离靶子十几丈远的地方，嗖地从腰里掏出盒子枪，连瞄都没瞄，砰砰砰连发三枪，打得靶杆上的石头乱飞。这时，正好头上飞过一只鸟，王信把枪往空中一甩，鸟儿应声栽落下来。

“好——”独眼龙向王信伸出大拇指，“三当家的，有你这神枪手，往后天王老子咱也不怕！”

王信指着游击队员们说：“红花还须绿叶扶，您再看看俺弟兄们的枪法。”

接下来，游击队员轮着上场，每个人打了三枪，果然枪枪中靶。独眼龙拍着王信的肩膀说：“老三，真是强将手下无弱兵，你算是让我开了眼。”独眼龙对王信的称呼变了过来，说明他对王信已经信服。

王信想了解一下劫匪的枪法，恭维独眼龙：“郝爷，您手下的弟兄们的打法肯定差不了，能不能让我见识见识？”

独眼龙只得让几个枪法好的喽啰们上场，每人打了三枪，结果只有几枪上了靶。独眼龙脸上沾着不自在：“往后，还要仰仗老三你当师傅，好好教教弟兄们枪法。”

这时，一个喽啰跑到独眼龙面前报告：“郝爷，酒宴备好了。”

独眼龙一把拉住王信："老三，带上你领来的弟兄们喝酒去！"接着，他又招呼众喽啰："你们也去，今个，是咱三县顶的好日子，酒管饱！"

聚义厅里，摆着两张方桌合在一起的酒席。独眼龙、李跟毛和两个头目陪王信带来的游击队员落座。此时的独眼龙，已经被意外的惊喜灌晕了，指着几个黑色的酒坛说："酒场就是杀场，今个给老三接风，咱们都要走着进来，躺着出去！"说着端起酒杯，灌到嘴里。酒过三巡后，王信立即站起来先发制人，拿来一个黑粗瓷碗，倒上满满一碗酒，让独眼龙和几个头目看过："俺先打铁，再感谢郝爷和诸位。"一仰脖子喝完酒。又倒上酒，恭恭敬敬地端到独眼龙面前："郝爷，我敬你！"

独眼龙接过酒碗，一饮而尽。王信又依次给几个头目敬了酒。刚敬完，另一个游击队员立即接过酒碗，照王信的样子，先打铁后敬酒。等第六个游击队员打铁敬完酒，独眼龙已经醉得瘫在椅子上，手下的几个头目也爬到桌子上不省人事。

王信朝游击队员们一示意，掏出事先准备好的绳索，把独眼龙和几个头目捆起来。几个人痛得惊醒后，见手脚被捆，面面相觑。独眼龙问王信："老三，你——"

"谁是你老三，你也配？俺是东华山游击队副队长。"王信满眼喷火，"独眼龙，你凶性残忍，作恶多端，谋财害命，血债累累，我代表人民叫你见阎王。"他朝身旁的游击队员一挥手，一把匕首刺进独眼龙的前胸，独眼龙连哼都没哼一声，倒在地上。

几个头目见状，吓得跪在地上求饶："王爷，饶、饶命——，以前干得坏事，都是独眼龙逼的。"

李跟毛跪着挪到王信跟前求饶："老排长，你一直对我不薄，去年春上，俺没听你的话，私下拉了几个弟兄上了贼船，都是俺的错，你放俺一马，往后俺跟着你干。"

王信踢了李跟毛一脚："你也是穷苦人出身，咋能干出这种下三烂的事情。要不念在以前跟俺的份上，俺轻饶不了你。"他又对几个头目说："你们几个为虎作伥，不是啥好东西。不过，冤有头，债有主，俺们已经把独眼龙灭了，谅你们也翻不起啥大浪来，就放你们一码，你们给我老老实实地待在这儿！"

酒宴开始后，王信暗派两个身手好的游击队员跑到寨门前，打晕了两个站岗的喽啰，用红旗向山下的大部队发出信号，曹鑫洋立即率领二十多个游击队员冲了上来。两伙游击队兵合一处，直奔餐厅。餐厅里，三十来个劫匪围坐在几张桌子上，吃得昏天黑地，喝得翻江倒海。突然，冲进三十多个游击队员，闪电般地把几张酒桌围了起来。一阵拉枪栓的声响过后，炸起一串"不许动，举起手来，谁动打死谁"的喊声，劫匪们一看面前站满游击队员，吓得双手抱着头，从餐厅里集中到大院里的空地上。王信跳到大院正中的高台上，朝天放了一枪，高吼：“俺们是东华山红军游击队，已经把独眼龙灭了。现在请东华山游击队曹指导员训话！”

曹鑫洋站到高台上，清了清嗓子，说：“我们共产党是专为穷人撑腰的，在南方有好几十万队伍。在我们晋南，也有不少专打土豪劣绅的游击队。我们东华山游击队成立后，收拾了不少为富不仁的坏怂，接济了很多穷苦人，绛县的老百姓没有不说游击队好的，而独眼龙却大逆不道，劫商户，抢女人，为害一方。大伙说，像这样的坏怂该不该镇压？”

“该——”

曹鑫洋见台下的喽啰们有所触动，一转话锋：“人心都是肉长的，天底下谁也不愿意当坏怂。我晓得，你们大都是穷苦人出身，不得已才误跟独眼龙做了些违心的事。人常说，浪子回头金不换，你们只要往后改邪归正，就是好人。有愿意跟游击队干的，我们欢迎，愿意回家老老实实种地的，我们发给路费，悉听尊便。”一番入情入理的话像春风滋润着台下人的心。除了几个提出回家种地外，其余的都愿意跟游击队干。曹鑫洋趁势高喊：“我以共产党绛县县委的名义宣布：成立东华山红军游击队三县顶独立分队，任命王信为分队队长。”院里响起一阵阵的欢呼声。

曹鑫洋让王信整编队伍，跑到聚义厅里，见到刚从后院石窑里解救出来的王继绪问：“兄弟，你还认识我吧？”王继绪定睛一看，惊喜地说：“咋不认识，你不是郇王村的鑫洋哥吗。”哥娶亲时，他专程从北京回家参加婚礼，见过前来送亲的曹鑫洋，又在一起坐的席，因两个都喝过墨水，聊得很投机，彼此印象很深。

曹鑫洋握住王继绪的手抱歉：“兄弟，我来迟了，让你受苦了。”

王继绪见曹鑫洋腰里挎着盒子枪，身后跟着两个随从，意识到他当上什么官，便惊讶地问：“鑫洋哥，你——”

随从当即回答王继绪的疑问：“这是东华山红军游击队的曹指导员。”

王继绪紧握住曹鑫洋的手说：“鑫洋哥，这回被绑了票后，被关在后院黑咕隆咚的石窑里，每天只让吃一个小窝头，我一直悬着心，害怕这帮土匪朝我下毒手。我被绑了票后，独眼龙狮子大开口，要我爹拿五万块现洋赎人，我想我爹就是倾家荡产，砸锅卖铁，也会来赎我的，万万没想到你领着人解救了我，还是你们共产党讲义气，靠得住。”

“一家人就别说两家话，兄弟，咱快回家，你爹在家里等着哩。”曹鑫洋领着王继绪先到藏现洋大车的地方，与曹管家会合后，临日头快压山时赶回家里。心急如焚的王乔氏和于雅辉见心头肉毫发未损地回来，高兴得喜泪涟涟。王凯也高兴地问候曹管家：“兄弟，你把人头拴到裤腰带上到三县顶赎人，辛苦了。”

“哥，我还没来得及给你说呢?”曹管家把曹鑫洋拉到跟前说，“哥，我没上三县顶，是鑫洋带着东华山游击队上三县顶灭了劫匪，把继绪救了回来，那两大车现洋我也原封不动地拉回来了，已经交给账房。”

“真的！”王凯惊得睁大眼窝，一把攥起曹鑫洋的手说，“鑫洋，你救了继绪，让叔咋谢你哩。”

“好叔哩，我们东华山红军游击队是穷人的队伍，只要当地的老百姓有难，都会全力以赴帮助，何况是您?”曹鑫洋实打实地说，“叔，真正带人上三县顶灭土匪的人是游击队的队副王信。”王凯问：“他在哪儿？我要好好谢谢人家。”

“我已经把三县顶的人全部收编了，让王队副留在上头，一时下不来。我保证向他转告您的谢意。”“这咋行？受人之恩，当涌泉相报，何况救了继绪，给我挽回五万块现洋的损失，我明早和继绪去三县顶谢承人家。”曹鑫洋理解王凯的心情，只好遂了他的愿：“叔，您非要上三县顶，我陪你。”

次日早，王凯让曹管家套上轿车，抬上一箱子现洋。起身时，曹鑫洋见轿车上放着一个箱子，知道里面装着现洋，便说：“叔，你人去就行了，拉它干啥?”

“谢承人家，哪有干指头沾盐的道理?”王凯向赶车的一挥手，“别磨蹭了，走！”

曹鑫洋一个箭步窜到轿车前，拽住车辕里骡子的缰绳，掏出底话：“叔，我们共产党队伍有三大纪律，六项注意，绝不能收你的礼！”

数年前在河南新密县意外邂逅刘芷贞，晓得昔日的恋人是共产党后，王凯爱屋及乌，每日都从报纸上关注共产党和红军的讯息，晓得共产党和红军是打土豪分田地，专为穷人撑腰的，不由感叹：“你们共产党真是正人君子。”

曹鑫洋追问：“叔，你以前是不是和共产党打过交道?”

王凯不想说出邂逅刘芷贞那段刻骨铭心的事，灵机一动，抬出另外一个人来：“去年你把中山中学的嘉康杰校长引见给我，我跟他聊过。他是共产党，参加过辛亥革命，留过学。阎锡山让他当县长，他一口回绝，却回到家乡夏县，从民国十一年开始，办过六座学校，实在难能可贵。窥一叶而知秋，从他身上我看出了你们共产党的高风亮节。这回，我遵你。”他让曹管家牵出三匹马，各自骑上登上三县顶，恨不能把心掏给王信：“王副队长，你冒险救下犬子，是我全家的恩人，往后有用的着我的地方，尽管开口！”

“叔，俺是小辈，您千万别这样。”王信把王凯扶到椅子上说，“您不认识俺，可俺认识您，您救过俺全家的命。”

“此话何讲？”王凯蒙了。

“还记得二十七年旱灾时您在宝丰镇烧欠条赈粮的事吧？俺家就是您的佃户，您在大门前烧欠条赈粮时，俺就在场。从那以后，俺发誓要做像你一样的好人。后来，我当了西北军，被打散后，流落到紫家峪里，跟着曹指导员干起游击队。这回，俺跟着曹指导员救人，却没想到是您的二公子。”

曹鑫洋很是感到意外，问王信：“这么大的事，你咋没给我提过？”

王信解释说：“曹指导员，以前俺光知道叔是晋南人，并不知道他家就是绛县的。”

一股热流奔涌在王凯的胸臆，不由感慨万千：人在做，天在看，来到世上，说话做事就像往田地里播散种子，种下一粒芝麻可以收获一瓢喷香，种下恶行必然会长出一片蒺藜。

曹鑫洋感慨地对王凯说：“叔，多行善事必有福报。您这辈子，做了那么多好事，往后定会洪福齐天。”

王继绪在学校里曾听说过共产党闹革命的事，曾参加过学潮，对共产党很有好感。这回又是共产党游击队救了自己，很是激动，对曹鑫洋说：“鑫洋哥，我跟着你们干！”

曹鑫洋想了想说：“继绪，你的心情我理解，可你是名牌大学毕业生，全省都没几个，跟着我们游击队干，实在是大材小用。”他又征求王凯意见：“叔，我说得对吧？”

王凯考虑到下个月要给儿子娶亲，说：“继绪，你鑫洋哥说得有道理。山不转水转，你只要有这份心，往后肯定能帮上游击队的忙。”

三月初六，和风吹拂，艳阳高照，是个少有的好天气。王家府院的里里外外挂满红灯笼，缠上红绸，把天上的几绺白云都染成红色。甬道上，几班响器同时吹打，几十个身穿古代杏黄武士服的乐队各显其能，鼓点声、唢呐声、铜钗声交织在一起，汇成欢快的乐曲，在空中盘旋舞动。前来贺喜的人山人海，寒暄声、道喜声不绝于耳。为了招待客人，王凯在村南面的关帝庙戏台下搭下六个红喜棚，摆了一百张八仙桌，桌面上铺着大红桌布，远远看去，像盛开了满地红玫瑰。所用的碗、盘、碟、勺，清一色崭新的景德镇瓷器。厨师是从运城的饭店里请来的，席面所用的全是美味佳肴。特别是女儿的陪嫁，大到精雕细刻着龙凤呈祥的楠木衣柜，中到鲜艳无比的棉被、衣服，小到镶满宝石的梳妆盒，摆满大门楼内府院甬道两侧，在阳光的照耀下争奇斗艳，惹得宾客们竞相观看。开席后，喜棚下高朋满座，酒香四溢，觥筹交错，欢声笑语此起彼伏。最引水眼球的还是两对新人。前来娶亲的女婿刘锡藩伟岸英俊，风流倜傥。娶回的儿媳刘锡钟，柳眉凤眼，宛若天仙，把宾客的眼窝都看呆了。

办过儿女喜事，未出一个月，河东道尹马骏亲自登门，说是奉刚复职的阎主席指示，请他到太原面谈。王凯立即骑马赶往太原见阎锡山。阎锡山对他说："王兄，你有恩于我，我是忘不了的。中原大战后，我走了背字，没法与你关系。如今，我重掌晋省，决心自强救国，现在正值用人之际，你那两位公子都是念书念出来的人才，我已经把你的大公子提拔为崞县县长。这回让你来，就是想把你已经毕了业的二公子安排好，不知老兄有何想法。"

王凯考虑到继绪新婚不久，对阎锡山说："犬子刚成亲，到外地去多有不便，再者，我年纪大了，想把犬子留在身边，也有个照应。"阎锡山没等王凯再往下说："那就把你的二公子安排到河东道吧。"

第二十五章　搭救游击队

叭勾——

一声尖厉的枪声炸裂在空中。刹那间，一颗子弹打到石崖上，溅出一团碎石块，惊得路旁灌木丛簌簌发抖，几只野兔从里面蹿出来，一纵一跃地逃窜到旁边沟里，不见了踪影。恰巧子弹溅起的一个碎石打到张广海的左额头上，张广海一摸，满手沾满了鲜血。顿时，他脑子里闪出一股不祥：遇到劫匪了，慌忙扭过身来，手往下按了按，后面的几十匹骡子立马停下来。牵骡子的脚夫们和三个押盐的徒弟吓得趴在地上，惊慌地搜寻着截路的藏在哪里，都是些啥人。

前年，张广海当兵回来，跟着崔大豪押车。因经常同时往几个地方送盐，押车的自然也分成几伙，崔大豪就让他独当一面，领着几个押车的专跑晋东南。

晋东南辖潞安府、泽州府、沁州等二十多个县，有史以来，这里的民众一直吃河东盐，形成了固定的运盐路线。从运城起运，沿途经过安邑，夏县、闻喜、侯马、曲沃、翼城、沁水、高平、阳城诸县二十多个过载店，全程四百余里，沿途崇山峻岭、峰峦叠嶂、峡深谷幽、山道崎岖，只能用骡子驮着盐运送。凡是运往晋东南的盐，在盐池装袋时，用的是小袋，每袋五十斤。两面各挎两小袋，重二百斤。

这几年，因世事动乱，劫匪蜂起，押盐遭劫并不少见，不过以往所碰见的都是些持刀拿棒的小劫匪。打过几回交道后，得知劫匪大都是些当地的穷苦人为了养家糊口才出此下策，王凯曾给张广海交代过，一旦在路上遇到劫匪，千万不要硬来，给他们一些好处，实在不行，卸下几袋盐。每回遇到劫匪，张广海都能应付自如，逢凶化吉。打交道多了，和当地的劫匪们混成熟面孔，劫匪们晓得他是个厚道人，不好意思为难他，一看前头插着王恒盛的三角旗，就回避过去。手头紧得实在过不下去了，见到王恒盛骡马盐队，劫匪们就现一下身，不用开口，张广海就主动给些钱或卸几袋盐，破财保平安。

每到初冬，王凯就雇用骡马队给晋东南集中送一批盐，赶上过年的旺季。张广海把手下的几个人分成两组，一组用大车从运城往翼城送盐，一组由他亲自带领几个人雇用骡马队进山往泽州送盐。没料到，这次在阳城山里碰上持枪的硬茬！是福不是祸，是祸躲不过。张广海脑子一转，判断这是一伙新冒出来的劫匪，便擦净额头上的血，站起来大声问："打枪的是哪路好汉？"

话音刚落，几个用黑布捂着半个脸的劫匪手里端着长枪，从左侧的山崖上跳下来。

张广海赶紧跑到为首的劫匪面前，从怀里摸出半小袋现洋递上去，满脸堆笑："好汉，我经常走这条路，规矩我懂。"

匪首把脸上的黑布扯下来，露出一脸横肉，一把夺过钱袋，掂了掂："就这点，还不够老子逛一回窑子的。拿这点东西糊弄老子，没门！不给你点厉害，你就不晓得马王爷三只眼。"抡起枪托朝张广海的前胸砸过来，张广海猝不及防，被砸得跌倒在地，三个手下赶紧把他扶起来。

张广海考虑到以后还要走这条路，便赔着笑脸，很是慷慨，躬身求告："好汉，大路朝天，各走一边。我就带了这么多现洋，要是嫌少，就卸下几袋盐吧。"

"哼，几袋？想得美！"匪首号叫，"这些盐，老子全要了！"

张广海一听要把二十多匹骡马驮的盐全都掳走，恨不能把腰弯到地上，恳求："好爷哩，我也是给东家押盐的，你们要是把这盐全要了，我回去咋跟东家交代呀！"

"那就让你的鬼魂交代去！"匪首举起长枪，顶在张广海的脑门上，"你要想死，老子现在就赏你一颗花生豆。要想活，立马领着驮队给老子送到前头的镇店，把盐乖乖卸下，然后走人。"张广海见这伙劫匪油盐不进，再看看吓得面如土色的脚夫，心想：若再跟劫匪缠磨下去，弄不好这伙劫匪狗急跳墙，撂倒几个人，就坏大事了，还是保命要紧，便连连应承："爷，我遵你，你说往哪走就往哪走。"赶着驮队上了路，一直走到天黑，走到一个镇店，把盐卸到一个偏僻的农家院里。次日一早，带着空驮队返回翼城，连口气都没敢喘，骑马赶回运城报信。

王凯正在书房看书，刘相公领着张广海进来。王凯一见张广海头上箍着白布，心里咯噔了一下。张广海把在阳城山里被持枪的劫匪抢劫的经过一五一十地告给王凯，末了，自责地说："叔，俺真没用，一下子被劫去二百多小袋盐。"

这些年来，在运盐销盐中，虽然遇到过劫匪，难免有些损失，但还没有被持枪的劫匪劫走过成批的盐。王凯见张广海头上受了伤，大度地说：“常在河边走，哪能不湿鞋？你能活着回来，比啥都强。”

“叔，您快想法子，晋东南的盐路可不能断了呀。”张广海虽然受了伤，但还是放不下送盐的事。

王凯宽慰张广海：“你回去好好歇着，安心养伤，至于晋东南的盐路，我会想法子的。”

张广海走后，王凯想：“中原大战后，不少流兵散勇沦为劫匪，占山为王，持枪抢劫，这回运盐的驮队遭劫，只是个信号，往后还会遭遇到类似麻烦，自己也要随机应变，改刀棒押盐为武装护盐，这样才能保住盐路畅通，免遭损失。”想到这里，王凯让刘相公叫崔大豪过来。

崔大豪一直主管着王恒盛盐号的押盐业务，已经得知张广海被打伤的情况，赶紧跑来见王凯。

“大豪，广海的事你晓得了吧？”王凯说，“咱家每年要往外运上百万担盐，往后再碰到这事咋办？”

崔大豪一拧脖子：“水来土掩，兵来将挡。要不，咱多招些武功好的人押车？”

“这回抢广海的贼拿着枪，往后咱家少不了遭遇持枪抢盐的土匪。到时候，咱的刀棒再厉害也没子弹飞得快，不要说护盐，恐怕连押车人的命都保不住。”

“那你说该咋办？哥。”

“我的意思是买一批枪，给每个押车的人配上一杆，就能把劫匪镇住。”

崔大豪皱起眉头：“隔行如隔山，俺手下的那帮兄弟都是舞棒弄刀出身，可连枪都没摸过一下，发给他们枪还不如烧火棍哩。”

“这好办，我明日回老家请一批懂枪的人来。”

次日，王凯回到老家，想让曹管家上东华山找曹鑫洋，让曹鑫洋帮忙买些枪，再派人到运城帮他训练押盐的人。一问小伙计，才知曹管家回老家郇王村看望得病的哥去了。

曹家在郇王村是数一数二的大户人家。王凯的亲家曹世魁是个老实本分的实数人，少时上过两年私塾，会打算盘记账，一辈子节衣缩食，到南樊镇上赶集时，腰间总是吊个馍布袋，连碗羊汤都舍不得喝。平日出门，他肩上老是挎着粪篓。每逢收秋种麦时，他总和短工摽在一起干。靠着燕子衔泥般的劳作和积攒，他家置下六十多亩良田，拴起两辆四套骡马大车，盖起两座四合院，开了一个杂货铺。不过，在培养儿女上倒是舍得，把大女儿金环供到县里念完高小，把儿子鑫洋供到河南、运城念书。前些年，由曹管家做媒，把知书达理的金环嫁于王凯的长子继创。大前年，继创到五台县当差后，为了照顾继创的饮食起居，金环跟着去了五台县，离家远，不常回来。

王凯一听亲家病了，赶紧买了些吃食等礼品，和妻子于雅辉厮跟着到郇王村看亲家。走进堂屋，见亲家紧闭双眼躺在炕上。坐在炕沿上的曹管家一见亲家来了，忙叫："哥，醒醒，枣园哥嫂看你来了。"亲家睁开眼，想挣扎着往起坐。王凯赶忙把他按到炕上，关切地问："哥，我刚从运城回来，听说你不爽快，就和继创妈看你来了，没啥大碍吧？"

曹世魁恨不得把窝在心里的火气全吐出来："我遭了哪辈子孽，养了这么个败家子。"说话间，眉宇间聚着一股愤懑。曹管家戳了王凯一下走了出去，王凯会意，安慰亲家："哥，你先歇着，我先到外面跟天祥说几句话。"天祥是曹管家的名字。

在屋外，曹管家凑近王凯低声说："我哥病成这样，全是鑫洋惹的祸。"

王凯不解地问："鑫洋咋能把他爹气成这样？"

曹管家诉说："鑫洋在东华山上拉起游击队，怕牵连家里，一直瞒着他爹。自从鑫洋收编了三县顶，两座山上的游击队有八十几号人，花费很大，没有固定的经费来源，日子一长，两座山上闹起饥荒。鑫洋只好瞒着他爹，私自把家里两座院子、三十亩水地、一挂大车卖了两千块现洋，维持两座山上的游击队。他怕给爹解释不清楚，干脆来了个避而不见。我哥小了一辈子心，能不生气吗？我想把真相告诉哥，又觉得不妥，只得给我哥宽心，等过了这阵子，看我哥能不能缓过来。"

王凯心头一热，对曹管家说："鑫洋眼下遇到难处，咱不能袖手旁观。你回我家取三千现洋，送给咱哥，说是鑫洋捎回来的，这样不就把咱哥的气消了吗？"

"行，我明个就办。"

王凯不忘回来的真实目的，问曹管家："你能跟鑫洋联系上吗？"

"鑫洋是游击队的头，肯定在东华山。"曹管家皱起眉头，"前一程，当局不晓得从哪儿调来一些部队，在通往东华山的几个主要路口设岗，禁止当地人进山，想把游击队困死在山里。要不，鑫洋也不会背着他爹把家里的光景给卖了。你找鑫洋是不是有事？"王凯点点头："是有点要紧的事。"曹管家略一思索说："我年轻时常到山里砍柴，对山里的路很熟，从东面的里册峪里绕过去，就能避过岗哨，上到东华山。”

“明个一早，咱俩上东华山找鑫洋去。”王凯说完，走回屋里，对亲家说：“哥，鑫洋是个精明人，他做贩药生意，背着你卖家里的光景，很可能有急用，有本好求利嘛。他肯定会给你挣回更多的钱。到时候你可别忘了给我捎信，咱哥俩好好喝一壶。”话是开心的钥匙，王凯的一席话把曹世魁说得眉毛舒展开了。

东华山是当地中条山脉最高最险的山峰，相传沉香在西岳华山劈山救母时，神斧落处，溅起一块巨石，飞向东方，一直落到黄河东岸的中条山上，故当地人都称其为东华山。北魏太和年间，孝文帝从云州往河南洛阳迁都，途经东华山，见此山紫雾缭绕，是弘扬佛法的好去处，便就地取材，在峰巅上筑塔凿洞建寺。不知从何年起，每年三月十八，周围各县的数万善男信女从四面八方攀登到该山拜神求子。游击队正是看中了此山易守难攻的地理位置才占据于此。

第三天，王凯和曹管家扮作进山收药的药商，肩上各背了一个褡裢，里面装了些现洋和吃食，沿村东面的河槽钻入里册峪里，然后沿着一条只有当地人才知道的小路，翻山越岭，打算从后山登上东华山的主峰。

突然从灌木丛后面窜出两名游击队员，端起枪质问：“干啥的？”

曹管家连忙赔着笑脸：“我是曹鑫洋的叔，找他来的。”

“您等会，我去告诉曹指导员。”不一会，一个又黑又瘦的人跟着游击队员跑过来，走到跟前，王凯才认出那黑瘦的汉子竟是曹鑫洋，非常吃惊，问：“鑫洋，半年没见，你咋瘦成这个样子？”

“叔，你们咋上来了？”红军游击队成立后，袭击为虎作伥的保安队，惩治土豪劣绅，引起国民党的恐慌，调集一营的晋军和绛县、垣曲两个县的保安团围剿游击队。游击队据险反击，晋军和保安队见久攻不下，就使出歪招，封锁了上山的道路，企图把游击队困死在山上。曹鑫洋为了保住这支革命武装，变卖了部分家产，使游击队支撑了一些时日，但并未能彻底摆脱困难局面，除当地老百姓偷偷进山给游击队送些粮食外，只能在山上打些野味、采些蘑菇和橡蛋之类的食物充饥。

曹管家答：“还不是为了你？前天，你叔从运城回来，听说你爹病了，就去郇王看望，得知你变卖了家产。昨个，你叔又让我以你的名义把三千块现洋送到你家，才把你爹的气给消了。”

“我对不起爹，往后要有机会，我一定会好好孝顺他老人家。”曹鑫洋眼窝一下子湿润了，“叔，难为你了。”

王凯拉住曹鑫洋一脸的诚恳：“难为啥？兴你帮叔，就不兴叔帮你？”

曹鑫洋兴奋地说：“走，咱们上山去！”

王凯和曹管家跟着曹鑫洋攀上犬牙交错的山石，登上顶峰，立马觉得进入另外一个世界。山风像发了疯的怪兽，肆无忌惮地扑打在山石上，发出一阵阵令人不寒而栗的嘶鸣，唯有一颗颗印在悬崖和山石上的红五角星振奋人心。走过一排石窑时，透过敞开的门洞，王凯看到窑里面的游击队员正在吃饭，饭碗里只漂着几根野菜。王凯见状，心里很不是滋味。一进曹鑫洋住的石窑，王凯就同情地说：“鑫洋，你们的队员吃的都是野菜，这咋受得了？”曹鑫洋的黑瘦脸露出坚定和坦然：“干革命哪有不吃苦的，你二老来是不是有啥事？”

曹管家对侄儿说：“你叔还不是得知你们游击队遇到难处，在山里受苦，想来帮帮你。”就势和王凯从褡裢里倒出十几个白面馒头和一堆现洋。曹鑫洋鼻子一酸，眼里溢出泪水：“叔，您真是雪里送炭，我立马派人下山避过岗哨，用这些钱买些消炎药，给受伤的战士治伤。”

王凯说：“鑫洋，都困成这样了，你们游击队可不能守着一棵树吊死，实在不行就转移到其他地方去。”

“叔，你跟我想到一块了，我已经和河东特委联系过，想把队伍拉到夏县的山里。”

王凯担忧地说：“鑫洋，你把队伍带过去，能不能扎住脚？”

“如今国民党把我们共产党当成死对头，少不了再追剿我们，肯定会遇到困难。不过，世上没有过不去的火焰山。我想，夏县离河东特委近，山高林密，回旋地方大，肯定比这里强。”曹鑫洋又问，“叔，除了给我们送东西，还有其他事吗？您尽管开口！”

王凯实打实地说：“如今，盐路上很乱，持枪劫盐的事时有发生，你能不能派些人帮我押送盐？你们游击队的开销，我全包。”

曹鑫洋当下表态：“行，您先去盐池，等我带游击队突围后，把此事汇报给河东特委，等批准后，我再到运城找您。”

王凯想得个确信，问：“那要等到啥时候？”

曹鑫洋想了想说：“这边山上的队伍好说，沿着山后头的小路立马就能转移，麻烦的是三县顶的游击分队。晋军在山下面扎了一个连，把三县顶围得像铁桶一般，连只鸟都飞不进去。我曾派几个队员去打探消息，结果被发现了，没上去。三县顶上光秃秃的，也不晓得王信他们吃啥？真是急死人。”

王凯呼地站起来说：“鑫洋，这事就交给我吧。”

“您——？”曹鑫洋惊得瞪大眼，“不行，您只比我爹小两岁，过了知天命的年岁了，咋能让您冒这么大的险？”

旁观者清，当事者迷。人都是这样，皱纹虽然爬满面颊，但瞅不见，总觉得自己还没老。王凯一听曹鑫洋说自家老了，心里很不是滋味，急得涨红了脸：“鑫洋，你不晓得叔以前都干过啥？蜀国五虎上将黄忠六十还披挂上阵，你咋能把我看扁了？”

曹鑫洋见伤了王凯的自尊，赶忙解释：“叔，我不是这个意思，此事太过危险，我是怕您万一出了闪失咋办？”

王凯板着脸：“这事由不得你，你同意我去，你不同意我也去！”

曹鑫洋一见王凯铁下心，便说：“叔，要不，我派几个队员帮你？”

“不用，我一个人就够了。”其实，王凯小时候曾多次上三县顶游览过，特别是上回上三县顶时，就留意到周围的环境，发现三县顶北面的悬崖上有人攀爬过的痕迹，凭自己的身手，完全可以爬上去。心里有底，说话当然硬气。他略一思索，补充说：“少则二三天，多则四五天，我定会帮助三县顶上的游击队下来，得手后在附近放一把火报信，你立马带上这里的队员们往夏县撤离。

回到村里，王凯让曹管家带两个长工往东华山上送些白面小米，自家去三县顶救人。曹管家劝说：“你独自上三县顶救人，说啥我都不能依你。你有功夫不假，可老虎也有打盹的时候，万一有啥闪失，我咋跟嫂交代？”

王凯体谅曹管家的心情，反问：“那你说咋办？我跟鑫洋定此事时，你也在场，总不能让我说话不算数吧？”

曹管家想了想说：“要不这样，我让小顺子跟着你，他对三县顶熟，到时候能帮上你的忙。”小顺子是三县顶山根下步坑村人，姓张，明朝时祖上中过武举，因战功卓著，被皇上封为三品武翼将军，其后代无不以习武为荣。小顺子从小练就一身功夫，曾在县上的一次打擂中力拔头筹。王凯欣赏其才，又考虑到家大业大，需要看家护院的人，就特意把他招到家里当上护院。王凯想：多个帮手总归是好的，便答应了。

次日，王凯领着小顺子头戴毡帽、身穿翻毛羊皮袄，手持猎枪，打扮成猎人，前往三县顶，刚到山根，被两个站岗的挡住："干什么的？"

王凯哈腰赔笑脸，指着南面的村子答："军爷，我是北步坑村的，天冷了，窝在家里没事干，想上山打些野味。"

"去去去，你不晓得三县顶上有共匪的游击队？想活，靠远点。"

王凯装作害怕的样："好军爷哩，这就走，这就走。"其实他之所以故意往晋军的枪口上撞，目的是打探消息，见晋军还围在山下，说明游击队还坚持在山上。确认了这点后，他领着小顺子往东走了几里，绕到紫金山的北面，向三县顶靠近。

三县顶北面沟壑幽深、山势嶙峋，周围全是悬崖陡壁，围困三县顶的晋军只在山南面设下卡子。王凯和小顺子走到三县顶下的深沟里，仔细察看，发现峭壁上长着不少树木。目测了一下，大约二十多丈高，小顺子指着峭壁上的树对王凯说："东家，把带钩的绳子扔到树上挂住，然后拽住绳子就能爬上去。"

"太好了，天无绝人之路，咱赶紧出去找绳子。"王凯兴奋地说。他们离开深沟，走到一个村庄前，小顺子说："东家，这个村叫山底村，是我舅家，今晚咱就歇在这里。"王凯心想：一个好汉三个帮，这回带小顺子来，真是带对了。跟着小顺子来到他舅家，让他舅找了几根长绳子。

次日后晌，王凯和小顺子背着绳子潜入深沟，在绳子一头绑上挠钩。王凯对小顺子说："你在下面照应着，我上。"小顺子一把拉住王凯："东家，您说的啥话？我这么年轻，咋能让您冒这个险？我来！"王凯解释说："我认识山上的游击队长，只有我上去，他才会领着全部人马下山。"

小顺子不了解王凯的身手，担忧地劝说："东家，你老胳膊老腿的，能行吗？"

王凯晓知道小顺子不相信他的能力，笑说："我先上一下，让你看看。"说完，把一盘长绳斜挎在肩上，抓住绳索，对准石缝里的树身扔上去，钩在树杈上，用手使劲拽了拽，确信挂稳当后，脚蹬石崖，双手拽住绳索，像猴子一样灵活，嗖嗖嗖地爬到半山腰的树上。

小顺子见东家如此灵活，一点不比自己差。刚到王家时，曹管家曾对他说过，东家年轻时武功非常了得，但他见东家举止稳重，文质彬彬，说话慢条斯理，总觉得不像个有功夫之人。这回，眼见为实，他放心了。

王凯抓住树干，脸朝下吩咐小顺子："我上去后，你赶紧到附近的集上买些吃食，天黑前赶到这里，我上去让游击队员抓着绳子溜下来。”

说完，王凯把带钩的绳子拽上去，抡挂到头顶石崖的树身上，利索地攀上去，反复了好几次，终于攀上崖顶。小顺子赶紧按照东家的吩咐，回去准备去了。

三县顶游击分队被围住后，利用地势，打退过几次攻山。晋军见强攻不是办法，损失太大，就把三县顶团团围住，企图把游击分队困死在三县顶上。

水是生命水源。按常人想象，这么高的山顶上，三十几号人喝啥？说来神奇。三县顶上有眼青龙泉，只有脸盆大小，却随舀随有，永不干涸。相传在山顶修寺时，工匠们从山下的沟里往山上挑水，非常艰难，影响工程进度，工头熬煎得不得了。一天，不知从哪里来了个疯疯癫癫的白胡子老汉，走到盛水的木桶跟前，二话未说，掂起木桶，往头上浇去。一个工匠心痛地埋怨白胡子老汉：“老人，您晓不晓得挑桶水有多难，咋能拿水浇头？”白胡子老汉听后哈哈大笑：“我赔你就是了。”说着一只脚狠狠往地上的石板上跺了一下，扬长而去。工匠们谁也没把白胡子老汉的话当回事。晌午，站在高处垒墙的工匠，突然觉得眼窝被刺了一下，循光一看，见刚才白胡子老汉跺脚的石板上出现了一小窝水，在日头的映照下反射出耀眼的光芒，惊叫一声，赶忙召唤工匠们围到跟前，啧啧称奇。他们用瓢舀水，刚舀上来，水窝里又溢满清粼粼的水，再舀，还是如此。工匠们这才知道那白胡子老汉是个神仙，但他究竟是哪路神仙，工匠们谁都说不清楚，赶紧把此事报告给县里，县里报告给平阳府。平阳知府正好昨夜梦见一条青龙来找他，对他说：“我是驻守在沸泉里的青龙，想在三县顶上建个行宫。”说完就飞走了。一听报告，才知昨夜是青龙托的梦，立马决定把此寺改为青龙寺，把石板上的山泉冠以青龙泉。

喝的不成问题，可吃的呢？人是铁，饭是钢，一天不吃饿得慌。王信一看晋军的阵势，情知短期内不会撤离，就命令每人每日只吃一顿，但粮食吃一粒少一粒，强挨了一个来月，还是断了顿。三县顶不同于东华山，山后一直通到很远的地方，山里的野果、橡蛋、野菜多得是，好坏能填肚子充饥，可三县顶只有十来亩地大，全是石头，石缝里只长出十几棵榆树、枣树、柿子树。粮食吃完后，先是靠树上收下的柿子、红枣充饥。后来，实在走投无路，就宰杀了用来与东华山联系的两匹马，每人每天只吃二两马肉，又硬撑了些时日。前几天马肉吃完了，就把以前啃过的马骨头砸碎，跟院子里的榆树皮熬在一起喝。

面对绝境，王信把队员们集合在聚义厅里，语气沉重地说：“咱们游击队已经被阎军困住，横竖不过是个死，没啥可怕的，就是死也要拉个垫背的，今个后半夜咱们就来它个鱼死网破，往出冲，总比守在这里饿死强！弟兄们，干不干？”

“干——”队员的拳头擎起一片森林。

王凯攀上三县顶，见院子里很静，便悄悄走到聚义厅前，隔着门缝，正好听到王信向队员说的话，不由惊出一身冷汗。心想，假如自家不攀上三县顶，这三十几号游击队员就会从正面拼死突围，肯定会有不少人丢掉性命，弄不好会全军覆没。

王凯猛地推开厅门，朝前面台上高喊：“王队长，是我！”

王信定睛一看，快步奔到王凯跟前，紧攥住他的手，惊讶地问：“王东家，你咋上来的？”

“从北面的悬崖上拽着绳子攀上来的。”

“您老咋会有这么好的身手？”

“这是我从小练出来的童子功。”王凯解释说，“大前天，我上东华山见到你们的曹指导员，他告我说，游击队要向夏县山里转移。你们被困在这里，没法与你们联系上。我就要求上来帮助你们突出重围，到河东盐池隐蔽。”

王信一听，感慨地说：“俺就晓得曹指导员不会丢下俺们。叔，您说，咱们咋突围？”

王凯说：“我上来时带着绳子，已经放在北面石崖边上。天黑后你集合队员，带上枪和子弹，抓住绳子溜下去！”

“太好了。”王信紧握住王凯的手。

入夜，月明星稀。王凯展开长绳，坠下悬崖，看到崖底亮起一团火，晓得绳子已经到底，便把绳索拴到旁边的枣树上。做完这一切，王信指挥三十几个游击队员抓住绳子，仅用了一个来钟头，就全部溜了下来。让多日没尝过米面味道的游击队员惊喜的是，脚一落地，小顺子就把散发着香味的火烧拿出来，让他们吃了个够。

尔后，王凯让小顺子和他舅舅转到山南长满野草的阳坡上，点了一把火，给东华山上的曹鑫洋报信。王信带领游击队员昼伏夜行，三天后赶到运城池神庙。自己在侯马驿租了一匹快马，赶回运城，让刘相公跑到街上买了一批木床和被褥，拉到池神庙青霞玉树道院的会客厅里，点上两个大铁炉。游击队员来后，王凯又到齐山盐号里调来两个厨师开起大灶，用大肉烩菜和雪白的馒头招待他们，游击队员们感慨地说：“这简直就是神仙过的日子。”

把游击队安顿好，王凯前脚回家，张广海后脚跟来，着急地说：“叔，这好几天，有几家买主来催咱们发盐，急得俺眼里直冒火，可算把您盼回来了，找下人了吗？”

王凯点点头：“我找的是游击队，有三十几号人呢。”

“咱盐号里正马踩着车，赶快让他们上手吧。”

王凯突然想到王信也是宝丰镇上人，与广海年岁又相仿，很可能认识，便说：“领头的就是你们宝丰的。”

“他叫啥？”张广海的眼里恨不得长出手来，从王凯嘴里掏话。

“王信。”

“他是俺舅家的叔伯表哥。”张广海的眼里划出一道闪电，问，“叔，他人在哪儿？”

“我已经把他们安置到池神庙。”

“我这就去！”张广海话音还未落，人已经刮出去，不见了踪影。

这一程，游击队处于生死关头，王信的神经一直紧绷着，实在太累了，身体一挨床，便沉沉地睡着了。突然，他被人推醒，睁开眼，意外看到熟悉的面孔。

“哥，是俺。”张广海接着问，“哥，你咋个到绛县干上游击队的，听凯叔说你还是领头的？”

王信翻身坐起来答：“二十七年遭灾时，得到叔一布袋保命粮，我就把粮食留给家人，跟十几个乡党跑到洛阳当了西北军，中原大战队伍被蒋光头打散后，伙了一些过命的兄弟到绛县山里贩药，与共产党挂上钩，觉得他们是好人，就跟着他们在东华山拉起游击队。”稍顷，王信又反问道：“你怎么回事？”

“那年遭灾后，俺从老家跟叔来盐池糊口保命。灾荒过去后，多数人回去种地，叔就把我留下来押盐。”张广海回答道。

隔行如隔山。王信不解地问：“押盐？这是啥行当？”

“叔有好几个盐号，产的盐很多，要拉到外地卖，因路途遥远，就专门设立押盐队，说白了，就是护盐的保镖。”张广海又说，“哥，这几年，到处打仗，路上不平静，押盐等于在刀尖上走，弄不好就会遇到危险。前些日子，俺带三个弟兄押着驮盐队往泽州送盐，在阳城山里被几个持枪的劫了，差点送了命。这回，叔把你们请了过来，往后就再也不怕劫匪了。”

王信心底涌出一股热流：叔是自己和游击队的救命恩人，眼下急需武装押盐，正好游击队有此条件，就理应回报，又想到此事太过重大，不能擅自做主，须经曹指导员同意，便点点头，算是应承。

再说曹鑫洋，那天夜里，见北山起了火，情知王凯得手，立即带领四十多个游击队员从后山撤离，沿着中条山翻山越岭，次日赶到夏县山里的韩家岭秘密根据地，见到河东特委书记嘉康杰，汇报了王凯搭救游击队突围，想请游击队押盐的事情。嘉康杰不假思索地表示："王东家是开明盐绅，帮游击队脱离险境，是我党最靠实的朋友，我们就应该礼尚往来，报答人家。如果不出意外的话，三县顶的游击队可能已经到达盐池，你立马去运城盐池见王信，让他们留在那里给王东家押盐。"

曹鑫洋到运城一见王凯，便迫不及待地问："叔，三县顶的事，顺利吧。"王凯点点头。曹鑫洋感激地说："叔，要不是您，王信他们逃不过这一劫，您可是我们游击队的救命恩人。""你们游击队帮老百姓，我救你们游击队是应该的。"王凯又关切地问，"你把东华山游击队都带出来了吧？"

"大前天夜里，见到你发的信号，我就立马带人撤离东华山，赶到夏县韩家岭。我来见您就是想得个实底。"曹鑫洋问，"叔，你把王信和队员们安置到哪儿了，我想见见他们。"

"我把王信他们安置在池神庙里。走，咱们一块看看去。"王凯领着曹鑫洋来到池神庙青霞玉树道院，把他让进一个单间与王信见面。

诗经曰："一日不见，如三秋兮。"自从被围困后，曹鑫洋、王信这对生死与共的战友，只能隔山相望，恍如隔世，一见面就紧紧握住对方的手。

王信惦记着昨晚张广海说的事，问："曹指导员，俺听张广海说，王东家想请俺们游击队为他押盐，有没有这事？"

"有！"曹鑫洋答，"昨晚我已请示嘉书记，他点了头，你跟手下人就不要上韩家岭了，留下来为王东家押盐。"

"是！"王信答应得很干脆。

晌午，王凯让人端来一大盘肉包子、一盆蛋汤和几碟小菜，陪曹鑫洋和王信吃。饭间，曹鑫洋对王凯说："叔，您说的那事，已经得到上级的同意。我就把王队长和队员们留下，给您押盐。"王信跟着表态："叔，俺和三十几号弟兄们的命是您救下来的，遵您就是了。"王凯考虑到游击队员身体有些虚弱，回说："王队长，磨刀不误砍柴工，再急也不在乎这几日，就让弟兄们好好歇息几天。”

“不行！”王信急得把半个肉包子塞进嘴里，呼地站起来，像窜起来的一把火，“弟兄们的身子骨壮着哩，明日就上手，俺这就跟弟兄们说去！”王信跑到餐厅里，高声问正在吃饭的游击队员：“弟兄们，是谁把咱们从三县顶上救下来的？”

“王东家！”

“是谁让咱们睡新床、吃肉包子的？”

“王东家！”

“有恩不报是小人，咱们该不该报答王东家？”

“应该——”

“刚才，俺得到曹指导员的命令，让弟兄们为王东家押盐，明天咱们就干起来！”

“好——”餐厅里炸起一声春雷。

王凯上三县顶把游击队救走后的次日，围困三县顶的连长在山下用望远镜往山顶上一照，没见冒烟，觉得蹊跷，但没当回事，又过了一天，还是没冒烟，觉得有点不对头，游击队再顶硬，总得烧火吃饭吧，是不是已经困死了？赶紧派兵攻到山顶，不见一个人影，见北面悬崖上吊着一根绳子，气得跺脚大骂：“煮熟的鸭子让飞了。”

以前，由于盐路不靖，三天两头有遭劫的盐商，闹得人心惶惶，行商们连雇大车和驮队都难。王凯武装押盐的消息很快传开，不少行商找到王凯，询问王凯从哪里弄来的枪支，恳求王凯帮他们雇请武装押盐的人。王凯觉得一下子来了三十来个游击队员，自己盐号里也暂时用不了这么多的人，征得曹鑫洋同意后，把十多个游击队员介绍到其他盐号里押盐。从此，极少再发生运盐被劫事件。河东道尹汤葆昂曾问过盐池东家这些持枪的人从哪里来的，回说是被打散的晋军，也没再深究。

当然，王凯也不食言，隔三岔五地为韩家岭的游击队提供银圆和物资。

第二十六章　战火铸忠魂

民国二十六年盛夏，日军大举侵华的凶信从卢沟桥传出，震得华夏大地山摇地动，更使雄峙于太行山西面的黄土高原剧烈地颤抖。

两个月后，日军的铁蹄踏上这块浸润着华夏民族几千年历史的热土。日本陆军大将板垣征四郎站在山西大同的城墙上狂妄地叫嚣：一个月占领山西，三个月灭亡中国。他纠集数万日军，凭借飞机、大炮、装甲车等现代化武器，穷凶极恶地朝南扑来。一时间北方大地狼烟翻滚，连空气里都弥漫着令人窒息的火药味。然而，事实并不像狂妄至极的板垣征四郎叫嚣的那样，板垣师团第二十一旅一进入长城内的平型关一带，就遭到八路军一一五师的迎头痛击，歼灭日军千余人，击毁汽车、马车三百余辆，缴获大批军用物资。继而，八路军又在驿马岭击溃了从涞源增援平型关的日军两个联队。在山西北部雁门关一带，日军又遭到中国二十九军的顽强抵抗，经过一个多月的激战，中国守军为避免伤亡，主动放弃阵地。日军才从代县南下，进攻到崞县。

该县位于山西省会太原的北大门，战略地位极其重要。古人说此地“千万桑田总战场，百二河山尽赤土”，有“三晋之锁钥”之称，历来为兵家所必争。中央军、晋绥军、八路军共二十余万人的部队聚集到忻口一带，阻击日军。

日军首先向崞县北面的县城崞阳镇发起进攻，严阵以待的十九军独立第七旅奋起阻击，与之激战了七日，全部壮烈殉国。之后，日军企图一鼓作气，踏破原平镇，然后侵占省府太原。

在血与火凝成的日子里，王继创经受了炼狱般的考验。

民国十六年，王继创山西大学毕业后，到省民政厅当职员，三年多后被派到五台县任副县长，在组织赈灾、搭桥修路、开办学堂诸项事务上颇有建树，在五台县里落下不俗的口碑，三年后又擢升为县长，成为全省最年轻的县长之一。当然，除了能力之外，与阎锡山的提携不无关系。

“九一八”事变后，日本侵占山海关及热河省多伦等地区，国内反日高潮一浪高过一浪。作为一个热血青年，刚当上副县长的王继创在五台县积极支持民众开展游行示威、反对日货活动。翌年春节，他回家过年，却未能见到他最喜欢的小妹继芷，一问才知被日本人所害，使他对日军更加恨之入骨。去年春上，迫于形势，阎锡山亲共反日，在共产党人薄一波等人的帮助下，成立山西牺牲救国同盟会，自任会长，提出武装三十万民众的口号。王继创敏锐地意识到，山西是通向大西北的门户，日军迟早会侵略山西，便向阎锡山提出到地处交通要道的崞县任职的请求，得到批准。到崞县上任后，他支持当地牺盟会组织全县民众投入抗日救亡活动。“七七”事变后，他立即派人把怀孕七个多月的妻子曹金环送回老家，全身心地投入到抗日上。日军进攻到县城崞阳镇时，他组织人员动员城里的老百姓向南转移。崞阳镇失守后，他又带几十个医务人员组成战地救护队赶到原平镇外的阵地上，径直跑到指挥部里，见到姜玉贞旅长。

姜玉贞，山东菏泽人，出身贫寒，靠英勇屡立战功，从班长一路升到营长，民国十六年，入国民党中央军校高等教育班，毕业后任团长，参加过中原大战。抗日战争爆发时，他任晋绥军第六十五师一九六旅旅长，是晋绥军中有名的战将。数日前，姜玉贞接到第二战区司令长官阎锡山“死守崞县七天，为部署忻口会战赢得时间”的命令，亲笔给阎锡山写下“如不达任务，即与原平同殉”的信，以表决心。

姜玉贞一看见王继创，瞪着眼睛问：“王县长，这里马上就要和日军干仗了，你来干什么?”

王继创拍了拍胸脯：“姜将军，贵部在这里死守阵地，用血肉保卫民众，我乃崞县一县之长，我带来的大都是从医院抽来的医生和护士，可以为贵旅抢救伤员。”

姜玉贞提醒：“王县长，这里是战场，小鬼子的炮火很厉害，你们就不怕丢了性命?”

“要怕死我就不带人来了。”

姜玉贞伸出拇指：“王县长，我打过多年仗，每到一处，当官的恨不得长出三条腿，能跑多快跑多快，远远躲到一边，而你却冒死带人来为部队服务，佩服！如果能打赢这一仗，我在阎会长面前为你请功。”说完，让参谋长从警卫连里抽调一个排保护战地救护队。

十月三日清晨，日军关东军察哈尔派遣兵团所属混成第十五旅团的两个步兵联队、一个野炮兵联队、一个辎重兵中队和一个工兵联队，由旅团长筱原诚一郎指挥，向原平镇发起攻击。

日军炮弹从北面呼啸而起，撕破天际，闪烁着一道道贼光，倾泻在原平镇守军的阵地上。刹那间，古老宁静的集镇硝烟弥漫、震耳欲聋、火光冲天，被炸飞的泥土、木料、砖瓦、树枝在半空中乱舞。在坦克的掩护下，成千上万的小鬼子号叫着朝守军的阵地上扑来。日军原认为，经过如此猛烈的炮轰，中国守军不是被炸上了天，就是逃之夭夭。没想到，刚到战壕前，数千守军突然从掩体里跃出来，用成束的手榴弹和密集的子弹挡住了小鬼子一次又一次的进攻。

次日，炮击之后，一千多名小鬼子连续进攻了三次，除扔下三百多具尸体外，未往前推进半步。

第三天，气急败坏的日军派二十多架飞机，对原平镇和守军阵地进行狂轰滥炸，然后对守军阵地轮番进攻，仗打得非常惨烈，一九六旅的将士损失过半。

是夜，在被飞机炸得还剩一小半的指挥所里，姜玉贞向王继创掏出肺腑之言："王县长，你们的战地救护队为我军抢救伤员，真是好样的。"

王继创虽然没有打过仗，但看过大量的史书，在五台县当县长时，还指挥县里的保安队消灭过当地的土匪，今春又参加了牺盟会的军政训练班，对兵法有所了解，便向姜玉贞提出建议："兵无常势，水无常形。这三日，挡住了小鬼子的进攻，小鬼子必然恼羞成怒，明日更会变本加厉地进攻，而我方的掩体、工事大都被炮火摧毁，若再死守，损失更大，不如避其锋芒，退到原平镇里，凭借坚固的城墙阻止小鬼子。"

姜玉贞一听觉得有理，拍着王继创肩膀说："王县长，你不但有一腔热血，而且懂兵法，就按你说的做，今晚咱们就撤到镇里。"

第四天，急红了眼的日军先是飞机炸，跟着炮火轰，足足发泄了一个多钟头，把中国军队的阵地炸得焦土连堆。尔后，日军纠集了两千多小鬼子进攻，当小鬼子小心翼翼地攻入守军阵地，一下子傻了眼，不见一个人影。情知守军主动撤退，气得一蹦三尺高。入侵山海关以来，日军指挥官曾多次与中国军队交手，除在平型关遭到八路军意外伏击外，觉得中国军队装备落后，不堪一击。在这里，他原以为可以一战而胜，长驱直入，万万没想到，整整进攻了三天，损失了大量的炮弹和士兵，却被死死地挡在镇外寸步难行，受到板垣征四郎的严厉训斥。指挥这场战役的旅团长筱原诚一郎恼羞成怒，孤注一掷，把大量的炮弹倾泻在守军的阵地上，结果一无所获，立即命令部队向镇上发起进攻。

早已严阵以待在城墙上的将士们，居高临下，像钉子一样，死死钉在城墙上，岿然不动。

第五天，日军集中炮火把原平镇东北角的城墙炸开一个缺口，然后纠集了两千多小鬼子，轮番猛攻，这才攻破城墙。姜玉贞果断地命令守军退守镇里，与日军展开巷战。这下子，日军的炮火再也派不上用场，只能驱使步兵进攻。姜玉贞指挥将士们，凭借巷道、房屋、院墙等屏障，迎头痛击，使日军每占据一条巷道、一座院落，都要付出巨大的代价。

战场，是火与火的拼杀、死与死的较量，它可以使渺小化作伟岸，懦弱变成坚强。此时的医务人员再不是平日里和手术刀、白纱布打交道的白衣天使，已经变成双眼喷射着烈火的勇士，他们和战士们凝聚在一起，除了为受伤的战士包扎伤口外，也和战士们一样，拿起枪向穷凶极恶的小鬼子发射出一个个仇恨，投掷出一颗颗愤怒。

战斗中，姜玉贞怕年轻的王县长发生意外，让他跟在自己身边，并命令警卫员保护他。王继创和打红了眼的战士们一样，早已把生命置之度外，趴在隐蔽处，用步枪瞄准小鬼子射击，他亲眼看到，至少有五六个小鬼子倒在他的枪口之下。昨天前晌，他正趴在平房顶上的墙边，居高临下向小鬼子射击，突然觉得左上臂一麻，中了一弹。旁边的警卫员和另一位救护员赶紧帮他包扎住伤口，劝他躲到院子里。他犟着回答："这点小伤，又不影响打枪。"把枪固定在墙头上，照样朝小鬼子开起枪来，又把两个小鬼子撂倒。

几天后，一九六旅的五千将士与小鬼子拼得还剩下三百来人，救护队只剩下几个人，退却到镇东北角的几座宅院里。

夜，凛冽的西北风挟裹着从塞北高原刮过来的寒气，掠向原平城，所到之处，疮痍满目、断垣残壁，浓烈的血腥味和焦煳味弥漫着，再也抑制不住满腔的愤怒，发出一阵紧似一阵的悲号，像是控诉着日军对中国人犯下的滔天暴行。

在镇东南一座院里，王继创向姜玉贞建议："姜旅长，阎主任命令你守七天，而咱们坚守了十一天，已经圆满完成了阻止任务。再说，贵旅打得就剩这么点人，不能跟小鬼子硬拼了，说啥也要为一九六旅留些血脉。"

“我听你的。”姜玉贞摸了摸头上的绷带，对王继创说，“王县长，你带着救护队先撤，我来掩护你们!”

王继创断然拒绝：“为啥让我们先撤?”

姜玉贞向王继创瞪起眼：“我们是军人，血洒疆场是应该的。这些天来，你们跟我一起守城，死得剩下这么点人，说啥也不能让你们的人再送命了。”

拂晓，披着晨曦，姜玉贞和王继创领着二百余将士和救护队员从原平城东南角城墙下的水道里钻出来，向外突围。狡猾的日军判断出中国守军已经山穷水尽，企图斩草除根，已经把原平城围得水泄不通。他们刚钻到城外，就被日军发现，很快就有数百个小鬼子号叫着边打边扑上来。

原平镇南一马平川，无险可守。姜玉贞让王继创领着服务人员先撤，自己指挥将士们趴在地上阻击日军，估摸王继创他们走远后才边打边退。小鬼子像狗一样紧咬住不放，并架起小钢炮朝撤退的守军轰击。王继创和几个队员跑到一座山岭面前，突然听到炮弹飞过来的尖厉的呼啸声。他情知危险，赶紧趴倒在地，两手捂住头，胳膊护住耳朵，只听轰的一声，便昏迷过去，啥也不晓得了。

恍惚间，王继创觉得自己回到家里，看见村外关帝庙戏台正在唱着穆桂英挂帅，台下一片叫好声。戏唱完后，他到后台，见扮演穆桂英的演员竟是奶奶。奶奶指着旁边扮演杨排风的女子问，认不认识她？他看着面熟，却认不出来。奶奶对他说，这是你的闺女，我的大孙女秀婷。他惊奇地拉住女儿的手问，婷儿，你才几岁，咋一下子长成大人了？秀婷笑答，我奶奶整天让我吃好的喝好的，长得能不快吗？时而跟爹、妈、弟弟在家里的果园里摘杏，时而和妻子金花在家西面的观景台上四处眺望。突然，刮来一股天昏地暗的狂风，把他刮到空中，像一片树叶飘了一会，又直直地摔在地上，痛得他大叫了一声，一下子惊醒了。

王继创一摸头，脑壳上缠着布，想坐起来，一使劲，像把尖锥扎在左腰，一摸，腰里也缠着布，想扭动一下下身，右小腿不听使唤。他睁开眼，四下一瞅，自己躺在一孔又低又黑的土窑后面的玉茭秆上，身上盖着灰色的旧棉布被子，被子上发出一股难闻的汗臭味。土窑前脸上的小土门，用玉茭秆堵着，外面射进一缕缕光线。王继创想到外面看看自己究竟在哪里？强忍着巨大的疼痛，勉强坐起来，却动弹不了，只好斜靠在窑墙上死等，直到小土门上的光线暗淡下来，才听见玉茭秆一响，走进一个五十多岁的汉子，手里提着一个灰瓦罐，见他睁开眼，黝黑的脸膛立马活泛起来：“醒了？你这人命真大，你都昏睡三天了。”

王继创点点头，算上答应，用当地话问：“老乡，您是——”

汉子答：“我是王家庄的。大前日，天刚亮，我跟往常一样到村外拾粪，远远听见北面的原平镇上枪声比炒豆子还响，枪子嗖嗖嗖地在头上乱飞，吓得我趴到地里的一个沤粪坑里，不大一会，看见好多中国兵从北面跑过去，穿黄衣裳的小鬼子在后面撵。突然，几颗炮弹飞来，落到中国兵中间，不少人被炸倒在地上，很快，日本兵追赶中国兵去了。我从粪坑里爬出来，走到被炸倒的中国兵跟前，一看，大都被炸得不成人样了，走到你跟前一看，满头都是血，我以为你也不行了，刚要走，你的头动弹了一下，我赶紧把指头放在你鼻子下一试， 还有气，再一看，你左小腿上被子弹打穿了，就赶紧把你背到这里。”

王继创拉住黑脸汉子的手，狠劲地摇着，感激地说：“要不是你，我的小命就丢了，您可是我的救命恩人呀。敢问您贵姓大名？”

黑脸汉子脸上挂着腼腆：“我姓王，听我爹说，生下我后，出门头一眼就看见一块石头，就给我起名叫石头。”

王继创眼里溢出兴奋：“太巧了，我也姓王，叫继创，咱俩是一个王字分不开，您的年岁跟我爹差不多，我该唤您叔！”

王石头憨厚地应承：“只要你不嫌，行。”

“叔，这是甚地方？”王继创追问。

“这里是我村的南坡，这土窑是放羊人避雨用的。前天早晨，我把你背到这里，见你浑身是血，仔细一瞅，见你头上、腰上、腿上受了三处伤，一直流着血，就把白衬衣撕了，给你包住伤口。”王石头又指着王继创身上的藏蓝衣裳问，“那天，我看见往南跑的人都穿着军装，你却穿着四个兜的蓝衣裳，这是为甚？”

王继创把实情告给救命恩人：“叔，您眼真毒，我不是晋绥军，而是崞县的县长。我领着几十个医务人员跟着晋绥军一九六旅在原平镇跟小鬼子打了十一天，五千人死得不到三百人，前天突围时被您救下，才拣下这条小命。”

“哎呀，你、你真是我们的县长？”王石头搓着双手，不知如何是好。

王继创坐直身子，问：“叔，您老是不是看我年轻，不像？”

“像，像，打仗前就听说县里新调来一个年轻的县长，挺能干。我救你时，看你留着分头，穿着四个兜的衣裳，就觉得你不是一般人，可没想到你就是县长。”

王继创问：“您听谁说的?”

王石头答：“我侄子王志仁，在县教育科当科长。”

“是他?”王继创认识王志仁，战前是牺盟会的成员，很靠得住，便问，“叔，你能不能找见他，说我在这儿。”

“行，王县长，你把鸡汤喝了，我明日去县城找他!”王石头把上面扣着黑碗的瓦罐递到王继创手里，一转身跑出门外。

次日夜，窑门一响，进来三个人影，点着油灯。未等王继创反应过来，戴近视眼镜的王志仁就扑到他面前，一把攥住他的手说：“王县长，前些日子，你带着几十个救护队员上前线后，我的心就一直悬着。大前日，我听说原平失守了，五千人打得还剩下二百来人，很惨，就预料到你也——今天晌午，我叔到县城见我，才知道你受了伤，被救下，就找到开诊所的孙大夫一起赶来了。”接着，他转身对孙大夫说：“孙大夫，你赶紧给王县长治治伤。”说着，从外面抱回一些玉茭秆，燃着一堆火。王石头把油灯挑大，端着灯凑到跟前。孙大夫摊开医疗器具的小包，把王继创头上的白布解开，仔细检查后，松开一口气，对王继创说：“王县长，你头上的伤是被炸弹溅起的石头砸破的，虽然伤口不小，流了不少血，但问题不是太大。”又让王继创脱下上衣，解开后腰里的伤口，用镊子摁了摁，痛得王继创倒吸了一口冷气。孙大夫见状，皱起眉头。旁边的王志仁急忙问：“孙大夫，怎么样?”孙大夫摇摇头答：“坏事了，肉里有炮弹皮。”

“甚，有炮弹皮，那咋办?”

“要想把炮弹皮取出来，非做手术不可，要不，时间一长，压住神经，很可能连腰都展不起来。”孙大夫一脸为难，“可我没麻药，王县长会受不了的。”

王志仁着急地说：“那就缓一下，我连夜到县城找麻药去。”

孙大夫说：“王科长，麻药只有县医院有，可被小日本占着，正四处寻找受伤的中国人，你去不是自己往虎口里送?就是把命搭上也弄不出麻药来。”

“你说咋办?”

孙大夫看了看王继创，虽然没说话，但意思很明白，让他决定做不做。

王继创毫不犹豫地表态：“孙大夫，麻烦你给我把炮弹皮取出来，没麻药不要紧，我能顶得住。”

“王县长，那你只有忍着。”孙大夫看了看四周，又在身上摸了摸。

王志仁问：“孙大夫，你找甚？”

“我想找块布，做手术时让王县长咬在嘴里，能缓解一下痛。”

王继创故作轻松地说：“孙大夫，关公刮骨疗毒，留下千古英名，我是关公的老乡，多少也会沾些关公的硬气，你只管大胆做。”说完，从身旁拣起一截玉茭秆，咬在嘴里。

孙大夫帮王继创翻过身，露出伤口正面，又让王志仁和王石头摁住王继创的头和腿，举起明晃晃的手术刀，小心翼翼地切开伤口，然后，把镊子伸进血糊糊的肉里，夹出一块指甲盖大小的炮弹皮。手术中，王继创咬紧牙关，痛得面色紫红，青筋暴突，始终没叫喊一声。

孙大夫又把王继创的裤腿挽起，清洗了伤口，包扎好说：“你小腿是被子弹穿透的，没伤着骨头。”

做完手术，王继创感激地说：“孙大夫，你真是我王某的救命恩人，日后定当重谢。”

孙大夫连连摆手：“王县长，千万别这样说，你豁出命带着救护队上前线打小鬼子，真是大英雄，我能为你看病，实乃三生有幸。”

王继创非常关心战事，问王志仁：“王科长，仗打得咋样了？”

“王县长，前几天，你和姜旅长带着二百多名将士突围，被小鬼子撵在后面打，你受伤侥幸保住了性命，可姜旅长和百十个将士被打死了，只剩下一百多个将士逃出魔掌。”王志仁眼眶噙满泪花，“小鬼子不是人，攻占原平后，把镇给屠了，两千多老百姓倒在小鬼子的枪口下。现在，小鬼子又向南进攻，中央军和晋绥军正在南怀化、红沟谷一带与日军激战，听说第九军军长郝梦龄、第五十四师师长刘家麒、独立第五旅旅长郑廷珍亲自到前沿阵地督战，壮烈牺牲。”

王继创瞪起眼，牙咬得咯吱咯吱响：“别看小鬼子现在猖狂，多行不义必自毙，迟早会遭报应的。”

孙大夫瞅了瞅窑内，除了窑壁上的镐痕和地上铺的玉茭秆，啥也没有，对王志仁说：“王科长，王县长多处受伤，又没得到及时救治，流了很多血，需要好好疗养，这里的条件太差，能不能把他接到条件好一些的地方？”

王志仁摇摇头说：“县城沦陷后，小鬼子留下一个小队把守，又豢养了几十个汉奸，成立了伪县府和伪警察局，大肆搜捕抗日志士，还把王县长的画像贴得满街都是，悬赏五百块大洋抓他，我一直钻在家里不敢露面。昨个，我叔找我，才知道王县长受了伤，把你请来。你让我给王县长找个条件好的地方，难呀!”

孙大夫问王石头：“把王县长拉到村里行不行?”

王石头摇摇头：“这几天，小鬼子也把村子祸害得不轻，设立了维持会，住着几个黑狗子，像狗一样在村里踅摸，我给王县长送饭，总是把东西藏在粪篓里才能出村。”

孙大夫抱歉地对王继创说：“王县长，那就只好为难你了。”

王继创表示：“没事，我年轻，只要安全，比啥都强。”

王志仁一脸的庄重：“王县长，你在这里养伤，万一出点事咋办？我留下来陪你!”

“那好。”孙大夫从包里找出一些纱布和消炎药，对王志仁说，“王科长，崞阳离这儿太远，小鬼子又把得那么严，我不便再来，你留下好好照顾王县长，每三天给王县长换一回药。”

从此，每天天不亮，王石头把干粮藏进粪筐，送到村南面沟里的土窑里。因为他以前老拾粪，跟平时没啥两样，一点也没引起旁人的注意。

一晃月余，王继创伤势基本好了，催王志仁：“王科长，这些日子可把我给憋坏了，你出去打听一下，要是太原还在咱们手里，我就去找阎会长给我分配工作。”战前，阎锡山任山西牺盟会会长，手下人习惯称他为会长。

夜里，王志仁回到窑里，脸阴得很重，低着头直叹气。

王继创感到不妙，问：“咋样?”

王志仁答：“傅作义只守了三天太原，就被小鬼子攻破了。现在，省府已经离开太原，退到南面去了。”

王继创一蹦三尺高：“那我该咋办？总不能一直钻在这里当地老鼠吧?”这些日子，他胸膛里一直燃烧着希望，想尽快养好伤，回到工作岗位上，一展身手，为抗日出把力，一听太原失守，阎锡山跑了，感到栽到冰窖里。

王志仁非常理解王继创的心情：“王县长，事已至此，你应该少安毋躁，以不变应万变。实在不行，你先回老家，等形势好转你再出来。”

“行，我明天就动身。”

王志仁想了想说："王县长，你伤虽然好了，但身体还很虚弱，回老家至少也有小千里路，远着呢。我在家里牵匹骡子来，你骑着它，轻省一些。"

王继创摆手拒绝："牲口是庄稼人的半份家当，万一在路上出了事情，咋办？我还是自己走。"

"王县长，我家养着几匹骡马，一匹骡子不算啥。"王志仁解释后说，"事不宜迟，今晚我就把骡子牵来，明日一早你就动身。"

王继创穿上王志仁特意为他备下的兔皮帽、翻毛皮袄，揣着十几块现洋，打扮成一个商人，骑着骡子上路。他不敢在去太原的官道上走，而是绕道定襄、寿阳、榆次往南走，虽然路上遇到几个关卡，但王继创总是给把守关卡的人陪个笑脸，便能糊弄过去，不免生出一些大意。路过平遥，一到城门跟前，被七八个日伪军挡住，不由分说，把他手里的骡子缰绳夺走，把衣兜里的现洋搜走，推上旁边的汽车。王继创一看，汽车上已经站着十几个人，个个愁眉苦脸，唉声叹气。一问，才晓得都是来平遥城里办事的。不大会儿，又有十来个壮年人被推上汽车，鬼子见车上已满，一挥手，汽车开到城西面的同蒲铁路旁边的一个工地上。原来，日军占据同蒲铁路后，经常有抗日武装在铁路上袭击火车，打得日军防不胜防，便强掳苦力，在铁路两侧挖壕沟盖炮楼进行防御。王继创正好撞到小鬼子的枪口上。

挖壕沟的苦力有二百来号，有的抡洋镐刨土，有的用锨装土，有的用筐往壕沟上抬土。壕沟上面，每隔几丈站着端枪的小鬼子把守。还有不少监工，手里拿着一根皮带，在壕沟内干活的苦力中间乱窜，嘴里不停地催骂，瞅见哪个苦力不好好干，上去就是几皮带。日头升到正顶时，给每个苦力发一个用高粱面和麸皮掺和在一起的黑馍。天黑收工后，小鬼子像撵羊一样把苦力们撵到野地里的帐篷里，见个人头发半个馍。正值数九寒天，西北风一个劲往里钻，帐篷里比外面好不到哪里，苦力们只得紧裹着衣裳，挤在地上的高粱秆上睡觉。

一下壕沟，工头给王继创塞了一把洋镐。甭看王继创长得壮实，但从未干过体力活，且身上的伤刚好，身体虚弱，抡几下洋镐便累得气喘吁吁，腰间的伤口疼了起来，刚拄着洋镐支起腰，被监工看见，跑过来劈头盖脸就是几皮带，脸上立马显出几道血印。王继创捂住脸，心里窜出一股火，正要发作，见端枪的小鬼子站在不远处的壕沟上，只得压住火，举起镐干起来。监工走后，旁边一个三十多岁的难友悄声提醒他："兄弟，不打勤的，不打懒的，专打不长眼的。给日本人干活要多个心眼。狗腿子在跟前，你做做样子，不在时，就停下来歇。”

之后的日子里，被抓来的苦力越来越多，壕沟越挖越长，一直挖到离平遥城几里远的地方。王继创自忖：“再有十几天就过年了，在这里给小鬼子挖壕沟，何日是个头，得瞅个机会逃跑。”有了这个想法后，他便留起心来，观察到壕沟东面不远处有一大片高粱秆地，只要能进那片高粱地里，就算闯出魔窟了。

次日，西北风抽得很凶，铁路两侧的树木发出鬼号，冻得在壕沟上站岗的小鬼子顶不住了，就让几个苦力从旁边的庄稼地里抱来一些玉茭秆，燃起一堆大火，围在一起烤起火来，一些监工的狗腿子也凑了上去。忽然，传来一阵鸣叫，一列火车自北而南开过来，其中有几节车皮上拉着大炮，伸着一个个长筒，不知哪个鬼子嚎了一声，烤火的鬼子和狗腿子们一齐朝车皮看。王继创一看时机到了，扔下洋镐，跃出壕沟，猫着腰一溜烟地钻到高粱秆地里。这一下，像湖里扔进一个石子，苦力们都撂下工具，往高粱秆地里跑。小鬼子发现后，叽哩哇啦地乱叫，提着枪跑过来，开枪把两个苦力打倒在地，吓得其他苦力蹴在壕沟里不敢再跑了。小鬼子人少，怕苦力们再跑，不敢去追已经钻到高粱秆地里的苦力。监工们跳下壕沟，抡起皮带朝苦力身上发泄了一顿，又逼着苦力们干起活来。这回，至少有二十多个苦力逃了出来。

有了上回被抓苦力的教训，王继创再也不敢走大路过村庄，而是专拣野地里没有人烟的小路走。西北风比刀子还硬，冻得受不了，就薅根野藤勒住腰和两个裤腿；实在饿得不行，就趁夜偷偷跑到村子里要口吃的；黑夜，在破庙里或看庄稼的草庵里栖身。他心里始终燃烧着一团希望，那就是受再大的苦，也要赶在过年前回家。

一夜连双岁，五更分二天。除夕是华夏民族延续了几千年的古老节日，已经深深根植于国人的骨血里。此刻，王凯全家围坐在一起享受着亲情的温馨。

七十有九的乔玉翠端坐在炕上，尽管周围欢声笑语，但她怎么也高兴不起来，额头上细密的皱纹里盛满担忧。

王凯晓得妈是惦记着她的大孙子，为了转移妈的思念，朝大儿媳金环使了个眼色，金环赶紧把熟睡的小秀嫱送到王乔氏的面前说：“奶奶，您老看小秀嫱睡得多香。”

王乔氏爱抚着重孙女的脸蛋，脸上盛开了菊花：“这小脸蛋，红得就像熟透了的苹果。”说话间，眼却不由地往窗外瞅了一下。

"妈，又想您大孙子了吧？"王凯向母亲解释，"我不是给您说了嘛，继创当着一县之长，公事繁忙，不回来过年了。妈，您看，鸡快叫了，您安歇吧。"

"再忙，还能不过年？我就不信小创不回来！"王乔氏固执地坐在正位上，像尊雕塑。

王凯张了张嘴，欲言又止。王凯有看报纸的习惯。"七七"事变后，报纸一到，他就迫不及待地翻看战事。当在《山西公报》上看到中央军和晋绥军在忻口阻击日军时，心一下子提到嗓子眼上，黑夜躺在床上翻来覆去睡不着，为长子继创担着心。十几天后，看到报纸上《原平守卫战寸土寸血，旅长县长壮烈殉国》的消息，顿觉五雷轰顶，瘫坐在椅子上，忍受着丧失儿子的巨大悲痛，呆坐了大半天才缓过神来。他吩咐已经得知消息的次子继绪，眼看要过年了，千万不能把你哥的事告诉你妈和你嫂子。过小年前，他和继绪从运城回到家，一直把失子的悲痛压在心底，见妈如此固执，心里犹如刀绞一般。如果妈晓得了真相，该会怎样？他真不敢往下想。

突然，屋门吱扭一响，炕帘被挑开，现出一个蓬头垢面的人，瘦脸上青一道，红一道，黑一道，紫一道，七横八竖，脏得像个大花脸，两个眼里噙满泪。

"你是谁？"王凯惊得从炕上跳起来质问。

曹金环和刘锡钟吓得往婆婆身后钻。

"爹、妈，是我，继创！"

炕上的几个大人真真切切地听出了熟悉的声音，见继创变成这般模样，不由悲喜交加，炕上轰然响起一片哭声，震得两盏罩灯簌簌发抖。

王凯用手狠劲在大腿上拧了一把，生痛生痛的，才感到这一切都是真的，再也控制不住，号啕大哭，压抑在心底的悲伤，瞬间化作从天而降的喜悦，像滔滔的黄河直泻而下。

王乔氏见王凯哭得稀里哗啦，止住喜泪嗔怪："英哥，五十大几的人了，哭得像个刘备，也不嫌寒碜。"

不明就里的于雅辉从未见丈夫如此动情，搬着丈夫的肩膀说："创儿回来了，你该高兴才是，咋像个小孩，哭得没完没了？快坐下！"

王凯这才回过神来，坐了下来。

王继绪激动地擦了一把眼泪，伸手拉住王继创："哥，快、快上炕！"

王继创慌忙摆手："奶奶、爹、妈，我太脏了，回西院洗洗，换身衣裳再过来。"

说话间，满面泪水的曹金环已经跳下炕，拉着丈夫走出去。半年前，曹金环被丈夫送回来生产，心却一直牵着他，多少次梦见他。原想，丈夫再忙也会过年前赶回来和家人团圆，等呀等，盼呀盼，一直到大年三十还不见丈夫的影子，刚才看到一大家子面色凝重，虽然谁都没明说，但她心里清楚都在惦念丈夫。丈夫一出现，她多想扑到丈夫的怀里，但奶奶、爹、妈、弟弟都在，她还是忍住了。回到西院北屋，曹金环再也控制不住，紧紧搂住丈夫的腰呜呜地哭，喃喃地埋怨："你真坏!"王继创知道妻子的意思，情不自禁地把妻子拥在怀里。当妻子发泄了一会后，他理智地搬开妻子的双臂说："金环，老人还在正院等着哩，快把新衣裳找出来。"曹金环这才止住哭，上炕顺手在被子旁拿出一身新衣裳。王继创问："咋这么现成?""人家不是想着你肯定回来吗，就把衣裳搁在手头。"曹金环答，"快上炕，把衣裳换上。"王继创应了一声，上炕脱掉两个多月没离过身的衣裳。曹金环见赤条条的丈夫肋骨突出，活脱脱地瘦了一圈，特别是后腰上多了一个铜钱大的紫黑的伤口，心痛地抚摸着伤口问："这伤是咋落的?"王继创故作轻松地说："被小鬼子的炮弹亲了一下，没事。"曹金环情不自禁地搂住丈夫，抚摸着丈夫的后背，又哭了起来。王继创推开妻子："看你，又来了。"曹金环这才放开丈夫。继创穿好衣裳，俯到熟睡的大女儿秀婷脸上，亲了一下，下炕洗了洗头和脸，特意把头发梳得顺顺的。

大孙子大儿媳走后，王乔氏止住哭，吩咐二孙媳刘锡钟："汾城的，赶紧给小创下煮角!"晋南人称饺子煮角。

半个多时辰后，穿着一身新衣裳的王继创来到王乔氏炕上，盘腿坐在奶奶的身边，说："奶奶，刚才我那样子没把您吓着吧?"

王乔氏抚摸着爱孙又黑又瘦、划着几道血痕的面颊，心疼得泪眼婆娑："小创，看你刚刚那样子，是不是受了大罪?"

"妈，我是坐车回来的，昨个天黑时到曲沃，本想明个回来，一想您老肯定惦念我，就连夜往回赶，没想到过南樊河时，河滩里有个大坑，天黑没看见，栽到坑里，磕得满脸是伤，浑身是土。"王继创挥舞了几下胳膊，故作轻松地安慰，"奶奶，你仔细看看，我不是好好的吗?"

说话间，刘锡钟端来一碗热腾腾的煮角。递到王继创手里："大哥，快吃！我再给你下一碗。"

这些日子，王继创一直饥肠辘辘。刚才，接过碗，抄起筷子，一口一个，一连吃了三大碗。

王乔氏慈祥地盯着大孙子的吃相，嗔怪：“小创，看把你馋的，慢些，别噎着。”

王凯看着儿子又黑又瘦的面颊和裂满血痕的手背，心里涌出一阵酸楚，儿子奇迹般地死里逃生，肯定经历了常人难以想象的磨难。

吃罢煮角，王凯把继创叫到自己住的东屋问：“创儿，你咋回来的？”

“爹，刚才我给奶奶说时，您不是也听着吗？”王继创想瞒过父亲。

王凯非常体谅儿子的良苦用心，是怕老人担心，心底涌出一股暖流，但还是想知道究竟，便从怀里摸出一张报纸，递给儿子。继创一看，大惊失色：“这报纸真是胡说八道，明明我活得好好的，却说我殉国了。”

“报纸上说，原平守卫战晋绥军一个旅五千人打得只剩二百人，你和姜玉贞旅长突围时牺牲了，有鼻子有眼，你却活着回来了，这究竟咋回事？”

王继创再也无法隐瞒下去，把在战场上遇救、回来的路上被小鬼子抓住挖战壕的经历倾诉给王凯。说完，他提醒父亲：“爹，倾巢之下，安有完卵？小日本就是畜生，侵占运城是早晚的事，河东盐池是块肥肉，小日本不会不吞，您赶紧从盐池里撤出来，保命要紧。”

王凯叹了一口气：“你妹咋殁的？我还不晓得小日本的德行？可咱家在盐池那么大的摊场，是说撤就能撤了的吗？”

王继创想了想催说：“爹，盐田和房屋搬不走，可存在料台上的盐总能拉走吧。那些盐都是盐工们辛辛苦苦一担一担从盐畦里挑出来的，要不拉走，肯定会被小日本吞了。”

王凯听儿子的话在理，说：“过了破五我就雇车突击把盐拉回家里藏起来。”

大年初一，王凯陪全家人吃了煮角，祭了祖先，给本家长辈拜过年。初二到横水探花府姥娘家串亲，初三到曲沃丈人家串亲，初四骑马赶到运城，初五到几家车行订下一百二十挂大车，初六到河东盐务稽核分所开好盐票，初七开始拉盐。

一些盐池东家不解地问：“王东家，往年总是过了元宵节才开始往外拉盐，今年咋这么早？”

王凯照实说：“小日本快打过来了，还是趁早把盐拉走为妙。”得到王凯提醒的东家们也纷纷动了起来。

不几天，二百多挂大车和数不清的驼队一齐涌下河东盐池，往外运起盐来。

王凯把盐运到老家枣园村南面里册村的几孔闲置的窑洞里。他大致估算了一下，一挂大车拉二十担，一百四十挂大车拉二千四百担，打个来回需要八天，而自家盐号料台上还存着两万多担盐，要把存盐全部运走，至少需要十趟，耗时三个多月。他心里暗暗祈祷：关老爷，你快快显灵，把小日本挡住，不要下盐池祸害。

盐池火烧云（高亚平 摄）

第二十七章　鹾海遭浩劫

民国二十七年二月初一，河东盐池开工。

这天，天气格外得好，没有一丝风，百里盐湖氤氲着醉人的醇香，湛蓝的天空像清水洗过，纯洁而明净。盐池岸上的盐号院里，升起缕缕炊烟。密如织网的盐畦里人头攒动，歇息了几个月的盐工们铆足了劲，因为他们明白一个道理：只有好好干，才能挣下工钱，养家糊口。他们显得非常卖力，夯扔得格外高，号子声喊得格外激越，震得地面微微抖动，平静的盐湖跳跃起来，泛起一圈圈涟漪。游弋在湖面上的水鸟凌空而起，在空中盘旋欢叫，像是给盐工们加油鼓劲。最热闹的地方当数盐池北岸的道路上，满载盐的大车一挂接着一挂，车把式竞相展露车技，扬起几尺长的鞭杆，张扬地一甩胳膊，上面拴着几朵红缨的鞭穗在空中翻飞出优美的弧线，鞭梢在空中炸起一个清脆的响声，汇聚成一条翻滚着波浪的河，朝盐池外奔流。

二月二，龙抬头。相传舜帝时，有一年，久旱不雨，盐池干涸，晒不出盐来，玉皇大帝怕影响黎民百姓的生计，下令东海龙王给河东盐池降雨，龙王便派儿子小玉龙前往。不料小玉龙任性贪玩，从东海到河东盐池，边游边玩，到运城盐池后，发现对面中条山上有个凤凰谷，风景秀丽，便钻到谷里尽情玩耍，把降雨的事忘得一干二净。中条山神知道，急忙找到小玉龙，告诫他别耽误了大事。小玉龙如梦初醒，抬起龙头，飞到盐池上空，播撒甘霖，使盐池水起盐生。也不知从何时开始，运城人都要在小玉龙为盐池播雨的二月初二，聚集在池神庙里祭拜诸神，祈求风调雨顺、人寿盐丰。

像往年一样，日头刚升起一杆高，池神庙便喧闹起来。运城城内的文人雅士、三教九流、小商小贩，瞅热闹看戏的不约而同地涌进庙里。特别是盐商们，为了显示对池神的恭敬，抬着放有猪头、整羊、牛肉、烧鸡、炸鱼及石榴、苹果、葡萄、柿饼等干鲜果品的食萝，敬献在殿内塑像前的祭桌上。每到这天，运城河东道尹和盐务机关的大小官员都会蜂拥而至，参加祭拜，而今年几乎没见一个官员。因为太原失守后，阎锡山如惊弓之鸟，无心恋战，领着省府的人转移到西安。树倒猢狲散，日本人南下进犯，运城的大小官僚们失去了主心骨，没过元宵节便纷纷往西安转移。因临行前严格保密，很少有人知道内情。

晌午，负责司仪的罗川瞅瞅日头，急得对王凯说：“王会长，都这个时候了，可河东道和稽核分所的人一个都没到，咋办?”

在河东道里当差的王继绪跟同僚往西安转移前，专门回到家里告知。王凯心里有数，掏出怀表一看，已近午时，便对罗川说：“咱们不等了，开祭!”

罗川站在台上，主持祭拜。先是鸣放代表一年四季平安的十二声礼炮，然后召集盐商们一齐恭立在三大殿前，由潞纲总会会长王凯宣读祭文，之后洒酒焚香，给太阳神、风神、池神行三跪九叩礼，又抬着部分供品到关帝庙里为关帝烧香磕头，敬献供品。祭拜关老爷是每年必须进行的铁律，今年的祭拜与往年相比，香烧得更多，供品献得更多，头磕得更为虔诚。因为祭拜者都晓得，小日本攻破太原后一直向南进犯，已经打到临汾，而关帝是明朝皇帝敕封的三界伏魔大地神威远震天尊关圣帝，可以护国保民，铲除一切妖魔鬼怪。如今，小日本快打到盐池了，而关帝的故里常平村就在盐池的南岸，可以说关帝是吃潞盐长大的，他们祈求关老爷能够大显神威，阻挡住日本人的进攻，好让大伙安居乐业过日子。

当盐池东家们到庙南面的关帝庙祭拜关帝时，奏衍楼上的锣鼓家伙已经铿铿锵锵地响起来，台下的戏迷们个个伸长脖子，等待着大幕的拉开。

突然，天空中尖利刺耳的轰鸣声由远而近，滚了过来，压住了锣鼓家伙声。不知谁喊一声：“快看，天上飞来三只红头大飞鸟!”戏迷们的脸一下子从戏台上移到空中，一看真地飞过来三只大鸟。此鸟通身白色，腰里伸出两个翅膀，头上涂着红色，翅膀中间各长着一个圆圆的红点。戏迷们大都是些没见过世面的老百姓，不晓得飞来的是啥东西，没心思看戏了，都站起来往空中看。只见两只红头大鸟往南飞去。另一只红头大鸟越飞越低，竟然有半间房屋那么大，嘶吼着尖厉的轰鸣声在头顶上盘旋了一圈，再飞到头顶时，屙下五个黑乎乎的东西，一个落到三大殿的东北角，一个落到大殿前面，一个落到奏衍楼下的人群里，一个落到南面高岭上的歌薰楼上，一个落到关帝庙前面的空地上。只听几声震天动地的巨响，三大殿东北角的房檐被炸得不见了，三大殿前面的供品被炸得四处乱飞，南面高岭上的歌薰楼前面月台上被炸出一个一丈多深的大坑，关帝庙前的两尊石马被炸得倒在地上，尤其是奏衍楼下，人身、椅子、板凳被炸得飞上天，又重重地砸在地上，惨叫声哭喊声响成一片。当人们还未完全清醒过来，红头大飞鸟又怪叫着俯冲下来，喷吐出一串串火光，又有几十个戏迷死于非命，吓得众人惊慌失措，纷纷抱着头，往庙外逃窜。

另外两只红头大飞鸟飞到盐池上空。盐工们谁都没见过飞来的究竟是啥家伙，纷纷放下手里的工具，傻乎乎地站在盐畦里仰起脸看稀奇。只见那两只红头大飞鸟在盐池上空盘旋了一圈后，朝人稠的盐畦里、北岸的盐号院和运盐的大车堆里屙下十几个黑乎乎的东西，一砸到地面就冒出一团团冲天的烟火，继而响起震耳欲聋的爆炸声，吓得盐工们撂下工具，哭爹叫娘，抱着头四处乱窜。几个盐号院里火光冲天，浓烟蔽日。受惊的骡马拉着大车，四处狂奔，有的盐车撞到北面的土堰上，两轮朝天；有的盐车跌到南面的盐池里，不见了踪影。盘旋在盐池上空的飞鸟们哀鸣着，箭般射向南面的中条山里。河东盐池，这个饱经了无数个日月轮回和风雨沧桑的宝池，无论如何也想不到，会遭遇到如此悲惨的横祸！

王凯和参加祭拜的人抬着祭品，刚走进关帝庙在正殿神像前摆上供品，还未来得及跪拜行礼，就听见外面的爆炸声，慌忙挤出庙门，随着人流刚跑出池神庙，又听见南面的盐池里响起一连串的爆炸声，心里叫了一声坏了，便和罗川、董维藩等人一齐跑到南面的土坂上，往盐池一瞅，盐池北岸长蛇似的盐号大院里，冒起几柱滚滚的浓烟，看方位大概西场有两家，东场有三家。东场的着火地点离东禁门偏东一点，就在自己的盐号附近。王凯觉得心被人猛揪了一下，对董维藩说："盐号被炸得着了火，快看看去！"说着，就要往盐池跑。董维藩一把拉住王凯的胳膊劝说："王哥，你不要命了？弄不好，小日本的飞机还会飞回来往盐池里扔炸弹，赶快回家里躲去！"

"盐号里还有千把盐工和几十挂拉盐的大车，咋能丢下不管？"王凯一甩胳膊，挣开董维藩，不顾一切地撩开大步，沿着下坡路往盐池里跑。"王会长，等等我。"罗川也跟在王凯后面往盐池里跑。

日军两个师团攻占太原后，阎锡山如同惊弓之鸟，吓得带着残兵败将退到西安。

日军乘势沿同蒲铁路南下攻占到晋南重镇临汾。把守晋南及中条山一带的国民党守军倒是不少，但均胆小如鼠，不敢与日军正面交锋，钻到中条山里保存实力，使晋南大门洞开。狂妄至极的日军沿铁路、公路同时进犯，在短短十几天里侵占了晋南二十多个县。这天，日军先是派飞机在池神庙和盐池上空扔了一阵炸弹。紧接着，一个联队的小鬼子乘火车来犯运城，没有得到任何抵抗，大摇大摆地踏上运城大街，攻到道衙和警察局，里面已逃得空无一人，平时对盐工们吹胡子瞪眼的盐池缉私营没敢放枪抵抗一下，便作鸟兽散。小鬼子更加肆无忌惮，疯狂地发泄淫威，对着人流如织的街道胡乱地扫射了一阵，又将火把扔进几家店铺。顿时，浓烟滚滚，火光冲天，空气中弥漫着血腥，哭叫声震得大地微微抖动。继而，疯狂的小鬼子兵分两路，一路占领了城内的银行、报社、学校等重要区域；一路沿着南北大街直奔盐池，到钟楼下又兵分两路，一路照直南下盐池，另一路沿东街往东，进东禁门下盐池。

往南的小鬼子迎面碰上从池神庙和盐池里逃出来的人流，打了一排子枪，又举起明晃晃的刺刀，捅死前面的十多个人，吓得人群撅起屁股抱着头拼命往南跑。人流里的大车调不过头来，后面的人还没反应过来，被前面往回跑的人挤倒在地。有的被挤到骡马身上，骡马受到惊吓，又踢又咬，把跌倒在地的人踩到蹄下。一时间，骡马的嘶叫声、人的哭喊声交织在一起。这时，一个头戴黄军帽、上穿黑皮袄、下穿黄呢裤、脸上戴副墨镜的人爬上街道东侧的一座平房上，朝天开了几枪，哭喊声戛然而止，都抬起恐惧的脸往平房上看。只见那人挥舞着手里黑乎乎的王八盒子，可着公鸡嗓朝人群高喊：“我是大日本皇军的蒯翻译官，皇军来运城帮助建立大东亚共荣圈，接管河东盐池，大家别乱，都到盐池集中，不然，统统地死拉死拉的！”说着手臂朝下一劈。没有人能听懂死拉死拉的是什么意思，可都能看懂“黑二饼”的手势，众人生怕在小鬼子的枪子和刺刀下丧命，只得屈从小鬼子的淫威，乖乖扭回头，被小鬼子撵着下了盐池，圈到池神庙下盐湖北岸的一片空地上。

王凯和罗川刚下到坡底，迎面碰上正往外逃的大车和人流。一个盐号里的老伴认出王凯，慌忙指着东面说：“王东家，我刚从东面跑过来，我亲眼看见你的齐山盐号着了火，你快去看看！”王凯一听，更加着急，和罗川逆着车流和人流往东跑。路过两家着火的盐号，见盐工们一窝蜂地往路上挤，却无人救火。心想，是不是自己的盐工也像此盐号一样，各自逃命去了。要是这样，自己辛辛苦苦盖下的几十间房屋就会被烧光。

跑到中场六铺的卞合兴盐场，罗川跟王凯打了个招呼，跑进自家的盐号，往南一看，盐畦里跑得不见一个人影，只有老和尚、老伴、账房和几个小师傅躲在屋里叹气。一见东家出现，有了主心骨，急忙围到罗川跟前问该咋办？心存侥幸的罗川说："日本人也是人，他们即便占了运城，也不会不让产盐，咱们安心等着，弄不好后晌跑了的盐工们会自己跑回来。"听东家这么一说，几个人才稳下心来，正好到了开饭时间，罗川就吩咐做好饭的大师傅把饭端到屋里，和几个人围在一起吃饭。刚吃了没几口，就听见院里响起一个公鸡嗓："屋里有气的出来。"

罗川等丢下饭碗，跑出屋一看，院里站满端着明晃晃刺刀的日本兵，心一下子提到嗓子眼，壮着胆走到黑二饼跟前，黑二饼扬起下巴，瞪着眼问罗川："你是管事的？"

"是、是、是。"罗川赔着笑脸点头哈腰。

黑二饼一挥手："带着你们的人立马到池神庙底下的空地上集中。"

老和尚随口问了一句："你让我们去那里干啥？我好做个准备。"

黑二饼驴脸一吊："问个屁，不想活了？"旁边腰里挎着洋刀的鬼子少佐黑田虽然听不懂中国话，看见罗川跟翻译官顶嘴，嘴里狂喊着"八嘎"，从腰间拔出明晃晃的指挥刀，往下一劈，几个日本兵一声号叫，挺起刺刀捅进老和尚的胸膛。老和尚来不及哼一声，就软软地倒在地上，吓得罗川等人僵在那里浑身发抖不知所措。黑二饼朝罗川等人吼叫："你们是不是也不想活了？"罗川等人这才反应过来，为了保命，不得不在几个小鬼子刺刀的逼迫下，朝池神庙走去。另外的日本兵把房子点着后，又扑向东面的盐号。不一会，汴合兴盐号院里就腾起熊熊火焰。

王凯跑到齐山盐号的院内，看见盐工宿舍的火已经被救了下来，二百多个救火的盐工浑身沾满泥水，脸上抹成三花脸，坐在地下休息。王凯快步奔到拄着双拐的周大汉面前打招呼："叔。"

周大汉摸了一把华发和满脸的灰尘埋怨："你来干啥？不晓得这里危险？"

这时，满脸黑灰的王信跑过来，指着被救下的房屋给王凯宽心："叔，小日本的炸弹正好落到咱家的房顶上，着了火，还好，已经救下了，没啥大损失，真是不幸中的万幸。"

王凯惊讶地问："王信，你不是押车吗？咋来救火了？"

"我和十几个押盐的弟兄正在料台上帮着装车，看见场院里被炸得着了火，就带着十几个弟兄来救火了。"王信把王凯拉到一边提醒，"叔，小日本刚扔下炸弹，可能很快就会占领运城。盐池是聚宝盆，小日本是狼，不会不眼热这块肥肉，您在盐池有这么大家当，料台上还存着不少盐，可要早做准备呀。”

王凯看见眼前的一百多号盐工们因救火弄得浑身沾满泥灰，心里很是过意不去，走到盐工们跟前抱拳感谢：“弟兄们，别的盐号的人都怕小日本的飞机炸，往外面跑，你们却不顾性命救火，这份情意比啥都值钱。凡是今天在场的，给发一块现洋！大伙把身上脸上拾掇干净，吃完饭后，到柜上领去！”

当盐工们散去，王凯扶着周大汉，招呼王信和十多个押车的到屋里歇息。

不一会，开饭了。王凯特意请王信跟他和周大汉一起吃饭。还没吃完，一个守在料台值班的盐工跑过来，上气不接下气地对王凯说：“东家，卞合兴着火了。”

王凯一惊，心生疑问：“刚才路过卞合兴时，还好好的。这会，小日本的飞机又没飞过来扔炸弹，咋能着了火呢?”赶紧丢下饭碗，叫上王信跟着盐工跑上料台，往西面一瞅，卞合兴盐号真的浓烟滚滚，火光冲天。正想回院里唤盐工赶过去救火，突然看见一群黄乎乎的队伍闯了过来。

“不好，是小鬼子。”王信一把拽住王凯，“叔，小鬼子都是杀人不眨眼的魔鬼，我带着押车的弟兄们挡住它，您赶紧跟周大爷扶着盐工们往盐池外跑。”王凯感到只有十来个押车的，而小鬼子少说也有百十号，肯定不是人家的对手，提醒王信：“王队长，小鬼子太多，咱人少，打不过它，还是快逃吧。”王信给王凯宽心：“叔，这里的地形，俺熟，小鬼子再多，也伤不了游击队的一根汗毛。”拉着王凯回到院里，领着十多个押车的弟兄，抄起随身携带的步枪，冲出院子。

王信领着人刚走，盐工们头顶上冒出森林般的铁锨和扁担，一个年长的盐工吼着：“东家，跟小鬼子干，我就不信小鬼子长着三头六臂!”

王凯已经从大儿子继创嘴里听说了小鬼子的残暴，劝说：“弟兄们，大伙的心情我晓得，可小鬼子有枪有炮，几十万中央军和晋绥军都被打散了，咱们想跟人家斗，就是鸡蛋碰碌碡。”说完，催促站在旁边的邱锁和张广海：“你俩赶紧领着弟兄们沿着北坡往上跑，从禁墙的豁口里爬出去。”又吩咐身旁的邱鸿志：“鸿志，你年轻，腿快，赶紧到东湾齐仁等几个盐号，让盐工们躲走。”邱鸿志从省立二中学学成后，又到河东商学念了两年，毕业后到盐号里给他爹邱锁当助手。

“哥——”邱锁还想说什么，就被王凯吼了回去：“小鬼子立马就来了，还磨蹭啥?”邱锁跟了王凯二十多年，还没见过他发过这么大火，吓得不敢再犹豫了，朝盐工们发令："快，走！"又瞪了儿子鸿志一眼："没听见你舅的话，赶紧走！"

就在盐工们往外拥的当儿，王凯劝周大汉："叔，咱们跟弟兄们一块走。"

周大汉像盐一样白的稀发奓起，皱脸憋得紫红，指着南面的盐田说："这盐号，咱们辛辛苦苦干了大半辈子，你咋忍心说走就走？"

"叔，好汉不吃眼前亏，三十六计走为上。小鬼子再恶，还能把盐池搬走？等避过小鬼子，咱们回来再干也不迟。"王凯恨不能把心掏出来劝说周大汉。

"要走你走，我不走，看它小鬼子能把我老头子咋样！"周大汉脖颈上突起几根青筋，扭过身，拄着拐杖往屋里走。

王凯知道周大汉认死理，却想不到在这生死攸关的节骨眼上，他还一根筋。王凯一跺脚，急得心里冒火星：咋遇到这么固执的老人？可总不能把他抬上走，更不能丢下他不管，只得叫住还未来得及走的十几个盐工："你们留下，跟我一起照顾周老和尚。"让人关上大门，把"大黄"牵到大门旁守着。大黄是条狗，是周大汉从小养大的，整日与盐工们厮混在一起，一见盐工们就细眯着眼摇尾巴献殷勤，却很少见衣冠楚楚的阔人，认生，一见就红着眼往上扑。王凯之所以让大黄守着铁门，用意就是小鬼子来后，让它给报个信，然后让盐工们到西屋里候着。自己走进周大汉的屋里，见周大汉仍板着饱经风霜的糙脸，余怒未消，便软着口气求说："叔，别生气了，我陪您和婶还不行吗。"暗想：小鬼子肯定是来祸害的，要真遇到不测，拼上命也要保护叔和婶。

王信带着十来个押盐的游击队员，跑到盐号的料台上，想利用刚装好的盐袋垒道工事，阻击小鬼子。转念一想，觉得离齐山盐号太近，若在这里阻击小鬼子，必然会连累叔，便观察了一下周围的地形，指挥游击队员们往东跑了一大截，埋伏到道路北坡的土堰上，远远看见黄乎乎的小鬼子走了过来。王信明知凭自己的十几条步枪，肯定打不过小鬼子，但他还是横下一条心，待小鬼子走到射程以内，与小鬼子拼一下，至少能够延缓些时间，让盐工们跑得更远一些。

不到一个钟头，小鬼子来到齐山盐号，一推开铁门，大黄就汪汪地窜过来，把走在最前面的一个小鬼子扑倒在地，朝胳膊上狠狠撕下一块肉，痛得小鬼子捂着胳膊在地上乱打滚，接着又扑到另一个小鬼子身上，吓得周围的小鬼子连连后退，把后面几个猝不及防的小鬼子挤倒在地。黑田这才反应过来，从腰里拔出王八盒子，朝大黄连开几枪，大黄倒在地上，挣扎着四腿，狂叫不止，又有几个小鬼子举起三八大盖，朝大黄身上补了几枪，大黄这才蹬了几下腿死了。黑二饼紧跑几步，手里掂着王八盒子，站在院子中间号叫："屋里的人还不滚出来！"后面小鬼子的枪口也齐刷刷地对准屋门。

王凯从门缝里看到大黄被小鬼子打死，又听到黑二饼号叫，情知躲不过去，只得嘱咐周大汉："叔，小鬼子来了，你千万甭出去。"壮着胆从屋里走出来，张广海领着十来个盐工跟在后面。

"屋里还有没有人？"黑二饼走到王凯面前，指着屋门问。

张广海答："没有了，其余的盐工都跑光了。"

小鬼子的头目见只有这么点人，气急败坏地举起洋刀，朝屋里一指，十几个小鬼子立马闯进屋里，把周大汉拖出来摔倒在地。周大汉的脸被重重地磕在地上，用左胳膊支撑着身躯，抬起满脸是血的头，眼里射出一束仇恨，朝小鬼子吐了一口血水："小鬼子，我日你八辈子先人。"

"老东西，找死。"黑二饼举起枪朝周大汉连开了几枪，殷红的鲜血从周大汉的前胸喷射出来。众人见状，一齐朝小鬼子拥来。黑二饼正要开枪，被黑田止住，抽出腰间的指挥刀朝众人一指，乱嚎了几句。小鬼子们扑上来，用刺刀逼着王凯和十几个盐工走出大院。因为，黑田没有忘记来盐池的主要目的是抓苦力，杀一个人，等于少抓一个苦力。王凯虽然有一身武功，想跟小鬼子拼个鱼死网破，但看着围在周围的一片明晃晃的刺刀，知道寡不敌众，只得强忍住满腔的愤怒。

小鬼子们押着王凯等人走到大路上后，黑田派几个人把王凯等人往池神庙方向押，又带着大队小鬼子往东到下一个盐号继续抓人。刚进入游击队的射程之内，王信一声令下，十几条火舌一齐射向小鬼子，小鬼子很快清醒过来，号叫着向游击队的阵地发起进攻，但游击队临危不惧，凭借着柿子树的掩护，居高临下，奋勇反击，又撂倒了十几个小鬼子。正在胶着状态，突然游击队的背后响起密集的枪声。原来，从东禁门入侵的小鬼子听到枪声，立马从东面赶过来，企图堵住游击队的后路。熟悉地形的王信一看腹背受敌，果断下令队员们往北撤退，沿着旁边的一条雨水冲刷的小沟迅速跑到北面禁墙的一个豁口处，把枪扔到一个塌陷的古墓里，纵身翻到禁墙外，很快消失在运城街上。

残阳西下，血红的晚霞染遍苍穹，染遍中条山，染遍盐湖，像是为惨遭小鬼子蹂躏而泣诉。

夜幕垂下，气温骤降，天上的寒星冷得簌簌发抖。池神庙南面野地几棵杂树上传来猫头鹰凄厉的怪叫声，被小鬼子抓来的两千多名盐工和赶会的市民，又饥又冷又怕，蜷缩在一起。

灭绝人性的小鬼子从附近的盐号里抢来铁锅、柴火、米面、碗筷，熬下稀粥，燃起篝火，让苦力们充饥取暖。篝火挣扎地跳跃着，映照着一张张布满愁容的脸，他们的心无不战栗着，小鬼子究竟还要使什么坏？

一个年轻盐工见被圈在野地里，料想小鬼子不会轻易放人，便撺掇几个要好的兄弟趁小鬼子不注意，弯着腰往外面跑，不料被看守的小鬼子发现，一排密集的子弹过后，人们眼睁睁地看见几个盐工倒在地上，吓得被圈的人们往一齐挤。

第二天天刚亮，鬼子用刺刀逼着掳来的一百多挂大车和两千多盐工往运城、安邑火车站运盐，一挂大车装二十担盐，一个苦力扛一袋盐，从盐池到火车站，每隔一截由一个持枪的小鬼子监视。昔日繁华的运城街道上，蹒跚着运盐的大车和苦力，汇聚成一条混浊的河，在缓慢地流淌。大车的铁轮碾在冰冷的土地上，发出吱扭吱扭的呜咽，像是在控诉日军的暴行：天是中国的天，地是中国的地，人是中国人，盐池是中国的盐池，盐是靠流血流汗晒出来的。小日本，你凭啥来中国的土地上杀人放火，侵犯我们开垦了几千年的盐池，平白无故地把宝贵的盐抢走？

三天后，在悬挂着日本膏药旗的河东道衙里，下巴吊着两坨肥肉，鼻子下面蓄着一撮黑毛的日寇大队长龟荣带刀坐在条形会议桌正面，旁边围着黑田等几个佐官、黑二饼和刚刚上任的保安团团长巩来运。龟荣带刀问：“盐是我们大日本帝国最重要的战略物资，司令部命令我部把河东盐池所存的盐全部运往太原，保障圣战顺利进行，这几天运得如何？”龟荣带刀是龟荣次郎的儿子，生在东北，毕业于日本陆军士官学校，中国话说得很流利。日寇考虑到其父曾在运城待过，特意把抢运盐的任务交给他。

“咳——”黑二饼恭敬地站立起来汇报，“太君，据河东盐务稽核分所统计，河东盐池有盐号四十六家，共存盐十九万吨，折合三百一十万担，粮食一万多担。前天征集了一百二十辆大车和两千多名劳工，每天可往火车站运盐一万八千担。”黑二饼叫蒯怀仁，是蒯书庸的儿子，原在省立二中念书，十年前，蒯书庸因雇贼偷盐怕被抓，带着他逃到东北后，上了一所日本人办的学校。日寇大举侵华后，当上日军的翻译。

龟荣带刀站起来，拍着桌面吼叫：“怎么搞的，运得这么慢？司令部命我部必须在三个月内将河东盐池的存盐全部运完，照这样的进度，少说也要大半年。不行，必须加快运输。”

左颊上长着一撮黑长毛的巩来运站起来，右爪子摘下头上的黄军帽，左爪子习惯地捻了捻一撮毛，朝主子哈腰献媚：“龟荣太君，此事不难。据属下所知，运城有十来个车行，三百多挂大车。河东盐池里有六千多个盐工，可为皇军拉运盐的仅有一百挂大车和两千来盐工。要是能把运城的大车和盐工抓回来，运盐速度就会大大地加快。”巩来运是巩珠的儿子，从小爱打架，和运城街上的小混混搅在一起，长大后凭他老子的关系，当上盐池中场的大使，由于善于见风使舵，不几年就混成河东盐务稽核分所的缉私营二队的队长。昨日，小鬼子一进运城，巩来运便主动找到小时候在一块念书的哥们蒯怀仁，蒯怀仁把他推荐给龟荣带刀，龟荣带刀听说“一撮毛”是当年他父亲在运城开洋行时所雇用的副手的儿子，好歹算是世交，便封他为保安团团长。一撮毛受宠若惊，拿着鸡毛当令箭，只一个下午就网罗了几十个臭味相投的旧警察和盐警。

“巩桑，你的大大的忠诚，就照你说的办。”

两天后，小鬼子在周围抓征了一百多挂大车和一千多苦力，投入运盐。由于苦力们不堪小鬼子的凌辱，出现了几起苦力们冒死逃跑的事件。一撮毛便给龟荣带刀出了个鬼主意，把苦力们圈到野狐泉学校里过夜，以防逃跑。于是，龟荣带刀带着一百多名小鬼子和保安队闯入野狐泉学校。

日寇霸占盐池后，景润彦目睹其烧杀抢掠的暴行，深恶痛绝。为了免遭小鬼子的祸害，让老师学生放假，自己和老伴守在学校。见一群小鬼子闯进来，便气宇轩昂地走到龟荣带刀面前质问：“学校是块净地，你们来干啥?”

跟在龟荣带刀屁股后面的蒯怀仁，凑上前去，皮笑肉不笑地答：“景院长，别来无恙。你不认识我，我可认识你，我父亲蒯书庸曾是你的门生。大日本皇军来运城帮助建立大东亚共荣圈，调运潞盐，需要征用这里的房屋。你识相点，乖乖地配合，保你无事。”说话间，手指头朝学校连片的房屋画了一个圈。

一向举止言谈斯文的景润彦见蒯怀仁不可一世的样子，气不打一处来，像吃了一个苍蝇，心里泛起一阵厌恶，用粗话骂道：“你是从哪个茅坑旮旯儿钻出来的臭虫?小日本想占学校，没门!”

“老家伙，给你脸不要脸。”龟荣带刀从腰里抽出指挥刀，朝景润彦的头上砍去，一股热血化作一道红光，射向龟荣带刀。跟在景润彦身后的崔师娘年轻时跟原配丈夫练过几招，见现在的老伴死于屠刀之下，呼地扑到龟荣带刀身上，伸出尖尖的指甲朝仇人的脸面抓去。龟荣带刀猝不及防，被抓出几道血印，连退几步躲避。几个小鬼子围上来，几把刺刀同时刺进崔师娘的前胸，崔师娘双目圆瞪，满嘴涌出鲜血，侧倒在地，挣扎着爬到景润彦遗体前，紧紧拉住老伴的手。

王凯被掳当苦力后，小鬼子见他头上夹杂着不少白发，就逼他和年纪偏大的人在料台上装袋搬盐，叔被刺刀捅死的惨状一直在眼前晃动，不由停住手，闭上眼睛，咬紧牙关，心里承受着刀割般的悲痛。站在一旁监工的小鬼子见他歇下来，以为他偷懒，抡起从盐号里抢来的疙瘩鞭劈头盖脸地打来。他晓得虎落平川被狗欺的道理，不得不把悲痛强压在心底，干起活来。黑夜，十几个盐号东家和盐工聚集到他身边，绝望地问："王会长，咱们被小鬼子抓到这里运盐，啥时才是头？非把命丢在这里不可。"王凯深知小日本凶残贪婪的本性，预感到他和难友们头顶悬着一把刀，随时有可能砍下来，但还是给难友宽心："自古邪不压正，甭看它现在猖狂一时，终有被打败的时候。咱们忍着点，小日本再凶，也把盐池搬不走，盐池最终还是咱们的。"

第三天，满天星斗时，小鬼子和保安团的黑狗子把劳累了一天的苦力们赶进野狐泉学校的宿舍、教室里过夜。王凯躺在芦苇秆上看着窗户透进来的亮光，心里七上八下地打鼓：小日本把学校占了，景老师和崔师娘去了哪里？凭小鬼子的德行，周叔的前车之鉴，一种不祥的感觉掠过心头，扰得他整夜都未睡着。

次日傍晚收工后，苦力们被押回学校。进大门时，站岗的一个警察往他手里塞了一个纸蛋。等同伴们入睡后，王凯从口袋里摸出纸蛋，展开一看，上面写着一溜字："王会长，景校长和崔大娘已遇难，节哀。"

王凯躺在芦苇地铺上，呆望着窗台上昏黄的油灯，一任泪水汩汩奔流，不由回想着自己跌宕多舛的一生……

第二十八章　激烈争盐战

崔大豪、王信等领着王凯一帮苦力，顺土坡跑到禁墙下，翻过豁口，觉得安全了，便挥手让人停下来，迫不及待地轻声吆喝：“叔。”王凯应声走过去。王信也凑到王凯跟前关切地问：“叔，这几天你可受苦了。”

原来，崔大豪得到朱二孬的报信后，连夜跑到夏县韩家岭找到王信，带着十几个游击队员潜伏在范林盐号北面坡上的一个土洞里，乘运盐收工时，借着夜色的掩护，未费一枪一弹，结果了几个小鬼子和黑狗子，救出王凯等人。

黑暗中，董维藩凑到王凯跟前说：“王会长，这几天，咱们被圈到盐池当苦力，家里还不晓得急成啥样子，咱们赶快回去吧。”王凯略一思索，对十几个难友说：“小鬼子登记过咱们的名字，不见了咱们和看管咱们的兵，肯定会像疯狗一样，到咱们家里抓人。你们赶紧回去，立马带着家小，跑得越远越好。”

东家们一听王凯说得在理，分头跑去。

王信问王凯：“叔，还有事吗？”

王凯想了想说：“叔、婶、景老师、崔师娘都被小鬼子害死了，要为他们收尸，你留下帮帮我。”

“那我把游击队全留下帮您。”

“那倒没必要，咱们是偷偷干，人多目标大，反而不好。”王信留下两个队员，让小队长领着其他游击队员返回韩家岭。

王凯让王信、大豪跟着自己跑回家，把现洋、账簿装上轿车，连夜让妻子带着杨管家、刘相公和几个相公赶往还没有被小日本占领的老家枣园。临行时，于雅辉劝王凯：“他爹，钱财都是身外之物，这里的一切都不要了，咱们一块走！”

王凯答："我何尝不想走？可叔、景老师、崔师娘都被小鬼子残害了，如今连尸骨也不晓得在哪里，我总得尽孝，让几个老人入土为安吧。"

于雅辉一听，不再坚持了，对丈夫说："你可要小心，给老人办了后事就回老家。"

王凯和崔大豪送走于雅辉一行，回到屋里，崔大豪一把抓住朱二孬的脖领，浸泡在泪水里的眼珠子快要蹦出来："景伯和俺娘被小鬼子杀了，你咋瞒着俺？"一使劲，把朱二孬摔到地上。

朱二孬爬起来，狠狠扇了自家几个耳刮辩解："昨晚见您，光想着让您救王东家，没敢把景大爷和大娘的凶事告你。前天，小鬼子让我跟两个队友把景大爷和大娘用苇席埋在野狐泉学校北面的坡上柏树林里。"

王凯眼窝亮光一闪："事不宜迟，走，咱们现在就去把叔、婶、景老师和师娘的遗体搬回来！"

王凯一行头顶繁星，穿过静谧的街道，翻越中禁门西面禁墙的豁口，摸到柏树林，打开手电，把用苇席卷着的景校长和崔师娘两位老人的遗体刨出来，轻轻放在地面，爬到地上磕了三个头，然后轮流扛着，沿土坡往西跑到齐娥和崔二豪墓地旁，让二孬和两个游击队员挖两个墓坑，又与王信、大豪跑到齐山盐号院里，打开手电筒，见周大汉的遗体被拖到北屋房檐下，用苇席盖着。王凯跪在周大汉的遗体前，鼻子一酸，颤着哭声叫唤："叔，我接你来了。"他与王信、大豪用苇席把周大汉的遗体轻轻地捆好。大豪扛起周大汉的遗体，王凯跟在后面原路返回，把老人轻轻地放在已经挖好的墓坑里安葬好。王凯跪到坟前，悲凄地告慰："景老师、师娘、叔，恕我和大豪不孝，让你们受屈了，等打跑小鬼子，我一定为你们修好阴宅，好好在天堂里享福。"说完，磕了三个头，跟着王信直奔夏县韩家岭。

昨晚，崔大豪、王信等人把几个小鬼子和保安勒死后，扔进盐湖，想让小鬼子一时半会找不到尸首，没料到湖水里盐分含量高，几个死尸很快浮了上来。次日一早，押管苦力的小鬼子看到湖面上浮着几具尸首，捞上来一看，就是昨夜失踪的几个兵，立马报告给龟荣带刀。一个来钟头后，龟荣带刀、黑二饼和一撮毛赶到现场，龟荣带刀一见死尸，气得腮上两疙瘩肥肉直抖。几天前，刚进驻盐池时，在东场被打了个措手不及，死了十多个帝国军人。昨晚，又有三个帝国军人葬身湖底，十几个苦力逃跑，这股势力太可怕了，要是不把这股势力消灭掉，就会影响到运盐。龟荣带刀瞪了一眼站在身旁的一撮毛问："你对盐池熟，谁有这么大胆子，竟然敢在皇军的眼皮底下作案?"

一撮毛绿豆眼滴溜一转，谄媚地答："大佐，刨树要刨根。皇军来之前，盐池里武装押盐势发最大的就是王凯。几天前，一小股反日分子在东场与皇军对着干，地点离王凯的齐山盐号不远。昨晚又在王凯等人装盐的范林盐号发生了勒死皇军的事件。依在下拙见，此事肯定与王凯有关。"七年前，运城闹学潮时，一撮毛的老子莫名其妙地活不见人，死不见尸，一撮毛曾问过他妈，他妈说是当天下午王凯找过爹，虽然没有直接证据证明他爹就是王凯害的，但总感到此事与他脱不了干系，这些年来，一撮毛一直对王凯耿耿于怀。

黑二饼立即加油添醋："王凯脑勺后头长着反骨，光绪年间刺杀过慈禧太后，民国四年打过盐务稽核分所的协理英国人柏理稳，这两起与皇军作对的事肯定跑不了他。"

"王凯?"龟荣带刀翻了翻眼皮，"这个人我知道。昭和六年，家父在运城开洋行时，信中多次提到过他，还把与他交往的照片和资料寄到家里。这回来运城时，我特意带在身上，想忙过这阵子去会会他，没想到他竟敢和皇军作对，我看他是活得不耐烦了。"

一撮毛挺了挺猫着的腰杆，往起捋捋衣袖，摆出一副赴汤蹈火的架势："大佐，你现在就下命令，我这就带人把那姓王的抓来。"

"不。"龟荣带刀摆摆手，狡猾地说，"你们中国人有句话，放长线钓大鱼，先不要动，暗中死盯着他，顺蔓摸瓜，把这伙反日分子一网打尽。"

黑二饼伸出大拇指恭维："还是大佐高明。"

后晌，一撮毛带着二十多号黑狗子到王恒盛总号，一看大门紧锁，又到跟王凯一起逃跑的董维藩等几个盐号东家的家一看，都是铁将军把门，赶紧报告给龟荣带刀："这伙人做贼心虚，全溜了。要不我带人把他们的院子全烧了，杀鸡给猴看，看那些盐商和苦力们还敢不敢和皇军作对。"

龟荣带刀摇摇头："先别打草惊蛇。你们中国人恋家，时间一长，王凯等人就会放松警惕，自投罗网。"

接受上两次的教训，龟荣带刀派二百多个小鬼子盘踞在盐池，又网罗了一百多个地痞流氓组成盐警大队，在盐池东场、中场、西场、东湾和南岸各扎一个中队，看守盐号，日夜巡逻。为了严防苦力们逃跑，小鬼子强行让苦力们上穿白外罩，前胸后背印上号，剃成阴阳头，把十几个车行里存的草料全部抢到盐池，喂养骡马，又在集中囚禁苦力的野狐泉学校支起十几口大锅供三千多苦力吃喝。做饭需要大量柴火，街上没卖柴火的，小鬼子便狗急跳墙，就地取材，把池神庙的歌薰楼、海光楼和关帝庙拆掉，把野狐泉学校里的桌椅板凳砸烂，把盐号里的木夯、扁担、苇席等木制工具全部搜寻来当柴烧。所需的粮食，全都是从各盐号抢来的。

歌薰楼为纪念舜帝抚琴高吟《南风歌》所建，海光楼是池神庙的正门，均为三楹三层木质结构，是池神庙的代表性建筑。建楼一千多年来，历代文人墨客慕名到这两座名楼登高望远，吟诗抒情；各种鸟类把这两座高大雄伟的名楼当作理想的栖息之地，整日围绕楼体盘旋，引颈高歌，成为盐池的一大景观。此两座楼被拆后，痛失家园的无数鸟儿恋恋不舍地在空中盘旋，发出凄惨的哀鸣。拆关帝庙时，早晨还是万里晴空，晌午，突然从南山后滚来黑压压的乌云，遮盖住天空，紧接着雷鸣闪电，倾下一阵瓢泼大雨。拆庙的苦力们以为关老爷发怒，纷纷跪在泥水里，朝盐池南面的关老爷家乡常平村磕头祷告。雨水过后第二天，盐湖变成血一样的深红色，苦力们见状，更深信盐湖之所以变红，是因为拆庙弄伤了关老爷的圣体，顾不得小鬼子枪托和鞭子的威胁，扔下肩上的盐袋，跪在路边，面朝盐湖南面向关老爷磕头请罪。小鬼子急得朝盐湖开了一阵枪，红水里激起一朵朵浪花，发出哗哗的声响，像是在嘲笑发泄淫威的小鬼子。

韩家岭地处中条山的腹地，背崖临沟，易守难攻，一直是中共河东特委的秘密根据地。此时，嘉康杰与河东特委另一位负责人金长庚赴延安学习。中共中央北方局根据抗日斗争的需要，成立夏县中心县委，驻扎在这里。王凯和崔大豪来到这里后，自然受到热烈欢迎。夏县中心县委书记、八路军游击队政委温建平听曹鑫洋介绍王凯、崔大豪功夫了得，就请他俩教抗日游击队员们拳路。

一天，温建平走进王凯居住的窑洞里说：“王东家，盐池是咱们的命根子，盐是人活命的必需品，小鬼子霸占了盐池，抓了二百多挂大车和三千多盐工抢盐。据报，前天又从太原调来二十多辆卡车运盐，企图卡死我们的部队和老乡，是可忍孰不可忍。上级指示我们想尽一切办法与小鬼子争夺盐，我们想派曹队长亲自下盐池侦察，可惜他对盐池情况不是很熟，您是盐池通，我想请您当向导。”

“行，你们早该行动，惩治小鬼子，把盐池的血汗盐抢回来。”王凯回答得很干脆。

当夜，王凯、曹鑫洋带着两名游击队员沿山里的小路翻越到盐池南面的中条山，下到山底，翻越禁墙，轻车熟路地摸到盐池东南岸。盐池南岸开有八家盐号，王凯于民国十七年大旱时所开垦的齐信盐号就在其中。小鬼子占领盐池前，南岸上的盐号人气较旺，夜里，料台上的庵里亮着灯光，看盐的盐工们时不时出来巡视一番。一有动静，各盐号养的狗便叫个不停。小鬼子占领盐池后，各盐号的人和狗都跑得净光。小鬼子便派一个盐警中队驻扎在规模最大的景德馨盐号。前日，小鬼子为了加快运盐速度，从野狐泉抽调了二十多名苦力装卸，派几辆卡车往安邑火车站运盐。

王凯看见景德馨盐号亮着灯光，里面传来吆五喝六的声音，便带着曹鑫洋等人潜到景德馨盐号大门前，见两个站岗的伪盐警靠在墙上打盹，两个游击队员抽出尖刀，想上去结果他们的性命，被王凯挡住，摆摆手，示意不要动手。两个游击队员守在外头，他和曹鑫洋翻墙进去，轻步走到亮着灯光的北屋窗户下，用手指蘸上唾沫在窗户上捅了个窟窿往里一看，十几个伪盐警正围着圆桌喝酒，已经喝得东倒西歪。一个年轻的盐警硬着舌头提醒黑脸上摞满麻子的人：“邵队，咱们都喝、喝了好、好半天了，要、要不出去、去转转?”

“转个屁！黑灯瞎火的，谁吃了豹子胆也不敢来偷盐？来，喝!”“黑麻子”端起酒杯，仰起脖子灌到嘴里。

王凯和曹鑫洋悄悄退出院子，领着几个人又沿着湖岸跑到东湾，看见好几个盐号里竟没有驻扎盐警。王凯等人又藏在附近的一座破庙里，观察到每隔两个多钟头，小鬼子就过来巡逻一遭，然后赶回韩家岭，向温建平汇报了小鬼子和伪盐警的活动规律。温建平果断地派人到周围几十个村子，通知各村的抗日组织发动了八百多群众和一百多匹骡马，带上铁锨、毛裢等家什，于深夜赶到盐池东湾盐号附近埋伏起来。在河东地委直属抗日游击队的掩护下，乘小鬼子巡逻队刚过去，跑到料台上，打开盐垛装运起来。

次日早，消息传到小洋楼。龟荣带刀带着一百多小鬼子到东湾一看，盐号料台上的几个盐垛只剩下一些破苇席片和泥巴，气得龟荣带刀朝跟在屁股后面的几个伪盐警头目脸上挨个扇了几下：“八嘎，你们是怎么看守的?”

黑二饼哈腰向主子吐出坏水：“大佐息怒，亡羊补牢，犹为未晚。一夜之间被偷走几垛盐，少说不下几千担，八成是周围的刁民所为，不会藏得很远，咱们派兵搜查，肯定会完璧归赵。”

龟荣带刀当即命令小鬼子和保安团倾巢出动，到周围十几个村庄里搜了个遍，结果连盐味都没闻到。次日晚，小鬼子把机关枪支在东湾盐号料台上，每半个钟头巡逻一趟，倒是没有发现什么异样。

三天后，刚吃过早饭，黑麻子慌里慌张地跑到小洋楼给龟荣带刀报告，昨夜南岸盐号几个盐垛被抢走。龟荣带刀把兵调到南岸没几天，北岸东场四铺几个盐垛又被抢走，真是按下葫芦浮起瓢，防不胜防。龟荣带刀只得向上司报告，调来三十多辆摩托车和几条狼狗。

一天夜里，地下党组织三百多群众在西禁门附近，避开小鬼子的巡逻队，到盐号抢盐时，被狼狗发现，狼狗一叫，隐藏在暗处的小鬼子，迅速开着摩托赶到现场，护抢的游击队员阻挡不住只得撤退，二十来个群众来不及撤退，被小鬼子乱枪打死，还有几个人被凶残的狼狗活活咬死。残暴的小鬼子在池神庙下面的空地里栽上一排木杆，把牺牲的群众吊在上面，强行把周围十几个村庄的村民赶到跟前观看，企图杀鸡给猴看，瓦解民众的斗志，闹得人心惶惶。

为了避免抢盐群众无谓的牺牲，温建平召集当地地下党员和抗日中坚商量对策。一个长得干练利落的年轻女子站起来，甩了甩头上的短发说：“魔高一尺，道高一丈。小鬼子增加了盐池的兵力，咱们力量有限暂时打不过它，可小鬼子总要把盐往外运，咱们人熟地熟，就在半路截击小鬼子往火车站运盐的卡车！”此人叫赵辉，太谷县人，山西大学毕业，九一八后加入了共产党，去年参加了牺盟会，被委派到安邑县任牺盟会特派员。日寇侵占运城后，拉起一支三十多人的抗日自卫队，好几次袭击了祸害老百姓的小股鬼子，近来一直配合八路军游击队抢盐。

“好，就这么干！”

几天后的正午，十多辆满载盐的卡车从盐池东湾开出来，路过安邑镇东的一片小树林，只听嗤的一声，最前面的卡车碾上自卫队事先撒在路面上的铁蒺藜，轮胎爆了，司机猝不及防，方向一偏，卡车头撞在路旁的树上，后面的卡车不得不停下来。押车的日伪军刚跳下车，几十名自卫队员冲到跟前，给了一排子，把他们送上西天。紧接着，小树林里窜出三百多群众，肩扛担挑，只用了半袋烟功夫就把卡车上的盐运走。撤退时，赵辉指挥游击队员给每辆卡车底下塞了个炸药包。

小鬼子霸占了河东盐池后，在池神庙大门上挂起白底黑字的“大日本帝国皇军第四十管理工厂”，把玉树青霞道院里作为魔窟。这天，黑田陪着龟荣带刀坐在玉树青霞道院新装修好的日式卧室里，欣赏几个随军歌伎的表演。占领运城两个多月来，三天两头发生盐被抢事件，弄得黑田坐卧不安。这回，调来一批摩托车和狼狗，打死了二十多个偷盐的人，出了一口恶气，盐池里平静了几天。他认为这回总算把游击队和刁民治住了，便请顶头上司来休闲一下。正在洋洋自得时，突然听见一阵爆炸声，很快，跑进一个小鬼子报告：安邑方向冒起几股黑烟。龟荣带刀脸一沉，冲黑田号叫：“快，去安邑。”

龟荣带刀和黑田带着三百多个日伪军跑到出事地点，一看被炸得四分五裂的卡车残骸，气得抡起洋刀，一连砍断路旁几棵胳膊粗的柳树，又带着日伪军闯进安邑镇。安邑镇是大禹封邑，夏朝古都，具有三千多年历史，历代为县治所，驻有千余户人家，沿街开有不少店铺和商号，镇上的壮年人大都上地干活，只留下一些老人、妇女和孩子。日伪军把三百多号老人和孩子赶到镇中唐代太平兴国寺砖塔下的空地上，黑二饼逼问：什么人抢的盐？镇上的年轻人哪里去了？老乡们虽然知道底细，但都缄口无语。黑田恼羞成怒，从人群里拉出一个中年妇女，黑二饼凑到中年妇女跟前，支起她的下巴问：“说实话，太君就放了你。”中年妇女朝黑二饼脸上啐了一口：“日本狗！”黑田见状，抡起洋刀把中年妇女砍倒在地，愤怒的人群像一股潮流冲过来，黑田一挥手，日伪军举起枪，射出罪恶的子弹，顿时，三十多个乡亲倒在血泊中。黑田还不解恨，又命手下点着了十几座商号和店铺。

赵辉领着民众把盐运到南面的中条山里后，远远看见安邑镇上黑烟翻滚，情知大事不好，领着自卫队赶回安邑，日伪军已逃之夭夭，一片片废墟里冒着令人窒息的黑烟，像是控诉鬼子的残暴。痛失亲人的家属们围住赵辉哭着让她报仇，赵辉面对惨状把拳头握得咯咯响：血债要用血来偿。

当晚深夜，八路军游击队和赵辉率领的自卫队合二为一，挑选了准头好、身手敏捷的三十多名战士组成尖刀队，潜入运城街上的小洋楼。小洋楼里驻扎着日军一个小队五十多个小鬼子，尖刀队原想摸掉岗哨，以迅雷不及掩耳之势冲进小鬼子睡觉的宿舍，用手榴弹来它个一锅烩，不料被躲在小洋楼上的暗哨发现，朝天开了一枪，惊醒了在宿舍里睡觉的小鬼子，连衣裤都未顾上穿，仓皇应战。战士们乘小鬼子未完全清醒之际，用手榴弹和子弹干掉几个小鬼子，小洋楼上几个小鬼子躲在栏杆后面，居高临下，用机关枪扫射，尖刀队的战士们一时无法消灭龟缩在宿舍里的小鬼子。激战了十几分钟，尖刀队怕盘踞在河东道台府里的大股小鬼子增援，主动撤退，只有两个队员负了轻伤。龟荣带刀一看躺在地上的十几具死尸，攥起两只拳头朝天发泄：“游击队，抓住你们，定要碎尸万段!”

几天后的傍晚，突然从南山上冲下三百多名全副武装的国军，直接攻入南岸的景德馨盐号，守在号里的六十来号盐警们哪里是对手？不到半袋烟的功夫就全部上了西天。之后，每个士兵扛起一袋盐，消失在南山里。次日早，附近从善村的两个地下党员跑到韩家岭把国军抢盐的情况报告给温建平。温建平虽然知道中条山里有国民党的正规军在活动，但近段一直忙于组织抢盐，没顾上与之联系，一听这个消息，非常兴奋，立马派曹鑫洋带着熟悉地形的侦察员到山里，没费多少周折，就找见这支国军。陈依萍团长得知曹鑫洋是八路军抗日游击大队队长，非常友好，告知了事情的原委。原来，这支国军是第三十一军团五十九军五二九旅一零五七团，日寇占领了晋南交通沿线和运城周围平川地区后，他们避其锋芒，奉命深入中条山区，伺机袭击平川之敌。由于运输困难，给养紧张，特别是没有盐吃，直接影响到部队的战斗力，他们便决定到离驻地不太远的河东盐池抢盐，把此任务交给二营。

两个多月前，日寇侵犯到齐山盐号时，王凯和张广海领着盐工们跑出盐号，跑到东禁门口时，被小鬼子堵住。邱锁急中生智，让盐工们散开跑，邱锁等年纪稍大的盐工跑不快，被小鬼子抓住，而张广海和一些年轻的盐工窜上北坡翻过禁墙逃脱了。张广海在运城人生地不熟，没有落脚之地，便和几个盐工跑进中条山，无意中碰到国军，便当了兵，因跟随崔大豪押过一段盐，学过一些功夫，很快当上侦察班班长。二营营长王汝昭接到抢盐的任务后，命侦察班长张广海到盐池侦察情况。张广海一拍胸脯：“我就是从盐池里逃出来的，对盐池再熟不过了。”二营长大喜，带着全营，由张广海领路，下到盐池，先收拾了南禁门的岗哨，又跑到景德馨盐号，全歼伪盐警，抢到一批食盐。

曹鑫洋对陈团长说：“如今国共合作，小鬼子是咱们的共同敌人，贵军抢了一批盐，实在可喜可贺，不过，遗憾的是抢得少了点。”

陈团长不解地问：“三百多士兵，每个扛了一袋，够全团吃三年，还不算多?”

曹鑫洋笑说：“贵军是正规部队，实力强，这不假，这一点我们共产党八路军游击队没法与你们比。可尺有所短，寸有所长，我们接着地气，在这里扎下根，几乎每个村庄中都有我党的地下组织，老百姓都听我们的话。不瞒你说，这两个多月，我们下盐池抢了十几回盐，已经抢出几万担。”

陈团长惊讶地问：“你们游击队有多少人？”

“我们八路军的游击队和安邑抗日自卫队加起来二百来人。”

“那你们咋会抢出这么多盐？”陈团长摇摇头，不相信。

曹鑫洋答：“光靠我们游击队当然不行。我们每次抢盐，都组织成百上千的老乡参与。你若不信，可以随便问一问当地的老百姓，这两个多月他们吃的盐是谁供的。”

陈团长握着曹鑫洋的手，钦佩地说：“天时比不过地利，地利比不过人和，还是你们游击队的能耐大。”

曹鑫洋想：如果借助国军的力量，抢盐不就如虎添翼？便对陈团长说：“如今抗日压倒一切，蒋委员长说，地不分南北，人不分老幼。去年，我们八路军的三个师和阎锡山的晋绥军联起手来，跟小鬼子打了不少硬仗。咱们是友军，只要合作，取长补短，肯定会抢出更多的盐。”说完，期待地看着对方。

“那再好不过了。”陈团长停顿了一下说，“军人以服从命令为天职，此举须向军部报告。”

“那好，就烦陈团长请示军部，我等着。”

陈团长亲自去驻扎在五十里外永济县五老峰的军部面见军长赵寿山。赵寿山原是冯玉祥的部下，后跟随杨虎城发动“西安事变”，与周恩来有过交往。抗战爆发后，曾率军在河北保定、山西忻口阻击日寇，配合过八路军一二五师在平型关打过日寇的伏击，之后应八路军总司令朱德的邀请到延安参观，受到过毛泽东主席的接见。太原失守后，赵寿山奉命率部在晋东南与日寇激战了大半年，三个多月前，调到中条山抗战。早上刚接到军团长孙蔚如的命令，要求他在最短的时间内在河东盐池抢运一批盐，保证全军团所用，一见陈依萍，笑说：“我正要派人找你，想曹操，曹操到。”

陈依萍给孙寿山敬了一个军礼：“请军座明示。”

“孙军团长刚刚给我下了命令，让我军尽快搞到一批食盐。你们在河东盐池一带活动，此任务非你莫属。”

“保证完成任务！”陈依萍对孙寿山说，“军座，我就是专为此事来的。”

“这么巧？说说看。”

“昨日，我团已经到河东盐池抢下三百袋盐。今天前晌，八路军抗日游击队队长曹鑫洋找到我，想和我们一起联手抢盐。我这次来，就是请示军座，能不能与八路军的游击队合作。”

“八路军我了解，甭看人家穿得破烂武器差，可打起小鬼子一点不含糊。与他们合作，没麻达。”

“是！”陈依萍行了一个军礼，扭身就走。

“回来，回来，看把你急的。”

“军座还有什么吩咐？”

“给你增配五挺机关枪，一百杆步枪，一万发子弹。”孙寿山命令陈依萍，“你必须在一个月内给我抢回一万担盐来。”

陈依萍回到驻地见到曹鑫洋，说了军部命他抢盐的事。曹鑫洋高兴地抡起拳头捶着大腿说：“太好了，我们游击队人少武器差，拼不过小鬼子。这回有你们正规军参与，咱们就敢和小鬼子干蹦硬正地干。”几天后，陈团长和温建平研究好了抢盐和消灭鬼子的战斗方案。

上回国军在盐池南岸抢盐时打死了几十个盐警，抢走三百袋盐，龟荣带刀以为又是八路军游击队所为，又从另外两个盐警中队里抽调了六十多个盐警看守盐号。

以前抢盐，大都是夜深人静的后半夜，而这次选择在早晨。盐警正在吃早饭，半点防备也没有，只派了两个盐警看守大门。赵辉带领运盐的千余老乡藏在离盐号不远的从善村。曹鑫洋、王信带着二十多个队员摸到景德馨盐号附近的树林里埋伏起来，派两名身手好的队员扮成讨饭的，蹒跚地走到站岗的跟前，一个箭步窜上去，掏出短枪抵住站岗的后腰，曹海带着游击队员一拥而上，冲进盐号包围了饭厅，盐警们知道游击队的厉害，怕被打死，纷纷跪在求饶。曹鑫洋对吓破了胆的盐警们说：“咱们都是中国人，这回我不杀你们，主要来抢盐，你们乖乖地原地蹲着。”让游击队员看守好这些盐警，然后按照事先约定，站在盐跺上向从善村摆了摆小红旗。赵辉一看信号，领着千余老乡迅速跑过来担挑肩扛地往山里运起盐来。远在池神庙的小鬼子用望远镜看见盐跺上飘着太阳旗，以为平安无事，便放下心来。运盐队一直运了三天，少说运走一万多担盐。第四天后晌，曹鑫洋让被看管着的盐警头目带人出去放几枪，盐警头目结结巴巴地说：“好我的八路爷爷，打死我也不敢放枪给皇军报信。”曹鑫洋说：“少啰嗦，叫你放你就放！”盐警头目这才带着几个手下，站在盐堆上朝天乱放了一通枪。小鬼子一听枪声，认为事发大天白日，可能是游击队骚扰，三百多个小鬼子倾巢出动，乘坐几辆摩托车和十几辆卡车，从池神庙沿盐池北岸的道路气势汹汹地扑过来。

开到盐池东北角时，路面上出现了一道壕，挡住去路。小鬼子不得不紧急刹车，跟在后面的卡车丝毫没有准备，挤在一起，事先埋伏在北岸高坡上一个营的国军突然开火，机枪、步枪、手榴弹一齐向小鬼子宣泄过来。小鬼子慌忙应战，只有招架之功，没有还手之力。一个多钟头后，龟荣带刀带着驻扎在运城的大股小鬼子赶到，陈团长这才领着国军撤出战斗。龟荣带刀看着七横八竖倒在地上的小鬼子尸首，气得原地蹦了几下，恨不得把地戳几个窟窿。次日，龟荣带刀为了逃避责任，给上司报告一个师的正规中央军到盐池抢盐。日寇一听着了慌，很快从外地紧急调来一个旅团，在东禁门、西禁门、南禁门增派兵力，连通往盐池的小路都派小鬼子重兵把守。

陈团长见状，担忧地对温建平说："这回捅了马蜂窝，调来这么多鬼子，往后抢盐困难太大。"温建平胸有成竹地说："小鬼子在明处，咱们在暗处。在盐池里抢盐不行，咱们就劫小鬼子运盐的火车。"

一个月后，小鬼子一列运盐的火车开到离运城一百五十多里外的东镇段的隘口时，开火车的司机突然发现前面没了铁轨，紧急刹车已经不及了，火车头一下子撞到路基的石子上停了下来。数百国军和游击队冲上来，消灭了押车的三十多个小鬼子。紧接着，从两侧冒出了二千多群众，抢运起盐来。日寇闻讯后，从运城和侯马调来一千多个小鬼子，均被埋伏在两端的国军和游击队死死挡住。临天黑，十二节车皮上的三百六十吨盐全被运走，一颗不剩。

如果把河东盐池比做一条盘卧的巨龙，星罗棋布在沿岸盐号的盐跺就是巨龙身上熠熠发光的鳞片，它既是盐工们血汗的结晶，又是财富的象征。经过小鬼子半年的洗劫，昔日丰腴的盐池变得瘦骨嶙峋，存盐殆尽。龟荣带刀站在池神庙歌薰楼的废墟上眺望光秃秃的盐池，愁得两腮的肥肉简直要掉下来。像哈巴狗一样站在龟荣带刀身后的黑二饼见主子眉头紧锁，便问："大佐，盐池里盐总算运完了，你应该高兴才是，为何闷闷不乐？"龟荣带刀叹气说："上司命令我部把盐池里十九万吨存盐悉数运到太原，保障圣战，而这几个月来，八路军游击队、抗日自卫队、国军、老百姓神出鬼没，三天两头地抢盐，少说抢走了三万多吨，如今盐池里的盐运完了，我没法给上司交代呀。"

杵在一旁给主子摇扇子的一撮毛绿豆眼滴溜一转，出了个鬼主意："太君，皇军来运城之前，盐商们大小车辆地往外拉了好多盐，据我所知，这些盐并没走远，大都囤在风陵渡、茅津渡、太阳渡、大河口等几个黄河边的口岸上，要是皇军能把这些盐没收回来，不就补上这个缺口了?”

龟荣带刀脸上两砣肥肉往上一凑，咧着大嘴巴，拍着一撮毛的肩膀夸说：“巩桑，真有你的，等干成此事，我赏你一座院子。”

黑二饼不失时机地奉承：“山重水复疑无路，柳暗花明又一村，太君真是福星高照呀。”

次日，一千多小鬼子乘坐卡车分头扑向风陵渡、茅津渡、太阳渡、大河口等渡口。这几个黄河渡口是通往陕西、河南的必经码头，数千年来，由于大量的潞盐要摆渡外运，每个渡口都设有几十家商铺和几家盐栈，车水马龙，异常繁华。由于小鬼子蹂躏，盐路受阻，积压了不少盐，一时找不到合适的地方转移，五万多担存盐全部落入小鬼子的魔掌。抢光盐后，小鬼子又使出惯用的伎俩，放火烧了渡口的商铺和盐栈，兴旺了千年的古渡口浓烟滚滚，一直烧了几天。一场暴雨过后，涨水的黄河掀起万丈波涛，发出雷鸣般的怒吼，像是控诉小鬼子的暴行。

按说，小鬼子把盐池里的盐抢运完了，应该把奴役了几个月的苦力们释放了，可包藏狼子野心的日寇为了巩固其血腥统治，为进攻西安做准备，修筑由永济虞乡通往黄河南岸芮城县的公路。此路全在中条山里，六十多里长，工程量很大，除在当地抓了一批苦力外，把抢完盐的一多半苦力押到修路工地上。在荒无人烟的深山里修路，住的是蝎子横行的山洞，吃着能照出人影的稀粥，天不明干到满天星星，抡大锤，背石头，稍一松懈就吃鞭子，比在盐池里还要苦，每天都有被打死或炸死的人。小鬼子把其他的苦力押到运城东北方向的羊驮寺修飞机场，清一色的小鬼子监工，逼着苦力打夯、拉碌碡、和水泥，一不留神锨把粗的木棍就落到脊背上，不少劳力死于非命。

第二十九章　被逼复生产

王凯协助韩家岭游击队抢运了一次盐后，听说小鬼子还没有侵占绛县，便向曹鑫洋道别，与崔大豪赶回老家过清明，给祖先上坟烧纸。因鬼子占据着回老家的大路，王凯怕惹上麻烦，便和崔大豪沿中条山根的小路往回走。运城离老家二百里，若走大路，路程相对近些，三天就能到，但走小路，既不好走，又绕得远，第四天傍晚才走到未被小鬼子霸占的绛县冷口村。王凯松了一口气，对崔大豪说："走，咱们到横水，今夜就住在我表侄家里，明日后晌就能赶回家。"

横水镇地处闻喜、绛县交界处，春秋时是晋国的周阳邑。明清以来，一直是远近闻名的商品集散地，每逢三、六、九，方圆百里的民众从四面八方云集于此进行交易。镇上京货、杂货、副食、成衣、药铺、旅馆、酒店、当铺、钱庄、粮行、盐店、金银器店、照相馆、油坊等五花八门，应有尽有。王凯的姥娘家探花府坐落在北街上，是横水镇的名门望族和经商世家，他姥爷乔探花念书为官一辈子，未给家里添置一砖一瓦。他两个舅舅虽中了秀才，但并未外出做官，而是以经商为业，生意做得有鼻子有眼，到乔探花重孙乔宜之也就是王凯表侄这一辈，势发像滚雪球越滚越大，成了全镇的首富，除扩建了探花府外，还在最繁华的东西大街上购置了几十座门面，足足占了大半条街。这些年，王凯与这门老亲戚一直走得很勤，每次从运城回家，总要拐到乔家看看。近年来，表哥年纪大了，把生意交给表侄乔宜之。乔宜之见经营盐利大，表叔又在运城开盐号，货源有保障，便开了家盐店，生意一直很红火。正月里，王凯往家里运盐时，还特意给表侄送了几车盐。

王凯径直走到探花府，乔宜之把表叔领到饭店里就餐，见表叔面目憔悴，满头白发，比以前老了许多，猜想表叔受了很大的挫折，便婉转地问："叔，听说小日本占领了运城，做了不少孽，对您的盐号影响大不大?”没等王凯回答，心直口快的崔大豪便狠狠咬了一口馍，答：“甭提了，刚出正月，盐池就被小鬼子占了，又是飞机炸，又是杀人，抓了三百多挂大车和三千多盐工往外抢盐。咱叔也被小鬼子抓住，要不是被救出来，这会还在小鬼子的刺刀下当苦力。”

王凯不想再往伤口上撒盐，避过这个话题问：“宜之，这一程你盐店里盐卖得咋样?”乔宜之答：“叔，以前我那盐店只供横水周围的几十个村庄，每天也就销个十来袋，可这一程不少外地人来买盐。我晓得您家存着不少盐，隔几天雇车到您存盐的里册村拉一回。”王凯提醒说：“宜之，小鬼子霸占了盐池，我看今年不会再晒盐，盐很快就会断货，你趁咱这里还没被小鬼子占，赶紧从我家里多拉些盐囤起来。”

次日早，乔宜之领着王凯和崔大豪到街上喝了乳白羊汤，又给老姑买了几大包最爱吃的五香牛肉、闻喜煮饼等吃食，套起家里的轿车，陪送王凯和崔大豪回枣园，当轿车路过街上的理发铺时，王凯突然让轿车停下来。乔宜之问：“叔，还有啥事?”

王凯摸了摸满头白发和箍在下巴的胡子说：“你老姑爱干净，我一个多月没剃头了，回去让你老姑看我胡子拉碴的样子，心里肯定不舒坦。”“叔，您真是孝顺我老姑。”乔宜之很是感慨。王凯答：“家有老，是个宝，人过七十古来稀，你老姑整八十了，当小的就要哄她高兴，让她老人家健康长寿。”半个钟头后，王凯从剃头铺走出来。崔大豪一看王凯剃了个光头，不解地问：“叔，您咋把头剃光了?”王凯摸了摸头解释：“这样利索。”几十年来，王凯经常和官员盐商打交道，很注意仪表，不管啥时候都把分头梳得一丝不乱，下巴刮得干干净净。这回，他之所以剃了个光头，就是不愿意让母亲看到满头白发。

轿车刚走几步，王凯又看见一家成衣店，让轿车停下，对乔宜之说：“宜之，我又要麻烦你，我不想让你老姑看到我这邋里邋遢的样子，咱们去成衣店里，让你破费一下，给我和大豪换身衣裳。乔宜之领着王凯和崔大豪走进成衣店，挑了两套时髦的中式衣裳，当场换上，王凯又特意选了一个黑呢礼帽戴上。人靠衣裳马靠鞍，灰头土脸的王凯和崔大豪果然像换了个人似的。

有句老话，“可怜天下父母心”，王凯的此番苦意，不就是“可敬天下儿子情”吗?

随着岁月的无情流逝，王乔氏虽然无啥病症，行动却蹒跚起来。日本侵占运城后，于雅辉从运城回到家里后，为了瞒住运城发生的事，请几个与婆婆年纪相仿的老姐妹来家，管吃管喝，陪婆婆打牌说笑。

吃过晌午饭，送走乔宜之，王凯搀着母亲走出大门，到大院南面的果园里欣赏挂满枝头的雪白的山楂花，见儿子容光焕发的样子，随口问了一句："英哥，盐池里都顺着吧？"

王凯哄说："顺着哩，妈，您就把心放肚子里，想打牌就打牌，想看戏就看戏，想吃啥就吃啥，想咋亲重孙就咋亲。"

吃罢晚饭，王凯和于雅辉来到北屋里，照例陪妈坐了一会。回到东屋后，于雅辉给丈夫铺好被窝，轻声说："你累了，快歇吧。"三十多年的相濡以沫已经把两颗渐老的心融为一体，不用开口，一个动作，一个眼神就能使彼此看懂对方的内心世界。不等妻子发问，王凯把抢埋叔、婶、景老师和崔师娘遗体，给游击队当向导抢盐的事告给妻子。末了，他担忧地说："小鬼子把盐抢光了，又霸占住盐池不让晒盐，往后，几个省的老百姓吃啥？"

于雅辉给丈夫宽心："咱只是一个晒盐的，草民一个，再担心也顶不了事，咱惹不起小鬼子还躲不起？凭咱的家底，几辈子也花不完，咱就安安稳稳地守着咱妈和儿孙们，多好。"

"那咱们运城的家咋办？几个盐号咋办？"王凯还是舍不得辛辛苦苦创下的基业。

于雅辉板起脸数落丈夫："你回头看看，咱俩成亲三十多年了，除了逢年过节，你在家里停过几回？眼下，都这个时候了，咋还放不下你那盐号？"

妻子的话呛得王凯无话可说。作为一家之长，他确实应该守在家里孝敬老人，关照妻子，爱育子女，然而三十多年来，一个心眼扑在盐池里，特别是晒盐季节，两三个月都不回家，把家里的一大摊子全都推给妻子。妻子对此毫无怨言，分担了一切，她即便是头拉磨的驴，也该让歇一歇了。王凯想到这里，一股愧疚油然而生，哄起妻子："你不说我心里也装着你的功劳，要不，家里的佣人咋都叫你大奶奶？别怨了，我再也不去盐池了，就守着咱妈和你，总行了吧。"

一缕春风把于雅辉额头上的皱纹吹展了，她甩了一下身子说："看你，老了老了，这么酸的话也能说出口？睡觉！"

疲劳之极的王凯酣酣入睡，这是他一个多月来睡的头一个安稳觉。

次日吃早饭，七岁的大孙女秀婷和三岁的孙子王卓像两只小鸟蹦到王凯跟前，不由分说，小手插到他的衣袋里掏起来。往常，王凯从运城回来，总记着买两件玩具，藏到衣袋里让孙女孙子掏，所以，两个小家伙一见爷爷，就扑上来掏他的衣袋。王凯抱歉地说："这回爷爷忘了给你俩带好玩的，下回补上。"大孙女秀嫱不甘心，搂着王凯的胳膊撒娇："爷爷，这回您欠我和弟弟的，下回得补上。"

"一定，一定。"王凯摸着孙女孙子柔柔的头发，眼睛眯成一条缝，心里暖暖的。人都是隔辈亲，这话一点不假。

曹金环嗔怪公公："爹，看您把秀嫱惯的。"给了大女儿屁股上一巴掌："爷爷吃饭，别闹了，再闹，让你爹回来收拾你。"女儿很怕妈，一听此话，乖乖坐到自己的位置上吃起饭来。

刘锡钟也跟着把儿子王卓拉到自己身边。

"继创干啥去了，我回来咋没见他面?"王凯问儿媳。

曹金环答："妈让他去里册村盐窑里招呼卖盐。这一程，来买盐的很多，他忙得好几天都没回来了。"

吃罢饭，王凯向妻子打了个招呼，骑马来到里册村存盐的窑洞里。虽然他晓得儿子完全能把卖盐生意干好，但还是想亲眼看一看。

民以食为天。人吃的食物多种多样，除了五谷杂粮，还可以以肉代粮、以果代粮，甚至以草代粮，然而盐却不可替代。运城盐池断供后，闻喜、绛州、太平、襄陵、垣曲等县的盐店打问到王凯老家存着不少盐，都蜂拥而至来进货。

王继创见爹来了，眼睛一亮，让两个伙计给卖主提货，把爹请到盐窑旁边的一孔住人的小窑里。王继创非常关注时局变化，打听到小鬼子占领了运城，预感到小鬼子不会放过盐池，心里压上一块石头，生怕爹遭到不测，一见爹活生生地站在面前，心里的石头一下子落了地。

王凯问："盐销得咋样了?"继创答："这一程，每天都有十来家进盐的。眼下已经销出二千来担，照这样下去，不出三个月，剩余的五千多担盐就能全部销完。爹，听说小鬼子占了运城，盐池有没有受到影响?"王凯拧起眉毛，语气沉重地说："甭提了，小鬼子霸占了盐池，抓了三千多盐工和三百多挂大车往外地抢运盐，我就是被你大豪叔从盐池里救出来的。"

"您回来了，就是不幸中的万幸。"王继创又说，"盐池里的存盐都被小鬼子抢运走了，咱家存的这些盐可就成宝贝疙瘩了。"

话音刚落，走进一个中年顾主，对王凯抱拳揖礼，满脸堆笑："王东家，别来无恙，您还认识我吧？”王凯仔细打量对方，记不起来，礼节性地站起来回礼：“先生，恕老朽眼拙。”那人自我介绍，“我姓田，叫来福，绛州的，开了个盐店，和你贵婿刘锡藩是朋友，您女儿成亲时，我来您府上送过嫁妆，见过您。”

“近来锡藩还好吧？”王凯晓得绛州已经被小鬼子占了，饱尝过小鬼子苦头后，王凯很是牵挂绛州的女婿和女儿。

“哎——”田来福皱起眉头，“甭提了，小鬼子开进绛州后，把绛州纺纱厂变成军管三十三厂，锡藩夫妇不愿给小鬼子当奴才，便跑回汾城老家乡下去了。王老东家，您女婿和您女儿总算逃出了小鬼子的魔掌。”

得知女婿女儿已经摆脱了小鬼子，王凯心里舒展了些，客气地问对方：“田东家，你是来进盐的吧。”

“是，以前，小店总是在绛州盐栈里进盐，可闪过年后，盐栈里断了货，我打听到您家里有货，就来了。”田来福回答完，立马提出要求，“王老东家，我想把您存的盐全趸了。”王凯笑问：“田东家，咋个趸法？”

“您每担卖三块，我给您出五块。”王凯笑着摇摇头，田来福以为王凯嫌价钱低，赶紧表态，“五块不行六块，这下总行了吧？”

“田东家，物以稀为贵，我晓得你把我这批盐趸下卖高价，肯定能狠狠赚一笔，可你想过没有？老百姓很苦，你这是在蚊子腿上刮肉。你再把盐价翻个，我也不能把盐卖给你，挨老百姓的骂。”王凯的一席话说得田来福无言以对，只好悻悻而去。

次日后晌，一个身背褡裢的年轻人风尘仆仆地来到王凯家，递上一封信，王凯一看，竟是挚友翟春霖的儿子。民国四年，翟春霖愤然坚辞了河东盐务稽核分所的邀请，回乡办起盐栈。二十多年来，一直由王凯供盐，生意做得很顺当。三年前，因年过花甲，他把生意交给儿子，自己看书习字，颐养天年。近几个月，王凯未给他送一两盐。翟春霖便修书，让儿子来找王凯。王凯二话未说，卖给对方五十担盐，雇了十几匹骡驮，让翟春霖的儿子带盐回家，临走时，再三叮咛：“你回去代我问你爹好。另外，现在河东盐池里被日本人占了，存的盐也被抢走了，一时半会晒不成盐，市面上要断货，你赶紧再来驮几趟盐。”

四月初的一天，村西面传来一阵爆炸声。目睹过小鬼子飞机轰炸的王凯和王继创惊得心战栗起来，登上村西的高岭往西一看，远远看见县城方向冒起几股冲天的黑烟。王继创急得头发根都要奓起来：“爹，不好了，小鬼子把城里给炸了。看来，小鬼子要向咱们这里开刀了。听说宋哲元的部队驻扎在横岭关，我去打听打听消息。”王继创回到家里后，胸腔里滚烫的热血并未冷却，一直关心着时局的变化。只是爹去了运城盐池，作为家里唯一的男人，他不得不担当起责任，忙于在里册村盐窑里卖盐。这回一见县城被炸，再也按捺不住。

王凯也想知道外面的情况，嘱咐儿子：“小心点，快去快回。”

次日一早，王继创让崔大豪跟着，骑马跑到绛县和垣曲交界的横岭关。横岭关是晋南通往河南的门户，峰岭巍峨，自古乃兵家必争之地。在离横岭关不远的关卡前，被站岗的国军挡住。王继创亮出身份：“我是崞县县长王继创，和宋军长是故交。”关卡头目见王继创气宇不凡，不敢怠慢，派人把王继创和崔大豪领到驻扎在横岭关村的司令部。未等王继创开口，宋哲元惊得瞪大眼睛，盯着王继创看了好一会，确定后，热情地拉住王继创的手，上下打量了一番：“好老弟哩，报纸上登你这个大县长率领战地救护队参加原平保卫战，与一九六旅旅长姜玉贞一起壮烈殉国，想不到你还活着？真是老天有眼呀，快说说，这是怎么回事？”说着把王继创摁在椅子上。宋哲元系山东乐陵人，当过私塾先生，早年投笔从戎，考入北洋陆军第六镇随营武备学堂深造，后加入西北军，为冯玉祥的五虎上将之一。民国二十二年，率二十九军在长城喜峰口阻击日寇，一战成名。曾在五台县招过兵，当时王继创是五台县主管招兵的副县长，便与之结下忘年交。太原失守后，他被派到中条山御敌，任第一战区副总司令。

王继创把死里逃生的经历细细说了一遍。宋哲元抱歉地说：“老弟，我只知道你是晋南人，却不知道你就是绛县人，要知道你在家里，我能不去府上看你吗？”

“宋将军，我早就听说你来镇守横岭关，因忙于在家里销盐，没有及时拜见老兄，乞望包涵。”

“什么，你在家里销盐？”宋哲元眼里射出一束喜光，“老弟，你哪来的盐？”

王继创解释：“家严在河东盐池开着几个盐号，正月里怕日寇进犯，往家里抢拉了一批盐，这些日子由我在家里销。”

“敢问叔父大名？”

“王凯，清末举人。”

“是不是清朝末年刺杀过老慈禧，民国十七年在运城开粥棚赈灾，为西北军供盐、捐助剧团的王凯？”

“正是。”王继创追问，“宋将军，你是怎么知道的？”

“当年，伯父的事迹登在省报上，我印象极深。后来，又常常听冯司令提及。怪不得老弟你精明强干，有其父必有其子呀。”

王继创被夸得有些不好意思，掏出真心说：“宋将军，家严和在下只是尽了些做人的道义，不足挂齿，而你率二十九军血战喜峰口，打出了国人的气势，如今为抗击日寇，又率军固守深山野岭，令人钦佩。”

宋哲元又把话归到盐上，急切地说：“老弟，我是驻守这一带的第一战区副总司令。近段，这里四个军的好几万人马没盐吃，愁得我觉都睡不好，却不知道你家里有盐，真是踏破铁鞋无觅处，得来全不费功夫，你家还存有多少盐？能不能全都救我的急？”

“宋将军，您领着将士们为了保卫我的家乡餐风露宿，要吃我的盐，当然没说的。”王继创顿了一下说，“家有千口，主事一人。此事最好让家严点头为好。”

午饭后，宋哲元带领参谋长和两个卫兵跟随王继创、崔大豪临天黑赶到枣园村，面见王凯。王凯虽未见过宋哲元，但久闻其名，一听来意，当然满口应承。让曹管家到邻村雇了三十多挂大车，一连运了八天，除给泽州翟春霖留下一百担，把四千多担盐悉数运往横岭关。运完盐，宋哲元亲自到枣园村，邀请王继创到军队里任特别参谋，此事正中王继创的下怀，但聪明的王继创并没有表态，把头扭向父亲，意思是让老子表态，宋哲元也把眼神投到王凯身上。王凯明知当兵和小鬼子干仗，有危险，但晓得儿子的志向，不假思索地说：“你去吧，跟着宋将军好好打小日本，家里有我哩。”

山高壑深的紫金山像一个忠诚的卫士，横亘在中条山前沿。不可一世的小鬼子虽然侵占了晋南绝大部分的平川地区，也曾多次组织人马，进犯绛县，但均被当地的国军和游击队凭借紫金山天险奋勇阻击，使小鬼子的野心无法实现，但小鬼子贼心不死，先后多次派飞机进行狂轰滥炸，炸毁了很多民房，几十人死于非命，吓得县城的老百姓离开家园，逃奔到南面的中条山里避难。七月初，日寇动用了一个师团的兵力，分东、西、南三路，强攻绛县。国军奋力阻击了四天四夜，被突破防线，主动退却到山里。小鬼子妄图一鼓作气进山剿灭国军，南渡南河，进犯中原。一个联队的小鬼子刚到里册峪和磨里峪之间的山岭上，就遭到坚守在此地的第十五军六十五师的阻击，丧心病狂的小鬼子在飞机火炮的掩护下，三天内向国军阵地发出二十多次冲锋，均被打退，丢下七百多具尸体溜走。这下子，小鬼子尝到中国军队的厉害，只得暂时放弃进山围剿。为了长期奴化绛县，日军网罗了一批汉奸，成立了伪县府、警察局、警备队及区、村等伪机构，在县境内的交通枢纽和要塞设立了二十多个据点。为了截断山下与隐藏在山里的抗日武装的联系，在要道和集镇上设立岗哨，只要发现外地不明身份的人，不由分说，通通杀掉，还把其头颅挂在县城和几个集镇的城门口示众，氤氲着泥土芬芳和野花清香的空气里弥漫着难闻的血腥，久而久之，成群的野狼野狗吃红了眼，整日围在离城不远的杀人场，一见小鬼子杀人，便扑上去啃死尸。

国军在离枣园村北几里外的地方阻击小鬼子时，枪炮声震得地面簌簌抖动。王凯看到村人牵着牲口、背着粮食往南山里逃，便劝妈到山里躲一躲。王乔氏用拐杖捣了几下："他打他的仗，跟咱老百姓何干？"王凯苦劝："妈，我在运城见过小鬼子，又杀人又放火的，一群畜生，咱还是躲着点。"王乔氏把头一拧："我都这把年纪了，啥事没经过？看他小鬼子能把我这一把老骨头吃了？"

王凯见妈年纪确实太大了，身子骨又不是太好，若真到深山野岭里逃难，实在承受不了，只好让步："就让大豪保护着继创妈带着全家去峪里避难，我在家陪着您。"

庆幸的是，小鬼子为了笼络人心，摆出一副亲善共荣的架子，没有过分地祸害老百姓，村里暂时变得安稳了，而王凯的心并没有因此而安稳下来。三十多年来，他过惯了盐池激奋而充实的生活，特别是看到大车在自家盐号拉盐，与盐商盐工们聊一会天，在盐畦里干一会活，出一身汗，总感到无比满足和惬意。在家里，王凯每日除了扶妈在大院里的甬道走一会，感到日子像没搁盐的饭淡而无味，时常独自坐在大门前的老槐树下发呆，难受得像骨头散了架一样，连功也懒得练了，盐池的热闹，同行们的音容，盐工们的身影一直挥之不去。他心里痒痒得不得了，让崔大豪到运城打探情况，得知小鬼子把盐池里的盐运完后，又把盐池东家和盐工们押去修公路和飞机场，心里像被扎上针隐隐作痛。

一个来月后，钻在南山里的乡亲们见山下平安无事，也就陆陆续续地回来，于雅辉和两个儿媳、孙女孙子也不例外。

入秋没几天，王凯正看《先秦民歌集》，突然听到曹管家的叫声："哥，运城来了两个客人。"王凯以为是盐池里几个同行造访，慌忙放下书，跑出屋门，迎面碰上两个人。

"王会长，诗经云：'一日不见，如三秋兮'，我大半年没见着您的面，该算多少秋？"一个戴眼镜的中年人满脸堆笑，抱拳揖礼。王凯怔了一下，立马反应过来，抱拳回礼："张县长、王科长，二位大驾光临，有失远迎。"把两位客人让进屋。

被王凯称张县长的人名洛温，四十多岁，横水人，祖上出过三名进士，是当地名门望族，东北讲武堂毕业，早年在张作霖手下当过中校参谋，九一八后，因不满张学良的不抵抗主义，愤然解甲归田，曾任绛县红枪会会长。他曾多次慕名拜望王凯，切磋武艺，虽年纪相差十几岁，却意气相投，结为忘年交。小鬼子侵占绛县后，被小鬼子逼着当上绛县日伪县长。张洛温指着坐在正位上的王毅介绍："王老先生，您刚才的称呼过时了，这是河东道的王道尹。"王凯心里嘀咕：如今是小鬼子占着运城，原来的河东道散伙了，难道王毅当上小鬼子的道尹？直率的王凯心里想的立即反映到脸上，不冷不热地对王毅说："士别三日，刮目相看，近来老朽一直偏居在家，不知道你官运亨通，当上道尹，冒犯了虎威。"

王毅从对方的表情和言辞中意识到对自己的轻蔑，红着脸解释："王会长，我也是不得已而为之。"王毅是河东万泉人，山西大学毕业，肚子里有点墨水。日本人来前是河东道的教育科长，因王凯经常参加运城教育界的活动，又都喜好古典，互相走动较多，王凯对他的印象还算不错。运城沦陷前，王毅未随同僚往西安逃，而是回到老家。小鬼子侵占运城后，打听到他的下落，便用枪把他和他和妻儿"保护"到运城，硬给他戴上日伪河东道尹的头衔。为了掩饰窘状，王毅端起杯子装作喝茶，突然看到桌上的《先秦民歌集》，眼睛一亮，吟了起来："沧浪之水清兮，可以濯吾缨，沧浪之水浊兮，可以濯吾足。"张洛温听顶头上司冷不丁地吟了几句古诗，弄不清其中的含意，眨巴着眼未敢插嘴。王凯当然晓得此歌的意思是水清水浊是不可逆转的自然存在，人只能顺其势而求自保，便会意地点了点头，单刀直入问："王道尹，你来寒舍有何贵干？"

王毅放下茶杯说："王会长，盐池是老天赐予咱河东的宝池，供养着三个省一千多万人口。今年以来，一直荒着，您是潞纲总会的会长，盐池里的首户，我来就是想请您回运城把盐池干起来。"

王凯觉得是个拯救盐池东家和盐工们的好机会，便说："盐池被小鬼子霸占着，又把盐池东家的盐工们弄到山里和飞机场当苦力，我浑身是铁，能打几根钉子？要干，必须把盐池东家和盐工们都叫回来。"

"这个——"王毅虽然名义上当上河东道尹，但只是小鬼子的傀儡，一切还是日本人说了算。来时，日本人光说让他找王凯回盐池，并没有提及放盐池东家和盐工们的事，所以不敢当这个家，便软着口气说："容我和有关部门沟通后再答复你。"

张洛温好心地说："王道尹，咱们回县城，用我办公室的电话给运城请示。"王毅回到绛县城，给新任日军司令牛岛通电话，说了王凯的要求，特别阐明不放这些苦力就无法产盐的理由。牛岛沉吟了半晌，他心里虽然舍不得放掉这三千多苦力，但一想到上司要求恢复盐池生产的命令，不得不松口。

次日早，王毅到枣园村答复了王凯的要求。不料，王凯又提出必须亲眼见到盐池东家才肯回盐池。王毅无奈，只得又返回绛县城给牛岛通电话，牛岛不得不把在虞芮公路和飞机场当苦力的盐池东家和盐工们带回野狐泉学校，让罗川到枣园村见王凯，罗川这才晓得小鬼子之所以发了慈悲，原来是王凯争取的，攥住王凯的手，老泪纵横，感激得说不出一句话来。王凯问："罗东家，日本人把盐池的弟兄们都放了吧？"

"放了，放了。"

王凯关切地问："这几个月弟兄们可受了大苦。"

"可不，弟兄们被小鬼子弄到山里修公路，干活稍微慢一下，就往死里打，至少有二十来个弟兄被打死。"罗川追问，"王会长，你是用啥法子救出弟兄们的？"王凯告诉他实情后。罗川说："不管咋的，在盐池里干总比当苦力强得多。"

于雅辉瞪着杏眼问丈夫："你以前咋应承我的，咋变了卦？"王凯解释："我是答应过你不再沾盐池，可为了救盐池的三千多弟兄们，我不得不这样做。再说，几个老辈不在了，邱锁、鸿志没有下落，盐花、盐枝咋过？我能坐在家里安然吗？"

于雅辉听丈夫说得在理，不再阻拦，提醒："狗走百里吃屎，狼行千里吃肉。运城毕竟在小鬼子的手里，你去后多长点心眼。"

王凯和罗川回到运城，径直跑到野狐泉学校，盐工们齐刷刷地站起来跟他俩打招呼。王凯说："弟兄们，咱们都是姓盐的，日本人再能，离开咱们不行，往后咱们一起下盐池，干活挣钱！"

突然，两个身影挤出人群跑到王凯跟前，一人拉住他的一只胳膊。王凯定睛一看，竟是邱锁和鸿志父子。王凯一把搂住他俩说："可见到你俩了。"邱鸿志说："舅，那天我和爹领着盐工们刚跑出盐号不远，就碰上小鬼子，跟爹及跑得慢的弟兄们被小鬼子抓了苦力。"

王凯安慰邱锁父子俩："活着就好，过几天就能回家。"

夕阳西下，余晖燃烧。王凯回家，远远见门楼下的石圪台上坐着一个人，低着头，王凯一看熟悉的身架和满头的华发，心里一阵发热，近前高叫："盐花。"

盐花正坐在台阶上低头发呆，一抬头，呼地从圪台上弹起，站到王凯面前，抿了一下垂下来的花发，眼窝里洋溢出惊喜来："哥，可算把你等回来了。哥，你这头发——"

王凯打断盐花的话，感慨地说："你没照照镜子？你的头发也白了许多。"说着，从衣兜里掏出钥匙要开门。

盐花挡住王凯："哥，你刚回来，家里冰灶冷锅的，走，回我家去！"盐花家在西面的南阜巷里。儿子鸿志成家后，就跟丈夫邱锁搬回李家铺住。丈夫和儿子被抓了苦力后，她来陪儿媳。

王凯跟着盐花，往南阜巷走的路上，迫不及待地把好消息告诉她："盐花，我见着邱锁和鸿志了。"

"真的？"盐花转过身来，鼻子一酸，喜极而泣，"哥，他俩不是被小鬼子抓到芮城山里修公路去了吗？啥时候回来的，现在哪？"

"现在野狐泉住着，过几天就能回来。"

"小鬼子咋会轻易放了他俩？"

"不光他俩，被小鬼子抓了苦力的三千多弟兄们全都能出来，小鬼子要靠弟兄们晒盐。"

回到家，盐花一进门就高叫："鸿志家的，你舅来了，赶紧拾掇饭。"鸿志媳妇应声而出，冲着王凯叫了声"舅"，一头钻进厨房，后面跟着的小男孩扑到王凯跟前叫："老舅，我老长时间没见您了，我要上回树。"说着就搂住王凯的腿往上爬。小男孩叫池生，是鸿志的儿子，比他的大孙女大一岁，邱锁经常带着他到盐号。王凯对这个晚辈很亲，一见他就逗着玩，让他搂住自己的大腿往上爬。池生去年到野狐泉学校上学，小鬼子霸占了学校后，没学可上，一直窝在家里，一见老舅，就缠着上他的树。

盐花爱昵地在孙子的屁股上打了一巴掌："去，一边闹去！"把王凯让进门。王凯头一眼就看到堂桌上供着叔和婶戴黑纱的相片。相片里，叔穿一身长袍短褂，戴顶圆形绅士帽，婶穿件黑色偏襟袄，头戴缀花的黑绒女式帽，一脸的慈祥。王凯记得很清楚，那是民国十五年歇工后，他用轿车拉着两位老人到街上照相馆照的。照相时，师傅见叔、婶穿着粗布衣裳，便拿出两套照相专用的衣裳硬给二老换上。照完相，叔边脱衣裳边说，我就是天生干活的命，穿上这身衣裳浑身不自在。见相思人，王凯心里涌出一股悲哀，扑通跪在地上，眼窝里噙着泪对着遗像念叨："叔、婶，我来看你俩来了。"说着就磕了四个头。随他一齐磕头的盐花站起来，拉起王凯哽咽："哥，咱二叔走得太惨了。"盐花起初并不晓得周大汉的死。收麦前，王凯让崔大豪到运城打探消息时把凶信透露给大姨子，盐花才把老人的相片缠上黑纱供起来。

盐花话里虽然没有怪罪王凯的意思，但叔毕竟是在自己的眼皮底下让黑二饼打死的，王凯紧攥着拳头，牙缝里吐出一句话："盐花，你放心，哥是不会放过凶手的。"

盐池符号——汗马（董文汉 摄）

第三十章　救急助抗日

翌年二月初二，一年一度的池神庙会如期进行。由于众所周知的缘故，无论是规模，还是人气，与往年不可同日而语。卖小吃的、算命的、吹糖人的、玩杂耍的摊贩也就十来家，见赶会的人稀稀落落，没有生意可做，便坐在摊位上打瞌睡。偌大的奏衔楼戏台下，零零散散地坐着几十号人。这些人都是从街上强撵过来的，根本没有心思看戏，有的低头看地，有的抬头瞅天，有的交头接耳。台上唱戏的一看台下，没了心劲，锣鼓敲得节拍零乱，丝弦拉得懒散走眼，角色唱得有气无力。

与往年一样，王凯以潞纲总会会长的身份领着盐池东家们抬着祭品，到池神庙三大殿前祭拜。牛岛和龟荣带刀为了粉饰太平，显示对盐池的关心，带领运城伪河东道及河东盐务分局的头头脑脑前来参加祭拜仪式，虽未像盐池东家一样顶礼膜拜地跪地磕头，却也还煞有其事地跟在盐池东家屁股后面，恭恭敬敬地鞠躬。在三大殿前祭拜完毕，王凯又领着众东家抬着祭品往南到关帝庙祭拜。龟荣带刀拉住王凯问："王会长，关帝庙已不存在了，去给谁磕头?"王凯一脸庄重："关帝庙是被拆了，可魂还在，不祭拜咋行?"龟荣带刀只得乖乖地跟着众人，走到关帝庙的废墟上进行祭拜。祭拜完后，王凯正要走，被龟荣带刀挡住，说："王会长，咱们盐池不是有登高望远的习惯吗？咱们也发发雅兴。"王凯心里虽然不情愿，但不得不领着龟荣带刀等人走出池神庙的山门，往南爬上高高的土岭，来到歌薰楼的遗址上。遗址上残垣断壁，满目疮痍，几株古柏倔强地挺立着，在乍寒的微风中，发出呼呼的吼声，像是为惨遭拆除的歌薰楼鸣冤。几只栖身于古柏虬枝上的老鸦，因受到骚扰，凄厉地鸣叫着，向浩渺的盐湖飞去。脚下的平地上，小草破土而出，努力地伸展着嫩绿的头颅。王凯下意识地抬起头，歌薰楼巍峨的楼体浮现在眼前。几十年来，王凯每年都要登上此楼，观景抒情。自从歌薰楼被拆，他一次都没有来过，想不到竟荒成这样，不由触景生悲，眼窝里忍不住地淌出一串眼泪。

不同的人有着不同的心境。通过软硬兼施，终于制服了王凯，恢复了盐池生产，龟荣带刀居高临下，俯瞰盐池，心里生出一番得意，故意卖弄学识，对身旁的王凯和刚当上伪河东盐务分局副局长的刘健羽说："刘副局长，王会长，你们中国唐代诗人杜甫《望岳》诗中说'会当凌绝顶，一览众山小'，咱们站在这里往下看，是不是一览盐池小？"刘健羽腰身一弯，像条哈巴狗，贴到主人跟前，指着盐池里似织的盐畦、袅袅升腾的炊烟、如蚁的盐工献殷勤："是、是、是，太君，您看这盐池里，多热闹，多壮观，全托您的福。再过一个多月，盐池就变成白花花的一池雪，您就是建立大东亚共荣圈的功臣。"刘健羽早年在河东盐运使署下属的解池场公署干过，因他叔叔在省盐务管理局里任职，便把他调去。小鬼子侵占太原后，他投靠了日本人，被伪省盐务管理局下派到这里当上河东盐务分局副局长。

龟荣带刀被奉承得晕晕乎乎，拍着刘健羽的肩膀说："刘桑，开始产盐时，我请你到樱花酒楼好好撮一顿。"

王凯鄙夷地瞥了刘健羽一眼，讽刺："刘局长，你也是老盐池了，难道不晓得晒盐规律，一个来月能产出盐来？"

刘健羽被弄了个大红脸，慌忙辩解："王会长，我只是随便一说，你怎么踩我的脚后跟？"

龟荣带刀转向王凯问："王会长，您说啥时能开始产盐？"

"我看能到五月出盐就不赖了。"

龟荣带刀着急地问："为什么？"

王凯双手一摊无奈地说："去年秋上复工后，经过三千个盐工一冬的辛勤劳作，总算把草铲了、渠修了、畦平了，可盐号东家们把钱也花光了。现在盐号东家们手里空空如也，连买粮食和买家伙的钱都没有，恐怕产盐的日子还要往后推。"

龟荣带刀是外行，怀疑王凯说了假话，扭头看了看刘健羽，虽然没开口，用意很清楚。刘健羽一听王凯说的都是实情，只好朝主子点点头。

"那可怎么办？"龟荣带刀急得短粗腿在地上直跺。

王凯抓住龟荣带刀猴急产盐的心态说："将欲取之，必先予之，局里应为盐池提供一批粮食和钱，方能保证正常出盐，否则——"王凯摇了摇头。

龟荣带刀虽然心里不愿意出这笔粮钱，却也无奈，只得答应。不过，提出了附加条件：这笔钱算河东盐务分局临时借给你们的周转资金，产下的第一批盐必须无条件地偿还这笔债务。”王凯心里骂了一句：去年，你们明抢了盐池里三百多万担的盐该咋算？

王凯非常在意盐的销路，想乘机摸一摸龟荣带刀的实底，问：“龟荣局长，你们既然帮助我们建立大东亚共荣圈，就应该遵循旧制，保持河东盐池原来的产销模式，让盐商们有利可图。”

“这个吗，我一个小小的局长，也当不了这个家，须执行华北政务委员会和省盐务管理局的决定。”龟荣带刀用上司做挡箭牌。

天黑，王凯回到家里，意外见到穿着便服的长子王继创，追问：“你真胆大，咋敢来运城，就不怕被小鬼子抓住？啥事？快说！”儿子还是大年三十夜里从山上偷偷溜下来，与家人见了一面。这回竟然冒着危险跑到运城来，肯定有啥当紧的事。

王继创脸上挂着焦急说：“爹，去年入冬后，小鬼子把进山的路把得很死，从山外往山里运东西越来越难。去年夏天小鬼子没占领绛县前，咱家一下子给了国军四千多担盐，撑了大半年。可从去年冬天起，山里就断了盐。弟兄们因吃不上盐，蔫得没点精神。为了能迈过这个坎，司令让我来找您。”

老子救儿子，王凯当然不会推辞，但一想到现实，王凯无奈地叹气：“创儿，盐池里的存盐全被小鬼子抢光了，眼下青黄不接，还得等两个来月才能晒出新盐，远水难解近渴，只能等晒出新盐再想法子。”

“这——”王继创为难地直搓双手。

这时刘相公来叫吃晚饭。父子走到前院餐厅里，王凯拿起馍，用筷子习惯性夹起几根咸菜，放到嘴里。突然眼睛一亮，露出一脸的惊喜，把筷子往桌子上一放，对儿子说“有了”。

于雅辉嗔怪丈夫：“看你，吃饭都不安然，大惊小怪的。”

王凯没有理会老伴，扬起眉毛对王继创说：“创儿，这咸菜盐味很重，用咸菜代替盐，不就能解了军队的燃眉之急吗？”

“您这招高。”王继创激动地蹦起来，“爹，从哪里能弄到大批咸菜？”

“这个不用发愁，你老姨家的思良哥就是腌咸菜的。吃完饭，让思明领着你到解州找你思良哥。”王凯说的思明就是刘相公。思良是思明的哥哥。十多年前，思良来运城盐池找表叔王凯谋生，王凯便帮助他在解州开了个腌咸菜的作坊。腌咸菜的主要原料就是潞盐，王凯一直无偿地为刘思良提供潞盐。河东潞盐咸里有苦，苦里有香，腌下的咸菜放几年都不会坏，所以刘记咸菜一炮打响，成了晋南名产，远销全国各地，据说，晋商们还把它贩到恰克图。

饭后，王继创和刘相公骑快马赶到解州刘记咸菜厂，刘思良指着成片的大缸痛快地说："兄弟，这缸里都是咸菜，你尽管拉。若不够，我把其他咸菜厂里的货全部断下。"

王继创回到运城，锁着愁眉对王凯说："爹，我思良哥那里咸菜多得是，可路被小鬼子卡着，咋能把它运到横岭关？"

王凯想了想说："这个不难，让你鑫洋哥帮忙，准行。"

"您跟鑫洋哥有联系？"王继创很是惊喜。他知道大舅哥是共产党游击队队长，却好几年都没见过面。

"当然。"王凯说，"一会就让你大豪叔去山里请他下来，你跟鑫洋也能见个面。"

两天后，曹鑫洋跟着崔大豪从韩家岭下来，提及运咸菜的事，曹鑫洋痛快地应承："抗日不分家，国军的事就是我们共产党游击队的事。"当下约定让刘思良沿南山根的小路把咸菜运到夏县山里，再由游击队用马驮运到横岭关，解了数万国军的燃眉之急。

阴历四月下浣，麦子抽穗灌浆，晋南大地金浪滚滚，河东盐池雪白皑皑。几十个外地来的运商聚集到小洋楼前，满怀希望地等待着交税开票下盐池提货。不料，河东盐务分局副局长刘健羽站在大门前宣布："目前所产的盐全部上缴华北政务委员会，满足圣战之急需。之后，盐池里所产的盐一律由河东盐务分局统管，实行供盐新秩序，每担盐税为七块八。"刘健羽的话引起了外地盐商的强烈不满。一个盐商冲刘健羽高声抗议："战前每担盐税五块一，一下子涨到七块八，还让不让人活？"

刘健羽指着头顶上的膏药旗说："这是大日本皇军的命令，有本事到日军司令部找牛岛司令说去！"

外地运商们只得悻悻而走，其中几个运商来到王凯家里。一个年轻的运商向王凯发牢骚："叔，这小日本比洋毛子还毒，盐税一下子涨得翻了个跟头，照这样下去，不定啥时候，俺爹干了一辈子的生意就会断到俺手里。"年轻人叫谢明礼，是河南洛阳长商谢学温的儿子。前几年，谢学温因病去世，儿子接过他的班。

王凯劝明礼等人："现在是日本人的天下，再发牢骚也没用，你们好好考虑考虑，要还想干这行，回去多准备些现洋，等小日本把任务完成后再来进盐。"

是夜，王继创和曹鑫洋悄悄到王凯家里。王继创说："爹，这两个月来，我思良哥的咸菜顶了大事，总算熬了过来。如今，盐池开始晒盐，总司令又把从盐池里弄盐的任务交给了我。”

王凯说：“小鬼子的鼻子比狗还长，见盐池开始出盐，就从外地调来三百多个小鬼子，一到黑夜，便开始巡逻，每半个钟头一趟，还在野狐泉学校里扎下兵营，配有汽车、摩托、机关枪，小钢炮，一有风吹草动，就会增援，比去年的防备要严得多。如果还像去年一样，组织人马抢，恐怕不行。”

“那咋办？爹。”王继创着急地问。

“这个嘛，我早就有谱了，咱们明的不行来暗的。”

“暗的，咋说？”

王凯胸有成竹：“一个月前，小鬼子组建盐警队，我暗中把大豪、王信等二十多个弟兄安插进去。大豪和王信一个当上了中队长，一个当上小队长，大豪驻守在南禁门，王信驻守在景德馨盐号。每到逢单日，王信夜里带队值班时，咱们就组织人马到南岸盐号里背盐。”

曹鑫洋拍着胸脯说：“背盐的事我包了，召集几百人不成问题。”

几天后的深夜，中条山的南风徐徐吹来，刮得湖面轻轻地吟唱，像是母亲的催眠曲，把百里盐池带入梦乡。偶尔，盐池北岸传来几声狼狗的吠叫，吵醒夜的静谧。每隔一会，几束光亮撕开长空，吓得满天的星斗战栗着眼睛。

盐池东南岸，小鬼子的巡逻队走到景德馨盐号跟前，用手电光朝木制的高架上晃了三个圆圈，站在高台上值班的王信也回了三个圆圈。这是小鬼子和盐警队约定的信号，意思是平安无事。

小鬼子巡逻队刚走过去。高架上王信的手电光朝南面闪了一下。曹鑫洋轻轻一喊：“上！”早已埋伏在麦地里的几十号游击队员箭般地冲向齐信盐号料台，扛起提前装好的盐袋迅速离开，扛到二里外的南山根下，再由当地地下党召集的群众接应，扛到山里。尔后，游击队员们再返回盐池，等小鬼子的巡逻队一过，又窜到料台上扛一袋盐。一夜之间，竟能扛五六趟，三百多袋盐就这样神不知鬼不觉地被辗转到横岭关国军的驻地。

十多天后，龟荣带刀把王凯请到樱花酒楼里，双手端起一杯老白汾，胖脸堆满笑说：“王会长，您是恢复盐池生产的第一大功臣，我得好好敬您三杯。”坐在一旁的刘健羽乘势起哄：“王会长，你的酒量在盐池里比鼓楼上的大鼓都响，可不能辜负了龟荣太君的一番美意呀。”

“是吗？我光知道王会长是前清举人，却不了解你还有如此海量。”龟荣带刀说着，把一杯酒端到王凯面前。

王凯用手挡住龟荣带刀的酒杯推辞：“龟荣太君，王某以前是喜欢这一口。可得病了以后，医生嘱咐过，必须把酒戒掉，否则有性命危险。所以，我只能与酒绝缘。”

刘健羽却不依不饶：“王会长，瓜子敬人一点心。龟荣太君如此敬重你，这是多大的荣幸，你虽然戒了酒，但也该端起酒杯，意思意思吧？”

刘健羽的话逼得王凯再无退路，只好接过龟荣带刀的酒杯。龟荣带刀也端起酒杯说：“来，王会长，咱们碰，酒你随意喝，只要意思到了就行。”

放下酒杯，王凯问：“龟荣太君，你给上级的盐调够了，把东家们垫付的钱也扣完了，是不是该让运商们销盐了？河东盐池一年未供盐了，人总是要吃盐的，不供盐，大东亚共荣圈的新秩序咋建立？”他已得知盐税涨了，但并不知道小日本实行啥样的管理办法。

龟荣带刀端起一杯酒倒在嘴里，有意和王凯套近乎：“王会长，你是盐池里的全权代表，这回我宴请你，除了感谢你的功劳，还有另外一层意思，就是要给你宣布华北政务委员会和省盐务管理局对河东盐的运销管理办法。从今往后，对潞盐实行统购统销。”

“统购统销？请说仔细些。”王凯一时弄不清其中的具体意思。王凯晓得，凡遇改朝换代，新当权的主宰者无一不对河东盐池制定新的管理措施，但万变不离其宗，就是刺激生产，增加税收，小日本当然不会例外。

不等龟荣带刀开口，刘健羽解释：“省里的文件我已经看过。统购统销，就是对盐实行统一收购，统一销售。说具体些，从今往后，盐池里坐商所晒下的盐，不得自行销售，必须由河东盐务管理分局统一调配。当地和外地的行商来购盐，除足额报税外，不得随意选择卖主，由局里统一安排。”

王凯忍不住地发泄：“日头还是原来的日头，盐池还是原来的盐池，可盐税却一个劲地往上蹿。晚清我刚开盐号时，每担盐税才一块多钱，民国三年，五国银行团盖起你们现在住的小洋楼，设立起河东盐务稽核分所，把盐税涨到两块，之后逐年增加，从民国五年到民国十年六年间，共征盐税一千八百五十二万二千九百零五块六毛三。要晓得，这些白花花的大洋，都是从盐池坐商的牙缝里一点一点地抠出来的。如今，上头又一下子把盐税涨到七块八，简直是——”王凯见龟荣带刀在场，把“苛税猛于虎”的话咽在肚子里。

“王会长，你是不是杞人忧天了，这些年，你的生意不也像盐税一样一个劲地往上涨?”

王凯听出刘健羽话里的刺头，刚恢复了一些红润的脸变得惨白，把手里的茶杯狠狠瞰到桌面上：“难道我沾了日本人的光，吃了涨税的利?”

刘健羽见王凯发了火，正欲发作，见主人摇头阻止，赶紧起身拿起茶壶，给王凯面前的杯子里续水，赔着笑脸解释：“王会长，都怪我不会说话。我的意思是不管盐税涨多少，你们坐商是水涨船高，该挣多少还挣多少，不会受影响。”

物以类聚，人以群分。王凯一向从心眼里反感刘健羽，真想和刘健羽闹翻，但考虑到适者才能生存，只有利用眼下的合法身份，才能在盐池里站住脚，为靠盐池吃饭的弟兄们争取利益，继续暗中为山里的抗日军民提供食盐。见对方已经服软，也缓和了语气：“刘局长，我是人老了，病多了，脾气大了，你不要见怪。”端起茶杯喝了一口，送给刘健羽一个台阶下。

“刘局长，王会长，你俩是我的左膀右臂，希望二位精诚团结，唱好将相和。”龟荣带刀装作亲和地端起酒杯，站起来说，“来，干了。”王凯的嘴唇象征性地沾了一下酒杯。

刘健羽又殷勤地给龟荣带刀斟上酒，对王凯说：“王会长，往后，咱俩在一口锅里搅稀稠，我是胳膊肘往里扭，不管别的坐商如何，你晒多少盐，我统统给你销了，保你销路兴旺，财源滚滚。”

从前，行商们可以手持报过税的盐票，直接下盐池选购质量上乘的盐。坐商们大都有自家的客户，坐在家里就会有买主找上门。如今实行统购统销，所有买主均由河东盐务分局指定到哪家盐号提货。为了能给自家辛辛苦苦晒的盐找到婆家，只得求告掌管指定卖主的人。求告不能靠嘴，而要靠给上至局长、中至科长、下至办事员用白花花的现洋“活动”打点。因僧多粥少，坐商们为能争到买主，不约而同地往多里送，弄得送礼的数目发疯似的往高里涨，开始每担送一毛两毛就能搞定，后来涨到三毛、五毛、八毛、一块，才能如愿以偿。正常年份，盐池晒一担盐，吃的、喝的、用的、盐工工钱等直接成本六毛多，加上各种场课，每担盐的销价应该在一块钱左右。如今，坐商们给河东盐务管理分局头头脑脑送的活动费甚至比晒盐的成本还要高，不得不把“活动”的成本加进去，销价自然随之上涨，比以前高出一大截，但还是赶不上送礼涨得快。算下来，坐商们挣得很少，有的甚至入不敷出，一直赔钱，但已经被套在这挂车上，只得忍痛挨着鞭子，硬着头皮往前拉。

由于王凯是龟荣带刀的座上客，有潞纲总会会长的身份，刘健羽曾在饭桌上打过包票，盐务局的上上下下没人敢故意刁难他，仍延续着以往自产自销的惯例。尽管整个市场疲软，销量锐减，但生意还算过得去。

再说行商。在盐池过五关斩六将，好不容易地买下盐，要把盐运到销售所在地，还要通过中禁门、黄河口岸等多道检查站、查验所，每过一处，尽管手续齐全，也不得不赔着笑脸从口袋里摸出一把大洋给把守的人孝敬点，否则就会被找出茬来，轻则扣上两天，重则把所运的盐没收掉。

一天，王凯去小洋楼办销盐手续，到刘健羽的办公室里签字，被刘健羽将了一军：“王会长，你真不够意思。”刘健羽生性是个属猪的，嘴拖着地，一见酒肉比他爷爷都亲。自从当上龟荣带刀的副手，手里有了统销盐的大权后，盐商们除了往他腰包里塞孝敬，每天都有请他的饭局，越吃嘴越馋，越喝瘾越大，王凯晓得刘健羽话里的意思，心想还有用着他的地方，便痛快地说：“你的意思我能不晓得？明个晌午我在凤凰酒家摆一桌，把你好好犒劳犒劳。”凤凰酒家位于西街河东道衙不远的地方，是运城最好的饭店之一，以经营鲁菜为主。刘健羽笑着摇了摇头。王凯以为对方嫌凤凰酒家不好，便换了一家：“那就河东饭庄？”河东饭庄坐落在运城东门口河东商学附近，是个百年老字号，地方菜做得非常地道。刘健羽还是摇摇头。王凯只得摊牌：“刘副局长，主随客便，你点个地方，我买单就是了。”刘健羽答：“王会长，你说的那两家，我三天两头去吃，闻味都闻腻了。昨早，我在北街菊花酒楼对过的溢香羊汤馆喝了一顿，那乳白羊汤的味道真是一绝，后来一问，才晓得是绛县人开的，你就在那儿请一顿吧。”王凯推辞：“那里只是个小吃店，是不是太丢你的身份了，不合适，不合适。”刘健羽说：“吃饭不在乎门脸大小，花钱多少，只要吃得舒坦就行。”王凯当即痛快地答应：“那还不现成，明早就请你。”

“是不是把那个也请上？”刘健羽往头顶上指了指。王凯领会到他的意思说：“把人家请到那里不太合适吧？”

刘健羽蛮有把握地说：“据我观察，龟荣太君经常独自往街上小吃摊上跑，喜欢这一口。你家乡的乳白羊汤色香味俱佳，堪称一绝，肯定对他的胃口。再说，你亲自请他，他不会不给你面子。”说完，见王凯犹豫，便又指了指头顶催促：“去呗。”王凯虽然对龟荣带刀极端反感，但不得不硬着头皮上到二楼。龟荣带刀一见王凯，非常热情，站起来握住王凯的手，胖腮上的两坨肉聚成一团：“王会长，你可是稀客、贵客，我来运城一年多了，你可是头一回来，什么事？尽管说！”

“我有个老乡在北街开了家溢香羊汤馆，很有特色，想请你和刘副局长明早去品尝品尝，不晓得龟荣太君能不能给老朽个面子？”王凯话音有些底气不足。

“没问题，只要王会长请，天上下刀子我也去。”龟荣带刀非常清楚，王凯在运城和盐池里，是个响当当的人物，能在大庭广众下请他这个日本人吃饭，就会在社会上留下日中亲善共荣的形象，其意义远远超过了它的本身。王凯走后，龟荣带刀把此消息报告给顶头上司牛岛，引起了牛岛的高度重视，表示也要到场。

次日大早，王凯提前赶到溢香羊汤馆，对老板说是要在他店里请客。此店的老板姓买，是个回民，祖居绛县城，以经营回民饭菜为生，尤以制作乳白羊汤见长。民国四年，野狐泉学校开学典礼时，曾把他请去熬制了一大锅乳白羊汤招待客人，大受欢迎。之后，王凯资助他在北街开了家溢香羊汤馆，很快打出名声，成为运城街上的名吃。买老板一向对王凯尊重有加，一听王凯要请客，赶紧吩咐跑堂的拾掇好雅间，除精心制作好乳白羊汤，还准备好五香牛肉、蒜泥肚丝、清炒鸡蛋、葱爆牛舌四个盘子。

不大会，开来一辆挂膏药旗的黑色鳖盖车。令王凯感到意外的是，钻出车门的，不光是龟荣带刀和刘建羽，竟然还有穿着一身和服的牛岛司令和黑二饼，一时愕然。“王会长，牛岛司令听说你要请客，立马决定亲自前来，你的面子跟盐池一样大。”龟荣带刀紧赶一步，走到王凯跟前，黑胖脸上堆着笑，“快，欢迎牛岛司令。”

王凯只得笑脸相迎，把牛岛等人请进雅间。吃腻了山珍海味的牛岛、龟荣带刀和刘健羽，一尝汤浓肉香味醇的乳白羊汤和颇具特色的几盘菜，当即赞不绝口，吃得满脸流油，喝得满头大汗。临走时，牛岛拍着王凯的肩膀叽里哇啦了一通，黑二饼翻译说：“往后，每天让这个店把熬好的乳白羊汤往皇军司令部送一桶，让牛岛司令及太君们享用。”王凯晓得胳膊扭不过大腿，只得看了买东家一眼，买东家连忙冲牛岛点头哈腰应承。

五月端午后的一天，王凯在盐畦里察看，这是王凯多年养成的习惯。年轻时，他一下到盐畦，就脱掉外衣，光着脊背和盐工们摽着干。去年秋上盐号重新开工后，他下到盐畦，还想跟以前一样和盐工摽着干一会，被盐工死死挡住。一追问，才晓得邱老和尚下了死命令，坚决不让他干活。他想，这是邱锁的一番苦心，不得不罢手，但并没彻底根除他多年形成的习惯，一有空闲，总是身不由己地往盐畦里跑，虽然不动手，但站在旁边看一会，和盐工们拉点家常，也会感到非常惬意。

“叔——”王凯突然听到喊声，定睛一看，竟然是衣冠零乱、脸上挂着焦急的谢明礼，他慌里慌张地跑到跟前，眼窝潮潮的，直喘粗气，急得说不出话来。王凯问：“明礼，昨个你不是押着一批盐回洛阳了吗？咋又回来了？”谢明礼带着哭腔说：“叔，俺拉着盐在茅津渡过黄河时，被查验所里的人查住，硬说盐票上红章子上的字看不清楚，不让俺过，还把五车盐给扣下了，让我到运城河东盐务分局开证明，俺在那里不认识人，只有来求您。”说完掏出一张盐票。王凯接过盐票一看，上面红章上的字稍微有些模糊，但完全能辨认出来。王凯晓得查验所在故意刁难他，不由怪自己。因为，前几天，谢明礼从盐池里拉盐走时，他一时疏忽，没提醒他过关卡时用钱打点查验所的人，所以才造成被扣的后果。便说，“明礼，你甭急，我帮你办这事。”领着谢明礼跑到小洋楼见到刘健羽，递上盐票，发起牢骚：“刘副局长，你看看盐票上的章子，不是能看得清清楚楚吗？可查验所的人硬说看不清楚，让人家回运城来开证明，真是鸡蛋里挑骨头。”刘健羽冠冕堂皇地说：“王会长，龟荣太君指示，盐是最重要的战略物资，必须把好出口关，宁可错查一千，也不能放过一宗，所以查得严了些，情有可原。这回，你亲自来了，这点面子我还是要给的。”刘健羽当场给开好证明，递到王凯手里，话里有话地说：“县官不如现管，你对你的朋友说，往后过茅津渡时学乖点。”王凯接过证明，领着谢明礼出了小洋楼，回到家里，拿出一封现洋塞给谢明礼，嘱咐：“这年头，鬼不走干路，过茅津渡时，给把口的人打点打点。”谢明礼接过钱，双膝一软，想跪下来，被王凯托住，嗔怪：“明礼，我跟你爹是几十年交情，帮你是应该的，可不敢这样。”谢明礼泪眼婆娑地表示：“叔，下回我来进盐时，俺一定把这两封大洋还给您。”王凯想了想说：“明礼，如今盐池被小日本霸占着。你们外地的运商来进货，被层层扒皮，咋能受得了？要不，你看这样行不行？往后，我把盐运到黄河南岸的会兴镇，存到盐栈里。你别来这里进盐了，直接在会兴镇的盐栈里提货。”

“那敢情好。”谢明礼朝王凯深深揖礼，“叔，您的大恩大德俺会永远记在心里。”

第三十一章　相遇宝塔下

民国二十六年冬，天气异常寒冷，人们的心随着日寇的入侵，更是雪上加霜。闪过年后，战事愈加吃紧。河东道接到省政府的指令，为避免与日军正面硬碰，及早西撤入陕，到宜川县秋林镇集中，从长计议。

身在官场不自由。王继绪接到通知后，立即赶回老家，把此消息告诉父亲。王凯把义妹杨兰香和齐大树的住址告诉他，嘱咐他到西安后，和他们取得联系，然后见机行事。

次日，王继绪跟随河东道的人员迁往西安，在一家旅馆住下。为了稳妥起见，道尹杨葆昂派人去宜川秋林联系，须在西安等待一些时日。

王继绪头一回到西安，一则想领略一下十朝古都的丰韵，二则到义姑家拜望，连早餐都没顾得吃，独自走出旅馆。时值早春，街道上还很冷，两侧的店铺上，挂满“一致抗日，驱除倭寇”等横标。突然，北面拥来一支舞动着彩旗的游行队伍。近前一看，游行队伍里有穿学生服的，有戴鸭舌帽的，有穿长袍短褂的。他们群情激奋，齐声高喊“国家兴亡，匹夫有责”“誓死保卫黄河”等口号。作为一个热血青年，在北平求学期间，王继绪曾参加过声援长城抗战、抵制日货等活动，立刻被这热烈的场面所感染，鬼使神差地加入了游行队伍，可着嗓门跟着喊起口号，又找回了当年的感觉。

路过一座军营，王继绪看见大门前挂着一幅“第四集团军招兵处”的横标，横标下面，攒动着无数人头，异常拥挤。王继绪很是好奇，离开游行队伍，跑到人群跟前，问一个工人模样的小伙子：“兄弟，报名参军的人咋这么多？”对方答：“小鬼子已经打到晋南。这第四集团军是冯玉祥的老西北军，仗打得很硬，正在招兵，很快就开赴前线，都想参军保家卫国，杀敌立功。”说完，顾不得再跟王继绪说话，往人群里挤去。

此时，传来一阵马蹄声。王继绪定睛一看，赶紧跑到马队前，冲最前面的军官高唤：“姑父！”中年军官一低头，认出了他，立刻跳下马，问：“继绪，你咋在这儿？”

问他的人就是王强。王继绪娶亲时，王强和杨兰香曾去老家枣园村祝贺，王继绪对姑父的印象极深。中原大战战败后，冯玉祥只身北上，王强归属于杨虎城的二十七路军。“西安事变”后，杨虎城被蒋介石逼往国外考察，临行时，将第二十七路军托付给陕西省主席孙蔚如，整编为三十八军。孙蔚如很是欣赏耿直骁勇的王强，任命其为一一七师副师长。七七事变后，孙蔚如派十七师师长赵寿山沿平汉铁路北上，开赴华北抗日前线，在河北保定、山西娘子关、晋东南一带与日寇激战，打了不少硬仗，让全国人民刮目相看，前些日子，得知日寇侵占河东，妄图渡过黄河，侵占中原和大西北，便决定扩招部队，坚守黄河天险。王强来军营，就是来了解招兵情况，却意外地碰见内侄。

王继绪答：“我跟河东道的同僚一起来的，过些日子要去设在宜川县秋林镇阎锡山的第二战区司令部。”

“我还要去军营里忙正事，你先回家去见你姑。”王强命卫兵把王继绪送到家里。

杨兰香因儿女尚小，需要照顾，几年前辞职离开学校，做了专职太太。见到王继绪，很是亲切。她得知义侄来的目的后，又打问起义兄的近况。王继绪眉宇间拧成深深的担忧：“姑，小鬼子已经侵占了临汾，说不定哪天运城就会沦陷。谁不晓得小鬼子穷凶极恶，啥坏事都能干得出来？到时候，运城肯定生灵涂炭，谁也预料不到会发生啥事，真是揪心呀。”

杨兰香心里虽然也为义兄担心，但嘴里却给王继绪宽心：“车到山前必有路，你爹这辈子啥大风大浪没经过？不会有事的，你就把心安安地放到肚子里。”

熬了十几天后，二月上浣，河东传来消息，说是日本人占领了运城，没收了盐池，把盐池里的人全都抓了苦力，用火车往外运盐。听到这一凶讯，王继绪心里像点着一把火。对杨兰香说：“姑，也不晓得爹是死是活，我要回运城看看去。”

“你一介书生，回去有啥用？”杨兰香劝阻，“你爹吉人自有天相，瞅准机会再说。”

在西安，王继绪只有义姑杨兰香和齐大树两个至亲。一日，心神不定的王继绪来到盐店街齐家盐栈，想打问运城方面的最新情况。齐大树和赵慧娘做了一桌子菜款待他。

吃饭时，一个伙计走进后院的餐厅，对齐大树说：“东家，店里来了一个年轻的大买主，说是八路军驻西安办事处的，姓赵，一下子买了咱店五担盐，还想跟咱店签订长期供货协议，我不敢贸然当家，请东家定夺。”齐大树一听，让王继绪接着吃，放下筷子，走到前院店里，见对方是个穿灰军服的年轻人，面带难色地说：“军爷，刚才伙计已经给我禀报了你的意思，实在抱歉，敝店无法满足你。”

戴眼镜的年轻人一听东家对他的称呼，操着一口京腔，摆手：“东家，我是共产党八路军的，可不是什么爷，你称我小赵就行。”他没明白齐大树话里的意思，便不解地问：“东家，这是为什么，你难道嫌钱扎手不成？”

“军爷，你不晓得椽在哪儿弯着，我是开盐店的，买主就是敝店的衣食父母，我巴不得多遇到你这样的大买主，可我没这福分。”齐大树诚恳地解释，“几千年了，陕西大半个省一直吃的是河东盐。可眼下河东盐池被日本人占了，把盐全没收了，现在敝店所销的盐，还是年前运来的。这一程，日本人占领了黄河东岸，连一两盐都运不过来，如今，敝店已经断货，所以不敢答应你。”

年轻人的镜片后闪出少有的光亮，急切地问：“东家，你说你一直在河东盐池进盐，麻烦问你一下，你对河东盐池熟不熟？”

齐大树不假思索地答：“我在河东盐池里干过几年，当然熟了，你是啥意思？”

“那我向你打听个人。”

“谁？”

“王凯。”年轻人说，“他是我一个同窗的父亲。听同窗说，他父亲是前清举人，年轻时刺杀过老慈禧，是个了不起的大英雄。从年轻时起，一直当着潞纲总会的会长，你不会不认识他吧？”

齐大树摸不清小赵的真实意图，没敢正面回答，反问：“你说你跟王凯的儿子是同窗。我问你，他儿子唤啥？”

“王继绪。”年轻人答，“我俩在北京朝阳大学同了四年窗，住的一个宿舍，睡的上下铺，处得像亲兄弟，毕业后，我们曾通过信，知道他在运城河东道署司法科里干。后来我四处奔波，飘忽不定，没有固定的通信地址，就失去了联系。”

为了慎重起见，齐大树借口解手，让年轻人稍等，跑到后院餐厅，告诉王继绪，前头店铺里有个姓赵的同学打问他。王继绪一细问那人的长相，兴奋得眉毛都要插上翅膀飞起来，撇下齐大树，跑到前店，冲年轻人高叫：“眼镜！”年轻人也看到王继绪，叫了声：“圆眼！”两个身影紧紧抱在一起。他乡遇知己是人生一大幸事。在学校里，关系很铁的同窗之间最直接、最亲切的表现就是互称外号。年轻人叫赵尔夫，因常年四季脸上不离眼镜，“眼镜”便成了外号，王继绪的眼窝长得圆，所以被冠以“圆眼”。

作为东道主，齐大树一见他俩亲热的样子，赶紧提醒：“继绪，快请你同窗到后屋叙话。”

王继绪连忙把挚友拉到后院北屋客厅里，你一句我一句地各自诉说了毕业离别后的行迹。王继绪得知赵尔夫现在八路军办事处工作的讯息后，羡慕地说：“尔夫，你太幸运了，找到归宿，走上正路，有了用武之地。不像我，像只孤雁，流亡他乡。”

赵尔夫听昔日同窗悲叹，鼓励说：“继绪，民族生死存亡之际，正是吾辈报效国家之时。如今，当年南方的红军经过一年的长途跋涉，北上陕北，高举抗日大旗，改编成八路军，开赴山西抗日前线，在山西的平型关、雁门关打过几个漂亮的伏击仗，极大地鼓舞了中国人民的士气，成了抗击日军最坚决的部队和民族的希望，延安成了全国热血青年向往的圣地。北平、天津、南京、广州等城市高校成千上万的热血青年不约而同地往那里投奔。近来，我们八路军驻西安办事处每天都要接待数百从全国各地投奔延安的学生。这不，我来这里采购盐，就是为了招待这些青年吃饭所用。”

这些日子，王继绪既为父亲的命运担心，又为自家的出路忧愁，心里像凝结了一块厚厚的坚冰，又像置身于漆黑的夜晚，看不到一丝光亮。赵尔夫的话如同一股强劲而和煦的风，吹得他浑身的筋骨陡然舒张，精神为之一振，感慨地说：“大前年，我毕业回老家完婚，被当地土匪绑了票，被共产党游击队冒死相救，深知共产党都是顶天立地的汉子、好人。沧海横流，方显英雄本色。抗战以来，你们共产党八路军从陕西延安东渡黄河，奔赴前线抗击日寇，而阎锡山却为了保命，从太原逃到陕西宜川。事实胜于雄辩，看来，真心抗日的还是八路军。”说罢，他拉住赵尔夫的手急切地说：“尔夫，我不想在阎锡山的政府里干了，快带我去你们八路军办事处，能不能让我去延安参加八路军，上前线打鬼子？”

“当然欢迎。”

“那咱们就走！”王继绪迫不及待，拉起赵尔夫就往外走。齐大树挡住他们：“继绪，你咋能见风就是雨，至少去你姑家打个道，跟她商量一下。”

王继绪听齐大树说得有理，对赵尔夫说：“尔夫，你先回去，我这就去我姑家，回头去八路军办事处找你。”

王绪和赵尔夫分手后，来到杨兰香的住处，跟义姑说了自己的想法。杨兰香劝说：“继绪，你去当八路军抗日，是大义，我理解，可你想过没有？你爹只有你哥跟你两个男儿，你哥在崞县领着救护队在战场上九死一生，差点丢了性命，现在中条山的国军里，不定啥时候血染疆场。如果你也当了八路军，就少不了上战场打仗，万一有个三长两短，咋办？”

王继绪说：“姑，我爹是啥样的人，您还不晓得？他肯定会赞同的。要不，就不会同意我哥当国军。”

杨兰香说：“不管咋说，这是件大事，等你姑父回来后，再听听他的意见。”

晚上，王强回到家里，王继绪给他说了要去延安当八路军的事，王强欣然同意。杨兰香说出自己的担忧后，王强解释：“西安事变中，我接触过共产党的副主席周恩来等人，他们都是人中龙凤。良禽择木而栖，要是能加入他们行列里参加抗日，不失为一条光明之路。再者，继绪是难得的名校高才生，即便参加了八路军，共产党也舍不得让他直接上战场跟小鬼子枪对枪刀对刀地拼杀，会把他放到更重要的岗位上，危险相对小一些。”

次日早，王继绪来到八路军驻西安办事处。八路军办事处坐落在古城内一排庭院里，取魏晋“竹林七贤”之意，名曰七贤庄。王继绪找到赵尔夫，赵尔夫领着王继绪走进大门上挂着“国民革命军第八路军驻陕西办事处”白底黑字招牌的院落里，走到正屋一间办公室，向端坐在办公桌后面一个满头白发的人介绍：“林主任，这是王继绪，晋南人，我的同窗，战前在河东道公署供职，要求到延安参加抗日。”林主任从办公桌后面站起，走到王继绪跟前，握住他的手，操着南方话和蔼地说：“王同学，欢迎你参加抗日。你是学习法律的专业人才，将来肯定能派上大用场，就先到‘陕北公学’学习吧。”他又对赵尔夫说：“小赵，请带上王同学办理相关手续，随同下一批爱国学生一起去延安。”

王继绪对林主任的安排不甚理解，但不敢当面违背。从林主任办公室出来，王继绪朝赵尔夫嘟囔：“我去延安是为了参加抗日，直接到部队与小鬼子真刀真枪地干，多过瘾。林主任却让我去什么学校？”

赵尔夫捶了王继绪一拳：“你小子别占了便宜卖乖，‘陕北公学’可是共产党新成立的培养人才的高等学府，能上它可算是鲤鱼跳上龙门，你应该高兴才是。”十几日后，王继绪告别了义姑和齐大树夫妇，和二百多爱国青年一起来到延安。

陕北公学坐落在延安城东门外清凉山脚下的延河岸边。学校是新建的，有几十孔窑洞和几排平房，共有六百多名学员，有二百学员是从抗日军政大学直接转来的，其余全都是外地慕名赶来的爱国青年。学校为了便于管理，借鉴部队管理模式，把学员分成五个大队，王继绪被编到第二队。教学分普通班和高级班两个类型。普通班学期四个月，高级班学期六个月。开设的课程有中国问题、哲学、政治经济学、社会科学概论、抗日民族统一战线、民众运动、游击战争、军事常识等，还有不定期的报告讲演。王继绪被分到高级班。

王继绪从小在富家长大，吃的住的都很优越。到陕北公学后，住在略显潮湿的窑洞里，晚上睡觉时，和几十个同学挤在一个通铺上，连翻身的空间都没有。夜里，时不时有人打呼噜搅得他难以入睡。吃的是小米稀饭就咸菜，一天只能吃一顿玉米面窝头。在物质上，王继绪是由富入俭，但在精神上，却由俭入富，感到非常满足亢奋。以前，在河东道上班，整天见不想见的人，说不想说的话，做不愿做的事，感到空虚、无聊和压抑，沉闷得连气都喘不上来。在这里，和有着同样志向抱负的同学们一起睡觉，一起爬山，一起打球，一起唱歌，享受着惬意和友情，他感到空气是如此清新，阳光是如此灿烂，小草是如此勃发，河水是如此清澈。在这里，他能聆听到教师们精彩的授课。教师们所讲的，都是以前从未接触过的知识，这些知识是那么新颖、那么深刻，尤其是聆听所崇拜的中央领导和名人做报告或讲演时，眼前仿佛崛起一座奇绝的高峰，展现出一个绚丽的世界。

不知不觉间，时间从指缝里滑走。

一个休息天，王继绪与同学们相邀，一同爬上清凉山，在傲立天山顶上的宝塔下，请一位携带相机的同学按下快门。冲洗出照片后，王继绪看着身穿军服、满脸洋溢着自豪的自己，非常满意，当即加洗了几张，他原本想把照片直接寄到运城，考虑到运城已经沦陷，万一被小鬼子发现照片，会给爹带来麻烦，便把照片寄给西安的姑，请姑瞅机会把照片捎给爹，让全家晓得他的下落。

收完麦，长在陕北沟峁堰边的酸枣树疯似的往上长，给密如蛛网的梯田镶上一道道墨绿，一阵阵高亢激越的陕北民歌乘着夹杂着泥香的风儿在黄土塬上飘荡，清澈的延河水在石间欢快地跳跃、吟唱。

一天傍晚放学后，王继绪所在的二队队长宣布："明早，听学校党支部书记王念同志做报告。王书记是前清日本留学生，早期同盟会骨干，曾参与过抢运戊戌六君子的遗体，担任过国父孙中山的秘书，在黄埔军校当过教官，参加过北伐，是个资深老革命，我党少有的女中豪杰。"

王继绪的心不由往上一提：王书记也参与过抢救戊戌六君子？在野狐泉学校念书时，他曾听景老师讲过，杨深秀是爹的恩师，当时爹在国子监读书，曾与友人联手冒死将杨深秀的遗体运送回闻喜老家。如此说来，王书记十有八九与爹认识。

按照惯例，领导、专家做报告或演讲时，都是以大课的形式出现，就是把全校的师生集中到操场里听讲。那天，日头刚爬上东峁，清凉山下晨风习习，天上飘着镶彩边的云彩。在一阵热烈的掌声中，一个上穿白色衬衣，下穿灰军裤的女军人走上讲台，摘下军帽，朝台下点了点头，举起双手微微下摁，止住掌声，然后习惯地用手把花白的短发往耳后抿了抿，环视了台下的学生们，用一口清脆的京腔向师生们问好："同学们好！"

"首长好！"台下响起洪亮的回应，把操场旁边枣树上的几只鸟儿惊得扑簌簌地腾空而起，落在半山腰的老榆树上，好奇地俯视着操场上的人群。

"同学们，大家都知道戊戌变法吧？"

"知道——"

"今天，我就从戊戌变法讲起。我们中华民族是世界上最古老的国度，有着五千年的灿烂文明。晚清时，清王朝腐朽没落，饱尝了外来侵略者的欺侮和蹂躏，被迫签订了不少丧权辱国的不平等条约。光绪二十四年，以康有为、梁启超为代表的爱国志士进行百日维新，朝野为之一振，心狠手辣的老慈禧幽禁支持维新的光绪皇帝，把持朝政，将谭嗣同、杨深秀、林旭、杨锐、刘光第、康广仁六名维新志士残害于菜市口，并将六君子的遗体暴尸街头，并扬言要缉拿志士的家属。我永远都不会忘记那个血腥的日子——光绪二十四年农历八月十三。"说到这里，王书记眼圈一红，泪水扑簌簌地滚下来。她极力控制了一下自己的情绪，继续说，"我是山西太平县汾城人，真名叫刘芷贞。当时，我在北平读书，我父亲刘笃敬与戊戌六君子中年纪最长的刑部山东道监察御史杨深秀是同僚、乡党、至交，为了能使为国捐躯的志士们魂归故里，他联络京城有名的武侠大刀王五，冒着性命危险，抢夺戊戌六君子的遗体。我有幸与杨深秀生前的门生、国子监学生、当科举人王凯一起，参加了抢夺志士遗体的行动。那是一个风高月黑的夜晚……”王书记用铿锵流利的话语，把抢夺志士遗体，自己受伤，王凯把杨深秀的遗体送回老家后，又冒死刺杀老慈禧和刚毅老贼的壮举活灵活现地展现在学员们面前。

听着听着，王继绪激动得心快要蹦出来。从记事起，他每年都要跟着父母到曲沃、汾城两个老姥爷家串亲。在野狐泉念书时，回到家里，见家里的相框里多了一张英姿飒爽的女军人像片，问妈是谁？妈答，照片上的女军官是你汾城的芷贞姨姨。年轻时曾跟你爹一起抢夺过你闻喜杨爷爷的遗体，受过重伤，后来去日本留学，现在北伐军里当军官。难道王书记就是照片里的汾城姨姨？此时的王继绪，盯着台上口若悬河、侃侃而谈的王书记，心里升腾起一团团疑问：为啥自己有曲沃、汾城两个姥娘家？爹、妈跟王书记究竟是啥关系？

一个同学忍不住地站起来，冲台上问：“王书记，您说的王凯真不愧为吾辈之楷模。请问，王凯现在何处？”

“十年前，我任北伐军团参谋长，在河南新密县一带与军阀作战，意外邂逅了王凯，当时他已是河东盐池的大东家。之后，我辗转到外地打仗，侥幸地躲过蒋介石的‘四一二’大屠杀，投入中央苏区的怀抱。”王书记扬了一下眉头，额头上显露出几条盛满岁月的细纹，话音里浸含着深深的眷恋，“至今快十年了，我再也没见到过他。不过，将门必出虎子。去年十一月，全国的各大报纸登载，在著名的忻口战役中，一九六旅长姜玉贞和崞县县长王继创坚守原平镇壮烈殉国。崞县县长王继创就是王凯的长子。”

王继绪这才确信，王书记就是家里照片上的芷贞姨姨。

又一个同学站起来请求：“王书记，听说您在北伐革命中，任先遣团的参谋长，立了赫赫战功，我们想请您讲讲。”

“好吧。北伐是一次反对帝国主义、反对军阀的伟大战争。许多共产党员在北伐战争中奋勇作战，我所在的第四军先遣团所向披靡，殊勋卓著……”王书记又声情并茂地把同学们带入战火纷飞的北伐战争。最后，王书记鼓动同学们：“如今，日寇侵我中华，国家兴亡，匹夫有责，每一个有血性的中国人都不会袖手旁观。诸位同学风华正茂，志向高远，壮怀激烈，可谓国家的精英，民族的脊梁。我相信，同学们一定会凝聚在共产党八路军的旗帜下，在伟大的抗日战争中施展才智，建功立业，把自己的青春奉献给祖国和人民!”

王书记报告作完后，全场站起来，报以经久不息的掌声。

吃过晚饭，王继绪怀着激动的心情来到学校北面的一个小院前。小院盖有一溜坐北朝南的平房，是学校领导的住处。王继绪向站岗的卫兵打问到王书记的宿舍后，走到门前，透过镶在窗户上的玻璃，看见伏在桌子上专心致志看书的王书记，眼前像竖起一座高山，心中翻滚着崇敬：姨，几十年了，您离乡背井，矢志革命，真了不起。如果见到我这个晚辈，该有多么惊喜。王继绪目光离开窗户，走到门前，轻轻地敲了几下。

“请进!”王书记抬起头，摘下眼镜，和蔼地问走到桌子前面的王继绪，“这位同学，有事吗?”

王继绪强压住内心的激动，走到王书记跟前，眼窝里溢满泪水，鼻子一酸，脱口而出：“姨!”

王书记一怔，眨了眨杏眼，额头上皱起几道细纹。很显然，她是努力在记忆中搜寻面前这位年轻人的身份：“你是——”

“姨，我爹是王凯，我是他的次子王继绪。”

王书记浑身一震，呼地从椅子上站起，冲上前来，一把攥住王继绪的手，颤声问：“孩子，真是你?”王继绪感到，自己的手被一个铁钳夹住，生疼生疼的。

“继绪，坐下。”王书记掂来一把木椅，让王继绪坐在对面，转身从桌子抽屉里拿出一张老照片，举到王继绪跟前。十年前，她从前线回来，军需处王处长把王凯和于雅辉夫妻前来看望她的消息告诉了她，并把留下的“全家福”转交给她。这些年来，她一直珍藏着这张唯一的念想，时不时地拿出来，享受一下亲情的温暖。

王继绪一看，竟是自己家里的“全家福”。王书记指着站在于雅辉右面的男孩说：“继绪，看你小时候，多精神。”不等发问，王继绪把自己的经历细细地告给对方。末了又说：“姨，您还是我姑哩。”

刘芷贞好奇地问：“你说我是你姑，为啥?”王继绪答：“我家跟汾城姥爷家是亲上加亲，我继贞妹嫁给我汾城舅家的表哥锡藩，我娶舅家的表妹锡钟，我是您的亲侄女女婿呀。”

“太好了。”王书记说，“北伐后，我一直在江西根据地，十年了，没有机会跟家里联系，不知道咱们两家还有这层关系。”

王继绪看了看宿舍里的陈设，婉转地问：“姑，您一个人住吗？”刘芷贞明白王继绪话里的意思，点了点头，淡然一笑，眉宇间显露出不易觉察的缺憾。

刘芷贞看着照片上站立在王凯左侧的王继创，心痛地说：“你哥真是好样的。可惜——”还没往下说，话头被王继绪打断：“姑，我哥还在。”

“你哥没牺牲？”刘芷贞感到非常意外。

“我哥带领救护团和姜玉贞旅长坚守原平镇，在突围时受了重伤，被当地的老乡救下，藏起来治了一段伤，后来历尽艰辛，回到家里。军方以为他牺牲了，就把他当作英烈，登上报纸。”

“那你哥现在干啥？”

“日寇占领晋南后，国民党几个正规军驻守在中条山里伺机打击日寇。其中参加过长城抗战的二十九军驻扎在闻喜、绛县、垣曲三县交界的横岭关一带。我哥就去那里，当上该军军长宋哲元将军的特别参谋。”

“太好了，继创真是命大。”刘芷贞感慨地说，“战事瞬息万变，什么事情都可能发生。白天上大课时，我还给学员们讲到继创壮烈牺牲的讯息。”说完，她又抚摸着照片上的王凯夫妻问：“继绪，你爹你妈还好吧？”问过此话，刘芷贞悬着心，憋住气，眼窝死盯着对方，生怕漏掉什么。

王继绪紧锁着眉宇：“姑，我随河东道提前撤到西安，没过多长时间，日寇占领了运城，杀人放火扔炸弹，无恶不作，把三千盐商掳住当苦力，往外地抢运盐，我爹就在其中。我妈应该在老家陪我奶奶。如今是啥情况不得而知，真是揪心呀！”

刘芷贞安慰：“你爹有胆有识，应该不会有事的。你现在是学员，课程很重，就安心学习吧。”说完，她倒了一杯水，递到王继绪手里，紧靠到他的身边坐下说：“孩子，我很想知道你家的情况，你细细地告诉我。”

整整一夜，在满天星斗的陪伴下，王念窗户上的灯一直亮着。

一年后的盛夏，陕北高原上，正是孕育成熟的季节，玉茭秆举着盛开的天花，谷子垂下粗大的弯穗，枣树上挂着白里透红的果实，原野里飘浮着醉人的醇香。一天，刘芷贞把留校当上法律教员的王继绪叫到办公室，面色凝重地说：“绪儿，今日不是咱们娘俩拉家常，我是代表组织和一个新党员谈话。”一年多来，刘芷贞已经把王继绪当成晚辈。唤继绪时，把前头的“继”字省掉，只唤一个“绪”字，后面加个“儿”字。

“姑，您尽管说!”王继绪郑重地点点头。

“近来，抗战形势越来越严峻，大半个中国沦入日寇铁蹄之下。眼下，日寇纠集了两个师团的兵力，集中在晋南的黄河东岸沿线。在飞机、大炮等重型火力的掩护下，企图强渡黄河。黄河是通往大西北和中原的最后一道屏障，万一失守，日寇便会长驱直入，继而侵占我国的西北、西南和中原。我们的陕甘宁边区必然会遭到极大的威胁。保卫黄河事关全局，是抗战的战略重点，但守卫黄河的陕军人少，武器装备差，万一被日寇攻破，后果不堪设想。为此，中央决定，派出一批干部和陕北公学的毕业生，赶赴西安，协助陕军守卫黄河。一个星期后，由我带队到西安前线。我已经向上级请示，准备带你去。”

王继绪听罢，为之一振：“姑，太好了，这下我可有用武之地了。”

刘芷贞眼里流露出少有的光芒：“杜少陵诗云：‘安得如鸟有羽翅，托身白云还故乡’，整整四十年了，如果有机会，你陪我回去，见你爹你妈和我娘家的亲人。”

十多天后，刘芷贞率领五十多名干部和陕北公学的毕业生赶往西安。次日，便以八路军办事处副主任的身份带领相关人员到西北军第四军团指挥部面见陕军第四集团军团长孙蔚如将军，了解黄河前线防守情况。

孙蔚如系陕西长安县人，二十年前投笔从戎，在北伐战争中屡建战功，在西安事变中任西安戒严总司令。之后，南京政府将其任命为陕西省政府主席和第十七路军总司令，随着抗日形势的变化，被任命为第四集团军总司令，担负坚守黄河之重任。他在北伐战争任团长期间，曾与刘芷贞所在的先遣团并肩作战过，与刘芷贞相熟。一见昔日的老朋友非常高兴，亲自陪同她到黄河西岸潼关一带察看地形，了解陕军守卫黄河的近况。

日头刚露出东山，日寇的飞机、大炮就对黄河西岸的陕军阵地狂轰滥炸了一个多小时。等日寇的炮火一停，孙蔚如、刘芷贞等人便走出坐落在山洞里的指挥所，站在山峁上用望远镜观察，看见滚滚黄河里，满载小鬼子的一百多艘汽艇、木船朝西岸扑来。陕军指挥员一声令下，数百名陕军从山洞里跃到紧靠河岸的前沿战壕。小鬼子的船只为了分散陕军的火力，把渡河的战线拉得足有一里多长，每只船上都配有小钢炮和机关枪，几个船一组，呈钳形向陕军阵地进攻。陕军拼死阻击，经过一个多钟头的激烈战斗，小鬼子的大部分渡船被打沉。然而，在南面战场上，由于河岸上的战壕完全被日寇的炮火摧毁，守军无险可守，竟有十多只船百余小鬼子抵达西岸，号叫着朝陕军的阵地上扑来，情况十万火急。陕军当机立断，从别处调动一个营紧急施援，又殊死战斗了半个钟头，才把小鬼子消灭殆尽。目睹这一切，刘芷贞长长呼出一口气："好险呀。"

后晌，守军团长走到指挥所报告，这次战斗打沉日寇渡船五十三只，歼灭小鬼子约二百一十人，我军牺牲一百六十四名战士。孙蔚如见刘芷贞面色凝重，宽慰说："大姐，打仗哪有不死人的？您身经百战，什么样的场面没见过？像这样的战斗，在我们的阵地上，三天两头发生，不足为奇。您放心，有我孙蔚如在，就是把陕军拼完，也要守住黄河！"

"孙将军，战争不仅要拼实力，更要拼智慧。日寇装备好，火力强，这是不争的事实。你看刚才，要不是日军的大炮把我军的阵地摧毁，他们就攻不上来。看来日寇的炮火是我们最大的威胁。咱们能不能以攻为守，派部队渡过黄河，把战场推到河东地面。既能减轻守河的压力，又能削弱日寇的实力。"刘芷贞与孙蔚如商量，"孙将军，这只是我的想法，不知可否？"

孙蔚如沉吟了一下，担忧地说："王副主任，您的建议我不是没想过。去年，我西北军十七师一万三千名将士赶赴河北前线参加了抗战，在河北保定和晋北、晋东南一带与小日寇血战。如今，师长赵寿山仍带领全师剩余的三千多将士在晋南中条山腹地平陆一带，由于晋南平川的主要交通要道被日寇占据，我军的给养严重不足，处境非常困难。您说派兵插到河东，当然是上上之策，但黄河东岸盘踞着数万鬼子，派兵过去，人地两生，很难站住脚。所以，我一直下不了这个决心。"

刘芷贞答："孙将军，你是知道的。抗战以来，我党把全部兵力改编成八路军，开赴山西前线，眼下派不出大部队协助贵军守卫黄河。倘若贵军派部队过河与日寇干，我把带来的五十多名精英全部安排到你的部队里，并让河东地区的地下党、游击队全力配合你。"

"这太好了，你真是雪里送炭呀。"孙蔚如向刘芷贞行了一个军礼，以表示对共产党的敬重。

几日后，陕军一七师副师长王强率领一零五九、一零六零两个团从潼关北面日寇防守薄弱的合阳县渡口过河，抵达黄河东岸的临晋县吴口村。驻守在南面永济县蒲城的日寇惊慌万分，纠集五百多小鬼子，携带十多门大炮，企图在陕军立足未稳之际，一举歼灭，但日寇没料到，陕军已经与当地的地下党游击队接上头，很快占据了有利地形，经过两天两夜的激战，全歼了这股日寇及从运城赶来增援的小鬼子。接着，他们又乘日寇晕头转向之机，先后在通往运城的要道马铺头、虞乡、猗氏等县镇接连攻克日寇据点，逼得日寇不得不龟缩在运城。

八月初的一天，王凯刚从盐池回到家里，刘相公满脸喜气地告他："叔，我二哥回来了！"

"啥？"王凯一时不相信自己的耳朵。

"我二哥回来了，就在后院客厅里！"

王凯这下听地道了。去年五月端午前，王凯接到西安齐大树捎来的口信，说继绪去延安上了陕北公学。之后，再也没有一丝音信。没想到，儿子突然回来了。

王凯刚跨进后院客厅，穿着一身便服的王继绪走到跟前，指着站在一侧的人说："爹，您看这是谁？"

王凯见对方穿着一身偏襟黑袄，头上裹着蓝底印花头巾，没认出来，便客气地问："你是——"

对方把头巾摘下来，没有言语，抿了抿前额的花发，仰起脸，眼窝里闪着两点亮光，叫了声："凯哥！"

"芷妹——"这下，王凯看得真真切切，胸中喷发出浓浓的惊喜和热烈。

两双胳膊紧紧挽在一起。可能是因为王继绪和刘相公在场，或者都已是快奔花甲的人了，理性控制了情感，没有像十二年前在河南新密县意外偶遇时那样忘情地拥抱。然而，彼此眸子里喷射出来的亮光已经紧紧融合了一起。

王继绪轻轻地捅了一下刘相公，刘相公知趣地跟在表哥后面离开客厅。

次日，王凯父子和刘芷贞乘坐轿车回老家。由于王凯持有通行证，一路上顺利地通过了日伪军设下的几个关卡，三日后回到枣园。到家时刚偏过晌，正院的绒仙树下，铺着一张苇席，于雅辉和二儿媳刘锡钟、三岁多的孙子王卓坐在上面纳凉、谝闲。平常，大儿媳曹金花也会陪婆婆，前两天回娘家去了。

王凯把刘芷贞推到于雅辉面前："他妈，你看谁来了？"虽然四十年未见过面，但于雅辉还是从鹅蛋形的面庞和圆圆的杏眼里，辨认出对方，从席上弹起来，扑到刘芷贞身上。

“芷姐！”

“辉妹！”

四十年前的闺蜜紧紧搂抱在一起。许久，两人才松开身子，恋恋不舍地拉着手，谁也不愿松开。于雅辉噙着喜泪诉说：“芷姐，民国十六年，我跟他爹专门去新密见你，你却到前方打仗去了，可惜没见着，就给你留下一张全家福，你见到了吧？”

“见着了，我把它当成宝贝，一直藏在身上。在延安时，我还拿给绪儿看过。”

“这些年，你可把我想死了！”

“我也一样，这不，我来看你来了！”

一直站在旁边的王继绪凑到母亲跟前介绍：“妈，我在延安上陕北公学时，我姑是学校的书记，现在是八路军驻陕西办事处副主任。”

于雅辉饶有兴趣地问儿子：“副主任？该是多大的官？”

王继绪笑答：“几年前，红军长征时，我姑就是师长，现在至少是个将军吧。”

于雅辉摇着刘芷贞的手说：“芷姐，你太了不起了！”

刘芷贞感慨地说：“辉妹，我戎马一生，不定哪天会血洒疆场，不像你儿孙满堂，后继有人。”

“姐，咱俩谁跟谁，我的儿女还不是你的，你看绪儿对你多亲？”

王继绪走到愣怔着的刘锡钟跟前，指着刘芷贞介绍：“锡钟，你还磨蹭啥？这是咱汾城的亲姑？”刘锡钟从小听爷爷奶奶和爹妈说过，有个叫芷贞的姑姑，去日本留学时轮船失事殁了，刚才听到婆婆和女客人的对话，明白了女客人就是自己的亲姑，可一时插不上话，听丈夫一催，赶紧凑到刘芷贞跟前，鼻子一酸，叫了声“姑”，依偎在刘芷贞怀里。

刘芷贞知道扑在怀里的就是自己的亲侄女锡钟，亲昵地抚摸着侄女的头：“钟儿——”不知该说啥好。

“谁呀？”北屋的竹帘一响，满头白发的王乔氏站在门口。王乔氏虽然已经过了八十大寿，但耳不聋眼不花，适才在屋里午休，醒来后听到院里有人说话，便走出来。

刘芷贞虽然没有与王乔氏谋过面，但知道老人是谁，放开侄女，跑到王乔氏跟前，搀起王乔氏的胳膊叫唤：“婶。”

跟在后面的王凯赶紧对王乔氏说：“妈，这是汾城的芷贞。”

“你？不是——”王乔氏对儿子年轻时订下的第一个媳妇记忆犹新，晓得她不在人世后，儿子才娶了于雅辉。

“婶，我好好的，看您来了，您老身子骨真好。”

“你可是稀客。”王乔氏攥住刘芷贞的手，眼里放射出长辈的慈祥。

王继绪也跑到王乔氏跟前叫：“奶奶——”

王乔氏松开刘芷贞，点着王继绪的额头，溺爱地嗔怪孙子：“绪儿，你这没良心的，还晓得回来？”

吃过晚饭，趁爹送刘芷贞到客房院休息的当儿，王继绪和妻子刘锡钟抱着儿子王卓，走进爹妈屋里，把妈扶到椅子上问：“我爹和我姑究竟是咋回事？”

于雅辉反问：“你在延安跟了你姑很长日子，没问过她？”

“我没好意思问。”

于雅辉一脸庄重，把当年丈夫和刘芷贞的特殊关系细细告诉给儿子和儿媳，最后嘱咐：“你姑苦了一辈子，往后，你俩要把她当成亲亲的老人。”

“妈，一定！”王继绪夫妻郑重地点头。

第三十二章　倭寇攫宝藏

刘芷贞的一生都是在紧张中度过的。年轻时，在日本，白天上工赚钱糊口，晚上和同盟会员议事；北伐中，与军阀激战，曾经在战场打了四天四夜未合眼；在长征路上，为了摆脱白军的围追堵截，部队时常急行军，她困得拽着马尾巴走着走着就睡着了。按说，刘芷贞应该利用这难得的机会好好放松放松，然而，她在枣园只待了一天，就待不住了，想走。吃晚饭时，她想开口，却不好意思，便婉转地对于雅辉说："辉妹，我想跟你商量个事。"

"啥事？记得在北平时，你很喜欢看古迹，一逢礼拜就领着我在北平街上满世界找着看，是不是还有这个嗜好？"于雅辉以为刘芷贞想欣赏当地的古迹，痛快地应答，"这好办，村北的南樊镇上有座嘉庆年间盖的贞节石牌坊，纯石结构，镂空浮雕，非常耐看，明个我领你看看去！"

"我不是这意思。"

"那是啥意思？"

"我想明个走。"刘芷贞不得不说出真实意思。

"不行！"于雅辉眼窝瞪得老大，嗓门大得像跟人吵架，"芷姐，咱俩四十年没见面了，你屁股还没坐热，咋能说走就走？"

刘芷贞拉住于雅辉的手，解释："辉妹，我何尝不想在你家多待几日？可前方正打着仗，要是没有我，还不知道要多死多少人，等把小鬼子打跑了，我就住在你家不走了，陪你。"

于雅辉是个明事理的人，听刘芷贞把话说到这个份上，知道她是共产党的大官，强留不住。于是，口气软了下来，恳求："芷姐，那你就多待一天，行不行？"刘芷贞只好应承下来。

过了一天，王继绪骑马，王凯、于雅辉和刘芷贞同坐轿车到运城。于雅辉送刘芷贞到运城，就是想跟她多待一会，多说一会话。于雅辉心里很清楚，往后，还能不能再见到芷姐，很难说。

送走刘芷贞和继绪，王凯立即骑马下盐池，再过几天就是八月十五，盐池该歇工了，歇工前要给盐工们付清工钱、整理盐垛，拾掇晒盐工具，事情很多。

河东盐池分东场、中场、西场三个生产区域。东场位于东禁门以东至东南岸；中场位于东禁门与中禁门之间；西场位于西禁门以西。受地段、水源影响，东场条件好，产量高，晒盐量占全盐池的百分之六十以上；中场次之，约占百分之三十；西场再次之，约占百分之十。民国后，由于社会动荡不安，盐业效益不稳，盐号由六十四家减为四十六家。去年，日寇没收盐池，无偿地抢走盐池里三百万担存盐，使坐商们受到抽筋扒骨的损失。今年，盐池恢复晒盐时，又有董维藩、刘培贤等十几家坐商忍痛抛弃盐号和家业，去外地避难谋生。长达十来里的中场全部荒废，没了一家盐号，昔日的盐畦里长满一尺多高的蒿草，日头一晒，蔫得耷拉着头，在南风的吹拂下，有气无力地摇摆着。沿湖岸边野草萋萋，芦苇疯长，时常有水蛇和青蛙窜到岸边的盐路上，被拉盐的大车碾死，血腥粘在地面上，释发着令人窒息的恶臭。

王凯骑马来到中场的地界上，朝南面一瞅，看到一向杳无人烟的荒畦里，出现了七八个头戴白帽子的人，觉得奇怪，就下马观察这些人干啥。只见有个人头俯在三脚架上黑乎乎的东西上看了一会，然后举起三角红旗朝东面挥几下，东面的人立即扛起黑白相间、刻着数字的木杆子，走到别处竖起来，还有几个人拿着铁锨、洋镐、铁纤等工具围在荒滩上不知鼓捣些什么。不远处，还站着两个拿枪的小鬼子站岗。王凯心里很是纳闷：“这些人究竟是干啥的?”

来到东场自家的齐山盐号，王凯对已经当上老和尚的邱鸿志说：“鸿志，我刚刚路过中场，见一些人不知在盐滩上鼓捣啥，还有两个小鬼子站岗，你看看去。”

老和尚掌握着整套晒盐的诀窍，在盐池里，天是老大，老和尚就是老二，被东家当作财神爷，每日四个盘子一壶酒地敬着。老和尚都会霸着自家的看家本事，轻易不外露给别人，怕教会徒弟，饿死师傅。要在盐池里学会晒盐全套本事，再聪明的人，没有二十年以上的功夫是揣摩不出来的，而邱鸿志科班出身，脑瓜子很灵，下盐池后，又得到舅姥爷和爹的言传身教，很快就青出于蓝而胜于蓝，盐畦咋修，斗窝咋挖，卤井咋掘，卤水咋养，淡水咋兑，盐花咋打，所有的关键技术他都了如指掌、烂熟于心，全盐池里的三十个老和尚没有一个能比得上他。邱鸿志不仅技术好，而且受父母和王凯的熏染，从不摆架子，经常到盐畦里干活，对盐工格外好，见了跟爹年纪差不离的唤叔，见了年纪比自家大的叫哥，见到年纪小的叫兄弟，很有人缘。去年邱锁被抓去当了大半年苦力，累得吐了血，落下了咳嗽的毛病。恢复晒盐后，王凯就让邱锁离开盐池，回家调养，让邱鸿志取代他爹当了老和尚。三十来岁就当上老和尚，而且统管六个盐号，是盐池里从来没有过的。甭看邱鸿志年纪不算大，资历不算深，可说起话来有条有理，办起事来有板有眼，盐号里的盐工们都服他，王凯很是满意、放心。

邱鸿志正在考虑歇工后需要留下哪些人干杂工，听到王凯吩咐，赶紧放下手里的钢笔，跑到中场盐滩上，近前一看，这些人正在用仪器测量，还挖了几尺见方的一个深坑，深坑旁边堆着不少成块的硝板。邱鸿志再仔细一看，那伙人中，竟有一个是同学，而且关系还很铁，叫许晴，现在运城师范当教员。正要上前打招呼，一个戴眼镜的中年人气势汹汹地走到他跟前，用生硬的中国话质问："你的，什么的干活？"不等邱鸿志开口，许晴赶紧跑到日本人面前，赔着笑脸说："对不起，太君，他是我的同学。"那人瞪了邱鸿志一眼："这里是军事重地的干活，你的，快快地离开！"

看来当场询问是不可能了，邱鸿志对同学说："许晴，天黑前咱们在鼓楼下见面，我有事。"

日头离压山还有一杆高，邱鸿志就到钟楼下，一直等到星星挂满天空，才见到许晴。许晴一见面就解释："鸿志，对不起，我本来收了工就来，可日本人非让我跟他们一起吃饭，来迟了。说，有啥事？"

邱鸿志问："你咋跟着日本人干？"

许晴哭丧着脸："孙子才愿意这样。昨日，小日本跑到师范要人协助他们下盐池勘探芒硝储量，校长就派我带上仪器去，我敢不去吗？"

邱鸿志追问："小日本勘探芒硝，想干啥，你没打听打听？"

"打听了，他们说是要办个什么化工厂，具体想干啥不知道。我想，芒硝是稀缺的化工资源，造纸、制药、炼铁、军火等行业都离不了，肯定想打它的主意。"

邱鸿志和许晴分手后，随便买了个火烧填了一下肚子，跑到王凯家里，报告了那些人的身份和目的。王凯听后，哼了一声："小日本真是人心不足蛇吞象。民国八年，河东盐务稽核分所的洋人扬言要在盐池里开发芒硝，从京城请来好几个洋人，折腾了大半个月，结果是又蹾沟子（屁股）又丢脸，不了了之。这回小日本也是癞蛤蟆想吃天鹅肉——异想天开。别管他，小日本弄不成啥样子。”

没过几天，王凯被叫到小洋楼里，房间里坐着衣冠楚楚的四个人，龟荣带刀一一介绍：一个是日本大阪工业试验所特使，一个是日本三菱洋行代表，一个是日本王子造纸株式会社董事，一个是省化工公司副经理。介绍完后，龟荣带刀黑脸上的两坨肥肉上堆着笑，对王凯说：“王会长，这四位贵客可是咱们的财神爷。”他又对日本大阪工业试验所特使说：“龟田君，请把贵所实地勘察的情况介绍一下。”龟田傲慢地跷起二郎腿，从黑色文件包里取出一摞纸，煞有其事地介绍：“经过现场勘探和化验，已经探明，河东盐池地下储存着大量的硝板，学名白纳镁矾，薄处约二米多，厚处十几米，其储量和硫酸钠等化学成分含量，在世界上独一无二，具有巨大的开发价值。”龟荣带刀肥脸上好像涂上一层油彩，兴奋地说：“中国人呀，真愚昧！守着这么好的聚宝盆，光知道晒盐，却不知道开发比盐不知要宝贵多少倍的芒硝，真是抱着金盆要饭吃。”

王凯听罢龟荣带刀的风凉话，心里涌出一股厌恶，板起脸，咬了咬牙关，来了个徐庶进曹营，一言不发，等着龟荣带刀下面还放什么狗臭屁。

龟荣带刀继续说：“诸位都是商界的大亨，今日我代表河东盐务分局请大伙来，共谋开发芒硝大计，这可是一本万利的大买卖。”三个日本人脸上堆满笑，连声附和：“吆西，吆西。”

伪省公署化工公司的副经理站起来，朝几个日本人鞠了一躬，表态：“贵国帮助开发芒硝，是吾晋省之荣光，河东盐池之福音，敝公司理当积极参与。”

见王凯像尊石雕，龟荣带刀皮笑肉不笑地将起他的军：“王会长，我们已经商量好，要开发芒硝，诚心诚意地请潞纲总会参股，你是会长，不会不给我们这些人面子吧？”

“既然想让潞纲总会参股开发芒硝，总要让我们知道咋个开发吧。”王凯甩给龟荣带刀一个软中带硬的钉子。

龟荣带刀说出早已编好的圈套：“王会长，咱们六家合股成立六和化工厂，各负其责，开发芒硝。日本大阪工业试验所负责化验，保证产品质量；省化工公司负责办理一切手续；日本三菱洋行和王子造纸厂负责产品销路；我们河东盐务分局负责生产和运输；你们潞纲总会嘛，就干点具体的，出两千块大洋，三百工人，负责新建厂房和提供劳力。所得利润，按股分成。”

王凯仔细一听，他们几家所负的责全是空的，只有潞纲总会承担的新建厂房和提供劳力是实的。说是几家合伙，其实就是用盐池的钱财和劳力办厂，心里不由窜起一股火苗，但他清楚，小日本就是吃人不吐骨头的狼，掌握着盐池的生杀大权，盐商们就是任其宰割的羔羊，如果违背他们的旨意，必然会使出啥阴招，盐商们就会深受其害，甚至倾家荡产。前事不忘，后事之师。去年小日本没收了盐池所有存盐，强掳盐工们当了大半年苦力，不就是例子吗？王凯只得来了个缓兵之计：“龟荣局长，潞纲总会里有几十个会员，容我与他们商量商量。”

龟荣带刀的胖脸立即拉了下来，当着几个人的面数落起来王凯：“你们中国人有句老话，叫知恩图报。要不是我们大日本帝国慈悲为怀，他们还不是在山里当苦力？这事没商量，干也得干，不干也得干，谁要说半个不字，你把名字提供上来，我让他吃不了兜着走。三天后给我回话！”

王凯从小洋楼里出来，觉得头从来没有这么晕过，脚像踩在棉花上不听使唤，一脚深一脚浅，歪三倒四地回到家。于雅辉看他面色煞白，上前扶住丈夫，问咋啦？王凯说头晕，于雅辉赶紧把王凯扶到卧室。王凯昏昏沉沉地躺到床上，一闭上眼，脑海里浮现出龟荣带刀恶煞煞的脸。他晓得，经过去年冬天的修整，盐池虽然勉强恢复了生产，但由于盐畦荒芜得厉害，生产工具没胳膊少腿，生产很是萧条，全盐池仅晒了二十来万担盐，不及正常年份的两成，加之小日本把持河东盐务，实行统购统销，逼得东家们不得不花活动费贿赂掌管盐权的人，大部分盐号半死不活，拆东墙补西墙地维持，若再让他们出钱出人，无疑是在蚊子腿上刮肉。他实在不愿意跟兄弟们开这个口，但王凯心里清楚，如果不顺从，就过不了小日本这一关。想到这里，王凯艰难地从床上爬起来。于雅辉见状，赶紧凑上去：“看你的气色不好，还是再躺会儿吧。”

“能睡得着吗？”王凯胸腔里喷射出一股怨气，又缓和了语气对老伴说，“叫思明来。”刘相公跟随于雅辉一进屋，王凯吩咐：“周知盐池各位东家，明早来家里议事。”

次日早，盐池东家们走进王凯后院的东屋客厅。王凯一出现，东家们就七嘴八舌地倒起满肚子的苦水来。

“盐务分局的人太黑，就是喂不熟的狗，给他们送多少才是个头？”

“不能再干了，再干就赔得提不起裤子了。”

一个垢头污面的年轻人一瘸一瘸地挪进客厅，满脸抹得像个大花脸。罗川问：“郑东家，你这是咋啦?”年轻人叫郑元和，是离盐池东面不远的陶村人。因是独生子，在盐池当东家的爹对他很惯，从小养尊处优，都叫他郑公子。几年前，他爹殁了，他下盐池接了班，因干不逢时，又不善经营，这两年欠下不少外债。他一早来王凯家开会，路过一家杂货店，因他欠着该店不少买铁锨、苇席等工具钱，被店主挡住。店主曾问他要过很多回，他因手头紧，一直拖着没给，这回好不容易逮住了他，便揪住他的前襟，没好气地说：“不还钱就甭想走人。”郑元和身上没有钱，又怕耽误开会，便使劲挣开店主的手，想一溜了之。店家气不过，指使两个伙计把他暴打了一顿。因为理屈，郑元和没有正面回答罗川，冲着坐在正位上的王凯，发泄出满腹的憋屈：“王会长，我实在干不下去了。”说完，一跺脚，扭身往外走去。满屋子里的东家们眼里都充满了同情。他们晓得，今个是郑元和，明个或许就是自己。

等东家们平复下来，王凯发了话：“弟兄们，今儿个请大伙来是想商议个大事。昨个，龟荣带刀把我叫到小洋楼里，让咱们潞纲总会跟小日本的几家公司合伙办座化工厂，开发盐池里的芒硝，派给咱们的差使是新盖厂房和提供劳力。”

台下立即像炸开了锅：“日本人属狼的，咱们不跟他们干!”

“我还不晓得日本人啥德行?不应付，行吗?权当出门不小心被狗咬了一口，花钱看了病。”王凯见东家们低头不再吭气，心里不落忍，“小日本人让咱盐池出两千大洋和三百劳力，我晓得大伙都是罗锅上坡——钱紧，所花的钱我全出，每个盐号出十个盐工。”在场的盐池东家们见王凯主动承担了大头，心里再不情愿，也只能屈从照办。

刚过八月十五，盐池里歇了工，大部分盐号只留下少量盐工干些清理畦地、加固渠塄之类的杂活。一向冷清的中场变得热闹起来，三百名盐工聚集在荒滩上，有的盖厂房，有的垒围墙。忙活了两个多月，临上冻前，在紧靠盐湖北岸道路旁边盖好厂门和三十多间房屋，垒好了东西两面的围墙。厂门上，挂着“六和化工厂”的招牌，招牌中间，插着一个膏药旗。大门前，杵着两个小鬼子站岗。也许是小日本做贼心虚，没有放鞭炮，搞典礼，化工厂便偷偷地开业了。该厂足有四百多亩大，从东到西开辟了六个作业区。由于若干万年的沉积，地下的硝板非常坚硬，要把它开凿出来，不是件容易的事。日本人不知从哪里请来一些技师，借鉴开采石料的办法。先是在平地里用大锤和钢钎凿出一道二尺多宽的条形窄壕，再顺着硝板积淀时留下的纹路，用钢纤横向打眼，凿成三尺多见方，二尺多厚的硝块。然后，把重达千斤的硝块用粗麻绳捆起来，攒上四根木杆，每边站两个人，八个人把硝块抬出坑外，装到大车上，拉到火车站，再装上火车运走。

彻骨的寒风像疯汉一样从中条山上扑来，刮得盐湖岸边的干芦苇可着嗓门悲号，一望无际的荒滩上没有一点遮拦，寒风挟裹着硝末，毫不留情地扑打在工人们的脸上和手上，但不得不抡着十几斤重的铁锤，攥着冰冷的钢钎，一刻不停地干活。为了强逼盐工们卖力气，龟荣带刀豢养了二十个打手，像狗一样游荡在工地上，严密监视着工人，只要见工人稍微停一下，就窜过去，用疙瘩鞭狠抽一通。

一天晌午，有个年轻的工人因吃坏了肚子，大便时蹲的时间长了些，被监工从茅房里揪出来，劈头盖脸地给了一阵疙瘩鞭。晚上收工路过大门时，那个工人趁监工不注意，快步溜出大门，想逃出魔窟，不料被站岗的小鬼子抓住，当场绑在专门设置好的十字架上，暴打至死。

转眼进入腊月，开采硝块的坑越来越深，需要把开采出来的硝块一块一块地抬出坑外。抬硝块时，盐工们尽管小心翼翼，但因硝块太沉，坡太陡，只要有一个盐工的腿软一下，沉重的硝板块就会跌落下来，三天两头有人被砸伤。按说，盐工受伤应该及时救治，可没有一点人性的监工头就像随便扔一块抹布一样，通知王凯，让他把受伤的工人抬走，再派新人来。在盐号里干杂活的盐工们都晓得在化工厂活重挨打，不愿去，王凯只好额外给盐工追加一份补贴作为补偿，这才把龟荣带刀应付过去。

整整一个冬天，六和化工厂铁锤的敲击声，盐工们抬硝块时吭哧吭哧的号子声，几十挂拉硝块的大车碾在坚如石头的路面上发出的咣当咣当的响声不绝于耳，吵得一向寂静的盐池不得安宁，连凛冽的寒风都沙哑着嗓门一个劲地呜咽。盐池里的东家们远远看着昔日平坦如镜的荒滩被挖得体无完肤，像是自己亲人身上被剜走几块肉，哀叹：“造孽呀，小日本把老祖完留下的盐根挖走了，往后，还咋产盐？”

往年过元宵节，运城必闹灯会，大街小巷里挂满五颜六色的各式彩灯，既是庆贺去年上苍的慷慨，又是对今年丰稔与和顺的祈望。王凯总要提前到运城，在自家大门口张灯结彩，图个热闹吉利。然而，今年他却失去了这个兴趣，想在老家守着家人，安安稳稳地过个正月。

不料，正月二十前晌，一挂插着膏药旗的黑鳖盖车开到大门口，车上走下两个穿西服的人，后面跟着一个穿长袍短褂、提着两箱子礼物的人。一个是龟荣带刀，一个是六和化工厂厂长浅井，穿长袍短褂的是刘健羽，他们专程从运城来见王凯。

去年腊月，盐池里的六和化工厂一直干到腊月二十七才停工。停工前，六和化工厂厂长浅井把工人们集中起来，逐一登记每个人的姓名和家庭住址，要求工人们必须于正月初八来上班，否则后果自负。浅井是渔民出身，不识几个字，被征当兵后，因有股不怕死的蛮劲，当上小队长。在晋东南跟国军打仗时，被打断了一条胳膊，没法使枪了，便被安插到三菱洋行混碗饭吃，三菱洋行就派他到化工厂当厂长。在他眼里，中国人都是些会说话的猪，只要用刺刀和皮鞭，这些人就会乖乖地屈服。去年冬天，用此办法把工人们治得服服帖帖，挖运硝块还算顺利。他以为，只要放出此话，工人们不敢违抗。没想到，一直到正月十六，只有几个工人报到，气得他领着几个小鬼子按照工人们登记的住址去抓人，所到之处，要么压根就没这个地方，要么铁将军把门，连一个人毛都没见到。他又找到牛岛，请求牛岛派兵到附近村庄里抓苦力，结果仍是竹篮打水一场空。原因很简单，因为日本人强化治安，在运城北面的临晋、荣河、稷山峨嵋岭修筑一条一百多里长的“惠民壕”，村子里的男劳力全被征用走了，剩下的都是些老弱病残。不得已，浅井只能找龟荣带刀，龟荣带刀就让刘健羽想招。刘健羽对主人言听计从，贼眼窝滴溜溜一转，出了个鬼点子：“盐池里三条腿的蛤蟆不好找，可两条腿的盐工多得是，去年冬天，化工厂里用的工人，都是王凯让各盐号出的，这回还去找他不就行了？”于是，龟荣带刀和浅井带着刘健羽找王凯来了。

王凯心里清楚，黄鼠狼给鸡拜年，不会安啥好心，但考虑到自己的身份和处境，不得不把这三个不速之客让进客厅。

龟荣带刀从骨头缝里看不起中国人，对待中国人有软有硬，软时像只绵羊，给你赔笑脸说好话；硬时像头豺狼，呲着獠牙朝你下口。因此番来有求于王凯，便使出软法，恭恭敬敬地站起来，腮下的两坨肥肉堆起假惺惺的笑：“王会长，咱们是最亲密的合作伙伴。去年，你为六和化工厂的生产立下不朽功勋，这是华北政务委员会特别为你下的嘉奖令和三千元奖金。”说着从上面有膏药旗的文件夹里掏出一张盖有红大印的嘉奖令和一沓崭新的联银币，双手捧到王凯面前。华北政务委员会是日寇侵占中国后，取代国民政府处理河北、山东、山西三省及北京、天津、青岛三市境内防共、治安、经济及其他国民政府委内各项政务，并监督所属各省市政府的伪政权机构。来之前，龟荣带刀特意向牛岛要了一张空白的嘉奖令，临时填写的。至于联银币，不过是销售硝块赚下的九牛一毛。龟荣带刀的用意很清楚，就是用这点小甜头哄住王凯，让其心甘情愿地出面为自家解决招收工人的难题。

王凯当然能看透龟荣带刀的用意，真想把这两样东西摔到他脸上，转念一想，如此一来，龟荣带刀就会恼羞成怒，露出本性，到头来，不仅自己要吃亏，连全家都会受连累。只好把堵在嗓子眼上的气咽到肚子里，挤出比哭还难看的笑，接过嘉奖令和联银币，煞有其事地放到茶几上。王凯晓得，嘉奖令不过是一张废纸，联银币是日本人在占领区推行的钞票。这种钞票，在日本人霸占的县城里兴许还能买些东西，但在乡下一点用都不管，老百姓拉屎时，宁可在地上捡块土坷垃擦屁眼，也不用它。

刘健羽不失时机地在一旁煽风："王会长，龟荣局长大驾光临贵府，亲自送来嘉奖令和奖金，真是无上的光荣。你是出了名的厚道人，受人滴水之恩，当涌泉相报，你可要为皇军好好效力呀。

是福不是祸，是祸躲不过。王凯想知道两个小日本又玩啥阴招，主动问："龟荣太君，你还有其他事吧？"

龟荣带刀立即说出真正目的："化工厂原定正月初八开产，可去年冬天干活的工人大都没来上班。你是潞纲总会会长，盐工们都听你的，还要请你出面解决这个难题。我绝对不会让你白干，招一个工人，给你十元联银币，招三百人就能得三千元，抵得上你一个盐号全年所赚的钱，这可是打着灯笼也找不下的好事。"

"化工厂招不下工人，我也不晓得椽在哪里弯着，只能尽力而为。"其实，这些日子，已有十来个去冬在化工厂干活的盐工找到他家里，诉说了化工厂活重挨打的苦处，都想离开化工厂，到他盐号里干。他之所以跟龟荣带刀打马虎眼，是想见机行事，多为工人们争取点好处。

"这几天，华北政务委员会一天几个电话地催，命我们立即开工。"龟荣带刀见王凯应承了，好像抓住了一根救命稻草，急不可耐地催促，"那咱们这就走！"

王凯礼节性地挽留："你从二百里外的运城赶来，咋着也不能饿着肚子，吃过饭再走吧。"

龟荣带刀摆手："不用了，你们的乳白羊汤是一绝，咱们就去县城里一饱口福。"

"恭敬不如从命。"王凯恨不得让龟荣带刀快点离开。因为，乡邻们都非常反感小日本，插着膏药旗的黑鳖盖车停在自家的大门口，被乡邻们瞅见后，肯定会对自家产生误会，少不了挨乡邻们的骂。

回到运城，王凯使出拖的办法，答应龟荣带刀摸摸情况。转眼过了二十，龟荣带刀又跑到王凯家里催问。王凯推说："盐池里的盐工大都是山东河南的，往年都是出了正月才开工，只能等盐工从外地来了再说。"

龟荣带刀急得眼里冒出火来，但一点法子也没有。好不容易等二月初二盐池里开了工，但还是没一个工人到化工厂报到。

这回，王凯主动到小洋楼。他晓得，如果再没人去化工厂，小日本就会狗急跳墙，强抓硬征，盐工们就会遭殃。不等龟荣带刀开口，就面带难色说："我打听清楚了，去年冬天在化工厂干活的盐工们说是化工厂吃得差、活重、常挨打，都不愿意再来化工厂干。"

龟荣带刀立马吊起脸："这些人，敬酒不吃吃罚酒，不行，我们就来硬的。"

王凯担忧地说："你不是说过要保证盐池生产吗？要保证盐池生产，至少要四千多盐工，可眼下时局动荡，劳力缺得很，来的不到三千。如果来硬的，盐工们都长着腿，肯定会像兔子一样跑掉。到时候，会弄个竹篮打水，化工厂盐号两头空。"

龟荣带刀心里清楚，保证食盐和芒硝生产，是上司下的死命令。如果真像王凯所说的那样，找不下人干活，他就会受到严厉的处治。只觉得脊梁骨后面钻进一股凉气，口气软了下来："那该咋办？"

"活人总不会让尿憋死。办法嘛，倒是有，就看你愿意不愿意。"

"你说，只要能招到工人就行。"龟荣带刀眼里带着乞求。

"俗话说，人往高处走，水往低处流。盐工们都是人，都有老婆孩子，都要养家糊口。皇军不是要在中国实行亲善政策吗？如果让他们吃好点，穿好点，住好点，多挣点，他们自然就会冲这些而来。"王凯加重了语气，"此举既解决了化工厂招工的难题，又显示出皇军的友好，可谓一箭双雕。"

"吆西，吆西。"龟荣带刀又黑又肥的胖脸兴奋成紫肝色。

次日，龟荣带刀在鼓楼下支起六和化工厂招工处的摊子。摊子前竖了个很大的牌子，牌子上写着到化工厂当工人，可以吃蒸馍、睡木床、发衣裳，每月工钱二块二。专门让两个爪牙不停地敲着铜锣宣传鼓动。他们所说的待遇，比盐号好得多。譬如工钱，盐号最高的才一块八，而他们是二块二，但围观的人听到这些，都不为所动，撇撇嘴，嘟囔："我们又不是憨憨，谁听他们的鬼吹灯。"

龟荣带刀又问王凯这是怎么回事？王凯沉思了一会说："耳听为虚，眼见为实。

盐池里的工人都心直，喜欢来现成的。尽管咱们招工牌上写得不赖，可他们不一定信。要是咱们化工厂能把承诺的条款先做起来。他们一看真是这样，就会一传十，十传百，争着去化工厂干活。心急如焚的龟荣带刀一听王凯说得似乎有些道理，便雇人改造了伙房，在街上买了一批木床，购买了灰色的工作服。半个月后，化工厂又开始招工，请应招的人下盐池化工厂里看。果然，没出几天，就招够了工人。龟荣带刀高兴地把王凯请到樱花酒楼里撮了一顿，说了好多感谢的话。其实，这些都是王凯暗中让罗川与盐们工商量好的，真正的用意就是逼着龟荣带刀改善工人们的干活环境，提高工人待遇。王凯瞥了龟荣带刀一眼，心里骂道："小日本，看谁能耍过谁，我就是把你卖了，你还得帮我点钱呢。"

六和化工厂厂长浅井虽然生性残暴，但为了笼络住人心，接受去年冬天的教训，对工人不像以前那样刻薄，吃的睡的还说得过去。看到这一切，王凯心里稍微舒坦了些。他虽然阻挡不住小日本掠夺盐池里的硝块，但总算用自己的智谋，为同胞们争取到起码的尊严和实实在在的东西。

转眼过了麦收，晋南原野上袒露着成片的麦茬，一览无余。

一天晌午，明丽的蓝天上突然传来嗡嗡的声音，只见四架飞机从南边飞过来，到运城上空后，越落越低。对于天上的飞机，人们已经司空见惯。从去年冬天起，机身上印着膏药旗的飞机，三天两头从新修的运城飞机场里起飞，往东面和西面的天上飞去，人们并没有把它太当一回事，但在盐池的化工厂里，有三个工人把手搭在额头上，朝机身上仔细地观察，见机身上印着青天白日旗，兴奋地攥起拳头，狠劲往下一砸，牙缝里蹦出几个字："太好了！"这三个工人是刘芷贞暗派到化工厂的侦察员。这些日子，他们侦察到日寇把含硫酸钠极高、制造炸药必不可少的硝末装到袋子里，拉到运城东郊的飞机场，然后装上飞机运往日本，又通过往飞机场运硝的赶车人，了解到运城飞机场共有三十多架飞机，除了往日本运硝面外，还经常飞到潼关、西安、重庆等城市轰炸，便把日本运城飞机场的具体位置和日机的活动规律用电台发报给西安的八路军办事处。八路军办事处把此情报提供给国民党中央空军，中央空军便派出从国外进口的战斗机装满炸弹，从杭州笕桥机场直接飞到运城机场上空。运城地处占领区的腹地，日寇根本没有想到中国飞机前来轰炸，平时把所有的飞机放在机场的跑道上。这四架中国飞机飞到运城机场上空，立即朝停在露天的二十多架飞机扔下一百多颗炸弹。顿时，炸声如雷，黑烟冲天，碎片乱飞，昔日不可一世的十多架日本飞机灰飞烟灭。

听到接连不断的爆炸声，看着东北方向一直冲向云天的一柱柱黑烟，盐池里、化工厂里的几千号工人都停下干活，纷纷议论，不晓得发生了啥事。只有几个侦察员心里清楚。

过了一个多月，又有几架中国飞机飞到运城机场上空。由于日本人接受了教训，把飞机全部藏到机库里，中国飞机没发现目标，当即飞到黄河东岸的风陵渡，朝日寇最重要的炮兵阵地和存放船只的渡口扔了一阵炸弹，炸毁了日寇二十多门大炮，一百多条渡船，炸死了一百多个小鬼子，使日军遭到前所未有的重创。牛岛气得鼻子差点歪到耳门茬上，纠集了两个师团四个联队的三万多小鬼子，一万多皇协军，动用了十几架飞机、六十多门大炮及毒气弹、烟幕弹，向坚守在中条山西段永济、芮城、平陆一带的陕军发起进攻。陕军首领孙蔚如和赵寿山在第一战区司令长官卫立煌和当地共产党游击队的协助下，率领三十军、九十六军、四十七军的将士，与日寇展开浴血奋战，打死了万余小鬼子，插在河东道公署大门上的膏药旗像被抽去筋的僵尸，蔫得耷拉着头。大伤元气的牛岛，遭到华北方面军司令部严厉训斥，像只乌龟把头缩在硬壳里苦思冥想着对付国军的毒招。龟荣带刀知道顶头上司的病害在哪里，挺着大肚子滚到牛岛跟前，投其所好："将军阁下，为了圣战，我愿为天皇效劳，提供十万大洋军费。"

牛岛像饿急的狼突然见到猎物，从地板上跃起来，一连叫了几个"吆西"。十万大洋可是一笔巨额财富，等于河东道三十多个县一年上缴的税，足以弥补战争损失，保证清剿反日武装之急需。牛岛瞪着血红的眼睛问："龟荣君，你从哪里弄了这么多钱？"

"将军阁下，盐池攥在咱们手里，还愁弄不来钱？"龟荣带刀回答。回到小洋楼，龟荣带刀让人把王凯叫来，话里有话地问："王会长，今年盐池生产不错吧？"

"还行。"王凯晓得，刘健羽像狗一样，经常带人下盐池踅摸，把盐池里的晒盐和销盐的情况掌握得一清二楚，想瞒是瞒不住的。经过盐工们一年的悉心调养，盐池像病人初愈，开晒以来，产量接近正常年份。

"今年全盐池已经产盐两万多吨，根据你们的习惯叫法，就是近五十万担。按每担挣一块算，就是五十万块。把这白花花的五十万块大洋堆起来，要堆成多高多大的银山？亮得能把太阳光比下去。"龟荣带刀连比带画，"这福祉是我们河东盐务分局给的，你们中国不是有‘受人滴水之恩，当涌泉相报’的说法吗？今年是我们大日本帝国建国二千六百周年，你们盐池东家们应不应该拿点‘滴水’来报答我们大日本帝国的‘涌泉’之恩？”

王凯倒吸了一口冷气，心里明白龟荣带刀又想在盐池东家身上揩油，想了解龟荣带刀撅起屁股拉啥屎：“龟荣太君，你明说，让盐池东家们干啥？”

“就来个有纪念意义的，捐献一架飞机。”

“一架飞机？那要多少钱？”王凯感到龟荣带刀贪婪的眼神，倏然变成一把把血淋淋的刺刀，伸向瘦骨嶙峋的弟兄们。

“不多，也就十万块吧。”

王凯感到自家被五花大绑着，推到一个深不见底的断崖前，他本能地使出全力往后退，极力想摆脱危境：“据我所知，去年晒盐少，盐号大都赔钱。今年虽然晒得盐不少，可还有三成没销出去。盐池东家现在手里很空，要捐献飞机，只怕心有余而力不足。”

“这个好办，盐可以变成钱，由我们河东盐务管理分局为你们解这个忧。你们盐池只需要出八万担盐。这些盐仅占全年产量的零头，摊到每个盐号也就两千来担，算不了什么。”龟荣带刀硬邦邦地说：“你通知盐号东家们，三天后，我派车去拉盐！”

盐花（董文汉 摄）

第三十三章　智辟供盐道

俯卧在黄河之滨的中条山脉渐渐进入梦乡，而躺在她臂弯里的河东盐池却像一个患病的幼儿，显得烦躁不安。沿岸日伪设立的岗哨灯光像鬼火一样，不停地闪烁。每隔一会，小鬼子、盐警的巡逻队就会踏着沉重的脚步，像把铁锤敲击在堤岸的路面上，把栖息在杂草中的青蛙们惊醒，惊慌地逃到水里，发出扑通扑通的响声，远处时不时地传来令人毛骨悚然的狗吠声。

掂过夜后，月牙像个长途跋涉走累了的老者，弯着腰身，在时厚时薄的云层中穿行。盐池东南岸，小鬼子巡逻队刚走过去，几十条黑影飞快地从路边的玉茭地跃到齐信盐号的料台上，扛起盐袋便急匆匆地离开。这些黑影，就是曹鑫洋所带领的运盐队。

自从前年春上盐池开晒以来，曹鑫洋便和王凯秘密达成默契，乘王信值班之际，带领运盐队到齐信盐号暗运事先装好的盐。两年多来，每隔十天半月，曹鑫洋都要带领游击队员们下盐池暗运一次盐，从未失过手，基本解决了中条山里几万国军及山里老百姓的吃盐问题，小日本也未觉察到。

去年八月十五后，曹鑫洋在驻地夏县韩家岭，意外见到妹夫王继创的弟弟王继绪和一位女性年老者。曹鑫洋接过王继绪递上来的介绍信一看，才知他是延安党中央派来的特派员，与之同行的女性，竟然是大名鼎鼎的红军女将军、八路军驻陕西办事处的王副主任。王副主任指示："为了共同抗日，我党与陕军密切配合，誓死保卫黄河。目前，第四集团军军团长孙蔚如变被动防卫为主动出击，率领两万多陕军西渡黄河，在中条山黄河东岸沿河一带与日展开激战，堪称插在晋南日寇心脏里的一把锋利的尖刀。你们抗日游击大队的具体任务就是保证陕军的食盐供应。"

曹鑫洋信心满满地表态："没问题，保证完成任务！"

王继绪提醒："鑫洋哥，据我所知，日寇把盐池看守得很严，要想弄出成批的盐来，可不是那么容易的。"

"有你爹在盐池，还愁弄不出盐来？"曹鑫洋把与王凯里应外合，从盐池里往外运盐供应驻守在中条山东部国军食盐的事细细说了一遍。

王继绪很感意外："鑫洋哥，上个月，我跟王副主任回枣园待了两天，没听爹提起过和你联手运盐的事呀。"

来韩家岭之前，王继绪已经把曹鑫洋与自己的关系告诉了刘芷贞。刘芷贞当即把口音换成当地的，笑着解释："咱们在枣园待的时间短，可能你爹没顾上向咱俩提这事。"

这下轮到曹鑫洋吃惊了："王副主任，听口音，您是本地人吧？"

没等刘芷贞回答，王继绪把刘芷贞的身世和与爹妈的关系说了出来。曹鑫洋眼里闪烁着兴奋，像遇到久别的亲人，握住刘芷贞的手，改口说："姑，咱们不仨是同志，还是打断骨头连着筋的亲戚，真是亲上加亲！"

几天后，王继绪保护刘芷贞返回西安后，又回到韩家岭，协助抗日游击队副大队长曹鑫洋在盐池里暗中运盐供应陕军。这样一来，曹鑫洋肩上的担子比以前重了许多。要承担中条山一带抗日游击区里三十多万军民的食盐，大致算下来，每月至少需用一千多袋盐，过几天就要下盐池偷扛一回盐。

经常在坑坑洼洼的河边走，一不小心，脚下难免会沾了泥水。

一天夜里，当游击队员们扛起盐袋，正要离开料台的时候，突然听见北面传来一阵尖厉的枪声，一串串火光朝扛盐的黑影飞了过来。原来，巡逻队里，有个小鬼子白日暴吃了在附近村子里抢来的鸡，吃坏了肚子。刚过齐信盐号，实在憋不住了，就向小头目报告要拉屎。带队的小头目只好让巡逻队停下来，等着小鬼子拉屎。正好此时天上的月牙穿出云层，清辉把地上照得很明，一个小鬼子无意中看见了料台上的黑影，指给带队的小队长看，小队长立即让手下的小鬼子朝黑影开枪，号叫着扑了上来。很有打仗经验的游击队员们当即卧到地上，纷纷掏出腰间的短枪，准备还击，指挥扛盐的曹鑫洋却对游击队员们说："不能动手，咱们在齐信盐号的料台上，一旦开枪，就会连累王会长，快撤！"

游击队员们猫着腰往庄稼地里跑，曹鑫洋为了掩护队员，跑在最后面。齐信盐号料台离最近的庄稼地有二十来丈远的开阔地，游击队员的身影完全暴露在小鬼子的火力下，一颗子弹正好打到曹鑫洋的小腿上，曹鑫洋哎呀一声跌倒在地，一个游击队员立即返回来，背起曹鑫洋就跑。曹鑫洋长得身高马大，游击队员背着他再拼命，也跑不了太快。曹鑫洋扭头一看，小鬼子离他只有三十来步远。他想，如果这样，很快会被小鬼子撵上，他和背他的游击队员都会被俘虏。为了保护那个游击队员，曹鑫洋猛地用双手朝游击队员的脊背一推，跌倒在地上，游击队员转身还想背他跑，他低声命令："我已经受伤，跑不动了，你把我的枪拿上，快跑！"游击队员只好接过曹鑫洋递过的短枪，飞跑而去。

自从小鬼子霸占了盐池后，虽然碰到过多次偷盐贼，但每回只有几个人，而且，一打枪他们窜得比兔子还快，这回不但发现偷盐的至少有十几个人，而且还抓住了个受伤的，当即把曹鑫洋押到野狐泉驻地。次日一早，报告给龟荣带刀。以前，龟荣带刀隔三岔五地接到盗贼下池偷盐的讯息，很是头痛，一听此信，心想，这回可算捞了条大鱼，立即带着刘健羽下到盐池，带着昨夜巡逻的鬼子小队长赶到盐池东南岸的齐信盐号料台上，见料台上堆着一大堆装好的盐袋，周围散落着十几袋昨夜游击队未来得及扛走的盐袋，心里生疑，黑着脸问："谁在这里管事？"邱鸿志跑到龟荣带刀跟前，点头躬腰："太君，我姓邱，是这里的老和尚。"

"你们怎么装下这么多盐，是不是跟偷盐贼串通好的？"龟荣带刀射出两束凶光，仿佛刺穿对方的胸口。邱鸿志正要应答，旁边响起一个声音："龟荣局长，你大驾光临，敝场生辉呀。"

龟荣带刀很是惊讶："王会长，一大早的，你怎么来到这里？"龟荣带刀虽然管着盐池，但平时很少来，对盐池里的具体情况并不了解。

王凯笑答："这盐号就是老朽的，一大早接到消息，说是料台上的盐被人抢了，就赶来看看。"天不明，邱鸿志派人到他家里，向他报告了昨夜齐信盐号出的事，他的心一下子悬了起来。扛盐的游击队有没有人被小鬼子打死、打伤，或者被抓住？要真是这样，事情发生在自己的盐号里，小日本一定不会善罢甘休，会到盐号里追根刨底。万一让他们找出点破绽，可就麻烦了，所以他赶紧骑马跑下盐池，好随机应变，把小日本糊弄过去。刚到齐信盐号，正好碰上龟荣带刀盘问邱鸿志。

"王会长，这怎么回事？"龟荣指着堆在一起的盐袋。

"龟荣局长，你真是贵人多忘事。你不是安排让每个盐号出两千六百担盐，为大日本帝国建国二千六百年捐献一架飞机吗？我当会长的，当然要身体力行。我经营着六个盐号，应该为大日本帝国捐献一万五千多担盐。所以，我提前派人装好袋，并跟刘局长约好，让他近日安排大车来这里拉盐，不料却给偷盐贼做了一锅好饭。”说完，王凯又把目光转向刘健羽：“刘副局长，是不是这样？”

龟荣局长转过脸，盯了刘健羽一眼，刘健羽知道主人的意思，点点头，表示认可。三日前，王凯确实跟他约过，让他派车到这里拉盐的事。王凯晓得，给抗日军民暗中供应食盐无异于狼嘴里拔牙，每回都做得天衣无缝。这回，他提前给刘健羽打了招呼，想借为小日本提供食盐之际提前装好袋，来个浑水摸鱼，给游击队运盐提供方便。

尽管刘健羽证实了王凯说的是真的，但并没有解除龟荣带刀的怀疑，冲着邱鸿志问：“你们盐号既然装了盐，为什么没派人看？就不怕贼偷？”

邱鸿志冷静地答：“有皇军和巡逻队、盐警队守着，我们能不放心？”

龟荣带刀仍不死心，冲邱鸿志问：“你们一共装了多少袋盐？被偷走了多少？”

邱鸿志指着装好袋的盐跺和散落在周围的盐袋，不慌不忙地回答：“昨个，共装了六百七十四袋。我刚清点过，盐跺上六百六十二袋，加上掉在地上的十二袋，正好对上数。”昨夜游击队运盐时，邱鸿志就躲在小庵里，晓得游击队没来得及把盐袋扛走。

“以前有没有被偷过？”

邱鸿志肯定地答：“没有，这是头一回。”

龟荣带刀手一挥，和巡逻队小队长、刘健羽坐上三轮摩托一溜烟地走了。王凯晓得龟荣带刀是水里的老鳖，好不容易咬住了东西，决不会轻易松口，便嘱咐邱鸿志守着盐号，自己急匆匆地骑马往回赶。他想，如果昨夜里有人被捕，山上的游击队肯定会来找他打听情况的。

果然，王凯一回家，见到一身山民打扮的次子继绪。王继绪一脸焦急说：“爹，昨夜鑫洋哥受伤被抓了。”

“鑫洋被抓了？”王凯浑身一抽，他万万没想到曹鑫洋已落入魔掌，追问：“咋回事？”

“听参加运盐的游击队员说，昨夜运盐时被巡逻的小鬼子发现，鑫洋哥腿上不幸中枪，为了保护您，不许游击队员们还击，所以，落到小鬼子的魔掌里。”王继绪焦急地说：“爹，我来就是跟您商量如何救鑫洋哥的。”

王凯想了一下说："我这就打听鑫洋被关在哪里，然后再想法救他。"

龟荣带刀回到野狐泉小鬼子的驻地，径直跑到关押曹鑫洋的房间里，朝被捆在十字架上的曹鑫洋扇了几巴掌，气势汹汹地说："我刚从齐信盐号回来，把你昨夜偷盐的情况摸得一清二楚，就看你老实不老实。说，你叫啥？哪里人？"

"河南郑州的，叫韩大憨。"曹鑫洋故意用河南话答。他在洛阳上过两年军校，又一直和大都是河南人的游击队在一起，河南话说得很地道。

"为啥下盐池偷盐，一共偷了多少回？"

"去年，花园口被中央军炸了，俺老家被淹了，便来这里逃荒。昨夜跟着几个老乡头一回下盐池偷盐，就被你们打伤逮住了。"

"你住在什么地方？"

"俺只知道住在东南面山沟里的洞里，唤啥地方，我也知不道。"

"你偷盐想卖给谁？"

"想背到乡下换点吃的。"

"给我打，叫你嘴硬。"龟荣带刀手一挥，几个打手像饿狼扑上去，先是皮鞭抽，又用烙铁烙，再上老虎凳，折腾了一上午，任凭小鬼子使用什么刑具，曹鑫洋都没多吐一个字。

吃过晌午饭，小鬼子往昏死过去的曹鑫洋身上泼了一桶凉水，等曹鑫洋一清醒，又开始审讯。此刻的曹鑫洋，虽然遭受到巨大的肉体折磨，但心里非常清楚，王凯是自己妹妹的公公，有恩于自己，有恩于游击队。尤其是小日本侵占运城两年多来，为了支持抗日，他把自己大量的盐无偿地供应给山里的抗日军民，成为向抗日根据地供盐的唯一通道。一旦暴露，不仅王凯及他的家人、盐池里的产业会落入敌手，而且供盐的通道会被彻底阻断，给中条山数十万抗日军民的生活造成极大的困难。又想，自己被抓后，山里的游击队肯定会想尽一切办法来营救他。如此一来，小鬼子就会猜到自己的身份，不可避免地会连累到王凯。想到这里，曹鑫洋心里闪出一个念头，自家已经落到小日本的魔掌，横竖是个死，只有尽快献出自家的性命，才能阻止游击队的行动，保住王凯。

后晌，曹鑫洋挨了一顿皮鞭后，装作熬不住的样子，有气无力地对打手说："我、我招。"打手们立即跑到小洋楼报告给龟荣带刀。龟荣带刀来到野狐泉关押曹鑫洋的屋里，狞笑着问："看来你的骨头还是没有我的刑具硬。说，你偷下盐计划卖给谁？"

曹鑫洋交代："俺偷盐前见过一个人，他说他是抗日游击队的。说俺到盐池里偷一袋盐他给俺三袋玉茭。俺有老婆和孩子，吃了上顿没下顿，为了不让老婆孩儿挨饿，就答应了。"

"这么说，你知道游击队的驻地？"

"他们离俺住得不远，那人还领着俺去过那地方。那地方三面是崖，一面临沟，有好几眼土窑。俺去的时候正好是晌午，俺亲眼看见有百十号人蹴在院里吃饭。"曹鑫洋说得神灵活现，不由龟荣带刀不信。

龟荣带刀像匹饥饿的狼，眼睛里射出绿光。在他眼里，抗日游击队就是皇军的心头大患，刚占领运城和盐池时，游击队勾结躲藏在山里的国军曾明目张胆地在盐池与皇军对着干，抢走了很多盐。这两年又经常出没在乡间，不是抢皇军的物资，就是打皇军的伏击，弄得皇军很是头疼，皇军多方侦察，知道游击队就藏在中条山里，也曾多次派兵清剿，但都是无功而返。这回，要是真能找到游击队的老窝，来他个一窝端，那可是大功一件，便迫不及待地催说："你领着皇军马上去！"

曹鑫洋装作害怕的样子："我不敢去，游击队有百十号人，万一让他们知道是俺领你们去的，我的老婆孩儿就没命了。"

龟荣带刀向曹鑫洋承诺："你只要能领皇军找到游击队的驻地，皇军就能把这些土八路通通消灭，他们的东西就全都归你。"

次日早，龟荣带刀押着反绑着的曹鑫洋，带着把守盐池的二百多个小鬼子和一百多名盐警，出南禁门，过从善村，上中条山，沿山里的羊肠小道，翻过十几道岭沟，来到一座绝崖前。龟荣带刀问被推着走在最前面的曹鑫洋："还有多远？"曹鑫洋朝南面扬了扬头："再过两道沟就到了。"龟荣带刀朝紧跟在后面的小鬼子盐警一挥手："快！"

走在前面的曹鑫洋却停了下来，朝紧跟在身后的两个小鬼子说："俺要屙。"小鬼子听不懂他说什么，扭头看上司。精通中国话的龟荣带刀快步走到曹鑫洋面前问："有什么事？"

"俺要屙。"

管天管地，管不住屙屎放屁。龟荣带刀只得让两个手下解开曹鑫洋反绑着的手。曹鑫洋突然跃到龟荣带刀跟前，用一只胳膊卡住龟荣带刀的脖子，飞快地往绝崖方向退。小鬼子一见，端起枪往曹鑫洋跟前包围。因曹鑫洋的胳膊扼着龟荣带刀的脖子，小鬼子只能紧围其后，不敢开枪。曹鑫洋熟悉这里的地形，晓得此地叫横涧崖，此崖虽然不算太深，但跳下去非死即残。再者，此地与八路军游击队的根据地王家岭根本就不是一个方向，要弄小日本的目的已经达到，所以一到绝崖跟前，曹鑫洋毫不犹豫地抱着龟荣带刀跳了下去。吓蒙了的小鬼子中队长立即领着二百多小鬼子和一百多盐警顺着不远处的缓坡下到几十丈深的绝崖下，发现曹鑫洋和龟荣带刀摔得满脸是血。气急败坏的鬼子中队长窜到跟前，掏出洋刀，朝曹鑫洋的胸口连捅几刀。他们发现龟荣带刀还有气，便把他放到担架上，顺着沟底，灰溜溜地返回盐池。

盐警大队第二中队驻扎在南禁门，昨晚接到跟随日军进山执行任务的命令。一大早，中队长崔大豪把一百来号盐警集中到南禁门口，小鬼子的部队刚出现，崔大豪一眼瞅见被押在最前面的竟是曹鑫洋，心像被狠狠捅了一刀子。心想，难道小鬼子硬逼着他进山寻找游击队？等走到他跟前时，曹鑫洋盯着他看了一眼，然后被押了过去。他从曹鑫洋的眼神里，意识到曹鑫洋绝对不会出卖游击队，心里稍微安稳了些，带着手下的盐警跟在小鬼子后面上了路。当曹鑫洋领着小鬼子一直往南面的山里走时，崔大豪彻底放了心，因为，曹鑫洋领的路根本与韩家岭不是一个方向。在绝崖下，崔大豪亲眼看到曹鑫洋惨死在小鬼子的刺刀下，只能强忍着悲痛。回到盐池，崔大豪连夜跑回运城，向王凯报告了曹鑫洋遇难的噩耗。王凯当即让刘相公跑到游击队设在运城北街的联络点皮货铺通达了消息。皮货铺的交通员立即骑马跑到韩家岭通知了游击队。

第二天，龟荣带刀睁开眼，他虽然被摔断了一条腿，当场昏迷过去，但伤势不算太重，一醒过来就从守在床前的中队长嘴里得知曹鑫洋已被杀死，气得扇了对方几个耳光："八嘎，你把姓韩的杀死，寻找游击队的线索不是断了吗?"命其立马带人去，暗中埋伏在曹鑫洋的尸体周围，守株待兔。次日，小鬼子的中队长满脸沮丧地报告，尸首已被野狼吃了，只剩下一些骨头和几片衣裳。原来，游击队得到凶讯后，立即派人把曹鑫洋的遗体搬走，运回老家安葬，并把一个刚被处死的汉奸的尸首放在原处，被野狼吃掉，造成假象，以迷惑小鬼子。龟荣带刀并未死心，又指使刘健羽暗中到制作盐袋的作坊里调查。结果，今年以来，王凯在此作坊购买的盐袋和销出去的盐袋可榫可卯，完全相同。其实，王凯与制作盐袋的东家是多年的挚友，他给游击队提供盐所用的盐袋根本就没有登记。

尽管如此，龟荣带刀并没有打消对王凯的怀疑，暗中指使刘健羽查王凯几个盐号的晒盐销盐情况。刘健羽立即命令场运课课长范子强调查此事。范子强祖上是盐池里的坐商，少时和邱鸿志一起在野狐泉学校念书，毕业后又一起上河东商学，哥俩好得就差没穿一条裤子。其间，邱鸿志经常领着他到王凯家里借书，王凯对勤奋好学的范子强很有好感。后来，范子强家的盐号因管理不善倒闭，断了经济来源，范子强只得辍学。王凯得知后让邱鸿志送给他五块现洋，完成了学业。范子强对王凯敬佩至极。一听让他调查王凯，心里觉得蹊跷，连夜告诉了挚友邱鸿志，邱鸿志立即领着范子强面见王凯，王凯听后惊出一身汗。场运课主管各盐号的晒盐和销盐情况，他的齐信盐号每年晒盐在七千担左右，这两年，至少有一半暗中供给了游击队，一查就会露馅。便对范子强说："子强，这两年，你们盐务分局收得盐税太重，外地行商承受不起，就趁夜里到我的齐信盐号里往外偷运了一些盐，你可要帮我把这事瞒住。"范子强拍着胸膛保证："叔，要不是您，哪有我的今天？您放心，我会把此事处理好的。"两天后，范子强把重新整理过的河东盐池各盐号产销统计表交到刘健羽手里。刘健羽没看出任何破绽，报告给龟荣带刀，龟荣带刀这才彻底打消了对王凯的怀疑。

龟荣带刀把持着河东盐池，是王凯的顶头上司。顶头上司受伤住院，属下总要探望一下以表慰恤，王凯虽然对龟荣带刀恨之入骨，但为了遮人耳目，不得不到日本野战医院里探望，把一大包营养品和十封现洋放到龟荣带刀床头，礼节性地问龟荣带刀伤得重不重？龟荣带刀咬着牙根说："那个韩大憨敢抱着我跳崖，肯定不是等闲之辈，八成跟游击队有联系。我出院后向牛岛司令报告，让他派重兵进山清剿八路军的游击队，再调一个中队的皇军来把守盐池，凡查出偷盐者，一律格杀勿论。"

从日本野战医院回到家里，王凯把崔大豪叫到家里说："咱家几个老人都是被龟荣带刀害的，这回鑫洋又死在他的手里，要是让这龟孙再活着，还不晓得要害多少人，咱们非把他干掉不可！"

崔大豪腾地从椅子上跃起，右脚狠狠跺了一下地："哥，俺早就想干掉这龟孙，你就是不让。"大前年，龟荣带刀带领小鬼子侵占盐池，杀死周大汉、崔师母、景老师后，崔大豪就吵着要干掉龟荣带刀。由于龟荣带刀每次出门身后都跟着几个小鬼子，一到黑夜就龟缩在小洋楼里。王凯觉得风险太大，就没有让崔大豪贸然行事，一直拖到现在。

王凯凭记忆画出地形图，指给崔大豪看："小日本的野战医院在运城北城门外，坐北朝南，四周筑着丈余高的围墙，北面围墙外面是玉茭地。院里有四排病房，龟孙子住在最后一排左手第三间，只有一个勤务兵陪着，只要从北面翻过围墙，悄悄潜入那龟孙的病房，就能送他上西天。”

“这事包在俺身上，俺明个夜里就去！”

王凯阻止住崔大豪：“我白天刚去看了龟孙子，夜里就被杀了，恐怕会引起小日本的怀疑。现在那龟孙子的腿断了，还要在医院养三几个月，就让他多活几天。”

十几天后的早晨，女护士查房时，看到龟荣带刀和勤务兵被捅死在房间里。死者的身上贴了张一尺多长的白字条，上面写着：日本狗死有余辜，下款是：抗日志士。日寇侵占运城以来，还没有出现过类似事件。牛岛气得一蹦三尺高，大骂：“中国人，良心大大地坏了。”旋即派出一百多个小鬼子，在运城周围的交通要道设立关卡，严格盘查，发现可疑行人就地正法。

龟荣带刀死了，牛岛只好让其副手渡边替代，交给他几项任务：一是采取一切手段，保证盐池生产；二是征收圣战所必需之食盐；三是满足共荣区民众生活之需；四是封锁销路，不许一粒盐流入非占领区；五是高价出售食盐，为圣战提供资金及物资。

由于涨了盐价，前来进盐的外地行商比以前来得更少，气得牛岛把渡边叫到司令部大加训斥，让他想法打开盐的销路。渡边原来只是个文职少佐总务课长，对盐的销路一抹黑，回到小洋楼，让副手刘建羽想法子。刘建羽为难地说：“销盐就是周瑜打黄盖，愿打愿挨，买家不来，咱们有啥法子。”渡边追问：“怎样才能招来买家？”刘建羽也说不出个道道来，眉头一展来了个顺水推舟：“渡边局长，你不是跟王会长很熟吗？他是双料盐商，很有经验，你向他求计准行。”渡边毕业于日本高等师范大学，专修中国历史，战前在东北开拓团一所中学里教书，是个中国通。日寇占领运城后，他被派到河东盐池，得知王凯是前清举人，家有不少藏书，便主动到王凯家里拜访，借古书看，一来二往，也就熟识了。渡边一听大喜，以河东盐务分局的名义给王凯下了个帖子，把王凯请到小洋楼。

曹鑫洋牺牲后，为了安全起见，王凯暂时停止了黑夜让游击队运盐。一晃一个多月过去了，山里闹起了盐荒。王继绪潜回运城家里让爹想办法，王凯说，近来小日本把盐池看得很紧，再让游击队黑夜到盐号里背盐太悬，只能再想其他法子。

正在此时，王凯接到渡边的请帖，觉得是个接近渡边的好机会，便投其所好，带着一幅古画来到小洋楼送给渡边，渡边展开一看竟是唐伯虎的《竹石图》，惊喜万分，千恩万谢，亲自为王凯倒上一杯茶水，以示敬意。王凯主动问：“渡边局长，不知您叫老朽来有何吩咐？”渡边说：“往后，我是盐池的主管，上级命令我多销盐，多征税，我想听听你的高见。”王凯脑子飞快地转动了几圈，心里有了谱，对渡边说：“如今皇军对盐池实行统购统销，往外地销盐的运商拿着盐票才能下盐池到指定的盐号提货。一旦遇到下雨天，盐池里坡陡路滑，给外地运商造成很大的不便，这是其一；最关键的其二，这两年外地行商来进盐时，要给局里管事的和各个关卡送不少好处费，算下来无利可图，所以不少行商都易帜改行，照这样下去，往后盐的销路会越来越窄。”渡边急得摘掉眼镜，问王凯有什么好办法？王凯出主意：“如果能在离东禁门不远的安邑镇设立一个转运站，局里直接把盐从盐号东家手里收购回来运到那里，外地行商可直接到那里购盐，既能刺激盐池东家多产盐，又能方便外地运商多销盐，岂不一举两得？”

渡边两手一摊，对王凯说：“王会长，你这个法子行是行，可新建转运站，需要征地，盖库房，要花好多钱，局里暂时没有这笔钱呀。”

王凯痛快地应承：“此事也是为盐池里的坐商们办好事，就由老朽的潞纲总会来新盖转运站，负责保管经营，所需费用由潞纲总会解决，贵局派人监督就行。”

不用花一分钱，就能建起转运站，多销盐，多收税，渡边当然求之不得，当即答应。次日，王凯雇请了一百多号工匠，只用了半个月就把坐落在安邑镇战后弃之不用的过载店整修一新，让跟随自己二十多年的表侄刘思明当上转运站的经理。紧接着，又雇用了一百多挂大车，执河东盐务分局的调运单，把盐池里的存盐往安邑转运站运。

消息一传开，外地来运城买盐的行商骤然多了起来。十几天后，渡边把王凯请到小洋楼，厚眼镜片子后面溢出谢意：“王会长，不到半月，收的盐税比上个月都多，您这招真高！”渡边做梦也没想到，王凯暗中把地下党安插到盐车里，乘往转运站运盐之际，每天都让由地下党赶的盐车拐到安邑镇西路旁一座租用的小院里，然后通过皮货铺转告山里的游击队，让其派人连夜把偷运出来的盐背到山里。

一天，王凯被叫到日军司令部，见牛岛板着脸坐在办公桌后一言不发，猜想是不是日本狗闻到什么气味，找他兴师问罪？心里不免打起鼓来。没想到黑二饼劈头问：“王会长，你羊汤馆里送来的乳白羊汤的味道怎么不对了？”王凯悬着的心这才落到原处，不慌不忙地解释："运城紧靠盐池，井里的水又苦又咸。以前，溢香羊汤馆里都是用木桶从绛县拉甜水，熬出来的乳白羊汤才又浓又香。前一程，安邑设下关卡，不让羊汤馆的拉水车过，只好用当地的咸水，熬出来的羊汤就变了味。"黑二饼用日本话在牛岛面前叽里哇啦了一阵，牛岛脸上的肌肉这才松弛下来。黑二饼从办公柜里取出一张蓝色的小本递给王凯："牛岛司令特别恩赐你羊汤馆一张特别通行证，你往后必须到绛县拉甜水，保证乳白羊汤原来的味道。"

王凯接过特别通行证，心里暗自高兴。这些日子，他心里像十五个吊桶打水，七上八下。因为，安邑镇上驻扎着几十号小鬼子和伪军，每晚都会出来在镇上巡逻，而存放盐的小院就在镇上。夜里，二十多个游击队员冒险来背盐，不怕一万，就怕万一，一旦被巡逻的小鬼子和伪军发现，就会坏了大事。如今，有了这张特别通行证，就能借到绛县拉甜水的机会，把盐藏在拉水的木桶里直接运到绛县。于是，他赶紧跑到溢香羊汤馆，拿出特别通行证让掌勺的丁师傅看，满心欢喜地说："日本人嫌乳白羊汤的味道不好，专门发给咱一张特别通行证。往后，咱们就能畅通无阻地回绛县拉甜水了。"买师傅为难地说："以前给咱店里拉水的车行已经把拉水的大木桶毁掉，改成拉货的板车。要想再继续回县里拉水，还要找两挂带木桶的大车。"王凯不假思索地说，这事包在我身上。当下跑到街上，买了两副刚上市的胶轮轱辘，到木匠铺里定做了两个带大木桶的车厢，然后让人回老家，把槽上的四匹骡马牵来，配成两套，在存盐处的附近租了一个小院，供拉水车的住，又暗中从山里请来会赶车的四个游击队员当车把式。

几天后的清晨，两挂崭新的胶轮大车咣里咣当地从安邑镇出来，走到关卡跟前，停下车来。两个站岗的伪军一拉枪栓，凶巴巴地号叫："干啥的?"凑了过来。套在外首的小黑马被拉枪栓的响声惊着了，当两个伪军刚到跟前，猛不丁地撩起后蹄，踢到一个伪军的大腿上。那伪军痛得妈呀一声，趴倒在地，抱着伤腿乱叫。两个小鬼子见状，嘴里吼叫着"八嘎"，端着枪冲到车辕前。车把式是老游击队员，什么场面没见过?不慌不忙地指了指插在木水桶上的膏药旗，从衣兜里掏出蓝色的特别通行证，递给小鬼子。小鬼子一看证上的日本字和鲜红的方印，挥了挥手放行。车把式一扬鞭子，胶轮车大摇大摆地碾过关卡，刚走没几步，几个鬼子和伪军又追了上来，不由分说，掀开木桶的盖子，朝里面瞅了瞅，见桶里空荡荡的，这才放水车走。赶车的游击队员心里说："好险呀，要不是王会长多了个心眼，肯定会出事。"原来，临行时，游击队员想往木桶里藏盐，王凯说："今个是头一回，不晓得守关卡的啥态度，还是小心为妙，先不要往木桶里贸然放盐，等把路走顺后再说。"所以没往桶里藏盐，避过了一险。

拉水车从绛县回来后，赶车的游击队员把关卡的日伪军检查木桶的情况告给王凯。王凯自忖："要取得沿途关卡的信任，只有拉大旗作虎皮。"跑到小洋楼对渡边说："太君，我晓得你信奉佛教，我老家绛县有座太阴寺，里面供着金代独木雕就的释迦牟尼涅槃像，非常精美，堪称国宝。你是否想去拜谒一下?"渡边一听满口答应。

次日，王凯用轿车拉上渡边，让两挂拉水车跟在后面。走到安邑关卡前，被守军挡住。渡边从轿车上跳下来，抡起巴掌，朝站岗的小鬼子脸上扇了几下，小鬼子当然认识渡边，慌忙给上司鞠了一躬。王凯赶紧凑上去，止住渡边，从兜里摸出两包日本烟，塞到小鬼子手里，满脸堆笑，指指渡边，又指了指后面的拉水车，意思是拉水车是渡边的。

沿途路过水头、闻喜、东镇等关卡，王凯提前把轿车的前帘打开，站岗小鬼子一看渡边坐在上面，慌忙鞠躬放行。回到绛县，王凯领着渡边到张上村的太阴寺拜了木雕卧佛。返回时，每过一道岗哨，王凯都拿出一大包五香牛肉送给站岗的小鬼子，又指指渡边，意思是渡边赏赐的。站岗的日伪军无不敬礼放行，连通行证也不看了。

回到运城，游击队员催王凯："王会长，这下沿途的关卡不敢再找麻烦了，下回咱们就往木桶里藏盐吧。"王凯摇摇头说："容我再想个法子，为运盐安上双保险。"一大早，王凯让店里的伙计把用绛县甜水熬好的乳白羊汤送到日军司令部里。牛岛喝了一口又浓又鲜的乳白羊汤，吞了一口又香又软的羊肉，朝王凯伸出大拇指，连声夸奖："吆西、吆西。"

回到溢香羊汤馆，突然听到有人叫唤，王凯循声一看，是正在喝羊汤的日伪合作社的经理罗和祥。以前，罗和祥在街上开着一家颇大的杂货铺，生意很红火，王凯几个盐号所用的家什大都从他杂货铺里买，成了罗和祥的大顾主。逢年过节，罗和祥都带些礼物谢承王凯。日本人占领运城后，不少生意人吓跑了，罗和祥上有老下有小拖累太大走不了。日本人见他有现成的铺面，颇有人缘，便让他出任日伪合作社经理。他上任后对王凯还算照顾，盐号里所需的火柴、煤油等紧缺物资，只要开口，罗和祥从不驳回。

王凯眼前一亮，走到罗和祥面前，笑着抱拳揖礼："罗经理，又来过瘾了?"他晓得罗和祥是羊汤馆的常客，称喝羊汤为“过瘾”。

“谁让我好这一口。”罗和祥擦了擦因喝得太急沁出额头上的汗珠，“前一程羊汤不地道，今儿个，从前的味道又回来了。”

“罗经理，你晓得这羊汤前一程为啥不地道，今个咋又变好了呢?”

“这里面还有啥窍道?”

“好水才能熬出好汤，前一程用当地的水熬的，肯定不地道。今个的汤是我亲自用大车回绛县拉的水。一来回二百里，花八天才能到绛县拉一桶水。”

会听的听门道，不会听的听热闹。罗和祥不愧是生意精，听出了王凯话里的商机，追问：“王会长，你回老家拉水时是空车还是实车?”

“我一个晒盐的，没啥东西可拉，空车回去的。”王凯故作不经意地答。

“好我的大会长，你咋能舍得白白空车回家，是不是嫌钱扎手?”罗和祥主动说，“我社里每日雇十几挂大车往各县送货，往后，供应绛县的火柴和煤油等货就让你的拉水车包圆。你能赚脚钱，我省了雇车，这不是互利吗?”

王凯满脸洋溢着感激：“罗经理，你可真是我的财神爷。我拉水的大车住在安邑，后晌就差人到贵社找你提货，盘到安邑，明个一早装车拉回绛县，送到你指定的绛县合作社。”

第二天，日头还未露头，两挂蒙着绿色篷布的大车来到安邑关卡。赶车把式从车上取出两条日本烟，塞到站岗的小鬼子手里，哈腰说：“太君辛苦。”递上合作社开具的货单，小鬼子认出是前天渡边带的车，又有合作社的货单，连货都没看一眼，一挥手，放行。

四天后，拉水车回到绛县，到合作社卸掉火柴。然后趁夜把车赶到县城西面的水泉旁，让暗中等候于此的几十名地下党员掏出藏在木桶里的小盐袋，背着穿过南面的涑水河，钻入中条山里，送到国军驻地横岭关和绛县抗日政府驻地廻马岭。

第三十四章　熏风吹不尽

一个多月前，王继创乘夜从横岭关偷偷潜回枣园村，看望奶奶和妈，天未亮从炕上爬起来离开家返回横岭关，走到半路才发现把手枪丢在家里。这些日子，王继创心里一直惦记着此事，想瞅机会回去把枪取走，可军情霎息万变。据报，山外横水镇一带，集结了两个师团的小鬼子，战事一触即发，战区司令部下了死守阵地的命令。王继创所在的新编第二师奉命守在横岭关最前沿的几个山头。

五月是热烈的季节，繁茂的灌木丛把整个大山笼罩得郁郁葱葱，黄的、蓝的、红的、紫的、粉的各色野花把连绵起伏的山峦编织成五彩缤纷的锦缎。经历过原平保卫战的王继创深知小鬼子的凶残，无暇欣赏大自然的斑斓，每天穿梭在几个阵地之间，巡察战壕挖得如何，枪炮子弹准备得充足不充足，给将士们鼓劲打气。当得知各阵地上只有半个月的存粮时，心里生出深深的担忧，后悔没及早派兵把家里的存粮运到山上。

一天，王继创正在横岭关最西面的一个阵地巡察，一个通信兵急匆匆地跑来报告，说是老家来人要见他，王继创心里不由一震。自打从崞县死里逃生回来后，他极少在大庭广众下露面，上横岭关当兵后几个月才趁黑回家一趟。他想，小鬼子把进山的口子把得那么死，肯定是家里出了啥大事，才让人冒险来找自己的。

返回师指挥部，王继创一看是家里的翟长工，头发像丛乱草，脸上涂满灰道道，衣裳破着几个口子，便晓得途中吃了不少苦，急切地问：“哥，小鬼子把山围得死死的，你咋能找到这里来，是不是家里发生了啥急事?”

翟长工话未出口，眼泪先淌下来，张了张嘴，不敢往下说，长叹了口气，蹲到地上，把头埋在两腿之间啜泣起来。王继创见对方如此悲伤，心一下子战栗起来，把翟长工扶到板凳上。翟长工才吞吞吐吐地把家里的噩耗说了出来。原来，小日本像疯了一样到处搜刮粮食，搜出了枣园村王凯家的存粮，并残害了家里人。王继创顿觉天塌地陷，忙不迭地追问："叔，家里其余的人呢？"

"当时我在地里犁地，是小顺子告诉我你奶奶你妈你媳妇遇难的，他当下骑着我犁地的马走了，说是到南樊镇书房里接你那两个女儿往汾城二少奶奶跟前送，然后再到运城给老爷报信。想必伯伯、继绪媳妇跟你那两个女儿没事。"翟长工又哽咽着说，"兄弟，家里的三个老人殁了，粮食和家当肯定也保不住。你在部队上当着官，决不能放过小鬼子呀。"王继创的牙关咬得咯吱咯吱响，他真想立刻带上八千多弟兄们冲到县城，把残害亲人们的刽子手碎尸万段，但理智告诉他，自己是一师之长，肩负着守护中条山的重任，自古忠孝不能两全，绝不能因报家仇而弃大义。想到这里，他狠狠跺了一下脚，咬着牙根，喷射出满腔的愤怒："小鬼子，我跟你们这群恶狼不共戴天！"

五月七日清晨，西边的苍穹上还挂着最后几颗亮星，朝霞把东面的天际染得彤红。晨曦中，蜿蜒起伏的横岭关像位纯真的圣女，披着一袭薄纱，倚躺在天地之间，张扬着优美的曲线。时而传来小鸟清脆的啼啭，犹如天籁之声，为寂静的山野增添了律动。

突然，无数道火光由北而南，划破晨空，落到横岭关一带山岭上的战壕附近，激起一条条浓黑的烟柱，剧烈的爆炸声震得大地簌簌直抖。空中，几十架涂着红膏药的飞机狂吼着飞往国军阵地，投下一串串黑乎乎的炸弹，把附近的树木、战壕两侧的石块、泥土炸得在空中乱飞。隐蔽在战壕里的一个新兵偶见西面天空上张开许许多多的白蘑菇，惊叫："快看，天上是什么？"周围的士兵都抬头往空中看。参加过不少战斗的排长说："这是小鬼子的伞兵。"咱们要小心小鬼子从西面攻上来。在师指挥部，王继创用望远镜也看到了小鬼子的伞兵。深谙军事常识的王继创深知小鬼子伞兵对整个防线的威胁，当即命令炮兵往小鬼子伞兵降落的地方轰击了一会，又果断地从预备队中抽调一个连，在岭西紧急布防，以防小鬼子的伞兵从侧翼向正面防御阵地进攻。

炮火一停，山下冒出了大量的小鬼子，黄压压一片，像是绿莹莹的地里落下一片蚂蚱，非常扎眼。进攻前，小鬼子又支起小钢炮，对山上的守军进行轰击。刚才小鬼子的大炮在二十多里以外的地方轰，威力不小，但精确度不高。虽然轰塌了一些战壕和工事，但守军的伤亡并不大。山下小鬼子的小钢炮，离防守阵地近，瞄得很准，有些迫击炮弹竟在战壕里爆炸，使不少战士倒在血泊中。紧接着，小鬼子铺天盖地朝山岭上涌来。等小鬼子攻到射程以内，守军的战壕里立即开火阻击，但狂妄的小鬼子根本不把守军放在眼里，在机关枪的掩护下，号叫着往上扑，守军射出一道火网顽强抵抗，一连打退了小鬼子的四次冲锋。

次日拂晓，小鬼子又开始进攻。昨天，小鬼子吃了强攻的亏，学精了，冲到守军的射程临界时，便停下来，凭借山石的掩护，用小钢炮和重轻机枪朝守军的阵地滥炸狂射，以消耗守军的实力。守军措手不及，造成一定的伤亡，但仍然顽强地死守着阵地，又连续击退了小鬼子的多次进攻，守军也伤亡了三分之一，枪支弹药消耗一半以上。

阵地前，黝黑的山石被子弹打成白色的小窝，像一颗颗麻子排列在脸上；杂树上的树枝被打得断裂，露出惨白的茬口，其残枝耷拉着头，在微风中可怜地泣吟，被打得七零八落的灌木丛间，火苗狂跳、青烟乱滚、一片凄惨。

是夜，王继创向军部报告战况，又把防守各阵地的团营长召集起来，命令各阵地不惜一切代价，死守阵地，绝不能后退半步。一位团长建议说，明天小鬼子的进攻肯定会更加疯狂，让军部派兵增援，增送枪支弹药。军需官插话：“存粮只够吃三天的。”王继创大吃一惊，朝军需官吼：“没有吃的，这仗咋打？”军需官苦着脸解释：“我军的粮食由当地抗日政府供应，近来，日军大肆搜刮，把死山口，运进的粮食很少，所以——”王继创果断地命令：“省着点，从明日起，一天吃一顿！”

第三天，小鬼子的进攻更加疯狂。守军战壕前后，所有灌木丛均被炸飞，裸露出坑坑洼洼灰黑的焦土。阵地前，躺满小鬼子的死尸。与前两天不同，小鬼子孤注一掷，势在必得，采取了轮番进攻的战术，这一拨小鬼子刚被打退，守军还未来得及喘口气，后一拨小鬼子又冲了上来。其中两个山包被小鬼子攻到战壕里，所幸守军立即组织敢死队，堵上被撕开的口子，战势发展越来越不利。王继创站在指挥所，铁青着脸，从容地指挥，虽然表面上很沉着，但心里很清楚，能不能坚持到天黑还很难说。这时，连接军部的黑色电话急促地响起来，王继创闪电般地抄起电话，一听是参谋长的声音，便急切地问：“参谋长，派哪支部队增援？”早晨，王继创曾给军部通话请求增援，心想是有了回音。没想到，话机里传来参谋长的声音：“王师长，军部本来是想派预备队增援你部，突然情况有变，空投的日军向军部发起进攻，预备队正在迎战，情势非常险恶。你部伤亡不小，而你部东翼的阵地比你部还要惨，已经有几个山包落入敌手。高军长为了避开日军锋芒，保存实力，决定向南撤退。命令你部务必再阻击日军四十八个小时，保护军部安全撤离，若完不成任务，就别活着回来！”未等应答，话筒啪的一声挂断。这时，另一部电话又骤然震响，一个参谋接听后，面色凝重，把话筒递给王继创：“师座，方营长的。”王继创接住话筒，传来激烈的枪炮声和求救：“师座，我营已经打退小鬼子的四次轮番进攻。全营打得还剩五十来人，子弹也快打完了，请赶快增援!”王继创回答：“方营长，我立马派一个连增援，无论如何，你们也要给我顶住!”

“嘀铃铃—— 嘀铃铃——”指挥所里的几部电话此伏彼起，都是前沿阵地要求增援的电话。王继创把手里两个营的预备队全部派出去增援，硬撑到天黑。王继创感到已经到了最后关头，抄起话筒向各阵地发命令：“预备队已经全部上去了，别再指望增援了，就是把人全部打光，也要守到明日晚上!”王继创打完电话，见身边的参谋、机要、警卫都站立在自己面前，眼里放射出坚定的光束，一股热流激荡在全身：“弟兄们，我们在这里防守了两年多，与小鬼子干了不少仗，现在，是与小鬼子决一死战，报效国家和晋南人民的时候了，你们怕不怕?”指挥部里所有人员刷地立正，向最高长官行了一个军礼，举起拳头：“不怕！不怕！不怕!”

“我命令：十个人一组，增援各阵地，今晚收拾行装，明早出发!”

七月十一日，横岭关前面的十几个山包成了血与火的海洋。子弹打光了，战士们就地用石头往下砸，石头砸完了，就冲出战壕，与小鬼子进行白刃肉搏战，但见刀光闪烁，碧血乱溅，直到最后一位战士倒在血泊里。经过大半日的殊死搏斗，只有主阵地还在守军手中。

打退小鬼子的一次进攻后，陈参谋长见身边只剩六十多名战士，且大多负伤，子弹也所剩无几，如果小鬼子再发动一次进攻，很可能会全军覆没，便向王继创建议：“师座，乘小鬼子还未发起新一轮进攻，咱们是不是往山后退却。”一向温文尔雅的王继创眼睛圆瞪，冲陈参谋大吼起来：“废话！这样岂不辱没了中国军人?”陈参谋长及身边的兵士受主帅的决绝感染，齐刷刷地立正，给主帅行了一个军礼：“是!”起伏叠嶂的群山立即发出一阵阵回响。

一个小时后，小鬼子又发起进攻。坚持了十几分钟后，由于子弹打完，王继创率领幸存的十多个士兵，与小鬼子殊死拼杀。几个小鬼子见王继创是个将官，挺起刺刀号叫着扑了上来。王继创瞪着血红的眼睛，跳上一块山石，抢占有利地形，居高临下，大吼一声，手中的刺刀像一束闪电，连续刺倒三个小鬼子。又有几个小鬼子围了上来，王继创毫无惧色，左刺右挡，又结果了几个小鬼子。此时，阵地上的战士全部壮烈牺牲，一百多小鬼子把王继创团团围住，并没有开枪，很显然是想生擒这位年轻的将军。王继创看透了小鬼子的企图，轻蔑地蠕动了一下鼻歙，倚到一棵松树下，面对家乡的方向，从腰间拔出手枪……

残阳斜下，为山峦涂上一层浓浓的悲壮，萧瑟的山风吼出一阵阵哀号，像是为不屈的英灵放喉挽歌！

与此同时，古老的中条山正遭受着空前的浩劫。十万小鬼子从豫东的济源、晋东南的阳城到黄河东岸的永济，兵分四路，同时向据守在中条山里的十余万中国军队发起进攻。由于阴险的小鬼子提前动用伞兵，空投到中条山腹地，切断守军通讯，导致其指挥失灵。虽然守军浴血奋战，极力抵抗，仍被小鬼子各个击破。在不到十天里，有五个将军殉国，四万多士兵战死沙场，三万多士兵被俘。

仲秋，夜半。弯月拖着疲惫的步履，在黑白相间的云朵里时隐时现，好像永远走不到尽头；略夹寒意的凉风从南面中条山的深峪里无情地袭来，扑打得原野上的树木、庄禾无法入睡，无奈地长吟着怨艾与牢骚；偶尔传来几声猫头鹰的怪叫，令人毛骨悚然。

一个身影悄然步入枣园村王家大院，沿甬道走到正院前，一看残垣断壁，倒吸了一口冷气，又跑到其他院落，大门均被白色的封条打上杈杆。那人踉跄出大院，轻轻拨开一个柴门，走到窗户前唤：“翟哥，我是继绪。”一阵响动过后，翟长工从屋里出来，一把将王继绪拉进屋，摁在板凳上说：“兄弟，这一程你去哪儿了？急死人了。”

“我出了趟远门。”王继绪一把抓住翟长工的手追问，“叔，我家为啥被封了？家里的人都到哪里去了？”翟长工不忍瞒下去，朝地上猛劲跺了一下脚，把他家遭的大难说了一遍。刚才，王继绪已经看到家里的惨状，意识到发生了不幸，但万万没有想到小鬼子屠了全家。特殊的身份锻就了王继绪的坚强，他仰起头，双眼闪着泪光，咬着牙说：“这仇，一定要报！”

翟长工提醒王继绪：“这些日子，常常看到几个不三不四的人在你家府上踅摸，你可要提防呀。兄弟，都几个月了，也不晓得你媳妇跟几个娃子的音讯，你赶快去汾城看看你媳妇和娃们吧！”王继绪朝北凝视了一下，他多么想到汾城与妻儿见上一面，但一想到上级交付的任务，便极力克制住对妻儿的思念之情，对翟长工说：“叔，我回运城有要紧的事，就不去汾城了。拜托您抽空去趟汾城，告诉我媳妇，就说我好着哩，让她照料好几个娃子。”翟长工再不便多问，从厨间摸出几个馍塞给王继绪。王继绪回到自家正院的废墟上，给惨死的奶奶、妈和大嫂磕了三个头，擦干眼泪，离别了生养自己的家园。

在回根据地的路上，王继绪不由想起在八路军总部的日日夜夜和临行前上级交付的任务。

春上，他从河南洛阳向第一战区司令部通报敌情后，跟哥返家看望了奶奶、妈和妻子。到夏县韩家岭没几天，接到指令，与中共河东地委柴泽民、金长庚、李哲人等几位领导到坐落在晋东南的中共北方局党校学习。中共北方局和八路军总部设在太行山腹地的武乡县王家峪。去年秋，八路军为了阻止小鬼子的侵略攻势，消灭小鬼子的有生力量，调集了八路军一百零五个团约四十万兵力，在正太、同蒲、平汉、津浦等主要交通线发动总攻击，经过三个半月的战斗，破坏了正太铁路线上的路轨、桥梁、隧道、车站等，切断了平汉、同蒲、石德、北宁铁路以及主要公路，击毙日伪军二万五千多人，使日寇在华北的各交通线陷于瘫痪，恼羞成怒的日寇派兵严密封锁通往晋东南抗日根据地的交通要道，使根据地物资供应陷入极度的匮乏。他到八路军总部后的第一顿饭只有一个豆面窝头和一碗飘着几根野菜、能照出人影的淡汤。晚饭时，每人只有一碗能数清米粒的粥。他和学员们正蹴在院子老榆树下吃饭，突然看见几个八路军走来。教务长立马高叫：“敬礼！”学员们立即放下碗筷，站起来向来人敬礼。他仔细一看，认出是彭总。在延安时，彭总曾到学校讲过课。与那时比，彭总虽然眼神炯炯，精神头很好，但颊骨突起，明显瘦了。彭总走到学员们面前，看了看饭碗里吃的东西，操着湖南话愧疚地说：“同志们，你们都是各个根据地的精英，按说你们来到总部学习，我这个东道主应该好好款待大家，可这里条件有限，只能吃这个了，请同志们谅解。”身旁的参谋长补充说：“同志们，总部的生活非常艰苦，彭总跟大家一样，有盐同咸，没盐同淡，我想大家一定能够克服的，是不是？”同志们异口同声地回答：“是！”

中条山战役后，小鬼子把兵力调到晋东南，对根据地封锁得更厉害，根据地的生活条件更加艰苦，把树叶、野菜煮在一起，然后拌上少量的豆面当饭吃。特别要命的是，根据地里的食盐奇缺。炊事班做饭时，把盐疙瘩拴在绳子上，在锅里蘸一蘸，就算放了盐，几乎和淡食差不多。结业后，参谋长把柴泽民、金长庚、李哲人和他叫到总部里笑问：“你们猜猜，我为何请你们来？”柴泽民问：“首长，是不是为了盐？”

参谋长点点头说："咱们根据地一直吃的是河东潞盐。眼下，小鬼子封锁得很严，粮食不够吃，咱们可以以菜代粮，可断了盐不行，可以说盐直接关乎我们根据地和总部的生死存亡，你们河东党组织的首要任务就是不惜一切代价为根据地供应食盐。至于费用嘛，你们也看到了，这里的条件非常艰苦，挤不出钱来，只能由你们自行解决。"柴泽民表态："首长放心，我们在河东盐池有硬关系，前几年一直暗中供应中条山里的国军和老百姓吃盐，此任务我们一定能够完成。"参谋长追问："你说的硬关系是不是河东盐池潞纲总会会长王凯？"柴泽民诧异地问："首长，你怎么知道？"参谋长答："在延安听老战友王念说过，此人是前清举人，曾刺杀过老慈禧，很是开明。"柴泽民指着他介绍："这就是王凯同志的次子，中条山战役殉国的新二师师长王继创就是王凯的长子。"参谋长握住他的手说："继绪同志，回去向王老前辈表示敬意和慰问。"离开武乡王家峪返到翼城县时，柴泽民与其他人经曲沃回晋南，让他顺路回老家看看，并约定在闻喜县小柏窑村会合。

次日黄昏，王继绪如约来到紧靠山根的小柏窑村，与提前一天到达的柴泽民、金长庚等人接上头。"接到中共晋豫区党委通知，任命你为条西地委副书记。"柴泽民面色凝重地告诉他："在中条山战役中，我们直接领导的抗日游击队在夏县泗交山上配合国军守卫阵地，主要领导牺牲，绝大部分队员阵亡，使我们失去了坚强的后盾。这还不算，中条山战役后，当地一些反动政客和地痞乘机浑水摸鱼，收罗被打散的国军官兵和丢弃的武器，成立小股武装，以抗日为名，行土匪之实，打家劫舍，无恶不作，把晋南一带推入灾难的深渊，吓得老百姓晚上连觉也不敢睡，给咱们的活动带来很大麻烦。要完成上级交给我们的供盐任务难度很大。我和老金负责，重建游击队，保护百姓。你去盐池跟你爹商量，想方设法把盐运出来。"

接受任务后，王继绪打扮成一个庄户人，来到运城，鸡叫三遍时从运城东面城墙的豁口翻进去，跑到家门口，敲了几下门环，没人应声，用手一摸，门锁着，联想到老家的惨祸，脑海里掠过一股不祥的感觉。跑到南阜巷的鸿志家，一敲开门便急不可耐地问："鸿志哥，我家咋锁着门，我爹呢？"邱鸿志没直接回答，反问："这大半年你去哪儿了？"

"我到晋东南待了大半年，回来时拐到枣园，啥都晓得了。"王继绪强压着悲愤，话音里带出哭腔问："是不是我爹——"王继绪不敢再往下问，他晓得小鬼子的残暴，既然以反日的罪名残害了奶奶、妈、大嫂和家人，把家里洗劫一空，当然不会放过爹。

“我舅听到老家凶信，气得病倒了，现在李家铺住着，我爹跟我妈招呼着。”邱鸿志理解王继绪的心情，不等他开口，就说，“走，咱们立马去李家铺见我舅去！”

王继绪和邱鸿志来到李家铺，天已经大亮，一进门，王继绪就看见盐花姑搀着爹在院里走动，赶忙跑到跟前，扶住爹的另一只胳膊叫：“爹！”王凯浑身一震，定睛一瞅，小儿子活生生地站在面前。他唤了声“小绪”，鼻子一酸，嘴角一咧，一串浊泪从眼眶里滚落出来。

盐花头一回见哥流泪。早年在姚暹渠畔救下哥时，哥左脸上的伤口露着白花花的骨头，却连哼都没哼一声。芷贞被害后，泪在哥眼窝里打转转，愣是没掉下来。这回，哥见到小绪，眼泪却直往下淌。

王凯得病后，在盐花老两口的悉心照料下，恢复得很快，先是能慢慢翻身了，后来能自家坐起，再后来能在搀扶下到院里活动了。虽然身体瘫了，可脑子并没糊涂。收麦前，南山里的枪炮声一直响了十来天，联想到病前小日本从外地调来很多鬼子，判断出小鬼子跟中条山里的中央军在干仗。他晓得两个儿子一个在中央军里，一个在八路军里，都会卷入这场战争。既然是战争，哪有不死人的？心里一直为两个儿子悬着。仗打完后，盐花从儿子鸿志嘴里得知继创阵亡的凶讯，怕王凯再受刺激，与邱锁商量无论如何也要瞒住他。王凯从邱锁和盐花躲闪的眼光里揣摩出端倪，猜想到八成是儿子出了事。王凯非常体谅盐花夫妇的一片苦心，从来不在盐花面前提起两个儿子。过端午时，盐花从运城街上买回一包粽子。不经意间，让王凯看到裹粽子的报纸，正好这张报纸上面登着中条山战役阵亡将官的情况，其中有王继创的名字。长子的噩耗给王凯刚刚结痂的伤口又无情地捅上一刀，但他强忍着老年丧子的巨大悲痛，装作毫不知情的样子，同时无时无刻不挂念着小儿子。如今，小儿子活生生地站到他面前，对他来说，真是天大的惊喜，他能不激动吗？

盐花理解哥遇见儿子喜极而泣的心情，说：“哥，外面凉，咱回屋，你爷俩好好说会话。”

王继绪跪在斜靠在被窝上的王凯跟前，捧住他的手，眼里噙着悔恨：“爹，这半年我到晋东南去了，不晓得家里出了这么大的事，您也气病了，恕儿子不孝。”

“倾巢之下，岂有完卵？这都是小鬼子害的。你奶奶你妈你哥你嫂在天上看着咱们哩。”王凯从被窝上直直地坐起，用力握住儿子的手，“继绪，我年纪大了，身子骨又变成这样，家里就剩下你一个成年男人了，为咱家报仇的事全指望你了。”王继绪心底涌出一股豪气，双手用力回应着爹的托付，郑重地点点头。王凯又说：“别看爹老了，病了，可心里明亮着哩。要论起打鬼子，还是你们八路军。去年，八路军在晋察冀打了个百团大战，打死了二万多小鬼子。要把小鬼子赶走，还得靠你们共产党。”

王继绪借过话头说：“爹，我这程就是去晋东南八路军总部学习了。现在小鬼子害怕八路军，把住交通要道，妄想卡住盐。我回来时，八路军首长指示我们地下党为根据地供盐，还特别提到您。”王凯摇摇头：“你们的首长咋会认识我？”王继绪说：“首长把您过去的事说得有鼻子有眼，说是我芷贞姑告诉他的。”王凯一听芷贞的名字，眼里闪出亮：“近来有你芷贞姑的消息吗？”王继绪答：“上个月我姑离开西安，到延安抗大当了副校长。”王凯念诵：“也不晓得啥时才能见到你姑。”王继绪给爹宽心：“爹，打跑小鬼子，姑定会来看咱们。”

说话间，盐花端着一碗香喷喷的蛋汤跪上炕，凑到王凯面前，用勺子搅了搅飘在上面的葱丝和油花，娴熟地把一根比筷子粗些的管子递到对方手里，轻声说：“哥，凉热正好。”王凯用不太灵便的左手接过管子，插到碗里吸吮起来，脖颈间的喉结有节奏地上下滚动，发出咕咚咕咚的声响。一旁的盐花，充满柔情的眼神随着王凯喉结的滚动而上下跳跃，仿佛产生着共振。王凯吸完蛋汤，盐花掏出毛巾仔细地为他擦净嘴唇，把自己侧影摆到王继绪面前。那稀疏的苍发，布满皱纹的额头，微翘的鼻梁，勾勒出神情的专注，王继绪看到盐花把爹伺候得如此周到，心里涌出一股感动，脱口而出：“姑，您对爹真好！”

“哥，该躺下歇会了。”盐花给王凯擦完嘴，想扶王凯躺下。王凯摇摇头，冲屋里叫喊：“鸿志。”正吃着饭的邱鸿志放下碗，上炕爬到王凯跟前：“舅，啥事？”王凯的苍发像万千根银针竖起，灰白的脸上泛起红亮，眼里放射出炯炯光亮：“继绪刚从晋东南回来，往后你就帮他给那里供盐。”

王继绪运盐心切，催问：“鸿志哥，是不是咱还跟以前那样，黑夜从盐池里往外偷扛？”

“以前有崔叔、王信哥配合还行。中条山战役中，崔叔和王信哥把所管辖的盐警队员拉出去参加了抗日游击队，在阻击小鬼子进山的战斗中牺牲。如今，盐池里有三百多小鬼子把守，要在他们眼皮底下往外扛盐，恐怕——”邱鸿志摇摇头，没往下说。

“那可咋办？”

王凯见儿子着急的样子，说："活人还能让尿憋死？实在不行，先用钱买。"

邱鸿志一脸苦愁："舅，小日本是吃肉不吐骨头的狼，狠着哩，把盐价每担涨到十二块，咱总号里只有几千块周转钱，拿不出买盐的钱呀。"

"这个你不要熬煎，没钱问你妈要。"前几年，王凯的盐池生意处于鼎盛时期，赚下大量银钱，考虑到时局动荡，为了防备意外变故，除在老家藏下几万现洋，还在院子南面当年藏身的地窨里藏有六万多现洋。

十多天后，一个河南盐商用二千四百块现洋购得二百担盐，分装在十辆大车里，出现在通往垣曲的盐路上，这些盐车走到黄河边上，并没有渡过黄河，而是乘夜色北行到历山脚下关家村的一座宅院里。这个宅院的主人是开明士绅王玉书，他的儿子王唐文是地下党垣曲县委书记。此宅院是八路军的兵站，晋东南抗日根据地所需的粮秣、枪械、弹药、服装、医药等许多重要物资就是通过此兵站转运的。兵站里的人见一下子运来十大车盐，对押车的金长庚说："你们条西地委真不简单。"

过年前后，又有几拨盐车出现在垣曲关家村的八路军兵站。

翌年三月，李家铺盐花小院里的洋槐树开得雪白。明媚的日头照射在繁茂的槐树花叶间，给地下铺上一层斑驳陆离的光影。鸟儿在树间不停地啁啾，衬托得小院清静与恬淡。邱锁把一个躺椅搬到树下，盐花把王凯扶出屋躺到上面，又返回屋里取来一本书，塞到王凯相对灵便的左手里。此刻，一阵微风吹来，槐枝翩翩起舞，洒下一片花雨。盐花凑到王凯身边，轻轻地取下几朵落到王凯身上的槐花，才悄悄地离开。这一切，没有语言，甚至连目光的交流也没有，显得如此自然，如此熨帖。时间与情谊已经把患难与共的异性兄妹融为一体。

王凯手里捧的是本《三国演义》，年轻时看过，不少情节已经淡忘。现在心静了，又拾起兴趣。看完一页，王凯习惯地把头埋在书间，用面颊翻开新的一页，又沉浸在曲折跌宕的故事里。

王继绪和邱鸿志风风火火地卷进来，见老爷子钻到书里，未敢打扰，在旁边的石凳上落座。邱鸿志轻声对王继绪说："兄弟，咱们一直用老爷子辛辛苦苦攒下的钱花高价从日本人手里购盐，我总觉得不是长久之计，得想个周全的法子，把盐直接从盐池里运出去。"

"鸿志哥，我跟你想得不谋而合。经过努力，我们在沿山一带已经拉起来好几支游击队，各县的地下组织也恢复得差不多了，我这回来就是跟你商量此事。要不，咱们还跟以前那样，派游击队到盐池暗中运盐，万一被小鬼子的巡逻队发现，就来它个破釜沉舟，硬上！”

“你俩过来。”王继绪和邱鸿志说话虽然嗓门很低，但还是被王凯听得一清二楚，掂起书晃了晃，对凑到跟前的两个晚辈说：“盐是死的，人是活的，《三国演义》里，多次提到诸葛亮、曹操、袁绍靠挖地洞打仗，咱们也效法他们，在盐号里打地洞通到外面，这样，就能像封神榜里的土行孙那样，遁地把盐运出去。”

“好——”邱鸿志兴奋地在原地蹦了几下，惊得栖在槐树上的鸟儿扑棱棱地飞走。正在南面喂鸡的盐花慌忙跑过来，给了儿子一捶：“都三十多了，还咋咋呼呼的，别把你舅吓着了。”

没过几天，盐池东南岸的齐信盐号雇用了几十个工匠，翻修起院子和料台上的庵厦，这些工匠们都是条西地委组织的懂行的地下党或游击队员，白日里翻修房屋，黑夜挖地洞，把挖出的土轻轻地倒在旁边的湖里，不留一点痕迹。一个多月后，挖成了长达三里多长的地洞，洞口的一端在料台上的小庵里，另一端在南禁墙外面人迹罕至的破庙里。

之后，在中条山弯弯曲曲的山道上，总能看到牲驮、肩挑、人背的影子。

又是一年南风吹，碧绿的水草给广袤的盐池镶上一圈翠莹的宝镯。东南岸的盐畦里人影如林，万头攒动，一个个木夯像盛开的菊花，忽上忽下，竞相怒放。

硝花（张秋鸿 摄）

池神爷哟——
嘿呀呼咳呀！
快显灵哟——
嘿呀呼咳呀！
百里宝藏哟——
嘿呀呼咳呀！
取不完哟——
嘿呀呼咳呀！

日神爷哟——
嘿呀呼咳呀！
天上挂哟——
嘿呀呼咳呀！
喷光吐热哟——
嘿呀呼咳呀！
好晒盐哟——
嘿呀呼咳呀！

风神爷哟——
嘿呀呼咳呀！
池上刮哟——
嘿呀呼咳呀！
送祥拂瑞哟——
嘿呀呼咳呀！
生盐花哟——
嘿呀呼咳呀！

关老爷哟——
嘿呀呼咳呀！

耍大刀哟——
嘿呀呼咳呀！
妖魔鬼怪哟——
嘿呀呼咳呀！
全杀完哟——
嘿呀呼咳呀！

此起彼伏的号子声插上激越的翅膀，沉入浩渺的池水里，飞向苍茫的中条山间，升到无际的苍穹中。

一轮红日跳出东山，放射出万丈光芒，给百里盐湖撒满炫目的金浪。霞光中，盐湖北面卧云岗上，伫立着一组挺拔的群雕：后排，王凯和盐花异姓兄妹站在中间，王继绪和刘锡钟夫妻站在两旁，紧挽住老辈的胳膊；前排站着两女一男三个孩子，中间是王继绪的儿子王卓，两旁站着王继创的女儿秀婷和秀嫱。王卓侧过身，仰起头，指着一望无垠闪烁着金浪的湖面问："爷爷，您看，下面多美，那是啥地方？"王凯摸着孙子的头，眼里是浓浓的期望："下面就是河东盐池，有咱们家几个盐号，你老老爷爷在这里干，你老爷爷在这里干，爷爷我在这里干，你长大了，也要在这里干！"

小王卓信心满满，用肯定的语气答："放心吧爷爷，我们一定干好，决不会给您丢脸。"

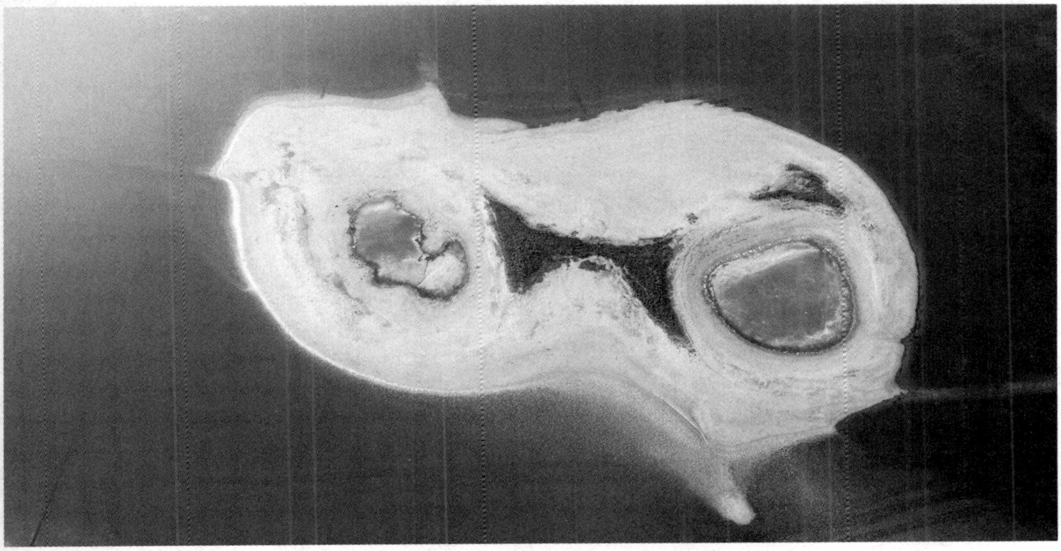

盐池符号——卡通（吕向前 摄）

图书在版编目(CIP)数据

大盐商 / 绛栋著. -- 太原 : 山西经济出版社,
2019.6

ISBN 978-7-5577-0315-8

Ⅰ. ①大… Ⅱ. ①绛… Ⅲ. ①长篇小说-中国-当代
Ⅳ. ①I247.5

中国版本图书馆 CIP 数据核字(2018)第 061442 号

大盐商

著　　者：绛　栋
责任编辑：李慧平　吴　迪
装帧设计：赵　娜

出 版 者：山西出版传媒集团·山西经济出版社
地　　址：太原市建设南路 21 号
邮　　编：030012
电　　话：0351-4922133(市场部)
　　　　　0351-4922085(总编室)
E - mail：scb@sxjjcb.com(市场部)
　　　　　zbs@sxjjcb.com(总编室)
网　　址：www.sxjjcb.com

经 销 者：山西出版传媒集团·山西经济出版社
承 印 者：山西科林印刷有限公司

开　　本：787mm × 1092mm　1/16
印　　张：27.25
字　　数：481 千字
印　　数：1—3600 册
版　　次：2019 年 6 月 第 1 版
印　　次：2019 年 6 月 第 1 次印刷
书　　号：ISBN 978-7-5577-0315-8
定　　价：88.00 元